U0113469

交易

亦 客◎著

交易有无数种，但有一种交易叫『默契』

台海出版社

图书在版编目（CIP）数据

交易／亦客著． - 北京：台海出版社,2011.6

ISBN 978 - 7 - 80141 - 804 - 3

Ⅰ.①交… Ⅱ.①亦… Ⅲ.①长篇小说—中国—当代

Ⅳ.①I247.5

中国版本图书馆 CIP 数据核字（2011）第 086439 号

交易

著　　者：亦　客

责任编辑：王　品　　　　　　版式设计：刘　栓

责任印制：蔡　旭

出版发行：台海出版社

地　　址：北京市景山东街 20 号　　邮政编码：100009

电　　话：010 - 64041652（发行，邮购）

传　　真：010 - 84045799（总编室）

网　　址：www. taimeng. org. cn/thcbs/default. htm

E - mail：th - cbs@ 163. com

E - mail：thcbs@ 126. com

经　　销：全国各地新华书店

印　　刷：北京高岭印刷有限公司

本书如有破损、缺页、装订错误,请与本社联系调换

开　　本：787×1092　　　1/16

字　　数：400 千字　　　　　印　张：25

版　　次：2011 年 6 月第 1 版　　印　　次：2011 年 6 月第 1 次印刷

书　　号：ISBN 978 - 7 - 80141 - 804 - 3

定　　价：39.80 元

版权所有　　翻印必究

目 录
CONTENTS

序

2008 年的秋季,正是席卷全球的金融风暴肆虐的时候。

这一年,我大学毕业。一腔热血的我,对生活充满着无尽的向往,对事业充满着无穷的信心,准备着自己白手起家,叱咤商道……

只是现实是无情的,以我二流大学的简历,要经验没经验,要后台没后台,终于在房东杀人的眼神以及捉襟见肘的经济条件下,屈服了,选择了一份推销员的工作。

烈日曝晒,口干舌燥,加上生性木讷,不堪忍受路人无视的眼神。最终被公司辞退,赶出出租屋,流浪街头,城市夜间的灯火,仿佛在对我嘲笑……

无奈之下接连找了几份工作,保安,售货员、保洁员……

一天我去一家旅游公司应聘,结果通过了。我欣喜若狂,决心认真工作下去。

在公司我谨慎小心的工作,事业刚有起色,却遭人暗算,不得不黯然离职!

连遭打击的我,无意中在 QQ 聊天中结识了南方神秘女子陈瑶。年轻懵懂的我,在虚拟和现实交错的世界里,和陈瑶发生了以后一场刻骨铭心的情感纠葛……

陈瑶是一个神奇的女人,引导我在事业的道路上拼搏。

因为她,我树立起人生的信念:人生就是奋斗。

如果说陈瑶是我人生的进步导师,何英则满足了我一个男人被女人无限关爱的虚荣心。

都说男人追求女人,是滴水穿石。男人恋爱后变得可怜巴巴,女人恋爱后变得神经兮兮。但是这些对于何英却完全反了过来,她敢爱敢恨,迅猛无比一往无前……

何英是我的上司,在业务上对我全力支持,在生活中,对我的关怀无微至,渐渐地形成了某种默契。感情发展的顺其自然、水到渠成……

相对于陈瑶与何英,于晴的出现,则让我看到了生活中更多的无奈与无情,压榨与规则无处不在,付出往往并不意味着收获!

我渐渐不自觉的陷落,物质的逐渐富有让我人前志得意满,而每每深夜梦回,辗转反侧,男人的尊严、耻辱夹杂着悔恨,犹如吞噬的毒药,附骨纠缠……

第一章 缘分数字

"老子不干了!"张伟把辞职报告书重重地摔在老板的办公桌上,积蓄许久的怒火迸发出来,然后头也不回地走了。

对于这座北方的城市来讲,这一年的秋天来得有点早,刚进入9月,大街上的法国梧桐已经开始落下有些发黄的叶子,稀稀落落飘散在马路上。

张伟走在秋天的大街上,仰望着碧蓝的天空,深深呼出了一口气:呼,终于脱离牢笼了!

今年28岁的张伟自大学毕业后不久就一直在这家旅游公司工作,因为他大学学的就是旅游专业,所以工作起来也算得心应手,几年工夫就已经是公司的营销部总监了。但自从老板把自己的妹夫安排到营销部任副总监以后,张伟的日子是江河日下,处处受制,经常被打小报告,莫须有的罪名也就时常落到他头上。

昨天,老板的妹夫又把因自己失职造成的工作失误推到张伟身上,老板不问青红皂白上来就是一顿臭骂。忍无可忍的张伟终于拿出了一个男人的气魄,今天一上班就炒了老板的鱿鱼。

"从此再不受那奴役苦……"张伟哼着小曲走进自己租住的宿舍,打开手提电脑,连接上网,心里轻松了许多。

张伟乐观豁达,做事情大大咧咧,然而又粗中有细,工作计划安排起来无微不至,和同事的关系一直处得不错,和客户也打成一片。

就是个人问题一直让父母惦记。28岁,在老家应该已经是做父亲的人了,又加上他是独子,在家务农的父母早就盼着抱孙子。

倒也不是张伟条件不好,1米78的个头,仪表堂堂,大学本科学历,应该是女孩子喜欢类型。可是一直没有找到合适的,不是张伟嫌人家女孩子不好看,就是女方嫌张伟家在农村,又是独子,将来家庭是累赘。

张伟倒也落得个逍遥自在,一人吃饱,全家不饿。

一气之下辞了职,张伟还没考虑下一步的打算,想先在家休息两天,琢磨琢磨再说吧。

对着电脑,有些无聊,干脆上 QQ 找个 MM 聊天。

张伟比较喜欢算命,也信命。

他找到一颗色子,决定摇 8 次,按顺序组合起来的数字就是他要查找的 QQ 号码,如果没有这个号码或者查找资料是男的就重新摇,如果查找资料是女的就加她,和她聊天。

8 次之后,一组数字出现在张伟面前:136562××。

好,就是它了,张伟把数字输进 QQ 查找好友,显示有这个人:伞人。

呵呵,张伟笑了,真有这个号码,看来是缘分哪!继续点击详细资料,很快页面出现了:昵称,伞人;年龄,31 岁;性别,女;城市,东兴。就这些,别的都是空白。

东兴是中国东南一座经济发达的山城,张伟以前出差曾经多次去过那里,对那里的文化民俗、人文地貌都有所了解,也是自古出美女的地方。

"看看是不是美女!"张伟自言自语地说道,点击加为好友,在输入一栏写了一句话:网上一个你,网上一个我。然后发送了出去。

发送出去之后,迟迟没有回答,看来对方不在线或者根本不想理他。

"嘿嘿……看来是有缘而无分哦!"张伟开着电脑,嘟哝着往床上一躺,瞪着眼睛看天花板,琢磨今后的去向,想着想着睡着了。

前段时间单位组织大型促销活动,张伟一直是连续熬夜,半个多月以来,每天睡眠不足 5 小时。今天可算是弥补回来了,直睡了个天昏地暗。

"嘟,嘟……"睡梦中的张伟依稀听见电脑发出的提示音,睁眼一看外面,天已经黑了,拿过手机看时间,晚上 10 点了。

这觉睡得爽!夜猫子张伟一骨碌爬起来,坐到电脑前,点击 QQ 提示,一看:嘿嘿!伞人回复通过加为好友了!

张伟来了精神,开始和对方聊天。

"晚上好!"

对方回发了一个笑脸,算是回答。

"在忙?"

"还好!"

"还好是什么意思?"

"我们这里的方言,就是还可以的意思!"

"哦,你们那里是个好地方,我去过几次。"

"是吗? 你们那里我可没去过,现在很冷了吧?"看来对方已经看了张伟的个人资料了。

"还好!"张伟学着伞人的方言回答。

"你接受新事物挺快啊!"

"还好!"张伟继续回答。

“你怎么不用你们那里的方言说呢？”

“怪好！”

“哟！怎么还怪好？听不懂！”

“怪好就是我们的方言里还可以的意思啊！”

“哦，有意思！”

“知道我为什么加你吗？”

“不知道。”

“想知道吗？”

“说！”伞人讲话很简练。

“你的号码是我摇色子摇出来的，8 次，组合成这个号码，然后我输入账号查找，结果找到的是你。”

“真的？？”伞人很意外。

“骗你干吗？有那必要吗？”

“阿弥陀佛……”

“哈！！”张伟笑了。

之后伞人一直没讲话，张伟也没说话，边浏览新浪的军事新闻边找些东西吃着。

过了有 30 多分钟，张伟正想出去转转，“啾，啾！”伞人的企鹅头像又闪动起来：“还在吗？”

“在。”

“不好意思，刚才有客人来。”

“哦，没关系。”

“你知道我为什么加你为好友吗？我的 QQ 很少加陌生男人的。”

“不知道。”

“因为你请求加入的那句话：网上一个你，网上一个我。”

“哦，呵呵……”

“笑什么？”

“没什么，只是感觉你要是不加我可就太没缘分了啊，好不容易老天给我这个号码……”

“嗯，你说的也是，不过我不知道号码是你扔色子扔出来的。我就是感觉你说的那句话很有味道，才加你的！”

“嗯，很荣幸！”

“你现在做什么工作？”张伟一直感觉对方讲话简单直接，语气很淡。

“我啊，今天刚辞职，正打算找新工作呢？”

“打算去干吗？”

"还没定啊,基本是打算在本地找个合适的单位吧!"

"哦……"

"你呢,做什么工作?"

"我?我是打工的,在一家小公司办公室打杂。"

"哦,那也很辛苦啊!"

"谢谢,辛苦算不上,就是心累……"

"什么意思?"

"没什么,随便说说的。还有,有句话我说了你别生气。"

"没关系,说吧!"

"第一次刚认识就说这话可能不大礼貌,但是我感觉你能通过摇色子组合号码查找到加我,而我又能加你,本身就是个很巧的事情,所以我也把你当朋友看。我认为你们北方的经济发展缓慢,人的思想很不解放,你这么年轻,应该出来闯一闯,不能老待在你们那地方。外面的世界很大,天地很广阔!妇人之言,仅供参考。"

"哦,你说的也有道理,只是我父母都在本地,本地的朋友和同学也多一点,去外地人生地不熟,不好发展啊!"

"大丈夫当横行天下,岂能为儿女情长所牵绊;男子汉当去闯荡世界,岂能圈在原地吃老本!"

"你说得很对!我考虑考虑!"伞人的话让张伟刮目相看。

"对不起,可能我讲话直接了一点,别介意啊!"伞人说道。

"哪里,哪里,我是个直爽人,典型的北方人性格,喜欢和直爽人打交道!"

"那就好,认识你很高兴。"

"我也是,希望以后我们还能再联系!"

"应该会的!今天晚了,我要休息了。88"伞人讲话快,再见也快,一口气说完。

"88"张伟还没来得及告别,对方的头像已经变成黑白的,下线了。

"这么快,真是个急性子。"张伟笑了笑,对话窗口没有关,把伞人刚才说的话又反复看了几遍。

"大丈夫当横行天下……"这话从一个女人嘴里说出来,让张伟颇受震动:一个女人都有此番豪气,我堂堂一男人,岂能连一个女人也不如。

再看看伞人说的那些话,也确实有道理,北方人的观念和南方人比,起码要落后 10 年。自己趁着年轻,又没有成家,是应该出去闯荡一番。

想到这里,张伟心中不禁涌起万丈豪情:对,就这么定了,去南方!

单身汉无牵无挂,说走就走,明天起程。

张伟把目标城市定为东南沿海的一个开放城市——宁州。

张伟在网上查了下有关资料,这座城市是目前国内经济发展最快、最具活力的一个中央计划单列市,去年 GDP 总量在国内大城市中排前 6 名,中小企业相当发达,外贸出口发展尤其迅速,拥有中国最大的集装箱港口码头,同时旅游业也相当发达。

宁州和东兴两个城市之间的距离也就 200 多公里,有高速公路相连。离张伟所在的城市可就远了,1600 公里。

乖乖! 张伟从小到大,还没出过这么远的门。

然而既然决心已定,就要做下去。

既然选择了远方,便要风雨兼程。张伟心里不停地鼓励自己,感觉很是兴奋。

飞机是坐不起的,火车没有直达,查了下,有卧铺长途大巴,全程高速,20 小时到达。

第二天下午 6 点,张伟坐上了开往宁州的长途卧铺大巴,随身行李很简单,除了几件换洗衣服,就是手提电脑。

卧铺车是一辆老式的大宇,卧铺分为四排,两排靠窗,中间两排挨在一起,车内非常整洁,乘客的鞋都脱下放在专用袋子里。张伟的铺位在中间。

车出发后,张伟半躺在铺位上,开始打量邻居铺位。

邻铺是个女孩子,二十三四的样子,齐耳短发,瓜子脸,皮肤白皙,五官精巧,穿一身白色耐克休闲装,属于典型的小巧玲珑的美女。

见张伟在打量自己,女孩点头友好一笑,牙齿很白很整齐:"你好!"

"你好!"张伟微微一笑。

"听口音你也是本地人吧?"女孩子看来对张伟并无恶感。

"是啊,我就是市中区的,你呢?"

"我也是! 你是去宁州吗?"

"是的,你也是吗?"

"嗯!"

……

到底是年轻人,交流简单快捷。张伟很快就知道她叫王炎,今年 24 岁,刚大学毕业,德语专业,在小城市无用武之地,所以准备去宁州碰碰运气,看有没有合适的工作。

再一交流,二人还是同一所高中毕业的,他们的班主任老师还是同一个人,不由又增加了几分亲切感。

"呵呵,王炎,我比你高 4 届,你应该叫我师兄才对哦!"张伟和王炎开起了玩笑。

"好啊,那你可得有个师兄的样子,不准欺负我……"王炎眼睛一眨一眨地看着张伟。

"那是自然,一定一定,不然春节回家见了班主任老师怎么交代……"

"呵呵……这样还差不多。"王炎笑嘻嘻地看着张伟,"你去宁州干吗? 出差?"

"呵呵,我刚辞职,去那里找工作……"

"真的!"王炎高兴地说,"太好了,太好了! 我正愁没人和我做伴呢,现在有大师兄在,我可就不愁喽……"

"呵呵,看把你高兴的,工作可不好找啊。"

……

天色渐渐变黑,北方的秋天凉意渐浓,乘客纷纷把铺上的毛毯盖在身上,有的看车内电视播放的电影,有的则睡起觉来。

张伟和王炎各自裹着毛毯,并肩躺在卧铺上小声交谈。

"张师兄,我怎么感觉我们俩这样躺在一起,好像躺在一张床上一样……"王炎调皮地捅了捅张伟的腰,张伟的彬彬有礼和英俊外貌给她的印象不错,同一班主任的经历又让她对张伟增加了不少信任感,心里也就没把他当外人。

"呵呵,小丫头,少胡思乱想。"

"什么胡思乱想啊,本来嘛,你看看,我们两个铺之间什么遮挡都没有,幸亏是遇到你,要是别的男人人睡我旁边,还不别扭死了……"

"怎么?我睡你旁边就不别扭了?喜欢我睡你旁边?嘿嘿……"张伟故意做出一副色迷迷的样子看着王炎,话里有话。

"哈哈……大色狼!"王炎把毛毯蒙到头上,笑得浑身颤抖。

第二章 美丽邂逅

夜深了，车上的乘客都进入了梦乡，有的还打起了呼噜。驾驶员关闭了电视和车里的灯光，车辆在高速公路上一直向南方驶去……

张伟和王炎也困了。

“睡吧，时间不早了。”张伟对王炎说。

“嗯，好的。晚安，师兄！”

“晚安！”

张伟躺在卧铺上，怎么也睡不着，大脑里很兴奋，第一次和一个漂亮女孩子在卧铺车上躺在一起，就好像在一张床上躺着一样，腿一动就能碰到对方的身体，这种感觉很奇妙。

正想入非非时，王炎的手伸了过来，戳了他胳膊一下，悄悄说：“师兄，我冷……”

“哦！”其实张伟也感觉有点冷，“是啊，我也感觉有点冷！可是车上每人只有一条毛毯……”

“要不，这样，”王炎把嘴巴凑过来，贴在张伟耳朵边上，“我们把两条毛毯合在一起盖，这样厚了，不就暖和了吗？”

“嗯，那个，可是……那样我们就等于在一个被窝里了，你不会有什么不方便的吧？”

“哼！这么多人在这里，我谅你也没这个胆子。”王炎哧哧地笑起来，把自己的毛毯盖在张伟的上面，然后把两条毛毯整理了下，盖在两人身上。

毛毯不大，两人身体不得不向中间靠拢了些，才能全部盖上。

两人并肩躺着，肩膀和腿有了些接触，头离得很近，彼此都能感觉到对方的呼吸。

张伟很规矩地躺在那里，动也不敢动。王炎的呼吸很均匀，好像已经睡着了。

张伟动了动胳膊，手正好碰到王炎的手，于是在那里停下来。

王炎没反应，仍均匀地呼吸。

张伟可不是柳下惠，和美女躺在一起，身体很快就有了反应，心里跃跃欲试，手也蠢蠢欲动起来。

他把王炎的手慢慢全部握在自己手里，轻轻抚摩手背和手指，很滑，很嫩……

然后顺着手向上摸,胳膊,到了胸前。

张伟试探性地把手放上去,见王炎没动静,于是隔着衣服轻轻抚摸起来。

由于仰面躺着,手不方便,张伟轻轻侧过身来。

刚转过脸,一下子愣在那里——

黑夜中,王炎的眼睛一闪一闪的,在看着张伟。

原来她早已经醒了。

"我……"张伟看王炎在瞪着自己,急忙把手拿回来,有些尴尬,"我睡着了,不小心把手伸到这边来了……对,对不起!"

"……"王炎看着张伟,嘴角抿着,看不出是生气还是想笑,还是不说话。

"那,我们睡吧,没什么了!"张伟急忙仰面躺好,再也不敢乱动了。

张伟规规矩矩地躺着,脑子里飞快地转:她这样看着我,不说话,是什么意思?生气?高兴?可惜光线太暗,看不清她脸上的表情……

不知道过了多久,张伟感觉困意上来,迷迷糊糊间,仿佛感觉脸上痒痒的,有什么东西在拨弄。睁眼一看,王炎的脸正对着自己,头发在脸上拨弄的痒痒的。

她还是眼睛一眨一眨地看着自己,嘴角的表情没有生气,甚至有一丝笑意。

见张伟醒了,王炎嘴巴撅起来,对着张伟的嘴唇轻轻吻了一下。

张伟又愣了,这,这是什么意思?

王炎躺下来,靠着张伟的肩膀,悄声说:"都什么年代了,有什么不好意思的,还不如个女人,知道你心里想什么,嘻嘻……"

"呵呵,我挺喜欢你的,所以……"

"嘻……喜欢就大胆说啊,这很正常,你是帅哥,我是美女,遇在一起要是没有火花就不正常了,人家外国这是再正常不过的事情……"

张伟这才想起来,她是学外语的,经常接触外国人,怪不得思想这么开放。

"嗯,你很直爽,也很直接……"

"呵呵,是的,我不喜欢扭扭捏捏的,喜欢就是喜欢,不喜欢就是不喜欢……"

"那你对我感觉怎么样?"

"感觉嘛,到现在为止还不错,认识就是缘分,也许我们能在一起做很好的朋友,甚至……"

"甚至什么……"张伟追问道。

"不告诉你,嘻嘻……"王炎把身体挨着张伟,"但是,我并不是个随便的女人,我现在对你有好感是真的,也信任你,以后就顺其自然,不必强求,看我们的缘分了。"

"嗯……"张伟自然地揽着王炎的肩膀,"好的,王炎,我理解你的想法,也明白你的意思,我会认真对待你的……"

"我也是,希望今天我们良好的开端能给我们带来好运!"

"会的,我们一定能有好运。今天能认识你,真的是上天的赐予,我会用心去对你!"

"让我们慢慢用时间去了解对方,认识对方吧……"王炎喃喃地说着,躺在张伟的旁边安然睡去。

"马上到长江大桥了……"

张伟睡梦中听到有人在说话,睁眼一看,天已经亮了。

王炎趴在他旁边睡得正香,像一只小猫。

"喂,醒醒……"张伟摇摇王炎,"快看长江大桥。"

对于北方人来说,过了长江就是到南方了。

"哦,哪里?"王炎睡眼惺忪地问。

"马上就到了,我们可是一直在南下呵……"张伟理了理王炎的头发。

"是啊,人在旅途……"

"看,长江,长江大桥!"张伟指着外面。

两人贪婪地看着外面的风景……

"你有什么打算?"车过长江后,张伟问王炎,"我们上午10点多就到宁州了!"

"当然是先找个地方住下,然后去联系工作,安居乐业嘛!"

"你在这里有没有同学、亲戚或者朋友?"

"没有,干吗要靠别人? 自己出来闯多舒服!"

"嗯,不错,有志气!"张伟突然想起伞人说的话:大丈夫当横行天下。

听了小师妹的话,张伟有些惭愧,看来自己确实是需要出来锻炼闯荡。

"你怎么打算?"王炎问张伟。

"和你一样啊,先安居,再乐业。"

"你那里有熟人没有?"

"没有,也和你一样!"

"呵呵,那我们两个是孤男寡女闯宁州喽……"

"呵呵,我们一定要在这里打拼出个样子来!"

"那要是如果打拼不出来呢?"王炎逗起张伟来。

"没有如果,我给自己定的是背水一战,必须站住脚跟,然后再发展,先就业,再创业!"

"嗯! 好,师兄有志气,小妹佩服……咯咯!"

"你也很有志气……"

"下了车我们先干吗?"王炎盯着张伟问。

"先租房子,确保今晚有地方住,幸亏我们到得早,时间比较宽裕。"

"那你打算租什么样的房子住?"

"单身公寓吧!"

"我在网上查了，宁州单身公寓租金很贵的，一个月一千多！"

"这么贵！在我们那里租个套房也就这个价格。"

"我们那里是什么地方，这里是什么地方，老兄，这里是中国经济最发达的区域，也是中国富人最集中的区域，我们那地能比吗？"

"那只有租便宜点的了。"

"便宜点的环境很差的，又脏又破，根本不能住……"

"那你说怎么办？"

"嘻嘻……我说嘛……"王炎卖了个关子，"我们合租！"

"合租？"张伟又惊又喜，他有这个想法，只是没敢说。

"是啊，我们一起租个单身公寓，费用AA制，这样既节省费用，又住得舒服。"

"好，好！你这个主意好！"张伟高兴得直搓手，"而且，我们还可以经常在一起……"

"但是，有个条件，必须要遵守——"王炎认真地说。

"什么条件？你说！"

"没有我的同意，你不得违背我的意愿对我做任何事情。"王炎看着张伟说，"我可是把你当师兄看的，不然春节回家去班主任老师家拜年的时候，我告你状！"

"一定，一定！"张伟连声保证，"你放心，绝对没问题。"

"拉钩！"王炎伸出小手指头认真地和张伟拉钩。

到了宁州后，二人先在车站附近的饭馆吃了点饭，之后在车站附近一转悠，发现了好几家房屋出租中介公司，很容易找到了一个位于市中心的高层单身公寓，并很快办好了租赁手续。

"师兄，我们的公寓在18楼，哇塞！我们住到云彩里去了……"两人在跟着房东去公寓的路上，王炎兴高采烈地对张伟说。

"呵呵，那你在云彩里做王母娘娘吧，我做玉皇大帝。"

"哈哈，你想占我便宜，我才不做王母娘娘，我要做奔月的嫦娥……"

两人拖着大包小包，跟在房东后面坐电梯上了18楼。

"这是房间的钥匙，两把，你们一人一把，房间里面基本设施都齐全，你们检查一下，有什么事情和我联系。"房东把他们领到房间门口交代完有关事项，然后走了。

打开门一看，是一室一厅一卫一厨的小单元。厅是吃饭用的，面积很小，能坐下四个人。卧室里面一台双人床，一个电脑桌，一台电视柜，一个三人沙发，空间倒还可以。

两人又看了看其他的东西，热水器、空调、网线、有线电视一应俱全。

"乌拉！"王炎把东西往地上一扔，扑到床上打了个滚，"天上的房间好舒服哦……"

"什么天上的房间，我看是18层地狱……"张伟苦着脸，"你是好舒服哦，床归你了，晚上我怎么住？"

"哎！倒也是。现在我们开始考虑你住宿的问题。"王炎看了看房间，"这样好不好，在沙发和窗之间拉张帘子，白天拉开，晚上睡觉的时候拉上，你睡沙发，OK？"

"那也只能这样了，谁让你是我师妹啊，只能让着你啦！"

"嗯哪波！"王炎高兴地在张伟脸上亲了一口，"奖励你一个！乖乖！"

"呵呵……"张伟高兴起来。

于是两人开始打扫房间，整理床铺，拉帘子，清理厨房，整理衣服。等忙碌完这些，已经该吃晚饭了。

两人一致决定自己在厨房里做饭吃。于是一起去楼下的超市买来了油、盐、酱、醋、大米、面条、青菜等。

晚饭张伟主打，做了一锅西红柿鸡蛋面。

自己做的吃起来就是香，王炎吃得很满意："师兄，我看你别找工作了，到街上开个面馆得了！"

"好啊，你来给我当帮手！"

"行，没问题，我业余时间给你帮忙！这个饭馆起个什么名字呢？"

"叫夫妻面馆得了！哈！"

"呀！转了一圈你又占我便宜啊！坏师兄……"

"哈哈……"

晚饭后，王炎主动打扫战场，清理卫生。

张伟打开电脑，连上网线，登录QQ，一看，伞人在线，于是主动问候了一声："晚上好，朋友！还记得我吗？"

对方很快发过来一个笑脸："记得，你不是摇色子的朋友吗？"

"呵呵，是的，是的！你在忙吗？"

"还好！在网上看新闻呢！"

"哦，你喜欢看新闻啊，喜欢哪一类的？"

"经济类的，社会类的，都喜欢。你呢？"

"我比较喜欢在网上看时事和军事、历史类的新闻，别的不大感兴趣。"

"嗯，男人都喜欢这个。"伞人似乎对张伟的兴趣爱好比较满意，又问道，"喜欢看书吗？都喜欢什么样的书？"

"喜欢啊，最喜欢看书了。不过我只喜欢看历史书，最喜欢看汉、唐的书！"

"嗯！不错，喜欢看历史好。"伞人发过来一个"大拇指"表情。

"你也喜欢看历史书？"

"我啊！喜欢看，但了解很少，皮毛而已！有时间向你讨教！"

"不敢当！对了，你知道我现在在哪里吗？"

"不知道？哪里？"

"宁州！哈哈，我来了，到你们这里了！"张伟发过去一个"哈哈"表情。

"哦,是吗? 欢迎!! 宁州离我们东兴不远的,坐车3小时的路程。"伞人发了一个"鼓掌"表情。

"我今天刚到的,已经住下了,准备在这里打拼一番呢?"

"哦,好啊,祝你成功!"

"谢谢! 其实应该感谢你那天说的话刺激了我,不然我还不一定有勇气来南方呢!"

"是吗? 我的话有那么大的作用? 高抬我了吧?"

"真的,不骗你,确实是你那句'大丈夫当横行天下'鼓舞了我,我随即就决定出来闯一闯,打拼一个新天地! 哈哈!"

"我那也是即时的感想而已,没什么特别的用意的,没想到能对你起这么大的作用,实在是有些出乎意料。"

"总之,还是要感谢你的。"

……

两人正在聊着,王炎收拾完进来了:"干吗呢? 和女网友聊天啊? 网上泡 MM,嘿嘿……"

"胡说八道什么,我在和朋友谈事情,小孩子别乱掺和。"张伟挡住电脑不让王炎看。

"害怕什么,我不看,我看你那个干吗? 有什么大惊小怪的! 说好了啊,以后我聊天你也不准看我的!"王炎转身出去把自己的手提电脑拿了出来,"看咱的,无线上网,比你那先进……"

"好,好,互相不看,自己在那里玩吧!"

王炎坐在床上打开电脑上起网来。

张伟继续和伞人聊天。

"你的网名为什么叫伞人? 能解释一下含义吗?"

"没什么含义,随便起的。"听起来对方好像不大想聊了。

"哦……"张伟一时感觉无话可说了。

"今天先聊到这里吧,我要休息了。88"又是直截了当的一口气说完,张伟还没来的及回复"88",对方已经下线了。

张伟一直感觉伞人讲话的语气很平和淡漠,从没有笑过,聊天的整个过程,都好像是在面无表情地讲话。越是这样,就让张伟越感到好奇。他感觉这个女人挺有思想的,对事情的分析很有见解。他喜欢和有思想的人聊天。

洗漱完毕,张伟拉上帘子:"晚安,王炎!"

"晚安,你先睡,我再玩会!"王炎正在电脑上玩游戏。

白天忙了一天,很疲惫,张伟很快就在沙发上酣然入睡。

睡到半夜,突然被人推醒了:"师兄,醒醒……"

一看,是王炎,穿着睡衣站在他面前。

"怎么了?"张伟困得睁不开眼,有气无力地问道。

"我睡不着!"

"几点了还不困? 不累啊你! 怎么会睡不着?"

"累啊,可是翻来覆去就是睡不着……"

"那你叫我干吗?"

"让你陪我会,一换新地方,我就睡不着。"

"怎么陪?"张伟弄不明白王炎葫芦里卖的什么药,没敢多想。

"陪我在床上睡,等我睡着了你再离开。"

"哦,你不怕我占你便宜了?"张伟一听,来了精神。

"嘻嘻,我相信你不是那种人的,要是不相信你,怎么会和你住在一起。"

"呵呵……那好的!"让王炎这么一戴高帽,张伟倒感觉不好意思了。

"来,上我的床!"王炎伸手拉张伟的手。

"怎么能叫你的床? 应该说是我们的床!"

"咯咯……那好,是我们的床。"

床很大,两人躺在上面绰绰有余。王炎在两人中间放了两本书:"楚河汉界,自觉遵守哦!"

"嗯,你放心,不会冒犯楚霸王你的!"

第三章 蠢蠢欲动

　　躺在一张床上,两人心里都有一种奇妙的感觉,特别是在异乡沉寂的午夜,两个认识才一天的男女竟躺在一张床上。

　　虽然没有讲话,但都知道对方没有睡着。

　　还是王炎先打破了沉默:"你在想什么?"

　　"我……没想什么?"

　　"撒谎,除非你是木头人,这种时候会什么也不想!说!"王炎讲话直来直去。

　　"呵呵,我在想啊,我们两人真的很奇怪,一天前还素不相识,一天后却在千里之外躺在一起……"

　　"是的,我也有这种感觉!或许这就是古人说的'相逢何必曾相识'吧!"

　　"嗯……"张伟话题一转,"你自己一人睡不着觉,那你以前是怎么睡的?"

　　"咯咯……傻瓜,我是看你这么大的个子躺在沙发上睡觉蜷着身体很难受,找个理由让你来床上睡,这样睡得舒服啊!"王炎的声音突然温柔起来,"以后我们就这样睡吧,一人一半,你不要再去睡沙发了……"

　　听着王炎的柔声细语,张伟身体有了反应,按捺不住把身体移了过来,手伸向王炎的身体……

　　当两人大汗淋淋地结束一轮战斗后,王炎躺在张伟怀里,搂着张伟的腰,默不做声。

　　"炎,要不要去卫生间洗一下?"张伟抚摩着王炎光滑的背。

　　"……"王炎没有回答。

　　"你……"张伟忽然感觉胸脯上热乎乎的,一摸,王炎在流泪,"炎,你怎么哭了?"

　　"……"王炎依旧不说话。

　　"别哭,亲爱的,我会好好对你的,我会用心好好爱你,你放心……"张伟急忙安慰王炎,拍着王炎的肩膀。

　　"谁让你说这些,你知道什么呀……"王炎擦擦眼泪,不哭了,"没什么,我只是感觉心里很茫然……所以就……"

"哦……亲爱的,我以为我伤害了你……"

"没有,你没有伤害我,是我自己愿意的。"王炎拿过毛巾被裹在身上,坐了起来,"哥,你说我们这个算是什么?"

"什么?"张伟没搞明白王炎的话,"什么意思?"

"我是说我们两个这样算是什么?"王炎看着张伟,"我们这也太快了吧,根本对对方还不了解就……你说是性呢还是爱呢?"

"这个……"张伟沉吟了一下,"我们这个应该是那种一见钟情式的爱情吧?"

"一见钟情?"

"是啊,或者是叫两情相悦,我们是共同互相被对方吸引,而不是一个跑,一个追,你说是不是?"

王炎似懂非懂地点点头:"可是,两情相悦也不一定非要做爱啊?"

"是的,可是我们是在非常时期、非常地点产生了感情,除了我们心理的需求之外,生理的需求也不可避免,或者说,我们是在好感的基础上先有性,再有爱……"张伟像个心理学家一样滔滔不绝。

"嗯……"王炎被张伟的道理折服了,"你真会说……"

"呵呵,不是我会说,而是我分析的我们的实际的情况,你感觉是这样吧?"张伟把王炎又搂到怀里,二人靠在床头继续交谈。

"有些道理。"王炎转头看着张伟,"哥,你真的喜欢我吗?"

"真的,我是真的喜欢你,炎!"张伟认真地看着王炎的眼睛,"坦白地说,我现在还没有爱上你,因为我们刚刚认识,这个时候如果说我爱你,那是在欺骗你,我不能这么做。但我相信,在我们逐渐加深的过程中,我会深深爱上你!"

"那,你喜欢我什么啊?"张伟的话王炎听了心里很是欢喜。

"喜欢你的外表,你的性格,你的气质……"张伟一口气用了三个排比。

"咯咯……哥,你可真会说,只希望你做的能和你说的一样……"王炎深情地亲了一下张伟的脸。。

"炎,相信我,我是个男人,是个负责任的男人,我会好好疼你,好好爱你,好好用心去呵护你……"张伟把王炎搂过来,亲吻着她的嘴唇和脸庞。

"我相信你! 我也会用心去好好对你,在这里,我们没有亲人,没有朋友,我们互相就是最亲的人,最好的朋友,你说是吗? 哥!"

"你说得很对,丫头,我们就是彼此最亲的人,我们要相亲相爱,努力奋斗,一定要在这个城市站住脚跟,干出一番事业来!"

"会的,哥,只要我们好好干,付出就一定有回报! 明天我们就开始找工作!"

"傻丫头,已经是今天了!"张伟把手机拿过来给王炎看时间。

"呀! 两点多了,这么晚了,我们抓紧睡吧,明天要开始忙碌找工作了……"

"嗯……晚安,丫头!"

"错了,应该是早安,哥!"

"呵呵……对,早安!"

"你抱着我睡……"王炎使劲钻进张伟怀里。

……

第二天上午,张伟还在睡梦中,听到厨房传来做饭的声音和菜的香味,王炎早已经起床把饭做好了。

"起床! 大懒虫,10点半啦!"王炎进来把张伟身上的毛巾被一把拽了下来,张伟赤裸的身体暴露无遗。

"哈哈……"王炎大笑,"光天化日,丢人,丢人!"

"好啊! 看我怎么整你!"张伟光着身子下来,一把把王炎捉住,按到床上,压在身下,"说,想怎么个整法? 要不要爽死你?"

"哈哈,别,别! 我投降,我投降……"

嬉闹了一会,两人开始吃早饭。王炎做的荷包蛋、面条很好吃,张伟边吃边夸,把饭菜吃了一个精光。

饭后,张伟站在阳台上俯瞰市区:"炎,过来!"

"干吗?"王炎收拾好厨房来到阳台。

"看,这就是中国经济最发达的区域中心的中心地带。"张伟把王炎揽过来,指着市区说,"我们,将要在这里扎根,在这里创业,在这里实现我们的理想,在这里建立我们未来的一切……"

"哥,你怎么像在诗朗诵啊!"王炎抓住张伟的手,"这里竞争很激烈的,不知道我们能不能找到适合我们的工作!"

"找不到也要找,反正是不走了,就在这里安家了!"张伟断然说道。

"呵呵……哥,喜欢你这么男人的样子,好有男子汉气概!"王炎笑嘻嘻地看着张伟,"不过我们现在需要做的是先来点实际的,来,进房间!"

"嘻嘻……坏蛋哥哥。"王炎拿开张伟的手。

"进房间,开电脑啦! 上网看招聘信息……"

两人打开各自的电脑,上网搜寻招聘信息。

"哥,我想给你说个事。"王炎坐在床上边搜寻信息边说。

"说吧。"

"我想……我们即使是这种关系,但是也要互相尊重对方的隐私。"

"嗯,是的,应该的。"

"以后我们彼此都不要看对方的QQ聊天内容和记录,也不要乱翻对方的私人物品,你看好吗?"

"好的,即使我们以后结婚了也要相互尊重对方的隐私的,何况现在还不是呢!哈!"

"谁说要跟你结婚了,你就臭美吧你!"王炎拿起枕头朝张伟扔过来,"人家外国两口子都是这样的,个人隐私不可侵犯!"

"知道了,你放心,绝对不会违反的!"张伟眼睛一直盯着电脑,"炎,去前程无忧,那里招聘的信息最多,那里有宁州的分页。"

"嗯,好的。"

"你准备找哪一类的招聘?"

"外贸、外事、翻译之类的,我的专业是德语,这里是开放窗口城市,应该有适合我的工作。你呢?"

"我是学旅游的,做营销,就在旅游公司、旅行社这一块找好了。"张伟对旅游一直情有独钟。

"好的,那抓紧找,先注册,建立个人简历,然后完善简历,就可以找合适的单位投简历了。"

"OK!"

张伟很快就完成了注册、建立简历的程序,在宁州的招聘网上搜到旅游一栏:"哇塞!这么多旅游公司招人的啊!哈哈……到底是大城市!"

"呵呵,那你看看有没有合适的岗位,选择几个投简历。我还在找呢?"

"我还是老本行,营销,别的导游、计调那些岗位都是女孩子的事情,我就选找营销部经理或者总监的单位。"

"你刚来,别胃口太大,先从基层开始干也可以啊,人家对你又不了解,怎么能一下子就招你做总监呢!"王炎有点担心。

"嗯,先投过去再说,我做了6年旅游营销,3年营销总监,到这里还做不了了?"张伟不以为然地说,"嘿嘿……多投几个,这叫有枣没枣拨弄一杆……"

张伟选择了招聘营销管理人员的3家旅行社、1家旅游公司,把简历一一投递过去,松了口气:"好了,等回话吧!你怎么样了,丫头?"

"我的也快弄完了。"王炎正在忙着,"有两家外企招德语翻译,正适合我,我就投这两家了……好了,OVER!"

"嗯,好啊,外企好啊,收入高,待遇好。"

"是啊,就是不知道报名应聘的多不多?"

"应该不多的,你这个语种很少的,工作应该很好找!"

"哈哈,但愿如此,到外企去工作一直是我的梦想哦……"

"哦,这么想去外企啊,不会还有什么别的想法吧?"

"有啊,出国机会多,收入又高,接触外国人的机会多,开眼界,长见识!"

"嗯,是的,言之有理。"

"而且……"王炎眼珠子转悠着,"而且,还有可能……"

"可能什么?"张伟站在床前问道。

"而且,还有可能找个外国的白马王子,去外国定居哦!哈哈……"王炎忍不住躺在床上大笑起来。

"好啊!"张伟一下跳到床上,把王炎压在身下,在她身上乱摸乱挠,"死丫头,怪不得一直想去外企,原来是另有打算……"

"哈哈……"王炎笑得浑身颤抖,在张伟身下左右翻转,"痒死我了……饶了我……"

"饶你?"张伟继续挠王炎的腋窝,"看你还找洋白马王子……看你还去外国定居……"

"哈哈……不敢了……再也不敢了……"王炎连连讨饶,"逗你的,亲爱的……饶了我……别挠了……"

两人都很累,加上昨天晚上本身就睡眠不足,不一会儿又呼呼大睡过去。

这一觉,一直睡到晚上7点。

"哦呀!真舒服!"张伟醒来伸伸懒腰,"丫头,起床,我们出去吃饭去!"

"好呀!"王炎也醒了,躺那里撒娇,"哥哥,我要吃西餐!"

"OK!没问题!"张伟不喜欢吃西餐,但王炎想吃,肯定要答应了。

"昨天来的时候我看了,就在我们公寓楼下,有一家名典咖啡,我们去吃牛排吧!"

"好的!"

很快,二人下楼到了名典咖啡,在二楼找了个靠窗口的座位。王炎点了份牛排,要7成熟的,张伟看了半天没找到喜欢吃的,点了份面条。

"看来你是适合到外企上班,吃饭都喜欢吃西餐。"张伟对王炎说。

王炎托着腮正出神地看着斜对面,露出羡慕的眼神,对张伟的话没有反应。

"喂!和你说话呢?"张伟拿手在她眼前晃动着,"看什么哪?"

"哦!"王炎反应过来,"没,没什么啊,你刚才说什么……"

张伟没有回答,扭头顺着王炎刚才视线的方向看过去,原来是一个面貌英俊的外国小伙子和一个中国姑娘在一起吃饭,两人紧紧依偎在一起,神态亲昵,一看就是情侣。

"哦!我以为你看什么那么入神?原来是看这个。"张伟打趣道,"有什么好看的,没见过中西结合啊?不就一洋鬼子和一中国女孩谈恋爱吗?"

"咯咯……你说什么啊,我是感觉他们两个真是般配呢?"王炎毫不掩饰对他们的赞美,"中西结合有什么不好,人家外国男人长得确实帅,那女孩也挺漂亮,他们在一起挺般配的,我们的系花就找了我们系的德国外教,毕业后定居德国了……"

"哟!听你这么一说,敢情你是真想找一老外做老公,是不是?"张伟听王炎说的话感觉很别扭,有些不高兴了。

"你乱想什么啊?我不就是说说吗?"王炎看张伟不高兴,委婉地解释说,"我就是发

表一下见解,没什么别的意思哦……"

"好了,不说了,你的牛排来了,吃饭!"

两人都不再说话,埋头吃饭。

饭后回到宿舍,王炎爬到床上打开电脑就开始上网:"按说好的规矩来啊,各人上各人的电脑,各人聊各人的QQ,不准乱看。"

"呵呵……好的,你放心,谁没有自己的知心朋友啊,聊天很正常,我保证不干扰你!"

张伟站在阳台上,俯瞰着灯火阑珊、车水马龙的城市夜景,心想:不久的将来,将有我自己的房子里发出的灯光汇流到这璀璨的都市之夜里面。为了理想,奋斗!

回到房间,打开电脑,登录 QQ,伞人在线。

"晚上好!"张伟主动问候。

"晚上好,吃过饭了吗?"

"谢谢,刚吃完回宿舍!"

"工作的事情联系了吗? 怎么打算的?"

"呵呵,给几家单位投了简历,等回话呢?"

"你是做什么行业的以前?"

"旅游! 旅游营销。"

"哦! 是吗?"伞人好像有些意外。

"是啊,怎么了?"

"没什么,你……你以前是做旅行社业务营销的还是景区业务营销?"

"景区,对旅行社的营销了解一些,但不是很熟悉。你是做什么工作的?"

"我……我们是同行! 旅行社!"

"真的?"张伟发了几个符号表示自己的高兴和意外。

"嗯,不过我是在旅行社做内勤,对旅游业务不懂,只知道一点皮毛,和你没法比。"

"哪里,哪里! 山外有山,人外有人,我也是一直在学习,离真正旅游人的标准还差得远呢!"

"哦……年轻人的精神面貌和态度很端正! 不错!?"

"呵呵,听您这么一说,好像您比我大很多了? 我看您资料里显示的是 31 吧?"

"是的,我 31,你真实年龄是多大?"

"我也是资料里的,28。"

"那我比你大 3 岁,叫你年轻人也还凑合吧!"

"我晕!!"张伟继续用夸张的符号表达自己的不可思议。

"呵呵……"伞人笑了。

"第一次见你笑!!! 原来你会笑啊! 我还以为你不笑呢?"张伟感觉到伞人此刻的心情一定不错。

"？？？我从没有笑过吗？我刚才真的笑了？"伞人好像有点语无伦次。

"是啊！我想你这会儿一定很开心。我们聊的几次，从没有见你笑过。我还以为你不喜欢笑呢！"

"哦……是吗？我只是习惯了，自己没觉察到。"伞人接着又问，"你喜欢做旅游吗？"

"喜欢，非常喜欢！"

"为什么？"

"因为我的性格适合做旅游，我喜欢旅游工作的特点和内容。而且，我热爱旅游工作，对我来讲，旅游不是我谋生的一个手段，而是我生命中的一个事业！"

"哦，你的理想是什么？"

"做一个真正的旅游人！！！"

"哦。你打算怎样去做一个真正的旅游人呢？"

"学习！进取！拼搏！奋斗！"张伟意气风发地打出四个叹号。

"说得好！有志气！为了自己的理想去奋斗，一定会有收获的！"伞人发过来一个大拇指表情，表示赞赏，然后继续说道，"另外，我再送你八个字！"

"好啊！你说！"

"我送你的这八个字，是结合你的管理职能来说的，一家之言，仅供参考！"

"客气了！说吧！"

"敬业、责任、纪律、效率。"

"哦，是这八个字！能具体说说吗？"

"敬业，是一种对工作的思想认识；责任，是一种工作的态度；纪律，是一种工作的制度；效率，是一种工作的质量。"

"说得好！！佩服！！"张伟对伞人的话是真心佩服：一个办公室内勤都有如此高深的见解，看来南方确实是藏龙卧虎，高手如林啊！

这样一想，竟有了一些压力。

"呵呵，我也是现学现用，老板经常给员工开会讲话，讲得多了，也就了解一些了。"

"哦，是这样啊。我对南方这一块的管理、业务运作模式和内容都不大熟悉，你在这一行久了，肯定了解一些的，到时候还要你多多指导和帮助哦！"

"指导谈不上，我也了解的不多，不过以后你有不明白的地方告诉我，我不懂的可以去找我们公司的同事去问，问明白了告诉你！"

"好的，太好了！"张伟也正在考虑，南方的企业管理和运作比北方的要灵活先进，而自己对此一窍不通，碰巧认识一个业内人士，正好可以提供一些帮助。美中不足的是伞人是一个内勤，要是一个营销部经理多好！不过总比没有强。

"那我以后怎么称呼你？"张伟问道。

"你比我小，肯定要叫我姐姐啦！"

"嗯,是的! 那就叫伞人姐!!"

"呵……好!"

"伞人姐,有个事情,我想问你,又担心你不高兴?"看到伞人情绪不错,张伟开始把疑问说出来,"我们上两次聊天,我看你每次聊天结束的时候,都是刚说完要结束聊天的话,就把88迅速打出来,然后就'刷'下线了,我想给你说'再见'都还没来得及。为什么那么快啊,别人感觉好像很冷淡的样子呢!"

"哦……是这样? 我习惯了,没感觉到,没什么别的意思,以后我会注意! 谢谢你提醒我啊!"

"呵呵……客气什么啊,认识你很高兴,也很荣幸!"

"过奖! 我也是! 时间不早了,10点多了,早点休息吧! 有时间再聊!"

"好的! 那再见!"

"嗯,88。"这次伞人注意到了张伟的提醒,特意把"88"专门发了过来,并搭配了一个再见的表情符号。

第四章 | 人生理想

关上电脑,张伟心里很高兴:认识了伞人,而且,从她话里判断,她对本区域旅游业内的情况好像也比较了解,这对现在找工作和今后的工作肯定会有帮助。多一个朋友多一条路嘛!

"一个人,一辈子,一生情,一杯酒……"张伟哼着《朋友》躺到床上,对戴着耳机、边听音乐边在电脑上聊天的王炎大声说道,"丫头! 过来……"

"干吗? 哥哥。"王炎摘下耳机看着张伟,嘴巴一撇,"哼! 吓我一跳!"

"告诉你个好消息……"张伟神采飞扬,"我在 QQ 上认识了一个朋友,她是附近的东兴市的,以前和我是同行,做旅游的,对这里的旅游业的状况好像比较熟悉一点……"

"哦……那不错,有熟悉的人介绍情况,以后做业务的时候可以少走弯路……"

"是的,呵呵……知道这个人我怎么认识的吗?"

"我怎么会知道? 我也不想知道,那是你个人的事情,不用告诉我,对于别人的私事我不感兴趣……"王炎直截了当地说。

"你……"张伟讨了个没趣,"你这孩子,怎么这样说话,没礼貌……"

"呵呵,我怎么没礼貌了? 我只是不想听别人的隐私,也不想让别人打听我的隐私,这就是本小姐的做事风格! 嘿嘿……别伸头缩脑的看我聊天内容啊!"王炎边和 QQ 好友聊天,边和张伟讲话。

"明白,理解,保证不看,哼……"张伟往床上一躺,转移话题,"我问你个事。"

"说吧!"王炎头也不抬。

"你……你喜欢我吗?"

"喜欢,不喜欢干吗和你一起,都同居了还问这个!"

"你……你爱我吗?"

"什么?"王炎抬起头看着张伟,"老大,怎么想起问这个? 可以不回答吗?"

"不行! 我想要你回答!"张伟一副坚定的表情。

"好,那我告诉你,说真话呢,是不爱! 说假话呢,是爱! ……"王炎干脆利落说出来。

"噢……"张伟泄气了。

"呵呵……"看张伟那样,王炎忍不住笑了,"傻瓜,但是……我很喜欢你!"

"呵呵……"张伟眼睛又亮了,"那你怎么说……"

"你自己不是也说了,我们刚认识,还缺乏感情的基础,还需要在互相了解中加深感情。我们不是先有性,再有爱吗?这个时候我说我爱你,只能是满足你自己的虚荣心。在这个问题上,我不想讲假话,还是实在一点好。"

"呵呵,是的。"想起自己说过的话,张伟笑了,"你说得很对,我自己也说过的。我可能是太喜欢你,怕失去你,才这么问你的,也是想画张大饼给自己看……"

"我看啊,你是想让自己生活在海市蜃楼里,自我欺骗,哈哈……"王炎也乐了,"别胡思乱想,困了就休息,我还要再上会。"

"什么胡思乱想,都是你惹的我不安宁的……"

"我?我怎么惹你了?"

"你不是说要到外企去工作,要找个老外,而且,你看看你下午吃饭的时候,看到人家中国女孩和那老外在一起,眼里露出的羡慕……"

"哈哈,我那是开个玩笑,你怎么当真了?"王炎勉强笑着说,"我看人家老外和中国女孩吃饭怎么了?不能看?"

"不是不能看,我是说……"

"说什么?不要说了!"王炎打断张伟的话,兴趣索然地把电脑关上,"累了,不玩了,睡觉!"

张伟也感觉今晚是自己自讨没趣,两人刚认识,就说我爱你你爱我,未免太假了点。

不过,张伟喜欢王炎是真的,是那种发自内心的喜欢。

看王炎不高兴,张伟也不想说什么了,倒头就睡。

第二天睡到日上三竿,张伟才醒,王炎已经起床把饭做好了,正在玩电脑。

真是个勤快的女人,能娶这样的女人做老婆倒也逍遥。

"快起床,吃饭!"看张伟醒了,王炎招呼张伟,"刚才我查邮箱,收到一个面试通知,今天去面试哦……哈……"

"哦,是吗?这么快!"

"是啊,这还有假?还是外资企业!"王炎很兴奋。

"好,很好,那我们抓紧吃饭,饭后我陪你去面试。"

"好啊!不过,你先看看你的邮箱,看有没有面试通知,要是你也是今天面试,那我们就分头行动。"

"OK!先吃饭!"

饭后张伟上网打开自己的邮箱:"乖乖,我也收到一家旅行社的面试通知,哈哈……"

"好啊,那我们分头去吧,面试完在中心广场会合,一起吃午饭!"

"好的! 亲爱的,出发!"

张伟和王炎分头打车去招聘单位面试。

张伟按照邮件通知里提供的地址赶到了招聘单位,一看顿时感觉眼前一亮,好气派,装饰豪华,"中天旅游"四个水晶大字分外惹人眼球,接待柜台整洁规范,和以前在北方见到的旅行社混乱无序形成鲜明对比。

室内人员不多,都在忙碌着。张伟说明来意,一个柜台人员直接带他去了总经理办公室。进门之前,张伟把手机关掉了。

总经理是个男的,自我介绍姓高,40岁露头的样子,短发,很精神。看了张伟的简历后,先让张伟做个自我介绍,然后询问了几个专业的问题。

张伟对旅游这行,特别是营销,因为做过6年,实战经验比较丰富,侃侃而谈,但首先申明自己以前做的是景区营销,对旅行社营销不是很熟悉,然后结合以前的经验,谈了一些自己的营销的基本思路和设想。

看得出,高总对张伟的回答比较满意。在张伟说完后,高总详细介绍了公司的情况,看张伟一直没有问薪水的事情,就在最后问张伟:"张先生,请问你对来本公司工作,在报酬方面有什么要求吗?"

张伟不加思索马上回答:"没有!"

"哦!"高总有点意外,"为什么?"

"我的报酬取决于我的付出和贡献,取决于我给这个集体带来了多少收益,我相信,只要辛勤付出,有了业绩,一定能得到相应的满意的报酬!"

"嗯……"高总满意地点点头,然后站起来,伸出手:"那好,张先生,今天的面试先到这里,能否录用,回头会安排给你通知……"

"好的,再见,高总!"

走出中天旅行社,张伟打开手机,看到了王炎的短信,她已经到了中心广场。于是急忙去和她碰头。

见到王炎,正坐在台阶上,托着腮,眼睛红红的,好像刚哭过。

"怎么了?"张伟连忙问道。

"气死我了,面试遇到色狼了!"

"哦! 怎么回事? 说说!"

"我去面试那单位,是个生产企业,在他们接待处登记完,说由中方经理在他办公室面试。那中方经理是个50多岁的老头子,一直色迷迷地看着我,看完简历,先是让我站起来走几步给他看,说要形象好,然后问我三围尺寸,后来问的问题越来越离谱,越来越下流,到后来又要伸手摸我……"王炎又羞又气,眼睛又红起来。

"浑蛋！怎么会有这样的浑蛋来面试！后来呢?"张伟气得攥紧了拳头,恨不得现在就去收拾那浑蛋！

"我反抗,他威胁我,说如果不从,就甭想被录用,因为面试的有好几个,只录取一个。"

"那你怎么办的?"

"看我在那里不说话,他站起来走到我跟前,伸手撩我裙子,要耍流氓,我冲他脸上打了一巴掌,骂了他一句'老流氓,姑奶奶还不稀罕你这里……',然后我就离开那里,到这来等你了！"

"嗯,有志气,好！这浑蛋仗着自己有权,就想占便宜,不能让他得逞！"张伟看快到中午了,揽着王炎的肩膀,"走,丫头,我们吃饭去！"

"不饿,气都气饱了,不想吃！"

"人是铁,饭是钢,一顿不吃饿得慌。不吃怎么能行,出门在外,不比在家里,要学会自己照顾自己,身体是第一位的,只要有个好身体,就什么也不怕！"张伟耐心地劝说王炎。

"嗯,那好,我们就在附近的快餐店随便吃点吧,节省点,工作还没着落,不能浪费钱……"

"呵呵……丫头,看不出,挺会过日子嘛！以后我们结婚了,你来管家！……"张伟打趣地说道。

"去你的,又来了,谁说要和你结婚了,才刚认识两天就想入非非……"王炎故作生气状,嘴巴撅着,心里却舒坦多了。

"别总想着去找老外了,那太遥远,不现实。我这个国产的,质优价廉,你先免费用着得了……"

"哈哈……坏蛋……你又拿我寻开心！"王炎冲张伟身上打了一拳,情绪完全好了。

"呵呵……高兴了吧,亲爱的！别想刚才的不开心的事情了,这家不行,我们再找。世上无难事,只怕有心人,肯定能找到合适的单位……"张伟乐呵呵地说。

"嗯,明白了！对了,你面试的情况怎么样?"

"还可以,我自己感觉还可以,那家旅行社规模、档次都不错,老板让我回来等通知！"

"嗯,那就好！但愿一切顺利！"王炎挎着张伟的胳膊边走边说。

"看造化了,呵呵……"

两人直接去了附近的一家快餐店。

刚在里面坐下,王炎习惯性在身上一摸,突然大叫一声:"坏了！"

"怎么了?"张伟问道。

"我的包忘记在那个总经理的办公室了,走的时候匆忙,忘了拿……"王炎急了,"钱倒不多,可是银行卡、身份证、毕业证、外语级别证书都在里面,要是不见了……"王炎不敢想象了。

"别着急,不要紧,只要确实是记得在哪个地方就丢不了。"张伟安慰王炎,"我们先不要吃饭了,马上去拿包!"

"嗯!"二人急忙出来,打了个出租车去了那家外企。

到了之后,张伟才知道这是一家中德合资企业,生产一种高科技的医药产品,主要用来出口的。

到了之后,两人急匆匆往办公区走,已经到了中午就餐时间,员工都到食堂吃饭去了,静悄悄的。王炎向接待柜台的服务人员说了事情的原委,希望去中方总经理办公室把包拿出来。

接待人员很有耐心地听完了事情的过程,告诉他们中方总经理已经去机场了,马上飞上海,然后从上海飞德国去洽谈业务,要一个月才能回来。而他们作为接待人员,既没有那办公室的钥匙,也无权打开办公室的门。而且,王炎讲的事情,真实性也还需要核实。

两人一听,傻眼了。一个月!一个月内没有这些证件将寸步难行,无法找工作。而且还不知道那色鬼总经理把包给放哪里了,万一一个月后回来再说没见,那损失可就大了。

王炎急坏了,哀求接待人员:"我的包确实是忘记在你们总经理办公室了,我上午来面试,你还接待过我的,你应该记得我的……帮帮忙,我包里的东西很重要,开下门,我进去看看,我记得放在沙发上的。"

"小姐,我也愿意相信你说的是真的,我也愿意帮助你,可是,我们有规定,上司的办公室在没有本人允许的情况下是不可以进去的,而且我也确实没有那办公室的钥匙,钥匙在总裁办公室里。"

"那你和你们总经理电话联系下,问问他见没见那包,如果见了,让你们办公室的人开下门,去拿出来不就可以了!怎么这样做事情,太过分了!"张伟有些火了,冲那接待人员嚷起来。

"你嚷什么?你以为这是你家啊,想怎么样就怎么样?"那接待员也火了,"谁知道你们说的是真的还是假的……"

"你……"王炎又急又火,"你这人怎么能这样说话!我……"

三人正嚷嚷着,走过来一个高个子外国人,三十五六岁,看到他们在吵,操着一口外语过来说了几句,好像是在问发生了什么事情。

接待员一见那老外,态度立马毕恭毕敬起来,满脸堆笑。

张伟一听那老外讲的不是英语,是什么语言没听懂。

王炎眼前一亮,马上来了精神,过去用外语和那老外交流起来。

一听王炎和他交流的语言,张伟明白过来,那老外说的是德语。

王炎和他谈了一会,好像是在说这个事情,那老外也频频点头,边用欣赏的目光打量着她。

交谈了一会之后,那老外对接待员用生硬的汉语说:"你,去找人,把门大开,让她进去拿包!"

"是,您稍等。"接待员飞快地去了。

看来这个老外在这个公司里属于高级管理人员,权力不小。张伟暗暗地想。

那边,王炎和那老外继续用德语交谈,气氛很和谐,不时发出笑声。看得出两人都很开心,那老外还不时冲王炎竖起大拇指。

很快来人把门打开了,王炎顺利找到了自己的包,果然在沙发的角落里,看了看,东西都在。

第五章 | 意外收获

两人热情地和那老外感谢告别,临走之前那老外递了一张名片给王炎,王炎看了后又惊又喜……

"阿门,上帝的福音来了!"刚从那家外企出来,王炎就高兴得蹦起来,"亲爱的,我们是因祸得福,无心插柳啊……"

"呵呵,看你高兴的,给我讲讲到底是什么事情?"

"在我们争吵的时候,那老外过来用德语问发生了什么事情,我就用德语回答了他。他听到后很意外,就和我用德语交谈起来。我把应聘事情的经过全部告诉他,他让我不要担心,马上给我解决,然后就安排人把门打开。之后,他又详细问了我的个人情况、学习的专业和就业倾向,还夸我德语讲得好,发音准确,顺畅流利。我们走的时候,他给了我一张名片,让我明天给他打电话。你知道他是什么职务吗?"

王炎兴奋得不等张伟提问就自我回答:"人力资源部经理!叫哈尔森,哈哈……他说他会把我的实际情况直接汇报给外方总经理,尽快安排我进行口试和笔试,如果合适会考虑录用我……"

"哈!好啊,我们这一趟跑的真是值得啊,重大收获!"

"嗯,我得抓紧熟悉下一些专业的医药单词,哈尔森告诉我如果被录取的话,除了要担任日常业务的口语翻译外,还要负责翻译一些文件、产品资料等,就必须要掌握一些和产品有关的单词,而且他还说,做这个工作,出国的机会很多的……"

"嗯,那好,我们抓紧先吃饭吧,饿死我了……"

饭后二人回到家,王炎在电脑上搜集有关专业的资料,张伟打开自己的电脑,登录QQ,一看,伞人也在。

"工作的事情怎么样了?"伞人主动问起来。

"呵呵,上午去面试了,刚回来,是一家旅行社,招聘营销部经理的。"

"自我感觉如何?"

"还可以吧,呵呵,自我感觉良好……"接着张伟把面试的过程和伞人说了,然后说,

"那旅行社的名字叫什么中天旅游,你了解吗?"

"哦!中天旅游……"伞人停顿了下来,半天没有讲话。

"怎么了?"

"没什么,听说过,知道名字,但不了解……"说完,伞人又沉默了。

"哦,那高总让我等他回话呢,不知道结果如何,但我感觉面试的效果还是蛮好的!"张伟主动打破了沉默。

"嗯,我感觉你应聘成功的可能性很大,假如……当然我是说假如,我要是旅行社总经理面试你的话,根据你刚才讲的情况,就会考虑录用你。知道为什么吗?"

"不知道。说说看。"

"做一件事情,最重要的不是对专业的熟悉程度,而是对待事情的态度。行业陌生、不懂业务,不可怕,但必须要有一个学习的态度,只要肯学,没有蹚不过的河。你在面试中表现出来的诚实和学习、进取的态度,是每一个老板都喜欢的,而且你还有多年营销管理的经验。所以说,假如我要是老板的话,我也录取你。"

"呵呵,真可惜啊,你不是老板!"

"是啊,呵呵……我不是老板……还是等你做了老板我跟你打工吧!"伞人说。

"好啊,等我做了老板,我做董事长,聘你做总经理,我发现你蛮有管理能力的,哈哈……"张伟意气风发。

"呵呵……谢谢高抬,那你就好好混,等你混好了,总经理我是做不了的,做个小内勤就足矣!"

"谦虚,谦虚了,你太谦虚,以后我还有很多事情要向你请教呢。"

"请教不敢当,我也不熟悉那些专业旅游的业务,不过我可以找他们打听完,然后告诉你。不过不管是南方还是北方,不管是旅行社营销还是景区营销,共性还是有的,只要上了路,就能很快适应的。"

"嗯,你说得很对。"

"对了,你今天面试的时候还有一个问题回答得非常好。"

"哪一个?"

"关于报酬啊!你回答得很漂亮,比那些提出来最少要多少多少钱的那种强多了,老板最不喜欢的是还没开始干就提条件、要报酬的员工,呵呵……当然老板这样想是不合理的,但老板的共性都是这样……"

"呵呵,我说的是心里话。我认为付出和回报是成比例的,当你的业绩出来时,不用讲,老板也会给你合理的报酬的,因为老板也想激励员工的积极性……"

"不错,不错!讲得很好,我看你讲话很有做老板的潜质,呵呵……"伞人开玩笑道。

"呵呵……谢谢伞人姐姐夸奖!!!"

……

正聊得带劲,后脑勺被一个纸团打了一下。

"还没忙完吗?"王炎已经忙完了,正躺在床上边看书边吃零食。

"干吗,什么事?"

"我们需要去买两个本地的电话卡,等我们现在的电话打完后,就换新的电话号码。不然长途加漫游,还不死人啊……"

"嗯,好的,我们一会出去买,顺便在外面吃晚饭。"

张伟跟伞人道别后关上了电脑,对王炎说:"走,出去买电话卡,吃晚饭去。"

办完事情,吃完饭,张伟和王炎又兴致勃勃去超市采购了一些各自喜欢吃的食物。直到晚上 10 点才回到家里,有些累,但两人心情很好。

"今晚别上网了,洗澡,早睡觉,好不好?"张伟对王炎说。

王炎正拨弄买的各种小吃,乐滋滋的:"嗯,好……你先洗澡吧,我把买来的东西整理一下放柜子里。"

"坏了!"张伟突然说道。

"怎么了?"

"忘记买避孕药了,上次你就没吃……不能超过 72 小时……"

"哼,你这才想起来啊……嘴巴上说关心我,疼我,我看要靠你,黄花菜都凉了!"

"嘿嘿……要不,我现在下去买去!"张伟拉开门就要下楼。

"回来!"王炎叫道,"不用买了,本小姐这几天是安全期……"

"怪不得不急不躁,原来是心中有数……"张伟放心了。

"过来,我问你,看你这么着急的样子,是不是怕我怀孕赖上你……说!"

"什么话! 我是怕你怀孕再去流产,损伤身体,还痛苦……"

"浑蛋! 你怎么就不会说我怀孕了让我生下来,你和我结婚,你养我呢?"王炎逼问道。

"我……其实……你也不想这么早生孩子吧……嘿嘿……"张伟一时感觉理亏,声音先低了几分。

"你少避重就轻,我看你就是自私,不想承担责任,真不像个男人……"

"你……说什么那,丫头! 少上纲上线,屁大一点事,你拿根针当棒槌……少在那捣鼓了,过来,我们一起去洗澡!"

张伟为王炎冲洗干净,用大浴巾把她裹起来,抱到床上:"好了,洗干净了,在床上玩吧,我去洗澡去。"

张伟洗完澡出来,一看王炎已经睡着了,未免有点扫兴,又不想把她吵醒,毕竟她今天忙了一天,确实也累了。

看看时间 11 点,没有睡意,干脆上会网。

登录 QQ 以后,伞人也在,两人聊起来。

"这么晚才来，一定很忙吧？"伞人问道。

"不忙，带美女出去购物、吃饭，回来刚洗完澡……"

"呵呵，美女？你女朋友？"

"是的，有福之人，来的路上捡了个美女，还是我师妹，一起租房子住的，正好有个伴……"

"艳福不浅，有福之人！不好好陪美女，怎么来上网了？"

"她睡了，今天很累……对了，伞人姐，你怎么这么晚还在？你家大哥呢？"

"我家大哥？什么意思？不明白！"

"就是你老公！"

"哦，你问这个……我也不知道啊！呵呵……"

"？？？？"

"因为我现在是单身啊！"

"哦！！"张伟明白过来，"对不起，不该问你的个人隐私……"

"没关系的了，哈！"伞人和张伟交谈越来越活泼了。

……

两人聊了一个多小时才结束。

张伟感觉困得不行，把脑袋往枕头上一放，立马睡了过去。

……

等再醒过来，天已经亮了，听到王炎正坐在床上和哈尔森打电话，衣服都还没穿，张伟什么也听不懂。

王炎打完电话，高兴坏了，躺下来抱住张伟："太棒了，哈尔森让我下午去他那边参加口试和笔试，他昨天下午和领导汇报了，只要口试和笔试过关就录取。他说我口语很标准，希望很大……"

"哈！好，很好，宝贝……来，庆贺一下……"张伟在王炎脸上亲了一口。

……

两人一直缠绵到午饭时间才下床。

"哥，你累了，辛苦你……"王炎穿好衣服拍拍张伟的脸，又亲了一口，"我收拾下去面试，你再睡会吧，不用陪我过去了，考试结束我给你电话。记得吃点东西，厨房里有现成的……"

"好吧，路上注意点……"张伟确实累坏了，等王炎走后，吃了点东西，筋疲力尽地趴在床上，又睡了过去。

再醒过来，天已经黑了，是被手机铃声吵醒的，一看是王炎的电话。

"怎么搞的？考试还没有结束？"

"嘿嘿……告诉你，亲爱的，我过关了……"王炎在电话里兴奋地对张伟说。

"真的，太好了，真棒！我们晚上去吃饭祝贺一下……"

"不行啊,亲爱的,哈尔森先生邀请我去吃西餐,人家刚给帮了个忙,不去又不好意思……"

"嗯,也有道理。不过我警告你啊,晚上早点回来,小心洋鬼子……"

"好的,你放心,哥哥,保证完好无损回来……"

放下电话,张伟心想:哼,洋鬼子吃饭是假,泡妞是真吧。不过也没什么理由阻止不让王炎去。

王炎的工作问题解决了,自己的工作还没着落。

今天既没接到中天旅行社的电话,也没接到其他单位的面试通知,看来大城市就业岗位多,竞争的人也多啊,没有那么轻易就能得到的事情。

王炎没回来,张伟感觉很无聊,打开电脑登录 QQ,看看伞人在不在。

伞人的头像正处于忙碌状态,看来正忙着,有事情,先不打扰吧。于是浏览起新闻来。

过了一个多小时,伞人的信息发过来了:"在干吗?"

"在等你呢!"

"呵呵,抱歉,我刚才单位里有些工作,刚忙完。你怎么不陪你那美女妹妹了?"

"他陪洋鬼子吃饭去了。"

"哦,她是做……"

"外企翻译,今天刚通过招聘。"

"哦,不错的职业……你工作的事情怎么样了?"

"没消息呢,真急人!"

"沉住气,现在经济危机,找工作的人很多,招聘单位往往要优中选优,不过,根据我对他的了解,你被聘的可能性很大。"

"他???"张伟追问道。

"哦……打错了,不是'他',是……他们,是指……旅游行业的老板们。"

"哦! 我还以为你说的'他'是指中天旅游的高总呢!"

"呵呵……"伞人笑了,什么也没说。

"你还在单位?"

"是的,刚忙完,和几个客户刚谈完业务。"

"哦,你和客户谈业务?"张伟很奇怪,内勤人员怎么能和客户谈业务呢。

"啊……这……是啊,是……是和几个广告客户,老客户了,来印刷宣传页的,我就是把印刷价格报给他们,收钱记账,价格都是老板规定好的,也算不上谈什么业务,就是走手续……"

"哦,我以为你代表老板和客户谈业务的呢! 呵呵……"

"呵呵……我哪有那本事啊,我又不是老板……"

"时间不早了,你该回家了。"

"是啊,该回家了……再见,你也早点休息。"伞人发过来一个再见的表情,就下线了。

关上电脑,看看时间,11点了,这个死丫头怎么还不回来,别让洋鬼子给拐跑了!

张伟刚摸起电话要打,门突然开了,王炎跌跌撞撞地走进来,浑身酒气。

"掉酒缸里了……喝成这鸟样……"张伟骂道。

"呵呵……"王炎靠在门框上,傻乎乎地笑着,"哥哥……明天……我明天就可以去正式上班了……"

"奶奶的!那也不至于喝成这样啊……呵呵……"张伟起身把王炎架到卫生间洗脸池前,"洗把脸,醒醒脑,吃饭了没?"

"吃了……牛排……"王炎边洗脸边回答。

"又是牛排,我看你快成人排了……"张伟忍不住笑起来,"哈哈……你喝的什么酒,喝了多少?"

"啤酒……百威……有6瓶吧!"

"看不出,你还有这酒量!行啊……那洋鬼子喝了多少?"

"那哈尔森啊……"王炎从卫生间出来,往床上一躺,"他才是酒缸呢,自己喝了10瓶也不止,要不是我说时间不早了,他还得喝……"

"我看这洋鬼子没安好心……"

"NO,NO!你不知道,这老外人蛮不错的,很率直,很热心,对我特别好……让我明天就去上班……"王炎说着,衣服都没脱就躺下睡着了。

"狗屁,我对洋鬼子是没什么好印象的……"张伟边给王炎脱衣服边自己嘟哝着,"不信走着瞧……"

……

第二天一大早,王炎就起床去新单位上班了。

张伟也醒了,躺在床上感觉有点心烦气躁:怎么搞的?投简历的单位只有一家来面试通知的,这一家还没了消息……

正琢磨着,电话响了。

"您好,是张伟先生吗?"

"我是,请问您是……"

"我是中天旅游……"

"哦……您好,您好!"

"高总让我打电话给您,如果您方便的话,请您上午10点钟到公司来,他在办公室等您,有事情和您谈……"

"好的,谢谢,我准时到!"

放下电话,张伟高兴地看看时间,9点,还来得及,看来是有戏了。

10点整,张伟准时到达中天旅行社。兴冲冲地推开总经理办公室的门,一怔,高总不在,却有一个美女坐在高总办公桌前。

第六章 | 应聘成功

"您好,我是来应聘的,高总在吗?"张伟率先发问。

美女35岁左右的样子,瓜子脸,白皮肤,眼睛大大的,嘴唇薄薄的,很瘦,典型的江南美女少妇的模样。

"你是叫张伟吧?"美女见了张伟,笑了笑,牙齿很白,"老高刚刚接了个电话,有紧急事情出去了,委托我和你谈,进来,请坐!"

"哦……请问您是……"张伟边坐边问。

"呵呵,老高是我丈夫,呵呵……"

"哦……老板娘!失敬,失敬!"张伟又站起来。

"坐,坐!别拘束。"美女和气地看着张伟,"我叫何英,也在公司里工作,平时老高主外,我主内,今天本来是老高要和你谈的,不凑巧有事情,只好委托我代表了。"

"哦……呵呵……"

"你的情况我已经都了解了,根据上次面试的结果,综合分析各人的特点和优势,结合公司的实际情况,公司决定聘任你为营销部经理,从今天开始,试用期一个月,一个月后签订劳动用工合同,办理福利手续。"

"哦,好的,谢谢老板和老板娘器重,我一定不辜负老板和老板娘的期望……"张伟很兴奋,连忙表态。

"呵呵,小张,哦,不,得叫你张经理了,你是我们从诸多应聘者当中挑选出的佼佼者,相信你一定有能力把工作做好的……"何英笑嘻嘻地看着张伟,"祝贺你,张经理,欢迎加入中天旅游,你可是我们公司第一帅哥哦……"

"呵呵……"见老板娘这么随和,张伟也轻松了,"老板娘这么漂亮,肯定是我们宁州旅游界的第一美女了,真是出江南美女啊……"

张伟讲的是真话,何英确实是非常漂亮的女人,但给张伟的印象是总感觉缺点什么,好像是花瓶,美丽而缺乏生气。

"真的,你看我真的是很漂亮吗?"何英听了很受用,花枝招展地笑起来,眼睛一直没有离开张伟。

"是的,没得说,地球人都知道……"张伟幽默了一下,然后问,"老板娘,我想先去熟悉一下工作……"

"哦,好的。我带你去!"何英一扭一扭站起来,带张伟出去,把公司的基本情况介绍了一下。

公司设计调部、营销部、导游部、地接部和财务人事部,总共专职人员 30 人,还有 10 个兼职导游。张伟的营销部有 10 个营销人员。

张伟在宁州有了正式工作,职务是宁州中天旅行社有限责任公司营销部经理。

上班第一天,张伟先和公司的同事认识了下,营销部的人员都在,10 个人,6 男 4 女,清一色的年轻人,大学生,朝气蓬勃。然后张伟开始熟悉公司的经营和运作情况,重点是了解营销状况。

下午,高总回来了,又和张伟进行了单独谈话,重点谈了公司现在的经营状况和下一步的计划、打算,又结合宁州的特点谈了他对营销工作的见解和认识。一席话,让张伟受益匪浅。

张伟打算先用一周的时间熟悉工作,并拿出一个综合的营销计划。

下午下班后,张伟回到家,王炎已经回来了,正做饭。听说张伟也去上班了,王炎很高兴:"我们还是比较顺利和幸运的,现在找工作很难的,可得好好珍惜……"

"你那边情况怎么样?"

"很好,今天我找哈尔森报到,然后他安排我先在人力资源部熟悉一个月,主要是帮他翻译一些资料……"

"哦,那人怎么样?"

"挺好的,很直爽,没什么歪心眼,对工作要求很严格,下面的人都很怕他……"

"嗯,那就好……"

两人像居家过日子的小夫妻一样,亲亲热热地做饭、炒菜、吃饭、收拾。

饭后收拾完毕,两人心情都很好,站在阳台上亲热地抱在一起眺望暮色中的城市。

"你说,我们能不能在这里站稳脚跟,现在经济危机很严重,对外贸企业冲击特别大,今天我听公司里同事说现在宁州倒闭的出口中小企业有 3000 多家,好几个老板自杀了,失业的工人到处都是……"王炎靠在张伟怀里幽幽地说。

"沧海横流方显英雄本色,别担心,有我呢!"张伟搂着王炎,很男人地拍拍王炎的肩膀。

"嗯,像个男人!嘻嘻……"王炎抬起头吻住了张伟的唇,"哥,你真好……"

不知道过了多久,外面的天色已经全部黑了,房间里也没有开灯。

"天黑了……灯初上……夜未央……"王炎懒散地躺在床上,黑暗中眼睛幽幽地看着窗外深邃的夜空,喃喃低语。

"怎么?想家了?"

"嗯,看,外面,半个月亮爬上来……中秋节快到了,想妈妈……"王炎像个孩子似的说道。

"嗯,抽时间多给家里打个电话,报个平安,让老人放心。"

"感觉我们像是漂在大海里的一叶小舟,漂啊漂……好没有安定感……我的明天在哪里……"王炎的情绪在极度放纵后跌入了谷底。

"别多想了,不要放纵自己的思绪,那样会让自己更伤感。出门在外打拼,最重要的是坚强、自立、自信、自强,自艾自怜只会消磨自己的意志,颓废自己的精神……"张伟捧着王炎的脸,鼓励王炎,也是在鼓励自己,"我们现在需要勇敢面对现实,勇敢面对挑战,勇敢面对压力,已经出发了,没有回头路,一定要走下去……"

"嗯,哥,你说得对,我只是释放了下情绪,调整一下,没问题的,呵呵……"

"那就好,傻丫头! 我们要学会自己照顾自己,迅速建立起自己的关系网,在家靠父母,出门靠朋友,四海之内皆兄弟……"张伟对王炎说着,脑子里涌出了伞人的名字。

接下来的一星期,张伟很忙,白天熟悉公司的基本情况,熟悉当地的旅游资源状况、摸清公司营销的特点和问题,调查公司营销队伍的现状,走访客户听取意见……晚上查阅资料,制定公司营销计划和营销部人员整顿及工作方案……

繁忙的工作让张伟感觉到了充实,他喜欢忙碌的感觉:忙并快乐着。

因为繁忙,一直没有时间上 QQ。

高总这段时间也很忙,一直在外面出差,一周就见了两次。

倒是老板娘何英一直在内外打理,经常有事没事到张伟跟前转悠转悠,说几句不着边际的话。

王炎那边一直在人力资源部实习,帮助翻译一部分资料,把中文翻译成德文。这项工作对于刚毕业的王炎来说压力不小,很多单词都是没见过的,每天除了在单位里忙碌,晚上也常常忙到深夜。

周五,张伟经过一周的忙碌,基本工作思路已经形成。下午,高总也在办公室,张伟于是拿着打印好的工作方案到了高总办公室,何英也在里面,在看业务报表。

"高总,老板娘,"张伟打完招呼把他的两份工作方案交给高总,"一个是营销部人员配置及整顿方案,一个是营销部工作计划,请您过目……"

高总在那里认真地看方案,张伟坐在对面等他发话。

"好! 很好!"高总看完后满意地点点头,"方案做得很好,以人为本,职责明确,措施得力,任务具体,事项详尽,我看基本可行,当然还需要在实际的工作运行中进一步完善、修正。你下周一先按照这个计划落实吧,我经常出去不在家,有事情你和阿英汇报,你们俩都决定不了的再找我……"

"呵呵……老高,小张工作能力很强的,刚来一星期,营销部的精神面貌大为改观,我看有他在,我们省心多了……"何英和高总说着话,眼睛一直瞟着张伟。

"谢谢老板娘夸奖,我还年轻,经验也不丰富,做事情也不成熟,还得您和高总多多批评、指正才是。"张伟客气地应酬,他感觉高总对自己的方案好像还有些想法,但他不说,自己也不好多问。

"嗯……小张,阿英这几天经常在我面前夸你,希望我没有看错人……"高总微笑说,"在工作上,我们是同事,在工作之外,我们是兄弟,你是外地人,生活上有什么事情需要帮助的尽管说,直接告诉阿英就可以……"

"是啊,小张,大家都是自己人,以后有什么事情直接找我好了,包括你的个人私事,嘻嘻……"

一席话说的张伟心里热乎乎的,漂泊在外的人最感动的就是别人对自己的关心。

"谢谢高总,谢谢老板娘……"张伟感动的有点语无伦次,不断重复着这两句。

明天是周末,终于可以放松一下了。

张伟兴冲冲地赶回家,忙碌了一星期,打算好好过个周末。

刚进家门,王炎的电话打过来了:"今晚要招待客户,我要去现场翻译,不回来吃饭了……"

放下电话,张伟有点扫兴:搞什么! 周末还这么忙!

自己一个人不想做饭,随便下了点面条吃了。然后上网,登录 QQ。

"格老子! 一个星期没露面,跑那里去了?"

刚进去,迎面就被伞人骂了过来,而且还伴随着一个发火的表情。

张伟乐了,女人偶尔骂一次人也还挺有意思的。

"你也会骂人哪? 伞人姐,呵呵……"

"我急了就骂人,你这么久不上线,干吗去了,不知道我担心你吗?"

"哦……你说的是真的?"

"真的假不了,姐姐关心弟弟不很正常吗? 说,死哪里去了?"

"呵呵……我上班了啊,很忙的,一直没有上 QQ……"张伟接着把这一周的情况简单给伞人说了下。

"哦,那不错,祝贺你,好好干,新的起点,新的征程……"

"老板和老板娘人都还不错,老板经常出差,具体事情都是老板娘管,他们对我倒是很关心……"

"哦……老板娘是何……人?"

"何英,比老板小几岁,人挺漂亮……"

"是吗? 他们感情挺好的吧?"

"我不知道,看不出来什么,应该不错吧,老板一直称呼老板娘为'阿英',老板叫老板娘为'老高',听起来挺热乎的……"

"他们有没有孩子?"

"这我没问? 这个问题也不属于我的工作范畴啊……呵呵……"

"嗯……是的,是的……"

"伞人姐,我看你对老板和老板娘的私人事情倒是很关心啊,你和他们认识?"

"不,不认识!随便问问的,女人嘛,就喜欢问这些事儿……"伞人急忙否定,"不谈这个了,说说你工作的事情吧!"

"呵呵……我今天把我做的两个工作方案给老板看了,老板比较满意,可我总感觉不踏实,要不你再帮我看看,提提意见,我现在传给你……"

"哈!我哪能提什么意见啊,不过可以学习学习你的大作……"

"谦虚了不是!谦虚使人退步!哈哈……我这就发给你电子版。"

张伟将工作计划通过 QQ 发给了伞人。伞人接收后一直没有说话,看来是在看计划。大约 20 分钟后,伞人回话了。

"你这计划嘛,我看了,总的来说,上半部分挺好,很丰满……就是下半部分有点软,要硬起来……"伞人一本正经地说着。

"?????"张伟发过去一串疑问,"我……我怎么听这话不大对劲啊?有点像是说……"

"哈哈……"伞人大笑起来。

"哦……"张伟明白过来,"你在逗我呢!哈哈……"

"刚才给你开个我玩笑,活跃活跃气氛,呵呵……"

"你可真幽默……"

"刚才我大略看了下你的方案,不错,里面思路很清晰,目标定位很准确,充分体现了你的以人为本的管理思想,任务考核措施很具体详细,很实用,一看就知道你是用了脑子,下了工夫的……"

"呵呵……"张伟听了很受用。

"不过,我有两点小小的建议供你参考。"

"哦,你说。"

"一个是人员的管理要结合实际。你的员工基本都是南方人,南方人和北方人在处理事情的方式和方法上有很大不同,北方人豪爽,南方人细腻,性格的不同决定了做事风格的不同,你感觉在北方能行得通的在这里不一定能行得通,所以在管理上要体现人性化。"

"太好了,第二呢?"

"第二就是营销工作的开展要结合地域和季节。现在是 9 月份,组团的长线客人基本都开始往南走,往北去的不多了;而地接的客人大多是来自北方的。这样在对外宣传产品线路的时候要灵活机动,不能一年四季都是一套宣传资料,要根据不同的季节设计不同的产品,推出不同的线路。同时,还要根据客人的不同需求,同一线路也要设计经济和豪华两种类型,尽可能满足最大量客人的需求……呵呵……以上仅为小女子拙见,仅供参考。"

"伞人姐,你讲得太好了,这两块正是我方案的缺陷,我明天就把它补充进去,周一给高总一个新的计划方案。"张伟很高兴,发过去一个"拥抱"的表情。

"呵呵……干吗啊？男女有别哦……"

"同志式的拥抱，别多想……嘿嘿……"张伟很感谢伞人的指点，"伞人姐，真的很感谢你，我……"又发过去一个"拥抱"。

"哈哈，我喘不过气来了，别老拥抱了……大恩不言谢，等你发展起来，当了老板再感谢我吧！嘻嘻……"伞人活泼起来很可爱，讲话相当幽默，"打算怎么感谢我呢？"

"我做了老板，自己开一家旅游公司，我当董事长，让你当总经理，OK？"张伟说。

"呵呵，很OK！小女子先行谢过董事长……不过，我还是感觉自己能力不行，适合做个打杂的，嘻嘻……"

"那怎么感谢你……要不……以身相许？"张伟发过去一个坏笑的表情。

"哈哈……不敢，不敢要，也要不起，你那身子还是留给你的美女妹妹吧……"

"伞人姐，我感觉你这几次爱笑了呢，心情一定很好吧？"

"嗯……是的，其实应该感谢你，我以前一直不大爱笑的，可是和你聊天以后，心情就感觉好多了，你以前刚认识我的时候可能感觉我是个刻板、呆板的女人，呵呵……"

"现在我感觉你真的是好活泼可爱的姐姐……呵呵……"

"老弟也很朝气的，感觉到你的蓬勃和上进，你一定是一个很潇洒帅气的小阿哥……"

"呵呵……姐姐说的极是，嘿嘿……谢谢夸奖……姐姐也一定是美女了，一定比我们公司那老板娘还要漂亮……"

"呵呵……你去想象吧……人家是老板娘，我一个小职员，怎么能比得了哦……"

"要不，姐姐，我们互相发个照片看看吧？OK？"

"不OK，相见不如怀念，既然虚拟空间让我们认识成为好朋友，何必一定要穿越虚拟到现实呢，保留几分想象不是更好？"

"嗯……好的，你说的很有道理。"张伟感到有点遗憾，但也感觉确实有道理。很多网友网络上情深意长，可往往见了本人是失望大于希望。让自己多保留几分期待和想象的空间，有什么不好呢？

"女朋友还没回来？"

"没有，单位有应酬。"

"哦，吃饭了吗？怎么吃的？"

"下了点面，吃了。"

"那怎么行？身体是革命的本钱，自己在外，要学会照顾自己，要吃好睡好，才能保证有充足的精力和体力去工作，去打拼……"

"嗯，你说得很有道理，我也是这么想的。"

"嘻嘻……乖……"

第七章 刻骨吻痕

看看时间不早了,王炎还没回来,张伟就和伞人结束了谈话,然后打王炎的手机,可是语音提示:您拨打的手机已关机。

张伟的心里不安起来。

为什么会关机?为什么要关机?是没有电了还是故意关的?

招待客户要这么长时间?已经12点了。

一连串的问题涌进张伟的大脑,是在加班还是出了什么意外?

想到意外,心里有点忐忑,决定去她单位看看。

出了公寓,在小区门口等出租车,半天不见一辆,于是顺着马路往前走,前面路口应该有出租车。

在路口等了20分钟,终于来了一辆空车,拦住刚要上,王炎来电话了。

"你在哪里?怎么家里没人?"

谢天谢地,她回家了。

"我出来找你的,马上回家。"

走在路上犯疑,她怎么回来的?自己一直在路边,没见过去的出租车啊。

"你手机怎么了?"一进门,第一句。

"没怎么啊,没电了,刚在充。"王炎在洗脸。

"你怎么回来的?"紧接着第二句。

"打出租车啊。"

撒谎,迎面根本就没见一辆过来的出租车!

靠在卫生间门口看着正在洗脸的王炎,张伟怒火中烧。

"真倒霉,回来打不到出租,只好打了个黑出租,什么标志、手续都没有,多花了10块钱。"王炎洗好脸走出来。

原来如此,理由完美无缺,没把柄。

"你出去是专门找我的?"王炎喜滋滋地抱住张伟,"嗯哪,亲一个!"

心里没了负担，张伟反倒有一种失落："你怎么这么晚才回来？"

"我还是回来早的，那些人非要欢乐通宵，又唱又喝，还是哈尔森善解人意，看主要的工作谈完，其他就是玩，悄悄让我先回来了。"王炎把头靠在张伟胸前。

又是哈尔森！挥之不去的洋鬼子。

"干吗？审贼一样！"王炎有些不满，抬起头。

张伟把王炎往怀里一搂："没干吗，不是担心你吗？这么晚还不回来，电话又打不通，急死我……"

"嗯……"王炎主动吻着张伟，"好哥哥，对不起，以后我上班多带一块电板……"

一周没好好亲热了，周末的大好时光怎能错过。

两人搂在一起，好好亲热了一阵，一起洗了个鸳鸯浴。

张伟比往常更加细腻呵护，毕竟刚才冤枉了王炎，心里多少有点歉意。

把王炎抱进卫生间，张伟细致地为她涂抹沐浴露。

当涂抹到耳朵下部的脖颈处时，张伟一下子呆住了。

一个紫红的吻痕！

像一朵紫色的玫瑰，绽放在王炎雪白的皮肤上。

谁的？

肯定不是自己的，这两天两人一直没有亲热。

肯定是别人的。

谁的？

哈尔森的！

肯定是这狗日的。

张伟目前能够断定的最大嫌疑就是这个洋鬼子。

张伟开始想象，想象那洋鬼子如何抱着王炎抚摸、亲吻，如何在自己的领地上肆意侵略……

怪不得王炎最近兴致不高，一直说工作忙累推脱呢，原来原因在这里。

血又开始在体内奔流，不是激情涌动的欢畅，而是愤怒的火焰。

干你大爷！哈尔森。张伟在心里大声咒骂，一遍又一遍，从哈尔森的祖宗八辈一直到还活着的亲属。

心里咒骂的同时，手不由停在那里半天没动。

"怎么了？继续，呵……"沉浸在欲望中的王炎被张伟抚摸得正在兴头上，睁开眼睛问道。

"没什么。"张伟闷声回答，草草涂抹、冲洗完，兴致索然。

"我饿了，我们出去吃点夜宵吧，小区门口有夜市。"洗完澡，张伟提议。

"好啊！我晚上一直没吃正餐，肚子也有点饿！"王炎积极响应。

在夜市要了两碗面,张伟又让炒了两个菜,要了两瓶啤酒,自斟自饮。

"你这一周一直都很忙啊,几乎天天加班到深夜。"

"是的,外企就这样,事情多。"王炎埋头吃面。

"是就你自己忙还是都在加班?"张伟话里有话。

"有加班的,也有不加班的。你什么意思?"王炎抬起头。

"我没什么意思,就是问问,怎么? 不可以!"张伟端起杯子。

"没说不可以。"王炎继续吃面,"我怎么听你话里有话。"

王炎来了情绪,把筷子往桌子上一放:"我讨厌别人干涉我的个人事情,我是独立自主的女人,有我自己的生活,不是任何人的附属,包括你。我们俩现在是住在一起,可这能代表什么? 充其量属于非法同居,因为我们都有生理需求,并没有什么相互的责任和义务。我会尊重你的私生活,也同样希望你能尊重我的私生活。"

王炎缓和了一下语气:"当然,好感归好感,喜欢归喜欢,但那替代不了感情,感情是要慢慢来培养的。希望我们能够彼此尊重,尊重是感情发展的前提和基础。"

无语。

张伟感觉自己好像成了一个流氓,在干涉王炎的正常感情生活。

听到王炎刚才一席话,张伟突然感觉王炎很陌生。

是的,本来刚认识不过半个月,即使身体再熟悉,灵魂仍然是陌生的。性的急流猛进并不能催化爱的迅速升华。

爱,是不以主观意志为转移的。

当晚,二人都没再说话,也没有了欢爱的情趣。

突然感觉熟悉的对方原来是如此的陌生。

第二天一大早,王炎就爬起来:"今天要去公司加班。"

又是加班。

张伟躺那没动。

王炎梳妆打扮完毕,刚关上门出去,张伟"噌"爬起来迅速穿衣,脸也不洗,直接坐电梯下楼。

跑到小区门口,王炎没走,站在公交车候车点那儿,不时看表。

张伟在小区传达室里转悠着。

一辆黑色宝马在王炎面前停了下来,王炎低头钻进了车里的副驾驶位置。

宝马缓缓起步。

张伟疾步走出,拦住一辆出租车,指着宝马:"师傅,跟着它走。"

"那车咱能跟得上吗? 上了高架就刺溜了。"出租车司机问道。

"少废话,高架也有限速,大不了120迈。"

宝马七拐八拐出了市区,经外环到了城郊,驶进了一个别墅区,在一坐乳白色的别墅跟前停了下来。

王炎下车,随后出来的是个外国人。

哈尔森,果然是他!

哈尔森揽着王炎的肩膀,两人有说有笑进了别墅。

张伟的心一下子缩紧了。浑蛋,进别墅干吗?

"师傅,你下不下车?"出租车司机问。

"不下,在这等会。"

等待的每一秒钟都是那么难熬,张伟感觉头蒙蒙的,两耳发嗡,心有窒息的感觉。

他们在房间里干吗?

等了 10 分钟,张伟决定过去看看。

他下了车,走到别墅的后面,那里有个小坡,种满了花草。站在那里正好能看见别墅的二楼。

选择了一个有利的地形隐蔽好自己,张伟看到了王炎。

王炎正坐在客厅的沙发上,手里端着一杯饮料。

哈尔森坐在王炎对面,背对着张伟,在和王炎说话。

哦,原来是在说话,张伟心里放宽了一些,继续观察。

又过了大约 5 分钟,哈尔森突然站起来,走到王炎跟前,俯身把脸贴到了王炎的脸上。

张伟的血一下子冲上了头,他们在接吻!

王炎把水杯放到茶几上,伸手搂住哈尔森的脖子,两人开始接吻了。

张伟感觉自己快要晕了,又气又急,浑蛋! 狗男女!

他手忙脚乱摸出手机打王炎电话。

不行,一定要把他们搅开,绝不能让他们得逞!

可是,手机里传来的是:对不起,您拨打的手机已关机。

哈尔森和王炎已经站了起来,拥抱在一起,哈尔森的手在王炎身上不客气地摸索着,眼看就要伸进裙子里。

浑蛋!!! 张伟愤怒得肺都要气炸了,起身就要冲下去。

刚要往下冲,俩人突然分开了。

哈尔森拿起了手机,看来是有电话。

接完电话,两人开始急忙下楼向外走,看来这个电话是有比较紧急的事情。

张伟松了口气,总算没让这对狗男女得逞,起身也往出租车上走。

看到两人上了宝马,张伟对出租车司机说:"继续跟上。"

"师傅,你是婚姻侦探所的吧,调查婚外情的?"出租车司机到底见识广,看张伟的举动马上猜到张伟的职业。

"嗯……"张伟点点头,算是承认,总不能说自己是被戴绿帽子的吧。

"真好,你这个职业好,又有钱赚,又能看活电影,嘿嘿……"出租车司机色色地笑了起来,"那娘们可真是嫩啊,可惜被老外给干了,真……"

"闭嘴!"张伟大喝一声,感觉有点失态,又补充一句,"我在分析情况,别影响我思路。"

"哦,好,好……"司机敬佩地看着张伟,忍不住又问,"你怎么不带照相机……"

"我这有尖端的伪装相机。"张伟冲司机晃了下手机。

司机佩服得连连点头:"好厉害,伪装得真像……"

……

宝马竟然开到了王炎的单位,看来是单位里有事情。

张伟没再进去,看宝马进了大门,自己也就回到了家。

折腾了这么一遭,光打车费就花了200多。

回到家,张伟往床上一躺,两眼死死盯着天花板。

完了!

这段情算是完了!

其实刚才只不过是在自我安慰,他们做不做爱已经没有什么区别,只不过是自己在寻求心理的自我掩饰和伪装罢了。

心已经不在,保留一个空架子有何用。

人各有志,王炎梦寐以求的是出国,到国外去实现自己更高的理想和追求,没什么不对的。

要出国,最好的捷径自然是找个外国男人结婚。

这段情,来去匆匆,在还没有开始绽放的时候就已经枯萎。

说是情,其实更多的是欲,是性,是相互生理的慰藉,在情和爱还没有开始的时候就已经结束。

"我早已经了解,追逐爱情的规则,虽然不能爱你,却又不知该如何。相信总会有一天,你一定会离去……"耳边回响起这首老歌。

明天该如何去做,张伟渐渐冷静下来。

生活仍将继续,明天即将来临。

很快,张伟恢复了正常心理状态。

乐观,是张伟的天性。

不要再想你,不要再爱你,让时光悄悄地飞逝,抹去我俩的回忆……

张伟第一次感觉自己是个浪人,流浪漂泊的人。

不仅仅是生活,感情也是。

想起了伞人姐姐,只有这一个亲人了,还是没见过面的亲人。

打开电脑,登录 QQ,姐姐不在。

张伟在给伞人的留言中说:即使我感觉不到你,即使你一直是我的空气,在我寂寞孤独的时候,能够想起安慰我受伤心灵的,却只有你。

今天是周末,不知道伞人上不上网,或许出去玩了。

没什么事,张伟在电脑上按照伞人姐姐的建议把那工作方案进行了修改。

修改完自己又看了两遍,感觉充实多了。

周一把新的方案交上去,高总和老板娘会很满意的。

想起老板娘,张伟又来了精神,胸脯那么大,是不是胸罩是假的,撑起来的?

想到这里,心情不由轻松起来。

正在这时,伞人回话了,她说自己刚忙完,刚看到他的留言。

伞人:"年轻人,感情遇到挫折?"

张伟:"你怎么知道,大姐?"

伞人:"看你那留言,满目疮痍,心都碎了。"

张伟:"好了,现在已经好了。"

伞人:"估计也是,感情基础薄弱,伤痛也就浅。"

张伟:"你知道我遇到什么事了?"

伞人:"不知道,但猜得到。"

张伟:"???"

伞人:"你刚来这,还能有谁,肯定是和你那翻译妹妹呗。"

张伟:"你厉害,是的,让洋鬼子给霸占了。"

伞人:"属于你的谁也夺不走,不是你的留也留不住,心态要正,兄弟。"

张伟:"是的,我保持好心态,可是我以后就没女人了。"

伞人:"没女人你不能活?"

张伟:"能活,但不滋润。"

伞人:"你想怎么个滋润法?"

张伟:"爽呗——"

伞人:"女人多的是,再去找个好了。"

张伟:"不想再找了。有你陪我就很好。"

伞人:"我?什么意思?"

张伟:"你做我女朋友,好不好?"

伞人:"打我主意了,我们现在不就是朋友吗?"

张伟:"我说的是那种关系的女朋友。"

伞人:"NO!现在谈这个好像有点早,兄弟。我们只是虚拟空间的网络朋友,虚拟离现实很远,当虚拟接近了现实,可能故事也就要结束了。"

张伟:"那你的意思是?"

伞人:"可以做网络的男女朋友,我喜欢凡事顺其自然,有缘自会水到渠成。"

张伟:"那你同意做我网络的女朋友了?"

伞人:"你弱智?看不明白,傻蛋?"

张伟:"明白了,姐姐,很好。我这叫塞翁失马,焉知非福?"

伞人:"讲话要文明,不准说脏话。"

张伟:"是。"

当现实变得荒芜,虚拟也就逐渐真实起来,成为生活中一种不可或缺的精神寄托。

张伟知道王炎今晚肯定还会回来得很晚,这对他已经不重要了。

张伟决定明天认真和王炎谈一下,了结这个事情。

第二天上午,两人起床、吃饭、收拾完毕,张伟拉着王炎的手说要和她谈谈。

王炎说谈什么?神情有点慌乱。

张伟说我已经知道你和那洋鬼子的事情了,说了你别生气,昨天我跟踪你了,在那别墅里的事情我都看见了。

王炎一听哭了,哭得很伤心,属于悲痛欲绝的那种。

张伟说你别哭,我不怪你,也没生你气,只是想和你心平气和谈谈。

王炎不说话,还是在那哭,哭得浑身发抖,说不出话来。

张伟说王炎你干吗这么伤心,你给我戴绿帽子我都没哭,要哭也得我先哭啊。

王炎终于哭完了,平静下来。

王炎说我心里难受,因为很矛盾。

张伟说你不应该难受的,你的理想可以实现了,可以到国外去发展了,有什么好难受的,哪里来的矛盾?

王炎擦干眼泪,眼睛红肿地看着张伟说,因为我舍不得你,我喜欢你,可是你实现不了我的愿望和理想,而他能。在现实面前,我只能选择未来。

张伟说我知道,我理解你的想法,人往高处走,水往低处流,我要是你,我也会这样选择。

王炎扑到张伟怀里,又哭了,说其实这几天一直很矛盾,也是打算今天和张伟谈的,没想到张伟先提出来了。又说那洋鬼子让她搬到那别墅去住,今天就想收拾行李走。

张伟坐在那里说长痛不如短痛,这样也好,大家还是朋友,等以后到了国外生个杂交品种,寄张照片回来。

王炎使劲抱着张伟,说你再抱抱我,我想和你做最后一次。

张伟想到洋鬼子在王炎身体上的侵略和肆虐,感觉很恶心,摇摇头,说不可以。

张伟帮王炎把东西收拾好,送到下面打上车。

王炎使劲地看着张伟,眼泪哗哗的:"我永远也忘不了你。"

张伟微笑着挥挥手:"一路走好。"

看着王炎绝尘而去,张伟鼻子突然发酸:"搞什么,天气还没变,怎么鼻炎又发作了。"

第八章 | 亲密接触

回到空荡荡的房间，往日的欢乐和甜蜜涌上心头，张伟突然感到无比孤独和寂寥。

迅速打开电脑，找到伞人姐姐，劈头就说："我很孤独，很寂寞，我需要女人，我需要你做我的女人。"

伞人回话："理解你现在的心情，我做不了你现实的女人，如果能让你从痛苦中解脱出来，我可以做你网络的女人，最知己的女人。"

张伟："我要你一直陪我，别让我一个人走。"

伞人："在你工作之外的所有时间，我都可以陪你。"

张伟："姐姐，你真好。"

伞人："姐姐不好，姐姐也有很多毛病和缺陷，只是你没发现罢了。"

张伟："我喜欢你，姐姐，真的。"

伞人："姐姐这样又老又丑的黄脸婆还能有人喜欢，谢谢你，兄弟。"

张伟："姐姐，能不能告诉我，为什么你的名字叫伞人？"

伞人："外面的世界很大，伞里的世界很小，伞里的人更小，但却有伞在保护着她不受外界的侵蚀和惊扰，抵挡烈日，遮风挡雨。"

张伟："明白了，姐姐，即使你是再老再丑的黄脸婆，我也一样喜欢你。"

伞人："谢谢，别让我太感动，我会受不了。"

张伟："她走了，去洋鬼子那里了。"

伞人："猜得到，早晚的事情。"

张伟："临走之前她要和我做爱，我没做。"

伞人："为什么？兄弟你怎么突然禁欲了？"

张伟："洋鬼子进去过的地方我不想再进去，感觉好恶心。"

伞人："你说话好像太直白了一点，我好像不大适应，不能含蓄点吗？"

张伟："好的，以后不说洋鬼子，说老外。"

伞人："贫嘴，我不是这个，是说那个。"

张伟:"你是说那事儿?"

伞人:"嗯。"

张伟:"那事是哪事儿?"

伞人:"小色鬼,你一直在和我绕圈子。"

……

夜幕降临,温柔的夜包围着18楼这个小小的空间。

周一,张伟又开始忙碌了。

张伟很快从失去王炎的痛苦和失落中摆脱了出来,让繁忙的工作来充实大脑,不让自己有胡思乱想的空间。

张伟走进高总的办公室,把修改后的方案递给高总:"我回去琢磨了下,又充实了部分内容,请您过目。"

高总赞赏地看了一眼张伟,接过去看了看:"你补充的这两点非常好,也正是那天我感觉不足但又确定不准的地方,很好,你进入角色很快。"

高总接着说:"我的用人原则是疑人不用,用人不疑。我相信你,你就按照你的方案抓紧落实吧,我和阿英说了,营销部的工作你放手去抓,我们不干涉,包括人员聘用,都以你的意见为主,需要公司出面的,你尽管提。"

张伟:"我这几天主要抓的是内整外联,内部整顿工作作风,整合人力资源,外部联系老客户,发展新客户。"

高总:"可以,有些老客户阿英很熟悉,你可以和她一起去。我今天要去上海开会,公司的事情你们多操心。"

高总走后,内勤小许过来,给张伟一个写有 QQ 号码的纸条:"张经理,公司规定要求统一设置工作 QQ 号码,这是刚给你申请的,原始密码在这里,你自己修改下。"

做旅游工作,QQ 的使用率非常高,很多业务都是在 QQ 上完成的。员工在公司的时候,基本都是在 QQ 上聊业务。当然,私人聊天也是有的。

张伟刚用新号码登录,就有人加好友,一看备注:何英。

张伟把何英加为好友后问:"老板娘这么快就知道我的新 QQ 号码?"

何英:"这号码是我给你申请的,当然知道了。"

张伟:"谢谢老板娘,这点小事还麻烦你。"

何英:"不客气,今天有什么工作安排?"

张伟:"打算去拜访几个客户。"

何英:"今天我没什么事,我带你去吧。"

张伟:"求之不得,你现在在哪里?"

何英:"我在家,你叫上驾驶员小郭开车到我家来接我,他知道我家。"

小郭是个20多岁的小伙子,讲话带有明显的北方口音,一聊,竟然和张伟是老乡,他来公司开车3年了。

老乡见面分外亲热,两人用家乡话聊起来,小郭一口一个张哥,叫得张伟心里热乎乎的。

小郭从公司一建立就过来开车,对公司的情况非常了解,又健谈,和张伟滔滔不绝地聊了很多,附带把老板和老板娘的情况也透露了一些。

原来何英早先是公司的导游部经理,公司原来有个老板娘,长得比何英漂亮多了,又能干,年龄比高总小十来岁,3年前和高总结婚后创办了这个旅游公司。何英是原来老板娘的姐妹,被招进来做导游部经理,后来不知怎么的,何英就把老板弄到手了。老板娘愤怒之下和高总离婚,也不知道到哪里去了,听说自己在外面又创办了个旅游公司。

老板娘一走,何英就和高总结婚,做起了老板娘。不知何英用了什么手段,高总连公司法人都改成了何英,何英现在是公司的董事长。

谈起原来的老板娘,小郭很是留恋,说她人长得好,人品也好,对员工又关心又体贴,大家在一起很融洽。当初老板娘出走后,公司好几个业务骨干都要走,何英硬劝才把他们留下来了。

原来是这样,张伟不由很感慨,世事沧桑,风云变幻。

张伟问小郭:"那原来的老板娘后来就一直没有消息?"

小郭:"没有,偶然一次听他们说在东兴见过她,自己又开了一家旅游公司,生意很红火。"

说话间,车到了老板娘家楼下,小郭立马闭了嘴巴。

老板娘今天穿了一身米黄色的套裙,头发披肩,淡装素裹,恰到好处。

张伟本来是坐在前面的,老板娘让张伟坐到后面来,说挡住她视线,而且坐在后面两人交谈也方便。

"去桐溪白云山。"老板娘对小郭说。

路上,何英把要去的地方的情况简单向张伟介绍了一下。

桐溪是位于宁州和东兴交界处的一个镇,属于东兴管辖,但离宁州只有25公里,离东兴却40公里。白云山是横跨宁州和东兴的一座山脉,绵延方圆200多公里,山势陡峭,风景优美,水资源十分丰富。公司的一个老客户正在这里搞开发,准备搞夏季漂流项目。

张伟说:"夏季漂流,现在是秋季,不还早了?"

何英说:"我们现在是前期介入,争取代理他的营销项目,不早入手,等人家开发好了,那黄花菜都凉了。"

何英接着说:"今天我们来有两个目的,一是介绍你和他们接头认识,混个脸熟;二是了解他的开发意图、营销方向和目标区域。"

"去了之后,我也就是做个介绍人,给你们接头,然后——"何英拍拍张伟的手,"张经理,就是你的活了。"

车子很快进入了白云山,开始道路很平坦,但到后面弯道多起来,山势越来越陡,好几个急转弯旁边就是悬崖峭壁,小郭神情专注地开着车。

"我晕车了。"何英把身体靠到张伟肩膀上,手扶着额头。

张伟感觉到老板娘软软热热的身体,不由伸出手揽住何英的肩膀,对小郭说:"老板娘晕车了,慢一点。"

这样何英就等于被张伟搂在怀里。

张伟抚摸着何英的身体,感觉特软,好像没有骨头一样。

何英身体越来越软,最后全部靠在了张伟怀里,张伟感觉到何英柔弱无骨的软滑和温热。

张伟嘴里对小郭说开慢一点,心里巴不得再快点,最好让何英彻底晕倒,躺他怀里才好。

何英做痛苦状,一只手抓住张伟的手不放。

张伟安慰何英说很快就到了,边挪动了下身子,手一动,正好从何英胸脯上滑过。

真希望这路就一直这样走下去。

车又爬上一个山坡,在一个村落的老房子前停了下来。

老房子前面竖一块大的喷绘广告牌:白云山第一漂——桐溪虎跳峡漂流开发建设指挥部。

车一停,何英的晕车就好了,整理了下头发和衣服,和张伟一起下了车。

开发漂流的是宁州龙发旅游公司,老总姓郑,一个高高瘦瘦很精神的中年人。

因为是在建设阶段,现在到位的只是工程部人员,营销部还没组建,于是郑总亲自给他们谈工程状况和营销打算。

张伟以前做过6年的景区营销,对这不陌生,和郑总谈得头头是道,交流得很是深入。

"何董事长,你们张经理可是搞景区营销的行家里手,放你们那可惜了,让给我吧。"郑总半真半假地和何英说。

何英说:"人才就是生产力,你有能耐自己去招聘,少挖我墙脚。再说,你这深山老林、荒无人烟的,怎么能让我们张经理来你这受苦。"说完笑着看张伟。

在郑总处吃过晚饭,一行人往回赶。

下山的时候何英又晕车了,比来的时候还厉害,直接躺在了张伟怀里,一直躺到进城到家,张伟路上有了反应,一路饱受折磨。

下了车何英晕车还没好,几乎站不住,要张伟搀扶。

张伟对小郭说你先回去吧,我送老板娘上去休息。

老板家在三楼,张伟几乎是把何英抱上楼的。

进了门,何英往沙发上一躺,精神来了:"小张,你力气真大。"

张伟给何英倒了一杯水:"老板娘喝水。"

何英喝了几口水。

张伟:"老板娘感觉好点了没?"

何英:"好多了。"

张伟:"那好,没事我先回去了。"

说完,转身要走。

"你等等。"何英在身后软软地说。

张伟转过身:"有事吗? 老板娘。"

"我——"刚要说话,何英电话响了,高总打来的,从上海回来,已经进城,马上到家。

何英心里骂着,口里对张伟说:"没事了,谢谢你,小张。"

从老板家出来,张伟舒了一口气,嘿,今天差点失身!

结束了忙碌的一天,回到空空的家,愁绪和寂寥又涌上心来。

伞人现在成了他工作之余的唯一精神寄托。

"伞人姐姐,我今天进入你们东兴地界,去白云山了。"张伟一上来就告诉伞人。

伞人:"格老子,到我的地盘来了。去哪个地方了?"

张伟:"桐溪,那边宁州有个公司在那里开发漂流项目。"

伞人:"这几年漂流很热,附近开发了不少,不过白云山这一片还没有开发的。"

张伟:"不知道前景如何?"

伞人:"做漂流项目,一般是投资在200万左右,6、7、8、9四个月黄金时间,运营得当,第一个黄金季就可以收回投资。而且,白云山区这是第一个漂流项目,方圆100公里没有第两家,开发起来一定很火。"

张伟:"为什么很火?"

伞人:"漂流的游客有个特点,基本都是短线,1小时车程以内。这个老板很有眼光,他把目标群锁定在宁州和东兴两个中心城市,如果营销措施得力,会好好火一把。"

北方没有漂流,张伟对漂流知之甚少,一听很感兴趣:"这次去是想和他们商谈代理在宁州地区的营销事宜,先来熟悉熟悉情况。"

伞人:"下手这么早。是你老板带你去的?"

张伟:"不,是老板娘和我一起去的。"

伞人:"你们老板呢?"

张伟:"他天天在外面跑,一般公司里是老板娘打理。对了,我在公司里今天还遇到一个北方小老乡,小郭,驾驶员。"

伞人:"小郭,这孩子不错。"

张伟:"你认识他? 怎么知道他不错。"

伞人:"不认识,你老乡还能差了? 肯定不错。"

张伟:"姐姐英明,这孩子确实很好,很灵活乖巧,嘴巴很甜。他今天还告诉我关于老板和老板娘的一些事情。"

伞人:"哦,他说什么了?"

张伟:"他说在何英之前还有一个老板娘,比何英还要漂亮,而且人很好,心眼好,关心员工,体贴下属,大家都很喜欢她。公司就是她和老板一起创办、发展起来的,何英还是她的好朋友。后来,鹊巢鸠占,何英和老板好上了,她愤然离婚而去,不知所向。"

伞人:"这都是命中注定,那原来老板娘必有此一报。"

张伟:"你怎么这样说,那老板娘听说才30露头,很年轻的,可惜被人暗算。"

伞人:"不是暗算,是她自己有眼无珠,看错了人,用错了人。"

张伟:"现在的老板娘挺有心计的,听说和老板结婚不久,老板就把企业法人变更到她名下了。"

伞人:"这么说,你们公司的董事长是老板娘了?"

张伟:"是的。"

伞人:"佩服,佩服。"

张伟有点奇怪,这有什么好佩服的,好像和她有关系一样。

张伟接着告诉伞人,说自己今晚差点失身于老板娘。

伞人问是怎么回事,张伟从晕车开始,把事情经过全部讲了一遍。

伞人笑得哈哈的,说她怎么老用这一招,不学点新的。

张伟迷惑了,说姐姐你是什么意思,你认识老板娘? 要不怎么说她老是用这一招。

伞人不笑了,说是打错字了,说是女人都喜欢用这招勾引男人。然后又说张伟好福气,艳福不浅,走了一个又来一个。

张伟说,我现在喜欢伞人姐姐。

伞人说我是黄脸婆,是空气,看不见摸不到,你还是现实点的好,挂上美女富婆,前景广阔。

张伟说我不要,我还是喜欢黄脸婆伞人姐姐。

伞人姐姐笑了笑,什么也没说。

两人沉默了一会,张伟说开发漂流的那公司老板想挖他去那边做营销。

伞人一听很高兴,说人才哪里都想要,嘱咐张伟和郑总多保持联系,多个朋友多条路。

张伟说姐姐你不应该在广告公司做内勤,应该去旅游公司做管理。

伞人乐呵呵地说:"等吃不上饭了就去投奔你,做你的下属,跟你做营销。"

张伟一听很高兴:"好啊,伞人姐姐,你要是加盟我的营销队伍,那我可就如虎添翼了。怎么样,现在来吧?"

伞人:"我这人安逸惯了,不喜欢到处跑,有口饭吃就行,等实在吃不上饭了再去找你。"

张伟:"行,要真那样,我养你。"

伞人:"不错,有男人气魄,好感动。"

张伟:"其实,我很感谢姐姐在我精神最低落的时候陪我。"

伞人:"不能这样说,傻孩子,我们是互相给予,你也让我的精神丰富了很多,我们谁都不欠谁的。"

张伟:"我每次一打开电脑就能感觉到你,其实你不是我的空气。"

伞人:"人生几何,凡事天意,不必强求,自然最好。"

第九章 一夜欢娱

这一晚,张伟睡得很沉很香。

第二天一上班,张伟先把手头要紧的几个事情处理完,然后开始上网在 QQ 上加公司同事和业务朋友。因为是工作 QQ,网络名字全部用的是真实姓名。

高总和何英都分别在自己的办公室里。老板娘这个董事长就是挂个名,公司的主要业务都是高总抓,重要事项都是高总拍板。

张伟正忙着,何英在 QQ 上找来了。

"帅哥,在忙什么?"

"没忙什么,在加 QQ 业务朋友。"张伟看了看董事长办公室,门关着。

"昨天谢谢你的照顾。"

"老板娘客气了,哪里。"

"昨天你没吃我豆腐吧?"

"没有,老板娘的豆腐哪是随便吃的?"

"昨天在车上你摸我了,是不是?"

"是,不过不是有意的。对不起。"

"算你还诚实,不过,要罚你。"

"怎么罚?"

"晚上陪我吃饭。"

"那高总?"

"他一会就要出差去南京。怎么,害怕了?"

"谁说的,不过有言在先,吃贵了我请不起。"

"不用你请,我请客。"

"那行,我囊中羞涩,低人一等,那我就从了你。"

"下班后到公司对过马路边等我,不见不散。"

下班后,张伟站在公司对过的报亭前,边看报纸边等何英。

不大会,一辆白色的本田停在跟前,何英在车里按了两下喇叭。

张伟上了车:"去哪吃?"

何英:"带你去个好地方。"

车子一直往城外开,很快到了东湖度假村。

"这里是本市最高档的休闲度假场所,老外都喜欢在这里吃饭、打高尔夫。"

边停车,何英边向张伟介绍。

"我们先去吃海鲜。"何英拉着张伟往里走。

张伟打量着周围,突然在大厅里看见一个熟悉的身影。

王炎。

正和哈尔森站在一起聊天,谈笑间神情亲昵。

王炎一抬头,也看到了张伟和一个美女手拉手在一起。

看到王炎,张伟很意外。

看到王炎和洋鬼子的亲昵状态,张伟愤怒异常。

张伟扭过头不再看王炎,反手把何英搂在怀里,边走边把嘴巴贴近何英的耳朵说话。

何英感觉有点突然,又很喜欢这种感觉:"帅哥,胆子不小啊!"

张伟故意把何英搂紧:"你要是不喜欢就告诉我,我可不愿意强人所难。"

何英:"不反对,随你。"

张伟:"那就是默认了,要不要再进一步?"

何英:"你怎么突然像变了个人,感觉不大适应。"

张伟:"男人本色。"

张伟边搂着何英说话边用眼角瞄向王炎,看到王炎痴痴的样子,心里感觉到一种报复的快感。

一离开王炎的视线,张伟就松开了何英,连手也不拉了。

何英:"咦? 这又是怎么回事?"

张伟:"累了,休息会。"

何英:"累了? 你干吗累了?"

张伟不说话,大步径直走到前面去。

何英:"莫名其妙!"紧跟上去。

吃饭的时候,张伟对何英突然又亲昵起来,把虾剥好皮放到何英盘子里,用筷子夹菜送到何英嘴里。

因为王炎和洋鬼子也进来吃饭了,而且就坐在他们隔一个座位的对面,正好能相互看得见。

张伟看也不看王炎一眼,他知道王炎一定在看他。他需要做的就是尽力表现出对何英的亲密和热情。

何英又高兴又有点晕,不知道张伟怎么又突然这么热情。

张伟倒了两杯白酒,端起酒杯对何英说:"老板娘,我们干一杯,为昨天的事向你道歉。"

何英:"张伟,以后只有我们两个人在一起的时候,不要叫我老板娘,叫我何英,或者叫我阿英也可以。"

张伟:"行,那我叫你何英,阿英是高总叫的,我不能叫。"

何英:"昨天干吗要摸我?"

张伟:"我说了,不是故意的,已经给你道歉了。"

何英:"感觉好不好?"

张伟:"好,软软的,热热的,我以前以为是假的,昨天经过实践之后,才知道是真的这么大。"

何英:"那……还想不想摸?"

张伟:"想,但是不能再摸了。"

何英:"为什么?"

张伟:"因为那是高总的领地,我不能侵犯。"

何英呵呵笑起来:"你这个家伙,嘴巴油得很,最能讨女人喜欢了,有没有女朋友?"

张伟:"有,但是晚上睡觉是自己一个人。"

何英:"那就等于是没有了,自己一个人很寂寞的。"

张伟:"习惯就好了。"

张伟说着,又搂着何英的肩膀,一起干杯喝酒。

吃过饭向外走,何英挎着张伟的胳膊,两人说说笑笑走过王炎和洋鬼子面前,张伟突然低头在何英脸颊上亲了一下。

何英又害羞又激动,兴奋地挽紧了张伟的胳膊。

一出餐厅门,张伟突然又摆脱了和何英的身体接触:"我有点累了,回去吧。"

何英不由气恼起来,怎么搞的,一会儿冷一会儿热,什么意思嘛!

"不行,你现在不能回去,陪我兜会儿风。"何英命令式地说道。

张伟说:"到哪儿兜风?"

"随便走,走到哪儿算哪儿!"

张伟想,不会在外过夜吧,那可就真的要失身了。要是真的失身,就真对不住高总了。这无论如何不能干。

张伟的思想还在激烈地斗争,何英已经开车上了高速公路。

张伟对何英说我们这是要到哪儿? 你别刺溜下去几百公里,我明天还要上班,迟到了要罚款,还要扣奖金。

何英说随便走,走到哪儿算哪儿,走累了就回来。

张伟说那你随便吧，天亮能回来就行，我找份工作不容易，可别刚来上班就不守纪律被老板炒了鱿鱼。

　　何英笑得上不来气，说张伟你要死啊，跟董事长出去还担心被炒鱿鱼，你是不是存心要把我笑死。

　　张伟说前面有服务区，我想小便。

　　何英说我也想。

　　在服务区解决完个人问题，坐在车上；张伟说休息下吧，把座椅向后一放。

　　何英说好，把身子移动了下，趴到张伟的胸脯上，脸对着脸，彼此能闻到对方嘴里的酒气。

　　张伟把两手一张，说何英你别这样，你这样我就忍不住要犯错误了。

　　何英说张伟我喜欢你，你来公司面试那天我第一眼见到你就喜欢你。

　　张伟说这样我对不住高总，不行，我不能干对不住高总的事情。

　　何英亲着张伟的脸说老高那事儿不行了，满足不了我，老挨我骂，你这样也算是帮老高解决个人问题，没什么对不住的。

　　何英伏在张伟身上，衣服凌乱，上衣被张伟扯掉了好几颗扣子，内衣不知扔车里什么地方去了，上身被张伟揉搓得青一块紫一块，雪白的肌肤上分外显眼。

　　何英突然哭起来，接着又笑，说这么多年，才知道什么叫做女人的滋味，什么叫男人，说就喜欢张伟粗暴地揉搓、捏拧她，就喜欢张伟像屠夫一样蹂躏她。

　　张伟脑子慢慢冷却下来，看着何英面无表情地说："你真是个贱货。"

　　何英温顺得比小绵羊还小绵羊："哥哥，你是我的主人，我就喜欢做你的贱货，我愿意做你的奴婢。"

　　张伟这才知道何英喜欢被虐待。

　　张伟说你吃饱了吧，我们回去。

　　何英乖乖答应着，开车往回走。

　　路上，张伟说你比我大，干吗叫我哥哥？

　　何英柔顺地回答，人家就是喜欢这么叫嘛，又不干什么。

　　张伟说以后不能再这样，这样做很对不住高总，良心过不去。

　　何英口气一硬，说不行，老高那方面已经废了，她不能这么年轻就守活寡，而且她喜欢张伟，只要张伟和她好，让她干啥我都行。

　　张伟缠不过，后退一步，说你不准在上班时间打扰我，不准在有第三者在的时候乱来。

　　何英笑了，说一切听哥哥的。

　　你真贱。张伟又骂了何英一句。

　　何英娇羞地说："哥哥，我只为你一个人贱。"

　　回到市区，何英说到我家去住吧，老高今晚不回来。

张伟不去。

何英又想吃了，缠着张伟。

张伟也不想带何英去他家，他不想再让别的女人上他和王炎上过的床。

"要不这样，"张伟说，"去酒店开房间。"

何英欢天喜地地答应了。

张伟喜欢和美女做爱。

何英是美女，是张伟到南方以来见到的最漂亮的女人，也是让他想入非非最多的一个女人。

可是，和何英做爱，张伟感觉到更多的是痛苦。

张伟脑海里不停轮回闪现四个女人：伞人、前老板娘、何英和王炎。

那一晚，愤怒的张伟平静之后，感觉自己很龌龊，很卑鄙，很渺小。

面对身下这个女人，张伟无法将她和公司里高贵典雅的老板娘合为一人。

张伟又一次想起伞人，突然有一种想哭的感觉。

张伟突然感觉非常对不起高总，对不起伞人。

为什么对不起伞人，张伟说不清原因。

张伟对自己说，这是第一次，也是最后一次。

天亮回到单位，张伟又看到了气质高雅的老板娘何英，找不到一丝昨晚放荡女人的影子。

看到老板娘高贵冷淡扫视公司员工的眼神，张伟怀疑昨晚是一场梦。

扫视完全体员工，老板娘最后将目光转移到张伟身上，眼神变得温顺而热烈。

张伟明白昨晚不是梦，是过去完成时。

张伟低头工作，不去理会她的眼神。

何英直接进了办公室，并没有罢休，QQ里很快出来董事长的话："你是不是认为我是个坏女人？"

张伟："你说呢？"

何英："性，是一种情感的交流和宣泄，即使没有交流，宣泄还是有的。性爱的方式多种多样，我只是喜欢其中一种而已，而且，也仅仅是限于床上。"

张伟："我并不反对个人对性生活方式的追求和理解，也不排斥性生活方式的多样化，只是我感觉对不住高总。我并不是在标榜自己的高尚，我从不认为我是一个高尚的人，但是最起码的原则不能违背，相信你也是如此。"

何英："我们对于性的理解可能还有偏差，我的理解是性和爱是分离的，没有爱一样有性，有性并不会伤害爱。或者可以这样说，性和爱无关。我们在一起，并不会伤害老高。相反，我会减少对老高的要求，老高的生活也会安逸多了。"

张伟："狗屁逻辑，我的思想还没进化的那么快。"

何英:"在这个高度开放的环境里,你会很快融入、吸收、消化这些理念。"

张伟:"那你等着吧。"

何英:"只争朝夕,我会带你慢慢适应。"

张伟:"我要工作了,到此为止。"

张伟一直挂念着伞人,昨天没上网,不知道伞人会不会一直在等自己。

今天的工作很顺利,一天下来,颇有收获。

高总不在,何英也很忙碌,接待了好几个外地旅行社老总的拜访,张伟都参加了座谈。

工作的时候,何英看起来是一个执著、敬业、勤奋的美女白领,充满别样风情。

下班回到家吃过饭,张伟打开电脑登录 QQ。

"HELLO!兄弟,晚上好。"

张伟刚登录,伞人的热情扑面而来。

"伞人姐姐好。"

张伟两天没和伞人聊天,现在突然感觉心里很虚,眼神不定,幸亏没视频,看不见。

"这两天我在外地,昨天比较忙,没上线,真抱歉!"伞人一上来就解释。

张伟心里的负担稍微松了些,就像有个疙瘩正想怎么解,可巧别人帮了个忙:"我昨天也有事情,没上,还怕你等呢!"

"哈哈,看来我们是要么都上,要么都不上啊,心有灵犀……"

张伟感觉伞人现在情绪不错:"你现在在哪里呢?姐姐。"

"南京。"

南京?高总不也在南京吗?怎么会这么巧?

"你去南京干吗呢?我们公司的高总也在南京的,听老板娘说是去参加一个旅游公司的董事长总经理培训班的。"

"我啊,是来这里办点事情,比不了你们老板,我明天就回东兴。"

张伟:"高总的培训明天结束,也是明天回来,你们可是真巧。"

伞人:"是有点巧,路不同哦。"

张伟:"自己在外地要多照顾好自己,注意休息。"

伞人:"谢谢老弟,我多年自己一人在外闯荡,习惯了。以后你做旅游时间久了,也会习惯的。做旅游的,天南海北到处游荡,四海之内皆兄弟,很辛苦,但也很快乐。"

张伟:"你说得对,我喜欢在外面闯荡的感觉,趁年轻,抓紧做点事情,先立业,再成家。"

伞人发过了一个大拇指:"行,小伙子有志气,有一个远大的志向是很重要的,但理想不能太虚无缥缈,不能超越现实,主观努力是要建立在客观实际的基础上的,相信你一定能做出一番成就。"

张伟:"谢谢姐姐鼓励,我一定会努力的。以前经常游荡在半梦半醒之间,日子也过得浑浑噩噩,这段时间接触了一些客户和同事,我发现有很多人都很优秀,对旅游很了解,很专业。"

　　伞人:"是的,做好一个工作,态度很重要。一定要有一个学习的态度,其实,不懂不要紧,不会也不要紧,只要爱学、肯学、会学,没有人一生下来什么都会的。"

　　张伟:"姐姐言之有理,确实是这样。今天公司来了几个老客户,老板娘接待的,我也参加了。我看老板娘这人对业务还是很熟悉的,和他们谈起来头头是道,以前我倒没看出来。"

　　伞人:"呵呵,天天在这行里摸爬滚打,再局外的人时间长了也会上路的。对了,你们老板娘对你不错吧? 还勾引你不?"

　　"还可以。没有再勾引我。"一听伞人问起这个,张伟心里顿时虚起来,有些紧张,打字的手指都有点忙乱。

　　伞人仿佛看透了张伟的心理,又好像对何英很了解:"兄弟,送你一句话,凡事自己心里要有度,有些事情是可以做的,有些事情是不可以做的,心里要有把尺子,经常衡量一下,既是对别人负责,也是对自己负责,你还年轻,路还很长。"

第十章 大展宏图

伞人的话就像锤子敲击着张伟的心,怎么办? 姐姐还不知道事情都已经发生了,要不要告诉她?

这个念头刚冒出来就立刻被否决了,这种事情怎么能告诉她呢? 如果让她知道了,肯定会鄙视自己,会认为自己在勾引老板娘,吃软饭,立马就不会再理自己了。

就让这个事情成为永远的秘密吧,以后坚决不给何英机会了。

张伟:"嗯,姐姐的话我记得了,我理解你的意思,就是先做人,再做事,对不对?"

"知我者,兄弟也。洒家正是这个意思。"伞人继续放松着心情。

张伟开始转移话题:"姐姐自己在外面?"

伞人:"什么意思? 我不自己还带个男蜜?"

张伟:"哈! 不是这个意思,我的意思是说你自己一个人在外面多闷啊,也没人说说话。"

伞人:"那有什么,要是自己不会调节,在哪里都闷,调节好了,在什么地方都不寂寞。你看我在宾馆房间现在自己一个人,可是不闷啊,因为有大兄弟你陪我说话。"

张伟:"真荣幸,能为姐姐发挥点陪聊的作用。"

伞人:"别骄傲,年轻人,继续发扬,好好陪姐姐聊天,姐姐给你奖励。"

张伟来了兴趣:"什么奖励?"

伞人发过了一个 QQ 表情:一块西瓜。

"就这奖励? 糊弄我。"张伟不满意,"我不想吃这个。"

"想吃什么?"

张伟壮了壮胆,敲出两个字:"吃你。"

这两个字在这种情况下出现,半真半假,既认真又调侃,也算是张伟的试探和挑逗。

发过去之后,张伟的心还在跳,紧盯着屏幕,急切等待伞人的答复。

伞人停了一下,发过来一个敲打头部的表情:"呵呵,兄弟,搞明白哦,姐姐是空气,看不见,摸不到,怎么能吃呢? 你还是吃个西瓜将就下吧。"

回答天衣无缝,轻轻松松一下子把张伟的试探性攻势化解了。

张伟舔了舔嘴唇,松了口气,继续进攻:"即使是空气,我也希望是我的空气。"

伞人直截了当:"我是我自己的,不属于任何一个人,包括你。"

张伟不罢休,继续说:"即使不属于我,只要我时刻能呼吸到,能感受到新鲜而活泼的空气,也就很幸福了。"

伞人发了一个笑脸过来:"嗯,我这个空气有些沉闷,还有些浑浊和迂腐,不过我会尽量让它加速流通,尽量多保持一分新鲜。"

张伟:"会的,一定会的,只要有这个心,就一定能做到。"

伞人:"虚拟的网络,虚幻的空气,真实的人,现实和虚拟有多远?"

张伟:"怎么,姐姐很有感慨? 思绪来了?"

伞人:"哪里,无病呻吟而已,随便想随便说。"

张伟:"你是很有思想的人,和你聊天我很快乐。"

伞人:"你也一样,上进、自信、善于动脑,你让我的思想年轻起来,让我的心也活跃起来,其实应该谢谢你,北方的兄弟。"

……

夜深了,在城市孤寂的高空,黑暗包围着18楼的单身公寓,张伟在电脑前忙碌着,沉浸在自己的世界里,一颗年轻的心充满了快乐。

第二天刚上班,何英把张伟叫到自己办公室。高总不在,公司里里外外的事情都是何英打点,这几天她天天都早到晚归。

"董事长早上好,有什么吩咐?"张伟进来后故意把何英办公室的门开着,他怕何英一大早就来浑的。

张伟其实多虑了,何英找张伟来是真有工作上的事情。

何英拿起一份文件:"这个是白云山桐溪漂流公司那边的合作意向书,昨天发给我的,我又进行了修改,基本变化不大,在我们上次去谈的框架里面,你先看一看。"

张伟接过去,认真看了两遍:"可以啊,现在离他们开业还早,先达成这个合作意向,等于是我们前期先介入,对于以后的合作很有必要。"

何英赞赏地笑了笑:"张经理说得很对,我和老高也是这个意思。"

张伟也笑了:"老板娘高见,需要我做哪些事情?"

何英:"我在公司脱不开身,想辛苦你去山里跑一趟,把协议给郑总看看,如果没有异议,就让他们签字盖章,然后拿回来我们再签字盖章。"

何英边说边找了个大信封把文件装进去:"这是三份,都在里面。"

何英安排完工作,眼睛直勾勾地看着张伟,张伟一看就知道老板娘要发情,急忙咳了一声,提醒何英这是在公司。

何英一下子激灵过来:"你今天能去不?"

张伟："行,没问题,我这就出发吧。"

何英："好,山里交通不方便,我已经通知小郭了,你坐小郭的车去,这样当天就可以来回,提高办事效率。"

"好,那我这就去。"张伟冲何英笑了笑,礼貌地点头离去。

小郭一听要和张伟一起出发,很高兴。两人自从上次和老板娘一起进山,还一直没有机会再好好聊天。

小郭在没有外人的时候很健谈,特别是在老乡面前。两人都改用家乡话,聊起来更有亲切感。

张伟来这里一个多月,对这里的方言一点也听不懂,如果遇到客户用方言说话,他都要急忙先表白,说自己听不懂方言,用普通话交流。几次下来,感觉很别扭,对这里的方言很是讨厌,说起话来像吵架,发音像是日语。

"我来这好几年了,方言也才能听懂百分之八十,这里的方言很讨厌的,很多当地人和你交流不用普通话,都用方言。"小郭边开车边和张伟聊天。

"是的,我都头痛死了,按道理说,沿海开放城市,应该大力普及普通话啊。"

小郭接着告诉张伟一个关于这里方言闹出的闻名全国的笑话。

小郭绘声绘色地告诉张伟:去年中央一个报社的记者来这里采访,到基层采访老百姓,请他谈谈快速发展的秘诀,那人用方言回答记者,说我们能富起来,一靠政策,二靠机遇。结果那方言说出来,记者听成了一靠警察,二靠妓女。回去如实发表在报纸上,在全国闹了个笑话。

"哈哈……"张伟快意地大笑起来。

从那事情出来后,当地政府开始重视推广普通话,从学校到机关到服务接待单位,都要求讲普通话。可是推行效果一般,很多当地人还是改不了。

"恶习难改。"张伟给下了个结论。

"不过我们公司从来都是要求全部讲普通话,任何人不准讲方言,从公司一建立就这样,高总是本地人,一开始还不适应,让前任老板娘硬给扭过来,现在高总的普通话很标准了。"

"这倒是。"张伟听小郭提到前任老板娘,不由来了兴趣,"前任老板娘很漂亮吧?"

小郭："那是,比现在的老板娘漂亮多了。"

张伟："哇噻,那还不得是仙女了? 现在的老板娘已经这么漂亮了,难道前一个老板娘是绝色美女不成?"

小郭："那倒也不是,有时候人漂亮不光是因为外貌好看,也可能和员工在一起时间长了,感情深了,大家心里对她的综合评价吧,外在美加上内在美。"

小郭文化水平不高,尽可能搜刮肚子里的词汇来表达自己的见解。

张伟："我明白了,你的意思是前老板娘不光外表漂亮,而且气质好,心灵美,是不是?"

"对,对。"

"这么好的女人我没见过,真可惜。"张伟一声叹息。

小郭乐了:"也说不定啊,她现在自己又开了家旅游公司,或许以后跑业务的时候还能见到呢,我听说公司有业务员在外面遇到过她的。"

张伟一听来了精神:"那倒是好事一桩,但愿我也能有这么一天。"

不知道怎么,张伟心里充满了对前任老板娘的憧憬和向往。在他的心里,这个老板娘极具传奇色彩。

小郭:"高总在南京参加全省旅游公司老总培训班的时候,可能遇到前任老板娘了。"

张伟:"你怎么知道的?"

小郭:"昨天我送老板娘回家,在车上老板娘和高总打电话吵架,老板娘问高总是不是和前妻利用培训的机会幽会。"

张伟:"哦,是这样。"

张伟脑子里突然冒出伞人,她也在南京,也是呆三天,难道……

联想起和伞人聊天时的一些细节,张伟脑子里突然冒出一个念头:"伞人会不会是前任老板娘?"

张伟为自己的这个想法而激动,也很兴奋。

他仔细回顾伞人和自己交流时对公司特别关注的一些所谓的口误和评价,越想越觉得伞人有重大嫌疑:

伞人做过旅游,而且对旅游非常了解。

伞人现在在东兴,前任老板娘也在东兴。

伞人今年31,前任老板娘也是这个年龄。

高总在南京开培训会,前任老板娘也在那开培训会,伞人也在南京。

培训会三天,伞人也是三天就离开南京。

伞人是单身,而前任老板娘也是离婚的。

一系列的巧合让张伟激动起来,吻合的地方太多了。

天,不可能吧,会有这么巧?

可是,也有不吻合的地方:

伞人是小广告公司职员,而前任老板娘是老板,而且是旅游公司的老板。

伞人一直自称自己相貌平平,黄脸婆,属于对自己外貌没信心的那一类女人,而前任老板娘却是才貌俱佳的美女。

还有,伞人一直对自己的能力比较赞赏,如果她真的是前任老板娘,那她一定会让自己去她的旅游公司工作,又何必让自己在这里上班?

而且,大千世界,芸芸众生,相似的地方多了,也不能就此判定伞人就是前任老板娘。

张伟被自己自相矛盾的分析和逻辑搞得头晕脑涨,思维混乱起来。

张伟突然想起一个最基本的问题:"前任老板娘叫什么名字?"

小郭:"张小波。"

好,知道这个就好,到时候晚上上网问问伞人姓什么,叫什么不就可以了!

张伟暗暗笑自己笨,这么简单的问题,还要费这么多脑筋。

不过,他心里感觉伞人是前任老板娘的可能性只能占到20%,天下没有这么巧的事,但他仍不死心,万一要是呢?

"对了,前任老板娘现在结婚了没有啊?"张伟又想起这个重要的问题。

"不是很清楚,不过听现在的老板娘有一次对高总说,前任老板娘去年春节前结婚了,男的是个大学教授。让高总死了这条心,别藕断丝连。"

张伟一听,心死了一大半。伞人是独身女人,而前任老板娘已经结婚,戏不大了,可能性降到1%。

"不过,我对现在的老板娘的话表示怀疑,感觉她说的可能是假话。"小郭又说。

"为什么?"

"何英吃醋很厉害,高总心里对前任老板娘一直念念不忘,老想着她,我感觉是不是她故意骗高总,杜撰出来说前任老板娘已经结婚的事情。"

张伟一听,心里又燃起了希望。

不想让小郭看出自己的心事,张伟不再提及这事,扭头看着窗外的风景。

车子已经进入白云山腹地,道路不宽,两辆车交错可以行驶,路面也很平坦,但是随着山势变得陡峭,路也陡起来,弯道一个连着一个,很多都是急转弯,里侧是山崖,外侧是悬崖。

上次来张伟忙着照顾何英了,没顾得上浏览险峻的山势,这次认真体验,不由心惊肉跳。

小郭在山里开车时间久了,对路况熟悉,开起来得心应手。

白云山风景优美,植被覆盖率几近100%,奇峰突兀,山势险峻,云雾缭绕,流水潺潺。

张伟深深呼吸着清爽的空气:"真是个天然氧吧,没想到离城市这么近会有这等好地方。"

小郭说:"这里是南方,你别忘了,南方的山林都是这样的,到处山清水秀,在这周围的山区里面,这里的风景最多只能算是中等,不然早就被开发了。"

"这要是在我们那边,早就圈起来申报国家森林公园了。"看惯了北方荒山秃岭的张伟不由感慨起来。

"哈哈,要是按咱们那儿的标准,这里到处是国家森林公园。"

"住在这样的地方的人肯定能延年益寿,身体倍儿棒。"

"城里的人想进来休闲,山里的人想出去挣钱,这里的山村几乎只剩下老弱病残了,

60岁以下的基本见不到，孩子基本见不到，都进城打工去了。"小郭对这里的山区很熟悉。

"各有所需，各有所求啊。"

"是的，只有到春节的时候，这里的山村才会热闹起来，过完年又都走了，只剩下老人留守。孩子都随父母进城，附近的学校基本都关门了。"

张伟看到山沟里的几个小村落散布在大山之间，零星点缀着，给苍翠的山野增添了几分生动。

路过路边的几个小自然村，看到这里依然保留着古老的木制阁楼，被岁月熏黑了的房屋寂寞地守候在那里，一派原生态的气息。

"这里以前没有马路，只有羊肠小路，听人说以前出山进城要走三天时间，很闭塞，所以保留了很多古老的建筑和民俗。当年日本人占领宁州的时候，这里都没来过，进不来啊。"小郭继续给张伟介绍。

"是啊，这路，这山，一般第一次来的十有八九得晕车。"

"呵呵，是啊，不过老板娘来了两次了，从来没晕过，就上次突然晕车了。"

张伟一听，知道何英上次晕车是有预谋晕的，真是煞费苦心。

"还有，急转弯很危险，对面来的车看不到，应该在弯道的地方安装凸面镜，否则，在城里开惯了车的乍一进来，还不晕倒啊！"张伟看着拐弯处陡峭的悬崖，有点头晕。

小郭："我听龙发旅游公司的老板郑总说，他刚来的时候开车走这路差点出事故，现在走熟了好些，他习惯晚上走，说晚上开车对面来车能看到灯光，安全系数大。"

张伟："我们公司和郑总这边经常打交道？关系不错？"

小郭："以前不多，最近才多起来，也谈不上什么好不好，反正在旅游这个圈子里大家都彼此熟悉，今天好成一个人，明天就翻脸的也很多，大家都是为了一个目的：钱。"

张伟："这叫既联合，又斗争。"

小郭突然笑起来。

张伟："你笑什么？怎么了？"

小郭："龙发旅游和我们公司情况很相似啊，都是老板娘做董事长，而且郑总也是离婚又娶了现在的老板娘。"

张伟："这么巧，那郑总的前妻不会也是自己在外面又开了家旅游公司吧？"

小郭乐了："你以为是说书啊，有这么巧的事情。反正我是没听说过这事儿。"

谈笑间车到了漂流建设指挥部，一辆黑色的奔驰停在门口。

第十一章 | 恍然若梦

"郑总应该在,这是他的车。"小郭认识郑总的车。

进了门才知道郑总不在,一个年轻貌美的女子坐在郑总办公室里。

"于董好。"小郭认识这女的,恭敬地打了个招呼,然后说明来意,并介绍张伟。

张伟打量着这女的,30出头,很白,眼睛很大,头发披散,身材清瘦,胸脯微耸,像职业模特,眼神妩媚中带着几分风情和挑逗,透露出几分风尘女子的气质。

又是一个美女老板娘。

于董事长从座位站起来主动向张伟伸出手,微笑了一下:"欢迎张经理,老郑临时有事情去镇上了,让我在这里恭候大驾。"

"不敢当,我只是替老板来跑个腿而已。"张伟握着于董事长的手,纤细柔长。

"老郑上次就夸你一表人才,又能干,今日一见,果不其然。"于董事长招呼二人坐下,给他们倒上水。

"徒有虚名,过奖,过奖。"张伟心里有点得意,被美女夸奖的感觉非常好。

张伟把文件递给董事长:"这是我们在贵公司合作意向书基础上修改的文本,请您和郑总过目。"

于董事长草草看了两眼:"这些具体业务上的事情我不管,等老郑回来让他看吧。"

张伟想,具体业务你不管,那你管什么?挂名董事长?

"郑总什么时候能回来呢?"

"他去镇上办点事情,然后要去省城处理点业务,恐怕要明后天回来。"

小郭插进来一句:"于董,郑总没开车啊。"

"是的,我让司机开公司车带他去的,他昨晚和客户玩牌一夜没睡,没精力开车。"

一夜没睡,看来这两口子也是玩家。

既然郑总回不来,于董事长又不管具体业务,那就该走了。

张伟于是站起来告辞:"那既然这样,我们就先回去,等贵公司提出修改意见后我们再联系。"

"也好,今天老郑不在,我也不留你们了,改天专门过来玩。"于董事长热情相送。

张伟和小郭往回返。

"这个于董事长看来是挂名的,不管公司业务,倒也轻松。"张伟对小郭说,他心里还在想这个妖娆的女人,怎么看怎么像风尘女子,不像是良家妇女,可是又明明是董事长。

"你错了,可不能小瞧这个女人,厉害着呢。"小郭及时对张伟的看法进行纠正。

"何以见得?"

"我听老板娘说,龙发公司在这里搞旅游开发,市里从书记到市长,到政府各部门,从圈地到定价格,都是她去搞定的,从立项到开工什么耽搁也没有,还省了不少钱。郑总做业务可以,做外联公关可就不行了,主要靠于董打理。"

"哦,这么厉害这女人,可不得了。怪不得看她像是风月场上的人。"

"哈哈,你说对了,于董事长以前在夜总会干过。"

张伟一怔:"真让我猜对了,你怎么什么都知道?"

小郭:"都是老板娘说的,也不知道老板娘是怎么知道的。说她以前是在上海一家夜总会坐台,郑总去玩的时候认识了,发生了男女私情,后来,她来了宁州,过了一段时间,郑总离婚和她结婚了。"

"这个女人不简单,不光长得漂亮,还很有心计。"

"是的,具体细节咱不了解,不过光看她摆平东兴市里这帮官员,就知道她是有点本事的。这年头,什么叫本事,能挣钱,能放倒政府官员,能把事情办成就是本事。"

张伟听小郭滔滔不绝地说着,心里对这个女人的印象逐渐清晰起来,一个风尘女子一步步走到今天,的确不容易,没有两把刷子,是到不了这一步的。幸福靠自己去争取,成功靠付出去取得,命运靠抗争去改变。这世界,人人都在为生存而奔波,都在为活得更好而忙碌。

渐渐的一个风情妩媚、精明能干、城府颇深而又阅历丰富的女人形象定格在张伟的脑海里。

回到公司,张伟把情况和何英讲了一下。

"没关系,文件放他那儿好了,反正时间很充裕,来得及。"何英盯着张伟,柔声说,"你吃饭了没有?"

"吃了,和小郭一起在路上吃的。"张伟避开何英的眼神。

"老高下午回来,晚上我们3个人一起吃饭。"

"什么?"张伟很意外,"你疯了,你们两人一起吃饭为什么要拉上我,我不去。"

张伟不知道何英打的什么算盘,自从上次和何英做个事后,他一直感觉对不住高总,今天要和高总一起吃饭,更是缺乏勇气和自信。

何英看着张伟的样子得意地笑了:"别着急,张经理,吃饭的事情是高总经理刚才打电话回来亲自吩咐的,不但吃饭,而且是到我家去吃。"

张伟更加意外:"高总安排的? 到你家去吃饭?"

何英:"是啊,总经理关心下属嘛,在我们这里,邀请到家里去吃饭可是很高的礼遇了,只有很贴心很看重的人才会邀请去家里吃饭。"

张伟有点不知所措:"那,那怎么好意思。"

何英:"呵呵,不仅如此,高总经理还亲自安排董事长早回家做菜做饭招待张经理呢。"

张伟既感动又惭愧:"多谢高总,承受不起呀。"

何英:"别见外了,晚上老高有可能有些业务上的事要和你谈,这顿饭既是工作餐,也是家宴,还是朋友聚会。"

张伟:"好,那我先去忙一会儿工作,下班直接去你家。"

何英:"不用到下班,我走的时候你和我一起走,我们提前两小时去我家。"

张伟:"不用了吧,我下班后直接自己过去就行,你先回家,再说高总不也要到下班时间到宁州。"

何英有些发愠:"怎么? 还怕我能吃了你不成?"

张伟一看何英生气了,也感觉自己想得有点多:"好,好! 服从老板娘安排,那我先忙去。"

何英笑了:"去吧,走的时候我叫你。"

张伟回到办公桌前,边整理材料边琢磨,高总回来了,那伞人姐姐不知道回来没回来,晚上吃过饭要抓紧回去上 QQ,看伞人姐姐到底是谁。

高总不在家,自己搞了他的女人,他又回来请自己去赴家宴,还让自己的女人亲自回家做饭。张伟感觉心里满腔的愧疚和无地自容,不知见了高总该说些什么。

想到这些,张伟有些心烦意乱,心里七上八下的。

刚整理完业务资料,何英站在自己面前,当着公司同事的面:"张经理,你和我一起出去一趟,我们去拜访一家客户。"

董事长带营销经理出去拜访客户,听起来再自然不过,没有人会认为有什么不正常。

张伟把电脑一关:"好,走吧。"

离开公司,坐在何英的车上,张伟突然感觉自己很别扭,摆不正自己的位置。

把何英当做董事长,可自己明明在几天前毫不留情地蹂躏了她,把她在床上肆意凌辱,即使那是她喜欢的,但事实在那里。

把何英当做和自己发生了关系的女人,轻松平等对待,可是她明明是自己的老板,自己的饭碗攥在她手里。

想来想去,都感觉别扭。干脆闷头不做声。

在这个两人发生关系后第一次单独相处,何英可能也感觉到了几分不自在,不过她很快就调整过来,主动打破尴尬气氛:"怎么?张经理,到我家去吃饭不开心?"

"呵呵,哪里,荣幸之至,受宠若惊。"

何英接着柔声说道:"我理解你的心情,没关系,我们的事情已经发生了,是我们之间的秘密,只要我们不说,谁也不会知道,你不要有心理负担,见了老高和以前一样,放松点,大家高高兴兴吃饭、聊天,多好!我和老高可是把你当做自己兄弟看待的,你也别见外。"

何英一席话说得张伟心里坦然了很多。

他知道高总对自己好是因为工作,希望靠加深感情来促进工作,人性化管理。这很正常,以前张伟也是这样对自己的手下,经常请下属去吃饭、唱歌,联络感情,工作起来更好管理。

很快到了高总家,高总大约还要一个多小时到宁州。

一进门,在房门关上的一刹那,张伟感觉气氛一下子发生了改变。

如果说在路上和进门之前两人之间还保留了一分客套和距离的话,那么在房门关上之后,这点仅剩的距离瞬间消失殆尽。

空气仿佛流动得迟缓起来,充满了暧昧的味道。

何英迅速完成了一个从贵妇向荡妇的转变。

几分钟前还高不可攀、气度非凡的老板娘、董事长,此刻成为一个妖娆妩媚的火热少妇。

何英一转身扑到张伟怀里。

张伟还没有反应过来,火热的嘴唇已经雨点般落到张伟的嘴唇、脸上、脖颈,柔软的身体像蔓藤缠绕上了张伟的身体,耳边传来何英的娇喘:"好人……男人……主人……"

张伟在进门以前积攒了一路的坚定和执著在女人火一般的攻势下经受着考验。

何英紧紧搂着张伟的脖子,身体极力向张伟贴近……

张伟感到体内的血液在加速流动,一团火在燃烧,越来越旺,不由伸手搂住何英的身体,并将两人的身体向客厅的沙发移动……

猛然,张伟脑子里闪现出伞人昨天晚上提醒自己的话,头脑迅速清醒起来。

张伟在离沙发一步之遥的地方停住,用平静的眼神看着迷离的女人在自己身上肆意发情,不再有主动的回应。

何英的激情在疯狂燃烧,忽然感觉到张伟像个木头人一样僵立在那里,不由停了下来。

张伟仍搂着何英,何英的双手也环抱着张伟的腰,两人从刚才的澎湃变得平静,搂在一起,沉默不语。

良久,何英说话了:"你是不是认为我是个放荡的女人,利用职权勾引你?"

张伟平静简洁地回答："不是。"

何英："那你为什么对我没有热情？"

张伟："因为你不是我的。"

何英："你感觉我是坏人吗？"

张伟："不，你是好人，你们两口子都是好人。"

何英："谢谢你这么看我。"

张伟："正因为你们都是好人，所以我也要做个好人。"

何英："你是不是感觉这样做对不住老高？"

张伟："是。"

何英突然笑了："傻瓜！"

张伟莫名其妙："你说我什么？"

何英轻轻咬了下张伟的肩膀："我——说——你——是——傻——瓜！"

张伟："我怎么傻了？"

何英轻轻推开张伟："说你傻自有傻的道理，好了，我要开始我的工作了，董事长亲自下厨房。"

张伟不明就里，站那里傻乎乎地说："傻就傻吧，太聪明了不好，没听说过聪明反被聪明误吗？"

何英在厨房里冲张伟喊："别继续傻了，过来帮忙洗菜。"

很快，厨房里的声音生动起来，何英主打，张伟打下手。

两人边做菜边聊天。

何英："其实，我这人还是蛮贤惠的，做个家庭主妇也是很合格的，是不是？"

张伟："你自我感觉良好啊，自己不夸可能就没人夸你了。"

何英吃吃笑起来："我这人是既传统又现代。"

张伟："此话怎讲？"

何英："传统，是我在生活习惯、为人处世上一直遵循东方传统文化的理念和习俗；现代，是我在个人生活方面，特别是在婚姻和性方面，我主张个性解放，喜欢就是喜欢，只要不危害社会危害他人，就可以去做，能全身心释放有什么不好？"

张伟："我没经历过婚姻，不了解。"

何英："慢慢你就了解了，婚姻是个围城，外面的人想进来，里面的人想出去。"

张伟："婚姻是爱情的坟墓。"

何英："不对，我的理解是婚姻不是爱情的坟墓，而是爱情的一种变质的延续。"

张伟："深奥，不明白。"

何英："这么说吧，当爱情走进了婚姻，激情和浪漫逐渐消失，取而代之的是被柴米油盐所熏陶出来的责任和习惯,走进婚姻的爱情,更多表现出来的是一种相互的守望和责任,对社会、对家庭、对后代。"

张伟感觉何英讲得有道理,不由点点头。

何英看着张伟,意味深长:"张伟,你确实是个不错的人,我和老高没看错你。"

张伟傻呵呵地:"多谢老板和老板娘栽培。"

何英心神荡漾,把身体贴向张伟:"我感觉出来了,我喜欢你这样……"

张伟:"别引诱我,这可是在你家里,高总快回来了。"

何英把手伸向张伟:"在我家里怎么了? 我更喜欢在这样的环境里……"

何英舞弄起风情来很撩拨人,张伟有点把持不住,忍不住要动手。

正在这时,房门响了。

第十二章 围城煮酒

"高总回来了。"张伟清醒过来，急忙过去开门。

高总风尘仆仆，一进门就叫饿坏了。

"来，张经理，我们喝点白酒，你们北方的二锅头。"高总从酒柜里拿出两瓶北京二锅头。

何英先弄好了两个菜，端上来："你们先喝酒，我继续忙乎。"

"老婆大人辛苦。"高总笑呵呵地对何英说。

"得了吧，该我辛苦的时候我辛苦，该你辛苦的时候你可别偷懒。"何英一语双关。

高总神情有点尴尬，打个哈哈对张伟说："来，张经理，我们喝。"

"高总，你别叫我张经理，我听着别扭，你叫我小张好了。"张伟看高总很随和，心态逐渐放松下来。

"好，小张，我就喜欢你们北方人的爽快，来，干。"一两的杯子，高总一口干了。

张伟没想到高总喝白酒这么爽快，看这阵势，高总酒量不小。

张伟的酒量还算可以，8两白酒放不倒，1斤就多了。

何英从厨房伸出头："过会儿我也要喝。"

"呵呵，小张，想不到吧，我们两口子都喜欢喝白酒，最喜欢喝北京二锅头，这酒劲冲，喝起来过瘾。"高总兴致勃勃和张伟边喝边聊。

"高总，我按北方的风俗敬您一杯，感谢您对我的赏识和器重。"张伟端起杯子一口干了，"您放心，我保证把工作干好，争取把中天旅游做成宁州最好的旅游公司。"

高总很高兴："小张，我这个人和你们北方人的性格差不多，讲义气、直爽，工作上我们是上下级，工作之外我们是兄弟、朋友，希望我们能长期搭档。"

高总的话说得张伟有些无地自容，占了人家的老婆，再坐在这里和人家喝酒论朋友，张伟感到自己很龌龊。

高总继续说："单位里称呼职务，今天我们是家宴，别称呼职务了，我叫高强，你叫我高哥或者强哥都可以，随意好了。"

张伟笑了:"好,强哥,小弟敬你。"

二人你来我往,何英那边菜还没上齐,酒已经下去一瓶了。

"你是外地人,又是单身,以后周末没事就来这里吃饭,当自己家好了,你嫂子做菜可是好样的,北方菜做起来也很拿手。"高强边吸烟边对张伟说。

"哦,嫂子好手艺。"

张伟突然感觉称呼何英为嫂子很滑稽,忍不住想笑,又笑不出来,端起酒杯一口把酒倒进肚里,把笑堵了回去。

何英把最后一道菜端上来:"好了,你们尝尝我的全部手艺。"

高强有些醉意,随意拍拍何英的屁股:"董事长辛苦,过来陪哥们儿喝两盅。"

何英擦擦手,挨着张伟坐下来:"来,小女子今天陪你们两个男人喝。"

张伟喝得身上有些发热,大脑还算清醒,端起杯子:"强哥,嫂子,做兄弟的先敬你们一杯,祝你们身体好、家庭好、生活好。"

听张伟叫自己嫂子,何英很新鲜,也很兴奋,南方一般是不这么称呼的,高兴地把一杯酒一口干掉。

高强醉醺醺地看着何英:"你酒量怎么突然这么大,从来没见你一口喝这么多。"

何英笑呵呵地:"因为今天我们又多了个兄弟啊,高兴就多喝点嘛,你说是不是,老高?"

何英说着脚在下面踩了下张伟。

"对,对!高兴,多喝,来它个一醉方休。"高强高兴地说道。

因为是第一次和高强喝酒,又是在家里,张伟一方面尽到尊敬之意,频频敬酒,另一方面努力保持清醒头脑,使劲喝水,怕喝醉了失态。

张伟喝白酒掌握一个秘诀,多喝开水,可以解酒,效果不错。

几杯开水喝下来,何英发现了:"怪不得小张能喝啊,原来秘诀在这里。"

"真能管用?"高强问张伟。

"哪里,我自己的习惯而已,喝酒的时候喝开水,很早就有的习惯。"

何英:"不错,好习惯,可以解酒的。"

高强喝得酒意上来了:"小张,你这么年轻真好,身强力壮,我一过四十就废了,什么都废了,想当年……"

张伟一听就明白高强是什么意思,憋不住想笑,看一眼何英,脸红红的,忙对高强说:"哪里,强哥,四十正是年富力强的好时候,哪里有废了之说……"

高强摆摆手:"兄弟,你不明白,哥哥是心有余而力不足,苦哦……不说了,来,喝。"

两瓶二锅头很快喝光。高强还要再开,张伟感觉喝得差不多了,坚决阻止:"强哥,以后有时间再喝,今天你出差刚回来,也累了,早休息吧。"

高强:"也好,今天时候不早了,你也喝了不少,别回去了,在我家客房睡吧,明天我们一起去公司。"

张伟一听忙说："不用,我没醉,回去没问题。"

高强说："你别见外,就当在自己家里好了。"又转身对何英说,"把客房收拾一下,安排小张住下。"

不等张伟说话,高强起身进了卧室,很快就传来鼾声。

客厅里只剩下何英和张伟二人。

何英喝得有点多,脸上红红的,灯光下显得更加妩媚。

张伟看着何英的样子,不禁有些冲动,他努力在克制自己。

两人坐在那里,谁都不说话,室内只有空调的嘶嘶声和高强如雷的鼾声。

"高总是个好人。"张伟率先打破沉默。

何英："是的,老高讲义气,喜欢交朋友,对朋友很信任,属于你们北方人的性格,不像南方那些小男人,满肚子鬼点子。"

张伟："南方人也有爽快的啊。"

何英："是的,有,但是很少,我找老高就是因为喜欢他的性格,豪爽,讲义气,你也是这样的男人。"

张伟："我不是,我勾引朋友的老婆,我不是讲义气的男人。"

何英起身去把卧室的门关上,回来坐下,用复杂的眼神看着张伟。

张伟有点发憷,知道再说下去也没什么结果,于是连忙说："时间不早了,我得回去,晚上还要回家拿东西,就不在这里住了,明天你和高总说声。"

说完站起身,拍了拍何英的肩膀。

何英不情愿地站起来："好吧,路上小心点。"

走到门口,刚要开门出去,何英突然扑到张伟怀里,紧紧抱着他的身体,浑身痉挛一般地抖。

张伟很紧张,万一高强突然出来看到,那如何收场,硬推开何英也不现实,刚才就要哭,再一推,说不定就引发山洪了。

张伟于是配合着抱着何英,轻轻拍着她的背,安慰似的吻了吻她的脸颊。

效果果然不错,何英渐渐平息下来,放开了张伟,满脸泪痕："对不起,我太过分了,不该这么为难你。"

张伟一向吃软不吃硬,最见不得女人的眼泪,一听这话,心有些软,捧起何英的脸,深深吻住了何英的唇。

好大一会儿,才放开何英："好好休息,强哥晚上肯定渴,弄点水放在床头。"

何英被张伟主动这么一亲热,心里踏实多了,点点头："那我不送你了,自己走好。"

一出来张伟才知道外面下雨了,不大,蒙蒙细雨,伴着微微的秋风。

秋风秋雨使人愁。张伟的心中涌起淡淡的愁绪,他想起了家乡的秋天。

北方的秋天深深的秋意渗透到每一片树叶,秋日的阳光洒满金黄的田野,绵绵的秋雨浸透每一寸土地……

张伟喜欢北方的秋天,让他总感觉心痛,那种欣喜而又刻骨的痛,一种痛苦的享受。

走在都市深夜的大街上,行人稀少。张伟心中突然涌出无限的孤独感,随之心头涌现了无限的惆怅。

我的明天在哪里?张伟突然产生了对未来、对理想的迷惑和怅惘。

张伟漫无目的地向前走,任秋雨洒在自己身上。经过一个烧烤摊的时候,突然感觉饿了,晚上光喝酒了,饭菜都没大吃。

张伟站住了。卖烧烤的是一个年纪相仿的小伙子,穿一件白大褂,脸上布满了木炭的尘屑,拿着一把破扇子正卖力煽火,见张伟过来,急忙招呼。

烧烤的炉子后面坐着一个年轻女子,看来是和他一起的,正在往竹签上串肉串。

应该是一个夫妻烧烤档。

张伟听小伙子口音是北方人,顿生亲切感,点了一些烤串儿,坐在旁边和他聊起来。

果然是小夫妻,河南开封的,结婚刚两个月就来这里找工作,没什么特长,找不到合适的工作,干脆购置了一套炉子,晚上出摊卖烧烤。白天怕查不敢出,晚上7点开始出摊,营业到凌晨3点左右收摊。

张伟很佩服他们的生存勇气,心想要是换了自己,肯定是吃不了这个苦的。

"你们两口子可真能吃苦,刚结婚就出来打工。"

小伙子憨厚地笑笑:"没办法,人都是逼出来的,总不能待在家里靠那两亩地吃饭吧,趁年轻出来挣点钱,以后好供养孩子上学。"

"背井离乡跑这么远,感觉苦不苦?"

"苦不苦?你说呢?"小伙边煽火边说,"不过,这也要看咋个比法,要是和住洋楼、吃山珍海味的比,那是苦;要是和俺老家那些老少爷们比,俺和俺媳妇一天能挣80多块钱,又比他们强多了,关键是人得知足。"

几句话,道出了外出打工人的心声,张伟突然意识到,真理都是从最平凡的实践中总结出来的,平凡就是伟大。

张伟抬头看看细雨飘洒的城市夜空,心中豁然开朗,张伟回去的路上心情舒畅。

回家一看时间,12点了。

这个时候伞人应该进入梦乡了,张伟本打算今晚试探伞人身份的,看来不行了。

谁知道刚登录QQ,一杯咖啡发了过来:"张经理,加班辛苦了,喝杯咖啡暖暖身子。"

伞人还在。张伟很兴奋:"姐姐,你回东兴了吗?"

伞人:"没啊,我的计划有改变,做完一个事情,又有一个新事情要去办,要等两天才能回去。"

张伟一想,伞人看来不是和高强一起去参加会议的,时间不对,第一点没核对上。

张伟："今晚我去老板家吃饭了，刚回来。"

伞人："哦，你们老板出差回来了？"

看来伞人真的对高强开会的事情一无所知。

张伟："是的。"

张伟对自己上午判断伞人是前任老板娘的想法开始动摇了，时间对不上。不过他还想最后再试一下："姐姐你能告诉我你的名字是几个字吗？"

前任老板娘叫张小波，如果直接问伞人名字，估计喜欢在虚拟世界里遨游的她是不会说的，干脆问她名字是几个字，如果是三个字就再进一步问姓什么。

伞人："干吗？查户口啊？"

张伟："不是，我是从网上学测字算卦，闹着玩的，先拿你开刀。"

伞人："呵呵，好啊，我也喜欢弄这个，我名字两个字，算算咱什么时候能转运。"

张伟一听，心彻底凉了，本来就没有那么巧的事，自己硬是往一起凑，现在好了，死心吧。

张伟不由嘲笑自己的一厢情愿和自作多情，这卦也不用算了，对伞人说："我看看这个系统好不好用，好用就给你算，不好用就算了。"

伞人："也好，你那边今天下雨了吧，南京也在下，我估计要到后天才能办完事情回去。"

如意算盘落空，张伟兴趣下来，困意往上涌："这么晚了，你还不睡？"

伞人："我在做一个广告计划设计预算，你累了吧，早点休息。"

张伟和伞人告别后关上电脑，不由为自己的天真好笑：天下之大，芸芸众生，哪里会有这样的巧事让我遇上，还是少痴心妄想吧。

第十三章 旧爱新欢

天气渐渐转冷,北上的游客日渐稀少,南下的游客开始多起来,公司的柜台前每天都络绎不绝地挤满了前来咨询出游的客人。

散客和张伟的营销部无关,张伟负责的业务是集团大客户的拓展,也就是团队游客。

这段时间,张伟基本熟悉了工作岗位,营销部的人员全部到位,新制定的各项管理、考核措施在高强和何英的大力支持下得以顺利实施,各项营销措施也在积极运作,势头良好。

张伟除了抓人员的管理和考核之外,还有意识地主动去开发新的集团客户,凡是老客户,一律交给业务员去跑。不和下属争客户,是张伟多年来的一贯办事原则。这样,营销部的职员对张伟又多了几分敬佩和好感。

这几天一直比较忙,白天在外奔波,晚上回去后累得往床上一躺,饭都懒得吃。伞人也很理解,经常留言嘱咐张伟要注意劳逸结合,合理安排工作,保重身体。

自上次家宴后,何英收敛了很多,和张伟在一起,挑逗的目光少了,多了几分关切、欣赏和柔情。

高总还是那样,三天两头向外跑,公司里的事情基本都是何英打理。

高总不在家,何英约了两次张伟去家里吃饭,张伟婉言谢绝,何英也不勉强,经常买一些好吃的偷偷放在张伟的办公桌抽屉里。

自从上次和何英谈话之后,张伟对何英多了几分理解,觉察到何英复杂而又无奈的情感世界。毕竟,她是自己的上司,上司对下属做到这个程度,还有什么好说的。

张伟忙完的时候,常常到何英办公室,交流情况,汇报工作,沟通信息,两人的关系逐渐融洽起来。

何英对本地的旅游业内幕了解不少,经常讲故事给张伟听,张伟渐渐对本地行业之间竞争和操作情况增加了认识和了解。

张伟第一次见识了南方的天气,秋雨连绵了两个多星期,还是淅淅沥沥地在下,前几天洗的衣服挂在阳台上到现在还没干,床上的被子也都快霉了。

快中午了，张伟把手头的客户资料输入电脑，工作告一段落，肚子咕咕开始叫了。

张伟托着腮帮，透过玻璃橱窗看着阴雨绵绵、川流不息的大街上来来往往的车辆，还有人行道上匆匆从眼前走过的男男女女。

细雨在玻璃上画出一道道曲线，外面的风景也显得支离破碎起来。

突然，一个熟悉的身影映入张伟眼帘，并且在横穿过马路之后向公司门口方向走来。

王炎。

她来干什么？

正琢磨间，王炎推门而入。

前台接待人员有礼貌地向她问候："您好，欢迎光临中天旅游，请问有什么可以帮助您的吗？"

王炎笑笑："小姐，我找你们营销部张经理。"

说话间，王炎的眼睛扫到坐在窗口位置的张伟，径直走了过来。

张伟无处可走，坐在那里没动，盯着王炎。

王炎气色不错，穿一身蓝色套装，头发绾成一个髻盘在上面，显得比以前成熟了许多。

见到张伟，王炎表情复杂，但很快恢复了正常，轻声道："老盯着我干吗？也不请我坐下，有这样对待客人的吗？"

张伟站起身，用手一指，让王炎到旁边的会客室里坐下，又给王炎倒了一杯水，面无表情："请喝水。"

王炎看着张伟："你瘦了，休息不好吗？"

"与你何干，咸扯萝卜淡操心。"

王炎抿了抿嘴唇："是的，是与我无关，我问问又怎么了？"

"少废话，说，找我有什么事？"

"怎么？没事就不能找你了？"

"我这是在公司，公司规定，上班时间不准闲聊。"

"少拿这套来吓唬我，现在已经到下班时间了，该吃午饭了，我们一起去附近吃点东西吧。"

"我不饿，你自己去吃吧。"

"我知道你恨我，我不生气，也不怨你，你应该恨我，可是，我……"

张伟打断王炎的话："你什么你，不要解释，我没恨你，干吗要恨你，我是个穷光蛋，什么也不能给你，人往高处走，你当然应该选择更好的男人。"

说这话的时候，张伟的心在流泪。见到王炎，张伟才知道，自己心里一直放不下的还是她，让自己魂牵梦萦的也是她，可是她已经走出这一步回头是不可能了。

不想让王炎看见自己潮湿的眼睛，张伟扭头看着窗外。

王炎沉默了片刻："我知道我伤害了你，也知道我不是个好女人，我太现实，太急迫，不满足现状,想让自己过上理想的生活,也想让自己的事业能有个跳板和捷径。你是我遇到过的最好的男人,即使到今天我还是要这样说,无论我走到哪里,无论我停泊在哪一处驿站,都会把你放在心中,永远。"

张伟一听这话,一个激灵:"怎么,你要走了?出国?"

王炎不置可否,转移话题:"我今天找你是有公务。"

"公务。"张伟一听来了精神,"什么公务?"

王炎一看张伟那神情,忍不住笑了:"看你,一提工作,立马来精神了。"

"少卖关子,说啊。"张伟有点迫不及待。

"好事,大业务,专门找你就为这个事。"

王炎接着从包里拿出一份文件,原来是她们公司最近要搞职工福利休假旅游,有1000多名职工分5批出去,地点定为海南,公司把这个事情交给王炎办理,由她全权负责。

"有好几家旅游公司找我,我都没理,直接奔你来了,你还这么对待我。"王炎嘴巴撅了起来。

这可是个大业务,突如其来的幸福把张伟激动晕了,忘乎所以地把王炎一把搂过来亲了一口:"好家伙,真有你的,好样的,丫头!"

然后才想起来这是在公司,而且王炎已经另有所属,不免有些尴尬。

王炎被张伟亲了一口,脸马上红了起来,过去的幸福时光在她脑海里闪现回来。

看到张伟高兴的样子,王炎很满足,也很兴奋,她要的就是这个效果。她一接过这个任务的时候,就直接想到了张伟,任凭那些旅游公司的人怎么找她,怎么承诺给她好处,她一概不允,自从和哈尔森确定关系以后,她现在已经不缺钱了。这笔业务非张伟莫属,既是给张伟一个礼物,也是增加张伟的业绩和收入。

王炎真心希望帮助张伟,同时不损伤他的自尊心,这个业务就是最好的方式。

张伟仔细看着王炎拿出的关于团队出游要求的文件:"行,没问题,我马上安排计调做一个海南5日双飞游的行程方案,分经济和豪华两种,到时候你拿回你们公司讨论选择,价格保证适中。"

"另外,我们公司还有专门给客户联系人的提成,到时候我给你提出来。"

"提成我不要,算在你头上。"王炎坚决地说,"要不然,我就不做了。"

张伟无语,沉默了片刻:"那我怎么谢你?"

王炎嘻嘻地:"不要你感谢我,这是我对你照顾我那么久的回报,所以嘛,你要心安理得地接受。"

张伟知道王炎现在经济上已经实现了飞跃,也就不再推辞:"那中午一起吃饭吧,我请你吃火锅。"

"好啊,天天吃西餐,烦都烦死了,特想吃火锅。"

两人正要出去,何英推门进了会客室。

何英准备叫张伟一起出去吃饭的,出来一看没人,工作人员告诉她张伟在会客室有客人,就推门进来了。

王炎在东湖度假村见过何英,那时张伟和何英亲昵的样子让她回去难受了好几天,不过也真心希望张伟能找到一个好的女朋友。

见到何英,王炎以为是张伟的新女友来找张伟去吃午饭的,心里有点尴尬。

张伟很快适应下来,指着何英对王炎说:"我们公司的何董事长。"

又对何英说:"我老乡,王小姐,在一外企工作,今天有团队出游的计划来找我洽谈的。"

何英一听,热情地伸出手:"欢迎王小姐光临鄙公司,张经理的老乡可真是山水芙蓉、闭月羞花。"

王炎忙伸手招应,心想,这个死张伟,几天不见,功夫长进不少啊,找了个董事长女朋友。看到何英也是美若桃花,鲜嫩可人,心里有些吃醋的同时也替张伟高兴,自己对张伟的负疚感不由轻了许多。

既然张伟不说何英是自己的女朋友,那就有他的道理,王炎也懒得去想那么多,握着何英的手说:"何董事长才是真正的江南美女呢,我们老乡经常夸你呢,说他们老板又能干又漂亮,今日一见,果然如此。"

王炎故意想逗逗张伟,说完冲张伟挤了下眼。

何英一听果然很高兴,看着张伟:"你老乡来了,还没吃中午饭吧?"

张伟被王炎弄得苦笑:"还没,正要和王炎去吃火锅呢。"

何英:"你老乡来谈业务,属于公司客人,应该公司招待,我安排,我们一起去吃吧。"

何英实在不放心张伟和这么漂亮的小姑娘单独出去吃饭,明知道自己没资格干涉,可是自从和张伟有了那层关系,女人的本性让她对张伟有了一种占有的心理。知道自己的想法是可笑和不现实的,也知道张伟是要找女朋友成家的,可是仍心不由己,言不由衷。

张伟一眼看穿了何英的心思,故意想捉弄一下她,说:"不用了,董事长,您这么忙,日理万机,您去忙,我老乡我来招待好了,不用您再破费。"

何英一听,更加坚定了一起去的决心,瞪了张伟一眼,忙说:"没事,我这会儿什么事情也没有,正好有空。"

王炎对何英印象不错,想人家一公司董事长能亲自陪自己吃饭,也就是因为自己的身份发生了变化,要是换刚来宁州那会儿,谁会理咱啊。于是对何英说:"那好啊,我们一起去吃吧。"

张伟见这样,也就顺水推舟:"那就有劳董事长破费了。"

王炎有点奇怪,自己那天明明看到两人像情侣一样亲热,今天怎么这个样子,好像是什么关系也没有。

出门的时候,何英走在后面,对着张伟的屁股使劲拧了一把。

"哎哟!"张伟夸张地叫了一声。

"怎么了?"走在前面的王炎回过头。

张伟揉着屁股:"有蚊子咬我屁股,好疼啊。"

王炎乐了:"胡扯,这什么时候了还有蚊子啊。"

张伟:"真的,可能是一只母蚊子,看我要和美女去吃饭,吃醋了。"

王炎知道张伟是在耍弄自己:"哈哈,你又发神经了!"

何英在后面也忍不住笑起来:"两个美女陪你一个帅哥,是不是幸福过火了。"

张伟冲何英鬼笑了下。

因为下午还有工作,三人在附近的四川火锅店找了个单间,边吃边聊。

张伟把王炎带过来的业务内容简单和何英说了下。

何英听得很兴奋,乖乖,1000人,长线团,这可是大业务。一般的旅游组团国内的标准10人以上成团,50人就是个大团,这1000人,相当于20个大团。按一个团一万五千元的纯利润来算,就是30万的收入。

"不错,张经理,好样的,不简单,刚来就做了这么大一个单子,顶得上公司两个月的业务了。"何英高兴地夸张伟。

王炎看着何英和张伟,忽然明白了:因为他们在一个公司上班,为了工作,或许是不想让自己知道他们的关系,所以故意做出一副上下级的样子来。

这样想来,心里不停地笑。

"哪里。"张伟说,"我这是撞上好运了,正好王炎公司有组团活动,还不是靠的关系。"

何英:"你这样想就不对了,这年头做业务都是靠关系,没关系,单纯靠市场运作,那是很难的,记住,关系就是生产力。"

王炎插话进来:"何姐教育得有道理,我这个老乡喜欢犯犟,何姐你得多引导他。"

张伟知道王炎故意在添乱,低头吃菜不言语。

何英得意地看了张伟一眼,对王炎说:"妹妹,你放心,我们保证把这个业务做好,保证价格不高于其他旅行社,保证是纯玩不进店,保证是最优秀的导游全陪,保证让客人吃好、住好、玩好,保证让妹妹在公司领导面前有面子。"

何英一口气用了6个保证,概括了公司需要做的全部内容,面面俱到,张伟不由赞叹何英业务的娴熟和语言技巧。

王炎:"那好,我相信你们公司的实力和服务质量,我们是分5批出去,一批200人,一周一批。刚才张伟说了,先做个行程路线方案和报价给我,我们的要求是保证职工玩得满意,价格只要适中就可以。"

何英:"行,我和张经理马上做,下午就根据你们公司的要求设计特色线路产品,明天上午把经济和豪华团队两套方案发给你,保证没问题,妹妹你放心。"

张伟和王炎本想聊聊私话,被何英这么一掺和,什么也没说成。

听王炎说下午还要回单位上班，饭后何英又安排小郭开车把王炎送回单位，一点机会和时间也没留给张伟。

"你做事情也真够绝的。"王炎上车走后，张伟冲何英苦笑道。

何英得意地笑了，又故意问到："怎么了？我做什么了？"

"你自己心中有数，少装蒜。"张伟转身往回走。

何英紧走几步跟上："呵呵，别见外，我这可是为你好，怕你犯错误。"

张伟回头："狗屁，人家早名花有主，男朋友是德国人，怎么能看上我这样的穷光蛋。"

何英一愣神："怎么不早说，害我费半天心思。"

张伟停住脚步，正色对何英："我警告你，别以为你是老板就可以干涉我的私生活，今后我的个人问题不准你干涉，我爱找谁做女朋友是我自己的事情，和你没关系，大不了我走人。"

何英一看张伟很认真，感到有些尴尬，毕竟自己名不正言不顺，是没有资格干涉张伟的个人问题的，即使是出于女人本能的嫉妒，也师出无名。张伟说的这话，在她看来有些重，不过看张伟的神态，有些恼怒，她也不便硬顶，弄僵了对谁都不好。

看到何英尴尬的样子，张伟感觉自己刚才说得是有些重了，语气缓和了下："我知道你对我好，你的心意我领了，其实我也不讨厌你，但是毕竟我们身份不同，个人情况不同，好归好，还是要注意现实，不能过分。"

其实，张伟这段时间也有些憋不住了。中午吃饭的时候，他看见这两个和自己有过关系的女人，早就有反应了。可没办法，一个是老板的老婆，一个归老外了，只能干想。

第十四章 | 人间绝色

何英刚才被张伟将了一军,有些尴尬,又被张伟解了围,心情好了些:"对不起,可能我做得有些过分了,我知道我没权力和资格干涉你的私生活,可是心不由己,以后我会注意的,其实我也不要你干吗,你只要知道我对你好我也就知足了。"

听何英这么说,张伟又感觉不大好意思,想活跃下气氛,毕竟何英是自己的老板娘,而且刚才又说得这么诚恳,不能太让她下不来台,于是主动拉过她的手:"走,回公司做行程报价单去,我跟你学学,传授几招。"

何英高兴了:"好的,做这个我可是老手了,传授谈不上,也就指点下吧。"

张伟:"我是真的学习啊,我以前是做景区营销的,没做过旅行社营销,对计调这块很陌生,更没做过行程单和报价。"

何英:"那你叫师傅。"

张伟:"师傅。"

何英:"这么乖,真听话。"

张伟:"比我强的人我都可以拜师,要不要再给你磕头举行拜师仪式?"

何英咯咯笑起来:"免礼,少骂我几句就可以了。"

张伟:"你是老板娘,我怎么敢骂你。"

何英:"少来了,哼,我看你就剩一张嘴了,会说。"

张伟呵呵笑了:"不会干,要是再不会说,那还不成废人了。"

何英:"我要你不但能说,还要能干。"

张伟皮笑肉不笑:"干工作还是干你?"

何英风情地瞟了一眼张伟:"都要。"

张伟心里有点痒痒,又有些抵触。

本能和理智在张伟心里来回冲突。

回到公司,何英马上开始为王炎做旅游行程方案,张伟在旁边看。

何英不愧是业务老手,从电脑里调出去海南的几个线路,结合王炎单位的要求进行修改,边修改边给张伟讲解,很快,经济和豪华两个完整的旅游行程方案和报价单出来了。

张伟很佩服何英:"你真行,要是我做可就废了。"

何英:"熟能生巧,做多了,慢慢就掌握了,我们这是慢的,按照计调工作的要求,客人来咨询出团旅游,5分钟之内要把行程报给客人,让客人根据实际提出修改。"

张伟:"那我打印出来给他们送过去。"

何英:"我下午没什么事情,我们一起去,把方案存到U盘里,当面递交方案,顺便听取他们的意见,现场修改,现场拍板。"

张伟点点头:"好,干脆把合同和公章也带上,如果能行,就直接签了算了。"

何英一乐:"行,你做事情的风格和我差不多,利索。"

于是,何英开车,二人一起去了王炎公司。

王炎正在办公室忙,一看他们俩来了,有些意外,又很高兴,接过方案:"这么快就做好了,真是高效率。"

何英笑嘻嘻地:"小妹的事情哪敢怠慢,这不我们做好就送来了。"

王炎把两个方案认真看了一遍,让他们稍等下,就进了总裁办公室。

看来王炎在这里混得不错,可以直接和总裁说上话,而且他们公司能把这个旅游事务全部交给她办理,这可是相当的信任。

过了有半小时,王炎出来了,喜气洋洋:"恭喜你们,方案通过了,我们选那个豪华线路方案。"

何英和张伟对视一下,面露喜色。

王炎继续说:"如果你们感觉合适的话,现在就可以签合同。"

张伟高兴地说:"早准备好了。"

于是,合同顺利签订。

张伟很兴奋,何英也很高兴,没想到这么顺利就把这么大一笔业务谈下来了。

张伟很感谢王炎,对她说:"下班一起去吃饭吧。"

王炎看看何英,何英忙说:"我开车来的,可以送你们去。"

王炎一听有点糊涂,他们是男女关系,怎么不一起吃饭呢? 其实她也想和张伟单独去吃饭,可是何英在这里,她不能这么讲,于是说:"何姐,我们三个一起去吃啊。"

何英巴不得有这句话,看着张伟。

张伟点点头:"是啊,人多热闹,今天是请客户吃饭,老板娘临阵逃脱,让我请客啊?"

何英高兴地说:"当然是我请客,想吃什么?"

张伟:"我想去东湖度假村吃海鲜。"

不知怎么,张伟突然想去东湖度假村。

听张伟说想去东湖度假村,王炎也举手赞同。

于是何英开车直奔东湖度假村。

第十四章 人间绝色

经过银座商城的时候,何英把车停在商城前面的停车场,对他们说:"我到银座去办点事,很快回来。"

这样,车里就只剩下张伟和王炎。

张伟今天心情很好,做成了这么大一个单子,幸亏王炎,对王炎的那些怨恨也烟消云散了。

其实想想自己也没有理由去怨恨王炎,恋爱婚姻自由,结婚了还允许离婚呢,何况连正式恋爱关系都没确定的。而且,王炎脑子里一直想出国深造,想去国外发展,自己能给予她什么? 什么也不能给予,什么忙也帮不上。但哈尔森能,能给王炎需要的一切:出国、婚姻、金钱……

想到这里,张伟的心里不禁释然,爱是不能强迫的,没有了爱情,能收获友情也不错。

王炎看张伟坐在车里愣愣发呆,拍拍张伟的肩膀:"喂,这何姐不就是你上次带了去东湖吃饭我见到的那女的吗?"

张伟回过神来:"啊? 恩,是。"

王炎:"这女的不错,真漂亮,你眼光可以啊,把你们老板搞定了。"

张伟苦笑:"什么啊,我们是普通朋友,不是你想象的那样。"

王炎一撇嘴巴:"少来了,普通朋友有你那么亲热的,勾肩搭背,还在大庭广众之下亲人家?"

张伟:"你小屁孩,不懂。"

王炎:"你大屁孩,要不然就是那天你故意做给我看,气我的,是不是?"

张伟点点头:"聪明,这回你猜对了。"

王炎哈哈一笑:"原来如此,可惜那天你失算了,我不但没生气,看到你找到这么好的女朋友,反而还替你高兴。"

王炎说的是心里话,她虽然喜欢张伟,可是自己不能给张伟爱情,她由衷希望张伟能找到一个好女人,这样对她自己心里也是一个安慰。

"哦。"张伟有点意外,又有点感动,随即为自己狭隘的心理感到一丝惭愧。

"不过,何姐人真是不错。"王炎继续说,"我看你可以考虑,人漂亮,又有能力,经济条件又不错,对你个人以后的发展会有很大的帮助。"

王炎的头脑很现实,在她看来,经济基础决定上层建筑,没有物质作为铺垫,很难做成事情。

王炎讲得也不无道理,可是张伟不在乎,他有自己的见解和主张:"你什么意思,让我傍个富婆,吃软饭?"

看到张伟瞪着自己,王炎忍不住笑出来:"傻哥哥,这不叫吃软饭,这叫借力,借助爱情的力量,发展自己的事业,可以少走弯路。"

张伟也忍不住笑了:"几天不见,看不出长了不少见识,狗屁借力,狗屁逻辑,女人那样叫借力,男人那样叫吃软饭。"

王炎："随你怎么认为好了,不和你争论,不过我看何姐对你挺好的。"

张伟："你怎么看出来的?"

王炎："你们大男人粗心,女人看女人心细,我一开始就看出来了,从她看你的眼神,和你说话的语气、态度,都能看出她很疼你,很关心你,还好像有点怕你,你知足吧,有这么一个女人对你这么好,你还要什么?"

张伟哭笑不得："唉,傻孩子,你还小啊。"

王炎："小什么小,少打大人腔,你以为你多大,不过比我大个三五岁,就充大,对了,何姐也不大,看起来和你一般大吧?"

张伟拍拍王炎的脑袋："好了,你别操那心了,放心,以后我保证给你找个漂亮、贤惠、能干的嫂子。"

张伟说这话的时候,脑子里浮现出伞人的名字。

虽然只是在网络中接触,但在张伟的眼里,一个纤细、成熟、聪慧、美丽、坚强的女人的形象在慢慢形成,深深嵌入张伟的脑海。

何英回来了,一上车,从包里掏出一个深棕色的长方形盒子递给王炎："小妹,姐姐今天第一次见你,送你个见面礼。"

王炎连忙推托："这,何姐,这如何使得,这见面礼小妹承受不起啊。"

张伟拿过来一看,是一条白金项链,标价18800元。

原来何英去给王炎买礼物了。

张伟暗暗赞赏何英会办事情,既给了张伟面子,又感谢了大客户,还和王炎拉近了距离。

何英见王炎推辞,忙说："怎么?小妹不喜欢?"

王炎说："不是,何姐,初次见面,就受此大礼,小妹不敢当哦。"

何英笑呵呵地："小妹不要客气,你给我们公司带来这么大一笔业务,我和张经理感谢你还来不及呢。"

张伟说话了："拿着,戴上,别辜负了何姐的好意。"

王炎于是不再推辞："那谢谢何姐。"

张伟让王炎把项链带上："恩,美女配白金,漂亮,好看,人好看,项链也好看,何董眼光不错。"

一句话,既夸了王炎,又表扬了何英,两个女人听了都很开心。

何英看着张伟："怎么样,要不然我也去买一条?"

女人就是这样,听见别人夸,特别是自己喜欢的男人夸别的女人漂亮就有点吃醋。

张伟笑笑："您是领导,您想买什么是您自己的事,问我干吗?"

张伟这话不软不硬,既是提醒何英说话注意场合,也是在王炎面前掩饰一下。

何英明白了张伟的意思,撅了一下嘴巴："这不是让你参谋一下吗?"

王炎对何英说:"何姐,你皮肤这么好,你要是戴上啊,肯定比我戴上好看多了。"

何英感觉很中听:"哪里啊,我老喽,哪里比得上小妹青春靓丽,娇柔细嫩,呵呵……"

张伟不耐烦了:"好了,女人家就是喜欢臭美,少来了,肉麻地相互吹捧,明天去宠物市场,买两条项圈给你们带上,牵着你们出来逛。"

王炎乐了,照张伟脑袋来了一下子:"坏蛋,亏你能想出这个馊主意。"

何英边开车边说:"你今天是不是得意忘形了,中午晚上都是两个美女陪着你。"

……

晚餐很丰盛,第二天是周末,大家都比较放松,点了白酒喝起来。

张伟神秘兮兮地看着何英和王炎:"知道为什么吃海鲜一定要喝白酒吗?"

王炎正吃得带劲,头也不抬:"为什么?"

张伟:"据科学研究,海鲜本身有补肾之功能,吃海鲜喝啤酒伤肾,喝白酒可以补肾,等于是壮阳。"

王炎:"真的? 那你们男人吃了可以壮阳,我们女人吃了呢,滋阴?"

张伟:"刺激雄性激素分泌。"

王炎吓了一跳:"那我不喝白酒了,我喝红酒。"

何英笑起来:"你老乡是逗你的,听他胡说八道。"

王炎瞪着张伟,张伟哈哈大笑起来。

前嫌尽释的感觉真好,张伟再一次坐在东湖度假村吃饭的时候,心情敞亮多了,端起酒杯:"来,王炎,喝一杯,祝你尽快实现自己的理想。"

王炎举杯回应:"你也是,好好工作,注意身体,早点给我找个嫂子。"

说完瞥了瞥何英。

张伟:"什么时候走?"

王炎明白张伟问的是什么时候出国:"正在办护照,还要等一段时间。"

张伟突然有点伤感,举杯而尽:"走的时候和我说一声,我给你送行。"

何英插进来:"小妹要出国啊,恭喜恭喜,是出国旅游还是定居?"

王炎:"定居吧。"

何英羡慕地:"小妹真是好福气,去国外定居好啊,男朋友是外国人?"

王炎不想过多谈论这个问题,她怕刺激张伟,点点头,然后举起杯子对何英和张伟说:"我敬你们一杯,祝我们合作愉快。"

张伟也不想谈论这个话题了,把酒喝完,抬头随意扫向餐厅门口,突然被一个女人吸引住了。

一个高挑的女人正走进来,头发绾成一个发髻,身着浅蓝色套装,皮肤白皙,面容娇媚,二十五六岁的样子,眼睛大而有神,眼神中流露出淡淡的忧郁。

美女,真正的美女,张伟死死盯着走进来的美女,心跳加速。

来南方这么久,张伟见过不少美女,可是能比得上现在这个美女的,一个也没有。

和这个美女比起来,何英、王炎黯然失色。

怎么会有这么漂亮的女人,哪里蹦出来的,哪个男人会有福气能拥有这样的美女。

张伟的眼睛跟着美女走,眼看她在远处另一张桌子面前坐下,原来她是自己一个人。

"看什么呢?"何英问张伟。

张伟好像没听见,眼神直勾勾看着美女。

"怕是被哪个女人迷住了吧?"何英搭讪道,顺着张伟的眼神看去。

突然,何英像被电过了一样,浑身一颤,急忙转过身来。

"怎么了?"张伟觉察到何英的不正常。

"没什么,我们抓紧吃,我想起晚上还有个事情要办。"何英说话的声音有点发抖。

"哦,那我们不喝酒了,要饭吧,别耽误了何姐的正事。"王炎忙说。

张伟狐疑地看着何英,有点怪:"你认识那美女?"

何英低头吃菜:"什么美女?不认识。"

张伟感觉何英有点怪,看到那美女之后表情突然大变,可又想不通为什么。

又一想,会不会是她看自己老盯着美女,又吃醋了,但又不好发作。

我想看哪个美女就看哪个美女,想喜欢哪个女人就喜欢哪个女人,关你屁事。张伟一想起何英对自己的干涉,就有点恼火,于是不理何英,专心致志欣赏美女。

王炎要了饭,三人简单吃了点,起身离开。

张伟一直在目不转睛地看着那美女,心里泛起一波又一波涟漪,如此雅致的女子真是难得一见,张伟只感觉这女子如此美好,脑子里竟没有产生一丝邪念。

起身向外走的时候,何英急匆匆走在前面,张伟边走边欣赏美女的端庄样子。

美女正在看菜谱,然后抬头喊服务生,正巧看到张伟一行。

张伟见那女子看到他们一行的时候,眼神突然变了,一直在盯着他们,好像在看自己,又好像在看前面的何英。

张伟希望美女看的是自己,胸脯不由又挺了挺,又做了一个微笑的表情。

可是美女的眼神跟着他们走,却对张伟的表情没有反应,看来是在看何英。

张伟有点扫兴,美女不看帅哥,怎么看起何英来了,该不会是同志?

接着又为自己的这个想法而唾弃自己,恶心,怎么能把这么美好的女人和同去联系起来,简直是对美好事物的玷污。

一直走到门口,张伟恋恋不舍地向美女投下最后一瞥:别了,美女,你将永远在我心里。

美女最后觉察到张伟一直在注视自己,向张伟扫视了一眼,眼神冷峻,停留了有半秒钟,随即离开。

就这最后的半秒,张伟已经很满足,就这最后的一瞥,已经让张伟心潮起伏,刻骨铭心。

第十五章 有缘无份

何英好像情绪有点低落,开车把王炎和张伟分别送回家,说还有事情要办,就走了。

张伟懒得去想何英为什么不开心,明天周末,可以好好睡一觉了,还可以和伞人姐姐好好聊天。

一想到和伞人聊天,张伟不由兴奋起来。不知不觉中,伞人已成为自己生活中不可或缺的一个组成部分。

兴冲冲打开电脑,伞人不在线,只有昨天的留言:"兄弟,我明天出差,晚上有时间上线。"

看来伞人姐姐在外出差正忙,忙完了还是有可能上线的。

这会儿没事,张伟给王炎打了个电话:"现在和你说话方便不?不打扰你们的好事吧?"

话说出来,张伟感觉酸溜溜的。

王炎:"胡说什么,你随时都可以给我打电话,我和哈尔森彼此对各自的私生活互不干涉。"

张伟:"你们倒是很对路子,脾气相投。"

王炎:"这么晚给我打电话不是为了嘲讽我的吧?"

张伟:"当然不是,知道何英今天为什么要给你买项链吗?"

王炎:"不知道,感觉很不好意思呢!"

张伟:"很正常,你是我们的大客户,我给何英说了你不要提成的事情,她只不过是把提成给你买了项链罢了,等于还是给了你提成。"

王炎:"哦,是这样,我可不是为了什么提成,是因为你。"

张伟:"知道,你这份情我领了,可惜我是穷光蛋,没什么报答你的,又不能以身相许了。"

王炎:"呵呵,坏蛋哥哥,以后我会想你的,永远想你,你永远在我心里。"

张伟:"以后自己在外,好好保重自己,保护自己,有事情和我联系。"

王炎："恩,哥,你真好,认识你真好。"

张伟："好什么好,连一个女人都留不住。"

王炎："别老记恨我了,我们这叫有缘无份,但我们做不成情人,可以做好朋友啊。"

张伟："是的,只能做好朋友了啊,不过,你今天给我联系的这个大业务对我帮助真的很大,一下子奠定了我在公司的基础,对我以后的管理和业务开展会起到不可估量的作用。"

王炎："呵呵,太好了,但愿如此。你工作越好,心情越好,挣钱越多,我越高兴,真的,真的希望你能迅速发展起来。"

张伟有些感动："我理解你的心,谢谢你,不管怎么样,认识你我都不后悔。"

……

刚和王炎打完电话,伞人上线了:"嗨,兄弟,晚上好。"

前段时间忙,好久没正儿八经和伞人聊天了,张伟很高兴:"姐姐好,刚才看了你的留言,知道你在外地出差,刚忙完?"

伞人："是的,刚吃过饭。"

张伟："我也是刚吃过饭回来,今天我接了一个大单子。"

伞人："真不错,钱有的赚了,你真是能干。"

张伟有点不好意思:"其实也不是我能干,是我以前那女朋友给我拉过来的业务。"

伞人："有了新朋友,不忘旧朋友啊。"

张伟："今天把合同签了,下周就开始发团,5批,一批200人。"

伞人："很好,大客户最重要的是要做好服务,以服务立身,车辆服务、导游服务、食宿服务都要跟上,因为大客户服务好了,以后会固定你们一家,等于是拉了个长期的买卖。"

张伟："是的,今天的路线行程报价单是老板娘亲自做的,我跟着学了不少东西,以前我没做过计调这一块。"

伞人："没有谁是天生什么都会的,只要你肯学、好学、能吃苦,就没有做不了的事情,做计调其实不难,就是要有耐心,肯吃苦,把握细节,天道酬勤。"

张伟："姐姐以前做过计调吗?"

伞人："做过,做旅游这行的,有两个岗位是必须要经历的,一个是导游,一个是计调,弄熟了这两个岗位,就没有什么能难住你的了,几乎所有的旅行社的老旅游人都是从导游或者计调出来的。"

张伟："导游我做过,计调没做过,准备以后多学学,老板娘答应教我的。"

伞人："好啊,要抓住机会好好学,结合实践学,另外你接的这个大客户,跟踪服务一定要跟上,要和客户建立感情。"

张伟："你说得对,为了表示感谢,老板娘买了条白金项链送给我朋友,然后晚上我和老板娘一起请她去吃海鲜了,刚回来。"

伞人好像很意外："什么？你再说一遍。"

张伟："老板娘给我朋友送了条白金项链，然后我和老板娘晚上请朋友吃饭了，表示感谢嘛，怎么了？"

伞人："哦！！就你们三个一起吃的？"

张伟："是啊，在东湖大酒店吃的海鲜。"

伞人突然笑起来："兄弟好福气，那可是高档地儿，美女如云，还有两个美女陪你吃饭，美死你了。"

张伟突然想起那美女："是啊，姐姐，那里美女确实不少，我今天见了一个美女，哇塞，长这么大我没见过这么美的女人，可惜咱没福气。"

伞人："怎么？说说看。"

张伟把美女详细向伞人描述了半天，末了说："其实那美女不仅仅是外表好，关键还是气质好，那神态，那眼神，一下子就把我震住了。"

伞人好像很开心："真有那么美丽的女子啊，能让你这么倾心？"

张伟："我说实话姐姐你别生气，也别笑话我，我见了那美女才知道什么叫倾国倾城，才知道什么叫一见钟情，才知道什么叫癞蛤蟆想吃天鹅肉。"

伞人笑得不行了："哈哈……兄弟，姐姐好羡慕那女人啊，能得到你这样的帅哥的青睐。其实，你这也不叫癞蛤蟆想吃天鹅肉，对自己要有信心，记住，有志者，事竟成，说不定那美女哪一天就归你了。"

张伟："唉，咱没那福分，也就是看看解解眼馋而已。"

伞人："怎么这么不自信？我猜你一定很帅，很博女人的喜欢。"

张伟："那你猜猜看。"

伞人："好，我猜你大约高一米八左右，喜欢留短发，身材魁梧，大眼睛，高鼻梁。"

张伟有些惊奇："神了，你怎么知道的？"

伞人："我会算哪，我还知道你喜欢穿休闲装，喜欢白色的休闲装。"

张伟："哈，又被你说对了，我今天就是穿的白色的休闲装，你可真是厉害，佩服。"

伞人："嘿嘿，本老衲是神算，以后有机会收你做徒弟。"

张伟："姐姐，今天我当你的面夸另一个女人，你没有不高兴吧？"

张伟突然想到，刚才自己忘形地在一个女人面前赞扬另一个女人，犯了一个大忌。

伞人开心地说："呵呵，没有啊，听到你赞扬那女人，姐姐可开心了，开心得不得了。"

张伟心里有点发毛："你这是正话还是反话？我怎么听不出来了。"

伞人："正话，绝对的正话，真的，姐姐刚才听到你赞扬那美女，心里可开心了。"

张伟有点摸不到头脑："为什么？"

伞人："这说明你的心态好啊，美好的东西人人都向往，对美好事物的追求反映了一个人内心正确的世界观，你喜欢美女，好啊，很正常，很健康的心态，所以我开心啊。"

张伟还是有点犯嘀咕："那也用不着那么开心啊,夸张了点吧。"

伞人："我是真的开心,兄弟,姐姐今天吃饭的时候还不大开心的,现在见了你特别开心,真的。"

张伟一听也很高兴："姐姐,我这段时间虽然没上网,但经常想起你。"

伞人："真的? 不是哄姐姐的吧?"

张伟："真的,今天回来的路上一想到要上 QQ 和姐姐聊天,心里美的不行。"

伞人："嘿嘿,你不是在挂念东湖宾馆那美女吗? 怎么又想起姐姐了?"

张伟："那美女是空气,可触而不可及,只能是一个理想,一个梦而已,可是姐姐确是实实在在和我在说话,我是实实在在感受到姐姐的,美女是梦想,姐姐是现实,姐姐是我心中最现实的美女。"

伞人："姐姐也是空气,虚无缥缈,而且,姐姐是丑八怪,黄脸婆。"

张伟："不,不管姐姐外貌如何,姐姐的心灵是最美的,姐姐在我心中的形象是最美的,我从心里喜欢的女人是姐姐。"

伞人："兄弟,谢谢你对姐姐的夸奖,有你这份心,姐姐就会越活越年轻,越来越漂亮,向你说的那个美女看齐。"

张伟："会的,一定会的,我要好好努力工作,不辜负姐姐的期望,让姐姐成为天下最美丽的女人。"

伞人："兄弟,你这张嘴可真会说,趁年轻多学习,多锻炼,快速成长,等你成长起来的时候,说不定那个梦中美女真的会来和你相会。"

张伟："我不要梦中的美女,我要姐姐。"

伞人："呵呵,假如那美女真的降临在你面前,你不要?"

张伟果断地说："不要,我只要姐姐。"

伞人沉默了片刻："谢谢兄弟,你这份心我领了,我们只是虚拟世界的朋友,虚拟永远也代替不了现实,不要把虚拟和现实搞混了。"

张伟："网络是虚拟的,但操作网络背后的人是真实的,你是确确实实存在的。"

伞人呵呵笑了："好,我们暂时不讨论这个问题,这个问题讨论的话可以讨论一年,等以后让事实来验证吧。对了,你以前那女朋友真漂亮。"

张伟一怔："怎么? 你怎么见过的? 是挺漂亮的。"

伞人："哦,没见过,猜的,刚才打字忘记打'?'了。"

张伟："哦,你为什么会认为漂亮呢?"

伞人："我兄弟这么帅的小伙子,眼光那么高,看中的女人还有丑的? 也就是我丑,所以缩在空气里不出来。"

张伟乐了："姐姐真逗,我真想看看姐姐什么样子。"

伞人："姐姐不是说过吗,凡事随缘,不要勉强,如果有缘自然会见到,如果见不到,那是缘分没到,也没有什么可惜的。"

张伟:"那姐姐要不要看看我什么样子呢?"

伞人:"不用,姐姐已经在大脑里有你的形象了,每天都能见到你的。"

……

和伞人聊天,每次时间过的都是那么快,不知不觉已近午夜。

张伟感觉越来越离不开伞人了,和她交谈是那么亲切、诙谐、放松、振奋,自己在长见识的同时也让业余时间变得充实起来。

张伟想起晚饭见到的美女,不知怎么,脑子里又同时出现了前任老板娘和伞人的名字。

第二天张伟睡得正香,何英来电话了,一副商量的口吻:"今天加个班吧,老高回来了,我们商议下发海南团的事情。"

张伟二话没说立刻答应下来:"没问题,我马上去公司。"

工作上的事情,张伟一点都不含糊。

今天也确实是需要加班,合同一签,马上第一批 200 个客人就要出发,还有很多事情要安排和联系的。

在去公司的路上,张伟又想起何英昨晚异常的神态,说有事是假的,肯定是受了什么刺激。

又想起那美女眼神一直目送他们走出餐厅,最后才扫了自己一眼,难道何英和美女认识?

一想到这,张伟亢奋起来,如果何英认识那美女,那可就太好了,一定要从何英嘴巴里套出美女的情况。

一想起美女,张伟脑子里不由又浮现出前任老板娘,张小波。

张小波在张伟的印象里充满了神秘色彩。

她到底是个什么样的女人?比何英还要漂亮,能力又强。难道像昨晚那美女,高贵而又冷艳,还有淡淡的忧郁?

高强为什么会舍得放弃这么优秀的女人,选择何英呢?

张伟没经历过婚姻,也不懂婚姻,自然也想不透里面的玄机。

伞人能力强,又能干,还有思想,要是长得像昨晚美女那么漂亮就好了。

不知怎么,张伟对伞人充满了希望和期待。为什么会这样?难道是自己爱上了伞人?一个虚拟世界的影子?

张伟见过网友,但没经历过网恋,也不相信网恋,总觉得那太玄乎。面对伞人,面对自己的内心感受,张伟不由地确信自己可能正在卷入一个网恋的旋涡。

原来网恋并不可怕,也不遥远,更不玄乎,还很真实。

……

来到公司,高强和何英正在办公室里交谈。

见到张伟,高强很高兴:"来,小张,昨晚一回来阿英就告诉我你接了一个大单子,不错,开门红。"

几天不见,高强满面红光,气色甚佳,不知道是被这个大单子刺激的还是昨晚让何英滋润的。

"瞎猫碰上死老鼠,巧合而已,我老乡单位正好出去旅游,被我撞上了。"

高强:"哎,可不能这么说,偶然之中有必然,为什么别人撞不上,呵呵。"

何英拿着几张资料:"好了,开始工作,我们把几个具体的事项确定一下。"

高强:"好,你说吧。"

何英:"这个大单子是我们公司成立以来单独接团接的最大的一宗业务,做好了,对树立我们公司的品牌和形象具有重要的作用,合同和行程都安排好了,我们内部还有几个问题需要落实。一个是导游安排,一批200人,按50个人一团分配成4个团,需要配备4个全陪导游,这4个导游必须是有正规导游证或者经理证的,全部用我们的专职人员,兼职的不用,我想了,每一批团都由我亲自带队,这样出去之后的事项安排起来更方便。"

高强点点头:"可以,只是要辛苦夫人了。"

何英微笑一下:"还有一个就是地接社的问题,在出团之前要和海南的地接社落实好宾馆、车辆和地接导游,确保那边的接待质量,飞机票也要抓紧落实好。"

高强:"是的,地接服务质量至关重要,地接社的服务,也是我们的门面,服务不好人家游客不找地接社,会把账记到我们头上。"

何英:"今天需要做的事情还有就是,要抓紧把他们出去旅游的人的姓名和身份证号码拿过来,好预订机票。"

张伟:"这事我去办。"

第十六章 做贼心虚

高强看着张伟："对了,我正想和你说一个事情。"

张伟心一沉,心里有点发虚："什么事,您说。"

自从和何英有了那事以后,和高强的每次见面,张伟心里都发虚,总觉得欠了高强什么。

每次见到何英在高强面前的坦然自若,张伟就不得不佩服何英的心理素质确实是好。

高强："小张,我和何英考虑了,不仅仅这个事情需要你去办,我想让你全程跟随这个业务,每一个环节和细节你都参与,熟悉整个流程。"

高强考虑到张伟以前从事的是景区营销,没经手过旅行社组团业务,对流程和环节比较陌生,有意借这个机会让张伟迅速熟悉起来。

高强把这个想法和何英一说,何英立即赞同,当然何英赞同的原因里面还有别的成分。

张伟听高强这么一说,原来是这个,不由轻松起来："太好了,高总,我正也想借这个机会多实践一下。"

何英看着张伟："这段时间,公司压倒一切的任务是全力做好这宗大业务,你手头其他的事务先放一下,先学习熟悉做团的过程,特别是细节,磨刀不误砍柴工。"

张伟："好的,没问题。"

高强对何英说："这个业务从头至尾你和张经理全部跟上,你负责把张经理带出来。"

何英点点头："你放心,从现在开始,小张就跟着我,和这个业务有关的一切环节,都让他了解。"

张伟一听,明白何英还有打另外的算盘,自己算是掉狼窝里了。

高强转向张伟："公司的业务现在在正常轨道上运转,也不用我多费神,我这段时间和几个旅游同行要出去考察几个新项目,时间比较久,在公司里待的时间不多,公司里的事情辛苦你多操心。"

张伟心里有点尴尬,工作上操心是不怕的,怕自己把持不住犯错误,唉,做人真难啊,既想做个好人，情欲却又难抑。

张伟冲高强点点头："高总，你放心，我一定会配合好老板娘做好工作。"

高强："我下午的飞机去广州，中午我们一起吃顿饭。"

张伟一怔："您昨天刚回来，今天又要走？"

高强呵呵一笑："旅游人就是这样，天天四处游走，居无定所，人无定点，习惯了。"

何英："那我们就按照刚才的安排先着手吧，小张，从现在起，你就跟着我，看我怎么做，然后按照我安排的去做。"

张伟看何英满面春风，心想这下你可得意了，光明正大把我留在身边，连老高也深信不疑。

高强有事先出去了，说等中午的时候一起去饭店会合。

今天是周六，公司内勤大多在休假，导游和业务人员有的在带团，不带团的也在家休息，只有接待柜台前有两名值班人员。

作为旅行社来说，周一到周五客人多，周末一般客人少。

所以今天公司里很安静。

何英把张伟叫到她办公室，坐在电脑前工作。

何英直接和海南的地接旅行社联系，让对方提供景点的门票最新价格、住房的具体标准、三餐的内容和标准、车辆的类型大小等情况。张伟坐在旁边看。

何英工作起来非常仔细，对方提供的景点门票价格又让张伟亲自和景区联系一遍核实，客人要住的宾馆让对方传过来大堂和房间的彩色照片，判定房间的标准是否符合要求，客人在海南乘坐的车辆什么牌子、国产还是进口、车龄几年、多少座位，都询问得十分细致。

张伟有些不大明白："这些让对方旅行社安排就好了，干吗问这么细？"

何英抬起头："这些我们是必须要提前确定的，做旅游服务工作，最重要是一个细致，最关键是要把客人的满意放在首位。现在很多地接社都学滑了，告诉我们客人住的是挂三的酒店，等客人去住的时候才发现是多年未装修的三星级，里面又破又潮。既然花三星的钱，当然是让客人住新开张或者新装修的酒店好了。"

张伟点点头："那车辆呢？又有什么道道？"

何英指着电脑上几个客车的照片："你看，这几个都是52座的大宇车，外表看起来一样，但车龄不同，这辆是5年的，这辆是2年的，这辆是6个月，车龄不同，车况自然不一样，乘坐的舒适感也不一样，车况差的抛锚的可能性就大，安全性也差，花同样的钱租车，我们当然要选择最新的了。如果任由地接社安排，那我们肯定是坐不上好车的。"

张伟心悦诚服："真长见识。"

何英："其实还是我刚才说的，归根结底是一个服务质量的问题，处处为游客着想，把游客当做自己的亲人、家人，把游客的事情当做自己的事情，自然就会考虑得周到细致了。"

张伟点点头，归纳了一句："服务无止境。"

何英笑起来："还是你有水平，我只会说，不会归纳。"

张伟跃跃欲试："这样，具体事情我来做，你在旁边给我指点，这样我能熟悉得更快。"

何英站起来说："好，你坐我这里，电脑上的资料都齐全，用我的QQ和对方聊就是了，不明白的问我。"

于是张伟坐在何英座位上，在电脑前操作，何英俯身站在他旁边指点。

何英有时候离张伟很近，头发垂到张伟脸上，痒痒的；有时候身体靠近了，胸脯贴到张伟身上，软软的。

张伟年轻火力盛，多日禁欲，心里正煎熬，在何英有意无意的挑逗下，蠢蠢欲动。

张伟最近常为自己不能控制自己的本能而痛苦，心里明明想再也不和何英怎样，可是每当夜深人静、孤独寂寞的时候，一想起和何英颠鸾倒凤的场景和感受，每每不能自已。

当繁忙的工作填充了大脑，或者不和何英单独待在封闭的空间时，张伟脑子里没有了这些杂念，忙碌而充实。但一旦二人单独相处或者何英挑逗自己的时候，张伟的理智往往难以抑制本能的冲动。

张伟讨厌自己这样，可改变不了，因此很苦恼。

张伟很聪明，工作效率很高，很快就把几个事情搞定了。

"不错，到底是大学生，脑子好用，效率就是高。"何英俯身贴近张伟，眼睛看着电脑屏幕。

张伟一忙完，被何英这么一撩拨，心里的火更大了，眼睛向下一瞥，正好看见何英上衣胸前开口，里面雪白的肌肤清晰可见。

张伟强压住欲火，咽了咽唾沫："哪里，还不是你指导得好。"

何英转过脸，在张伟脸上快速吻了一下："师傅带进门，修行在个人，像你这么聪明好学，很快就能成为旅游业内的一个行家里手。"

张伟感到口渴，端起桌上何英的水杯："能喝不？"

何英："当然能。"

张伟猛喝两口水："不行，身体上火了，你别挑逗我了，再挑逗我就崩溃了。"

何英："我知道你现在身体不好受，早感觉到了，只要是个正常人都会有七情六欲，除非你不正常。"

张伟站起来："算你说对了，不过我必须控制住自己。"

何英温柔一笑："其实，没那必要，不过，你要是愿意控制就控制吧，看你这个柳下惠能坚持多久。"

张伟晃晃脑袋："你说我是不是应该抓紧找个合法的女人，既有个伴，又解决生理需求。"

想起张伟昨天中午给自己的忠告，何英翻了翻眼皮："你个人的私事，不是不让我干涉吗？我可不敢发表见解,别把你再惹恼了翻脸。"

张伟笑了："这不是我主动问你的嘛,征求你的看法,因为你毕竟和我有特殊关系,了解我的特点和需求嘛。"

张伟问这话根本没有任何诚意,纯粹就是没话找话,寻开心,他知道何英一听这话非恼不可。

果不其然,何英握起拳头冲张伟胸前打过来："你浑蛋,在一个女人面前厚颜无耻说要再找个女人,太不尊重人了。"

张伟挺起胸膛迎接何英的小拳头,女人的力气不大,打在身体上像是在推拿敲击,挺舒服的。

等何英打够了,张伟抓住她的手："老板娘,这里是公司,怎么能这样对待下属呢？太不像话了。"

何英任张伟握着自己的手："那怎么了？下属不听话,就得打。"

张伟手里稍微一用力："那下属要是反抗呢？"

"哎哟。"何英娇柔地叫了一声,身体顺势贴到张伟身上："死人,这么用力,疼死我。"

张伟让何英贴在自己身上,继续调戏何英："小点儿声,外面不知道的听见还以为是你在干嘛呢。"

何英脸红扑扑地靠着张伟的脸,亲吻着张伟的耳朵和脖子："坏蛋,谁让你挑逗我呢。"

张伟见何英要继续胡来,不敢再闹下去了,一是场合不合适,二是怕自己失控,推开何英的身体："上班时间,严肃点,怎么做公司领导的,上班时间调情。"

何英被推开本来有点不乐意,听张伟这么一讲,忍不住哈哈大笑起来："好你个张经理,行,你有种。"

"谁有种?"话音刚落,办公室的门被推开,高强出现在门口。

随着高强的突然出现,张伟和何英都不由一愣。

张伟暗叫好险,要是再晚分开几秒钟,就被高强撞见了,真悬。

何英反应很快："我在夸张经理呢,接受新生事物特别快,刚才计调环节的几个流程,很快就掌握了。"

高强乐呵呵地说："我看中的人还有错？面试那天第一次我就相中小张了。"

张伟心里连连说惭愧,辜负老总的期望,给老总戴了绿帽子。

何英对高强说："你不是在饭店等我们的吗？怎么提前回来了？"

高强："计划有变,龙发旅游的郑总和他太太于董事长今天中午约我们一起吃饭,正好也讨论一下我们那漂流意向书的事情,中午他们招待,安排在东湖度假村,所以我提前回来和你会合。"

又是东湖度假村,这么多高档酒店,为什么都喜欢去那里。

何英看着张伟:"小张和我们一起去。"

张伟想脱身:"我就不去了,你们这属于家宴,家庭聚会,我去掺和不好。"

高强摇摇头:"哪里,我们和他们又不是亲密朋友,客户而已,没什么深交,吃饭主要是谈业务。"

何英果断地说:"小张就和我们一起去,就这么定了。"

高强点点头,张伟见这样,也就不好再说什么。

何英开车,高强没开,说是饭后让何英送他直接去机场。

路上,高强对何英说:"这个龙发旅游的于董事长我就见过一次,你和她熟不?"

何英开着车,目视前方:"打过几次交道,不是很熟悉,还可以,她去年9月份和老郑结的婚,我还去讨了杯喜酒喝。"

高强:"她怎么那么瘦啊,弱不禁风的,老郑不舍得给吃啊,呵呵。"

何英撇撇嘴巴:"你懂什么,这叫骨感美,眼下最流行的就是骨感美。"

高强转头问张伟:"小张,你喜欢不喜欢骨感美?"

张伟挠挠头皮:"我没经历过那么瘦的女人,我也不知道什么叫骨感美,不过,我上次去漂流那见于董了,确实是瘦,原来这就是骨感美?感觉有点恐怖,晚上睡觉要是搂着应该会做噩梦吧。"

"哈哈,说得好。"高强冲张伟一伸大拇指:"男人所见略同,我是不喜欢那么瘦的女人,摸起来很可怕,还是你嫂子好,丰满,真不知道郑总晚上是怎么过来的。"

何英笑得合不拢嘴:"你们两个真损,怎么能这样评价于董事长,我看她那么瘦,都羡慕死了。"

听高强拿何英和于董事长做比较,张伟感觉心里非常别扭,自己也说不出什么原因,于是做疲倦状闭上眼睛不再说话。

高强和何英还在继续谈论骨感的于董事长。

高强:"其实,瘦点并不是不好,但是我老感觉她太瘦了,看起来好像旧社会抽大烟的,浑身骨头加上肉也没90斤。"

何英也表示赞同:"是的呢,我也感觉到了,不是健康状态,不正常。"

高强:"你看你多好,又苗条,又丰满,充满活力,属于健康美,那小于的骨感美是病态美。"

何英有点不耐烦:"不用你拍我马屁,我自己什么样我明白,再健康有什么用,闲置,守着自己的老婆,老谈论别人的女人干吗?吃饱了撑的?"

被何英这么一呛,高强闭上了嘴巴。

张伟靠在椅背上心里暗暗发笑,唉,男人最痛苦的是那方面不行,最最痛苦的是那方面不行,还遇上个欲望强烈的母老虎。

到了东湖度假村,郑总和夫人已经在此等候。几个人点了菜,边等边聊。

果然是为谈业务而来,郑总拿出上次的意向合同书,对其中的若干内容特别是数字款项又进行了调整,高强没参与,何英和郑总讨论起来。

　　南方人做事情就是细致,谨小慎微,在一些利润分配点上两人互不相让,争论不休。

　　对这一点,张伟不大适应。他还是习惯北方人谈判做生意的性格,大政方针确定后,小细节上互谅互让,马马虎虎就过去了,一个合同一般只要大方向确定,小细节很快就能谈下来。

　　看两人操着宁州方言叽里呱啦争得面红耳赤,张伟感觉很无聊。

　　菜都上齐了,两人还剩最后一个小项没达成共识,大家都在等着。

　　高强等不及了:"这样吧,我们双方各后退一步,取中间数,行不行?"

　　郑总表示同意,何英见老公发话了,也默认。于是双方商定改日正式签合同。

　　高强转头问张伟:"张经理,你感觉如何?"

　　张伟茫然回答:"真不好意思,我知道你们在争论这合同,可是我不知道你们讨论的内容,你们讲的本地方言我基本没听懂。"

　　高强恍然:"对了,怎么忘记你不懂本地话了,以后我们都用普通话。"

　　张伟笑笑:"我在努力学,可惜学不快。"

　　于董事长一直在观察张伟,这会插话进来:"高总,你们公司可是人才济济,有何董这样的谈判高手,有张经理这样的业务大拿,何愁不发财啊。"

　　何英笑吟吟地看着张伟:"张经理不但擅长做营销管理,而且自身的业务能力也很棒,昨天刚谈下来一个千人的海南团。"

　　"哇,好厉害,单独一个旅行社能做下这么大的单子,不简单。"于董事长夸张的表情里毫不掩饰对何英他们的羡慕。

　　"《天下无贼》里那台词怎么说的来着,21 世纪什么最贵? 人才。"何英更加得意了。

　　郑总没说话,看着张伟,若有所思。

第十七章 于董事长

业务谈妥了,大家吃饭喝酒很轻松,嘻嘻哈哈地说笑起来。

于董事长又瞄上了张伟:"张经理,问你个私人问题,可以吗?"

张伟和于董事长面对面坐,他眼睛的余光其实一直没离开这个骨感美女,想到小郭说她在夜总会待过,越看越像,从眼神到体态,无不透露出迷人的妩媚和娇柔。怨不得郑总那边工程进展顺利,有这样的美女打前锋,什么样的山头攻不下来?

正琢磨着,听见美女问自己话,忙回答:"可以,问吧。"

于董事长:"你今年多大了?"

"周岁28,虚岁29。"

"哦,有对象了没有?"

张伟一听,敢情是于董事长要给自己介绍女朋友,这等好事上哪里找去?

还没回答,郑总接过话来:"于琴,怎么看中张经理了,想招做妹婿?"

这才知道于董事长叫于琴。于琴想招自己做妹婿?姐姐这么漂亮,妹妹一定也差不到哪里去。

于琴抿嘴一笑:"你哪来那么多话,与你何干,我问张经理话呢。"

张伟张嘴刚要回答,何英急忙接过话来:"张经理这么优秀的帅哥还能剩下?早就有女朋友了,漂亮着呢,在外企工作。"

张伟一听直接晕了,这何英又打翻了醋坛子,刚警告完她一天,老毛病就犯了。

张伟的话一下子出不了口,何英已经这么说了,如果自己再否认,于琴会认为自己在撒谎,还会落一个不诚实、想高攀的口实,于是闷闷地把话咽了下去,狠狠瞪了何英一眼,冲于琴笑了笑,算是默认。

于琴满脸失望:"是啊,我也应该想到,像张经理这样的怎么会拖到现在呢?"

高强奇怪地看着张伟:"小张,这么大的事情还瞒着我,我还不知道你有女朋友了呢。"

何英看也不看张伟,拍拍高强的肩膀:"老高同志,你天天在外面跑,上哪里知道这些事？我和张经理的女朋友还一起吃过饭呢。"

高强点点头："嗯，不错，你做得不错，下次你们再一起吃饭，叫上我，我见见弟妹。"

张伟肚子里满腔怒火无处发泄，恨不得把何英的嘴巴缝起来，表情僵硬地冲高强笑笑："一定，一定。"

何英这才瞟了张伟一眼，有点得意。

吃过饭，高强要赶飞机，何英和张伟一起送高强去机场，大家就此分手。

郑总握着张伟的手："张经理，有空去我公司玩，不谈业务，大家做朋友嘛。"

张伟感到郑总的手里充满了热情和真挚："谢谢郑总，有空一定去拜访。"

张伟的心情好转了些，被人家赏识毕竟是一件快乐的事情，起码说明自己的能力得到了对方的认可。

把高强送到机场，张伟想下车帮高强拿行李，高强下车挥挥手："别送了，你们回去吧，东西不多，我自己就对付了。"

车内只剩下何英和张伟两人。

张伟的脸一下子阴沉下来，两眼死死瞪着前方，一句话不说。

何英心里暗暗发笑，看张伟脸色阴沉又不好表现出来，装出一副真诚的样子："下午没什么事情，我们去海边散心吧。"

张伟不说话，依旧拉着脸，宁州的海边他还没去过，倒也想去散散心，可是又实在懒得理何英。

何英扭头看了张伟一眼，一打方向盘："不说话就表示认可了，我们去海边喽。"

车子驶上高速公路，直奔海滨而去。

何英开始调侃张伟："喂，还生气哪？男子汉，大丈夫，心胸真小。"

张伟感觉自己真是无奈，哭笑不得："今天你坏了我的好事，我警告你的你全部都忘记了。"

何英得意地笑着："傻瓜，今天我是帮你呢，救你于水深火热之中，你不感谢我，还骂我，有这样对待领导的吗？"

张伟狐疑地看着何英："此话怎讲？"

何英打开车内的音乐随着音乐轻轻晃动着身体："你知道于琴的妹妹是干吗的？"

张伟："不知道。"

何英："你知道于琴以前是干吗的？"

张伟："知道，在夜总会。"

何英有点惊奇："你怎么知道的？消息很灵通嘛。"

张伟："这个你别管，我有我自己的消息渠道，你说，于琴的妹妹是干吗的？"

何英："开发廊的，那种有小姐服务的发廊。"

张伟睁大了眼睛："真的？"

何英:"骗你不是人,你想找那样的女人做女朋友吗?"

张伟呼了一口气:"呵呵,看来今天真的要谢谢你。"

何英:"所以嘛,我一听于琴提出这个事情,就急忙帮你挡驾了,不然,你说你是答应好还是不答应好,答应,你肯定不想找那样的女人做朋友,别说你不想,就是想,我和老高作为朋友也不会赞同;不答应,又把客户得罪了。"

张伟高兴起来:"嗯,你做得好,从事那行业的,说白了,就是老鸨,即使再漂亮,我也不要,今天你算是做对了一件事。"

何英撅起嘴巴:"看你今天在餐桌上和刚才那眼神,像是要把我吃了,真是叫我寒心。"

张伟有点不好意思,伸手拍拍何英的大腿:"抱歉,误解。"

何英笑嘻嘻地说:"一句道歉就算完了?"

看着何英勾魂的眼神,张伟有些心猿意马,体内的欲望又开始涌动。

张伟有些讨厌自己,为什么抵抗力如此差,经不起女人的诱惑。

张伟努力压制住自己心里升腾的欲火,打开一瓶矿泉水,一口气喝下去一大半:"不算完你还要怎么着?再让我失身?"

何英已经觉察出张伟内心的激烈斗争,她自己体内也一直在忍受欲望的煎熬。

她已经慢慢熟悉了张伟的性格,知道张伟吃软不吃硬,决定改变策略,变被动为主动。

何英淡淡地开车看着前方:"没那意思,你怎么就知道这个?不能来点高尚的?"

"你——"张伟一下子愣了,何英怎么像突然改变了一个人!

张伟不好意思笑笑:"我和你开玩笑的。"

何英:"其实,我想透了,凡事顺其自然最好,爱情是这样,生活是这样,男女关系也是这样,一个巴掌拍不响,强扭的瓜不甜。"

张伟听出何英是在说自己的不配合,心里默然。

何英继续说:"男人和女人一样,都有七情六欲,都有生理本能,干吗要强行压抑自己,只要不损害别人的利益,做自己喜欢的事情多好。"

张伟接过话来:"可是,我真的是感觉我们这样做在伤害高总,所以心里一直放不开。"

何英:"你喜欢我不?"

张伟:"喜欢,但喜欢的是肉体。"

何英:"痛快,我就喜欢你的直爽。我的肉体背叛了老高,但我的感情、我的灵魂依然是老高的,我不是随便的女人,周围想打我主意的男人多了,可我都没看中。我也需要生理的慰藉,和你之后,我也感觉心里对老高有愧,可是心里反倒更爱老高了,对老高也更体贴、更温柔了,现在经常耐心劝导他,他心里焦躁感好多了。"

张伟:"这个是性心理问题,其实我感觉高总的问题出在心理上。"

何英："其实,老高很痛苦,他感觉很对不起我,也说过让我出去找个人解决问题的话。"

张伟很吃惊："高总怎么能说出这个话来?"

何英："我理解一个男人说出这话时的痛苦和无奈,这是一个男人把自己的尊严践踏到无以复加的地步了,我更理解老高对我的疼爱,他是怕我受委屈。"

张伟点点头："一个男人,能走出这一步,确实是要付出巨大的决心,也是别无选择的痛苦抉择。"

何英："我不会随便去找别的男人,我不能太伤害老高,知道我为什么找你吗?"

张伟摇摇头："不知道。"

何英："因为老高喜欢你,经常在我面前夸奖你,而且,老高好像还有意识鼓励我和你一起,有时候特意问我和你一起干吗了? 问起来特别有兴趣,而且竟然好几次有了反应。"

张伟笑了："我成你们两口子治疗性生活的处方了。高总不知道我们的事吧?"

何英："不知道,我没告诉他。"

张伟："我希望永远不要让高总知道,我真的不想伤害高总。"

何英："你放心,我有数。所以那次我说你和我好,是在帮助我们。"

张伟："我还不……不大明白。"

何英微笑起来："傻瓜,我的心理释放了,自然对老高会更有耐心,老高心理压力自然会小,心理轻松了,对老高的恢复效果是不言而喻的。"

张伟明白了,点点头,看来自己是在做好事,是在帮老板两口子走出性生活的困境。

一有了合理的解释理由,张伟感觉自己心里轻松多了,既然是助人,那何不为乐?

张伟终于给了自己一个合理的放纵的理由,一个解脱自己心理压抑的理由。

马儿的缰绳解脱了,心里的欲火升腾起来,忍不住把手伸到何英大腿："什么时候到海边?"

何英面如桃花,自己口舌没有白费,看来对张伟摆事实、讲道理胜于挑逗、引诱。

在张伟的抚摸下,何英有点受不了："小坏蛋,急什么,很快就下高速了,今晚我们在海边的酒店住,到时候有你吃的。"

……

海滨一夜,张伟和何英积郁许久的欲望和压抑得到总爆发。

张伟现在进入了一个怪圈,没做之前,心里急不可耐,欲望熊熊,之后,心里空荡荡的,感觉复杂:后悔、忧郁、失落……就像一个人吸毒,毒瘾发作无可忍耐,满足之后带来的往往是寂寞、空虚和痛苦。

这次也不例外。

张伟不怪何英,这个女人是真心对他好,他知道。张伟只怪自己意志不坚定,经不住诱惑。

张伟每次都是这样想,每次都给自己下决心,再也不做了。

可是,当寂寞的心灵和肉体面对诱惑时,理智很快就被本能战胜。

性的欢愉让张伟陶醉,欢愉之后的落差让张伟痛苦。

一次次的轮回,周而复始。

张伟感到疲惫和麻木了。

回来的路上,何英兴致勃勃,面色红润:"后天第一批团去海南,我亲自带队,你也和我一起去,熟悉整个后期操作流程。"

张伟点点头,从工作角度来讲,他非常有必要跟团,一是这是自己承揽的业务,有义务跟随服务,二是自己需要借这个机会熟悉细节和方法。不过,张伟也知道,自己和何英一起去,何英也还是有自己的小算盘。

管他呢,爱怎么样就怎么样吧。张伟逐渐在这样方面有些麻木。

出团的各项准备工作有条不紊,第二天早上7点在王炎单位门口集合出发去机场。

这两天张伟很忙碌,千头万绪的事情还真不少。

"工作不怕细,越细越好。"何英经常这样告诫他。

把出发去机场的4辆大巴的车号和驾驶员的名字、电话号码落实好,张伟打开笔记本,把整个工作的分类流程和需要和对方衔接的各项事宜又全部梳理了一遍,又和对方核实了电子机票上的姓名,确信没有什么纰漏,才放心地下班回家。

核实客人的姓名至关重要,如果客人的姓名有一点差错,即使是同音,也上不了飞机。

客人那边两个领队,其中一个是王炎。

听说王炎做领队,张伟心里莫名其妙感到兴奋,自己又可以有机会多和王炎待在一起。兴奋之后又笑自己自作多情,名花易主,自己兴奋个头啊。

不过,张伟还是期望和王炎能有些时间多接触接触,特别王炎快出国了,这一走,天涯海角,不知何年何月才能再见,或许就是永别。

毕竟两人有过一段难忘的欢乐时光。

人就怕琢磨,张伟正在想王炎呢,接到王炎的电话:"哥,在忙吗?"

正在烦闷的张伟听到王炎叫哥,心头一热:"没,刚忙完,在考虑你们单位明天出团的事情。"

王炎:"辛苦了,你在哪里?"

张伟:"在公司,怎么,有事情?"

王炎:"哼,没事就不能找你玩了?"

张伟苦笑:"能,怎么不能。"

王炎在电话里得意地笑了:"这还差不多,等着啊,我一会去找你,中午一起吃饭,有好事告诉你,能乐死你。"

张伟一听来劲了："真的？什么好事啊？"

王炎电话那边憋不住地开心："不告诉你，你请我吃火锅，到时候再告诉你。"

张伟："好，好，你抓紧过来吧，小姑奶奶。"

放下电话，张伟有些兴奋，听王炎电话那边的乐呵劲儿，肯定是个不小的事情，而且这个事情对自己好像还很有利。

到底是什么事情呢？

张伟在公司里坐立不安，急切等待王炎的到来。

正等得焦急，听见有人在敲打玻璃橱窗，张伟抬头一看，王炎正在外面对着张伟做鬼脸。

张伟兴冲冲地跑出去："怎么这么久才来？"

王炎冲张伟胸脯一拳："死鬼，我紧赶慢赶到这里才花了十来分钟，还嫌慢？"

张伟看看时间，是啊，挺快的，可能是自己心太急了。

"快说，什么好事？"

"急什么，我饿了，边吃边说。"王炎喜滋滋地卖关子。

"要挟我？好，走，吃饭去。"张伟看王炎高兴的样子，知道肯定有好事，越发想知道。不过看王炎故意卖关子的样子，自己要是越着急，她就越拿捏。干脆，反其道行之，让她自己主动说。

打定主意，张伟不再问王炎，搂过王炎的肩膀："去涮肥牛吧，把你涮成小肥牛，省得以后出国饿着。"

"成心让我吃胖了献丑是不是？哼。"王炎揪揪嘴巴，还是跟着张伟去了肥牛火锅店。

第十八章 兴奋莫名

在火锅店张伟和王炎边吃边聊。

张伟兴致勃勃地喝酒、涮火锅,压根不问王炎刚才那事。

见张伟不提,王炎憋不住了:"喂,你怎么不问了?"

张伟抬起头:"问什么?"

王炎一愣:"你说问什么?"

张伟呆头呆脑:"我不知道啊? 问什么?"

王炎晕了,拿起小勺照张伟脑袋来一下子:"你给我装傻是不是?"

张伟装作刚想起来:"哦,对,对,是有个事,你刚才说什么事来着,有个好事?"

"嗯,是的,好事。"王炎又眉飞色舞起来。

张伟漫不经心地:"哦,不错,好事不错。"

王炎蒙了:"你光说不错,还没问我是什么好事呢。"

张伟强忍住笑:"不用问,你要是说好事,肯定是好事。"

王炎急了:"坏蛋,你快问我是什么好事啊。"

张伟忍不住哈哈大笑起来:"自己忍不住了吧,还想给我卖关子? 说吧,是什么好事?"

王炎喜上眉梢:"告诉你,是个天大的好事,和你的业务有关系的。"

"啊! 真的? 快说。"张伟一听是工作,还是天大的好事,一下子激动了,一把抓住王炎的手。

"哈哈,你不是嫌我卖关子吗? 我不说。"王炎终于得意起来。

"乖,听话,说啊。"张伟忙着给王炎又夹菜又倒酒,"说吧,急死我了。"

"哈哈……"王炎得意够了,两眼发光,看着张伟,"我们单位将很快组织中层管理人员出国休假旅游,总裁今天上午找我,详细听了我关于这次去海南你们公司的工作准备情况汇报,初步计划和你们洽谈这笔业务。"

老天,这下轮到张伟激动了,真是双喜临门,一喜未尽,一喜又来。张伟情不自禁捧起王炎的脸,在嘴唇上狠狠亲了一口:"天,你真是我的小福星。"

这是两人分手后张伟第二次亲王炎,第一次是在单位会客室,王炎来谈第一笔业务的时候。

王炎喜滋滋地舔舔嘴唇,看到张伟这么高兴,她发自内心感到欣慰。自己虽然离开了这个男人,可是却始终在心里不能抹去他的影子。

亲完王炎,张伟才发现自己又犯错误了,挠挠头皮:"SORRY,我一兴奋,忘乎所以,就……"

王炎两眼发光看着张伟:"笨蛋,我没生气啊,你解释什么呢?"

张伟见王炎没有见外,也就很快恢复过来:"大约什么时间去?多少人?去哪里?"

王炎想了下:"大约有80人,时间定在一个月后,初步决定去欧洲7国。"

张伟点点头:"好,好,出境游这块我还没弄过,下午一上班我就和何英联系,让她操作。"

王炎:"不着急,先不要告诉她,我们公司还没最后定下来,还要看你们工作的具体表现。我这是先给你通个气,时间很宽裕,让你高兴高兴,具体的出行要求等我们从海南回来给你。"

张伟很兴奋,连连点头,咬咬嘴唇:"王炎,我得怎么感谢你?你给我的帮助太大了。"

王炎真诚地看着张伟:"哥,别这么说,第一个业务是我送给你的,但这个业务是你们靠自己优质的服务和品牌得来的,如果没有你们自身的努力,我再帮你们也没有用。再说,虽然我们分开了,但我心里一直把你当做我最好最好的朋友、最好最好的哥哥来看,我从心里想让你好,想让你在工作上快速成长。你成功,我高兴。"

张伟感动地看着王炎:"说实在的,刚开始你离开我的时候,我恨过你,很恨你,因为你崇洋媚外,你追求物质,你向往国外。可是,现在我想通了,你有你的生活方式,你有你的事业追求,你希望能利用你的专长去国外发展,你希望能有捷径实现你的理想,所以你做了那样的选择。我现在和你说这些,并不是因为你给我介绍业务,而是我的心里话。"

王炎心里感到莫大的宽慰,有什么比理解更能打动人的呢?她知道自己的选择有悖于传统的理念和道德,有悖于公众的规范和习惯,会受到别人的非议,也会受到张伟的愤恨。她并不指望张伟能原谅自己,只是希望能通过自己力所能及的来支持、帮助张伟,助他一臂之力。今天张伟能推心置腹地说出这话,王炎心里充满了感动,一时竟无语了。

张伟看王炎像是要掉金豆子了,于是转移话题:"不说这个,你计划什么时候去国外?"

王炎低头擦了下眼睛,拢拢头发:"还没确定,可能很快,也可能要等一段时间,看情况。不过,我最近要回老家一趟。"

"干吗?"

"办理户籍的事宜,你打算回去吗?"

"不，"张伟摇摇头，"还一事无成，等等再说吧。"

"我回去也没有什么别的事情，去你老家代你看看你父母吧。"

"我家在山区，很偏远的。"

"没关系，我就喜欢去山里玩，这个时间山里才美呢。"

张伟想了想："也好，你走之前告诉我一声，我买点特产捎回去。"

王炎扑哧一笑："土包子，什么年头，还大包小包回乡探亲，直接带钱回去给你妈不就得了。"

张伟正色道："那可不是一回事，钱是要捎带一些回去，东西还是要带的，有时候钱并不代表一切，傻丫头。"

王炎抿嘴笑着说："那到时候你妈要是问我和你什么关系，我怎么说？"

张伟打个哈哈："你就说是我媳妇得了，省得我妈天天催我。"

王炎："那你妈要是问我们结婚没结婚，我怎么说？"

张伟："应该不会，我才离家多长时间就结婚啊，再说，按我们家的风俗，结婚也是要在老家举办婚礼的。"

"嘻嘻，"王炎乐坏了，"你妈要是给我见面礼我就收了啊。"

"行，我妈还有个祖传的玉簪，价值连城，你收着带到国外去吧。"

"哇塞，祖传玉簪，文物哦。"

张伟点点头："那是，明代传下来的，能买你这个人不？"

王炎频频点头："能，能买一打。"

"哈哈……"张伟开心地笑起来，所有前嫌尽释，云开雾散，彼此的隔阂消失殆尽。

张伟边给王炎夹菜边问："那哈，哈什么森最近忙什么？"

王炎边吃边回答："回国述职去了，前天走的，大约要一个月才回来。"

"哦，"张伟答应着，感觉自己对这哈尔森的厌恶和敌视也轻了一些。

"唔……"王炎突然捂住嘴巴要吐。

张伟急忙找纸，王炎摆摆手去了卫生间，好一会才回来。

"怎么了？"张伟关切地问道。

"没什么？就是感觉胃里有酸水，老想吐。"

张伟心里一咯噔，别是怀孕了吧。

一想自己和王炎分手不到一个月，要是怀孕的话，那可能是自己的。

那事可大了。

张伟不动声色："先别吃烫的，吃点水果，想吃什么水果？我去你给端。"

王炎伸伸腰杆："去弄点酸的，这会儿特想吃开胃的。"

坏事，肯定是怀孕了，张伟边去拿水果边琢磨怎么办。

吃完饭，张伟对王炎说："下午我也没事，不如我们去我家，我们聊会天吧。"

"好,我好久没回去了,还挺想念的呢。"王炎大大咧咧地说。

二人吃完后打了个出租车去张伟的单身公寓。

出租车经过一家成人用品店的时候,张伟让司机停车等下,对王炎说:"我下去买个东西。"

王炎看张伟走进成人用品店,心里七上八下。

张伟很快出来,上车对司机说:"开车"。

王炎猜张伟买的是避孕套,心里很矛盾,不知是渴望还是恐慌,不知是该接受还是拒绝。

张伟若无其事地和王炎说笑聊天,王炎心不在焉地应付着。

上楼,进门,王炎的心越跳越快。

在张伟关上房门之后,王炎紧张地屏住呼吸,不禁闭上了眼睛,等待张伟的拥抱和亲吻。

可是过了几秒钟,却没有动静。

王炎睁开眼,见张伟正睁大眼睛看着自己:"闭眼干吗,想让我跟你捉迷藏?"

"没事,我眼睛有点累。"王炎松了口气,走动着打量室内:"哇塞,你这里基本可以让猪来和你做伴了,这么乱。"

张伟咧开嘴巴笑:"就等你来整理呢。"

"嘿嘿,原来邀请我来聊天,是让我来做清洁工的啊。"王炎把地上张伟扔的脏衣服收拾起来,准备放洗衣机里。

"别忙,"张伟把王炎拉到卫生间,"我们先办个事情。"

"什么事情?"

王炎一时不知道该怎么做,是顺从还是抗拒,毕竟他们已经结束关系了。

"快啊,磨蹭。"张伟催促着。

"你,你怎么这么性急? 我,我们这样是不是不大好啊?"王炎结结巴巴说道。

"小丫头,你想哪里了?"张伟从手里的纸盒里拿出一个纸条,"你检验一下。"

"干吗?"王炎又放松下来,随即又好奇地问张伟。

"先别问,检验完了告诉你,抓紧点。"

王炎不再问。

之后,张伟按照说明书的要求操作,然后把试条放在眼前,屏住呼吸看试条颜色显示。

王炎已经慌了神:"怎样了?"

张伟眼睛紧盯着试条,表情严肃:"别打岔,马上就出结果。"

张伟心里不停祈祷,最好试条上什么变化也没有。

王炎两眼瞪着张伟,心怦怦直跳,希望从张伟的眼神里捕捉到有利的信息。

王炎已经明白,张伟让自己来宿舍,是要测试自己是否怀孕。

她对怀孕的知识知道得很少,自己又马马虎虎的,根本没在意。

王炎可不想现在怀孕,没结婚不说,这么年轻,正是干事业的时候,根本就没考虑生孩子的事情。何况,在这个节骨眼上,还不知道这个孩子是谁的。

突然,张伟的眼神变得紧张,凝聚成一点,然后暗淡下来。

张伟呆呆地看着试条上出现的两条红线,心想完了,阳性,怀上了。

王炎从张伟的眼神里明白了大概结果,又不死心,追问道:"怎么样? 什么情况?"

张伟紧皱眉头没说话,盯着试条发呆。

王炎一屁股坐在马桶上,声音几乎要哭出来:"怎么办? 我不想要娃娃,我不想生娃娃,我不要做妈妈。"

张伟心里更是烦乱,从时间上推算,这个孩子应该是自己的,至于是哪次做的孽,张伟自己也想不起。

从王炎的态度看,这个孩子是肯定不能要的。第一,王炎已经不是自己的人了;第二,王炎现在根本就没有做好当妈妈的准备;第三,从目前王炎所处的实际情况看,这孩子也不能要。

既然不能要,那就抓紧打掉。时间越早痛苦越小,越拖越麻烦。而且,哈尔森现在不在,这个时候打掉显然是最佳时间。

可是,明天海南团就要出发,再快也要到一周后,而且,仅仅凭自己这个小试条并不能完全确认,要去医院检查后才能确定。

如果现在就告诉王炎结果,会让王炎背上沉重的心理负担,出去玩也不会开心,况且一周后回来时间也来得及。

一定要让王炎高高兴兴去海南。

主意已定,张伟从容起来,把王炎拉起,来到卧室,让王炎坐在沙发上,抹去王炎眼角的泪水,哈哈一笑:"傻孩子,你哭什么? 检查结果是你没有怀孕。"

"啊! 真的?"王炎抬起头,看到张伟肯定的表情,霎时高兴起来:"坏蛋,那你刚才的表情,吓死我了。"

"我不是一直在观察吗? 得看清楚最后的结果才能告诉你啊。"张伟拿着那试条,"看见这两条红线了吗? 这代表你没有怀孕。"

张伟仗着王炎不懂,把结果完全反过来说。

"哦,是这样啊。"王炎轻松地跑到卧室,坐到床上。

张伟跟进来,靠门框站着。

王炎卸下了精神包袱,话也多起来:"你们在海南要好好做,等我们从海南回来,我给公司好好汇报。80 个人,要申请出境旅游签证,还要和海外那边联系地接,和国内游不一样,肯定复杂多了。"

张伟:"肯定好好伺候好你们。我没做过出境游,我们那地方穷,出国旅游的几乎没有，哪像这里，有钱人多，动不动就新马泰、港澳、澳洲游的。"

"是啊，"王炎说，"不出来不知道，出来一看吓一跳，这发展的差距太大了，还是南方人有钱。"

张伟摇摇头："也不全是有钱的问题，关键在这里，"张伟指指脑袋，"关键在于换脑筋，思想不解放，自己缩在一个地方称老大，坐井观天，一辈子也发展不起来。"

王炎笑着说："哥，这段时间你的思想变化很快啊。"

张伟微笑了下："大环境的影响，在这里处处感受到紧张的节奏，催人的气氛，不换脑筋就要被淘汰，没办法，要适应大环境。"

王炎赞赏地看着张伟："你比我强，我虽然在外企，思想还没你转变得快。"

张伟："都要有个过程，只能是我们适应环境，不可能是环境适应我们。"

"嗯。"王炎认真地回应。

张伟过来一提王炎耳朵："快起来去给我洗衣服，收拾房间。"

王炎撅撅嘴巴，开始清理张伟的猪窝。

张伟则忙着整理自己到处都是的书籍和资料。

第十九章 惊心动魄

女人到哪里都是整洁和有序的代名词。经过王炎一番整理和打扫,很快张伟的宿舍变得整洁敞亮起来。

"不错,不错,提出表扬。"张伟看着王炎整理后的房间,非常满意,"辛苦了,累了吧?休息会。"

王炎毫不客气地往床上一躺:"哎呀,舒服,我的老窝,我又回来了。"

张伟坐在沙发上讽刺地说:"以前你是主人,可惜你这次回来是客人了,只有使用权,没有所有权。"

王炎白了张伟一眼:"你就会讽刺我,就不会说两句让我高兴的话?"

张伟点点头:"嗯,好吧,我决定以后不再惹你了,只说你喜欢听的,不说让你生气的话。"

王炎:"对了,这才像个当哥的样子,何况我是客人。"

张伟摇摇头:"你又来娇贵了,敢情我得好好伺候你。"

看到张伟对自己态度一次比一次好,王炎心里很开心,离开张伟之后,她最大的心事就是张伟的不开心和对自己的憎恨。现在看到张伟能端正心态,对自己就像以前那样,心里感到很高兴。

想到自己不久就要远涉重洋,去异国打拼,这一走,不知何年才能回来,或许再也没有相逢之日。

想起和张伟从卧铺大巴车的相识到合租房子的同居生活,虽然没有丰厚的物质生活,却充满了乐观、上进和自信,时光短暂,但却是那样的让人留恋。

想起这些,王炎的心里一阵阵发热,不由冲张伟说:"哥。"

"干吗?"

"你过来。"王炎拍拍床沿。

"嘛事?"张伟坐到床沿上。

王炎主动拉住张伟的手:"哥,我走了之后,你自己一个人在这里,受苦了吧?"

王炎的话让张伟有些感动,一个曾经的女人,在投入别人怀抱以后对自己还有如此的情意,确也难得。不过,张伟嘴巴上是不肯服软的:"有什么好难为的? 习惯就好了,我已经适应了一个人的生活。"

王炎大为心痛,从床上坐起来,抱住张伟,把脸靠在张伟胸前:"都怪我不好,把你自己扔这里,让你受这种苦。今天,我愿意把自己给你。"

王炎的身体在张伟的怀里变得烫手,浑身迸发出燃烧的激情和欲望。

张伟抱住王炎柔软的娇嫩身躯,眼前浮现出曾经时光里的放纵,安抚和安慰……

突然,张伟脑海里出现了哈尔森的身影,出现了自己曾多次臆想的哈尔森和王炎交欢的场面。

想到这块领地曾经被侵略,张伟心灰意冷,动作一下子僵硬起来。

张伟无力而坚决地从王炎身上爬起来,抓过床上的被子盖在王炎身上。

王炎疑惑地睁开眼睛:"哥,你怎么了?"

张伟边穿衣服边轻描淡写地说:"我头有点晕,不舒服。"

张伟突然兴趣索然,拿过王炎的衣服递给她:"穿上衣服,在床上躺着休息会吧,我上会网,晚上我们一起吃饭。"

王炎并不困,但她躺在床上不想起,翻来覆去,东闻闻,西嗅嗅,找寻过去的感觉。折腾半天,累了,独自睡去。

张伟习惯地打开电脑,等待伞人姐姐的出现。

回到家和伞人聊天已经成为张伟业余生活的一个主要部分,和伞人聊天让张伟感到了自信、充实和满足。

张伟不能想象如果没有伞人陪伴自己,业余时间会多么的寂寞和无聊。

张伟从心里感谢伞人,也慢慢从心里开始喜欢这个一直标榜自己为黄脸婆的小职员。

人是因为可爱而美丽,心灵美才是最珍贵的。

一会儿,伞人出现了,上来就打过来一串符号:"(^o^)。"

张伟:"姐姐你回东兴了?"

伞人:"是的,回来办点小事情,明天还要出去。"

张伟:"还没有忙完?"

伞人:"我陪客户在外面转悠,要跑好几个地方。"

张伟:"好几个地方? 都挺远的吧?"

伞人:"有近的,有远的。"

张伟:"近的有多近? 远的有多远?"

伞人呵呵一笑:"近的咫尺,远的天涯。"

张伟:"哦,那你昨天是在咫尺还是天涯?"

伞人:"昨天在咫尺,明天就去天涯。"

张伟："明白了，你昨天离东兴很近，明天要出远门。"

伞人："老弟，你好聪明。"

张伟："辛苦了，自己在外多保重身体。我今天没去公司，在家呢。"

伞人："偷懒了是不？哈哈！"

张伟："哪里，我以前的女朋友来了，在我这里坐了会，现在在我这里睡了。"

伞人："旧情复燃。"

张伟忙说："不是，你误会了，她今天找我是有事情，又给我介绍了一笔业务。"

伞人："不错，很好，然后就把业务介绍到家里来了，是不？"

张伟急了："不是啊，姐姐，我们一起吃午饭，饭后我邀请她来坐会的，正好她下午没什么事情，所以就来我家了，一起聊会儿天。"

张伟很在意伞人的感受，所以努力想解释清楚，但又不能把王炎怀孕的事情告诉伞人。

"呵呵，"伞人笑起来，"别急兄弟，我只不过是随便问问，那是你的私事，不用给我解释那么清楚，倒是你的工作最近开展得不错，上一个业务还没完，新的又来了，不错，兄弟是个人才。"

"什么人才，不过是碰巧撞上的，靠关系算什么本事。"

伞人："不能这么说，人常说，天时地利人和，这人和从一个方面来理解就是会抓住机遇，利用好关系。不要以为什么关系不靠，凭自己本事从零开始闯天下叫能力，那是没有办法，只要有捷径，只要有门路，只要是正当的，该利用的就要利用，这叫善抓机遇，巧抓优势，因势利导。这就是能力，这就是本事。这年头，看一个人有没有本事，不看过程看结果。"

张伟很认同伞人的话，但也有自己的想法："我希望自己能从捷径中迅速成长起来，希望能自己完全按照市场规律去操作业务。"

伞人："你这样的想法是对的，靠天靠地不如靠自己。对了，你那美女小朋友对你真是不错，有情有义，这次给你介绍了什么业务？"

张伟："他们公司中层管理干部出国游，80 人，欧洲七国游。"

伞人"哦"了一声，好像若有所思，好一会儿没说话。

张伟感觉有点奇怪："姐姐你怎么不说话了？忙？"

伞人："没。"

张伟："那你怎么突然不说话了？"

伞人又沉默了一会，然后说："有个事情，我刚才打算不说，可是又考虑到是你经手的业务，怕以后给你惹来麻烦，想了下，决定还是告诉你。"

张伟很疑惑，急切想知道："姐姐，你说。"

伞人："你这次接手的是出境游，那么你首先要考虑一个问题。"

张伟："什么问题？"

伞人："你们公司有没有受理境外旅游的资格？"

张伟："哦，你是说的旅游经营范围许可？"

伞人："是的，目前国内旅游按照旅游范围分两大类，国内旅游和境外旅游，在接这个业务之前，你首先需要弄清楚你们公司的经营范围。如果你们的经营范围包括出境旅游，那没问题，如果没有，那就要慎重对待，三思而后行。"

张伟没有考虑到这个问题，不过他想，中午和何英打电话的时候，何英知道这个出境游的业务，没有表现出什么障碍，看来应该是有出境旅游代理资格的。

张伟："没有境外旅游代理资格的能受理这种业务吗？"

伞人："废话，肯定不能，但是很多只有国内旅游资格的旅行社都暗箱操作，把业务受理了之后再转手给有资格的旅行社，从中赚取差价。"

张伟："这样做不是违反规定的吗？"

伞人："违反规定是小事情，最怕的是旅游过程中出现了问题找不到责任人，互相推诿，游客受损失不说，还砸了自己的牌子，最近国家旅游局下发专门通知，严厉制止这种情况的。所以，我提醒你注意这一点，一定不要因小失大。"

伞人的话提醒了张伟，王炎是因为信任自己，把业务介绍到这里，如果没有出境游资格而贸然受理，然后再转手倒卖，钱是挣了，但信誉没有了，有欺骗之嫌。万一出现什么差错，不光自己公司受损害，还把王炎也害了。这个事情一定要搞清楚。

张伟对伞人说："姐姐，你的提醒太重要了，我知道该怎么做了。"

伞人："好的，相信你一定处理好这个事情。"

张伟："你现在在单位？"

伞人："嗯，是的，在上班。"

张伟："上班聊天，不怕被你老板抓住挨批？"

伞人："怕啊，怎么不怕，可是你难得白天上来一次，只有舍命陪君子了。嘻嘻……"

张伟很感动："好姐姐，你真好，那我们就先这样吧，别让你老板抓住你。"

伞人："没关系，老板刚刚出去了，公司就我自己，我终于可以做一次老大了。"

张伟乐了："我看凭你的能力，做个公司的老大也不是做不了。"

伞人："哪里哪里，我这无名小卒，做什么老大啊，以后等你混大了，能跟你做个小跟班就不错了。"

张伟："好的，你放心，我以前就答应过你，等我站住脚跟，自己成立个公司，你到我公司做总经理，你一定能做好的。"

伞人："嘻嘻……多谢多谢，说过的话不许反悔，我可给你记账上了。"

张伟："一定。就是现在，你公司要是效益不好，你也可以来我公司啊，我找高总，推荐你做营销部副经理。"

伞人："感动。兄弟,你有这个好意,我真的很感动。等我吃不上饭的时候一定去使劲麻烦你。"

张伟："姐姐见外,咱们谁跟谁啊。"

伞人："谢谢,你做的那团快出发了吧?"

张伟："明天就出发,我跟老板娘一起去,去学习。"

伞人："哦,真的? 你也要来海南?"

张伟有点奇怪："什么叫也要来海南? 还有谁?"

伞人笑了："不是还有你们老板娘吗?"

张伟："呵呵,我还没去过海南呢。"

伞人："海南很好的,我以前经常去,对了,海南美女如云,这次你去说不定还能有什么艳遇呢。"

张伟乐呵呵地说："不敢有那奢望。"

伞人："说不定还能遇到你那梦中美女情人哪,哈哈!"

张伟："那是真的在做梦啊,姐姐。"

伞人："那就看缘分了,天涯何处不逢君,人生何处不相逢。"

第二十章 海角天涯

"在祖国浩淼的南海上,镶嵌着一座风光旖旎的热带岛屿,那里有辽阔广袤的天空、澄清透明的海域、平坦柔软的沙滩、树影婆娑的椰林,它就是有着绵延1580多公里海岸线的海南岛……"

在去机场的大巴上,何英亲自担任导游员,优美悦耳的解说词揭开了海南之行的序幕。

行程一切顺利,由于事先工作准备充分,客人从上大巴,到换登机牌、检票、登机、出机场,一路畅通,没遇到什么麻烦和意外。

张伟长这么大是第一次乘坐飞机,心里充满了新奇、兴奋,还有点紧张。

王炎也是如此。

两人都找了个靠窗的位置,以便饱览空中美景。

当飞机呼啸着离开地面后,张伟俯看窗外,看到地面的建筑很快缩成了火柴盒一般,河流山川就像一幅画,浓墨重彩。

飞机很快升空到一万米高空,呈现在张伟面前的是茫茫的云层。

王炎兴奋地用相机对着机窗外的云海猛拍起来。

何英显然是坐飞机的老手,早上起得早,没睡足,上飞机不久就靠在座位上睡着了。

两小时后,飞机降落在海南三亚机场。

海南,我来了!

和对方旅游地接社的导游在三亚机场接上头以后,何英和张伟稍微舒了一口气,剩下的工作主要看对方的了。

一行人分4个团,分成4辆大巴,愉快的海南之旅开始了。

"欢迎大家来到祖国最南端的城市三亚观光旅游。首先请大家打开车窗,感受一下海南纯净无污染的空气、阳光、海水、沙滩!"随着漂亮的导游员小姐的指示,兴奋的游客纷纷打开车窗,呼吸着亚热带海岛新鲜的空气。

张伟和何英、王炎坐在同一辆车上,张伟和王炎都是第一次来海南,两人充满了新奇,贪婪地看着外面的南国风光。

"你现在最想去看哪里?"王炎笑嘻嘻地看着张伟。

"天涯海角。"张伟脱口而出。

在张伟童年到成年的想象里,海南岛,美丽的亚热带风光,令人荡气回肠的天涯海角,一直令他魂牵梦萦,也是他对海南岛全部的想象。此次,理所当然要了却多年的夙愿。

何英回过头拍拍张伟和王炎的胳膊:"注意听,导游很快就要提到你的魂牵梦萦了。"

"有句话说得好,来海南不来三亚——等于没来海南,来三亚不去天涯海角——等于没来三亚。那天涯海角在哪里呢?传承中国传统文化的人们张开想象的翅膀,把遥远的地方定位在天涯海角。天涯海角被用来形容遥远得难于临至、即使能够临至也要经过千般磨难的地方……"导游开始解说到天涯海角。

张伟和王炎竖起耳朵仔细听。

"天涯海角游览区坐落于中国最南的三亚市西郊 26 公里处,我们还要二十分钟就可到达。今天各位闯天涯下海角的多年愿望很快就可以实现了。天涯海角游览区是海南旅游最精彩的节目之一,是海南之行的主题曲。今天让我们再一次回归大自然,开开心心地度过这美好的日子,留下一个难忘的回忆。该景区主要是由热带海滩花岗岩风景区、购物区和度假村组成,集热带海洋风光、历史遗迹、中华民俗文化为一体的旅游风景区,我们主要是游览该景区的主题景观,天涯、海角、南天一柱等景观……"

"哇塞!马上就要到了啊。"王炎高兴地推推张伟。

张伟同样地满怀期待。

很快,车队穿过一片椰树林,蔚蓝的大海、银白的沙滩呈现在大家面前。

天涯海角游览区到了。

游客纷纷按照导游的安排,在导游的带领下有序参观。

此次对方地接社一副总亲自出面,带了 4 名导游专门解说,省了何英他们的许多力气。

何英来过海南多次,对这里的景区非常熟悉,一边走一边为张伟和王炎做起了导游。

走在柔软细密的白色沙滩上,感受着亚热带阳光的照射,呼吸着略带咸味的空气,张伟心旷神怡,一手拉着王炎,一手拉着何英:"此间风景美,南国有美女,不亦乐乎?"

"哈哈,美死你,两个美女陪你。"王炎扭头面向大海,让海风任意吹散自己的头发,陶醉地说,"好美的海南,好美的南海,好美的三亚。"

"可惜,很快你就要离开故土了,这里都将成为你的记忆。"张伟拉着王炎的手用了一下力气。

王炎一下子默然不语,低头用脚踢沙滩上的贝壳。

张伟突然后悔自己的乌鸦嘴,高高兴兴出来玩,干吗非要惹王炎不高兴,真是煞风景。

"看,这海水多清澈。"何英指着蔚蓝而又透着碧绿的大海说。

"是啊，"张伟拉拉王炎的手，"等傍晚，阳光不灼热的时候，我带你来游泳。"

"好啊。"王炎重又高兴起来。

"天涯在哪里？海角在哪里？"张伟问何英。

"天涯、海角是根据天涯行苦役、海角路漫漫来刻意营造的。想要看到天涯、海角的石刻，需要经过前面的沙滩才能到达。达到目的地以后，还得原路返回。如此经过千辛万苦，才能体会到前人闯天涯海角的滋味。"

"走，我们去看看。千年走一回，天涯海角，这是人生的一大乐趣。"王炎说。

"天涯系日，海角揽月，美女在怀，足矣。"张伟把何英和王炎往自己怀里一揽，三个人抱成一团。

何英笑成了一团花，王炎脸有点红，也傻乎乎地笑着，大家都很开心。

沿着沙滩走 200 米左右，正前方十多米高的花岗岩小山，就是著名的天涯石刻。

张伟看得心潮澎湃，感慨万千，身旁导游的话又进入耳畔："……圆了人们天涯海角的梦，让有情人及有缘人在有生之年，相偎相伴来这海之角，天之涯，观赏这海的波涛，倾听着爱的呼唤，再次许下爱的宣言，让坚贞的爱情故事再现……"

张伟不禁怅然，美女在旁，却是他人的，自己的有缘人在哪里？真的能如伞人姐姐所言，在这海角天涯遇到有情人吗？

张伟环顾四周陌生的面孔，一种茫然的感觉油然而生。

……

一天的游玩结束后，安顿好客人的食宿，何英、张伟也开始休息。

何英和王炎一个房间，张伟很幸运，团队男游客是单数，酒店又没有三人间，何英就顺便在自己隔壁给张伟安排了一个标间。

刚在房间收拾好行李，王炎打电话过来："你说过带我去游泳的，现在太阳落山了，正好。"

"好的，十分钟后在楼下大厅会合。"

宾馆位置非常好，距离海滩不到一千米的距离，到海里游泳的游客一般都是在房间换好泳衣，直接就去了海滩。

张伟给自己下了保证，以后几天的行程不再惹王炎不高兴，好好陪王炎玩玩。

张伟穿着泳衣到楼下的时候，王炎已经等在那里了。

"何英呢？她怎么不来游泳？"张伟问。

"她正在和当地旅行社的老总打电话，协调明天的伙食问题呢，忙完了过来找我们。"王炎拉着张伟的手在沙滩上又蹦又跳，像个孩子。

看着王炎的欢乐神态，张伟心里涌起一股感动，毕竟她还是刚毕业的孩子，自己以前对她是不是太苛刻了？

又想起何英，说心里话，何英对自己是没的说，自己经常对她奚落、呵斥，换了别人，可能早就翻脸了。

想到这些,心里微微有了些歉意。

这时,一个名字突然进入自己的脑海:伞人。

伞人姐姐聪明、智慧,有思想,两人虽然在虚拟的空间里交流,却栩栩如生,音容美貌仿佛在耳边回响。

但一时感觉距离如此之近,现在却又感到万里之遥。

伞人姐姐,你在哪里,可知道我在天涯海角还想起你?

傍晚的海水温暖而柔顺,像温柔的母亲亲吻熟睡的孩子,让人温馨从容。

张伟游泳技术很好。王炎是旱鸭子,套在游泳圈里兴奋地戏水。

张伟游累了,回来攀着王炎的游泳圈,抹了下脸上的水:"高兴吧,妹妹?"

"嗯,太舒服了,太好玩了。"王炎躺在游泳圈里打转转,往张伟脸上撩水玩。

看到王炎这么高兴,张伟心里很欣慰。

海滩上的射灯亮了起来,躺在游泳圈里的王炎若明若暗,夜幕、沙滩、美女,一幅绝美的图画。

张伟不由心神荡漾,把脸凑过去,在王炎唇上轻轻吻了一下。

王炎微微一怔:"非礼啦,哥,你又发情了?"

张伟舔舔嘴唇,咸咸的海水味道:"发什么情,刚才只不过是一个礼节性的接触,别想歪了。"

王炎伸手撩起海水往张伟头上浇:"怕是有了新欢忘了旧爱吧?哈哈。"

张伟拍拍王炎的大腿:"少胡说八道,我现在是钻石王老五,吃香着呢,后面的女人排成队,前面有头,后面望不见尾啊……"

"哈哈……"王炎开心地笑了,"你真是个情种,到处留情。"

"我还是配种机器呢,到处播种。"

"哈哈……"王炎笑得上不来气。

"笑什么呢?这么开心,二位?"

两人只顾嬉笑,不知什么时候何英过来了。

何英穿着大胆,一身比基尼泳装,身材毕露,更显出少妇的风情和妩媚。

"哇塞,"王炎大呼小叫,"何姐姐好酷哇,身材超级棒。"

"穿这么露,不怕招惹男人啊,这里色狼可不少哦。"张伟调侃道。

"有你这猎犬在,还怕什么色狼啊?"何英半真半假地说。

"猎犬不要紧,可别是色犬啊。"王炎接过来。

"哈哈……"

……

玩了半天,王炎累了,要回宾馆休息。何英和张伟继续坐在沙滩上休息。

夜幕降临,到海边戏耍的游客渐渐增加,海滩热闹起来。

坐在沙滩上,温热的沙子从地下释放出白天吸收的太阳的热量,像是进行磁疗,很舒服。

张伟仰面躺下,头枕在手上,看着晴朗洁净的夜空,繁星闪烁,夜风柔柔地从身上掠过,带着清新的空气,沁人心脾。

何英轻轻躺下来,挨着张伟,脸上的表情在昏暗的灯光下若隐若现。

张伟长舒一口气:"真是人间天堂。"

何英微微一笑:"这里有中国最具亚热带风情的旅游景点,中国最美丽的沙滩,中国最洁净的海水浴场,确实可以说是人间天堂。"

张伟:"你经常来吧?"

何英:"嗯,一年总要来个十次八次。"

张伟哑然笑了:"怪不得你麻木不仁呢,原来是太熟悉了。"

何英:"因为你以前做的是景区营销,主要是和旅行社打交道,现在你做的是旅行社营销,主要是跟景区和游客打交道,业务的对象产生了变化,以后你会有机会熟悉全国所有的旅游景点。"

张伟:"那还得董事长和总经理多多栽培。"

何英踢了张伟一脚:"去你的,这话我听了怎么感觉要起鸡皮疙瘩。"

张伟呵呵一笑,看着深邃的夜空:"这里的空气真好,你看,天上的星星,那么多,那么清晰。"

何英:"是的,这里的白天和夜晚都那么让人流连忘返,城市的夜空已经很难见到星星了。"

张伟:"在我小的时候,在我的老家,在那个小山村,夏天的夜晚,我跟着妈妈在外面乘凉,躺在村外打谷场的凉席上,天上就有这么多的星星。那时候村里的小伙伴经常一起在月光下捉迷藏,或者躺在凉席上看天空数星星……"

何英听张伟描绘地入了迷:"山村的夜晚真是迷人,童年的回忆总是那么让人留恋和神往。"

张伟:"可惜,自从上学离开家,很久没有机会去享受那样的夜晚和星光了。"

何英抬头看着张伟:"你们那里很穷吧?"

张伟点点头:"我的老家是一个贫瘠的小山村,很穷,所以父母省吃俭用供我上大学,吃上城市饭,在他们看来,考上大学,在城市里有工作就是成功了,他们一直为自己的儿子能过上好日子而骄傲、自豪,哪里会想到生存和竞争的残酷。"

何英:"你有能力,有知识,能吃苦,肯学习,处事灵活,一定能在社会上有一番作为。"

张伟笑了笑,看着夜空中偶尔划过的流星:"有时候感觉人活着真累,其实仔细想一想,在浩瀚的历史长河中,一个人算什么,就像这流星,转瞬即逝。"

何英翻过身趴在沙滩上,托着腮看着张伟:"怎么这么多感慨,别想那么多,想多了脑子累,还是简单一点好。"

张伟看着何英忽明忽暗的面庞:"你说的也有道理,人在高度紧张和忙碌之后能够这样放松一下,真的是很难得的享受,不想那么多了,享受海风的洗礼吧。"

于是,两人就这么躺在那里,各自想自己的心事。远处传来游人的嬉笑声和海涛的声音。

时间在一分一秒的过去,张伟陶醉在这迷人的夜色里,仿佛睡着了一般。

何英的身体慢慢靠过来,紧贴着张伟,手在张伟近乎赤裸的身上抚摸着。

张伟从遐思中反应过来:"小母鸡发情了?"

何英不说话,翻身到张伟身上,在张伟身上亲起来。

张伟立刻有了反应,何英更加投入了。

张伟拍了下何英的屁股:"你不看看这是什么地方,公共场所……"

何英吃吃地笑起来:"傻瓜,晚上谁管这个,你看看旁边。"

张伟这才注意到在他们不远处的暗处,一对男女正在沙滩上打滚,泳衣扔在一边……

此情此景,加上何英风情地撩拨,张伟憋不住了,兴致勃勃地进行爱的前奏。

第二十一章 若隐若现

何英投入地亲吻张伟的身体,她要充分调动这个男人身上的所有细胞来参与海滨之夜的狂欢。

张伟不由伸手搂住了何英的身体。

这副娇媚肉感的身体,让张伟几次欲罢不能。

张伟内心的坚定在这个女人面前又一次被击垮、击碎。

张伟似乎已经麻木。

张伟麻木的大脑在暗夜里狂奔,痛苦和执著在黑夜里交织,欲望和理智在血液里奔流。

脑海里突然闪现出伞人、绝色美女、前老板娘、王炎……

张伟的心在逐渐冷却,血流在逐渐恢复正常。

张伟闭上眼睛,选择了放弃,艰难地推开何英:"对不起,我做不到。"

……

张伟蹒跚地离开沙滩,背后传来何英压抑的哭泣。

对不起,我真的做不到。张伟边走边在心里说,一种前所未有的轻松和释放在全身蔓延开来。

在放纵的边缘,张伟一次次跌落下去,这次,他坚强地挺了过来。

人,最难的是战胜自己,这次,我赢了。张伟骄傲地告诉自己。

看着周围迷人的夜景,张伟脑子很清醒,这些永远也不会是我的,我只是这里的一个过客。

走进宾馆,张伟等候乘电梯。

电梯门打开,张伟往里走,一个穿蓝色连衣裙的女人走出来。

擦肩而过的瞬间,张伟突然感觉这女人好面熟,急忙回头打量,可是她已经向外走了。

从侧面看去,张伟突然感觉她像一个人。

一想起这个人,霎时,张伟的头差点要爆裂:天哪!!! 怎么像是她? 她怎么会在这里?

张伟呆呆地站在电梯里看着女人离去,目瞪口呆。

梦中情人来了! 那天在东湖度假村遇到的美女!!!

张伟怀疑自己是在做梦,或者是幻觉,擦了下眼睛,摇摇头,想追出去仔细辨认,砰,一同乘电梯的旅客按上了电梯门,开始上升。

张伟感觉心快从身体里跳出来,急忙按了二楼,电梯一停,噌,窜出来,顺楼梯冲下一楼大堂,直到门口。

可是,门口熙熙攘攘的人群里,哪里有蓝色连衣裙? 哪里有美女的影子?

张伟不死心,来来回回走了几趟,始终没有她的影子。

难道刚才是幻觉,亦或是自己看错了人? 张伟拍拍脑袋,该不会是自己想她想疯了,脑子进水了。

张伟的大脑亢奋起来,想一个女人都能到出现幻觉的程度。

美女啊美女,难道真的像伞人姐姐预测的,天涯海角遇见你?

张伟一时怅惘,游魂一般在宾馆门口附近晃荡,脑子里翻江倒海。

"干吗呢,穿着个裤头在大庭广众之下游荡,多不雅观。"正晃荡间,屁股上突然重重挨了一巴掌。

回头一看,是何英,从海滩回来了,身上披着睡衣。

何英已经恢复了常态,看不出一点刚才哭过的样子。

"我,我在考虑明天的工作呢。"张伟有口无心地回答。

电梯门开了,何英和张伟走出来,何英瞅周围没人,一把搂住张伟:"哼,我就是要吃你这个窝边草。"

"宾馆走廊有监控呢。"张伟说着就往自己房间跑,被何英一把拉住:"站住,不准回去,先去我房间。"

张伟一怔。

"干吗? 我要休息了。"

"等等再休息,去我房间,我们和王炎一起商议下明天的行程和注意事项安排。"

张伟放下心来:"好,好! 我先回房间换上衣服,不然这样进去多不好意思。"

何英想想也有道理:"那你快点,5 分钟。"

张伟换上衣服走进何英的房间,王炎正在上网聊天。

张伟凑过去瞥了一眼,都是外文,看来是和哈尔森聊的。

张伟感觉心里怪怪的,有点发涩。

"今天晚上的伙食不好,有客人提出意见了。"何英对王炎和张伟说,"我去查了,宾馆没按照我们预先提的要求作,少了两个菜。"

王炎说:"不要紧,我给我们的人解释了,基本没什么事情了。"

何英正色道:"那不行,我们做服务的,一定要说到做到,承诺了的事情,一定要兑现。

我找对方旅行社的老总交涉,他们专门检讨道歉了,并且,今天晚上给所有客人房间加送夜宵,算是补偿。"

王炎乐了:"不错,不错,可以吃夜宵。"

张伟:"行程刚开始,后面几天要注意,不能让他们再出什么纰漏。"

何英说:"是的,我已经警告对方旅行社了,如果不按照合同履行承诺,我们下一批就换地接社。"

张伟:"哈,怪不得对方这么重视,老总亲自赔礼,原来你使出了杀手锏啊。"

何英呵呵一笑:"不光这一手,我们的款还有一半没给他们,服务不好,把钱给他扣除一部分,就更让他紧张了。"

张伟一伸大拇指:"牛。"

王炎:"那我们把明天的事情商议确定一下吧。"

……

张伟回到房间已经是 12 点。

张伟睡不着,今晚的电梯梦幻奇遇仍让他心潮起伏,难以平静。

伞人姐姐真是神算,她的预测真是准,果然遇到神仙美女了。

可是,真的是那美女吗?是不是幻觉?还是自己看走了眼?张伟开始对自己产生了怀疑。

张伟打开电脑,想看看伞人姐姐在不在。

打开电脑,伞人不在,在 QQ 标签里看到伞人的留言:"今天买了件蓝色的连衣裙,感觉好合身呐,晚上穿出去逛街……"

蓝色连衣裙?刚才见到的美女不也穿蓝色连衣裙吗?难道是心有灵犀,伞人姐姐托梦给自己,让自己产生了幻觉?

张伟越想越离奇。

正在胡思乱想,伞人上线了,随即发过来一个问候的符号。

张伟:"姐姐好,这么晚还没休息?"

伞人:"我在外地办事情,今天买了一件蓝色连衣裙,刚才穿了出去美了一圈儿,刚回来。"

张伟:"我在海南,今天到的,首批来了 200 人,分成 4 个团。"

伞人:"不错,不错,生意兴隆。"

张伟没心情谈工作:"姐姐,今天我出现幻觉了,可奇怪了。"

伞人:"哦,说说看。"

张伟:"我晚上去海边游泳回来,进电梯的时候遇到一个美女,你猜是谁?"

伞人:"谁?"

张伟:"就是上次我给你说的在东湖度假村遇到的美女,你昨天还说我有可能遇到梦中美女呢,让你说对了,真遇到了。可是,我老感觉是自己的幻觉,或者是认错了人,因为真的发生这种事情的可能性几乎为零,所以我想,是我脑子产生了幻觉。哈哈。"

伞人:"真的? 你住在什么地方的什么宾馆?"

张伟:"三亚,天涯海角附近的南国宾馆。"

伞人:"你当时是不是只穿了件游泳裤头?"

张伟:"是啊,你怎么知道的?"

伞人:"猜的,你不是说你刚游泳回来吗?"

张伟:"是的,而且那女的穿蓝色连衣裙,我刚才上 QQ 一看,你今天刚买的蓝色连衣裙,天哪,这么巧,一定是姐姐托梦给我,让我产生了幻觉,是吗?"

伞人:"喔,可能,人世间的真真假假,亦真亦幻都是可以相互转化的,真亦幻,幻亦真。嘻嘻……"

张伟:"不过,我能在幻觉里见到神仙一般的美女,也就很知足了,总感觉那美女就是姐姐的化身。"

伞人:"我已经人老珠黄、青春远逝,哪里会有那般鲜亮。"

张伟:"姐姐在我心里永远不老,永远是年轻和美丽的化身。"

伞人:"嗯,我很感动,真的,谢谢你在天涯海角还记得我,我也会记得有你这个好兄弟,年轻、上进、积极、自信的兄弟。"

张伟:"在我懒惰的时候,在我怯懦的时候,在我受挫的时候,一想起姐姐经常告诫我的话,就顿时振作起来,信心百倍,会很快走出低谷,其实,我应该好好感谢你。神仙美女是虚无缥缈的,网络是虚拟的,可是键盘是真实的,敲击键盘的手是真实的,手的主人也是真实的,所以姐姐就是真实的。在我的心中,姐姐就是神仙美女的化身,人不是因为美丽而可爱,而是因为可爱而美丽。"

伞人沉默了一会:"兄弟,你很有思想,不管你今天遇到是真实的还是幻觉,这都不重要,只要有心,想什么就会有什么。"

张伟心里充满了感动,是的,心若在,情就在,人世间总有真爱。和伞人姐姐聊天,让自己感觉如此充实,心灵的深处非常纯净和安详。

张伟一颗躁动的心安静平和下来。

第二天,团队继续在三亚游览,第三天离开三亚前往别处。

何英和张伟分开跟随不同的团游览,便于随时处理情况。

对方地接社排来的四个导游都是小姑娘,其中三个都很漂亮,身材也好,只有一个姓邵的小姑娘相貌平平。

张伟和本公司一全陪导游跟随小邵带的团游览。

真是人不可貌相,一个上午下来,张伟见识了小邵的功夫,无论口才还是讲解的水平,无论服务态度还是解答顾客疑问的熟练程度,都可算得上一流。

刚开始见到小邵时产生的偏见随着小邵的优点展现很快消失,张伟很喜欢这个朴实、淳厚的姑娘。

可是，上午刚过，一件意想不到的事情发生了。

事情起源于小邵所带的团里的几名男游客。

这年头旅游业内形成一种默契，但凡男游客多的团队，一定要找女导游，而且还要漂亮的女导游。

王炎单位此次出来的游客男性占到80%，所以何英提前就告诉对方地接社要全部排女导游，不但业务熟练，而且要年轻漂亮的。

业务熟练的标准好衡量，而漂亮就不好说了，按说漂亮就是好看，看起来顺眼。什么叫好看，不同的人恐怕有不同的标准，特别是接触时间久的人，会因其内在的优秀而被周围的人视为可爱而美丽。

小邵应该就是这种类型。

但是团里的游客不买账了，见到自己团里的导游长相平平，再看看其他团里的导游那么漂亮，几个爱挑剔的男游客就忍不住发牢骚："怎么搞的，其他团的导游那么漂亮，分给我们的导游怎么这样。"

做旅游就是做服务，游客有意见是全陪导游最紧张的事情。

一听游客对地接导游有看法，跟随的全陪导游二话没讲，午饭时直接把意见反映给对方带队的副总。

对方地接社正因昨日餐饮的事情而诚惶诚恐、战战兢兢，一听意见又来了，马上做出决定，换导游，把公司里没出去的导游挑一个漂亮的派过来。

可公司回话，没有女导游了，全派出去了。

借，马上找兄弟旅行社借，必须马上找到一个合适的女导。副总在电话里发狠了。

很快，对方地接社新来的导游过来了，在带队副总的安排下和小邵完成了交接。

而这一切，何英和张伟都蒙在鼓里，一无所知。

张伟吃过饭，和何英在饭店门口溜达，突然发现小邵在墙角抹眼泪。

张伟和何英都喜欢这个敬业、认真的女孩子，见状忙走过去："小邵，怎么哭了？"

小邵停止哭泣，擦擦眼泪："没什么？我要走了，下午你们由新的导游带。"

张伟很意外："为什么？你带得很好啊，为什么中途换导游？"

小邵眼泪哗哗流出来，抽噎着说："因为客人对我不满意，所以公司紧急换人了。"

张伟拍拍小邵的肩膀："没有啊，我们对你很满意，我没听到客人有不满意的啊。"

小邵咬着嘴唇："是有客人反映我长得丑，不如其他团的导游漂亮，所以公司换了漂亮导游来。"

张伟一听，头大了，对一个女孩子来讲，太伤自尊了。他看着何英，意思是怎么办？

何英一听也有些生气："不像话，怎么事先也不和我通个气就擅自换导游，太过分了！"

张伟安慰小邵："别哭，我去找你们老总，不能换，下午还是你带我们。"

第二十二章 生存法则

　　小邵忙拉住张伟："谢谢你，还是别去了，新导游已经来了，交接都完了，再一找，麻烦大了，对我以后在公司里的工作更不好。"

　　张伟一听小邵讲的有道理，事已至此，只能这样了。

　　张伟心里充满了对小邵的同情，可一时又不知道说什么好，呆呆地站在那里，看看小邵，又看看何英。

　　何英搂着小邵安慰她："小妹，别在意那些人，都是些烂嘴巴，少数人代表不了大多数的看法，我们都还是认为你是优秀、可爱的。"

　　小邵抬起头笑了下，很勉强："谢谢你们，没关系的，我做导游5年，遇到好几次这样的事情了，每次我都忍不住哭，不过哭完也就好了。"

　　张伟心里一股说不出的滋味，容貌乃父母所给，一个女孩子，就因为长得不漂亮，就要承受如此大的歧视和压力，谁之过？

　　看着小邵渐渐消失的身影，张伟低头默然无语，为自己团队的游客伤害了一个女孩子的尊严和心灵而满怀愧疚。

　　何英也有些怅然，站在张伟旁边沉默了一会，叹了口气："现代社会的生存法则，没办法，面对现实吧，客人永远没有错。"

　　换导游的事情很快在张伟所在的团里传开，伤害了一个女孩子的自尊，让大家都从内心里感到了一种不安，愧疚、抱歉的心理慢慢滋生。大家都在私下议论这事，纷纷指责发牢骚的几个游客太没道德了。

　　那几个发牢骚的游客忍不住了，转而埋怨全陪导游，说他们只不过是随便开开玩笑，发个牢骚，怎么当真把导游换掉了呢？

　　随着他们的谴责，团里的其他游客不明就里，也纷纷加进来，横加指责，有的游客甚至愤怒地斥责全陪不讲职业道德，要投诉。

　　这种指责在整个下午的游览过程中一刻没有停止，人人都想从对全陪导游的数落中找回自己心里的安慰和平衡。

张伟一直随团,知道是游客在欺负全陪导游。但游客是上帝,上帝发发牢骚,你能拿他怎么着?

让他们说去吧,说完了心里平衡了也就没事了,张伟这样想。

没想到这仅仅是个开始。

晚饭的时候,疲劳的游客喝了点酒,情绪又高涨起来,谈论起下午换导游的事情,纷纷充满了对小邵的同情,一起指责全陪导游的素质差、没职业水准、不会协调。

张伟见状不禁来了气,要不是考虑自己是给他们做服务的,早就两脚飞上去把桌子给踢了。

张伟拿了一个大啤酒杯走了过去:"各位游客,大家好,今天发生的换导游的事情是我们的错误,考虑不周,给大家的旅游带来了不快,为了表示歉意,我敬大家一杯酒。"

说着,张伟一仰脖,把一大杯啤酒干了。

这几个客人一看张伟过来圆场,有心让张伟出丑:"干一杯哪成啊,要道歉就得给我们每人喝一杯。"

张伟知道这几个人存心想把自己灌醉,心里冷笑,别说一杯,就是每人给你们干一瓶也没问题。

张伟喝啤酒的最高纪录是13瓶。

"行,没问题,我敬各位每人一杯。"张伟痛快地说。

这几个人有点发愣,每人一杯,就是10杯,这么大的杯子,10杯酒得接近6瓶啤酒,这家伙酒量这么大?

张伟让服务员开开几瓶啤酒,倒满杯子,逐一敬酒,一圈下来,整整6瓶啤酒。

一圈喝完,张伟抹抹嘴唇:"好酒,味道不错,各位还有没有要喝的?"

张伟的酒量把这几个人镇住了,同时也把他们的嘴巴封上了,乖乖吃菜,不再提这事。

何英和王炎在邻桌一直看着张伟的表演,见张伟把他们镇住了,王炎乐了:"这叫伟哥镇邪妖,一物降一物。"

何英嘴巴半张:"乖乖,张伟白酒能喝,啤酒也这么能喝,量这么大!"

王炎嘴巴一撇:"这还不算多的,他酒量大着呢,特别是擅长喝啤酒,听他说他的最高纪录是13瓶。"

何英:"张经理我看改名算了,不叫张伟,叫张酒桶。"

"哈哈……"王炎忍不住大笑起来。

何英:"不过,张经理今天这个事情处理得不错,比较完美。"

张伟摇摇晃晃走过来,打着啤酒嗝:"行了,大鬼小鬼都摆平了。"

王炎不乐意了:"说什么啊,有这么说客人的吗?我去旅游局投诉你。"

张伟连连作揖:"知罪,知罪,多多海涵。"

王炎:"不行,罚你晚上陪我去游泳。"

张伟:"一定,一定。"

因为第二天就要离开三亚去别的地方,饭后何英忙着和饭店结算。张伟和王炎换好泳衣直奔海滩。明天就要走了,再尽情好好拥抱一下南国的银沙滩。

泡在温热的海水里,张伟在王炎周围的海水里出没,一会儿潜到王炎身子下面,把王炎吓得一跳一跳的。

看王炎大呼小叫兴奋的样子,张伟也很开心,白天换导游事件带来的不快消失了。

王炎躺在救生圈里用手撩拨海水转圈,悠闲惬意,张伟游累了,拉住游泳圈的边缘和王炎说话。

"今天我看你和那几个小男人喝酒,真痛快,把他们都镇住了。"王炎乐呵呵地说。

张伟抹了一把脸上的海水:"我最讨厌推卸责任的男人,明明是他们发牢骚引起的祸端,却硬要往别人身上推,真不是男人。"

王炎:"呵呵,这样的小男人很多的,比女人还女人,以后你做业务还会经常接触到。"

张伟:"没办法,他们是客人,所以我只能好好对待他们,不然,我早把桌子给掀了。"

王炎赞赏地看着张伟:"有男人气魄,其实我也很讨厌这些小男人,最喜欢在背后捣鼓,胆小如鼠,恶心。"

张伟努努嘴巴:"所以你要找个外国人,大公牛。"

王炎一脚向张伟踢过来:"你坏,不许笑话人家,不理你了。"

张伟抓住王炎的脚:"傻丫头,逗你的,来,我给你按摩脚。"

张伟真的给王炎做起脚部按摩来。

王炎不生气了,舒服地叫起来:"哥,你什么时候学会的这个?好舒服哦。"

张伟:"这个还用学啊,就这么大一个脚,随便捏就是了。"

王炎:"哈,敢情你是自学成才啊,真是人才。"

张伟:"什么人才,是剩菜吧,都被你扔过的。"

王炎笑嘻嘻地说:"我那是不情愿扔的,没办法,其实你是个宝,就看哪个女人能识货。"

张伟:"唉,我成货物了。"

王炎摸摸张伟的脑袋:"可是价值连城的宝物哦,我看何姐姐对你可是一往情深。"

张伟:"一往情深深几许?哈,你懂个屁。"

王炎撅起嘴巴:"你又骂我,我是客人,是上帝,有这样对待上帝的吗?"

张伟伸手捏住王炎的嘴巴:"大人说话,小孩子不许犟嘴,否则给你缝上。"

王炎哈哈大笑:"你威胁我,我是关心你才说的。"

张伟:"我和何英永远都不可能,明白吗?"

王炎很奇怪:"为什么?何英人很好啊,又有能力,又有钱,而且还那么漂亮,比我强多了。"

张伟一个猛子扎到水里,半天才从另一侧露出头:"我说不可能肯定有不可能的道理,你不明白就不要多问,以后或许我会告诉你。"

　　王炎摇摇头:"不告诉我?我还懒得问呢。过来,给我按摩另一只脚。"

　　张伟游来,抓住王炎的另一只脚,边按边说:"你还小,有些事是小孩子不能知道的,哈。"

　　按摩完脚,两人走到海滩上。

　　张伟突然问:"你真的要出国了?"

　　王炎:"嗯,骗你干吗?"

　　张伟:"你出国干吗?"

　　王炎:"先去读书,然后结婚,拿到德国国籍,然后在德国发展。"

　　张伟:"哦,那不错,祝你成功。"

　　王炎抬起头:"哥,我出去后,你还会和我联系吗?"

　　看着王炎期待的眼神,张伟缓缓摇摇头:"不。"

　　"为什么?"

　　"不为什么,你觉得有必要吗?"

　　"有必要。"

　　"可是,我感觉没必要。"张伟两眼看着王炎,"过去的就让它永远过去,安心好好过日子,不要胡思乱想。"

　　"可是,我会想你的,我要是想你怎么办?"

　　"不,你不应该再想我,你已经有了自己的选择,你应该对你的选择负责,应该对自己负责,应该对那洋鬼子负责,我们是有缘而无分,命中注定只能是擦肩而过。"

　　王炎沉默。

　　张伟也沉默了。

　　两人坐在沙滩上,任徐徐的海风掠过身上,凝望着远处海平面上无边的黑暗,倾听大海的声音。

　　远处传来一阵歌声:

　　不要再想你,不要再爱你

　　让时间悄悄地飞逝,抹去我俩的回忆

　　对于你的名字,从今不会再提起

　　不再让悲伤,将我心占据

　　让它随风去,让它无痕迹

　　所有快乐悲伤所有过去通通都抛去

　　心中想的念的盼的望的不会再是你

　　不愿再承受,要把你忘记

我会擦去我不小心滴下的泪水

还会装作一切都无所谓

将你和我的爱情全部敲碎

再将它通通赶出我受伤的心扉

……

听着这熟悉的《浪人情歌》，感受伍佰苍凉而忧郁的声音，张伟的眼睛渐渐潮湿起来。漂泊人的爱情注定也是漂泊的，只有开始，没有结束，看得见过程，看不到结尾。

王炎把头靠在张伟肩膀上，默不作声，似乎要睡着了。

蓦然，张伟感觉到肩膀上热乎乎的有液体在流动。

张伟一动不动，哭吧，让天涯让海角作证自己曾经的一段情。

许久，二人就这样坐着，任时间慢慢流逝。

海水涨潮了，渐渐侵蚀到了张伟和王炎的身体。

张伟清醒过来，拍拍王炎的肩膀："丫头，别抒情了，面对现实吧，向前看。"

王炎仿佛刚睡醒，抬起头来："啊，我刚才迷迷糊糊睡着了，靠着你睡，真踏实。"

张伟拉着王炎的手："起来，回房间去睡，在外面小心着凉。"

王炎起身："何姐姐怎么还没来，还没有忙完？"

张伟："有可能吧，200多人出来玩，大大小小的事情不小呢。"

王炎说："好吧，我们回去看看。"

二人回到酒店，何英果然还在房间里忙着和对方地接社的老总结账。

看到张伟和王炎回来，乐呵呵地说："你们怎么不多玩儿一会，来一次不容易。"

王炎冲张伟挤挤眼，对何英说："张经理担心你忙不过来，所以要回来看看。"

何英一听，脸上笑得更灿烂了："呵呵，难得张经理这么体贴，过会儿我们公司内部的导游一起开个会，把工作梳理一下。"

张伟点点头："好，我回房间换衣服，待会儿到我房间里开会好了。"

何英："好，你先通知下那四个公司的全陪导游，我这边快弄完了，20分钟后到你房间。"

20分钟后，公司来的四个全陪导游全部在张伟房间里了。

何英把这两天的情况进行了小结，对行程中出现的几个问题进行了分析，特别提到了下午的换导游事件。

换导游事件，严重伤害了一个无辜女孩子的自尊，公司的每个人心里都沉甸甸的，充满怜惜和愧疚。

与会的导游可能意识到老板娘要发火，都低头不语。

张伟一看，会议不能这样进行，会影响士气，于是首先发言，对自己随该团活动而没有及时发现问题进行了深刻认真的检讨，并保证在以后的行程中尽职尽责，绝不会再让问题出现。

张伟的带头发言让房间的气氛活跃起来,小邵所在团的全陪导游随后主动站起来进行了发言,认真检讨自己对出现问题的重视程度不够,没有及时向上汇报,擅自向对方提出问题,而出事后又不能主动弥补的失误。

其他的导游也纷纷发言提出见解,大家一致认为,虽然出现这个事情的主要责任不在我们,但是我们自己在处理这个事情的程序和方式上确也有问题,在今后的行程中要举一反三,牢记自己的责任,认真做好本职工作,尽心尽力为游客搞好服务。

何英对今天的换导游事件本来心里一直有阴影,不大痛快,准备开会敲一敲的。会上张伟一带头发言,大家积极主动进行自我检查,主动找问题,主动提出解决问题的态度,显示了高度的主人翁责任心和敬业态度,何英心里爽朗了,感觉这会开得痛快,问题解决了,思想统一了,目标明确了,精神振奋了,皆大欢喜。

何英本来要敲山震虎地总结发言,最后变成了对大家的希望寄语。

何英对张伟带头发言非常满意,把一个本来严肃沉闷的会议导向了活跃活泼,而且效果奇佳。

何英约张伟一起去楼下吃夜宵,张伟要叫上王炎,一敲门,王炎早睡死了。

"这家伙,真能睡,这么早就睡觉。"张伟摇摇脑袋,对何英说,"走,我们去。"

何英看看表:"还早啊,10 点半。"

张伟:"对于南方的夜生活来说,12 点才是真正的夜晚开始吧。"

"看不出,你对南方的夜生活倒是适应得很快。"

"入乡随俗,我到哪里都能适应。"

出了酒店,何英对张伟说:"喜欢吃什么?"

"烧烤。"张伟不假思索。

"垃圾食品,怎么喜欢吃这个?"何英边拉着张伟的胳膊向附近的一个烧烤摊边走边说。

"因为我这个人很垃圾,所以喜欢吃垃圾食品。"张伟摇头晃脑。

何英照张伟后脑勺来一下子:"你这孩子怎么说话这么颓废,你家大人怎么教育你的?"

张伟反手把何英搂在怀里,在何英的腰间戳弄:"你小屁孩敢说我小孩子,叫你知道什么叫大人教育小孩。"

"哈哈……"何英笑得浑身颤抖,"不敢了,饶了我。"

张伟放开何英:"以后再给我没大没小,有你好看。"

第二十三章 旅途事故

来到一个烧烤摊前，摊主正忙活，生意不错。

张伟直接点了 20 串羊肉串，摊主答应着从旁边筐里拿出羊肉就要烤。

张伟是吃烧烤的行家里手，羊肉、羊板筋、羊排骨、羊肾样样在行，一看就知道是不是真的。

看摊主拿出羊肉就要烤，张伟突然伸手拦住："伙计，慢，等等。"

摊主是个 20 多岁的小伙子，疑惑地看着张伟，一口地道的北方口音："这位大哥，怎么了？"

何英也有点不解，饶有兴趣地看着。

张伟指着小伙子手里的肉串，意味深长地用北方家乡话说："兄弟，俺要的是羊肉，你给俺烤真正的羊肉！"

小伙明白过来，一下子笑了，把手里的肉串放下，又重新拿出一部分肉串："大哥，看来你是吃羊肉的行家，一眼就看出来了。"

张伟点点头，毫不客气："那是，我从北方过来，以前天天吃烧烤，什么肉我一眼就能看出来。"

小伙点点头："大哥好眼力，我这个也是没办法，现在羊肉这么贵，只好用猪肉来代替，好在很多客人冲着羊肉串来吃，却吃不惯羊肉的膻味，正好用猪肉，在上面涮一层羊油，客人还都挺满意。我这存了少部分羊肉就是专为您这样的专业吃家准备的。"

"哈哈。"何英笑得前仰后合，"敢情这烤羊肉串也有这么多道道啊，我以前还从没有听说过。"

张伟得意地笑笑："这就是需求决定市场，市场决定导向。"

小伙看着张伟和何英："大哥和嫂子是从北方来这里旅游的吧？"

张伟还没答话，何英早就点点头："是啊，是啊！俺们刚从北方过来。"

张伟皮笑肉不笑地没说话。

小伙看着张伟，一脸羡慕："你们二位真是郎才女貌，好般配啊。"

张伟不想听了："你专心干活,哪来那么多废话,肉烤煳了。"

小伙急忙忙活,不再问话。

张伟看小伙生意太忙,烤起来很慢,把肉串拿过来,对他说："兄弟,你去忙乎他们的,我的自己就照应了。"

说完,张伟很熟练地把肉串在火上正反一压,捏起椒盐和辣椒面来回撒,随着烟雾的升腾,一股香喷喷的羊肉味道弥漫开来。

何英深深吸了两口："真香啊,想不到你有这一手。"

小伙也笑眯眯地看着张伟："大哥,你真行,烤得比俺还专业。"

张伟哈哈一笑："我以前在北方都是自己烤,我喜欢孜然和辣椒多一点,这样味道香,还有,肉不能烤得太熟,八成熟就可以,否则味道不鲜。"

小伙子直伸大拇指："今天我是遇到行家了。"

张伟把烤好的羊肉串分给何英一部分,又要了两瓶啤酒,付了钱,然后和何英边走边吃边对瓶喝啤酒。

张伟嫌热,把上衣脱了,光着上身,衣服搭在肩膀上。

两人一手拿酒瓶,一手吃烧烤,慢慢悠悠在夜市溜达。

何英："哇,我以前还没这样过,我们像两个小混混耶!"

张伟满不在乎地说："在这个地方没人会认得我们,难得放松一回,就做一次小混混吧。"

何英很快适应下来,也像张伟那样,拿起酒瓶仰面对瓶喝酒,吃烧烤。

何英："今天真的要好好谢谢你,你开会时候的率先发言一下子把会议的气氛搞活了。"

张伟认真地说："在对员工的管理上,我一直有一个观点,不知道对不对。"

何英："你说,洗耳恭听。"

张伟说："我一直认为,好员工是表扬出来的,就像一个家庭教育孩子,好孩子是夸出来的。"

何英点点头："你说得很有道理,老高也经常这样讲,对员工鼓励和表扬的效果要大大胜于指责和批评。"

张伟："班门弄斧,一家之言,让董事长笑话了。"

何英冲张伟后背一拳："去你的。"

张伟看着何英："老板虐待员工,我去劳动局告你。"

……

谈笑间张伟看着周围阴影里出没的浓妆艳抹的女子和沿街灯光暧昧的按摩店、洗头房,突然想起一件事情,团里男游客占大多数,又都是 20～40 岁的年龄,晚上没事都喜欢出去溜达,要是真有出去嫖娼的,被公安抓住,那可就麻烦大了。

行程还有几天结束,确保游客的自身和行为安全是重中之重。

张伟把自己的担心告诉了何英。

何英很重视张伟的意见:"一定要注意防范,告诉我们的全陪导游,明天在各自的车上向客人发个善意提醒,主要从自身名声和安全角度出发来讲。"

张伟点点头。

尽管张伟和何英未雨绸缪,事先做了周密的安排,担心的事情还是发生了。

此次王炎单位组织出来旅游的皆为单位职工和基层管理人员,中层和高管一般是安排出国休假,没参加国内游。

旅游的另一个代名词就是玩。既然是玩,除了游览风景、购物、照相之外,肯定还有其他的内容。

特别是对这些平时工作压力大、一般没机会出来放松的员工来说,难得的一次旅游为他们身心的释放提供了机会。

忙碌了一天,把游客的住宿安排好,又把明天的行程落实好,张伟和何英一起在海边散步。

王炎早早爬上床睡了,一天的徒步旅游让她非常疲惫,死活不出去玩了。

何英心情很好,几天的行程基本是顺利的,没出现什么大的麻烦。第一批顺利,后面的四批照第一批的模式运作,就方便省心多了。

张伟和何英在海边顺着椰树林边走边聊。

何英:"这次出来,团队的各个环节和流程你基本都掌握了吧?"

张伟点点头:"嗯,基本没有什么问题了,除了处理突发事件之外,别的都还能对付得了。"

何英赞赏地看着张伟:"其实你适应环境、接受新事物的能力还是很快的。"

张伟得意地一笑:"人聪明,没办法。"

何英停下来,拥到张伟怀里:"喜欢你这么聪明。"

张伟有点嘀咕,何英以前还只是在性上要求强烈,最近好像慢慢掺杂进感情的成分了,这可不是个好苗头。

张伟想推开何英:"喂,前面有人来了。"

何英反倒拥地更紧了:"有人来又怎么了? 反正这里没有人认识我们。"

张伟拍拍何英的肩膀:"别这样,让公司的导游和团里的游客看见了不好。"

何英:"那你抱抱我。"

于是张伟认真张开臂膀,把何英搂了一会:"可以了吗?"

"不行,你再亲亲我。"

这女人,得寸进尺了。

张伟捧起何英的脸,在嘴唇上一阵猛亲,然后放开:"可以了吧,姑奶奶。"

何英仍不愿离开张伟的怀抱，抬头深情注视着张伟："我喜欢你。"

张伟一时有点手足无措，怎么突然冒出这句话来。

"喜欢我干吗？吃饱了撑的。"

"我就是吃饱了撑的，我就喜欢你。"何英固执地看着张伟，手紧紧搂着张伟的腰。

这个女人多情而妩媚，丰满而妖娆，此刻，何英的身体又缠绕到了张伟身上。

张伟承认自己性欲旺盛，对女人，特别是美丽妖娆的女人有着无限的热爱。

可是，每次发泄之后，都有个声音在提醒自己，注意道德底线。

张伟感到麻烦了，他知道女人说这话的意思，意味着不单单是性关系，而且还产生了感情，要和你谈感情了。

张伟感到事情的严重性了，无论如何也要把这个消灭在萌芽里。

张伟又感到困惑，性能产生爱？先有性而后有爱？

张伟一时踌躇着没有说话。

何英问张伟："你喜欢我吗？"

这是何英第几次问张伟问这个问题，张伟也记不清楚了。

张伟干脆利落："喜欢。"

何英面露喜色，刚要去亲张伟，张伟又接上一句："仅限于你的身体。"

张伟每次都是这个回答，不给何英任何想象的空间和发挥的余地。

何英有些失望，又有点恼火："难道我除了身体，别的就没有能吸引你的地方了？"

张伟："有，但是我没资格去喜欢，感情是相互的，感情是自私的，不能共享。你有老公，你有家庭，也就是说你有责任，还可以说，我们之间最终只能是一个无言的结局，所以，还是不要让彼此太累的好，不要太为难自己，轻松快乐生活吧，谈感情太累。"

张伟有意识地在何英面前表明自己的玩世不恭和轻浮，意图打消何英的幻想。

可是，何英仍然一次次问起自己这个问题。

女人哪，真傻。明知道是相同的答案，还是要固执地不停提问。

"你——"何英刚要说话，电话响了。

张伟推开何英："你先接电话。"

何英掏出手机接通一听，脸色霎时变得煞白。

"出什么事了？"张伟问道。

何英匆忙关上电话，急匆匆拉着张伟："走，抓紧回宾馆，出大事了。"

张伟急忙和何英一起往回走："谁来的电话，出什么大事？"

何英慌乱乱地："被你不幸言中，刚才王炎来电话，说有两个男游客不听导游的提醒，出去找小姐，中了人家圈套，扣押了一个，跑回来一个，具体情况我也不了解，现在人在王炎房间。"

张伟冷静地拍拍何英的肩膀："别慌，天塌下来有大个子顶着，先回去了解清楚怎么回事再说。"

何英信赖地看着张伟,情绪稳定下来,点点头:"嗯。"

回到宾馆房间,王炎满脸惊慌迎上来:"你们可回来了,怎么办? 怎么办?"

张伟拍拍王炎的肩膀:"沉住气,人呢?"

王炎看到张伟沉稳的神态,稍微安下心来,指着沙发上坐着的一个正垂头丧气的游客:"那儿。"

张伟和何英坐下来,何英定定神:"说说到底是怎么回事。"

游客抬起头,满脸的惊魂未定,结结巴巴地叙述起来。

游客姓李,同房间的游客和他是同一车间的工友,比他大几岁,也姓李,人称大李和小李。

出来这几天,大李和小李早就经受不了诱惑了,只是一直没找到合适的机会。

眼看旅游行程即将结束,蠢蠢欲动的大李和小李再也按捺不住,不顾导游白天的提醒,晚饭后开始了他们的行动。

他们二人有自己的小算盘,宾馆里的小姐太贵,而且同事熟人太多,既浪费钱又不安全。最经济实惠而又安全的莫过于马路上主动搭讪的"游击队"。

二人很快就在马路边物色到了两个站街女,谈好价格,跟随其去附近的出租屋。

正当二人在相邻的两个出租屋内宽衣解带,欲行好事的时候,分别被突然闯入的两名大汉以强奸自己的老婆为名痛打一顿,然后被集中到一起,提出要么公了,送派出所;要么私了,每人赔偿名誉损失费三万元。

明知被敲诈,却又哑巴吃黄连。大李留作人质,小李被放回来筹集资金。

圈套,勒索敲诈。张伟听小李讲完,马上明白是怎么一回事。

何英第一次经历这种事情,不禁有些六神无主:"快报警吧,救人要紧。"

说完,何英摸起手机就要打110。

"等等,"张伟对何英说,"我考虑下,妥当不妥当。"

"有什么不妥当的? 先救人再说啊。"

"报警是肯定要报,但要看怎么个报法。我们是外地人,警察肯定都偏向本地人的。如果警察去了,对方说大李和小李强奸怎么办? 即使退一步,不说强奸,大李和小李也会因为嫖娼小则罚款,大则拘留。那我们不也还是很麻烦?"

何英一听没了主意:"你说怎么办?"

张伟敲敲太阳穴:"我在考虑,怎样更完美。"

张伟脑子飞速运转,何英、王炎、小李一起注视着他。

"我看这样,"张伟坚定了自己的想法,扭头对何英说,"你马上联系地接旅行社的吕总,让他马上过来,我和他谈。"

何英弄不清张伟的意图,但知道张伟一定有比自己更好的办法,于是急忙拨打电话。

很巧,对方旅行社的老总正在宾馆楼下安排明天的事宜,听何英说有事情,急忙过来。

张伟和他简单寒暄一番,直接切入主题:"吕总,是这样,我们有两个游客遇到一点麻烦,我需要你的帮助。"

于是,张伟把事情的经过告诉了吕总,吕总听了说:"我能在哪些方面帮你们呢?"

张伟:"你们和本地的公安关系熟悉不?特别是刚才说的地方派出所?"

吕总:"牵扯业务的关系,倒是经常打交道。"

张伟一拍大腿:"好,就等你这句话。"

张伟让吕总来,就是下了一个赌注,赌吕总和当地公安关系熟。只要吕总和当地公安关系熟,他就可以实施下一步计划。

"吕总,我是这样想的,想借你的关系,给我们帮一个人情忙。"张伟把他的计划全盘托出,"一个是我们要报警,把人救出来,同时,我们的两个客人都还年轻,还没成家,一时糊涂犯了错误,希望不要因为这点事情毁了名声,所以希望在报警把坏人抓住后对我们的两个客人能免于处分,不要拘留,最好是连罚款也免了,不知道吕总能不能出面帮这个忙?"

吕总开始摸不透张伟的意图,一听是这个事情,放下心来,索性直接说白了:"是这样啊,小意思,直说了吧,辖区派出所的所长是我小舅子,没问题。"

张伟一听,彻底放下心来,拍拍吕总的肩膀:"谢谢吕总,我们何董事长没看错,你们确实是我们最合适的合作对象。"

第二十四章 合作关系

张伟这话一下子把这事和业务联系在了一起,一方面是感谢吕总的出手相助;一方面抬出何英来提醒对方,还有大量的业务要做。

何英这才明白过来张伟的意图,对张伟考虑问题的周到和处理事情的效率非常赞赏,既能救出人来,还能保全客人的名声和利益。听张伟对吕总这么说,忙接过来:"是啊,吕总,给您添麻烦真是不好意思。"

吕总扭头对何英笑笑:"何董,您客气了,希望我们建立长期的合作关系,你们是客人,今天这点小事情是我应该做的。"

于是,一切按照张伟的计划实施。

准嫖客大李和小李在接受了五分钟的教育后由吕总带回。

事情得到圆满处理,何英和张伟再一次对吕总表示感谢,声称以后只要有团队来海南,只和吕总的旅行社打交道。

吕总满意地告辞离去。

王炎对自己团队里不争气的大李和小李一顿训斥,然后让两人回房间反省。

事情到这里可以说是解决得非常完美。

看看时间,已是深夜两点。

经此意外事件刺激,三人都不困了,一致决定去外面吃夜宵。

王炎主动提出做东。

"其实,今天我得代表我们公司感谢何董和张经理。"路上,王炎笑嘻嘻地说。

张伟翻翻眼皮:"少来这套,肉麻。"

何英跟随附和:"同感。"

"回去后我得给公司建议,以后和你们公司建立常年合作关系,只要是出去旅游、考察等业务,都给你们做。"王炎继续表白。

张伟:"笑纳。"

张伟突然想起了出境旅游的事。

何英："这话爱听。"

王炎又看着张伟："大李小李出去潇洒未遂,你会不会也半夜出去找女人?"

张伟："个人隐私,无可奉告。"

何英抿嘴笑："肯定有鬼。"

王炎嘻嘻："就是,算你运气好,没被抓。"

何英和张伟相视一笑,尽在不言中。

第四天的行程一切顺利。

王炎晚饭后就跑到房间里上网去了。张伟知道她是和哈尔森进行越洋视频聊天。

张伟拉着何英又去了昨天那烧烤摊儿,让何英陪她喝啤酒吃烧烤。

不大工夫,何英的手机响了。

何英接听完对张伟说："不能陪你吃了,老高过来了。"

张伟一听有点意外："哦,说谁谁到,高总不是在广州吗?"

"他和几个朋友在广州忙完顺便到这里玩玩的,刚下飞机,我先回去给王炎另外安排个房间,不能陪你了。"

老公来了,老婆当然要好好伺候,张伟一挥手："你去忙,我再喝会。"

何英走后,张伟又吃了半天,才往回走。

高总来当然是和何英一起住,王炎和自己一样,一个人另外开个房间。

进了酒店,由于何英的房间和张伟的挨在一起,张伟回去的时候就要经过何英的房间。

经过何英房间的时候,张伟发现门半掩着,他们还没睡。

既然半掩门,就说明没脱衣服。张伟觉得应该和高总打个招呼。

刚要敲门,一阵说话声传来。

"你真的看到她了?"何英的声音。

高强："我在大厅和朋友说话的时候,她正往里走,人多,我没看清楚,但是越看越像。"

何英："她来这里干吗?"

高强："这不很正常,旅游旺季,谁家没有几个海南团啊,跟团来的呗。"

何英："哼,很正常? 我看是你脑子不正常,想人家想得花了眼吧。"

高强："你看你,都是陈年往事了,你吃的那门子醋?"

何英："我吃哪门子醋? 我看你是心里有鬼,突然跑过来,是不是和她联系好来约会的?"

高强："哎哟,这说到哪里了,我是陪两个没来过的朋友过来耍耍的,我上哪里知道她在这里啊。"

何英:"你老老实实给我待在房间里,哪里也不准去。"

高强:"我待会还要去看看我的兵呢。"

……

张伟一听,好像是高强在这里看到熟人,而且是女人,何英吃醋呢。

张伟一乐,别打扰了,让他们两口子折腾去吧。

张伟悄悄退回来。

回到房间,张伟洗了个澡,刚擦洗完,忽然有人敲门。

这么晚有谁找自己。

张伟看门一看,高强。

高强微笑着站在门口。

张伟琢磨,看来是两口子斗完嘴了,高总巡视下属的,连忙把高强让进来。

"高总您什么时间到的?"

"我陪几个朋友从广州直接飞过来的,刚到一会儿。怎么样? 你们还算顺利吧?"

张伟很奇怪,难道何英没把这两天的情况告诉他?

有可能,何英正吃醋生气,可能不会和他谈情况。

于是,张伟把这两天的情况详细和高强说了下。

高强认真听完,点点头:"还算顺利。"

高强忽然又问:"听说你晚上挺忙乎?"

张伟一愣。

高强这话是什么意思? 难道是知道了自己和何英的事儿?

可是看他今天满面春风的样子,不像是因为这事,不然,见了自己那还不拼命?

张伟很快基本断定高总问自己的事情应该和何英无关,何况他和何英这两晚也没什么事,于是坦然自若地回答:"高总,我不明白您这话问的是什么意思,我晚上有时候忙工作,有时候和同事、朋友一起休闲,您是想问工作上的还是个人上的?"

高强两眼盯着张伟:"个人上的。"

张伟对视着高强的眼睛:"个人上的,属于个人隐私,我可以不回答。"

高强:"那我要是要求你回答呢?"

张伟来了犟劲:"那我要是坚持不回答呢?"

张伟已经判定,高强问自己的问题肯定和何英无关,如果有关的话,他肯定会先去找何英问,一找何英,何英肯定会先给自己通气。何英那边没有消息,那高强问的肯定是别的事情。

想到这里,张伟底气越来越足。

看到张伟犟劲十足的样子,高强突然笑起来。

高强一笑,张伟心里轻松了,看来没什么大事。

高强点起一颗烟:"你小子可真有股犟劲,和我年轻时候差不多。其实,我问你这个事情,是为你好。既然我们是兄弟,我这当哥的当然可以过问你的个人问题。"

张伟也不再犯犟,疑惑地问:"你问得我稀里糊涂的,不明白是什么事情啊。我晚上没干什么违法的事情哪。"

高强咬咬嘴唇,思考片刻:"我给你说实话吧,刚才我去其他房间巡视,听有的同事说你天天晚上出去,很晚回来。海南是个花花世界,我是从兄长的角度出发,担心你……"

哦,原来是这事,张伟彻底轻松了下来:"你是担心我出去找小姐,是不是?"

高强点点头:"你是不是出去找小姐了? 要是真的找了,我可是真的生气了,我最瞧不起喜欢嫖的男人。"

张伟诚恳地看着高总:"我是那样的人吗?"

张伟心里有些感动,因为高总对自己的关心和严格要求,不过又有些生气,因为那打小报告的同事,肯定是同行的导游。这年头,人心难测。

高强还没来得及回答,张伟又补充一句:"您是相信我还是相信打小报告的人?"

高强听出张伟没有撒谎,也听出张伟对被打小报告的怨气和愤怒,宽厚地笑了笑:"我当然相信你,不然今天我也不会找你问了。不过,同事之间有些事情向老总反映,也是出于同事之间的关心和爱护,你不要想多了,更不要乱猜疑,打击报复。"

张伟微微一笑:"我没那兴趣,也没那精力。"

高强:"那就好,听何英说你有女朋友了,在外企工作,改天叫过来,大家一起吃顿饭。"

张伟苦笑:"您别听何董瞎白话,哪里的事,她是我一老乡,就是这次给我们做业务的王炎,人家找了个外国佬,都快出国了,怎么会看上我这样的无名小卒。"

高强愣了下:"哦,是刚才我见到的王炎啊,真是个不错的小姑娘,可惜有男朋友了。何英真是乱弹琴,回头我说说她。"

张伟忙说:"别,高总,何董也是为了我好,那天她看于董事长要把自己的妹妹介绍给我做女朋友,急忙编造了这个来搪塞她的。"

高强有点摸不着头脑:"为什么?"

张伟:"听何董说,于琴的妹妹是开美容院的,说白了是个老鸨,幸亏何董事先了解,不然……"

"怎么会?"高强打断张伟的话,"我听郑总说起过,他小姨子刚大学毕业,怎么会去做老鸨? 这个何英,都什么啊,乱七八糟的。"

"什么?"张伟很意外,转而心里明白了,何英在撒谎骗自己,不由恨得牙根痒痒。

"不过,也难说,谁知道于琴几个妹妹,也可能有两个呢!"高强又说。

张伟也有些迷惑,这是很可能的事,不由点点头:"嗯,很可能。"

"不过,也没关系,"高强对张伟说,"我早给何英说过了,让她给你物色着,有合适的女孩子给你介绍,就咱这条件,还愁找不到好姑娘?"

张伟暗暗叫苦,让何英给自己介绍女朋友,高大哥可真是会安排,不等于鸡掉黄鼠狼窝里了。

不过面子上的话还是要讲:"麻烦高总和何董操心,我不着急,工作要紧,一事无成,何以家为?"

高强一拍巴掌:"哈哈,行,有气魄,有志气。不过,我还是主张事业爱情齐头并进,双丰收,爱情也是事业的催化剂哦。"

张伟也笑起来:"边走边看吧,我还年轻,不着急。"

高强赞赏地看着张伟:"我很器重你,依你的能力和素质,再加上公司给你提供的发展平台,你的将来不可限量,会有一番作为,记住,前进的路上不会一帆风顺,要经得起风吹雨打,大浪淘沙,经历风雨才能见彩虹。"

张伟点点头:"嗯,我记住了,我会努力工作的。"

高强:"我这次去广州,参观了几家明星旅游企业,很受启发,以后有时间,我或者何英也带你们出去走一走,学习考察。"

张伟最喜欢出去跑:"好啊,学习参考人家的先进经验和做法,对提高我们自身的能力很有帮助的。"

"是的,学无止境,学,然后知不足。我们公司以前的学习氛围不足,学习气氛不浓,以后要改变,要形成一个学习的好风气。你们营销部先带头,我建议你们每周的工作例会可以抽出 20 分钟的时间,采取理论学习和经验交流相结合的方式,学习营销知识。"

"好,我们回去就开始。"张伟答应着,感觉高总讲得很有道理,提高队伍整体素质,学习首当其冲。

"我最近一直在外面跑,和外地一家旅游公司洽谈合作的事情,家里有你和何英,我很放心,最近你们的工作很出色,特别是你,适应能力很强,进入角色很快,不错。"

"哪里,我能力还不足,一直也在学习。"张伟谦虚道。

一听高强提起他和何英,张伟心里就发虚,要是高总知道了自己和何英的关系,还不得暴跳如雷,要是同事们知道了,还不把自己看成是吃软饭的,会使劲小瞧自己,看扁自己,对自己嗤之以鼻。

想到这里,张伟的心情不由有些沉重。

高强又说:"今天我问你的事情,你不要有心理负担,公司员工向总经理反映问题,很正常。我虽然天天出差在外,但公司里的工作和员工的动态即使不问何英,我也了解得很清楚。"

高强后面这句话让张伟感觉心里很不舒服。什么意思？公司里有安插密探？工作要随时处在密探监视下？对自己的员工缺乏信任？在炫耀自己的无所不能？还是在警告自己？

张伟越想心里越别扭，闷声"嗯"了一下，算是知道了。

随即，张伟的逆反心理又冒出来，你这么能，我和你老婆的事，你不还是不知道？夸什么海口。

"对了，听何英说王炎那里还有个出境游的业务？"高强问。

张伟一听明白无疑是王炎透露给何英了："是的，王炎已经告诉我了，要等回去才能确定，现在只是个意向，80 人的欧洲七国游。"

高强点点头："这是个大项目，一定要盯紧，多做做你老乡的工作。"

张伟点头答应。

第二十五章 关系升级

高强看看时间，站起来："不打扰你了，休息吧，明天你们还要忙碌，很辛苦。"

张伟也站起来："我们不辛苦，您才辛苦呢。"

高强："大家都辛苦，今天的辛苦是为了明天的幸福。"

送走高强，张伟坐在床前发呆，把高强刚才的话全部回味了一遍。

张伟感觉高强今天的话里包含了多种意思，关心、鼓励、表扬、警告、提醒、鞭策……

张伟隐隐感到，高强对自己在高度信任的同时又保持着一分警戒。

为什么这么想，张伟也说不明白，但这种感觉在心里非常强烈。

于琴到底有几个妹妹？怎么又冒出一个刚大学毕业的妹妹？何英说的于琴妹妹的事是真的还是她编造的？

张伟琢磨着有时间一定要去探听个水落石出。

想起同事给自己打的小报告，张伟心里一阵阵发冷。人言可畏，自己还是小心点的好，少说多干，手勤、眼勤、腿勤，就是嘴巴不要勤。

一般来讲，打小报告的人有两个目的，一是平衡自己失落的心态，二是获取老板的赏识和信任。

张伟摇摇头，还是好好干自己的工作，让工作填充自己的空虚，驱赶心里的烦闷吧。

张伟打开电脑，登录 QQ，伞人姐姐不知道是还在外面忙碌还是回东兴了。

"这几天游览还顺利吧？"刚一登录 QQ，伞人的话扑面而来。

伞人姐姐在啊，张伟很高兴，忘记了刚才的不快。

张伟："姐姐好，还好，就是出了一点小叉叉，倒也无妨大碍。"

伞人："那就好，计划不如变化快，在外面经常会有意想不到的情况出现。"

张伟："是的，今天我们出现了因为嫌导游不漂亮换导游的情况，还有游客嫖娼的事。"

伞人："游客嫖娼不稀奇，因为不漂亮换导游，我还是第一次听说这事。"

张伟于是把事情的详细经过告诉了伞人。

伞人很认真地听，听完后半天没说话。

张伟："怎么了？姐姐，干吗不说话？"

伞人："你今天讲的这个事情以前从没有听说过，这说明随着客人量的增加，客人的心态和需求也在发生质的变化，这就需要根据新情况、新问题研究新办法、新策略。我在琢磨这个事情呢。"

张伟不解："你又不做旅游，你研究这个干吗？"

伞人："多了解一些知识，多思考一些问题，有益无害，不是吗？"

张伟呵呵一笑："姐真是敏而好学，你在外面的业务忙完了吗？"

伞人："快了，明天就忙完了，明天下午5点坐飞机回宁州然后回东兴。"

张伟一愣："坐飞机？你在离东兴很远的地方？"

伞人："是哦，很远很远。"

张伟："哪里啊？"

伞人："天边。"

张伟笑了："姐姐，天的边在哪里啊？我现在就在天边。"

伞人："逗你的，我陪客户出来好几天了，明天才忙完。"

张伟："那你出来这几天很辛苦的，自己要照顾好自己。"

伞人："这话应该是我要对你说的，我经常出远门，习惯了，你自己多注意。"

张伟："我们明天就要离开三亚，去别的景点了，说实在的，我还真不舍得离开这里呢。"

伞人："是不是被这里的美女迷住了？"

张伟："不是啊，是被天涯海角的迷人风光吸引了，特别是在天涯海角的石刻那里，让我不住浮想联翩，心潮澎湃。"

伞人："是的，这里是中国古代大陆能够到达的最南端了，也就是先人认为的天边吧。"

张伟："姐姐你也喜欢天涯海角的石刻？"

伞人："嗯，每次到三亚，我都要在天涯海角那里静默祈祷，保佑所有的好人都平安幸福。"

张伟分明感受到伞人心中那浓浓的爱心："姐姐，你信佛？"

伞人："是的，一年前，我开始信仰佛教。"

张伟有些担心："你不会去出家做尼姑吧？"

伞人笑了："有过这个想法，但现在还不会，或许等我真正看破红尘的时候就会去普陀山安家了。"

张伟心稍微安了些："信仰归信仰，相信他的理念就可以了，不要走得太远。"

伞人："滚滚红尘，人间多少事，世间多少情，情归何处？一切随缘，任其自然吧。"

伞人说的话有些深奥，张伟想不明白，也不便多问："你很有思想，你是我所遇到的最有思想的一个女人。"

伞人："一个人不但要善于做事，还要善于总结归纳，总结归纳的过程就是思考的过程,思考的过程就是思想形成的过程。人是高级动物,总是要有一点思想的。"

……

张伟从伞人淡然的话里,逐渐进入她的思想的边缘,感觉到伞人坚硬的思想外壳里面充满了智慧和知识。

伞人的话让张伟心悦诚服,是的,人总是要有一点思想的。

张伟喜欢动脑,善于思考,更喜欢有思想的人。

明天早饭后就要离开了,张伟准备离开之前再去天涯海角一次,再投下一眼最后的祈盼,感受伞人姐姐的静默沉思。

早上不到五点张伟就起床了。

张伟醒得早,是因为没睡好。

半夜张伟被隔壁的何英和高强两口子捣鼓醒了。

张伟听得翻来覆去睡不着。

何英不是说高强不行吗?

何英在骗自己?还是高总恢复了雄风?

看何英那样,不像是在骗自己,那就是高总吃了伟哥,雄起了。

张伟在备受折磨的同时又感到了几分欣慰,替高强高兴。

张伟爬起来的时候,外面天还不亮,黎明即将到来,东方的海平面开始泛起一丝鱼肚白,晨风微微吹来,凉爽惬意。

海边三三两两早起的游客在散步,还有一部分游客是专程早起看日出的。

张伟穿过椰树林,来到天涯海角,伞人姐姐曾经经常静默祈祷的天涯海角。

微明的晨曦里,张伟注视着石柱,和那上面先人留下的墨迹,心绪难平,思想的潮水开始奔流。

自古多少事,都付笑谈中。这个千百年来孤立南海的荒凉海岛,有多少失意政客在此流放,有多少文人墨客来这里抒怀,又有多少孤旅形单的情人在这里眺望,祈盼自己的心上人早日回还。

张伟站在海边的岩石上,闭上眼睛,任咸湿的海风吹拂自己的脸庞。伞人姐姐是不是也像自己这般站在这块岩石上为众生祈祷平安?伞人姐姐是不是也像自己这般在碧波荡漾的南海思念着远方的一个虚幻知己呢?

张伟放任自己的思维在大脑里肆虐,放任自己的想象在脑海里无限扩张,感觉自己的身体和大海渐渐融合,感觉自己的肉体和灵魂在虚无缥缈中飘向无穷的天际……

……

张伟睁开眼睛,天色已经开始发亮,东方的海平面已经露出了一抹红霞,新的一天开始了。

别了,天涯;再见,海角。张伟恋恋不舍地转过身往回走。

转过一个弯,在天涯石刻对应的椰树林边的凸出岩石上,张伟突然看到一个人,一个女人,站立在岩石上,面向大海。

女子的身形非常优美,婀娜多姿,头发披散,被海风轻轻吹动。

朝霞、椰林、美女、大海、岩石,一道绝美的风景。

看着女子伫立岸边的窈窕背影,张伟突然感觉有点熟悉,不由慢慢走了过去。

张伟在离她有十多米的地方停住,定睛看去。

突然,张伟一阵眩晕,浑身血流加速,如被电击,目瞪口呆:是她!!!

一丝意外和欣喜的眼神在美女眼中掠过。

但是,这意外和欣喜仅仅是一丝,而且是瞬间,如果用时间来计算的话连半秒都不到。

这瞬间的意外和惊喜张伟自然是感觉不到的。

美女瞬间恢复了平静,目光温和地在张伟身上扫了一遍,嘴角稍稍一动,露出了不易觉察的一丝微笑。

张伟刹那间激动不已,从美女扫视自己的眼神里,张伟感到了温馨、从容、感动、关爱和友好。

美女那一丝微笑也被张伟立即抓捕住,顿时凝固在自己狂跳的心里。

"早上好。"美女嘴唇微启,轻轻吐出三个字。

声音柔和而又轻盈,嗓音清脆而又充满磁性。

张伟仿佛被电过了一般,身体一颤,美女竟然开口了!

声音怎么这么好听,好像早上的鸟儿在唱歌,又好像是夜莺在低吟,充满了母性的温柔和婉转。

张伟紧张地浑身麻木,脸上的肌肉都不听使唤,努力从牙缝里挤出:"早,早上好。"

美女冲张伟微微点了下头,温和地看着他,好像在等他说话。

张伟的心狂跳不已,想继续说:"我们好像在哪里见过。"

可是,此刻嘴巴却怎么也不听使唤,声音到了嘴边,就是出不来。

"我们好像在哪里见过。"张伟使劲张了张嘴,还是吐不出声音。

"你想说什么?"美女又开口了。

"没,没什么。"不知怎么,张伟忽然说出这话。

美女依旧注视着张伟,温柔的目光洒满张伟全身:"你有什么话要说,是吗?"

张伟点点头,忽而又摇摇头,然后又点点头,痴痴地看着美女。

美女没说话,用鼓励的眼神看着张伟。

"我、我们好像在、在哪里见、见过?"张伟结结巴巴地说。

张伟想自己此刻的样子一定很可笑,因为他看见美女把头转了过去,用手捂住嘴巴,耸动肩膀,好像是在憋住不让自己笑出来。

美女很快转过头,漂亮的大眼睛一眨一眨:"是吗? 在哪里呢?"

"在、在宁州的东、东湖度假村。"张伟鼓足勇气说下去。

"哦,是吗?那可真巧,在这里又遇到你,难得!你来这里干吗呢?"

"我,我来这里旅游。"

张伟这话简直等于是废话,来三亚,还能干什么呢?

美女又"哦"了一声:"这么巧啊,我也是来旅游的。"

然后张伟不知道自己该说什么了,傻傻地站在那里,痴痴地看着美女,嘴巴半咧着。

美女依然用温和的目光注视着张伟,那眼神里充满了呵护和温情,只是张伟没有感觉到,因为张伟不敢看美女的眼睛。

这时,远处有人在喊什么,美女扭头看了下,回头对张伟说:"有人叫我,我要走了。"

"嗯。"张伟使劲点头。

"后会有期。"

"后会有期。"张伟答应着,愣在原地不动。

美女默默注视了一会儿张伟,眼神里流露出一丝不舍,随即莞尔一笑,轻轻移动,从张伟的旁边走了过去。

美女经过带起一阵空气流动,一股温馨的淡淡的体香飘过,张伟几乎要醉了过去。

张伟转过身,美女的微笑他感觉到了,美女的目光洒在他身上,他也感觉到了,即使是那么短暂,仍让张伟激动不已。

那目光里,张伟突然感觉到几分熟悉,几分似曾相识。

张伟努力去想在哪里见过,却怎么也想不起。

那么,就是在梦里,在恍然的梦里。

看着美女渐渐远去的背影,张伟迟迟不敢挪开的脚步,怕自己一动美女就会从自己眼前消失。

直到美女消失在椰林深处,张伟才回过神来。

美女冲自己笑了,难道她认识自己?她还记得和自己在东湖度假村的短暂一瞥?

张伟的大脑开始疯狂涌动,巨大的幸福冲击着他。

美人一笑值千金,即使没有一句话,只有一丝微笑,也值了。

不管她是谁,不管是什么原因,不管是不是巧合,反正自己是真的在天涯海角见到梦中美女了,这不是缘分是什么?

即使自己吃不到天鹅肉,能和自己的梦中美女在天涯海角相遇,就凭这一点,也够自己回味几年的。

何况,美女走的时候说"后会有期",这就是说,以后还会有见面的时候!

啊,天之涯,海之角,见证我的梦幻爱情吧;伞人姐姐,见证你的预言吧。张伟心里狂热地一遍遍喊道。

张伟大叫着奔向大海,在沙滩上连翻了三个跟头。

幸福的神魂颠倒的张伟跌跌撞撞地走回酒店。

第二十六章 心照不宣

何英和王炎正在大厅等他，团队快要出发了。

"到哪里去玩了，也不知道回来吃饭，饭后马上就要出发呢，打你电话也不接。"何英看到张伟进来，急忙上来一把拉住张伟的胳膊，口气又急又有点恼火。

张伟这才想起自己的手机放在房间里没带，团队 8 点出发，现在已经 7 点半了。

"我去海边看日出了。"张伟恍恍惚惚地说道。

"看日出也不能看到现在啊，太阳都那么高了。"何英还有怨气。

张伟不理她，晃晃悠悠要上楼。

何英又急忙拉住他："哪里去，你行李我都已经给你收拾好了，放车上去了，你直接去吃早饭。"

张伟这才真正回过神来，要耽误正事了，急忙进餐厅吃早饭。

王炎一听张伟早上去看日出了，气急败坏，跟后面嚷："自私鬼，看日出也不叫我。"

"看日出早上四点就得起床，你这懒样能起来？"张伟边吃饭边嘲笑王炎。

王炎一听泄气了，坐在张伟对面："要那么早起啊，得了，幸亏你没叫我。"

张伟不理她，埋头吃饭。

王炎又看着张伟咪咪地笑。

张伟瞪着她："笑什么？"

王炎看看周围没人，低头小声说："我明白你和何英不可能的原因了，不用你以后再告诉我。"

张伟知道王炎见到高强了，意料之中，也没感到什么意外，边吃边漫不经心地说："昨晚何英告诉我，要给你另外安排房间的时候，我就知道你会知道的，知道就好，别再乱点鸳鸯谱了。"

王炎点点头，又有点惋惜地说："可惜，可惜，何姐这么好的人儿，又有钱又漂亮，肯定符合你妈妈选儿媳妇的标准。"

张伟眼一瞪："不是告诉你了，不要乱搭配，怎么还说？ 毛病！"

王炎鼓起嘴巴冲着张伟："你就知道冲我发火,我不就是说说嘛,只和你说,又没和别人说。"

张伟看着王炎委屈的样子,有点后悔不该冲她发火,低头吃饭,不说话。

王炎闷闷地看着张伟："不过,高总也是很人物,大帅哥一个,有男人味。"

张伟点点头："是的,大帅哥。"

王炎嘿嘿一笑,做个鬼脸,跟在张伟后面出了餐厅。

何英正在门口等他们,游客都已经上了大巴。

张伟和何英一起坐在第一辆大巴上。

今天,他们要离开三亚,去著名的亚洲论坛举办地——博鳌,那里的蓝色海岸同样让人留连忘返。

张伟坐在车上有点恋恋不舍,这么快就要离开了,要是再停留一天多好,说不定还能遇到那神仙美女。

别了,天涯;再见,海角;想念,神仙美女。张伟在心里一遍遍默念。

车发动后,张伟才发现何英脸色有点憔悴,看来昨晚折腾得不轻。

这才想起早上到现在一直没见昨晚的悍将高强,扭头问何英:"高总呢?"

"他今天在三亚,不和我们一起活动。"何英回答。

张伟"哦"了一声,心想要是能和高总一起留在这里多好,说不定还会遇到那神仙美女。

高强一直睡到上午 10 点才醒。

和他一起来的两个朋友,也可以说是同行,昨晚去酒吧喝酒,回来肯定不会早,这会儿估计还没睡醒。

看看时间,11 点了,想起自己的两个朋友,这两个家伙,怎么还在睡啊,打个电话催催。

一问,他们两位早起了,现在正在海边玩呢。

高强急忙起床去海边和朋友会合。

刚走出酒店门口,迎面被横穿过去的一组游客队伍挡住了去路。

好大的一个团哪,足足有 500 人,分成若干个 50 人左右的小团,在导游的带领下,正在穿过酒店门前的海滩去天涯海角风景区。

不知道哪家旅行社和自己公司有一样的运气,接了这么大一个团。

这几年旅行社越来越多,客源市场竞争越来越激烈,一年到头能做 20 个 50 人的团队业务,就算是烧了高香了。

很多旅行社为了拉客,就在价格上做文章,打价格战,有的甚至零团费、负团费,把客人拉过来以后,再在购物上做文章。

高强以前也打算这样做,可是她坚决不同意,说这是典型的自毁城墙,砸自己的招牌,坚持不打价格战,而是在提高服务质量上下工夫。

现在想来,当初这样做是对的,很多打价格战的旅行社纷纷被投诉或被新闻媒体曝光,客源直接断流,倒闭的不在少数。而中天旅游却依靠优质的服务质量在同行中脱颖而出。

虽然她已经离开了公司,高强仍然对她的这种做法赞赏有加,没有当初她的努力和心血,就没有中天旅游的今天。

突然,高强看见那个熟悉的身影出现在自己面前,头戴蓝色太阳帽,穿一身蓝色白条纹的连衣裙。

她喜欢蓝色,她曾经说过,蓝色代表宽容,代表爱。

她停在离高强几米远的地方,背对高强,几个拿导游旗的导游过来,在听她安排什么事情。

原来这是她的团队！她也承揽了这么大的一个旅游团,而且亲自随团来的。

高强并不因为她承揽一个大旅游团而惊奇,他太了解她的能力了。

高强惊奇的是事情的巧合,都是大团,都来海南,而且,正巧遇到。

高强听她在给几个导游安排照顾年龄大游客的事情,几个导游很快答应着去了各自的团队。

她转过身打算继续往前走。

这时,她看见了站在她身边的高强。

高强的出现,显然有点出乎她的意料,因此有点惊奇地"噫"了一声,转而微微一笑,大方地打个招呼:"你好,高总经理。"

高强一下子显得有些手足无措:"你好,我,我和朋友昨晚来这里的,朋友在海边等我,我正要过去,没想到正好遇到你……"

高强语无伦次地说个不停,他自己也不知道自己为什么要说这么多。

她依然微笑着:"这两天看到你公司的导游在这里带团,好像人数不少,恭喜生意兴旺。"

看到她如此从容和沉静,高强稳定下来,有些自豪,又有些炫耀:"呵呵,谢谢,是的,接了个千人团,分批来海南,何英带队来的,我是从广州飞过来和朋友游览。"

"千人团,不错,真的是要恭喜发财了。"她的语气平静,但很真诚。

"你的这个团规模也很大啊,得 500 多人吧。"高强打量着长长的游览队伍。

"呵呵,一般,老客户,两年了,每年都找我们公司做,职工度假福利游,1500 人,分 3批,这是第一批。"她语气很平淡,好像在说与自己不相干的一件事情。

高强顿时感到有些羞愧,为自己刚才的自豪和炫耀。

他知道她说的是实话,因为她从不爱炫耀。

而且,高强知道,她做的业务,只要一经手,就肯定变成了老客户,哪里也拉不去。

这一点,高强和何英都比不上。

"你的团呢?"看高强不说话,她问了一句。

"今天去博鳌了,你的团不去吗?"

"不去,我的团全部是在三亚,今天是最后一天。"

"哦,"高强点点头,"那你今天下午就要回去了?"

"是的。"

高强看着正在照顾老年游客的全陪导游:"你手下的兵可真是训练有素,一看能力就不错。"

她双手交叉在小腹前面,脑袋稍微一倾斜,看了看自己的旅游队伍:"你的队伍也不错嘛,这个千人团是你做的?"

高强呵呵一笑:"我?我哪这么大能耐,是一个新来的营销部经理做的。"

"哦,你这个营销部经理可真是不简单,刚来就能做这么大的单子。"

"是啊,年轻能干,北方人,能吃苦,肯钻研,上进心又强。"提起张伟,高强不禁又有些得意。

"祝贺你,能有这么能干的一个营销部经理,"她说完抬脚欲走,"我得去追赶我的队伍了,再见。"

"等等,"高强连忙说,"我想中午请你吃顿饭,有些话我想和你说。"

她停下来:"我很忙,没有时间,过去的事情我不想再提起,不过还是要谢谢你的邀请,祝你幸福。"

说完,她径直去了。

高强看着她远去的背影,这背影曾经是如此熟悉,可现在又感觉如此陌生。

她似乎一句多余的话都不想和他讲。

高强不知道她是否已经在心里原谅了他和何英,他们曾经如此深地伤害了她。

高强怅然地站在海边,看着蓝色的大海,蓝色的海岸线曲折蜿蜒,伸向远方。

在离这里不远的另一片蓝色海岸,他的团队正在那里,何英和张伟也在那里。

想起他们俩,高强一个激灵。

第二十七章 | 亦幻亦真

博鳌,蓝色海岸。

有了前几天的经验和教训,何英和张伟在工作安排上更加细致,每个细节都亲自去落实。

一天的游玩非常顺利,食宿也安排得很舒适,王炎很满意,饭后闲谈的时候向何英直伸大拇指:"何姐,你们的服务工作做得太好了,我们单位的同事都非常高兴,说下次出来旅游还找你们中天。"

何英很高兴,能得到客人的认可是对付出最大的回报和安慰。

何英拉着王炎的手:"小妹,服务是我们的本分,服务无止境,我们的服务工作会更加细致、周到,游客有什么建议和意见,你要及时给我反馈啊,我们马上改正。"

王炎点点头:"嗯,好的,我们出去到海边走走吧。"

何英:"好,叫上张伟一起去,哎,人呢?"

这才发现张伟吃过饭连招呼也没打,不知溜到哪里去了。

何英摸起电话就打,传来语音提示:对不起,您拨打的电话已关机。

这个死人,关机干吗? 何英心里有点犯嘀咕,要上楼去张伟房间看看。

"算了,"王炎说,"他是个坐不住的人,不会在房间的,肯定是跑出去泡美女去了,我看他今天一整天都魂不守舍的。"

何英不死心,往张伟房间里打电话,果然没人接。

咦,这家伙难道真的出去找女人去了? 何英心里忐忑不安起来。

何英火急火燎地回到宾馆房间里,又开始打张伟手机,找不到张伟,她心里不甘。

可是仍然是关机提示。

打房间电话,没人接。

这个死鬼,到底干吗去了?

何英不相信张伟会去找小姐,她感觉张伟不像那么随便的人,何况如果张伟真的是饥渴,自己还在这里呢。何英对自己的身体还是很有信心的,她不相信自己的身体会对

157

张伟失去吸引力。

可是王炎和张伟是老乡,彼此肯定了解一些,她既然这么说张伟,那肯定是有原因的,说不定是有前车之鉴。

何英想来想去没有结果,心里七上八下,坐卧不安。

其实,张伟哪里都没有去,就在自己房间里。

张伟今天一整天都被激动的情绪包围着,可是白天事情太多,一直没有思考的时间和空间。所以饭后他早早回了房间,让刚安排进来和他同室的导游到别的房间去看电视,然后把房间电话线一拔,手机一关,躺在床上,关上灯,在黑暗里开始一遍遍回味早上的艳遇。

如果不是亲眼见到神仙美女,打死张伟也不会相信会在万里之遥的天涯海角再次遇到她。

伞人姐姐的预测变成了现实,伞人姐姐冥冥之中似乎一直在跟随呵护着自己。

张伟心里充满了温馨和感动,伞人姐姐要是那神仙美女,该多好啊。

伞人姐姐信佛,充满爱心,一个有爱心的人一定是美丽的人,一定是可爱的人,一定是圣洁的人。

何英找不到张伟,到处乱撞,在张伟同室导游那里知道张伟可能在房间里,急忙要了房间门卡开门进来。

一进来黑糊糊一片,何英打开灯,一看,张伟正躺床上,眼睛盯着天花板,直勾勾的,嘴巴还傻乎乎地笑,对何英的进入视而不见。

"哎呀,死人,急死我了,原来你在这里。"看见张伟,何英心里踏实了。

见张伟不理自己,盯着天花板傻笑,何英心里有点发毛,过去摸摸张伟的额头:"老大,怎么了? 不会是发烧?"

张伟这才回过神来,喜滋滋地看着何英:"没什么,董事长来了啊,有事?"

何英看张伟这样,一会发傻,一会呆笑,心里感觉很不踏实,坐在床沿上,抚摸着张伟的脸:"傻瓜,没事就不能来看你? 你没什么事吧?"

张伟捉住何英的手,抚摸着,放在自己脸上,闭上眼睛,想象是神仙美女在和自己亲近,不禁动了情。

何英看张伟这样,担心一会儿那同屋的导游回来看见,低头吻了吻张伟的嘴唇:"别这样,这里不安全。"

张伟睁开眼睛看见何英,知道自己刚才是在梦游,呵呵一笑坐起来:"我们出去吃烧烤,喝啤酒。"

何英一听:"你昨天不是刚吃完烧烤吗? 怎么今天又吃? 垃圾食品,少吃点。"

张伟下床穿好衣服,把何英抱在怀里结结实实亲了个嘴:"即使是少活几年,我也要吃烧烤,没有烧烤的日子我没法过。"

何英见张伟情绪这么高,也高兴起来:"好,我回屋换件衣服。"

何英回房间换了件红色的休闲 T 恤,下身白色短裙,头发扎了个马尾巴,脚穿白色休闲鞋,活脱脱一个小女生。

　　张伟色迷迷地看着何英的胸脯,故做急不可耐状伸手欲摸:"小姐,迷死情哥哥了。"

　　"哈哈……"何英开心地大笑起来,拉着张伟的胳膊直奔夜市。

　　心情好,胃口自然就好。张伟要了成桶的扎啤,开怀畅饮,对何英的态度也热乎起来。

　　看张伟心情这么好,何英也不想扫张伟的兴,陪张伟喝起了扎啤。

　　"你今天怎么胃口这么好,晚上吃过才多大一会儿,你就又开始大吃大喝。"何英开心地把腿抬起来,放到张伟的腿上伸直,"借光,放松下。"

　　张伟端起一大杯啤酒,一饮而尽,抹了下嘴角:"酒色不分家,我可是喝了不少酒,小心失身哈。"

　　……

　　张伟喝了两桶啤酒,折合瓶啤,得十多瓶。

　　何英也喝了有两斤啤酒,脸红扑扑的。

　　二人说笑间酒干肉尽,十分尽兴。

　　喝完酒,何英提议一起去海滩走走,张伟立即赞同。

　　博鳌的蓝色海岸是亚洲最好的海滩之一,沙子如同面粉一样柔滑,海水如同漓江水一样清澈,实在是个养生的好地方。

　　在一片椰树林边的沙滩上,二人坐了下来,海风徐徐吹来,伴着温热的潮湿,清爽之至。

　　张伟将身体放松,随意躺在沙滩上,温热的细沙在身子下面很是舒服,看着晴朗的夜空,脑海里又浮现出早上的神仙美女模样,忽而又闪现出伞人姐姐模糊的形象,逐渐地,神仙美女和伞人姐姐慢慢地重叠……

　　恍恍惚惚,张伟感觉神仙美女飘浮在自己面前,忽而又闪现出伞人姐姐的名字,脑海里神仙美女渐渐成为了伞人姐姐。

　　美女轻轻贴近张伟,美丽的眼睛,俊俏的脸庞,性感的嘴唇……

　　美女的手在张伟的身体上轻轻拂动,从脸到胸脯,逐渐向下……

　　张伟的呼吸逐渐急促起来,酒精刺激着全身的血液快速流动,身体内部的本能被唤醒……

　　张伟感觉到美女的身体和自己融合在一起,互相交融,灵魂和肉体在飞速升腾,飘向无垠的浩渺星空。

　　张伟陶醉了,心要跳出来,一个蠢蠢欲动的身体几近疯狂,伞人姐姐,我要飞,我要飞到天上去……

　　快乐总是那样短暂,张伟从梦幻中清醒过来,看到身体上蜷伏着一个赤裸的女人,是何英。

　　原来刚才自己是把何英想象成神仙美女和伞人的结合体而开始了一场灵与肉的错爱。

张伟无声地笑了,刚才的感觉好爽,淋漓尽致,最高境界。

回到房间,一看时间已经 12 点了。

张伟躺在床上,看着天花板没动,脑子里把这几天的事情又过滤了一遍。

何英、王炎、伞人、神仙美女、天涯海角……

想起何英这几日对自己神态和言语的变化,张伟隐隐有一种担忧,她是不是真的动了情?

如果是这样,那可就糟糕了。

张伟感觉自己就像中邪一样被一种莫名其妙的力量驱使着向一个深渊走去,头脑明明很清醒,却无能为力,不能自已。

想起天之涯,海之角,想起亦幻亦真的美女,张伟不由迷惘,明明想来不可能的事情却偏偏真实地发生了,难道幸运之神真的能穿越时间和空间? 造化之神真的会让自己这个癞蛤蟆吃上天鹅肉?

想起伞人姐姐,在她那里,似乎预言都能变成现实,似乎一切皆有可能,难道伞人姐姐真的能看穿过去,预言未来?

神仙美女到底是谁?

张伟努力想把伞人姐姐和神仙美女分开,可是二人总是混淆在一起。

张伟一骨碌爬起来打开电脑,登录 QQ,他知道伞人姐姐这会儿在线的可能性不大,但还是想上线。

伞人姐姐果然不在,有一条一个多小时前的留言:"天之涯,海之角,有一种缘,放手后成为风景。有一颗心,坚持中方显真诚。你懂了,我走近天堂;你不懂,我成为经过。"

一小时前,正是张伟和神仙美女与伞人姐姐的会合体灵魂交融的时候,也是自己在何英身上发泄的时候。

张伟想起今天一天的经历,颇为感慨,真实、梦幻、情感、性欲,变幻莫测,看不见,摸不到,却时时感觉就在身边,如影随形。

何为真? 何为幻? 何为情? 何为欲?

看着电脑屏幕上的伞人留言,张伟陷入沉思,给伞人回了一条:"人生总有许多偶然和巧合,两条平行线,也可能会有交会的一天。人生又有许多意外和错过,握在手里的风筝,也会突然断了线。不管相隔多远,不管万水千山,心若在,缘就在。"

张伟明白伞人的意思,也相信伞人姐姐能读懂自己的心声。

第二天早饭的时候一见面,王炎就黏糊上了张伟:"喂,老实交代,昨晚跑哪里风流去了?"

张伟照王炎后脑勺来一下子:"大人的事,小屁孩少问。"

饭后王炎还缠住张伟问:"昨晚你真的找女人了?"

张伟笑嘻嘻地说:"就不告诉你,急死你。"

王炎冲张伟后背一拳:"不说拉倒,懒得理你,小心让公安抓住你。"

第二十八章 美人坯子

随后的行程一切顺利,下午两点,当飞机呼啸着冲向蓝天之后,张伟和何英的心终于安稳下来。

何英坐在张伟和王炎的后排,当飞机平稳飞行后,何英照例眯上眼进入半醒半睡状态。

张伟和王炎虽然没有了第一次的新鲜感,但依旧兴致勃勃,脑袋向外,看着窗外的风景。

王炎坐在靠窗的位置,张伟坐在外面。

看了一会儿云海,张伟靠在座位上,闭眼暇思。

再有两小时,就要回到宁州。紧张愉快的旅游就要结束了。

随即而来的一些问题开始填充张伟的大脑。

紧接着后天第二批就要出行,不知道公司安排得怎么样了,何英对这一块应该有部署。张伟是营销部经理,不是公司副总,行程安排属于公司计调部安排,他也不好多问。

王炎联系的出境游也随即提上议事日程,从高总的语气看,何英和他对这个出境游的重视程度大大高于海南游,看来利润不菲。不过,张伟心中始终有一个疙瘩,那就是伞人姐姐提醒自己的公司旅游资质的问题。如果公司没有出境游旅游资质而承揽这个业务,出事的话,公司名声受损失不说,还会害了王炎。

在做人和做事之间,张伟选择做人。

还有一个更要命的事情,那就是王炎怀孕了。虽然还需要到医院进行进一步确认,但张伟凭直觉,已经基本确定王炎肯定是中彩了。

想到王炎怀上了自己的孩子,张伟心里很复杂。他理应负责,可是王炎已经非他所属,即使他想负责,也没这个资格了。

看王炎的态度和目前的实际情况,这个孩子肯定是留不住了。

既然留不住,手术自然是越早越好。

张伟正在思考这几个问题,王炎突然站起来,从张伟旁边挤过去,捂住嘴巴直冲机上卫生间。

何英正好张开眼,从后面拍拍张伟的肩膀:"喂,王炎怎么了? 是不是晕机?"

张伟未置可否,去的时候没晕机,回来怎么会晕机? 刚才还兴致勃勃对窗外拍照,怎么会突然晕机。肯定是该死的妊娠反应。

一会儿王炎回来了,脸色蜡黄蜡黄的。

张伟坐到里面,让王炎坐外面。

何英找服务员要了杯水,递给王炎:"晕机了吧? 要不要吃晕机药,我有带的。"

王炎摇摇头:"没晕啊,就是胃里难受。"

何英"哦"了一声:"那肯定是上机前你吃零食太多。"

王炎不明就里,点点头,靠在椅背上休息。

下午四点整,飞机准时降落在宁州机场,公司早已安排好的五辆接机大巴已经在机场等候。

何英安排公司人员分别送游客回指定停车点,自己也随同回去。

王炎脸色还不大好,张伟让何英他们先走,自己打出租送王炎。

路上,想到王炎一个人回去饭都没得吃,张伟有点心疼,对王炎说:"先到我那里歇会儿吧,待会晚上我带你出去吃饭。"

王炎一听顿时来了精神:"好呀,我正愁自己一个人回去没意思呢。"

"那你怎么不自己提出来和我一起吃饭? 还非得我提出来。"

王炎嘿嘿一笑:"俺脸皮薄,怕提出来被你拒绝,那多不好意思。"

张伟呵呵一笑:"看不出,你还怕我啊。"

王炎:"那是,张老大,何董事长都让你三分,何况我呢?"

张伟伸手把王炎腮帮一捏:"哪壶不开提哪壶是不是,死丫头。"

回到家,房间还保持着王炎上次打扫的洁净。

看看时间,4 点半,吃饭还早。王炎有点乏,躺在床上找了本杂志看,看着看着睡着了。

张伟刚把行李收拾好,接到何英的电话:"晚上一起吃饭吧。"

张伟正好不想做饭:"好,那你请客,王炎身体还不大舒服,叫上她一起去。"

"行,六点我过来接你。"

"我在家的,你到时候到楼下给我电话就可以了。"

打完电话,张伟看王炎睡着了,找了床薄被子给她盖上,然后坐下来,打开电脑登录 QQ。

"嘻嘻……"刚登录,伞人姐姐发过来一条信息。

张伟回应:"我回来了姐姐,刚下飞机。"

伞人:"辛苦辛苦,好好休息下。"

张伟:"姐姐在东兴?"

伞人:"是的,昨天晚上回来的,回来后就给你留了个言,看到了吗?"

张伟:"看到了,我昨晚出去玩回来12点多了。"

伞人:"知道,看到你回复的留言了。看不出,张经理还挺有文采啊,话说得文绉绉、情切切的。"

张伟乐了:"你别给我戴高帽,在别人面前我可能会骄傲点,在你面前那,我老老实实俯首称臣。"

伞人:"怎么了,大经理,在我面前不自信了? 我可是还一直打算等你混大了跟你跑腿呢。"

张伟嘿嘿一笑:"不是没自信,是感觉需要向你学的太多了,不过也真是,你在那广告公司做一小内勤太可惜了,简直是浪费人才。"

伞人:"工作不分大小,地位不分高低,富贵不分贵贱,是金子就会发光,你相信不? 兄弟。"

张伟:"信,信,太信了,你这话说到我心坎里了。对了,姐姐,我给你说啊,昨天早上我去天涯海角那地方,见到一个人。"

伞人:"谁?"

张伟:"神仙美女,你说巧不巧!"

伞人:"嘻嘻……,真的啊,这叫有缘千里来相会哪,你小子福气不浅哦。"

张伟:"她还和我说话了呢。"

伞人:"感觉好不好。"

张伟:"好,感觉就好像是姐姐在和我说话,特别是她看我的时候,就好像是姐姐的目光。"

伞人:"你又没见过我,怎么会这样感觉呢?"

张伟:"不知道啊,反正就是这样感觉的。"

伞人:"呵呵,不错,总归还是你有福,能遇到这么大一个美女,说不定以后你还会遇到。"

张伟:"呵呵,我不敢奢望,这样就已经很满足了,总觉得那美女就是姐姐,姐姐就是那美女。"

伞人:"谢谢兄弟的祝福,我要是真有那么漂亮就好了。对了,回来后事情还忙不忙?"

伞人的话一下子勾起张伟的满肚子心事,情绪有点低落:"嗯,事情不少,想想烦心。"

伞人:"哦,是工作上的吗?"

张伟:"有工作上的,也有工作之外的。"

伞人:"能说说吗? 或许我能帮助你。"

张伟："谢谢姐姐,不用,我自己能解决得了。"

张伟烦心的工作就是出境游的事情,如果公司没有出境游资格,张伟决定把这业务推掉。如果推掉,高强和何英会怎么样对待自己,张伟也没有底,但可以肯定的是,他们一定会很生气。

工作之外的事情自然就是王炎的身孕。流产自然是不会让张伟犯愁。让张伟情绪低落的是王炎肚子里这孩子是自己的,想想和王炎的结晶被无情流掉,昔日的爱人投入别人怀抱,心里很不是滋味。又想到王炎还要为以前的事情遭罪,又颇为内疚。

伞人沉默了一会,说:"兄弟,我不知道你遇到什么烦恼的事情,既然你不需要我帮忙,或许是不方便让我知道,我理解你。但是,我想和你说两句话。"

张伟:"谢谢姐姐的理解,你说。"

伞人:"第一,既然你叫我姐姐,那我们就是姐弟,有什么事情互相帮助是应该的。姐姐关心弟弟,不让弟弟受委屈也是应该的。姐姐虽然是个小职员,没有多大的能耐,但是如果你遇到困难自己解决不了,不管是工作上的还是生活上的,不管是精神上的还是物质上的,一定要告诉姐姐,不要自己硬撑,相信姐姐还能助你一臂之力。"

张伟看了这话顿时眼里就湿润了。

出门在外,极少能听到这样如同家人一样关心呵护体贴的话。

"嗯,我知道了。"

伞人:"还有,第二,你是个男人,一个顶天立地的男人,大丈夫当横行天下的,不管遇到什么困难,要记住,一定要乐观坚强,一定要头脑清醒,一定不要迷失自己。"

张伟郑重地回答:"姐姐,我一定会记住你说的。"

伞人又活泼起来:"乖,听话就好。"

张伟心里的疙瘩似乎解开了,轻松起来:"姐姐要下班了吧?"

伞人:"是啊,其实已经下班了,这不是陪张经理聊天,就延时了。"

张伟:"呵呵,抱歉姐姐,那先这样吧。"

伞人:"OK,兄弟,挺起胸膛,大步向前,记住,天是塌不下来的!"

天是塌不下来的。伞人姐姐说得多好啊。

张伟刚关上电脑,何英来电话,到楼下了。

张伟叫醒王炎:"起床,吃饭去,何英请客。"

王炎休睡了一觉,气色好多了,一听吃饭,一骨碌爬起来:"去哪里?"

张伟拧了下王炎的鼻子:"还没定,你是上帝,想去哪里就去哪里。"

王炎嘻嘻一笑:"我还想去东湖那吃海鲜。"

"没问题。"

两人下楼,何英已经在楼下等着了。

看见王炎和张伟一起下来,而且王炎一副刚睡醒的样子,何英一时有点发蒙,随即醋意大发:"原来你们俩在一起的啊。"

张伟漫不经心地和王炎边上车边说:"王炎身体不舒服,在我那睡了一觉,刚醒。"

何英心里稍微安顿了些,对王炎说:"想吃什么? 小妹。"

王炎看看张伟,嘻嘻笑着:"张伟说想去东湖吃海鲜。"

张伟一乐,这死丫头,栽赃啊,对何英说:"去东湖吃海鲜吧,给王炎补补身子。"

何英发动车子:"好的,现在王炎可是我们的上帝喽,得好好伺候着,呵呵。"

到了东湖度假村,王炎拉着何英去点海鲜,张伟去洗手间。

刚到楼梯口,"张经理。"突然有人喊自己的名字,张伟停步一看,是于琴。

于琴刚走上楼梯,旁边还站一小姑娘,扎一马尾辫,那脸蛋和身材活像和于琴一个模子出来的,只是比于琴丰满,大眼睛滴溜溜转悠,活泼可爱。

"于董事长,你也来这里吃饭哪?"张伟热情招呼于琴。

"是啊,这么巧,你也在这吃饭。我在楼上招待客户的。"于琴见了张伟很热乎。

"我也是有客户才来这里,"张伟边说话边打量着于琴旁边的小姑娘,"于董,这位美女是?"

"哦,这是我妹妹,于林。"于琴一把拉过于林,"这是我和你说起过的中天旅游的张经理,叫张哥。"

于林笑嘻嘻地躲在于琴后面:"张哥。"

张伟点头答应,看于林和于琴一样,也是个美人坯子,只是身材比于琴丰腴,眼神没有于琴的风情和娇媚,多了几分纯真和活泼。

张伟怎么看于林也不像不正经的女人,怀疑何英说的是于琴的另一个妹妹。

张伟对于琴说:"于董,你们姊妹两个可真是一个模子出来的美女啊,姊妹花,你妹妹做什么工作呢?"

于琴:"今年刚大学毕业,没找工作,我让她在我们公司帮我做事情。"

张伟:"你几个妹妹?"

于琴哈哈一笑,搂着于林的肩膀:"老天,几个? 这年头计划生育抓这么紧,这一个当年还费了老大劲。"

于琴只有一个妹妹,于林。

张伟明白了。

"好了,不和你说了,去忙客人吧,改天有时间再聊。"于琴和于林冲张伟摆摆手走了。

张伟目送她们离去。

回到座位,何英和王炎已经就坐,酒菜已经上好。

"你去个卫生间要这么久,住那里算了。"王炎笑话张伟。

张伟翻翻眼皮,没答理王炎,端起酒杯:"来,两位美女,又聚东湖,干杯。"

今天吃饭的气氛有点沉闷,张伟和何英各有心事。

何英一直在琢磨下午王炎和张伟在张伟家的事情,心里一直疙疙瘩瘩的,满腹狐疑。

张伟对于琴的妹妹的事情正耿耿于怀,自然也不想多说话。

于是,各怀心事的两人话都少了许多,除了偶尔喝一杯酒,就是闷头吃菜。

只有王炎胃口大开,风卷残云。

于是饭后各自回家。

何英开车,先送王炎,再送张伟。

送完王炎,到了张伟楼下,张伟下车,何英也跟着熄火下车。

"干吗? 你跟着我干吗?"张伟问何英。

"不干吗,上去拜访拜访。"

"这么晚了,拜访什么,我那小窝有什么好拜访的。"张伟不想让何英上去。

"好不懂礼貌,哪有主人向外推客人的? 再说,王炎下午能去,我怎么不能去?"何英的话越来越硬。

张伟一时语塞,沉吟片刻:"好吧,欢迎光临寒舍,不是推你,是怕庙小容不下你这大菩萨。"

于是,张伟带何英上了 18 楼的家。

第二十九章 | 感情约定

"哇,你这小鸟巢不错嘛,收拾得很干净。"一进门,何英兴奋起来,东看西瞧。

"请坐。"张伟指指沙发,给何英倒了一杯水。

何英看着张伟的双人床:"一个人睡这么大的床? 上面怎么两个枕头?"

"我乐意,怎么了?"张伟听出何英想找碴儿。

"别这么敌视我,我只不过说说而已,看你如临大敌的样子。"何英拍拍沙发,"坐。"

张伟没坐沙发,坐到床沿上:"我还是坐这儿吧,坐沙发我怕离你近了忍不住又犯错误。"

何英忍不住满腹妒忌:"是不是下午已经在这床上和你老乡犯完错误?"

张伟看着打翻了醋坛子的女人,又可气又可笑,你是有家有室的有夫之妇,我是一单身汉,想和谁好,那是我的自由,也是我的权力,你吃的哪门子醋。

"别胡思乱想,王炎下午身体很不舒服,在这休息了会,没有你想的那回事。"

"鬼才信。"何英撇着嘴巴。

"呵呵,"张伟漫不经心地说,"晚上吃饭的时候我遇见于琴了。"

"哦,是吗?"何英看着张伟,有些紧张。

"是的,还有她妹妹。"

何英一下子专注起来:"她妹妹?"

"是啊,"张伟晃动着小腿,"就是你说的那个做老鸨的妹妹。"

"哦。"何英神情有点慌乱,"那,你们说话了?"

张伟看着何英的表情,憋不住想笑:"是啊,说了好大一会儿呢,要不吃饭的时候王炎怎么会笑话我住卫生间里了。"

何英坐立不安,眼睛到处乱看,表情既紧张又尴尬:"那你们都谈了些什么?"

张伟故作板正:"主要是谈了她妹妹是如何由老鸨变成大学生的。"

谎言被揭穿,何英脸一下子红了:"你……这……"

张伟看着何英的表情,感觉实在是很有趣,女人哪,总是喜欢自作聪明。

张伟不想让何英太难堪,拍拍何英的腿:"大姐,没关系,别不好意思,说真的,我刚知道的时候有些生气,不过现在一点也不生气,你别往心里去。"

何英:"真的?你不生我气?"

张伟点点头:"真的。起码这也说明你心里有我,被美女惦记毕竟是一件好事嘛。"

何英轻松了:"对不起,我也不知道为什么,那天就突然想阻拦于琴给你介绍对象。"

张伟:"我知道,很简单,因为你吃醋了,不想和别的女人分享我。"

何英点点头:"难得你能理解。"

张伟哈哈一笑:"你看我这个人是不是挺有女人缘啊,走到哪里都不缺美女。"

何英嗔笑着:"看你得意的,连老乡都通吃了,是不是?"

张伟站起来,弯腰按住何英的肩膀,眼睛盯着何英,认真地说:"何董,你弄错了,对我和王炎,你是既不了解又有误解。"

何英抓住张伟的手抚摸着,有些不解:"不明白你说的什么意思。"

张伟在房间里踱了几步,站住:"罢了,干脆我告诉你实话吧,关于我和王炎的,想不想知道?"

"想,想。"何英兴趣一下子上来了。

张伟挨着何英,坐到沙发上,看着窗外的夜色,用一种舒缓的语气,像是在讲故事,娓娓道来,从认识到租房到分手到怀疑怀孕。

张伟讲完后,仍沉浸在故事里,眼睛凝视着外面的黑暗,不说话。

何英被打动了,抓住张伟的手,很感慨:"原来你们之间还有这么一段,你是个好人,王炎也是个好人。你不但是个好人,还是个宝,可惜王炎不知道珍惜。"

张伟微笑着看着何英:"错。你这是站在你自己的角度来看问题,你没有站在王炎的角度去考虑。"

何英:"怎么说?"

张伟拍拍何英的手:"你现在物质丰裕,什么都不缺,就是感情饥渴。可是,对王炎来说,她最需要的恰恰和你相反,她要奋斗,要实现自己的追求和理想,这些都需要物质基础作铺垫,需要能实现她目标的捷径。因为你们俩的条件不同,自然心里的想法也不同。"

何英感觉张伟讲的不无道理:"也许你说的是正确的,你现在恨不恨王炎?"

张伟摇摇头:"曾经恨过,现在不了,挺理解她的。"

何英:"为什么?因为她给你揽了业务?"

张伟摆摆手:"不是,和业务无关,是因为我想通了,人各有志,不可勉强,感情这事情,强扭的瓜不甜。"

何英笑着看张伟:"你可真是想得开啊,佩服。"

张伟:"想开又怎么样,想不开又怎么样?总不能要死要活去折腾吧,我可没那兴趣。

女人多的是,东方不亮西方亮。"

"哈哈……"何英大笑起来,冲张伟一伸大拇指,"行,你是老大。"

张伟想起第二批去海南的团,问何英:"后天去海南的都安排好了?"

何英点头:"这些你不用考虑,我都安排好了,导游部的李经理专门跟着,按照第一批的模式就可以。"

"那就好。"

"王炎说的欧洲团具体是什么情况?"

"这个,王炎上班后会具体和我联系,之前她只是大体说了下。"

张伟不想问何英公司旅游资格的事情,他想自己看到才放心,他必须对王炎负责。

"出境游好啊,利润丰厚,五个国内游也比不上一个出境游,要是把这个活揽下来,可就太好了。"何英既像是对张伟说话,又像是在自言自语。

张伟站起来:"领导,时间不早了,你该回去歇息了。"

何英站起来:"要逐客了,是不是?你抱抱我。"

张伟想安慰一下她,把何英抱在怀里。

两人站了一会儿,张伟想放开,何英不肯松手。

张伟不好硬推开何英,在何英耳边轻声说:"夜深了,早回去休息吧。"

"不,我今晚不回去了。"何英轻声但坚定地说。

"什么?"张伟推开何英,"你赖皮,你刚才不是要走的吗?"

"我只是说让你抱抱我,谁说要走了?"何英笑嘻嘻地坐到床沿上。

"你要在这里住?"

"怎么了?多大事?我今晚在这住,反正老高要过两天才回来。"

"不行。"张伟语气很果断。

"为什么?"

"这张床是属于我和王炎的,即使她走了,我也不想让别的女人在这上面睡。"

"凭什么王炎能睡我不能睡,我不,我就要睡在这儿。"何英说完,干脆鞋子一甩,盘腿坐在了床上,"你再说不让我就躺下。"

"你真不讲理。"张伟见何英这样,无可奈何,总不能把她硬拖下床。

张伟倒也并不是对何英不动心。

但张伟心里有障碍,这张床是属于他和王炎的,任何别的女人,他心理上都接受不了。

张伟坐在沙发上,看着何英苦笑了下:"好,那你睡吧,我睡沙发。"

说完,张伟往沙发上一躺。

这下,何英感觉不好意思了,人家的床自己霸占了,让人家睡沙发,这怎么也说不过去。

何英说:"你困不?"

张伟两只眼睛瞪得大大的："不困,让你气得没睡意了。"

何英："要不,我们聊会儿天,聊到困了为止,然后你睡床,我睡沙发。"

张伟："聊天可以,床就归你了,你是客人,哪有睡沙发之理。"

何英："哟,真有男人气魄,知道心疼女人了。"

聊了很长一段时间后。

何英嘻嘻一笑,搂住张伟的脖子："困了,休息吧。"

张伟站起来："你睡床,我睡沙发,我真的不能接受和别的女人一起睡在这张床上,请理解。"

何英想发火,一想,好不容易才讲好条件,别再一闹又崩了,说："那好,理解理解,不过如果你要是半夜有啥想法,别客气。"

其实张伟欲火中烧,恨不得立刻把何英按到床上。可是,张伟的内心突然想起伞人姐姐下午的话："任何时候都不要迷失自己。"这声音越来越有力,终于压制住了升腾的欲火。

这次,张伟的理智又战胜了本能。

张伟躺在沙发上酣然入睡。

何英倒是辗转反侧了一夜。

第三十章│真情流露

第二天早上，张伟坐何英的车上班，在离公司1000多米的地方，提前下车，步行去公司。

从那天高总和自己谈话后，张伟深感人言可畏。自己来的时间不长，业绩拔尖，又深得老板和老板娘的赏识，难免引起同事，特别是其他部门经理或副总的嫉妒。自古以来，木秀于林，风必摧之。

张伟想秀于林，但不想被风摧之。

所以决定采取的办法是少说多干，和气生财，团结大多数，打击一小撮，深思熟虑，谨慎出击。

张伟决计不让任何人抓住自己的任何把柄，但做事情也绝不会违背自己做人的原则。

到公司后，何英把他叫到办公室："今天我们什么事情也不做，先办王炎的事，你先和王炎联系好。"

"这样不好吧，何董，不能因为这个事影响工作啊。"

何英坐在老板椅里转悠着："傻瓜，王炎是我们的大客户，为王炎做事情就是在和客户拉近感情，就是最大的工作，还有什么事儿比这更重要的？"

张伟挠挠头皮，王炎是公司大客户，可王炎的身孕是自己下的种，敢情自己也沾了王炎的光。

"可是公司里其他的工作？"

何英知道张伟还在顾虑明天第二批海南团的事情，张伟的敬业责任心让她很欣赏。但张伟的营销部经理的职责范畴让张伟不能过多过问其他部门的工作，否则就是自找难堪，那些一直找不到机会发泄对张伟嫉妒的经理们会借机整他一下。

张伟很聪明，所以就只和何英过问这事，别的人一律不问。

何英柔声说道："乖乖，你尽管放心，我都已经全部安排好了，每一个环节，每一个细节，每一个岗位，都统统没有问题。客户那边换了个领队，正好王炎在家，利用这时间，咔咔——"何英做了个手势，"快刀斩乱麻，免除你和她的后顾之忧。"

张伟点点头："那我先给王炎谈好,让她早有个心理准备。"

何英一下子从椅子里伸直腰,压低嗓门恶狠狠地冲张伟吼道："你在前面作孽,我在后面给你擦屁股。"

张伟眼角瞟瞟外面,挺直腰杆,声音洪亮："谢谢何董关照。"

"哼,"何英又靠在椅背上,"都是我上辈子修来的福气,认了。对了,那出境游的事情,王炎不提,我们不要提,现在王炎身体不适,这时候提业务有趁人之危之嫌,显得我们龌龊,不大气。"

"行,"张伟答应着,"反正时间还很宽裕,来得及。"

张伟琢磨着得找个时间去内勤那里把公司的经营许可证原件拿过来,看看上面标注的经营范围。

何英拿起桌上的一个小化妆镜,对着修起眉毛来,边说:"那你去吧,把王炎工作做好后告诉我,昨天我听她说了,这几天在家休息,不上班。"

张伟说:"好,我得把她接出来好好和她说,我真怕她转不过弯来。"

何英眼睛盯着镜子:"这点小事情还能难倒大情种? 就你这嘴皮子,还有说不好的事?"

张伟嘿嘿一笑,转身走出来。

张伟正要给王炎打电话,王炎先打过来了:"哥,我身体好难受,浑身乏,胃里又有酸水,老想吐,你说是不是真的有了啊?"

张伟对王炎说:"你在哪里?"

"家。"

"你到小区门口,我打车过去接你。"

张伟说完,出门打了个车去接王炎。

到了小区门口,王炎正在路边等,脸色蜡黄,这妊娠反应可真够厉害的。

王炎上了车靠在张伟肩膀上,有气无力地说:"难受死了,我们去哪里?"

张伟揽着王炎的肩膀:"丫头,还没吃饭吧?"

"没胃口,不想吃。"

"嗯嗯,那去我那儿先休息会吧。"

"嗯,好,"王炎一听去张伟那儿休息,一下子就来精神了,"只要去了你那儿,我就感觉舒服了。"

张伟心疼地拍拍王炎的脸。

王炎嘻嘻一笑:"我想吃你下的面条,我们老家那种,放荷包蛋的。"

张伟说:"没问题。"

到了张伟家,王炎一蹦一跳上了床,看得张伟提心吊胆,这有身孕的人能这么个活动法吗?

王炎生龙活虎地在床上打着滚:"快做面条给我吃。"

张伟摇摇头:"我怎么看你没什么不舒服的啊?"

"本来是不舒服,一来你这儿,全好了。"

张伟很快做好了面条,端进屋子:"吃面条喽。"

看着王炎狼吞虎咽吃面条,张伟冒出一句:"自从你走后,我就基本没开伙。"

王炎闻听一愣:"为什么?那你怎么吃的?"

"一个人不想做,回来就吃碗面,或者在楼下吃。"

王炎听了不再说话,默默地把一大碗面吃个精光。

张伟看王炎吃得很香,心里很高兴:"我的手艺还不错吧?"

王炎嘴唇紧抿,努力做出一个笑容,下床站起来,拥抱了张伟一下:"谢谢你,哥。"

张伟不想把气氛搞得太郁闷,拍了拍王炎的肩膀:"听何英说你这几天休假?"

王炎坐到床沿上:"是啊,公司放了我一周假,说有紧急任务就给我打电话,没事就让我在家休息。"

"好,放得好,很好。"张伟心想,真是天赐良机啊,正好有充足的时间解决这个问题。

王炎说:"你什么意思?"

张伟拉着王炎的手:"来,我们到阳台去晒太阳。"

两人把椅子搬到阳台上,秋日的阳光晒在身上非常舒服、惬意。

张伟握着王炎的手:"丫头,我跟你谈个事。"

王炎看张伟表情很认真,心里有点发毛,又有点预感:"什么事?"

"就是你怀孕的事。"

王炎其实这两天也有预感,身体的反应越来越强烈,她查阅了有关资料,判定自己有可能是怀孕了。不过,去海南之前,张伟给自己测量过,没有怀孕。因此,她又抱着一丝幻想。这会儿听张伟这么一说,感觉大事不妙了:"你那天不是测了没问题的吗?"

"我那天是骗你的,试条上有红线,说明呈阳性反应,就是代表你怀孕了。"

王炎一听,彻底绝望了,声音无力:"那你那天为什么要这样说?"

"我怕影响你去海南的情绪,难得出去玩一次。"

"所以你就说我没怀孕?"

"是的。"

"哎呀,"王炎突然烦躁起来,"烦死了,我怎么办?"

张伟抚摸着王炎的肩膀:"当然,也还不能全部确定,要到医院去检查完才能确认。"

"嗨,其实我昨天晚上回家查了半天资料,基本自己就确认了,去医院检查,也就是再重复确认。"

"那你打算怎么办?生下来?"张伟看着王炎的脸色。

"不,打掉。"王炎神情突然坚定起来,语气干脆利落。

王炎的选择在张伟意料之中，但态度如此坚决倒出乎他的意料："从时间上推算，这可是我们俩的结晶哦，你就不留恋？"

"不管是谁的，都一定要做掉，这不是什么留恋不留恋的问题，而是关系我一生的问题，我决不能因为这个让自己的努力付诸东流，任何事情也不能阻止我的人生目标实现。"

王炎的话不多，但很有力，张伟分明感觉到了王炎温柔外表里面的果断和坚毅。

"那好，既然你决定了，就尽早把这事解决掉，正好你这几天休假，机会难得。"

"嗯，可是我不知道怎么弄啊。"

"傻瓜，我都安排好了，何英有一个朋友，是市第二医院妇产科的大夫，她带你去。"

王炎一听，揪住张伟的大耳朵："你把我们俩以前的事情告诉何英了？"

"是的，"张伟点点头，"我告诉她了，这没有什么怕人的。不然，她老疑神疑鬼的，烦死人。"

"她可是对你情有独钟啊，你来桃花运了。"

"少胡说八道，她是名花有主，这事可开不得玩笑的。"张伟脸色认真起来。

王炎吐吐舌头，做个鬼脸："知道，不就是和你开个玩笑嘛，我们什么时候去？"

"我这就给何英打电话，她在办公室一直等着的，她开车来接我们。"

"敢情你们俩早商议好了啊。"

张伟给何英打完电话，对王炎说："何英20分钟后到楼下。"

王炎点点头，对张伟说："哥，你是不是感觉我挺残忍的？"

其实，从王炎当初离开自己的时候，张伟就感觉到了王炎外柔内刚的性格，小事不计较，大事不糊涂，当断立断。

"没有，你有权作出自己的选择。"

"没办法，人有时候为了实现自己的理想和追求，总是要舍弃很多东西，总是要牺牲很多东西，这就叫放小抓大。"王炎幽幽地说。

从王炎的话里，张伟读出了王炎的执著和无奈，还有淡淡的忧伤。

人有选择自己生存方式的自由。张伟默然无语。

"活着，真不容易。正因为活着不容易，所以才要更好地活着。"王炎突然冒出一句富有哲理的话来。

张伟微笑着看着王炎："丫头，水平长进了，能说出这话。"

"感悟而已，生活教我学会了很多东西，从学校进入社会，我这才感觉到，社会太复杂了，需要学习的东西太多了。"

"说得对，社会是最好的学堂，实践是最好的老师，经历造就阅历，你还会学到更多的东西，还会更加快速地成长。"

"哥，你说得真好，和我想的是一样的。"

"呵呵，"张伟站起来，拍拍王炎的脸蛋，俯身在王炎头上轻轻吻了一下，"孩他娘，走吧，车快到了。"

刚下楼，何英开车正好到了。

王炎见了何英有点不好意思，毕竟这事让何英知道了，脸红红地叫了声："何姐。"

何英看出了王炎的窘迫，理解地笑了笑："小妹，别紧张，没什么大事，有姐姐在，放心。上车吧。"

"哎。"王炎感激地说了一声，钻进车里。

很快到了医院，何英放好车，带王炎进了妇产科，张伟就在妇产科外面长椅上看报纸。

一会儿何英出来了，手里拿着诊断书和处方："确认是怀孕了，40 多天，是不是你的?"

张伟点点头："是我的，那又怎么样，反正都得流。"

何英笑着看张伟："哟，还挺理直气壮啊，男人作乐，女人受罪。"

张伟问何英："打算怎么作?"

何英："我朋友说可以采用目前最先进的无痛流产法，叫什么宫腔镜取胚术，很快，也不痛苦。"

张伟接过何英手里的单子："好，那我缴费去。"

交完钱，张伟在妇产科门口等了大约一小时，何英和王炎出来了。

王炎脸上看不出什么变化，走路稍微有点缓慢，何英搀扶找她。

张伟忙上前接过王炎："顺利吧?"

王炎点点头："亏了何姐，她朋友亲自给做的。"

何英提着一塑料袋药品："这都是补血的和消炎的，回去休息两天就好了。"

上车后，何英对王炎说："小妹，你一个人也不能照料自己，这样，老高这两天反正也不在家，你住我那里吧，好好休养身体。"

"这，"王炎看着张伟的脸，"不用了，怎么好意思麻烦你呢，何姐。"

张伟一看王炎的表情，明白王炎的意思，接过话头："算了，你天天日理万机，哪里有工夫，让王炎住我那里好了，我来伺候月子。"

王炎一听很高兴："行，行。"

何英想想也好，反正刚做完手术，两人也不能怎样，于是说："那也好，张经理你这几天就不用去上班了，专职看护王炎，这就是你的工作，把我们小妹伺候好是你最大的工作。"

"没问题，一定照办。"

"医生吩咐了，要多吃些鱼类、肉类、蛋类蛋白质丰富的食品和新鲜蔬菜，加快身体的康复，忌食辛辣的，还不能碰冷水，记住。"何英又嘱咐道。

"嗯，我记住了。"张伟认真回答。

到了张伟家,何英回公司,张伟把王炎搀扶到床上。

王炎像没事一样乱动,张伟忙按住她的身体:"小祖宗,老实躺这里,我去给你弄吃的。"

王炎嘻嘻一笑:"表现不错嘛,挺会伺候人的,提出表扬。"

张伟到楼下附近的饭店按照何英的嘱咐,专门去给王炎要了饭菜,照顾她吃好,把药吃了。

王炎不一会儿就呼呼睡了过去。

一件心事解决了,张伟的心里却没有丝毫的轻松,反而感到非常压抑。

一个未成形的小生命就这样消失了。

一个生命的产生和消失是如此随意和简单,一段爱情的开始和结束同样是那样仓促。

什么是情?什么是爱?什么是现实?什么是梦想?

张伟突然感到心里异常郁闷,异常迷惘,心里空荡荡的,虚无缥缈。

王炎吃完饭后,张伟也没有吃午饭。

张伟打开电脑,习惯性地登录 QQ,一看,伞人姐姐在线。

正是中午时间,伞人姐姐应该是在午间小憩。

张伟默默地看着伞人的名字,没有打扰她。

张伟就这样坐在电脑前痴痴发呆。

"奇怪,今天怎么有空?还不说话,发什么呆呢?"伞人姐姐仿佛能看见张伟,主动问候。

张伟清醒过来:"哦,姐姐,你没休息吗?我以为你要午休,就没打扰你。"

伞人:"哪里有时间午休,刚吃完饭,明天我要出差。"

张伟:"又要出差,去哪里啊?"

伞人:"还是陪客户出去,去天边。"

张伟:"天边?"

伞人:"海南,三亚。"

张伟差点蹦起来:"你怎么不提前去啊,要是提前一周去的话,我们还能遇见,一起去看天涯海角,多好。"

伞人:"事情不由人啊,没办法。对了,你怎么白天有时间上网?在办公室?"

张伟踌躇了下:"我没在办公室,在家里。"

伞人:"又不是周末,你跑家里干吗?为什么不去上班?"

张伟一时不知道该怎么回答,沉默了一会。

伞人:"是不是身体不舒服?哪里不舒服?快说。"

张伟分明感觉到伞人的关心和呵护,心里暖洋洋的,回答:"没,身体很好,没有什么不舒服的。"

伞人："那为什么在家不去上班？到底出什么事情了？"

张伟："没什么事情，真的没什么事情。"

伞人看张伟不说，也不再勉强："我昨天告诉你的话一定要记住，姐姐虽然没什么能耐，但一些小事情还是能做好的，有自己解决不了的事情，一定不要硬撑，能屈能伸大丈夫。"

张伟"嗯"了一声，琢磨了半天还是决定不把王炎的事情告诉伞人。

伞人："我这几天出差，带着手提电脑，一般空闲时间我会上线，有什么想不开的事情或者有什么困难，随时给我留言，不要莽撞行事，记住，凡事三思而后行。"

第三十一章 渐入佳境

那一边,伞人姐姐不知道张伟出了什么事,就根据自己的判断叮嘱了张伟一通。

张伟很感动,伞人姐姐的话里透出家人般的温暖和亲切,让张伟沉浸在一种亲人的关怀和呵护之中。

伞人:"你不愿意告诉我有什么事情,我也不强求你说,但是,一定要注意好自己的身体,身体是革命的本钱,吃好,喝好,睡好,才能工作好。是不是手里没钱了?"

"不,我有。"张伟连忙回答。

其实,张伟手里的钱还真不多了。张伟花钱向来大手大脚,上班后还一直没有发工资,来的时候带的几千块钱这段时间连租房子带生活基本开支,又加上今天王炎的手术,基本折腾得差不多了。不过,张伟属于自尊心极强的人,轻易不愿意开口求人。他把手里仅剩的几百块钱进行了精打细算,从吃饭到公交车到电话费,一一细化量化,紧紧巴巴能撑到发工资。何况,业务提成还在后头,那可是大头,起码得有几万块。

所以,即使手里快干锅了,张伟倒也没大慌。

另外,张伟信奉一句话,君子之交淡如水。他一般是不会借人家的钱。

伞人:"兄弟,老姐和你也不算外人了,如果手头真紧张的话,别和老姐见外,我虽然不富裕,但解困济急的银子还是有的,我不会白送你的,只是借给你,弄不好我还得要利息,嘻嘻……高利贷。"

张伟呵呵笑了:"谢谢姐姐,等我真的山穷水尽的时候,一定去借你的高利贷。"

伞人:"哎,这话是怎么说的啊,我还一直等你出头,带我脱离苦海呢,怎么反倒我成了放高利贷的了。"

张伟更乐了:"姐姐对我没信心呗,看来我是没什么出息了,就做个旅游公司小职员算啦。"

伞人:"我就是小职员,你再不好好努力弄个董事长干干,我的总经理什么年月才能实现啊。"

张伟:"那谁让你对我没信心呢?"

伞人："好,对兄弟树立起无比的信心,顶天立地大丈夫,好男儿志在四方,永远做一个乐观、上进、坚强、负责的好青年。"

张伟："呵呵,一定不辜负姐姐的期望。"

伞人："不和你聊了,我要开始忙了,既然你没事,就待在家里好好休息,乖乖的哈。"

和伞人聊完天,张伟感觉心情好多了,吹着口哨到阳台眺望远方的田野和高速公路。突然感到很奇怪,伞人姐姐一个广告公司小职员,怎么老是向外跑,比跑业务的外勤还忙乎。转而又想,也不奇怪,伞人姐姐是有能力的人,虽然做的是内勤的岗位,但实际的能力远远胜任内勤,看来伞人姐姐的老板倒也是慧眼识英,知道把好钢用到刀刃上。

伞人姐姐明天去海南出差,要是自己跟随第二批团队,不也可以去海南吗? 说不定就可以见到伞人姐姐。可惜晚了,机票订不上,而且还要照顾王炎。

想起王炎,张伟回到卧室,看到王炎熟睡时孩子气的脸,张伟感到发自内心的一种疼爱,毕竟才是刚毕业的学生,在家里是受父母宠爱的心肝,在外却开始了无情残酷的打拼和搏杀。

张伟不由一声叹息,活着,真不容易。人生就是一场战斗,漫长而残酷的战斗,为生存而战,为爱情而战,为金钱而战,物竞天择,优胜劣汰,最后剩下来的都是伤痕累累的战士。

张伟的动静把王炎吵醒了。王炎从床上坐起来,靠在床背上:"哥,你没有休息?"

张伟忙过来:"你怎么坐起来了,躺下。"

王炎摆摆手:"没事,还真当我做月子了。"

张伟笑笑,心里有些内疚:"让你受罪了,王炎。"

王炎:"都这时候了,说这个干吗啊? 这两天好好伺候伺候我,别惹我生气,多陪我聊天,再给我买些好吃的,就行了。"说到这里,王炎突然想起来:"哥,你还没发工资吧,身上还有钱吗?"

张伟呵呵一笑,小家伙终于知道过问细节了:"有,当然有。"

王炎翻身从包里拿出一张银行卡:"你拿我的卡去取点钱吧,不能老是花你的。"

张伟把王炎的手推回去:"我告诉你了,我身上还有钱,你和我那么客气干吗?"

王炎听张伟这么说,将信将疑:"那我不客气,你没钱的时候可得吱一声啊,别死要面子活受罪。"

张伟听王炎这话心里很不受用,抬嘴要顶撞,想想王炎还在坐小月子,不能顶撞,低头闷声"嗯"了一声。

王炎看张伟的神态:"怎么? 我说说你你还不服气?"

"服气。"张伟瓮声瓮气地回答。

王炎莞尔一笑:"这就对了,现在你得让我高兴高兴,不许惹我生气。"

张伟听王炎这么说又忍俊不住:"行,姑奶奶,我这两天归你使唤。"

"嗯,听话才乖。"王炎满意地说道,"过来,上床,坐我旁边。"

张伟乖乖照办,坐在床上,靠着王炎的身体。

"把胳膊伸过来,搂着我。"

张伟依言照做。

王炎把身体靠在张伟身上,脑袋靠着张伟的肩膀,轻轻地说:"哥,你真好。"

这话让张伟百感交集,如果放在一个月前王炎说这话,张伟会动情地吻住王炎,深情地回应她的热情。可是,今非昔比,王炎说的这些话,已经没有了爱情的成分,更多是一种友情和亲情。

张伟轻轻揽着王炎的肩膀,感慨万千,在王炎的额头轻轻吻了一下:"哥不好,让你受这么大的罪,也不能给你带来幸福。"

王炎回答:"你永远是我心中的好哥哥,无论我在何方,都会想起你。"

张伟:"以后你就把我当哥哥看吧,我没有妹妹,你就做我妹妹吧。"

"嗯,好!"王炎高兴地答应着,"我从小就一直想有个哥哥。"

张伟微笑着拍拍王炎的肩膀,脑海里浮现出伞人姐姐的身影,从昨天到今天,伞人姐姐说话的语气多么像一个姐姐对弟弟的态度啊。

想起伞人姐姐,张伟的心中充满了柔情。

在张伟的精心照料下,王炎的身体恢复得很快。

这两天何英每天都过来,带来各种各样好吃的,一部分是给王炎吃的,另一部分实际是给张伟做贮备粮,进了张伟的冰箱。

张伟这两天虽然没有上班,却也没闲着。除了照顾王炎,陪王炎聊天,就是上网查阅资料,恶补自己在旅行社营销方面的知识。

高总上次在海南和自己谈话时,提到要加强学习。张伟感觉很有必要,在网上搜集了一部分旅游营销实战范例,准备在部里例会的时候组织大家学习讨论。

伞人姐姐出差去了海南,看来白天很忙,一直没有上网,只有在晚上 10 点以后,才看到她出现在 QQ 上。

张伟想伞人姐姐忙碌了一天,一定很累,简单和伞人聊几句,就催她抓紧休息,说等回来好好聊。

到第三天,王炎身体恢复得差不多了,准备去单位看看。张伟在家里关了几天,早就想出去了,一听王炎说要去上班,很高兴,又问:"你不是休息一周吗? 怎么这么急着去单位?"

"哈尔森昨天给我手机发了短信,说单位有点小事情,让我去单位。"

张伟一听哈尔森就没情绪,听王炎这么一说,不吱声了。

两人边下楼边聊天。

王炎:"哥,这几天辛苦你了,除了照顾我,还一直睡沙发。"

张伟:"哪里的话,自己人别说外家话。"

王炎:"那,我下午下班——"

张伟："下班你回你那啊,身体已经恢复好了,我这也不能老住啊,孤男寡女的?"

王炎一听很不乐意:"我不,我还回你这里。"

张伟一听,瞪大眼睛:"什么? 你再说一遍。"

"我下班直接过来,我还在这里住。"

"不行!"张伟直截了当。

"我身体还没恢复好,还有点虚。"王炎说着身体往张伟身上一靠,"搀着我。"

"那——"张伟踌躇了一下,搀扶着王炎,"那要不,你再住几天?"

"行!"王炎一下子蹦起来。

"小祖宗,你轻点蹦。"张伟就怕王炎乱蹦跶,"打算再住几天?"

"嗯——"王炎思忖了一下,"十天。"

"乱弹琴,你当我这里是旅馆啊,不行,就三天,不然一天也别想住。"

王炎一看:"那好吧,小气鬼,三天就三天,你还得像前几天那样伺候我啊,我月子还没结束。"

张伟无奈地点头:"知道了。"

到公司后张伟抓紧处理手头积压的工作,部里的同事都出去跑业务了,只有计调部的工作人员在。

何英在办公室正忙着,电话一个接一个。

高强不在。

张伟正忙着,收到一条手机短信,一看,是王炎的:"哥,我和我们老板汇报你们去海南的工作情况了,老板很满意,公司一会儿开经理办公会,商议确定欧洲七国游的事情,等结果一出来就通知你哈。"

张伟一看,没有回答王炎,不动声色找到办公室内勤小徐,借口说自己要报个计划,需要公司《旅游经营许可证》的号码。内勤从柜子里把经营许可证的副本找给张伟。

张伟拿回自己办公桌前,打开许可证,仔细看经营范围一栏:国内旅游业务。

别无其他。

也就是说,中天旅游是不能承接境外游业务的,没有资质。

也就是说,何英和高强想把业务接过来,并不是本公司做,而是要转手卖出去,从中间牟利。

如果事情败露,王炎会在公司里名誉扫地,被认为吃里爬外,失去信任,甚至出国和饭碗都会受影响。

而事情很可能会败露,因为如果接手的公司直接联系客户的话,一切都会明了。

而为了自己的利益,接手的公司过河拆桥,直接联系客户的可能性几乎是100%。

张伟把许可证还给内勤,心里有数了。

不管出境游的利润有多大,这活儿绝对不能接。

张伟在 QQ 上找到一个国际旅行社的计调,以同行交流的名义和他交谈,很快摸清了欧洲七国游的底价。

然后,张伟出了公司,在公司附近给王炎打了一个电话:"我们公司是负责做国内旅游的,没有出境游的经营资格,我给你推荐一个做出境游的国际旅行社,你现在就和他们联系。他们几种档次的欧洲游线路底价我搞到了,马上短信发给你,作为你和他们谈判的依据。"

王炎一听有点奇怪:"在海南的时候,我提到出境游的事情,何姐怎么说能做呢?"

张伟不便在电话上多解释:"你就和你们老板说,是我们公司主动提出来自己没有境外游承揽资格,并积极给你们联系其他有资格的旅行社,而且还把境外旅游的参考底价也给你们提供出来。这样也算是我们对客户负责,其他的事情晚上回家再说。"

张伟是想以公司的名义,买卖不成仁义在,还能为自己公司赚取一个为客户着想的好名声。

王炎听张伟这么一说:"那好吧,我先和你说的旅行社联系,然后给老板汇报。"

把事情安排好,张伟感觉心里一直沉甸甸的一块石头落了地,轻松地回到了公司。

何英在办公室刚处理完事情,见张伟进来,把他叫到办公室。

"王炎恢复好了? 去上班了?"何英泡了两杯红茶,递给张伟一杯。

张伟接过来喝了一口:"是啊,提前结束休假,上班去了。"

"你这两天很爽吧? 伺候月子。"

张伟眼皮一抬:"我自己的事,你少管。"

"那她该回去住了吧?"

"还没全好,还得在我那里住三天,观察观察。"

"你以为这是住院啊,还观察观察。"何英愤怒地低声吼道,"不行!"

张伟乐了:"你吃哪门子醋,连刚流产的也不放过,没一点仁慈之心。"

何英:"我当然要管,你说了,两个月期限。"

张伟一听:"什么意思啊,老大,两个月内我没自己的自由了?"

何英得意笑笑:"差不多。"

张伟把茶杯往桌子上一放:"你要是再干涉我自由,我让两个月变成两天。"

何英害怕了:"好好,听你的,住三天就三天吧,要不我晚上去给她做伴?"

张伟有点哭笑不得:"老大,别乱猜疑好不好? 我现在拿王炎当自己亲妹妹,这两天也是她睡床,我睡沙发的。"

"真的?"何英稍微放松了,"她愿意做你妹妹?"

"愿意,做不成夫妻做兄妹,总可以吧?"张伟重重出了一口气。

何英见张伟情绪不高,也不想再谈论这个事情,换了个话题:"王炎那边出境游的事情怎么样子了? 今天有没有消息?"

张伟犹豫了一下："她今天刚去公司,哪能这么快就有消息,我下午问问吧。"

何英:"这事可要抓紧啊,老高上午还打电话叮嘱一定要拿下来,这可是个不折不扣的大单子。"

张伟一听,心里直发紧,怎么老高对这事儿盯得这么死?出境游就有这么大的利润可以赚?

张伟盯着何英:"我好像听说做这出境团很麻烦,不但要有出境资格的领队,要交保证金 150 万,还要有出境游资格许可证?"

何英狡黠地一笑:"这个你放心,我们什么麻烦都能解决,保证让他们顺顺当当出去,高高兴兴回来,我们以前做过几个台湾团,不过台湾团利润太低,不划算。"

张伟看何英的神色,明白何英的算盘了,起身:"等下午我问问王炎再说吧。"

何英说:"这样,下午我和你一起过去,人家是大客户,我们主动去上门显出对人家的尊重和重视。"

张伟本打算下午王炎公司已经决定下来,木已成舟之后再向何英汇报。没想到,何英要下午和自己一起过去,一时感觉有些棘手,怕到时候大家都不好收场。又一想,反正到时候事情已经定下来了,而且自己已经把公司的真实情况告诉王炎了,即使何英去,也不可能再更改,去就去吧。

想到这里,张伟对何英说:"行,下午两点左右,我们一起过去。"

何英又说:"我现在安排计调部林经理把欧洲七国游的行程做两种方案出来,下午带着去。"

张伟暗暗叫苦,又不能阻止,对何英说:"好。"

刚要出门,何英又叫住:"对了,你到小徐那里记着带上公章、合同,争取象上次那样当场搞定,哈哈,搞定了,晚上我还请你们吃海鲜。"

张伟直冒冷汗,头晕目眩,连连点头退出何英的办公室。

从何英办公室出来,张伟拨通了王炎的电话。

第三十二章 偷龙转凤

王炎在电话里告诉张伟,经理办公会刚结束,根据王炎提供的情况,已经确定了新的有出境资格的旅行社作为合作伙伴,而且价格也比原来预算的降了一大截。老板对王炎的工作很满意,对张伟公司也很满意。

听王炎说完,张伟心里稍稍放松,告诉王炎:"这事我还没告诉高总和何英,他们对这个业务还特别重视,下午何英要和我一起去你们公司,上门服务。"

王炎一听知道麻烦了:"那怎么办?要不我现在过来和她解释?"

张伟冷静地考虑了下:"不用,你过来只会让事情更加糟糕。下午我和何英准时过去,你不要把事情往自己身上揽,你就领我们去拜见你们老板,说是客户来访。"

张伟把宝压在了王炎公司的领导身上。

中午因为计调部还在做行程单,何英安排内勤买了几个盒饭,几个员工一起在办公室休息室吃了点工作餐,饭后继续做方案。

张伟看见他们在那里忙得不亦乐乎,心里隐隐不安,于心不忍,可又不能阻止,只能由他们去了。

下午两点,小郭开车,何英和张伟一起去王炎公司。路上,何英兴致勃勃,满面春风:"等签完合同,晚上我请你们三个老乡一起聚会吃海鲜。"

小郭一听,乐得合不上嘴:"谢谢何董。"

张伟面无表情,沉默不语。

到了王炎公司,王炎迎出来,按照张伟上午吩咐她的话:"你们先稍等,我去给刘总通报一下。"

一会儿王炎出来请他们到刘总办公室:"我和刘总说你们是来回访客户的,请进。"

"当然要说我们是来回访的了,总不能说是来要业务的吧。王炎也会说话了,呵呵。"何英兴冲冲地走在前面。

张伟和王炎忐忑不安跟在后面。

刘总是个30多岁的男人,见到何英和张伟他们非常热情,安排王炎倒水:"哎呀,麻烦何董事长和张经理亲自来回访,谢谢,谢谢。"

何英笑笑:"我们的宗旨就是服务第一,客户第一,信誉第一,做好服务是我们的本分。"

刘总满意地点点头:"非常好,我们今天上午开经理办公会,专门听取了去海南的第一批旅游团的情况汇报,对你们的服务,公司领导都非常满意。"

何英心里乐开了花,还有什么比听到客户的赞扬更让自己满意的呢。不过,这里面离不开王炎的功劳,何英又特意向王炎投过感激的一瞥。

"我们今天的经理办公会议一致认为,你们有两个方面特别让我们满意。第一,你们的服务标准和质量,以及你们处理突发事件时,能优先维护我们员工的利益和公司的声誉,这一点尤为难得。"刘总对何英说。

"维护客户的切身利益和名誉是我们义不容辞的责任,您过奖了。"何英边说边用赞赏的眼神看了下张伟。

张伟和王炎心里一直很紧张,不知道刘总会怎样和何英谈及出境游的事情。

"还有这个第二,"刘总继续说,"我们公司 80 名中层管理干部出境游的事情……"

何英一听来了精神,用期待地笑容看着刘总。

张伟和王炎心里一缩,更加紧张了。

"我们都是做企业的,隔行如隔山哪,对旅游这块都不懂,更别说是出境游了。所以,我们刚开始的时候,就准备找你们公司做这个业务,因为你们的实力、品牌、服务都是我们信得过的……"

"您过奖。"何英谦虚地回应着刘总,心里暗暗得意。

"虽然我们这个出境游业务让宁州国际旅行社做了,但是……"刘总继续说下去。

"什么什么!"何英一下子蒙了,"你说你们的出境游业务让国旅做了?"

"是啊,"刘总没有觉察何英的失态,继续说道,"虽然我们这个出境游业务让国际旅行社做了,但是我们公司经理办公会一致认为,你们公司对客户的诚实和真情服务,非常值得我们赞扬和感谢……"

何英一下子晕了,怎么搞的,怎么成了国旅的了,不是说得好好地给我们做的吗?

何英看看张伟和王炎,两人都低着头,不看她。

"你们的诚实在于能主动告知我们你们不经营出境游业务,而不是假冒能经营出境游,把业务接过去再倒卖,欺骗客户。还有你们能主动给我们提供出境游的价格底牌,使我们在和对方谈判的时候占据主动,省了一大笔冤枉钱……"

听了刘总的话,何英脸上应酬地笑着,看看张伟和王炎的表情,心里渐渐明白了,他们俩早知道结果了,就自己还蒙在鼓里。自己被张伟这小子要了,连带王炎。何英的怒火在心里渐渐生成,但在这里不能表现出来。

刘总真诚地站起来伸出手:"在这里,我代表我们公司,对贵社及何董事长表示最真诚的谢意。"

何英忙站起来伸出手:"哪里哪里,应该的,应该的。"

刘总又坐回去:"我们基本达成这样一个意向,今后我们公司的旅游、考察等国内业务,全部指定委托贵社办理。"

张伟一听,很高兴,心里想这也算塞翁失马,焉知非福。

何英脸上表现出高兴的样子:"谢谢贵公司的信任,我们一定会再接再厉,为您们服好务。"

……

从王炎公司出来,何英面带笑容和刘总及王炎握手告别,上了车。

一上车,何英的脸一下子变得异常的冷漠,对小郭说:"回公司。"

小郭本来还满心欢喜今晚可以和两个老乡一起吃海鲜,一看老板娘冷若冰霜的样子,话也不敢说,乖乖开车往公司走。

张伟坐在车上也没说话。

两人一直沉默到了公司。

"你到我办公室来一下。"进了公司,何英对张伟说。

张伟一进来,何英回身把门关上,怒火一下子爆发出来,压低了的声音掩不住满腔的怒火:"张经理,你告诉我,是怎么回事?"

张伟直直地站在那里:"没怎么回事,你不都明白了吗?"

何英气得浑身发抖:"你胆子真大,背着我就把公司的买卖给搅黄了,你……"

"我怎么了?公司本身就不能经营出境游业务,当然不能接了。"

何英气得脸都红了:"你知道这下我们得少挣多少钱吗?你怎么能这样干?事先也不和我说一声。"

张伟心平气和地看着何英发火,等她发得差不多了,不紧不慢地说:"我知道我们要少挣不少钱,但你要明确一点,这钱本来就不是我们的,因为这业务不属于我们的范围。我知道你的意思,把这业务弄过来倒手,挣中间价,这事放别人身上我不会问,可是这是王炎的业务,我得对王炎负责。如果王炎单位知道王炎把业务给一个没有资质的旅游公司做了,你知道会对王炎产生多大的影响?王炎出于朋友情意把业务给我们,我们不能对不住朋友,不能不仁不义坑害朋友。钱固然重要,但是,在朋友和金钱之间,我选择朋友;在做事和做人之间,我选择做人。"

张伟一席话,有理有据,有情有义,柔中带刚,何英一时哑口无言。

过了一会儿,何英说:"怪不得之前我一和王炎谈出境游的事情,你就打岔,是不是那时你就有这个打算了?"

"是的。"张伟回答得很干脆,"只是那时不能确定我们公司到底具备不具备出境游的资格,所以我拖到今天才决定推掉。"

"你为什么不问我呢?"

"我怕你不说实话。"

"你不信任我?"

"不是不信任你,是不信任利益,在利益驱动下,谎言可以变成真理。"

何英没有话说了,她知道自己理亏,张伟讲得有道理。可是想到快到手的一大笔利润白白损失掉,心疼得难受,怒气难平。

张伟说:"塞翁失马,焉知非福。我们这样做,获得了客户的全方位的信任,对我们以后不也是有好处吗?"

何英冷笑一声:"好一个塞翁失马,焉知非福,我做了这么多年旅游,还用得着你来教我?"

张伟沉默不语,突然感觉何英离自己很远很远。

何英闷闷地坐下,冲张伟摆摆手:"我自己坐会儿,你出去吧。"

张伟转身出来,心里也有些不快。

张伟的不快是因为何英的不快。老板因为工作上的事情对自己不满意,不是一件让人开心的事。

但他不后悔,即使高总在,他也会这样做。

为钱出卖朋友利益的事,张伟绝对不做。

张伟这会儿突然特别想念伞人姐姐。

下班的时候,何英冷冷地从张伟面前走过,眼不斜视,径直出门离去。

张伟知道何英心里非常恼火,或者说是非常愤怒,因为公司的整体利益受到了严重损害。

但是,张伟不后悔,再给他一次机会,他还会这样做。

目送何英的身影离开公司,张伟也整理了一下办公桌,准备回家。

"张经理,下午和老板娘去谈的那个欧洲七国游怎么样了?"计调部的林经理,一个和张伟年龄相仿,瘦小男人,猥琐地凑过来,满脸嘲笑地问张伟。

其实,林经理从老板娘一回来的神态里已经感觉到,这买卖没成,而且,老板娘在办公室冲张伟发火,他隐约听到一点儿。

林经理来公司时间不长,但是比张伟早半年,之前是在一家国营旅行社做专业计调的,业务很熟练,被高强硬挖过来的。

为了回报高总的知遇之恩,林经理一直非常卖力地工作,兢兢业业为公司出力流汗,除了挣钱之外,一直把副总兼计调部经理作为自己奋斗的方向,并为之努力拼搏着。

可是,自从张伟来了公司,他发现事情有些不妙。

首先,张伟一来就雷厉风行地整顿营销部,把这帮萎靡懒散的业务员们管理得仿佛打了鸡血,天天向外疯跑,业绩直线上升。

其次,张伟自身竟然做成了公司成立以来最大的一笔单子,一千人的海南团。整个公司上下都对张伟刮目相看。

再次,也是最主要的,高总和何董对张伟好像特别亲密,超出对普通员工感情的亲密,这让林经理在心里惴惴不安的同时又羡慕得要命。

今天中午,何董让计调部做欧洲七国游的行程方案,林经理才知道张伟竟然又接了这么一个大单子。他差点都要疯了,老天为什么这么不公,好事都让张伟摊上了。

可是,现在,他从老板娘和张伟在办公室的争吵里,隐约听出好像是张伟搅黄了这笔业务。做老板的,开公司的,目的都是只有一个:赚钱。你张伟吃了豹子胆,竟然敢搅黄公司的业务,这下有好看的了。

张伟看着林经理急切而又幸灾乐祸的表情,知道他急于从自己从口中说出答案,来满足他复仇的快感。

张伟心里涌起一股悲哀,想起自己两个月前辞职的情景,为什么中国人这么喜欢窝里斗,喜欢猜疑算计别人,喜欢妒忌别人,喜欢看别人笑话,为什么从北方到南方,总也摆脱不了窝里斗的阴影?

张伟轻蔑地看着林经理,这个从肉体到心灵都可以叫做小男人的身体,他一拳就可以将他打趴下,一脚就能叫他飞出门外。

不过,张伟不屑于对这样的人动手,虽然他一肚子火没处发。

张伟俯身对着林经理,微笑着:"林经理对公司的业务很关心哪。"

"嘿嘿,那是,关心集体利益嘛。那笔业务怎么样了?"

张伟嘿嘿一笑,拍拍林经理仰起的急切等待答案的脸,柔声轻轻说道:"我知道你想让我亲口告诉你,这笔买卖黄了,然后你就满意了,是不是?"

"这——"林经理没想到张伟直言不讳说出来,一时有些尴尬。

张伟微笑着,声音更加轻柔:"我不但要告诉你这笔买卖黄了,而且还要告诉你原因在我,是我弄黄的,我刚还被老板娘痛骂了一顿,这下你满意了吧? 林经理。"

"嘿嘿——"林经理尴尬地笑了,"张经理,我不是这个意思,你误会了……"

"住嘴!"张伟托起林经理的下巴,手指稍微一用力,林经理立马不敢动弹,话也说不出来,只能听张伟笑嘻嘻地说,"知道我为什么要告诉你吗? 因为我想,我们是同事,要互相体谅,互相爱护,如果我不亲口告诉你,让你产生巨大的满足和快感,恐怕你今晚会吃不下饭,睡不着觉,这样就会影响公司明天的工作。所以,我决定告诉你,小人,小男人。"

最后的几个字,张伟是恶狠狠说出来的。

说完这话,张伟松开林经理,头也不回地离开了公司。

张伟昂首挺胸走在傍晚川流不息的马路上,心里充满了郁闷和愤怒。

回到家,王炎还没回来,张伟把不快放在心里,开始忙乎做饭。

张伟特意做了家乡的面疙瘩汤。

张伟小的时候,冬天寒冷的季节,都是在家里喝了妈妈做的滚烫的面疙瘩汤然后去村里的学校。到了学校,身上还热乎乎的。

　　面疙瘩汤成为张伟记忆里最香的饭。

　　刚做好,王炎回来了。

　　"哇,好香。"王炎一进门就大呼小叫,跑到厨房一看,"疙瘩汤,太好了,你还会做这个,好厉害。"

　　看到王炎高兴的样子,张伟想起自己小时候喝疙瘩汤时兴奋的神态,心里不禁快乐起来:"来,去洗手吃饭。"

　　两人高兴地吃饭。

　　王炎边吃边对张伟说:"怎么样? 何英今天回去没对你怎么样吧?"

　　张伟轻松地笑着:"没有啊,还夸我做得好呢。"

　　"真的?"王炎很疑惑,"为什么? 我看她表情那么难看。"

　　"嗨,那是她当时没有想过来,回来我给她一分析,而且你们刘总还说以后要定点委托我们代理,她一下子高兴起来。"

　　说这话的时候,张伟眼前浮现出何英冷冰冰的神情。

　　"哦,那就好,我就放心了。"王炎高兴地狼吞虎咽起来。

　　一锅疙瘩汤,让张伟和王炎两人吃了个精光。

第三十三章 进退维谷

吃过饭,张伟带王炎去外面散步,到9点回来,弄好热水,让王炎洗澡,然后伺候王炎躺下。王炎躺在床上不困,张伟就陪她聊天,聊上学时候的趣事,聊着聊着王炎睡着了。

张伟不困,毫无睡意。

看看时间,11点了,不知道伞人姐姐这会儿忙完了没有。

张伟打开电脑,登录QQ,伞人姐姐不在线。

寂寞的深夜,张伟感到很孤独,想起今天发生的事情,不由又很感慨,信手敲击键盘,给伞人姐姐留言:"空气中握住你的手,深夜的天空依然温柔,虽然记忆在慢慢滑落,熟悉的键盘依然在手指下颤抖,因为你,爱上了倔犟的网络。天涯海角的你不知是否寂寞,深夜里有我在守候,内心的压抑无法洒脱,是谁让缘分把时光倒流?遇到你,也遇到了网络的邂逅……"

给伞人姐姐发完留言,张伟依然呆呆地看着屏幕。

时间在一分一秒过去,张伟困意袭来,竟趴在电脑前不知不觉睡着了。

睡梦中,张伟又梦见自己来到三亚,来到海角天涯。在迷人的蓝色海岸,张伟终于见到了伞人姐姐。

可是,伞人姐姐面向大海,背对着他。他无法看见伞人姐姐的面容,只能依稀看见一个熟悉的窈窕背影,伫立在海边的岩石上,任波涛拍打岩石,纹丝不动。

张伟欣喜若狂,在沙滩上奋力向伞人姐姐跑去,想看看伞人姐姐到底什么样。

可是,张伟的脚陷进沙窝里怎么也拔不动。

张伟心急如焚,大声呼喊伞人姐姐,却怎么也发不出声音。

张伟奋力挣扎,猛然醒来,大汗淋淋。原来刚才是在做梦。

张伟揉揉眼睛,看见电脑上QQ头像在闪动,急忙打开,伞人姐姐在和自己说话:"好优美的语言,好动人的诗句,说得真好……我刚忙完,一上网就看到兄弟的抒怀了,真好,嘻嘻……怎么不说话?在吗?……喂,干吗去了?……说话啊……原来你开着QQ睡了……粗心的家伙……看了你的大作,感觉兄弟这会儿的心情好像不大好,可是你不在,也无法和你说话,好好调整自己的心态,记住,没有过不去的火焰山,我奶奶小时候经常这样告诉我。男子汉,顶天立地伟丈夫,任何时候都要以乐观的心态对待事物,心胸要像大海一样宽广……别多想,好好睡吧,既然你睡了,那我也睡了哈,晚安。"

张伟一看伞人的头像,是灰白的,原来自己睡觉这会儿,伞人姐姐上线了,可是找不到自己,只好又下了。

张伟想起刚才自己做的那个梦,想起梦中那个熟悉的依稀的背影,却怎么也想不起这背影在哪里见过。

张伟无声地笑了,人生就是一场缘分,遇见是缘,错过也是缘。

看着床上熟睡的王炎,张伟感觉自己从辞职到摇色子,从认识伞人到离家来到南方,从卧铺车邂逅王炎到认识何英,从东湖度假村遇见美女到天涯海角再次相逢,从何英投怀送抱到今天因为业务冷脸相向,一切的一切,都仿佛是一场梦,一场长长的梦。

张伟躺在沙发上,看着窗外深邃的夜空,想起自己这两个多月来的经历,长长地出了一口气。

第二天,张伟刚进公司,内勤小徐就通知他:"张经理,高总在办公室等你。"

张伟脑子第一反应,高总从南方回来了;第二反应,没好事,肯定是为昨天出境游的事,何英昨天怒气冲冲的样子,一定是告诉高总了。

张伟心里有点忐忑不安,走进高总办公室,果然何英在里面。

张伟心一横,反正已经这样了,不管了。

张伟进了门先和高强打个招呼:"高总回来了。"

高强点点头,微笑着,和平时没有什么区别:"昨天晚上才回来,你这两天也挺辛苦的吧。"

"不辛苦,都是些日常工作。您找我有什么事?"

高强看看何英:"是这样,我这次出去考察,学到他们的一些新经验,结合我上次在海南和你说的,我和何英想给你们营销部全体人员开个会,想听听你们的想法,然后,对下一步的工作进行一个部署。"

高总找自己原来是这个事情,看来何英没告诉他昨天的事。张伟松了口气:"好,什么时间开?"

高强:"找你来就是这个事情,我想把时间安排在下午,开完会后和你们营销部一起聚个餐,你看如何?"

张伟:"好,那我给他们下通知,现在人都在外面跑。"

高强点点头,笑笑:"好,那就这样。"

张伟起身出去,临出门前扫了一眼何英,何英低头看报表,面无表情。看来何英还在为昨天的事情耿耿于怀。

张伟不想去想那么多,出来给自己业务部的人员下开会通知。

今天公司的人不多,都出去忙了,只有几个计调人员和内勤,客人也不多,办公室内很安静。

高总和何英两人关在办公室里不知在忙乎什么。

张伟整理了一下最近的工作资料,脑子里梳理了一遍下午开会的讲话提纲,正要看有关学习资料,办公室的门被推开,于琴和她妹妹于林进来了。

于琴穿一身红白相间的休闲装,于林也是,笑呵呵地跟在于琴后面。

张伟忙站起来和他们打招呼。要是放以前,张伟一定会对后面那个小美女生出很多遐想,可是,今天张伟没有一点心情。

"于董事长今天怎么有空莅临,呵呵,欢迎欢迎。"

于琴搂着于林的肩膀,笑嘻嘻地说:"我们到旁边的天一广场去玩,累了,过来讨杯水喝。"

公司对面就是宁州新开发的一个商业广场,叫天一广场,集休闲购物娱乐于一体,20多万平方米,是亚洲最大的商业广场。

"于董事长真会开玩笑,等一下,我去给你们倒水。"张伟刚要去倒水,何英和高强听见动静出来了。

"贵客贵客,快请进来坐。"高强和何英热情邀请姐妹俩进高强办公室就座。

张伟去给她们倒水。

"不好意思哦,上班时间打扰你们。"于琴客气地说,转头对于林,"阿林,叫高哥,何姐。"

"高哥,何姐好。"于林甜甜地叫着。

高强答应着:"这是你妹妹?"

"是啊,今年刚从大学毕业,还没找工作,天天跟我屁股后面,我准备让她在公司干,不出去找工作了。"

"哦,"高强点点头转头对何英说,"有其姐必有其妹,你看这妹妹多水灵,和她姐姐一样,老于家两朵金花呀。"

张伟正好进来送水,听见高强赞扬于琴和于林,扫了一眼何英,何英的表情有些尴尬,毕竟心里有些发虚,忙冲高强点点头:"是啊,是啊。"

张伟出来后忙乎自己的事情,听见高强、何英和于琴大声谈笑的声音,一会听他们谈起来合作的事情,声音逐渐变小,看来进入主题了。

于林不喜欢听他们谈论这些事情,溜达出来到了张伟旁边:"张哥,你在忙什么呢?"

张伟微微一笑:"学习,学习业务知识。"

于琴嘴巴一努:"你还需要学习啊,听姐姐说你业务很棒啊。"

张伟看着这个水灵灵的小女孩,眼睛比王炎的还大,还清纯:"学无止境,活到老,学到老。"

于林频频点头，像个领导一样："嗯，不错，是个好同志，有前途。"

张伟看于林调皮的样子，呵呵一笑："小家伙，你学什么专业的？"

"汉语言文学。"

"哟，不错的专业。"

"你是不是讽刺我，还不错！最冷门的也就我这专业了吧？找工作，难啊。"

张伟："打算干什么工作？"

于林："不找工作了，就在姐姐公司里，做秘书，总经理秘书。"

"呵呵，好，不错。"

张伟一琢磨，这不是小姨子给姐夫当秘书嘛。

于林坐在张伟旁边："张哥，你刚才叫我小家伙，我看你也不大嘛，几岁了？"

"什么几岁了，28岁了。"

"嘻嘻，你比我大4岁啊，我24岁。"于林托着腮帮看着张伟。

张伟看着于林："你高中时候一定很调皮，学习不好，高考至少复习了一年才考上大学。"

于林一愣："咦，你怎么知道的啊？"

张伟一笑："傻瓜都能算出来，24岁大学毕业，20岁考上大学，那还不至少复习了一年啊。"

"嘿嘿，我是高中上了4年，不过可不是调皮哦，是不小心摔伤了腿，休学一年。"

"哦，那也差不多。"

于林和张伟越说越热乎。

张伟问于林："小妹妹，你男朋友在哪里？"

于林脑袋一歪："个人隐私，不告诉你。你女朋友呢，在哪里？"

张伟眼皮一抬："也是个人隐私，不告诉你。"

于林嘴巴一撇："不告诉我我也知道哦，你女朋友在一家外资企业，是不是？嘿嘿，我听姐姐说过了。"

张伟心里暗暗叫苦，可让何英坑苦了。这种事越否认人家越不相信，反倒落个不诚实的名声。可没有这回事，也不能承认。

张伟不置可否地嘿嘿一笑："无可奉告。"

看看快到午饭时间，何英先出来了，对张伟说："中午请于董姊妹两个一起吃饭，你一起吧。"

"不了，我还要筹备下午的会，你们去好了。"

张伟刚说完，于琴和高强也一起出来了。于琴对张伟说："张经理，走，我们一起去吃午饭，你们老板请客。"

张伟还要拒绝，高强对张伟说："走，一起去，省得我一个男的陪三个女的，阴盛阳衰。"

老板发话邀请,张伟不好再回绝,放下手头的工作,和他们一起去吃饭。

就餐地点在天一广场里面的一家西餐厅,离公司很近。

吃饭的时候,于琴坐在张伟对面,眼睛一直瞟着张伟,说:"张经理前段时间联系的海南的旅游团开始发团了?"

张伟点点头:"发了两批了,还有两批。"

"啧啧,"于琴扭头对高强说,"高总,你们可真是发了,这么大的团,真叫人眼热。等明年我们的漂流开业后,你们也弄个这样的团来漂一下。"

高强呵呵笑道:"这都是我们张经理能干,不然哪里有这笔业务,明年我们合作的成功与否,关键也还是看张经理啊。"

从高强的语气里,张伟感觉他仍一如既往地对自己充满重视和赏识,看来昨天的事情要么他不知道,要么他也和自己持一样的观点,先做人,再做事。

于琴赞赏地看着张伟,对高强说:"我要是有张经理这样的营销部经理就好了,可惜啊,你们捷足先登。"

张伟一听这话,心里很受用,脸上也表现出笑吟吟的神情。

高强哈哈一笑:"千里马常有,伯乐却不常有,关键是我发现的好。"

高强这话意思很明白,人才到处都有,关键是谁能发现人才,利用人才。

从高强这话里,张伟感觉到既有对自己的肯定,又有对自己的提示,千里马的命运是要掌握在伯乐手里的。

于琴又看看于林:"唉,可惜,什么事情都叫人捷足先登了。"

高强不大明白于琴这话的意思:"什么意思啊?于董。"

于琴看看张伟,又看看于林,似笑非笑。

"哦,你说这个意思啊,呵呵——"高强明白了,看着于琴,刚要说张伟所谓女朋友的事情,何英一踢高强的脚,对于琴说:"吃饭,吃饭。"

高强被何英这么一踢,有些莫名其妙,也就不再说话,埋头吃饭。

张伟知道何英怕自己的事情被揭穿,不让高总说实情,心里突然很郁闷,也不想说什么,只顾吃自己的。

饭后,送走于琴,张伟去洗手间,落在了后面,赶上来的时候,听见何英和高强正边走边说话。

高强:"小张明明就是没有女朋友嘛,于琴也有这个意思,把误会解释清楚,成全他们多好,你干吗踢我?"

何英:"亏你活这么大岁数,你傻啊,你想想,如果张伟和于林要是真成了,那他还会在我们这里干吗?还不就成了龙发旅游的人了。"

高强:"是啊,我怎么就没想到这一点,夫人高见。"

……

张伟一听此言,顿时呆住了,心里霎时变得冰冷。

人心隔肚皮。张伟很少挖空心思去琢磨别人,那太累。

听到何英两口子的对话,张伟失望之至。

何英阻挠自己和于琴的妹妹恋爱,真正的原因原来在这里。

那何英那天对自己说的话又当作何解释?撒谎?

何英和自己好为的是什么?解除寂寞?

看来商人永远是商人,任何时候都会把利益放在第一位。在商人的眼里,没有永远的朋友,也没有永远的敌人,只有永远的利益。

在老板眼里,自己只不过是一颗棋子,需要的时候落在那里,不需要的时候随时拿走。老板对自己好,和自己称兄道弟,那是因为自己有用,能发挥作用,能给公司挣钱,一旦自己没有了利用价值,在老板眼里,自己就会一文不值。

张伟脑子乱乱地回到办公室,召集营销部 12 名业务人员到会议室开会。

高强和何英一起参加。

会上,先是听取各业务员发言交流。12 名业务人员逐次就自己这段时间的业务开展情况、发现的新问题、下一步打算进行发言。发言中不乏对张伟的赞扬和褒奖。这些业务员对张伟的赞扬是发自内心的。因为张伟在管理上方法得当,身体力行,循循善诱,充分体谅照顾业务员的个人特点和实际情况。还有重要的一点,张伟从不与业务员抢业务,包括找到业务部来,张伟接到的业务,也都安排相应的业务员去受理。张伟这一点,极大树立起了自己的威信。

高强边听边认真记录。

业务员发言结束后,张伟代表营销部做一个总结发言。

这是张伟第一次在这种会上发言。张伟首先对这段时间以来营销部的工作进行回顾,对各业务员的工作逐个进行点评,点评的时候都是以表扬为主。然后,对工作中存在的几个问题进行了深刻剖析。然后张伟提出,营销部今后主要在以下几个方面下工夫:一是加强组织纪律性,增强主人翁责任感和敬业心,让大家充分认识到集体和个人、整体和局部的关系,没有集体的大发展,就没有个人的丰厚收入。二是加强学习,主要是结合实践、实战进行学习,形成定期学习制度,提高业务员的营销理论和实践水平。三是严格考核。严格执行并完善营销考核管理制度,让大家人人身上有担子,随时都有危机感,压力和动力并存,同时按时兑现奖惩,奖优罚劣,优胜劣汰。

张伟的发言完全脱稿,侃侃而谈,条理清晰,高总听得频频点头,不停地在本子上记录。

何英神情愉悦地看着张伟,眼里充满了欣赏和赞扬。

营销部的同事们更不必说,张伟刚发言完,都不由自主鼓掌表示支持。

第三十四章 当机立断

　　高总最后讲话,对营销部前段时间的工作开展和业绩给予充分肯定,对张伟和业务员们辛勤的付出表示感谢,对张伟代表营销部做的阶段总结发言表示赞赏和赞同,对张伟关于今后工作的几个要点表示支持。

　　张伟坐在那里,听了心里热乎乎的。想想做老板的也不容易,辛辛苦苦养活这么多人,内外都要兼顾,自己只是个打工的,即使老板对自己好点,称兄道弟,也不能就头脑发热想入非非,老板永远是老板,和自己身份不同,两者之间的距离不可能为零。听到高总对自己的表扬和赞赏,张伟头脑清醒了很多,也很受鼓舞,暗地下决心,尽心尽力为公司做事,公司吃肉,自己喝汤。至于中午老板娘和高总的话,虽然让自己感觉心里很别扭,但是那也从另一个侧面说明他们对自己的重视。

　　而且,昨天自己擅自做主推掉了出境游的业务,高总好像并未在意,要么是何英隐瞒住了,要么是高总心胸宽广,眼光长远,同意自己的做法。而今天何英见了自己,表情也很正常,好像昨天的事情没有发生一样。

　　张伟一时为自己对高总和何英的误解而心里满怀歉意,看来还是老板高瞻远瞩,深谋远虑啊。

　　高总讲完工作上的事情后,话题一转:"借今天这个会,我还想讲几句话,给在座的各位提个醒。"

　　张伟和业务员们一听这话,老板好像要敲打了,都集中注意力来听。

　　何英的神情也专注起来,看来老高的讲话事先没和她沟通。

　　高强的眼神变得冷峻,语气停顿了一下,眼光从在座的各人身上慢慢扫视了一圈。

　　会议室的空气变得有些冷,大家都鸦雀无声,不知道老板要说什么。

　　高强看到心理震慑作用已经达到,开始讲话:"我讲两句话,第一句,提醒大家保持清醒头脑。从我多年的管理经验出发,我们是一个集体,在队伍管理和工作运营上,我讲究集体的力量,不赞同个人英雄主义,即使有的人暂时做出了一点成绩,那也是这个集体给你提供了这个平台,没有这个平台,你将一事无成,所以不要得意忘形,不要居功自傲,不要自以为是,不要老子天下第一。"

张伟听高强这话,心里一愣,有些不是滋味,感觉怎么这么像在影射自己,可是,这种感觉又不确切,模棱两可。

高强继续说道:"这第二句话,就是提醒大家摆正位置,摆正心态。不管你有多大的本事,不管你有多大的功劳,公司的各项管理制度必须遵守,公司的利益必须时刻放在第一位,任何擅自做主、自作主张使公司利益受损失的行为,都是不可宽恕的,就等于是在破坏我的个人财产。"

这两句话业务员们听得摸不着头脑,不知道是在说谁,还当是老板随意发挥敲的边鼓。但张伟听明白了,老板不是在随意发挥,是有的放矢,明白无误在说自己,在警告自己,对自己昨天推掉出境游的业务耿耿于怀。

张伟的心情一下子变得很坏,虽然脸上毫无表情。

高强最后的一番话也大大出乎何英的意料,她脸上的表情充满了意外和尴尬。

高强脸上的表情若无其事:"当然,我说的这两句话,是在给大家提个醒,并不是针对某些人,所以大家不要乱猜疑,乱对号入座,希望大家今后注意规范自己的行为和心态,有则改之,无则加勉。"

高强这话,在张伟听来,等于是此地无银三百两。

张伟刚才热情高涨的心情低落到了极点。

在会后举办的会餐中,高总谈笑风生,频频举杯和大家碰杯喝酒,大声地夸奖张伟和几个业绩突出的人员,夸张地要几个女业务员把杯中酒干掉,营造出和谐融洽的气氛。

张伟把情绪埋在心里,春风满面地和大家喝酒,和高总、何英碰杯,和大家玩猜谜罚酒游戏,丝毫看不出里有什么心事。

何英心里郁郁寡欢,昨天张伟擅作主张推掉了一笔大买卖,让她心疼地既难受又憋闷,想想张伟的话有道理,可又想想白白放掉了这么一笔钱,又气从心生。晚上老高回来,忍不住告诉了他。

高强闻听当时就气炸了,大声咒骂张伟白眼狼,吃里爬外,当时就要给张伟打电话。倒是何英把高强劝住了,说事情已经不可挽回了,再找他,把关系搞僵了,没有什么作用,也没什么好处。何况,张伟和王炎的关系这么好,还要考虑王炎公司的长远业务。

高强一听也是,闷闷把一口气生生憋回了肚子。

何英以为没有什么事了,想不到高强会在今天的会上变换一种方式,对张伟进行敲打。

何英明白高强话里的意思,知道张伟聪明的脑瓜应该能理解高强是在说谁。

何英担心张伟承受不住打击,因此吃饭的时候一直偷偷打量张伟。

高强和张伟干了一杯又一杯,彼此心照不宣,笑容满面,关系融洽。

看到这样,何英心里稍微放松了些。

张伟今天喝了很多,足足一斤白酒。平时这些对张伟来说不算什么,但今天因为心里有事,竟然感觉酒有点上了头。

吃过饭,张伟努力控制住酒劲,笑容可掬地和大家告别,打车回家。

王炎早就回来,自己弄了点饭吃完了,正躺在床上看电视。

张伟一进门,王炎就闻到张伟满身的酒气,走路跌跌撞撞,歪歪斜斜,急忙把他扶到卧室。

一进家,张伟的意志开始崩溃,酒精迅速冲上大脑,心里的忧郁开始涌进脑海,整个人进入混沌迷糊状态。

张伟倒在沙发上,醉得一塌糊涂,心事重重,却又无法叙说。

张伟想向伞人姐姐诉说衷肠,努力想站起来,去打开电脑。挣扎了两下,浑身疲软无力,只得徒劳地躺了下来,任自己的大脑被酒精麻醉过去。

王炎去厨房给张伟弄了杯热水端进来,却听见张伟已经发出了鼾声。

王炎看张伟已经睡死,也不再打扰他,把水杯放在沙发旁边的茶几上,自个睡了过去。

半夜张伟醒了,是渴醒的,喉咙像是一团火。

房间里一团黑暗,窗外的月光照射进来,清冷而又皎洁。

借着月亮的余辉,张伟看到茶几上有一杯水,摸过来,一饮而尽。

张伟摇摇脑袋,头重重的,有些疼。

王炎已经熟睡,呼吸均匀而又安静。

张伟静静地躺在沙发上,看着窗外明亮的月亮挂在天空,想起了北方,想起了家乡,想起了父母……

张伟又想起伞人,这个越来越亲近的网友,已经在他的脑海里不可磨灭,成为无形世界里的精神寄托,她对自己的关心呵护,让张伟感觉好像是自己的姐姐那样,充满温馨和从容。此刻,在千里之外的海南,她一定已经进入梦乡。

张伟又想起了昨天和今天发生的一切,高总和何英其实没有错,这世界,人不为己,天诛地灭,自己的公司利益受损失,就等于是自己的财产受损失,当然要发火,要有意见。既然高总在会上这样敲打自己,那自己就非得做出了样子来给他们看看,让他们知道自己不靠王炎的关系,也一样能做来业务,做出成绩。

张伟从来就不服输,心里暗暗下了决心,低调做人,低调处事,一定要让全公司的人对自己刮目相看。

扭头看看熟睡的王炎,张伟心里有些愧疚,自己不小心让她怀孕,结果身体受罪,还好没让哈尔森知道,不然结果会怎么样,难以想象。

王炎的身体恢复得差不多了,明天该让她回去住了,老住在这里也不是回事。

想着想着,张伟开始困乏,渐渐又睡着了。

第二天,张伟开始把自己的想法变成行动,一上班,安排完营销部的工作,就开始主动出击,寻找客户。

高总不在,何英在办公室忙着给客户打电话,好像是外地来的旅游团,联系接业务的。

地接和张伟无关,张伟的营销部就是单纯的组团业务。

张伟登录本地的一个旅游 QQ 群,在里面转悠了一会,正要离开,突然看见一个同行在群大厅里发牢骚,说他们的一个老客户,每年都组团出去玩,但是去年去海南的时候因为在海岛遇到台风,行程耽搁了几天,导游服务态度又不好,结果把账记到他们旅行社头上,今年要组团去云南西双版纳,死活不找他们社了。

张伟一看,心里一动,装作漫不经心同情的样子和那同行私聊起来,弄清了那客户的名称——风行服装有限公司,一家以外贸出口为主要内容的服装加工厂,今年大约有 50 人出去旅游,去云南西双版纳。

哈哈,此时不动,更待何时。既然他们不愿意找原来那家了,那就一定要有一家新的旅行社来做。

张伟精神大振,决意要把这个单子拿下来。

马上就行动。

张伟先在网上找到这家公司的地址、电话,并初步了解这家企业的基本情况。

然后,张伟找到计调部工作人员,要了两种版本的西双版纳的旅游线路行程单。

一般来说,只要不是客人专门提出要求,各种线路行程单公司电脑里都有预存的,客人来电咨询,五分钟之内就能给客人提供完整的旅游线路方案。

张伟把行程单和公司简介放到一个大信封里,没告诉公司任何人,兴冲冲出发去风行公司。

终于有机会自己独立操作一个项目了,张伟很兴奋,在成功之前,他不打算告诉任何人,包括何英。

张伟很快找到了风行服装公司,一家规模不是很大,但厂容厂貌很不错的企业,一看就知道管理很规范。

张伟找到了办公室,说明来意,办公室的工作人员让他去找工会,说工会宋主席负责。

张伟很快找到了宋主席,一位面容慈祥、和气的大姐。

张伟说明来意,递上自己带来的材料和名片。

宋主席接过来,看了两眼:"哦,你是中天旅行社的啊,大名鼎鼎,久仰。"

张伟一听很高兴:"宋主席,您也知道我们公司啊?"

宋主席给张伟倒了一杯水:"怎么不知道,三年前和你们打过交道,你们公司总经理姓高,董事长姓张,两口子郎才女貌的。"

张伟闻听一振,宋主席说的董事长应该是前老板娘张小波了,看来她还不知道他们离婚的事情。

"宋主席和我们老板很熟悉?"

"也不是很熟悉,那时找你们公司做过一次业务,和你们张董事长打过交道,她可是个高素质的人,不但人长得漂亮,而且办事利索,服务好。办理完业务,你们张董事长还专门请我去做过两次美容,呵呵,可惜后来一忙,大家联系就少了,怎么样,她现在还挺好吧?"

　　"好,好。"张伟模棱两可地答应着,心想还是不要告诉她张小波已经离开公司的事,不然会影响做业务。

　　"我们本来是固定市里一家旅行社的,可是去年去海南旅游,遇到台风,那全陪导游又服务不好,弄得老板回来发了大火,今年死活不和他们打拐了。"宋主席边看张伟的材料边说。

　　"哦,原来是这样。"张伟一听,和自己在QQ上了解到的情况是一样的。

　　"这样吧,张经理,"宋主席看完张伟的材料,"现在已经有四家旅行社来联系了,加上你们是五家,材料先放这里,我回头和老板商议一下,然后给你联系。"

　　张伟一听,同行的腿真长啊,这么快就有四家来了,看来自己的竞争压力不小。

　　"行,宋主席,"张伟站起来,"那我回去等您的信,别的我不多说,材料上都有,我就给您保证一点,他们能做到的我们能做到,他们做不到的我们也能做到。"

　　"呵呵,"宋主席握着张伟的手,"张经理这话讲得好,全部涵盖了,有气魄,我会给老板好好汇报的,再说还有你们张董事长的面子啊。"

　　张伟心里暗暗乐了,张董事长离开两年多了,余威还在啊。

　　张伟心里不停祈祷,张董事长保佑我拿下这个单子。

　　张伟心情舒畅地回到公司。

　　正是午饭时间,公司里的同事大都去附近的快餐店吃盒饭。张伟昨天喝多了白酒,胃里仍不舒服,不想吃那干巴巴的米饭,倒是很想喝点稀饭。

　　在北方的时候,喝稀饭是很简单的事情,可是在这里,比登天还难。张伟到现在为止,还从没有发现宁州什么地方有卖稀饭的,吃饭都是干米饭。

　　张伟没有吃饭的胃口,也没感觉到饿,干脆坐在办公室上网。

　　张伟坐下后随意打开抽屉,发现里面有几个八宝粥,还有火腿。知道肯定是何英在自己出去的时候放在自己办公桌里的,她知道自己喜欢喝八宝粥,吃火腿。

　　张伟回头看看董事长办公室的门,半掩着,看来何英还在里面忙,不知道吃饭没有。

　　张伟心里感觉热乎乎的,这个女人,唉,怎么说,不好说,先喝粥吧,养养胃。

　　张伟喝了两罐八宝粥,吃了两根火腿,感觉肚子里舒服多了。

　　何英办公室没什么动静,不知道在忙什么。

　　张伟想进去看看,可是又找不到合适的理由和借口。

　　正在这时,手机收到王炎的短信:"海南旅游团款已经全部打到你们公司账户上了,你告诉何姐一声。"

当初和王炎公司签订海南旅游团合同的时候,他们提出,因为是第一次合作,第一批的团款要中天垫付,等第二批出发后,支付中天旅游全部团款。

按照中天旅游的规定,所有团款必须在发团之前全部缴纳到公司,这样做的好处是公司不用垫付团款,省去一大笔流转资金,其次不用回来后跟在客户屁股后面要账,省去诸多麻烦。

考虑到王炎公司是大单位,何况只是垫付第一批的团款,何英再三斟酌后同意了他们的要求。

今天团款全部到位,王炎的公司可真讲信用。

张伟心里乐开了花,因为公司考核管理制度中明文规定,团费到位后,业务员的提成立即就可提取。这次海南团,按照公司制定的提成比例,张伟个人能提成十万。

十万!哈哈,这是张伟参加工作以来最大的一笔收入。

而且,这钱很快就可以进入自己的账户。

张伟兴冲冲地走进董事长办公室。

第三十五章 简单快乐

何英正在看报纸,见张伟神采飞扬走进来,脸上立刻笑了。

何英最放心不下的是张伟心里想不开,所以一上午没敢打扰他。不过她刚得到一个好消息,正准备过会儿告诉他呢,可巧他进来了。

"精神不错嘛,嘻嘻,看你满面春风的,不会是今天揽到什么大单子了吧?"何英微笑着看着张伟。

张伟一怔,这么快就知道我谈业务的事情了? 不可能,胡猜的。

张伟笑笑:"没揽到业务就不能开心了? 我有个好消息要告诉你。"

何英一听,很开心:"我也有个好消息要告诉你。"

张伟:"算了吧,你还有好消息告诉我,你能有什么好消息,嘿嘿。"

何英:"你先说,你的好消息是什么?"

张伟:"刚才王炎告诉我,海南团的款全部打到我们账户上了,让我转告你一声。"

何英一听笑了:"你的消息还没我快,财务已经告诉我了。"

"哦,"张伟一想,是啊,财务肯定是最先从对方财务那里知道的啊,"那你的好消息是什么?"

何英:"这个好消息是只对你的,你现在就可以去财务那里去支取你的业务提成了,我已经给财务签批了,10 万块哦,发财了,嘻嘻,小伙子。"

"啊! 真的,这么快?"张伟很高兴,没想到这么快就可以拿到钱,心中的阴霾很快烟消云散。

"呵呵,高兴不? 公司可是从没有人一次领取这么多提成,祝贺你。"

何英见到张伟开心的样子,心里很欣慰,又说:"看到你这么高兴,我真开心,另外,昨天开会的时候,老高的事情我很抱歉,你别……"

"老板娘,话怎么能这样说,老板训示是应该的,咱是打工的,老老实实听话是本分。"张伟规规矩矩回答。

张伟的话是标准的员工为下属之道,无可挑剔,可是在何英听来,却感到心里是那样远，一种凉意油然而生。

她明白老高的意思，对员工是既要压又要拉，既不能打跑，还不能宠坏。可是，那是对一般员工的，而张伟，在她心里，当然不同于普通的员工。但这一点，她无法向老高陈述，只能闷闷地不做声。

"你不在意就好，我……"何英感觉越说越解释不清，干脆不再提了，"不说这个事情了，发财了，怎么着，不祝贺一下？"

张伟使劲点头："祝贺，当然要祝贺，今晚我做东，请营销部的兄弟姐妹和老板老板娘一起吃饭，再叫上小郭和王炎。"

"好，我一定参加，老高出差了，不能分享你成功的喜悦。"何英眼睛里写满了激动。

张伟尽量不去看何英的眼睛："那好，我先安排一下。"

从何英办公室出来，张伟直接去了财务，果然财务已经准备好了，直接从网上银行把提成转到张伟的银行卡上。

张伟心里很轻松，突然很有感触，幸福从哪里来？幸福从劳动中得来，劳动是幸福的源泉。

张伟通知了王炎、小郭和营销部的同事，晚上一起去公司附近的酒店吃饭。

同事们昨晚刚聚会完，今天又有免费的晚餐，自是很高兴。

王炎猜到张伟肯定是领取了提成，要宴请大家的，高兴地答应了。

通知完大家，张伟又告诉了何英地点和时间："可惜，高总出差了，要是一起多好。"

张伟这话是真心话，他已经想通了，任何时候都要摆正自己的位置，老板就是老板，下属就是下属，打工的就是打工的，两条平行线永远都不可能交叉。

"我代表不一样嘛，不欢迎我一个人去啊？"何英多情地看着张伟。

"欢迎，欢迎，热烈欢迎。"张伟嘴里嘟哝着，出了何英办公室。

张伟心里很兴奋，王炎回家的时候，可以捎带一部分钱回去给父母，一定让爸爸去县里的医院去好好检查检查，看看多年的腿疼病。

对了，一定要让家里安装一部电话，这样就不用老到别人家去借电话打了。

还有，爸爸上次说想利用冬季对果园里的老树进行品种更新，嫁接新品种的，因为资金问题一直犯愁，这下有钱就可以弄了。

张伟兴奋之情溢于言表，突然想起伞人姐姐，要是伞人姐姐此刻能知道，该会多高兴啊，晚上一定要把这个好消息告诉她，让她来分享自己的快乐。

被幸福和快乐所围绕的张伟此刻感觉钱真是个好东西，它能让自己充实、满足和有成就感。

晚上，同事们齐聚酒店，何英、王炎、小郭也都来了。

小郭因为晚上要开车送何英回家，没喝酒。

何英昨晚没大喝,今晚放开了。

王炎今晚特别兴奋,虽然因为身体原因不能喝酒,也还是以茶代酒敬了张伟好几杯。

大家高高兴兴海吃海喝,尽兴而归。

张伟和王炎一起走,张伟今天喝了不少,但没有醉,大脑很清醒。

张伟对王炎说:"丫头,今晚你得回去住了,不能再在我那里了。"

王炎点点头:"不用你撵我,我自己知道,一点都不体贴,不知道爱护女孩子的自尊心。"

张伟呵呵笑了。王炎也笑了。

"看你那傻样,乐坏了吧。"王炎高兴地看着张伟。

张伟点点头:"是啊,这年头谁跟钱有仇呢?我没有,我对金钱充满无限的向往和热爱。不过,此刻,我最感谢的还是你,这钱其实应该分你一半。"

"嘻嘻,你有这话,我就知足了,哥哥,我不要你的钱,我有钱。"王炎开心地一蹦一跳起来。

"哎呀,你别老蹦跶,身体还没有完全恢复好呢。"

"没问题,我结实着呢。"

张伟打车把王炎送回家,临下车对王炎说:"自己一个人注意保重身体,平时多联系,电话、短信都可以。"

今天喝完酒,何英没有纠缠自己,看自己和王炎一起走,也不好说什么,乖乖上了小郭的车回家了。

张伟飞奔回家,气喘吁吁打开电脑,登录 QQ。

伞人姐姐果然在。哈哈。

"姐姐,我今天发业务提成了,10 万块,哈哈。"张伟上来就急忙把喜讯告诉伞人。

"真的,好啊,"伞人发过来一个大花篮,"兄弟,真为你高兴,为你骄傲,为你自豪!"

"呵呵,"被伞人姐姐这么一夸,张伟有些不好意思,"姐姐你别笑话我哈,我是真的好高兴。"

伞人:"兄弟,我没有笑话你,姐姐真的是为你高兴,为你的进步高兴,为你的成就高兴,发自内心的高兴,特别是看到你这么开心,姐姐真的好开心,幸福着你的幸福,快乐着你的快乐——"

张伟:"姐姐,其实我不骄傲,我只有自豪,没有骄傲。"

伞人:"嗯,很好,就要这样,人生的路很长,我们为其中取得的每一个进步和成就而高兴和自豪,但是,我们永远不骄傲自满,不放弃对理想和梦想的执著。"

张伟:"姐姐,你说得真好。"

伞人呵呵一笑:"傻小子,昨晚是怎么回事?喝多了?心情好像很忧郁嘛?我使劲喊你,可是你就是听不到,不理我。"

张伟很喜欢伞人姐姐叫自己傻小子,嘿嘿一笑:"昨晚我喝多了,趴在电脑前睡着了,真不好意思。"

伞人:"身体是革命的本钱,这酒不是不能喝,但要少喝,伤害了身体,什么都无法补偿。昨晚为什么心情不好?说说。"

张伟:"没什么,姐姐,都过去了,我现在已经很好了。对了,今天我还自己去谈了一笔业务,一家风行服装公司,要去云南西双版纳旅游的,去谈的有好几家,不过我感觉我成功的可能性很大。"

伞人:"风行服装公司……为什么说你成功的可能性很大?傻小子?"

张伟:"因为我们公司的品牌好,服务好,我带去的方案也周全,最重要的一点,他们那工会负责旅游的宋主席和我们公司以前还打过交道。"

伞人:"哦,是这样……"

张伟:"是啊,宋主席和我们公司的前任老板娘张小波熟悉,对她印象特好,而且还不知道张小波离开公司了,嘿嘿,我去谈业务,就沾了她的光,如果真成了,那一定是张小波在保佑我。"

伞人:"兄弟,你真是有福之人,你怎么谢我啊?!"

张伟:"嗯?你说什么?姐姐,怎么谢你?"

伞人:"哦——啊——这个,我是说你怎么这么幸运哦。"

张伟:"是啊,真是命好,嘿嘿。"

伞人:"好好操作,抓住每一次经过你面前的机会,每一次成功,都会在你人生的履历上增加新的业绩和经验,都会让你的阅历更加丰富,让你的思想更加成熟。"

张伟:"嗯,吃一堑长一智,我会接受教训,低调做人,努力做事。"

伞人:"唉,我怎么听这话好像傻小子被人欺负了啊,说说,姐姐听听,不说姐姐就不高兴——"

张伟一听伞人姐姐叫自己傻小子就好开心,见伞人这么问自己,也就不再隐瞒,把出境游事情的前前后后经过和昨天开会的事情原原本本告诉了伞人。

伞人听了半天没说话,一阵沉默后:"兄弟,你做的是对的,不管是你处理出境游的问题还是你对待老板阴阳怪气指责的态度,社会很复杂,人更复杂,你要学会和各种各样的人打交道,通过你昨天的作为,我认为,你在走向成熟。"

张伟:"可是,老板好像很不满意。"

伞人:"不要理他,这人从来就是钱迷,钱上紧,钱比什么都重要,缺乏长远眼光,一辈子也就抱着那小公司了。"

张伟很奇怪:"姐姐,你说'这人',难道你认识高总?了解他?"

伞人:"口误,我是说这些人,把'些'漏了。"

张伟:"做老板的也不一定都是钱上紧啊,不过,老板都是做生意的,肯定都为钱了,倒也无可厚非,我想通这个道理了。"

伞人:"是的,只要是做生意的都是为钱,但方式还是有区别的,像你老板,就是非常没有长远眼光的一种,只看到今天眼前这点小利益,没有看到明天、后天、大后天……"

张伟:"所言极是,傻小子也是这么想的。"

伞人呵呵一笑:"傻小子,喜欢我这么称呼你吧?"

张伟:"姐姐叫我什么我都喜欢,对了,姐姐你还在海南没回来?"

伞人:"快了,后天就回来。"

张伟:"可惜,要是我也跟团去,就可以见到你了。"

伞人:"凡事随缘,不可强求,干吗非要刻意相见呢,说不定在芸芸众生里我们早已见过面,我们甚至擦肩而过,我轻轻地冲你微笑,只是你没感觉到。"

张伟痴痴地:"姐姐又在讲深刻的玄幻话了,又像在作诗,这是你的佛家理念延伸出来的想法吧。"

伞人:"天机不可泄露,自己去想吧。"

张伟晕晕地:"我想不通啊,姐姐。"

伞人:"傻小子真是名副其实哦——"

……

和伞人聊完天,张伟兴冲冲地要去洗澡,突然接到小郭的电话。

亲不亲,故乡人。小郭和张伟现在关系特别铁,小郭有什么心里话都愿意和张伟说。

这么晚了,有什么事呢?

张伟接通电话:"小郭,你还没休息?"

小郭:"没,张哥。我有个事,想了半天得和你说下,你自己心里有数就行,别对外人说。"

张伟:"你说。"

小郭:"我晚上送老板娘回家的路上,听见老板娘和老板在电话上吵架了,好像是老板对老板娘把业务提成全部发给你很生气,说什么应该扣除一半,作为你在出境游事情上对公司的补偿。老板娘不同意,在电话上和老板吵了起来,很激烈,最后老板娘把电话都摔了。"

张伟听了默然不语,随后和小郭说了几句感谢的话,嘱咐小郭要保密,然后挂了电话。

张伟刚放松的心情又缩紧了,很明显,老高对自己余气未消,耿耿于怀,甚至于对自己产生了隔阂和不信任感。

可是那又能怎么样,事情已经这样了,不可能再挽回,而且,即使再来一次,张伟还会这样做。

至于业务提成,这是自己应得的,凭什么你老板说要扣一半就扣一半,没道理。

张伟心里不禁来了气,我拿的再多,还不是我创造利润的零头,大头还不是在你们那边?

想到这里,张伟更加坚定了把风行公司拿下来的决心。

第二天刚一上班,张伟就接到宋主席的电话,请他过去一趟。

放下电话,张伟以最快的速度赶到风行服装公司,宋主席正在办公室里等着他。

宋主席开门见山:"张经理,是这么个情况,昨天我们把你们5家报的方案都审阅了一遍,也进行了综合对比,从行程来讲,你们设计得最合理,最符合我们的想法,从价格来说,你们的报价属于中间,不算高,也不算低。昨天老板发了指示,接受去年旅游的教训,今年去云南旅游,等回来满意之后再结账,也就是说,旅游团款要你们先垫付。老板把这一条作为做这个单子的前提条件,第一个先和你们谈,这里面有你们张董事长的面子,因为老板多少了解她的人品,知道她做事情负责、周到、细致。如果你们能接受,就把业务给你们,如果你们不能接受,再谈第二家。"

张伟一听,愣了,公司规定发团之前必须要收齐团款,收不齐不发团,这可怎么办?

"宋姐,我们公司规定很严格,团款必须在出发前全部交齐,不能拖欠的。"

宋主席摇摇头微笑着:"你们公司的规矩我以前也听说过,其他旅游公司就不这样,很多可以赊欠的,回来再给钱,当然你们是大公司,客户多,规矩严格,也在情理之中。但是,老板的话我也是同样不敢违抗啊,而且这个是先决条件。"

张伟:"这个事情什么时候定下来?"

"今天上午。"

张伟一听颇为棘手,脑子快速思考起来。

这是自己第一次真正出手做的单子,而且正处在老板的信任危机之中,急需要一个单子来证明自己的能力。

在单子没拿下之前,张伟不想告诉何英,更不想让何英为自己开口子垫付团款,如果那样,单子宁可不做。

张伟算了一下,这个单子的团费每人2000元,总共需要10万。

想到这里张伟心里一动,自己手里正好有10万。

一不做,二不休,先这么定了。

张伟对宋主席说:"宋姐,这单子我们接了,我们公司有规定,不能破例,您是我们公司张董事长的老熟人,我相信您,团款我个人垫付。"

宋主席有些意外:"小伙子,这可不是一笔小数,你可要想好了,如果你决定了,我现在就可以拍板,这单子归你了。"

张伟点点头:"可以,我信得过贵公司,信得过大姐,等团队回来,希望你们也能按时结账。"

宋主席:"那当然,等回来肯定是要按时给你结账,我们肯定是要讲信用的。"

张伟一拍手:"好,宋姐,那我们现在就签合同吧。"

张伟来之前就带了盖好公章的几份空白合同,现在正好派上用场。

于是现场办公,合同很快就签好了,团队5天后出发,回来3天后结账。

宋主席签完合同对张伟说:"到底是你们张董的手下,办事就是利索。"

张伟嘿嘿一笑,对宋主席说:"我先把这款垫付上交我们公司财务,发票我先拿着,等你们回来,我带发票来拿钱,直接给我就可以。"

宋主席连连点头:"那是一定,理所当然。"

第三十六章 | 爱在东兴

张伟兴冲冲地先去银行提钱,回公司把团款交到财务,发票自己收好。办妥后走进何英办公室,把合同放在何英面前。

何英刚忙完,正在办公室端着杯子喝茶,看见张伟的合同:"这,版纳游,50个人,你什么时候捣鼓出来的?"

张伟轻描淡写:"刚谈妥的,钱已经交到财务了,5天后发团,我的任务完成了,你给导游部和计调部安排一下吧。"

何英眼睛眨巴眨巴地看着张伟:"晕,怎么事先一点也不知道你搞了这么一个大团,真有你的。"

张伟嘻嘻一笑:"这个团没人给我介绍,是我自己开发的。"

何英非常高兴,不仅仅是因为又增加了一笔业务,更高兴的是张伟自力更生去开拓业务的能力增强了。

"祝贺你,你适应得真快,我很高兴看到你的成功。"何英热切的眼神看着张伟。

张伟突然想起昨晚小郭告诉自己的话,心里一阵失落,低眉顺眼地说:"谢谢老板娘,没事我出去了。"说完,转身要走。

"你等等,"何英叫道,"怎么了?看你不高兴,昨天不还挺好的吗?"

张伟努力一提神,呵呵一笑:"没怎么啊,这不挺高兴的嘛。"

"那就好,"何英放心了,"王炎这几天身体怎么样?都恢复好了吗?"

"恢复好了,回自己那里住去了。"

"是的,也该回自己家住了,万一被人知道传到她男朋友那里去,事情不是很糟糕?"

张伟点点头:"老板娘说的极是,这事就这样了,不用您再操心。"

何英一听不乐意了:"我怎么听你这话怎么这么疏远,好像刚认识的人说话。"

张伟心里说,我可得有点自知之明,您是老板娘,俺是打工的,同样的人,不同样的阶层。

张伟低头没说话,扭头出去了。

何英看着张伟扭身出去，不由叹了口气。她知道张伟这两天情绪不好，主要还是因为老高，可是又想一想，也不能全怪老高。

何英自己知道已经喜欢上了张伟，她喜欢他身上的蓬勃青春和激进火力，喜欢他自信上进的人生态度，喜欢他风流倜傥的潇洒外表，可是，她同样离不开老高，老高给予了她一个成熟男人的宽厚和呵护，一个坚强男人的支柱和安全，更重要的是老高给她提供了丰厚舒适的物质生活，虽然名义上她是董事长，可是真正的权力都在老高那里，她也就是挂个名。

何英不想离开老高，也离不开老高。可是，她也不想失去张伟，她不能失去张伟，这个男人给她的肉体和灵魂都带来了无尽的欢乐。

看到张伟情绪不高，何英心里也有些郁郁不乐，她很在乎他，希望他开心快乐。

何英很想和张伟一起单独呆会儿，可是看他对自己冷淡的样子，看来情绪还没有恢复过来，还是先别打扰他。不过，昨晚还挺好的啊，怎么今天又变得不好了，真奇怪。

何英在QQ上打开张伟的窗口："我说，过去的事你别老放在心上，老高这人就这样，工作比什么都重要，你这个业务一做，他肯定就不会再对你有看法了。"

张伟正在看旅游新闻，给何英回复道："没什么，我不会放在心上，别说老板训斥员工，就是老板开除员工，那员工也得挨着啊，我真的没什么，你放心好了。"

何英心稍稍放宽，又问："你这个业务怎么弄来的啊？"

张伟："在旅游QQ群里捡来的，他们服务不好，人家不给他们做了，在群里发牢骚，让我看到了，就……"

何英："真有你的，你很敏锐，一般来讲这样的业务都有很多家旅行社去竞争的。"

张伟："是啊，这个业务加上我们是5家去竞争的，而且我们的价格属于中间，还不是最低的。"

何英："你真行，不是最低价也能拿下来。"

张伟听何英夸奖自己，心里不免有点得意，话也多起来："其实，能拿下这个单子主要得益于两点，一是我们计调部的同志报价行程单做得好，行程内容丰富，景点多，价格合理，时间安排得当，所以我们的价格不是最低的，但他们依然还是看中了我们。"

张伟特意提出对计调部的工作进行表扬，一是出于真心，二是也想缓和和林经理的关系，冤家宜解不宜结。

何英听了很开心，心想到时把张伟的话转告林经理，省得他天天打张伟的小报告，看人家张伟多大度，大家就是要相互包容，这样才能和睦相处。

何英："那第二点呢？"

张伟："第二点，人家那公司的负责人说了，还是看我们公司董事长的面子。"

何英听了一乐："哈，那公司的人认识我？"

张伟装作糊涂："那公司的工会主席说和我们公司的张董事长熟悉，主要是看张董事长的面子。当时我不明白,没听懂,也没问,张董事长是谁啊?"

何英心里咯噔一下,晕,怎么会是这样的,忙回答:"不知道,肯定是那工会主席弄错了吧?"

张伟心里暗暗发笑,继续说:"不是吧,那工会主席还特意说了好几次张董事长呢,说叫什么张小波,又能干,又漂亮,人品也好。"

何英心里有些慌乱,回答:"这个事情有些复杂,不说了,我有点事情要忙了,先这样吧。"

何英匆忙挂断了QQ,心里暗暗骂张伟,做个业务怎么还得扯上她,真败兴。

张伟差点笑出声来,这下晚上见了伞人姐姐可有的说了。

可惜晚上张伟电脑开到12点,伞人姐姐也没有上线,看来工作很忙很疲倦,没时间上线了。

第二天一进公司,何英把张伟叫到办公室:"你接的那单子都安排好了,你放心就是,计调部和导游部都有专人负责。"

张伟点点头:"又不是我个人的事情,事关公司整体利益,我当然放心。"

何英微笑着看着张伟:"老高还在广东捣鼓度假村的事情,刚才给我来了个电话,和你有关。"

张伟一听很关注,老高这么忙专门打电话给老板娘,和自己有关,什么事? 还是为那出境游的事儿? 没完了?

张伟琢磨着没吭声,看着何英眼睛眨巴眨巴,希望从何英表情里得到答案。

"老高来电话两个事,一是表扬你,夸你昨天那单子做得干净利索,效率高,也真奇怪,我还没告诉老高,老高就知道了,看来我们公司员工进步的积极性都很高啊,工作的进度都有人随时给总经理汇报,呵呵。"

张伟一听,知道是计调部的人员给老高汇报的。想一想做员工的也真是不容易,为了保住饭碗,都要对老板表现出百倍的忠诚和敬仰,战战兢兢,小心翼翼,不放过任何一个讨老板欢心的机会。

"第二个事呢?"

"第二个事是一个通知,省旅游局开办了一个全省旅游系统营销管理培训班,老高特意通知你去参加。"

张伟一听很高兴,出去学习充电是他很渴望的事情:"什么时间,去哪里?"

何英递给他一张纸,说:"东兴,今天下午报到,明天开课,时间一周,这上面是我记下来的详细地址和联系电话,你回家收拾一下,就要去了。"

"好,我把这边的工作安排一下,一会儿回家。"张伟很开心,去东兴啊,伞人姐姐今晚从海南回来,我也今晚到东兴,第一次可以和伞人姐姐在同一个城市,距离如此之近,真是叫人兴奋。

"出去好好学习,机会难得,版纳游的事情你不用操心,我会安排妥当。我也想去听听课,可惜公司里脱不开身。"何英笑嘻嘻地看着张伟,"安排完工作,我送你回家收拾东西,然后送你去车站坐车。"

"这——"张伟迟疑了一下,"不必了吧,我自己走就可以。"

"不要多说,就这么定了。"何英一挥手,语气不容置疑。

张伟于是点点头,回到办公桌前,开始安排学习期间营销部的工作。

林经理不知道怎么知道了张伟要学习的事情,凑过来满脸羡慕和嫉妒:"张经理好福气啊,带薪学习,逍遥又自在。"

张伟看着林经理那张猥琐的脸,很想吐一口唾沫在上面,但大家都是同事,团结为上,于是笑嘻嘻地说:"什么福气不福气的,正好这个培训班是营销方面的,所以我去参加,如果是计调方面的,那肯定是你参加了。"

林经理嘿嘿一笑,转身走开了。

张伟刚把工作安排好,何英就出来了:"走,我去后院开车。"

很快张伟和何英就到了公寓楼下。

张伟担心何英跟着上楼再出什么岔儿,对何英说:"我的行李很简单,就几件衣服和手提电脑,你在下面等我一下,我上去5分钟就下来。"

说完不等何英回答,张伟就跑进了楼道。

何英摇摇头,狡黠地笑了起来。

收拾好行李,两人一起去附近的面馆吃了点饭。

何英其实不喜欢吃面,习惯吃米饭,为了将就张伟,也跟随张伟吃了一大碗面条。

吃过饭,何英开车送张伟去长途车站。

车子走来走去出了城,直接上了绕城高速。

张伟说:"咦,怎么跑这里了,不是去车站吗?"

何英哈哈一笑:"就是啊,走错路了,怎么上高速了,唉,算了,干脆送你去东兴吧。"

张伟忍不住笑了:"呵呵,你根本就没打算送我去坐车,是不是?"

何英点点头:"聪明,算你答对了,我怎么舍得你坐公共汽车去学习啊,再说,要出去学习,怎么着也得尽尽我这个做老板娘的心意啊。"

张伟心里有些不安:"这样会耽误公司里的工作,而且,我们俩是一起出来的,公司里的人都看见了,下午如果都不去公司,有的人会乱猜疑,传出去不好。"

何英眼一瞪:"管他呢,别人爱怎么说就怎么说,我是老板娘,爱去哪儿去哪儿,谁能管我,谁要是乱说,我就叫他滚蛋。"

张伟默然,心里又一次提醒自己,她是老板娘,是掌握员工饭碗的老大,轻易得罪不得,现在金融危机正在醋处,下岗的、破产的到处都是,找个工作可是太不容易了。自己努力要做好的是处理好和何英的关系,既要防止事情进一步发展,争取慢慢让它熄灭,还要防止过激,导致矛盾恶化,出现不可收拾的局面。如果真的出现不可收拾的局面,自己除了走人,没有别的路可走。张伟不愿出现这种情况。

何英看张伟不说话,知道是自己刚才的话有些大了,缓和语气笑着说:"你别担心,老板娘和下属一起出去,没有人会乱猜想什么的,我就是送你去东兴,又不干吗,就是他们知道也没有什么。"

张伟勉强笑笑:"这次去学习,宁州其他旅游公司的人肯定也不少,到时候熟人不少啊。"

张伟的话提醒了何英,何英说:"是啊,都是旅游人,到时候肯定有不少认识我的,那也没关系,我就说正巧我来东兴办事,顺便送你来的。"

"也只能这样说了。"张伟无奈地回答。其实张伟还担心一个事情,那就是何英到时候住下不走。

如果何英真的留下来过夜,张伟就又要犯错,虽然张伟心里一直严防死守,但一旦临阵,张伟没有把握自己一定能坚持住。

何英留宿,坏处多多,一则容易被熟人看到,因为培训的人肯定是集中安排在一个宾馆的;二则自己和伞人姐姐上网聊天就不方便了,张伟可不想让何英知道自己还有个网友在东兴。

走一步看一步吧,车到山前必有路。张伟这样安慰自己。

3 小时后,车到东兴。培训地点在东兴市区远郊的一处 4 星级宾馆,下了高速要穿过市区再走一段路才能到。

何英对东兴的路况非常熟悉,开着车熟练地东拐西拐。

张伟说:"你对东兴这么熟悉啊,我以前在北方的时候来过几次,但很不熟悉。"

"嘻嘻,我从小在这里长大,当然对这里很熟悉了。"

"哦。"张伟倒没有想到何英原来是东兴人,和伞人姐姐是同城老乡。

很快到了宾馆,张伟到培训报到处签到、交费、领取房卡和培训资料。

果然宁州旅游公司的同行来的不少,何英在大厅和好几个熟人打招呼,谈笑风生。

安排好房间,张伟松了口气,一个房间两个人。张伟看了下房间登记簿,和自己同一个房间的是东兴假日旅行社的营销部经理,徐君,还没来报到。

看来宾馆离市区比较远,东兴本地的也都在这里住宿了。

张伟心里暗暗高兴,去房间把东西放好,下楼来到何英身边。何英和宁州旅行社的几个同行聊得正欢。

那几个同行有和张伟认识的,见了张伟调侃道:"张经理好幸福啊,美女董事长亲自开车送过来。"

何英呵呵一笑:"我是正巧来东兴办事情,张经理搭我顺风车来的。"

张伟冲他们咧咧嘴巴:"你们房间都安排好了吗?"

"安排好了,晚上没事大家一起梭哈,玩一玩。"几个同行和他们摆摆手,出去散步去了。

"梭哈?"张伟没听懂,"梭哈是干吗的?"

何英:"梭哈是这里非常普及的一种扑克游戏,很多人都玩钱,输赢很大的,你可别玩啊。"

"哦,赌钱的。"张伟明白了,"放心,我对那没兴趣。"

"房间安排好了?"

"安排好了,一间屋两个人,真遗憾,不然你晚上可以住这里陪我。"张伟心想反正何英不能留宿自己房间了,倒也乐得送个顺水人情。

何英听了有些遗憾,不过又很提情绪:"难得你有这个心,还记挂找我,唉,不容易。"

不知怎的,何英竟然轻轻一声叹息。

张伟看何英失落的样子,心里有些过意不去,大老远送自己来这里,也挺辛苦的,看看时间,5点多了,于是对何英说:"我们出去走走吧,一起吃晚饭。"

何英点点头,二人一起开车往市区去。

"东兴有一个名吃,你肯定喜欢。"何英对张伟说。

张伟正在琢磨上哪里吃,一听忙问:"说,什么?"

"羊骨头。"

张伟一听就很提胃口:"别说了,快奔那里,就吃它了。"

何英抿嘴一笑,开车带张伟进入市区,转了几个弯,来到一家羊骨头店。

这里的羊骨头类似于北方的大梁骨,又类似于北京的羊蝎子火锅,辣味十足。张伟吃得十分尽兴,何英只吃了几块骨头,主要看张伟吃。

张伟:"你怎么不吃?"

何英:"我不饿,晚饭我一般都吃得很少,哪里像你们男人。"

张伟想起一件事:"你从小在东兴长大,怎么又跑到宁州去了?"

何英淡淡地说:"生活所迫呗,哪里挣钱就到哪里去。"

吃过饭,何英把张伟送回宾馆,张伟刚要下车,何英说:"亲我一下。"

张伟看看车外,天色已晚,没人看到,于是凑过来要亲何英。

何英又说:"不准应付。"

张伟把嘴巴吻上去,堵住了何英的声音。

两人互相深吻对方,舌头和嘴唇交织纠缠在一起。

第三十七章 同城夜话

张伟的房间在 18 楼,1806 房间。

又是 18 楼,和宁州的家一个楼层,18 层地狱。张伟脑子里突然冒出这个念头。

回到房间,同宿舍的徐君正在看电视,一个和张伟年龄相仿的帅小伙,很精神。

两人热情握手,互相交换名片。

张伟看了下:徐君,东兴假日旅行社营销中心总监。

"徐总,你们公司规模挺大的吧?"张伟一看这营销中心的架构,感觉很有气势。

"呵呵,也不是很大,我们公司组建才两年多,论规模呢,不是东兴最大的,但要是论发展速度呢,那是东兴最快的。"徐君很自豪地说,"我们一开始组建公司就设立的营销中心,设总监职位,我们陈董说了,部门经理出去就可以称呼某某总,而不是称呼某某经理,称呼总,外面人家摸不清来头,还以为是公司老总呢,对谈业务有好处。"

张伟听了感觉很有意思:"你们老板挺大气的,很注意细节啊。"

徐君兴致勃勃:"你说对了,我们老板做事情很有气魄,大处着眼,高瞻远瞩,对员工那是一个字'好',两个字'体贴',这次学习,考虑到离市区远,回家不方便,特意安排我在这里住下。哈哈。"

张伟点点头:"徐总,祝贺你有这么好的老板,我是旅游新兵,以后多指教。"

徐君摆摆手:"哪里,哪里,张经理客气了,可不敢说指教,大家互相学习,我们陈董经常告诫我们,山外有山,人外有人,到哪里都要谦虚。"

张伟听徐君一口一个陈董,说:"你们陈董事长可真是个好哥们儿,哈。"

徐君哈哈大笑:"什么啊,哥们儿? 我们陈董是个女的啊,我们私下都叫陈姐,对外称呼陈董。"

"哦,"张伟也笑了,"敢情你们董事长也是女的啊,和我们公司一样,那你们公司总经理呢? 男的?"

"没总经理,陈董兼着,董事长兼总经理。"

"你们陈董一定是个很能干的老板,身兼两职。"

"你说对了,我们陈董不但能干,还是个难得一见的美女呢。"徐君说着从包里摸出一本画册递给张伟,"我们公司的宣传手册,张经理多指教,我去其他房间拜会拜会同行,陈董特意嘱咐的。"

徐君说完串门去了。

张伟没事干,靠在床头看徐君给自己的宣传手册。

这是一本东兴假日旅行社的简介,制作优美精致,设计非常漂亮大气,以蓝色为基调。

张伟随意翻看,看到一页公司员工的集体合影,仔细看起来。

突然,张伟的眼神停住了,在这照片中间位置坐着的是个美女,怎么那么眼熟。

张伟死死盯住照片上那美女,脑子轰的一声。

这不是那神仙美女吗?!

张伟眼睛紧紧盯住照片上那美女,仔细看着。

确实是她,不是像是,而是就是!!

怎么会是她? 竟然是她!!

她原来是假日旅行社的,看她坐的位置,非老板莫属。

她原来是假日旅行社的董事长!! 陈董事长!!!

美女董事长,真正的美女董事长!!!

世界很大,世界又很小,真的很小,天作巧合,竟然在这里看到朝思暮想的美女董事长!!

张伟的大脑充血一般的膨胀、眩晕,看着照片,死死地,竟似痴了一般,恍如做梦。

许久,张伟终于清醒过来,把手册小心翼翼放进自己包里。

然后,张伟在床上兴奋地蹦了起来,哇塞!! 找到美女了!!!

恢复理智的张伟心里感到无比快乐,美女原来在这里,还是同行啊,还是老板!

张伟兴冲冲打开电脑,伞人姐姐今天回东兴了,给她一个惊喜。

登录 QQ,伞人姐姐果然在。

"姐姐好,什么时间回来的?"

伞人:"哟,傻小子,我刚回到东兴一会儿。"

张伟笑嘻嘻地:"姐姐辛苦,那先休息一会吧。"

伞人:"不累,我刚洗完澡,看你情绪不错嘛,是不是有好事要告诉姐姐?"

张伟:"嘻嘻……有,好几个事情。"

伞人:"哦,那慢慢与我说来。"

张伟:"托前任老板娘张小波的福,我做的那风行服装公司的单子拿下来了,马上就要发团,50 人的版纳游。"

伞人:"呵呵,好啊,祝贺,热烈祝贺! 还有呢?"

张伟:"回公司,我告诉何英这业务托了老板娘的福,何英以为是托她的福,弄明白才知道人家说的是张小波,嘿嘿,有意思不?"

　　伞人:"哦,呵呵,有这回事啊,对了,那风行公司的团款交齐了吗?"

　　张伟:"没,他们非要回来再给,我们公司不让赊欠,我正好手里有刚发的提成,先垫付了。"

　　伞人好像有些意外:"什么? 你个傻小子,怎么做事情这么莽撞,怎么能自己垫付呢?"

　　张伟:"呵呵,没关系的,那家公司规模挺大,再说又有合同,怕什么?"

　　伞人:"但愿吧,回头你可要盯紧了,有什么事情及时和我联系,我帮你出主意。还有什么好消息?"

　　张伟:"还有啊,你知道我现在在哪里?"

　　伞人:"地球上。反正你飞不到月球上。"

　　张伟:"嘿嘿,我在东兴,下午才到的。"

　　伞人:"真的? 呵呵,来干吗? 看我?"

　　张伟:"姐姐拿我开涮呢,我倒是想看你,可是知道你不会见我的,嘿嘿,我是来参加省里的旅游营销培训班的。"

　　伞人:"哦,哈哈,好啊,傻小子,好好学习。"

　　张伟:"嗯,来到东兴,感觉离你好近啊,虽然见不到你,但这种感觉真好。"

　　伞人:"嘻嘻……相见不如怀念,住宿安排好了吗?"

　　张伟:"嗯,我住在西苑大酒店 18 楼,一个房间两个人,和我同一个房间的是东兴的。"

　　伞人:"哦,哪家旅行社的?"

　　张伟:"假日,叫徐君,营销中心的总监,姐姐熟悉吗?"

　　伞人:"哦,呵呵,假日旅行社的,徐君,好像没听说过。还有没有好消息?"

　　张伟:"当然有,最后一个好消息,特大号外,我找到那神仙美女了!!"

　　伞人:"真的??"

　　张伟压抑不住的兴奋:"是啊,姐姐,假日旅行社的徐总给我看他们公司的简介,里面有他们的全家福,我一看,坐中间女的就是那神仙美女啊!!! 太不可思议了! 太神奇了!!!"

　　伞人:"是这样啊,哈哈,傻小子得来全不费工夫。"

　　张伟:"那美女是假日旅行社的董事长,叫什么——你等等,我看看。"

　　刚才张伟只顾看照片,连美女的名字都没顾上看,急忙找出手册,看了下:"叫陈瑶,你认识不?"

　　伞人:"这么大的美女我上哪儿去认识,不知道呢。怎么,有时间去拜会拜会那美女董事长?"

张伟:"不敢不敢,毫无来头,人家哪里会理我,只能远观,能知道那美女是作什么的,我就已经很知足了。"

伞人:"你的要求这么低啊,真是很好打发。"

张伟:"对于美女,只可远观,不可近距离接触,否则会让自己失望,还是保留一份好的想象比较好。"

伞人:"我明白你的意思,你是说金玉其外、败絮其中,害怕美女也是这样,破坏你本来的美好印象,是不是?"

张伟:"呵呵,是啊,像姐姐,虽然你自己以为是黄脸婆,可是在我心中,丝毫不比那美女逊色,而那美女,给了我无以伦比的美好享受,这就足够了,我可不想让自己的美好感觉被现实击碎,保留一份想象在心里,不是很好嘛。"

伞人:"傻小子真会说话,不过,也难说,说不定那美女表里如一呢。哈哈。"

张伟:"嘿嘿,还是别冒险了,这样我就已经很满足了。不过,听徐君说,陈董事长好像也是不错的,大气,体贴员工,有能力,人缘很好的。"

伞人:"陶醉中……俺很得意啊。"

张伟有些意外:"你陶醉?你得意什么啊?姐姐。"

伞人好像清醒过来:"哦,哈,这个……没什么,我是为东兴有这样的人才得意啊,哈哈!"

张伟:"姐姐,来到东兴,感觉离你好近,真想见见你,虽然我知道这个要求你不喜欢,可还是想说出来。"

伞人:"傻小子,姐姐告诉过你,有缘自会相见,无缘何必强求,见与不见不重要,重要的是心里有没有,只要有,缘分自会来到,没有,想也没用。"

张伟被伞人忽悠得晕头晕脑:"嗯,姐姐说得我晕乎乎的,分不清什么意思了。"

伞人:"时间不早了,好好休息。你那同屋的在不在?"

张伟:"徐总啊,他按照他们那美女董事长的吩咐,出去拜会同行了。"

伞人:"嗯,不错,真乖。"

张伟听见伞人姐姐夸徐君,心里老大不乐意:"什么乖不乖啊,和你什么关系啊,又不熟悉,要你来表扬,哼,我也出去拜会同行去。"

伞人乐了:"傻小子,干吗啊,不高兴了?那姐姐也夸夸你,出去拜会同行。不过时间不早了,以后有的是时间,今天先好好休息,好不好,听话。"

张伟突然感觉自己在伞人姐姐面前有些孩子气,有些不好意思:"嘿嘿,那姐姐你也早点休息。"

和伞人姐姐聊完天,徐君还没回来,这家伙一看也挺能说的。

张伟的大脑一时高度兴奋,在床上翻来覆去睡不着。

鬼使神差,自己竟然和伞人姐姐还有神仙美女在同一个城市里了,距离如此之近。

218

神仙美女是旅游公司的董事长,厉害!

美女董事长叫陈瑶,陈瑶,不错的名字。

哈哈,原来美女在这里啊,终于被我发现了,正像伞人姐姐说的,得来全不费工夫。

张伟美得在床上打滚。

慢慢张伟冷静下来,感觉自己有些好笑,有什么值得这么美的呢,美女和自己何干?人家一董事长、大老板,自己一小打工仔,美什么?

不过,能有这么一个美丽的女人在自己心海里漂浮,也是一件美好的事情,也就很知足了。

张伟甜蜜蜜地进入了梦乡,连徐君什么时候回来的都不知道。

第二天早饭后,8 点开始正式培训。

教室设在酒店 3 楼的会议室,参加培训的人员 100 多人,来自全省各旅游公司,会议室满满的。

为了防止混乱,每个人都编好了座位号,张伟和徐君坐在前排。

培训课程排得很满,每天上午是专家理论讲授,下午是实战事例讲解和营销报告,晚上分组讨论。

专家讲授主要由大学旅游系的讲师、教授进行理论系统培训;实战讲解和营销报告主要是邀请省内外知名旅游公司的老总和营销专家进行经验交流和个例分析;分组讨论是学员通过每日白天的学习情况结合自身工作谈体会,张伟和徐君等 20 人为一组。

张伟本来的打算很好,白天学习,晚上出去溜达,或者和伞人姐姐聊天。

可是,现在时间这么紧张,白天无暇他顾,晚上分组讨论完都是 10 点多,别说出去玩,就是和伞人姐姐网上聊天都不尽兴,因为徐君在旁边,一则怕他看见,二则上网太久,会影响他休息。

所以,张伟每次讨论结束回来上网,都是简单和伞人姐姐汇报一下当天学习的情况和自己的体会,然后就关电脑休息。

偶尔课间或者饭后散步,张伟也会间接向徐君打听美女陈瑶董事长的情况,而徐君除了对陈瑶在单位的情况了解,对她工作以外的私人情况知之甚少。

"我们陈董的私生活公司里的人基本谁都不知道,她也从不和我们谈,我们也不好问,和她只谈工作。不过,她对我们的私生活倒是很关心,谁哪天过生日,谁父母身体不好,谁老婆生孩子,她都知道,少不了要送个鲜花,送个礼品的,老好了。"徐君有时候会得意扬扬地告诉张伟。

原来神仙美女陈瑶是这么有人情味的董事长。张伟听了心里暖洋洋的。

那么前几天自己在海南遇到陈瑶也不足为奇,做旅游的都是天南海北到处跑,她可能也是带团去旅游的。假日旅行社这么响当当的旅游公司,海南团肯定不少。

一个组建才两年的旅行社能在当地打出名声,这个陈瑶也真是不简单。

"你给我那简介上公司全家福照片中间那个是你们陈董吧,看起来好年轻啊。她多大了?"张伟问徐君。

徐君狡猾地笑笑:"不错,是陈董,不过,她多大,可不能说哦,女人的年龄是保密的,也是我们做员工的不能泄露的哦,哈哈,你自己猜吧。"

张伟呵呵一笑,徐君这家伙保密观念还挺强。

学习进行得很顺利,转眼到了最后一天,下午就结束了。

何英上午打电话来,要开车来接张伟。张伟没同意,告诉她说自己要和宁州的几个同行一起坐公共汽车明天回去,已经都说好了。何英一听没辙了,也就作罢。

这几日何英一直在忙孩子的事情,所以张伟基本上是平静的。自己接的那个版纳团昨天已经顺利出发了,何英专门安排了一名经验丰富的老导游做全陪。

上午的课程结束前,主持人告诉大家,说下午的报告将邀请一位年轻的资深旅游营销专家,请大家两点钟准时到会场,不要迟到。

年轻的资深旅游营销专家,这几个头衔一下子打动了张伟的心。这几天的学习,让张伟受益匪浅,特别是每天下午的报告会,听到那些同行佼佼者的经验之谈,真是感觉山外有山,人外有人。今天下午又将有一位资深旅游营销专家来作报告,看来又有的学了。

张伟下午准时来到教室,兴冲冲地等待报告会开始。

两点整,主持人宣布报告会开始:"今天,我们有幸邀请到为我们作报告的是,我们东兴本土迅速崛起的一家明星旅游企业的负责人,一位年轻的资深旅游营销专家,营销实战最成功的实践者,东兴市假日旅行社董事长兼总经理——陈瑶女士!"

"哇,是我们陈董啊!"徐君兴高采烈地和大家一起热情鼓掌。

看来,陈瑶来作报告的事情徐君也不知道。

张伟一下子呆住了,痴痴地看着陈瑶在热烈的掌声中走上前台。

年轻的资深旅游营销专家原来是神仙美女董事长陈瑶!

第三十八章 绝代风姿

陈瑶穿一身蓝色套装,白底衬衣,头发挽成一个发髻盘在脑后,双目明亮而有神。

张伟痴痴地看着陈瑶走上讲台,心里充满了兴奋、激动……

徐君得意地碰碰张伟的胳膊:"哎,我们老大作报告,肯定很精彩,好好听哦。"

张伟点点头,目不转睛地看着陈瑶,前排和讲台只有几米的距离,张伟甚至能看清陈瑶漂亮的双眼皮和小巧可爱的鼻子。

几天下午来作报告的人都习惯带一手提电脑,便于随时提醒自己别有遗漏或失误的地方,令张伟和所有学员感到意外的是,陈瑶没有带手提电脑,只带了一个蓝色的讲义夹。

陈瑶站在讲台上,缓缓扫视了一圈会场,目光里充满友好和自信。

扫视到前排的时候,陈瑶的目光和张伟相互对视了一下,非常短暂,大概连半秒都不到,陈瑶眼里闪过一丝笑意,微微颔首。

张伟心里一阵激动,天哪,她或许还记得自己,还记得前些日子在天涯海角的邂逅。

陈瑶在向全体学员致以注目礼后,开始了她的发言。

"尊敬的来自全省旅游系统的各位同行,大家下午好,我叫陈瑶,来自东兴假日旅游,今天很高兴能有机会和各位同行交流切磋……"

陈瑶的讲话清晰持重,语音动听,姿态谦逊,一下子就拉近了和学员的距离,会场十分安静,大家都注意听陈瑶的发言。

"在这里,我想纠正刚才主持人先生给我的一个定位,我和大家一样,都是同龄人,所以年轻我领受了,即使我们没有一个很年轻的身体,但我们一定都有一颗年轻的心;但资深和营销专家这两个称谓实在是不敢担当,在各位营销同行面前,让我汗颜。同时,这几天每日下午都有真正的旅游营销资深专家和前辈给大家作报告,大家一定也都受益匪浅。我今天谈不上作报告,只是借这个机会和大家交流切磋,在我发言的时候,欢迎大家随时提问,共同探讨,共同提高……"

陈瑶平易近人,从人本管理的角度为切入点,结合实战范例和目前国内国际旅游业的动态,深入浅出地分析了旅游营销的现状,对如何做好金融危机情况下的旅游营销提出了自己的见解。

学员们听得十分认真,纷纷做着笔记。

张伟边做笔记,边注视着陈瑶的举手投足、音频笑貌,心里暗暗赞叹不已,真是人不可貌相,海水不可斗量,此女子不但容貌绝色,其内在气质、涵养、知识更是一般人所不能及,真正的才貌俱佳,表里如一。

陈瑶的声音十分悦耳动听,普通话又标准,略带南方人的软绵,听起来真是一种享受。

张伟看着陈瑶落落大方地在讲台上引经据典、侃侃而谈,听着陈瑶幽默风趣的讲解,不觉着迷,恍恍惚惚感觉陈瑶仿佛变成了伞人的化身,仿佛伞人姐姐正在讲台上讲话。

不知怎的,张伟感觉陈瑶讲话的风格和语气与伞人姐姐非常相似,虽然张伟没有听过伞人姐姐的声音,但他感觉陈瑶好像是如此的熟悉,充满亲切和亲近感,仿佛是结识许久的好友。

看着陈瑶,看到自己朝思暮想的美女此刻就在眼前,聆听着她的声音,近在咫尺,张伟心里充满了幸福和感动,快乐在全身蔓延。

陈瑶对旅游营销的见解非常到位,对目前旅游业内的现状和存在的问题分析得十分深刻,对旅游营销如何突破金融危机带来的低迷提出的建议十分中肯,学员们不时地报以热烈的掌声。

张伟突然发现一个细节,陈瑶在报告的过程中,自始至终没有打开带来的讲义夹,全部是现场口头自由发挥。

张伟有些吃惊,能做到这一点,需要十分娴熟的专业知识和高度清晰的思路,非一般人所能为,而陈瑶竟然能做到!

张伟在赞叹的同时,开始由衷地佩服陈瑶。

两小时的报告结束时,陈瑶微笑着对大家说:"感谢大家浪费宝贵的时间来听我的浅薄之言,希望各位对其中不当和不足的地方给予批评和指正。同时,欢迎在座的各位随时莅临假日旅游指导、传经送宝。谢谢大家。"

热烈的掌声再次响起,陈瑶向大家鞠躬致意后走进休息室。

"怎么样?感觉如何?"徐君夸耀地看着张伟。

"好,很好,非常好!"张伟心悦诚服地说。

张伟走出教室回到宿舍,培训结束了,本地的学员纷纷离去,张伟和宁州的几个学员约好明天回去。

徐君和张伟互留电话后热情告别。

空荡荡的宿舍里剩下张伟一人。

张伟给王炎打了个电话,这几天一直没腾出空来和她联系,他放心不下王炎的身体。

王炎这几天没有张伟的消息,听说他在东兴培训学习,很高兴:"学习好啊,能提高自身业务能力,好好学。"

张伟:"你最近身体怎么样?"

王炎:"没问题,都好了,嘻嘻,何英前天还专门来看我,给我买了一大堆好吃的。"

张伟一听放心了,何英还真不错,记得自己的嘱托,专门去看王炎。

打完电话,张伟又无所事事了,张伟半躺在床上,看着窗外的天空发呆。

学习结束得真快啊,马上就要走了。

一想到要离开东兴,离开伞人姐姐,离开美女陈瑶,张伟心里突然涌出无限的眷恋。

即使不能相见,只要能在一个城市里,这种感觉就已经让张伟很满足了。

张伟打开电脑,终于有时间和伞人姐姐好好聊天了,不过现在才4点多,正是上班时间,不知道伞人姐姐有没有空闲。

登录QQ,伞人姐姐不在线。

张伟有些失望,她是不是又出差了呢?

无聊的张伟坐在电脑前看着伞人灰色的头像发呆,心情突然有些怅然。

张伟正呆呆地坐着,伞人的头像突然开始闪动,变成了彩色。

伞人上线了。张伟来了兴致,啪啪一行字打过去:"伞人姐姐,你终于来了,我学习结束了,我终于有时间可以和你好好聊天了。"

伞人:"好啊,傻小子,祝贺你圆满结束学习。我出去有事情,刚回到公司,怎么样,感觉学习效果如何?"

张伟:"收获不小,嘿嘿,特别是今天下午,收获巨大。"

伞人:"今天下午学什么了,收获要用巨大来形容?"

张伟压抑不住自己的兴奋:"姐姐,你知道吗?我下午见到美女了,假日旅行社的董事长——陈瑶,还听了她两小时的报告。"

伞人:"真的!傻小子好福气,感觉如何?"

张伟突然一声叹息:"唉——"

伞人:"怎么了?叹气干吗?"

张伟:"姐姐,我说了你别笑话,也别不高兴,此女只应天上有啊!我这辈子能见这样的女人两眼,也算是前世修来的福分哦。"

伞人好像很开心:"哈!太夸张了吧,到底是什么样的女人能让你如此折服感慨?"

张伟:"姐姐,今天下午我听了这陈瑶的报告,可了不得,这女人不但是容貌惊人的漂亮,还非常有才啊,报告非常精彩,她完全脱离书面材料,没有任何资料,口头讲了两小时,头头是道,有理有据,深入浅出,分析透彻,观点鲜明,见解新颖。这样才貌俱佳,有思想,有教养的女人,难得啊!!"

伞人呵呵一笑:"怎么?傻小子,被迷住了?要不要我去上门给你提亲哪?"

张伟忙说:"可别!姐姐,可别开这个玩笑啊,一是不知道人家是否婚配,而且即使人家未婚,咱也有自知之明,天地之差,天壤之别,不在一个档次上,能见两眼,已经很满足了,哪敢再有别的想法。"

伞人开心地不得了:"哈哈! 世间竟有如此的女子,让我兄弟如此高看,不行,我得去找她,看看到底是什么样子的,然后和她谈谈,把兄弟介绍过去。"

张伟急了:"姐姐,可别,可使不得,咱本来就对人家没有什么想法,而且,我对她有如此好感,其实原因还是在你身上。"

伞人有些奇怪:"这话从何说起,和俺有什么关系?"

张伟:"从我上次在海南见她,到这次又见到她,看她的神态语气,都感觉好像是你,感觉好像是你在看我,你在讲话,特有亲切感,特别是今天下午陈瑶作报告,里面关于旅游营销的一些观点和看法,和你以前告诉我的惊人相似,我听着报告,慢慢走了神,竟然在意识里把她当成了你。"

伞人:"傻小子,旅游营销的原理和观点基本都是一致的,这没有什么大惊小怪的,人家是大美女,老板,姐姐怎么能和她相比,嘻嘻……别迷恋姐,姐只是个传说!"

张伟突然有些伤感:"姐姐,我明天就要走了,就要离开东兴了。"

伞人:"兄弟,天下没有不散的筵席,大男人,莫伤感,莫愁前路无知己,天下谁人不识君。人生聚往散去都是缘,顺其自然吧。"

张伟刚要回答,突然电话响了,一看是徐君的,忙对伞人说:"电话,稍等。"

伞人:"嘻嘻……接吧,说不定有好事。"

"张经理,你晚上有没有安排?"徐君在电话里对张伟说。

张伟:"没有啊,徐总有什么吩咐?"

"呵呵,吩咐可不敢当,是这样,张经理,今晚我们公司聚餐,陈董事长和公司几个中层一起吃顿饭,刚才陈董事长和我聊天时,我顺便说起了你,陈董让我带她向你发出邀请,邀请你参加我们的晚餐。"

"啊!"张伟又惊又喜,随即又说,"可是,你们是内部聚餐,我是外人,参加不大方便吧?"

"那有什么,我们老板亲自邀请你,可一定要来啊,下班后我开陈董的车来宾馆接你。"徐君在电话里叮嘱道。

"好,好。"

张伟兴奋异常,今晚竟然能和陈瑶一起共进晚餐,还有什么能比这个更高兴的呢?陈瑶一定还记得自己,不然不会向自己发出邀请。

可是,这个消息要不要告诉伞人姐姐呢? 万一伞人姐姐知道了不高兴怎么办?

可是,如果不告诉伞人姐姐,又对不住她的一片好心,刚才人家还要亲自登门去提亲呢。而且,这事隐瞒在心里,也不痛快。

想来想去,张伟决定告诉伞人。

"姐姐,我刚才接的是假日旅游的营销部总监徐总的电话,他受陈瑶董事长的委托,邀请我参加他们公司内部的聚餐呢。"

伞人仍在线："怎么样？我说对了，果然来电话有好事，7878，晚上既能看见美女，又能和同行交流，还能饱餐一顿，多好的事。"

张伟看伞人好像挺高兴，没有阻拦自己的意思，放心了，同时又有些遗憾，伞人姐姐不阻拦自己和别的女人接触，说明自己在姐姐心里还没有足够的位置。

张伟："要是能和姐姐一起共进晚餐，该多好啊。"

伞人："你不是老感觉那美女董事长和姐姐相似吗，那你把她当你老姐我好了，只是俺没有那花容月貌和满腹才华。"

张伟有些不好意思："姐姐不要这样说啊，姐姐在我心里的美丽丝毫不比陈瑶差，姐姐在我心里永远是最美丽的。"

伞人开心地："傻小子真会说话，晚上有大餐，可以好好打打牙祭了。对了，你喜欢吃什么口味的菜？"

张伟："我啊，最喜欢吃海鲜，海鲜之中又最喜欢吃大螃蟹，嘿嘿，不过，今晚人家请客，客随主便喽。"

伞人："说不定你晚上真能吃到大大的螃蟹哦。"

张伟喜滋滋地："那可就真过瘾了，我肚子里正缺油水，呵呵。"

……

时间不知不觉到了六点，张伟的手机响了，一接是徐君打过来的，已经到楼下了。

张伟和伞人告别后直奔宾馆楼下，一辆宝石蓝的宝马车停在宾馆门口，徐君正坐在前排向自己招手，开车的是个小伙子。

张伟上车后，徐君高兴地回头说："张经理，你今天可是我们的贵客啊，陈董专门安排自己的专车来接你。"

张伟心里很兴奋，脸上谦虚道："谢谢，小小打工者，承蒙陈董高抬。"

徐君："我们今晚去吃海鲜，饭店就在我们公司附近，陈董和其他几个公司中层已经步行先过去了。今天沾你的光，我们公司以前会餐都是在另外一家饭店，今天陈董刚才突然通知说换地方，去天天渔港吃海鲜。"

张伟心里一动，真让伞人姐姐说着了。伞人姐姐说话好像都很准确，能预知未来，而自己呢，冥冥之中似有神仙相助，想什么就有什么。

一想到很快就可以和陈瑶一起共进晚餐，张伟心里异常激动、兴奋、紧张。

第三十九章 | 梦幻成真

张伟跟随徐君走进天天渔港一个豪华单间,驾驶员到楼下吃自助餐去了。

陈瑶已经在房间里等候,旁边还有四个人,两男两女,清一色年轻人。

徐君上前把张伟介绍给陈瑶:"陈姐,这位就是宁州中天旅游公司营销部的张经理,张伟。"

陈瑶站起来,微笑着看着张伟,伸出右手,声音里充满热情:"欢迎张经理,我们看来应该是老熟人了吧。"

徐君一愣,陈董和张经理原来曾经见过面。

和下午相比,陈瑶换了一身装束,头发散了下来,披肩,略带弯曲,穿一身蓝白相间的耐克休闲装,白色耐克旅游鞋,显出另外一种别具一格的朝气和魅力。

张伟看着陈瑶明亮温和的眼光,急忙伸出双手握住陈瑶的手,感觉陈瑶的手纤细、嫩柔,有些发凉。

张伟的心情很激动,终于握住梦寐以求的美女的手,终于和神仙美女面对面接触,简直像是做梦。

张伟深呼吸了一下,对陈瑶说:"是啊,陈董事长,想不到我们又见面了。"

陈瑶眼里闪过一丝快活:"人生聚往散去都是缘嘛。"

张伟一震,这话伞人姐姐刚说过,怎么陈董也这样说,好像她们俩是一个路子。

看到张伟一怔,陈瑶好像突然意识到什么,忙松开手招呼张伟和大家入座。

陈瑶指着自己右边的座位对张伟说:"张经理,你是客人,坐这里吧。"

这个位置一般来说,只有最尊贵的客人才可以坐这里。今天张伟是唯一的客人,自然只有他适合坐这里了。

南方吃饭和北方有些不同,北方很注重吃饭座位的排列,即使是一般的聚餐,而南方除非很正式的场合,一般都是大家随意坐,不分上下。张伟刚来南方的时候还不适应,现在也基本见怪不怪了。

今天陈瑶坐在了主陪的位置,让张伟坐主宾,可见对张伟的到来是足够重视的。

旁边的几个人见董事长对一个旅游公司的部门经理如此看重和热情，都不免有些不理解。

他们的不理解也是有原因的，这两年假日旅游成为当地旅游界的一匹黑马，业绩扶摇直上，他们自然也就多了几分自豪和骄傲，对其他同行不由自主多了几分随意和轻视。

陈瑶把几个下属的神色看在眼里，微微一笑，招呼大家入座。

入座后，陈瑶给张伟介绍其他几位：两个男的，分别是地接中心和导游部中心总监；两个女的，分别是计调中心总监和办公室主任。

张伟向他们点头示意，他们也随意点头回应。

徐君去安排服务员上菜。

陈瑶环顾了大家一圈，然后对张伟说："早就耳闻宁州旅游界出了一匹营销黑马，一直想结识却没有机会，没想到今天有幸见到张经理。"

张伟闻听一愣，原来陈瑶早就知道自己，自己怎么就成了黑马呢？

其他人听了也是一愣，齐刷刷看着张伟，能让自己老板这样赏识和夸奖的人少见，这张经理原来还是宁州旅游界的一匹黑马，看来不可小觑，神态间一时多了几分尊重。

"哪里是什么黑马啊，只不过是一名新兵罢了，刚入道，还望陈董和各位多指导。"

张伟谦虚地说着，心里却不免兴奋和得意，美女竟然早就知道自己，还夸奖自己，一时竟有些飘飘然。

陈瑶抿嘴一笑，对大家说："前几天，我听宁州旅游业内的一名同行讲，说最近中天旅行社新来的一名叫张伟的营销部经理，抓营销管理十分了得，以人为本，奖惩分明，创意新颖，不到一个月工夫，中天旅游的业绩扶摇直上。不但如此，张经理还亲自做大单，一人单枪匹马挑下了一个千人的海南团。我一直想找机会见见这位张经理，没想到今天有幸请来和我们共进晚餐，希望张经理和我们多多交流，传经送宝。"

张伟心里像吃了蜜，美女原来是通过同行知道自己的，听到如此详细周到的赞誉，张伟心里乐开了花。

"哇！千人的海南团。"

陈瑶的话收到了预期的效果，其他人不由都发出一阵赞叹，徐君更是一拍张伟肩膀："好小子，真人不露相，露相不真人，我们俩一起住了一星期，你愣是没给我露一点啊。"

张伟谦虚道："哪里，哪里，边学边做，边做边学，至于那个大团是巧了，巧合而已。"

那几个人一听，纷纷说："张经理不但能干，还真谦虚啊，巧了？我们怎么碰不到这么巧的事啊？还是张经理本领大啊。"

陈瑶嘴角掩饰不住地笑，也附和了一句："是啊，白猫黑猫抓住老鼠就是好猫。"

张伟一听又是一震，这话伞人姐姐也说过，怎么陈瑶也这么说，真是巧极。

张伟刚要说话，陈瑶又接上一句："菜上来了，倒酒倒酒。"

张伟一看，服务员端上来的有白酒、黄酒、红酒和啤酒。

陈瑶对张伟说:"张经理喜欢喝什么酒呢?"

张伟看了看:"啤酒吧。"

陈瑶摇摇头:"听张经理口音是北方人,你们北方人喜欢喝白酒啊,我看还是喝白酒吧,这样多有男人气概,我陪你喝白酒,就这样定了,来高度的,茅台。"

话里虽然是征求张伟意见,却又不容推辞,好像陈瑶早就知道张伟白酒酒量不小一样。

不知怎么,张伟好喜欢听陈瑶说话,对她的话竟然就没有一丝抗拒的意思。

"行,那我就喝白酒。"

陈瑶满意地笑了:"放心,张经理,点到为止,不会让你喝多的。"

其他几人分别选了黄酒和红酒。

陈瑶端起酒杯:"各位,今天我很高兴,我们公司的中层管理人员会餐能邀请到张经理。和张经理,总的来说,我们是第三次见面,从正式来说,我们是第二次见面,人常说,同行是冤家,在我看来,恰恰相反,同行更应该做朋友,这样大家互相学习,互相取长补短,才能更好提高自己,才能更好进步。来,让我们大家一起举杯,欢迎张经理莅临本公司的小小晚餐。"

张伟听这话心里喜滋滋地,心想,加上在电梯里那一次背影,我可是第四次见你了。

"谢谢大家,谢谢陈董,谢谢假日旅游的各位同行。"张伟看大家都举起了酒杯,也忙拿起酒杯,一饮而尽。

徐君一看张伟喝酒的痛快劲儿,对张伟说:"张经理果然是豪爽,有北方人的性格,从喝酒就看出来了。"

陈瑶看张伟一口干了,说:"好,爽快,舍命陪君子,我也干了。"

说完,陈瑶也来了个一口闷。

张伟一看,陈瑶喝酒的性格有点像男孩子,爽快。

三杯过后,张伟感觉体内开始发热,陈瑶也喝得脸泛起一片红晕,显得有几分娇羞。

张伟看着陈瑶,此刻的陈瑶充满了女人味,和下午报告会上的儒雅高贵相比又是另一种风情。

张伟很想就这样一直看着陈瑶,可是,又提醒自己要注意场合,老盯着人家看是极其不礼貌的。

菜陆续上来,很丰盛,都是海鲜,当然有张伟最喜欢吃的大螃蟹。

陈瑶亲自拿了一支大螃蟹放在张伟面前:"喏,这是你最喜欢吃的,别老是喝酒,先放开肚皮吃吧。"

张伟百思难解,陈瑶好像是自己肚子里的蛔虫,知道自己最喜欢吃螃蟹。而且,陈瑶这会儿和自己说话,全然没有第一次见面的陌生感和距离感,轻轻柔柔,随意自然,好像是在和一个相识多年的老朋友讲话。

这让张伟备感亲切和温暖。

恍恍惚惚间,张伟感觉陈瑶又变成了伞人姐姐。

张伟努力想看清伞人姐姐什么样,可是,脑子里一直无法集中精力去看清。

"陈姐,这么久了,还是第一次见你喝白酒。"陈瑶的几个下属和陈瑶说笑道,"我们也敬你一杯白酒。"

陈瑶乐呵呵地和大家碰杯喝起来。

张伟吃惊地发现,陈瑶的白酒酒量竟然丝毫不比自己差,一会儿喝下去半斤多了,竟然仍是坦然自若,谈笑风生。

张伟想起刚才自己还为自己的酒量扬扬自得,心里不禁连叫惭愧,真是山外有山,人外有人。

"陈董事长,我感觉你好像特别喜欢蓝色,是吗?"趁另外几个人互相喝酒的机会,张伟和陈瑶交谈起来。

陈瑶端过一份海参放在张伟面前,看着张伟傻乎乎的样子,说:"是啊,张经理真是个细心的人,注意观察。"

张伟看着陈瑶白嫩纤细的手:"因为我也喜欢蓝色。"

"哦,"陈瑶看着张伟,"你为什么喜欢蓝色?"

张伟:"因为蓝色代表了深沉、成熟和忧郁。"

陈瑶呵呵一笑,洁白的牙齿很整齐:"张经理的心态向往成熟,还有些忧郁,是吗?"

张伟不好意思地笑笑:"随便说说而已。"

陈瑶:"蓝色代表什么,100个人可能有100种说法,在我看来,蓝色是永恒的象征,理想主义之色,忧郁、脆弱却执著。蓝色,来自身体里的一种不妥协,不与自己妥协,不与世俗妥协,执拗地追寻梦想,并为此付出代价。蓝色,还是一种无奈,一种伤逝,一种生活之外无法言表的忧伤,无论是坚持还是放弃,似乎生命本身就是蓝色的。"

张伟听得入了迷,原来蓝色还有这么丰富的内涵。

张伟点点头:"陈董事长真是一个有思想的人,充满理性的思考,结合我们对蓝色的理解,我想综合起来蓝色应该是代表着忧郁、憧憬、思念、伤感、浪漫和超脱,象征了对往事的回忆、人生的沉淀、情感的永恒及岁月的轮回。"

陈瑶赞赏地笑了,端起酒杯:"张经理归纳得好,精辟。"

陈瑶的夸奖犹如一支兴奋剂,让张伟一直处于飘飘然的兴奋和激动之中,美酒加美女,原来生活如此美好!

能和这样的美女一起喝酒、聊天,能感受美女如此温馨的体贴和呵护,能聆听美女如此温柔隽永的细语,夫复何求!

自己一个小小的打工仔,能得到美女董事长的如此看重和垂青,还有什么比这更让自己感动的呢!

小人物的心理永远是这样,张伟也不例外,心里对陈瑶充满了真诚的钦佩和感激。

饭后，陈瑶要安排司机送张伟回去，张伟坚决不让，这样太麻烦人家了。张伟是不愿意老给别人添麻烦的人。

看张伟态度很坚决，陈瑶也就不再勉强，伸出手："张经理，辛苦一天了，早点回去休息吧，后会有期。"

后会有期！张伟握了握陈瑶的手，已经不再那么冷了，上次在天涯海角，陈瑶说后会有期，果真不久就后会有期了。这次陈瑶又说后会有期，可是，素昧平生，又没有什么业务关系，又找不到理由见面，自己一个打工仔，人家是大老板，天上地下，那个期在哪里呢？

张伟看着陈瑶明亮的眼神，心里涌起无限的眷恋和不舍，还有几分失落和迷惘。

陈瑶仿佛看透了张伟的心思："张经理，天大地大，不如心大，四海之内皆兄弟，天涯何处不逢君，相信我们再见会有期的。"

张伟怔怔地看着陈瑶，这话怎么也有伞人姐姐说话的风格？

陈瑶的车过来了，陈瑶又一次向张伟伸出手："张经理，后会有期。"陈瑶又特别把这四个字重复了一遍。

张伟清醒过来，忙和陈瑶握手告别。

张伟注视着陈瑶和宝石蓝的宝马一起消失在灯火阑珊的夜色中。

东兴学习培训一周，最后的一夜竟会如此浪漫幸福！

张伟兴冲冲地走在东兴车水马龙的大街，这里是伞人姐姐生活的地方，伞人姐姐可能也这样走在这条街上；这里是美女董事长陈瑶生活的地方，陈瑶也一定像自己这般在街上走过。

"如同一场梦，我们如此短暂的相逢，你像一阵春风轻轻柔柔吹入我心头……"张伟的心里一遍遍反复吟唱着这句歌词。

知足吧，还要怎么样呢！

幸运而且幸福的张伟在马路上慢慢地回味着，一小时才回到宾馆房间。

回到房间，张伟迫不及待打开电脑，明天就要回东兴了，伞人姐姐一定在 QQ 上等自己吃饭回来。

果然，刚登录 QQ，伞人姐姐迎头就是一句话："你干吗去了？这么晚才回来。"

张伟被伞人姐姐问得有些莫名："我不是吃饭去了吗？你知道的啊。"

伞人："我知道你吃饭去了，可吃完饭怎么这么晚才回来？上哪溜达去了？"

张伟很惊奇："姐姐，你怎么知道我吃完饭出去溜达了？"

伞人狡猾地笑了："傻小子，本地人吃饭都是很快的，没有吃这么晚的，所以我问你去哪里玩去了。"

张伟恍然："哦，是这样啊，我还以为你又会算呢，我吃完饭在马路上溜达了一会儿，刚回家。"

伞人："嗯，那就好。怎么样，今晚美女请客，吃得好不好？"

张伟:"简直是太好了,被你猜准了,今晚我吃的大螃蟹啊,好舒服。"

伞人:"嘻嘻……你老姐是神算,服不服?"

张伟:"服,服,真是服了姐姐,今晚吃饭,老感觉陈瑶像是姐姐,说话的神态语气都像,特别是有几句经典语言简直就是你的翻版。"

伞人惊奇地:"真的?还有这么巧的事情,我的经典语言可不能被别人用啊,不然我告她侵权。"

张伟:"呵呵,姐姐,说真的,我感觉你们俩挺像,我建议你什么时候有时间去拜访她,说不定你们俩能成很好的朋友。坏了,我忘记和她交换名片,要她的电话了。"

伞人:"嘻嘻……咱可高攀不起,今晚见了美女,满足了吧。"

张伟:"满足了,人家一大老板,咱一小小打工仔,高攀是不敢想的,能和人家吃顿饭,足矣!"

伞人:"哈!傻小子这么好打发啊,别把自己看扁了,只要有梦想,没有什么不可能实现的,好好努力,说不定美女还会再和你见面的。"

张伟傻乎乎地笑了:"嘿嘿,不敢奢望,不过,我联系她不好联系,但她联系我还是方便的,因为我和他们公司的徐总有交换的名片。"

伞人:"是啊,你倒提醒了我,那美女要是找你还是很简单的嘛。"

张伟:"嘿嘿,咱没那想天开,还是明天回宁州老老实实做自己的工作吧,今天这样已经让我受宠若惊了!"

伞人:"万事皆有缘,就看缘分到不到,缘分到了,说不定幸福会排山倒海一般向你倾斜,挡都挡不住。"

张伟:"姐姐又开始神算了!"

……

东兴最后一夜,张伟和伞人聊到很晚才睡觉。

这一晚,张伟睡得特别踏实。

第四十章 快乐无边

从东兴回来后的几天里,张伟心情一直极好,也可以说是自从来宁州后的最好状态。高总这段时间一直在忙乎他的度假村开发事宜,基本不见面。

不过,张伟知道,高总即使不露面,公司的大小事情他了解得并不比何英少,甚至于何英还不知道的,他已经知道了。

做老板也不容易,里里外外都要操心,忙着外面的,顾着家里的,外面的钱要赚,家里的人还要管。

东兴一周的学习,张伟感觉收获很大,以前感觉模糊的一些问题和困惑,现在基本明朗了,特别是有关营销创意和策划的问题,思路比以前开阔多了。

还有一个意外收获,那就是和陈瑶的见面。

不但见到了朝思暮想的神仙美女,聆听了她的精彩报告,还受宠若惊地参加了她的晚餐聚会。

幸福的张伟这几天一直沉浸在快乐和幻想之中。

心情好,工作起来劲头自然足,效率也高。

这两天,张伟经过充分的调查,策划出一个开展农家乐乡村游的方案,从路线到具体实施细则,从推广到宣传步骤,从投入资金到效益分析,面面俱到,很周全。

上午,张伟把方案给了何英,何英仔细看了看,连连说好,很具体详细,很有可操作性,然后说先放这儿,等高总回来给他看看。

张伟知道董事长对这事儿拿不定主意,还是要等总经理回来拍板。

何英适合做一个管家,懂战术不懂战略,高强是一个真正的当家的,看问题全面,兼顾内外。

张伟说那好,等高总回来再说吧,反正这事不急,过些日子也不晚。

这几天何英下了班就去看孩子,孩子感冒刚好,需要照顾,张伟也松闲了不少。

风行公司的版纳旅游团今天下午回来,到目前一切顺利,张伟一直悬着心终于放了下来。

今天是周五,下周一就可以去风行公司找宋主席拿团款了。

一想到这笔业务的顺利签约,张伟心里不由暗暗感谢前老板娘张小波,要是没有她的影响和面子,够呛能做成这笔业务。离开这么久了,影响力依然这么大,树的影,人的名,这就是品牌的力量。

记得小郭说过张小波也是一绝色大美女,能力出众,人品很好,很有人缘,不知这样一位大美人高总怎么和她分道扬镳了。不过,继任者何英倒是也不错,只是感觉好像比印象中的张小波差了一大截。

回来后比较忙,一直没能见到王炎,王炎单位事情也比较多,说给张伟接风的,一直没能兑现。

张伟对王炎别的不担心,就怕王炎不注意自己的身体,流产期间受了伤害很容易落下后遗症,一辈子受罪。

张伟还有一个更大的担心,那就是哈尔森不要提前回来,最起码20天之内不要回来。张伟查过资料,知道流产后一个月之内绝对不能同房。王炎流产的事一定不能让哈尔森知道,否则王炎和哈尔森的跨国爱情有可能泡汤。哪个男人也不想接受这样的事啊,即使他是外国人。

今天是周末,不知道王炎有没有时间。

伞人姐姐又出差了,要一星期后才能回来。临走之前给张伟留言说她的手提电脑不小心被杯子里的水浸入,短路,送去维修了,所以出差不带电脑,这几天也就无法联系。

要七天后才能见到伞人姐姐,张伟感觉这七天真难挨啊。

昨天晚上,郑一凡约请自己吃饭了。

接电话的时候张伟出了公司门口,毕竟郑总不想让老板、老板娘还有公司的同事知道自己和他吃饭的事,那还是注意点的好。

郑总约了几个同行,还有张伟,一起喝酒、唱歌、聊天,并没有表现出什么别的意思。

张伟从心里感谢郑总,毕竟人家组织同行聚会能想到自己,就是看得起自己。

对于张伟来说,独在异乡为异客,能多认识几个朋友,特别是同行的朋友,不是一件坏事。

张伟喝了不少酒,玩得很尽兴。

张伟感觉郑总真是个不错的朋友,可交。

今天天气阴沉沉的,这几天一直这样,阴冷。

张伟一直以为南方的冬天应该很暖和,冬天大不了穿个羊毛衫也就是了,没想到这才刚进入十一月,已经感觉比较冷了。

南方的冷和北方不一样,北方的冷是干冷,南方是湿冷,相比之下湿冷更让人感觉难受。

坐在办公室里,张伟感觉浑身发冷,缩起了脖子。

张伟透过临街玻璃橱窗看着大街上川流不息的车辆和人群,还有随风飘落的树叶,不由想起了北方的冬天。天寒地冻的季节,一家人围着火炉吃饭、聊天、看电视,外面寒风呼啸,大雪飘飘,室内暖意融融,谈笑风生,那情那景那人,真是叫人怀念。

张伟正在愣神,一个穿红色羊毛衫的女孩出现在橱窗外,脸贴在玻璃上,正冲他做鬼脸。

张伟乐了,王炎。

这家伙,不好好上班,怎么跑出来了。

王炎在外面又蹦又跳,冲张伟招手,笑嘻嘻的。

张伟忙出去,冲王炎说:"小祖宗,别这么蹦跶,蹦得我心惊。"

王炎冲张伟胸口一拳:"哥,我已经全都好了,没问题了。"

张伟一板脸:"又忘记我嘱咐你的话了? 一个月之内……"

"知道,知道了,别老是唠叨,"王炎拉着张伟,"走,去陪我逛商店,我要去买几件冬天穿的衣服。"

"你等下。"张伟回到办公室收拾了一下,然后出来和王炎一起去广场附近的购物中心。

"今天怎么有时间? 不上班?"张伟边走边问王炎。

"上班啊,我是出来办事情的,办完了,偷个空,逛逛街,嘻嘻。"王炎调皮地说道。

张伟一听忍不住笑了:"你玩心不小啊,不是说要给我接风的吗? 我等着呢。"

"嘻嘻,前两天没空啊,他提前回来了。"

"谁?"

"还能是谁啊? 我的外国郎君呗!"

"不是说还要一段时间才回来吗? 怎么突然提前回来了?"张伟有些着急了,"那,这两天,他,你——"

王炎看到张伟着急的样子,既高兴又感动,挽着张伟的胳膊:"公司计划有变,所以他提前回来了,哥,你放心,我记得你的话的,没让他……"

张伟安稳下来,又不放心地说:"你不让他,他愿意?"

王炎心有余悸地说:"不愿意啊,我哄他说我大姨妈来了,先躲过这几天。"

张伟一听,摇摇头:"不妙,躲得过初一,躲不过十五,过两天你怎么应付他? 他要是知道你流产的事,会怎么样?"

王炎有些着急:"我还没想呢,流产的事一定不能让他知道,这个人疑心很重,知道了还不知道怎么认为,那麻烦可就大了。那该怎么办?"

张伟一时也没有办法,拍拍王炎的肩膀,沉稳地说:"别着急,我想想,办法总比困难多。"

王炎经张伟这么一提醒,也意识到了问题的严重,是啊,来例假只能拖延个三五天,然后呢,一想到哈尔森在床上像一头野兽的样子,王炎有点不寒而栗,要是平时还能应付得了,现在可是非常时期,一定要想个办法。

王炎用依赖的目光看着张伟,逛商店的兴趣一下子没有了。

两人在广场随便闲逛。

"有了。"张伟突然说。

王炎一听来了精神,抬头看着张伟。

"按照你说的来例假的时间,大约到下周二就要结束,那么你就在周一或者周二回老家去办户籍手续,这一来一去就得十多天,回来身体也就恢复好了。"

王炎一听高兴起来:"对,就这么办,我提前两天回老家,正好两全其美,不,三全其美,你鬼点子可真多,嘻嘻。"

张伟一听不乐意了:"怎么能说是鬼点子,我这可是诚心诚意帮你对付洋鬼子呢,团结一致,共同对外。"

王炎的情绪又重新高涨起来:"嘿嘿,鬼点子对付洋鬼子,亏你想得出来,我下午就去公司请假,走,我们逛商店去,中午我请你吃饭,给你接风。"

张伟还有一层意思没说出来,他除了替王炎考虑之外,还琢磨到周一能够回收风行服装公司的旅游团款,让王炎捎带一部分回家给父母,正好时间能赶上。

下午四点半,风行服装公司的版纳团抵达宁州,带队的导游回到公司。

张伟询问了一下游客的情况,得到的回答是游客玩得非常高兴,对我们的服务也非常满意。

张伟又拿过导游服务反馈单仔细看,服务:优;住宿:优;餐饮:优;车辆:优;景点安排:优……各项反馈栏目填的都是优。客人意见一栏里只有一句话:明年还找你们。一看落款,竟然是宋主席。

张伟的心终于,轻松下来。

周一可以和宋主席联系打款了。

张伟又突然想起陈瑶在报告时讲到,服务不怕细,善后服务更重要,更能打动客人的心。于是拨通了宋主席的电话:"宋姐,我是中天旅游的小张,您们平安回来了,行程可满意?"

"张经理啊,满意,非常满意,"电话里传来宋主席略带疲惫的声音,"你们公司的全陪导游服务非常周到,行程安排得非常合理,食宿也很好,我们公司的员工都很满意,大家一致说明年旅游还找你们,我还在意见反馈单上填上了。"

"好,好,"张伟很高兴,听宋主席的声音有些疲倦,忙说,"旅途辛苦了,不好意思打扰您,您赶快歇息吧。"

张伟没有提打款的事情,客人刚回来就催款,也太性急了,总得让人家喘口气吧。

宋主席也没有说给打款的事情,旅途劳累,总得歇歇吧。

自己垫付团款的事情张伟在公司里谁也没说，他爱面子，这事说出去他怕被人笑话。

其实在张伟看来，现在等于是风行服装公司和张伟个人之间的债务关系了，但对风行公司名义上来说，还是欠中天旅游的钱，因为发票还在张伟手里。

王炎下午给张伟发了个短信："哥，假请好了，十天，下周二起身回去，嘻嘻……你的主意就是好。"

看完短信，张伟点点头，行，十天时间，王炎的身体可以恢复如初，对付哈尔森那蛮牛基本是够了。下周二走，那留给自己的时间只有周一了，周一款就要到位，否则就没法让王炎捎带回家。

不过，宋主席在签合同的时候说过，团队一回来，只要没什么问题，就可以支付团款。

周一是回来第三天，应该没有问题。

晚上回到家，张伟有些百无聊赖。

伞人姐姐上不了网，对于习惯了晚上和伞人聊天的张伟来说，感觉一下子空下来，很失落。

张伟无聊地在电脑上浏览本地新闻，突然一则消息引起了他的注意："……目前，持续加剧的全球性金融危机带给我市的影响继续加大，特别是对我市以出口为主的中小型外贸企业来说，打击更是致命的。截至今日，全市已倒闭中小企业 12056 家，其中，上周新破产的中小外贸企业就有两 163 家。这其中，有的老板假离婚转移财产，有的没有任何征兆，突然出走逃避债务，有的自杀身亡……大量下岗工人拥向职业介绍机构，再就业形势十分严峻……"

触目惊心，金融危机的风暴越来越猛烈了。

张伟不由暗自庆幸自己找了个好工作，得来不易，一定要好好珍惜，努力工作，多挣钱，使劲挣钱。

周一上午一上班，张伟第一件事就是给风行服装公司的宋主席联系支付团款的事情。

张伟感觉在电话上不大好讲，周一刚上班就开口问人家要钱总感觉不大是个事，但是王炎明天就要回北方老家，那边可是等不了。琢磨了下，给宋主席发了个短信："宋大姐，我是中天旅游小张，不好意思周一刚上班就打扰您，我想麻烦您催一下版纳旅游团团款的事情，什么时间能支付，我会提前把发票给您送过去。谢谢。"

短信后面，张伟又附上了自己银行卡的姓名和卡号，一起发给了宋主席。

今天公司办公室里人挺多，各个部的负责人都在，大家知道周一上午要开例会。

高总也来了，和何英一起来的。

10 点整，高总召集公司中层开例会。

会上，高总精神很好，听取完各部室情况汇报后，对本周工作进行了安排，中间又对营销部的工作进行了表扬。

"我们一大家子人，靠什么吃饭？靠营销部。我们的产品是什么？旅游线路，营销部推销的就是我们的产品。我们的产品卖的多了,营销部业绩好了,大家吃的就香,吃的就好,吃的就饱,营销部没有业绩,大家就要喝西北风,就要饿肚子,所以说,营销部的工作非常重要。最近营销部连续有大动作,连续做了几个大团,非常好。"

"团队才是我们赢利的根本,散客只是我们有益的必要的补充,真正挣钱还是要靠团队。同时,营销部在管理上非常到位,责任明确,任务明晰,考核严格,奖惩分明,其他各部要向营销部学习,部门经理要率先垂范,带好头。就像张经理,不但管理好本部门的业务,自己还带头做业务,我们最近的几个大单子大家也都看见了。你做没做工作,不能光说,关键要看实际行动,数字最能说明问题。"

张伟听得心花怒放,喜滋滋的,脸上仍旧是一副严肃谦虚的表情。

何英脸上很轻松,心里更开心。

计调部林经理和导游部李经理目不转睛地看着高总,脸上带着虔诚谦逊卑恭的表情,仿佛认真地听高总的指示,时不时点点头。其实二人心里妒忌的火焰在疯狂地汹涌燃烧。

高总继续说:"我们公司今后的事业还要继续壮大,我们的未来是光明的,大家的前景是光明的,我们不但要做旅行社,我们还要做度假村开发。我这段时间一直在外面跑,就是在考察新项目,到现在基本考察得差不多了,谈得也差不多了。告诉大家,我们公司和另外两家旅游公司联合在广东粤北山区准备开发一旅游度假村,选址工作已经结束,马上就要开始规划设计工作,今天中午,我和董事长就要去广州签合同……"

哦,高总的度假村项目终于要开始了,今天何英要和高总一起去广州啊。张伟不由瞥了何英一眼。

高总端起水杯,喝了口水,继续说:"我和董事长这次出去,大约要一周时间才能回来,家里就靠各位多尽心尽力了,各部门要按照各自的职责范围,认真管理好本部门,看好自己的门,管好自己的人,有把握不准的事情,各部门经理直接电话请示我或者董事长。这次,我和董事长都不在家,也是对各位自觉性和对公司忠诚度的一次考验,我想大家不会让我失望。"

林经理不停点头:"您放心,高总,您和董事长不在家,我们保证就像您们在家一样,保证公司工作正常运转。"

李经理也随声附和:"是啊,是啊,侬尽管放心好了。"

高总满意地笑笑:"各位都是公司的精英,也是我的好兄弟姐妹,我对各位经理还是高度信任的。"

张伟没有说话,微笑着对高总和何英点点头,表示认同。

第四十一章 晴天霹雳

开完会已经接近中午，高强和何英直接去了机场。

高强和何英一走，公司的气氛顿时活跃起来，平时大家都不敢随意说笑，这会儿放松了许多。反正大家都是打工的，谁也管不着谁。

李经理和林经理坐在沙发上，边看今天的报纸边开始用宁州话侃大山。

张伟心里有些着急，不停看时间，中午12点了，宋主席怎么还不回话。

张伟有些着急，又给宋主席发了个短信："宋姐，打款的事情怎么样了？麻烦您催一下，我急着用钱啊，谢谢您。"

发完短信，张伟出去吃饭。

张伟在广场上快餐店吃饭的时候，又接到王炎的电话："哥，我明天下午3点的飞机，直接飞我们老家，你把需要我捎带的东西准备好，我明天上午来取，是到你公司取还是到你家取？"

张伟考虑了一下："到我家吧，你早点来，8点左右到，别耽误我上班。"

"行，那你准备好，我8点准时去。"

打完电话，张伟心里有些着急，得抓紧催收团款。宋主席怎么不回答呢？难道是没看到短信？

张伟草草吃完饭，顾不得中午打扰宋主席了，摸起电话就给宋主席打电话，听到的是："对不起，您拨打的电话暂时无法接通。"

暂时无法接通！什么意思？是关机，占线？还是没有信号？怪不得发短信不回。

张伟继续打，连续打了十几次，回复都是暂时无法接通。

张伟想起自己办公室里有宋主席的名片，上面有办公室的电话，决定回公司打她办公室电话。

回到公司，张伟在抽屉里翻出了宋主席的名片，往她办公室打电话，可是却一直没有人接。

怪，张伟看看时间，一点半，下午应该上班了。

张伟心里火急火燎,在办公桌前坐立不安,怎么联系不上呢?

这时,小郭走过来,高兴地趴在张伟面前,悄悄说:"张哥,你真是大命,运气就是好。"

张伟有点摸不到头脑:"什么大命啊,兄弟。"

小郭压低嗓门说:"你出去吃饭,李经理和林经理在沙发上用方言聊天,谈论关于你的事,被我听懂了大半。"

张伟一愣:"他们俩又捣鼓我什么了?"

"他们俩气得眼红红的,手里拿着今天的《宁州晚报》,叽哩哇啦地说什么这个姓张的交了狗屎运,运气太好了,刚做完这个单位的单子,他们就出事了,什么好事都让他遇上了……"

"什么!?"张伟心里咯噔一下,"报纸在哪里? 找给我看看。"

小郭一看张伟的神态,吓了一跳:"你等等,我去给你拿。"

小郭把报纸拿过来,一眼就看到报纸头版的下角一条消息:"借员工出游之际溜之大吉——风行服装公司老板卷财失踪。"

该死!!! 风行公司出事了!!!

张伟的头嗡的一声,心剧烈地跳起来。

"怎么了? 张哥。"小郭看张伟的脸色突然变得发白,吓了一跳。

张伟急忙起身向外走,对小郭说:"走,跟我出去一趟。"

"好,你等等,我去开车。"小郭一看张伟这么着急,知道肯定有急事,急忙去开车。

路上,张伟把事情的经过告诉了小郭。

小郭一听吓了一跳:"十万!!! 张哥,你胆子这么大,怎么能用个人的钱垫付团款呢? 大不了这个单子不接。公司里都以为你已经把钱收过来了。"

张伟苦笑摇摇头:"谁知道他娘的这公司这么快就出事了。"

小郭:"现在闹金融危机,你没看报纸吗? 天天都有企业倒闭,经常有老板携款潜逃。"

张伟有些懊丧:"晚了,哪里会想到这个公司会出这样的事,响当当的外贸服装企业。"

小郭:"这段时间毁的基本都是外贸企业,一死一片。我琢磨这老板肯定是早有预谋,把大部分员工指使出去旅游,他在家里好计划出走,方便安全。"

张伟点点头:"这么说宋主席带队出游,她也应该是不知道这个事了。"

小郭:"私营公司,老板自己说了算,其他的人都是挂个虚名,什么也不会知道。"

到了风行服装公司,一看大门四敞,连看门的都没有,一大堆人拥挤在公司总经理办公室门前吵吵嚷嚷。

"老板都跑了,吵管个屁用啊。"小郭说。

张伟下了车,三步并两步到了宋主席办公室,一看,宋主席正坐在那里发呆。

"宋主席，"张伟招呼一声走进办公室，"您在办公室啊，我打电话没人接，以为您不在。"

和前几天相比，宋主席一下子苍老了许多，眼里都是红血丝，疲倦地和张伟打招呼："张经理来了，对不起，我手机把电板卸了，座机把接线拔了，因为电话实在是太多了。公司的事情今天上报了，你应该知道了吧。我也是今天上班才知道这个事情，现在已经报案了，公安已经查封了公司财务，正在进行善后处理。"

"那，我们公司那团款？"张伟小心翼翼地说，"您也知道，我们公司有规定不能赊欠，是用我自己的钱垫付的，我有朋友明天回老家，家里要用钱，我准备让朋友捎带回家的。"

宋主席苦笑一声："当然知道，张经理，现在正在清理公司账目，我把你的这笔账已经报到财务去了，看能清理到什么程度，只要有剩余资金，我一定给你要出来，这几天你和我保持密切联系，我电话明天开始保持 24 小时开机。至于明天，肯定是没有指望。"

"那，这发票？"张伟拿出发票。

"发票你保存好，还有合同，到时候作为凭据，如果还有希望，到时候我通知你，你来拿钱，带着发票和合同。对了，你把你的银行卡号码给我留一下，到时候万一能行，我让人打你到卡上去。"

张伟和宋主席握手告别："宋姐，这事就拜托您了。"

宋主席同情地看着张伟："张经理，我很想帮你，可是……你放心，我会尽力而为的。"

走出宋主席办公室，看着院子里神色茫然、愤怒、失落、悲伤的各色员工，张伟的心拔凉拔凉地，老板出走，钱肯定带干净了，还能留下！

两天前，他们还快乐地在西双版纳享受亚热带风光，可是，转眼却跌入失业大军的行列。

活着，真不容易。

自己身上总共还有一万多块钱，这还包括给风行公司垫付团款之后领取的 1 万提成。

算上自己的提成，要是这钱收不回来，自己就要赔进去 9 万块。

9 万!! 天，自己这段时间的全部心血，付诸东流!!

张伟的心情沉重起来。

小郭也替张伟着急，可是什么忙也帮不上。

"小郭，这事就你知我知，在公司里谁也不要告诉。"张伟嘱咐小郭。

张伟知道，这事公司是一点忙也帮不上，也没有这个义务帮忙，传到公司里，还会让林经理、李经理那帮人幸灾乐祸，落井下石。

小郭连忙答应："张哥，这几天我手机 24 小时开机，你有什么事尽管找我，别把我当外人。"

张伟有些感动，拍拍小郭的肩膀："好兄弟。"

张伟的心情非常沉重，毕竟，这钱是自己的全部家当，是自己出来打拼的第一桶金，是自己赖以生存和发展的原始积累。

下班后，张伟先去自动提款机提钱，把卡里的钱全部提了出来。

然后，张伟去超市，买了一部分宁州的特产，有年糕、绿豆糕等。

只有这些了，明天让王炎先捎一万和这些土特产回去，别耽误了家里果园换新树苗的事情。

张伟在外面草草吃了点面条，回到家。

刚到家门口，正要开门，看见门上贴着一张通知单。

一看，是房租催交通知，要求在5日内交房租，否则搬走。

唉，屋漏偏偏逢下雨，事儿赶在一起来了，交完房租，吃饭的钱都没有了，老子喝西北风啊。

张伟的心情糟透了。

第二天早上8点整，王炎准时来到张伟宿舍。

张伟把准备好的东西和钱一起交给王炎，又把家里的电话和详细地址告诉王炎。

二人边说边往楼下走。

"几点的飞机？"

"下午3点的，直飞我们老家，一周一班，小飞机。"

"怎么去机场？"

"他送我去。"

张伟一听，沉默了片刻："他没看出什么破绽吧？"

"没，本来我就要回老家的，他知道，只不过提前了几天。"王炎看着张伟，"怎么看你情绪不高啊，是不是也想家了？嘻嘻。"

"没有啊，可能是昨晚喝酒喝多了，没休息好。"张伟撒谎说。

王炎不知道张伟的烦恼，张伟也不想告诉她。

"怎么又喝酒去了，自己要学会照顾自己，这么大人了。淹死的都是会游泳的，喝醉的都是会喝酒的，别依仗你酒量大，到处逞能。"王炎关切地说。

"我知道了，回到家好好玩玩，去我家的时候看完我父母给我来个电话，省得我惦念。同时，代我问你爸妈好，就说前女婿向他们问好。"走到楼下，张伟拍拍王炎的肩膀，"祝你一路平安，我去上班了。"

王炎笑嘻嘻地打车走了。

张伟去等公共汽车。

上班路上，张伟给宋主席打了个电话，宋主席在电话里的声音让张伟听了心里越来越冷："公司账户上的钱都空了，老板和老婆孩子都蒸发了，外债7000多万，债主都在上门等，最多的一个2000万，其他的几百到几十万不等，有的要上吊，有的要抢工厂设备，公安已经立案了……"

嘿,这么多大债主,自己还根本数不着,凶多吉少,真晦气。

怎么这么倒霉,第一次做单遇上这么个主,吃白食的。

张伟坐在公共汽车上,狠狠朝窗外吐了一口唾沫。

一进公司,张伟的表情顿时生动起来,恢复了往常的朝气和活泼,他不想让任何人看出自己的心事,特别是不想让某些想看自己笑话的人快意于自己的痛苦。

虽然张伟心里仍然失魂落魄,六神无主,心烦气躁。

张伟在办公桌前整理自己的工作资料,一边检讨自己在风行公司这个业务上的教训,最后总结了八个字:急功近利,急于求成。

为什么公司一定要求必须先打款再发团,肯定是被赖账的搞怕了,所以才出台这个规定,宁可不挣钱,也要确保资金不流失。

当然,运气不好也有,但那毕竟不是主要的。

出现问题,首先要从主观上找原因,找自身的原因,客观因素是不可改变的,从客观上找原因只能使自己永远看不到自身的缺陷和错误。

正琢磨间,张伟接到一个电话,是曾经来做过单子的一个大客户打来的,联系去哈尔滨看冰雪的事情,120个人。

长线,大团,张伟精神一振,但又保持了几分谨慎。

客人很牛气,电话里声音趾高气扬,傲慢得很,一副大爷的派头。

张伟习惯了客人的态度,这年头都这样,平时压抑惯了的一个群体总会在另一个群体面前发泄心情,大家都是在服务与被服务当中。

对于这种长线团,张伟很重视,告诉客人把电话挂死,他过两分钟给打过去。然后张伟找到计调部工作人员,调出哈尔滨线路的行程单。

林经理正坐在旁边,听到张伟要哈尔滨的行程单,不由竖起耳朵听张伟说话。

张伟从计调那里要来哈尔滨线路的资料,给客人把电话拨过去,耐心详细向客人介绍了哈尔滨线的时间特点、住宿标准、行程参考路线、总体价格等事项。

客人听了没说什么,好像在和别人商议,等了一下,客人傲慢地提出,经过他们商议,同意把业务给中天旅游来做。

听客人的语气,好像是他们赏赐给张伟的一块肥肉。

张伟说,那好,感谢支持。

接着,客人又用不可置疑地语气说:"我们的规矩,从来都是先旅游后付款,这也是为了保证我们旅游的服务质量,也是为了监督好你们的服务,所以,我们要在旅游结束后半个月内给你们支付团款。否则,这业务就不给你们做了。"

张伟一听,满肚子火腾地升了起来,狗屁,又来一个吃白食的,上次来本公司的时候还是先付款,怎么这次就要垫付,门都没有。按照公司的规定,120个人的团,别说首付没有,就是80%,也不会做的。张伟被压制了半天的火气迸发出来,猛然提高了嗓门,对着话筒喊道："不行！你少来这一套,不就是 120 个人的哈尔滨嘛,你爱找谁找谁,我还不做了。"

说完,不等对方回话,张伟把电话重重扣死。

张伟的大嗓门把公司里的其他人吓了一跳,都转头看着张伟,包括林经理。

张伟抱歉地向周围点点头,闷闷地走出公司。

张伟漫无目的地在广场上溜达,心里烦闷不已。

正在这当儿,又接到房东的电话："昨天给你的交房租的通知看到了吗？请务必于 5 天之内交齐,否则走人。"

说完,房东不客气地挂断了电话,就像刚才自己挂那客户的电话一样。

交房租,哪里还有钱去交房租？交完房租喝西北风。

张伟在广场上低头转圈,得,住不起咱走人,不住了还不行吗？

张伟摸起电话打给小郭："小郭,我那单身公寓住不起了,你抓紧给我物色个便宜的房子,越快越好。"

小郭："便宜的？我现在住的就挺便宜的,400 块钱一个月,比你那便宜老鼻子了。"

张伟一听："行,就租你那样的,给我物色。"

小郭："我住的是拼租房,一个单元用板子分割成 10 个小间,条件很艰苦啊,共用一个卫生间。"

张伟："行,都什么时候了还讲条件,就物色你住的那样的。"

小郭："现在就有啊,我住的那房还空了两个小间,你要住我就和房东说一下,马上就可以办手续住进来。"

张伟："我们俩住一起,好,很好,你马上联系,联系好,办好手续,我们下午就搬。"

说干就干,小郭很快联系好房东,张伟快速办理了租房手续。然后小郭又开车去张伟那儿把东西一股脑拉到新家。

张伟离开房间前,默默地看着屋子里熟悉的阳台、厨房、床,这里有他曾经的点点滴滴,有他和王炎走进宁州的第一个脚步,曾经这里充满了他的理想,她的欢笑,他的憧憬,她的快乐,可是,这一切,都随着自己的离去,成为永远的记忆,永远铭刻在心里。

再见,单身公寓。

第四十二章 雪上加霜

　　张伟的新家离公司不远,一座32层的公寓楼,还是在18层,一套120平米的单元房,用装饰用的密度板分割成10个小单间,除去公共用的卫生间和客厅,每个单间的面积很小。张伟环顾了一下新居室,一张床,一个电脑桌,一把椅子,墙壁还是密度板的原色,头上吊着一个节能灯,一扇窗户,背阴,不见阳光。

　　"张哥,住这里可是委屈你了,过几天我看看要是有搬走的,给你调个向阳的房间。"小郭说。

　　"没关系,有个地方住就行。"张伟站在屋子里感觉一阵阴冷,不禁打个寒战,又是18楼,看来是摆脱不了这18层地狱了。

　　小郭给张伟介绍,住这里的其他人基本都是来打工的年轻大学生,都是一男一女住一起的,只有小郭一个单身汉,现在张伟一来,成两个单身汉了。

　　"住这里的人平时基本都不怎么说话,早上出去上班,晚上回来都缩在各自房间上网,不相往来。"小郭说。

　　"哦,这里可以上网的?"

　　"是的,"小郭说,"不过只能接6台电脑,早就被他们占满了,我们挨不上号了。"

　　"不能上网是个大问题,"张伟皱起眉头,"不能再多安了?"

　　小郭摇摇头:"不能了,最多接6台。"

　　张伟点点头:"算了,等发了工资去买个无线上网卡吧。"

　　"这里的卫生间和厨房是公用的,电费每户有一个电表,水费均摊,洗澡有电热水器,洗衣服有一个公用的洗衣机,都在卫生间里。"

　　张伟笑了:"居家过日子,还挺齐全的嘛。你怎么吃饭?"

　　小郭:"我一般是在外面吃完回来,自己一个人不想做。"

　　"呵呵,我也是,以后我俩就一起在外面吃吧。"

　　"对了,"小郭坏笑了一下,"晚上你两边的隔壁随时都可能有动静的哈,有个思想准备。"

张伟明白小郭的意思："呵呵,这房子隔音差,是吧?"

"是啊,就一层板,这些男女都是年轻人,活力大,晚上半夜什么动静都能听见,哈哈,很折磨人的。"

"不怕,我久经考验,哈哈。"张伟哈哈一笑。

果然,当天晚上张伟就领教了这种折磨。

刚到11点,张伟正缩在被窝里看书,就听见隔壁传来有节奏的床的吱嘎声。

这声音让张伟听了心神荡漾,脑子里不停展开丰富的联想,身体燥热不安。

隔壁的活动一直持续了半多小时才停止。

张伟松了口气,刚要继续看书,另一边隔壁又开始了小合唱。

张伟一阵苦笑,心里痒痒难受,真不知小郭兄弟是怎么熬过来的。

这一夜,张伟蜷伏在阴冷的房间里备受精神和肉体的双重折磨,天快亮了才迷糊了一会儿。

早上出门才发现今天是阴天,冷风阵阵,穿少了,浑身发冷。

张伟缩着脖子一进公司,就感觉到林经理看自己的眼神怪怪的,贼溜溜的,好像还有几分幸灾乐祸。

这狗东西又打什么算盘?

张伟没心思去琢磨他,打个哈欠,揉揉酸疼的眼睛,开始一天的工作。

正忙着,张伟接到高强的电话。

高强的声音在电话里听起来很冷:"张经理,昨天你和客户怎么了?是不是要去哈尔滨的客户?"

张伟:"是啊,是我们以前的一个客户,这次要去哈尔滨的,120个人。"

高强:"你怎么接待的?"

张伟:"我——他提出要——"

张伟还没说完,就听见高强火山爆发的声音:"你什么你!!有你这样接待客户的吗?有对客户这样说话的吗?120人的长线团,说不做就不做了?你当我这公司开了是小孩子过家家玩的?你当我是养闲人吃饭的?"

张伟急忙解释:"高总,你听我说——"

高强粗暴地打断张伟的话:"说什么说,别以为我不在公司就什么都不知道,告诉你,公司的一举一动,都在我的掌握之中,包括你。这客户肯定被你得罪了,在你看来,只不过是少做了一笔业务,在我看来,却是白白损失了一笔钱。这年头,挣点钱容易吗?养活你们一大群人容易吗?我不想听你解释什么,上次出境游的事我就已经给你面子了,我希望你自己能好好寻思寻思,就这样!"

高强说完,把电话直接挂死,根本不听张伟解释。

张伟愣了一会儿,扭头看见林经理得意地在那里窃喜,明白是他向高强打的小报告。

张伟没兴趣和他斗,重重吁了一口气,眼睛盯着电脑屏幕发呆。

高强的话让张伟听了心里一阵冷似一阵,听高强的话,他什么都明白,根本不需要张伟解释。也就是说,高强听信了林经理的话,对自己的解释根本就不会相信,也不让自己有解释的机会。

男人之间,信任是金子。没有了信任,工作谈何做起。

张伟的心情很是糟糕,郁闷透顶。

这时,张伟的手机又收到何英的短信:"老高正在房间里大发雷霆,公司林经理一大早给他打的电话,我在卫生间给你发的短信,他正在火头上,我也不好多说什么,毕竟这事,你做得很糟糕,是你不对,你别干什么傻事,好好工作,事情也许慢慢就过去了。"

张伟想象得到何英的处境,又想到她也这样认为自己,失望至极,回了五个字:"我无话可说。"

然后,张伟默不做声,继续埋头于自己的工作,像什么也没有发生。

何英也没有再给他回复短信。

中午的时候,王炎给张伟来电话了:"哥,我见到你爸爸妈妈了,你爸爸住院了。"

"啊!"张伟大吃一惊,"怎么回事?家里怎么没告诉我?"

"我先去的你家,从邻居那里知道的,然后我去了县人民医院,你爸住院一周了,是股骨头坏死,要做手术,我刚从医院出来,那些东西我都转交给你妈妈了。"王炎在电话里说。

"哦,那我给我妈打电话问问情况,你把我爸在哪个科几号病床告诉我。"

和王炎通完电话,心急火燎的张伟急忙按王炎提供的地址把电话打到了医院病房值班室,值班人员找到了张伟妈妈。

妈妈告诉他,爸爸最近腿疼得厉害,来医院检查才知道是股骨头坏死,需要动手术治疗,怕张伟知道了分心,就没有告诉他。

然后妈妈告诉他,王炎刚刚买了一大堆东西来过,临走留下2万块钱,说是张伟托她捎回来的。

2万!张伟又问了一遍妈妈,得到肯定的答复后,明白王炎自己掏出一万块钱给了妈妈。

王炎的钱一定要还,不能花她的钱,张伟决定自己一有了钱就还给王炎。

妈妈接着告诉张伟,手术总共需要13万块,加上王炎捎回来的2万,已经凑了5万了,还差8万,让张伟不要着急,家里会想办法的。

妈妈最后叮嘱张伟在外安心工作,不要担心家里,实在不行把家里的果园卖掉也要把爸爸的腿治好。

果园可是家里的摇钱树,也是爸爸的命根子,不到万不得已,不能卖。

张伟心火急攻,牙齿根部隐隐开始痛。

他知道自己的老毛病，一上火牙就痛。

张伟一再告诉自己不要着急，淡定，淡定。

张伟直接去了风行服装公司，到了宋主席办公室。

一见宋主席，张伟把家里的情况和盘托出，请宋主席一定帮忙抓紧把钱要回来。

宋主席满怀歉意安慰张伟："张经理，别着急，我会尽力给你想办法，这样，你把发票留给我，我给你写个收条，然后我把发票直接给财务，等钱一到，直接打你银行卡上。"

"好，好，那就让您多费心了。"张伟临走前紧紧握着宋主席的手，"不好意思，老来麻烦您。"

张伟出来的时候，外面的天阴得更加厉害，下起了小雨，冷风也一阵阵加大。

张伟满腹心事地回到公司，坐在座位上发呆。

人常说，福无双至，祸不单行。可自己这遇上几个祸事了，真是倒霉透顶。

张伟这会儿突然想起了伞人姐姐，今晚或者明天她就该出差回来了。可是回来又能怎么样，自己那里上不去网。

干脆这会儿给伞人姐姐留个话。

张伟看看周围没人注意，迅速登录私人QQ，打开伞人的窗口，直接给伞人留言："姐姐，出差顺利吗？我这几天烦死了，那风行公司——"

正打到这里，突然看见林经理走过来，张伟急忙把打完的话发出去，关掉QQ。

公司有规定，严禁利用公司电脑进行私人聊天，不能让这狗东西再抓住把柄了。

林经理过来交给张伟一本旅游计调手册："高总吩咐，让大家多学习学习。"

张伟接过来，点点头，没说什么。

张伟感觉头晕晕的，有些发涨，还有些疼，走路的时候头重脚轻，浑身没力气。

张伟提前下班回到住处，一头栽到床上，昏沉沉睡了过去。

张伟在床上不知睡了多久，感觉浑身发冷，忽而又身上发热，头疼得像要炸开，嘴角长满了燎泡，咽喉痛得不敢吞咽。

小郭下班过来，一看张伟的样子吓了一跳，一摸额头："啊！张哥，你发烧烫得厉害。"

小郭急忙把张伟从床上架起来，搀扶着去了医院。

到了医院，一测温度，39度半，一检查，急性扁桃体炎，需要住院。

张伟的大脑已经被烧迷糊了，意识模糊，小郭跑前跑后安排好住院的事。

张伟第二天没能去上班，在医院打吊瓶，午饭和晚饭都是小郭给送过来。

第二天下午，张伟终于清醒过来，烧开始退了。

看到小郭来回忙乎，张伟心里有些过意不去，还有些感动。

一个人在外，有个老乡和朋友真好，张伟冰冷的心里感到几丝温暖。

晚上，烧终于全部退了，只有咽喉还是非常痛。

张伟坐在病床上，小郭弄了一碗稀饭，看着张伟慢慢吃下去。

"张哥,高总今天中午回来了。"小郭突然说。

"哦,"张伟停下来,"怎么这么快回来了? 老板娘呢?"

"老板娘没回来,高总回来可能是要去市旅游局开一份文件的,明天接着回广州。下午,林经理去了高总办公室。"小郭慢吞吞地说。

张伟见小郭讲话吞吞吐吐的:"你听见什么了? 说,没关系。"

小郭犹豫了一下:"我在门口,别的没听清,就听见高总声音突然很大,发火呢,说什么一天不露面,部里的人都放羊了,要不想干早滚蛋!"

"哦,"张伟注意听着,"继续说。"

"别的我都听不清楚,听这话意思好像是林经理和高总说你什么了,高总发火。"

"今天营销部的人都去了吗?"

"来了啊,一大早就来了,等了一会儿见你没来,林经理就把他们都指使走了。"

"哦,"张伟点点头,"我明白了。"

其实,营销部的人早上不用过来,即使过来也不需要每天安排工作,张伟早就把本周的工作给各人安排好了,早上过来就是碰碰头,沟通一下昨天的情况,真有什么事情,业务员自然会和自己联系的。

咽喉还很痛,张伟说了这么几句话就痛苦得不得了。

吃过饭,张伟让小郭回去休息,他给高总拨通了电话。

"高总,你回来了?"

"是啊,"电话里传来高总不冷不热的声音,"你今天干吗去了? 我在公司怎么没见你?"

"我,"张伟忍着咽喉肿痛,努力说道,"我身体不舒服——"

"这么巧啊,我昨天刚说完你,你今天身体就不舒服,我和董事长刚一起出去,公司里群龙无首,你就身体不舒服,"高总的声音很阴阳,"我看你生病生得很巧啊,真会挑时候生病。"

"你——"张伟又气又急,一下子被噎住,说不出话。

"我告诉你,小张,"高强不再称呼张经理,而开始称呼小张,"人贵有自知之明,上次出境游的事情,我忍了,昨天哈尔滨长线团队的事,我又忍了。就因为我昨天批评你,今天你营销部的人集体放羊,你带头不来,集体罢工! 好! 拿这个吓唬我! 你以为我是吓大的?"

张伟急了:"高总,这里面有误会……"

高总火气很大:"不要多说了,我什么都了解,什么都明白,我最讨厌当面一套,背后一套,你自己好好琢磨琢磨吧。"

高总说完,挂了电话。

张伟无力地倒在床上,高总这样子,看来说什么也是白搭了。

医生嘱咐了,要求住院一周,最少也要三天。

自己这个样子就是想去也是无法上班。

想起高强和自己的兄弟相称,想起两人把酒论兄弟,想起自己承揽千人海南团时对自己的热乎劲儿,张伟此刻心里一阵阵发冷。

张伟知道,根源还是在那出境游上,断了老板的财路。

林经理和李经理的小报告也起了重要的催化作用,毕竟他们都是本地人,高总对他们的信任大大超过自己。

彼此之间没有了信任,今后的工作如何开展。

张伟看着天花板发怔。

正在这时,又收到何英的手机短信:"老高刚才都告诉我了,你太过分了,趁我们不在的时候拆台!! 真没想到你是这样的人!!!"

张伟一看,头一阵眩晕,不管怎么说,人家是两口子,关键的时候,何英宁可相信高强,也不会相信自己。

张伟不想去解释什么,疲惫地闭上了眼睛。

张伟一夜未眠,心如死灰。

第二天,高总飞广州了,何英在那里等他一起签协议。

第二天,张伟仍旧没有去公司,继续在医院打吊瓶。

张伟躺在病床上,惦记着家里,上午让小郭拿自己的银行卡去楼下的 ATM 机上查询宋主席的款打过来没有,结果可想而知。

下午又让小郭去查询了一遍,还是没有。

第三天,小郭又去查询了两次,还是没有打来款。

张伟心急如焚,牙疼得更厉害了,连吃两片止疼片也不管用。

钱到不了位,只有把家里的果园卖掉,那等于是要了爸爸的老命。

想到病床上等待手术的爸爸,张伟坐卧不安,辗转反侧。

晚上,躺在医院的床上,张伟特别想念伞人姐姐,伞人姐姐应该出差回来了,她一定会上 QQ 找自己的。可是,自己却没法同她联系。

要是能见到伞人姐姐,多好啊。张伟感觉自己有很多话要同伞人姐姐说。

第四十三章 人格尊严

早上,张伟感觉好些了,不顾医生和小郭的劝阻,决定出院。

医生见张伟意志坚决,就又给他开了一部分口服药,叮嘱一定要按时吃,每天准时来打针。

张伟先回住处,洗了个澡,换了身衣服,整理了一下头发,然后去了公司。

公司里静悄悄的,人员大部分都出去了,只有前台的两个接待人员在忙乎,还有小郭坐在沙发上看报纸。

见到张伟,小郭向他努努嘴,又用眼睛分别看看董事长和总经理办公室。

老板和老板娘回来了。

张伟径直走到总经理办公室门前,敲门。

"请进。"

张伟推门进去,高强和何英都在里面。

高强和何英一见张伟,都不由"咦"了一声,几天不见,张伟仿佛变了一个人,整个人瘦了一圈,嘴角还有未退去的燎泡,退去的燎泡也有结的疤,眼睛虽然很有神,但是布满红丝。

何英站起来:"张经理,你真的病了?"

高强也有些意外,淡淡地说了句:"是啊,原来你真的病了。"

张伟点点头:"小毛病,没事,已经好了。"

高强点点头,然后对张伟淡然说:"坐。"

张伟平静地坐下,看着高强和何英:"高总、何董,不知道你们今天回来。"

何英说:"事情办得顺利,我们昨天晚上的飞机回来的。"

高强点点头。

然后三人都不说话。

高强眼睛盯着电脑屏幕,用鼠标胡乱点着。

何英装作在那里看报表,翻动着账本。

张伟一时也不知道该怎么说，考虑了片刻。

沉默，沉默，不在沉默中死亡，就在沉默中爆发。

张伟先开口："高总、何董，我有些事想和你们汇报。"

高强翻翻眼皮，没吭声。

何英抬起头看着张伟。

"到公司这段时间以来，感谢老板和董事长的看重、赏识、厚爱，我做了一些力所能及的工作，营销部的业绩也取得了一定的进展，我个人也做了一些微薄的业务，同时，我个人在管理能力、业务知识、个人意识等方面也得到老板和董事长的大力指点、帮助和提携，有了很大提高……"

高总抬起头："说这些干吗?"

何英制止高强："你让张经理说下去。"

张伟继续说道："为此，我非常感激老板和董事长给予我的帮助。同时，人无完人，我知道我也有很多缺点和缺陷，我的能力不高，知识不丰富，业务不精熟，我都承认。但是，有一点我对自己很肯定，那就是我做人做事的原则，在工作上，我从不会当面一套、背后一套，也不会出卖集体利益为个人谋私利，更不会因为领导批评而煽动员工罢工……"

高强一下子变了脸色："你的意思是说我冤枉你了，批评得不对，是不是?"

张伟："具体的事情我不想多解释，反正你是相信别人汇报的，但是阴阳两面、假公济私和煽动罢工这三顶帽子我是不会戴的，因为我没有这个意思，更没有这样做! 做老板也要讲理，也不能乱扣帽子!"

当着何英的面被张伟这么冲撞，让高强脸上很挂不住，高强的脸色变得很难看："你凭什么这样和我讲话? 谁让你这么和我讲话? 我什么时候不讲道理了? 告诉你，不是一个人给我汇报你的事情，你每天在干什么我都知道，你明白不明白做员工的职责和义务?"

张伟已经豁出去了，直视着高强："你是老板，我是打工仔，我不凭什么这样和你讲话，就凭我做人的尊严、我的自尊。老板有钱有势，是不错，但打工仔也需要得到尊重，也同样需要信任，需要在一个信任的环境下工作。做员工的职责我明白，义务我也了解，但我还知道做老板要明察秋毫，要黑白分明，乱扣帽子，污蔑人格，我就是不服。"

"你——"高强脸涨得通红，"你说我黑白不分，说我乱扣帽子，说我污蔑人格，你胆子也忒大了，你——"

高强一巴掌拍到桌面上。

张伟平静地说道："偏听偏信，妄自断言，就是黑白不分;说我发动员工罢工就是乱扣帽子;说我当面一套，背后一套，就是污蔑人格。"

高强气得浑身发抖，在自己的女人面前被下属这么指责，太下不来台了，还从来没有员工敢这样和他讲话，从来都是他训斥员工，开除员工。他指着张伟："你——你——

出去!"

张伟把话说透了,感觉心里敞亮了许多,站起来对高总和何英说:"我讲话直,多有得罪,不当之处,多多包涵。"

说完这话,张伟直接出了办公室。

张伟坐在外间,整理办公桌的资料,他已经做好走人的准备。

张伟并不想走,找个工作很不容易,何况自己的这个工作确实不错,而且自己现在正需要钱。

可是,张伟不能忍受在一个没有信任、充满猜疑的环境里工作,更不能忍受在一个不被尊重人格的环境里工作。

不开心,宁可不做。

张伟感觉自己浑身无力,刚才讲了那么多话,咽喉这会儿痛得更加厉害。医生说过,如果不治愈彻底,很可能会转化成慢性扁桃体炎。

只是张伟已经顾不了那么多了,他冲高强发牢骚,希望高强能认识到自己对公司的忠诚,对自己的态度能有所缓和,其实,做员工的,哪一个不想和老板搞好关系,哪一个不想博得老板的赏识和青睐。

至于何英,张伟明白了,人家是两口子,是真正的利益共同体,自己在她眼里算什么?说得不好是个性伙伴,说好了算是情人。真正有事的时候,何英还是站在高强一边的,站在自己的财产一边的。

既然老板没有让自己滚蛋,那就是说还没打算炒自己鱿鱼,自己还能苟且生存一阵。

总经理办公室的门"呼"地拉开,接着又"砰"地关上,高强气呼呼地夹着包出去了。

小郭悄悄走过来,刚才张伟和高强在办公室里的争吵他听见了,吓得大气也不敢出,这会冲张伟竖起大拇指,笑嘻嘻地说:"张哥,你胆子可真大。"

刚说完话,总经理办公室的门又开了,何英走了出来。

小郭吓得"噌"地又窜了。

张伟坐那里没动,他现在不想在高强和何英身上费心思,爱怎么样就怎么样吧,让干就干,不让干就走人。

张伟心事重重的是爸爸的病,急着做手术呢。

何英走到张伟身后:"张经理,到我办公室来一趟。"

说完直接去了办公室。

张伟没说话,起身去了何英办公室。

何英关上门,坐在老板椅上,对张伟说:"坐吧。"

张伟坐在何英对面的椅子上。

刚才张伟和高强斗嘴的时候,何英一直没有说话,默不做声。

确实,她也够为难的。

现在只有他们两个人了。

张伟面无表情,坐那里不说话。

不仅仅是不想说话,还因为咽喉肿痛,不能讲话。

何英静静地看了一会儿张伟,突然轻轻叹了一口气。

这叹气,充满了无奈、为难、怜惜和关心。

可惜,张伟没有心思去琢磨这叹气里的情感,他的脑子还在琢磨弄钱的事,身体还在忍受咽喉和牙疼的折磨。

良久,何英说话了,轻轻的:"其实,他也挺为难,这年头做生意不容易,挣点钱更是难上加难,就为了这点生意,老高殚精竭虑、操心费力,把身体都搭上了。所以,希望你也理解。另外,他是老板,你和他说话的时候不要那么冲撞他,特别有第三者在的时候,给他留个面子。至于,这两天发生的事情,我也不想问了,是非都过去了,刚才老高和我谈了,老高还是相信你的,我当然对你是一百个相信,希望你不要背思想包袱,吸取教训,改正缺点,努力工作。"

何英这话张伟越听越难受,意思还是张伟不对,不但以前不对,今天和高总冲撞也不对,又加上了一条不是。唯一让张伟感觉中听,感觉还有一丝阳光的话是老高还是相信自己的。至于何英的一百个相信,在张伟眼里和一丝相信是一样的价值。毕竟真正说了算的还是老高,别看何英是董事长。

"其实,我也没有别的意思,我就是希望能得到起码的尊重。高总是老板,没有哪个员工故意想和老板作对,除非是不想干了。老板对员工最基本的尊重就是信任,没有信任,员工无法开展工作,我无法想象自己能在一个充满敌视、监视的不信任环境里继续工作下去。既然老板还信任我,那我就继续干下去,但是,我希望这种信任不仅仅说在嘴上,而是见诸于行动。我千里迢迢从北方来到南方打工,为的是有一份安稳的工作,能挣到钱,做一份事业,不想和任何人为敌,也不想和别人去斗,更不想惹是生非。"

何英点点头:"好好干,我们的事业会越做越大,我昨天签约了一个新项目,度假村开发,到时候你可不仅仅是旅行社的营销部经理,而是我们中天旅游集团的营销总监啦,呵呵。"

张伟微微一笑:"高抬,不敢想也不敢做。"

何英站起来走到张伟身边:"好了,别多想了,身体好了没?要不再休息几天?"

说着何英伸手触摸张伟的额头。

张伟一下子站起来:"不用休息,好了,基本好了。"

何英摸了个空,看着张伟消瘦的身体和嘴角的燎泡,心疼地说:"怎么这么不注意自己的身体,这么大人了,自己要学会照顾自己啊。"

张伟退后两步:"谢谢董事长,没事我走了。"

说完不等何英回答,张伟开门出了何英办公室。

张伟直接出了公司,要去医院打针。

张伟先到 ATM 机前查询了一下银行卡,款还没有打来。

张伟给宋主席打了电话:"宋姐,那钱还没打来啊,麻烦您再催催,我有急用啊,家里老爷子住院要动手术。"

宋主席:"张经理,你放心,我一直紧盯财务的,关键是现在账上没有钱,只要有,我一定给你要出来,到时候直接打你卡上。"

宋主席的话让张伟基本绝望,但又有一丝希望。

唉,只要有一丝希望,就要争取,总比彻底绝望好。

张伟给妈妈打了电话,嘱咐妈妈先不要动果园,让爸爸也不要出院,他再想想办法。

张伟把所有的希望都压在宋主席身上了。

在医院打完针,张伟直接回了住处。

蜷伏在 9 平方米的小小空间里,张伟把被子和衣服都压在了身上,感觉还是很冷,咽喉疼轻了一点,但牙疼却还是那么厉害。

牙疼不是病,疼起来要命。

张伟知道自己为什么牙疼,上火。张伟是急性子,和妈妈一样,一上火牙就疼。

那边病人住院急需做手术,这边钱拿不出来,能不急人吗?

张伟这时深深体会到了为钱所困的感觉。

张伟此刻心里暗暗发狠,今生今世一定要有足够的钱,永远也不能让自己缺钱。

张伟此刻也深刻理解了王炎的想法,钱不是万能的,没钱是万万不能的,有钱的日子不一定快乐,没钱的日子一定不快乐。

躺在床上,张伟睡不着,因为身体很难受,心里也很失落。

张伟此刻非常思念伞人姐姐。

可是,他无法和伞人姐姐联系。

伞人姐姐此刻在干吗呢? 是不是像自己想着她一样想着自己?

找不到自己,伞人姐姐一定很着急。

张伟默默躺在这个封闭的空间里,一会儿想起伞人无声的话语,一会儿想起陈瑶俊美的笑脸,一会儿想起爸爸艰难的步履和妈妈慈祥的面容……

整整一夜,张伟不停地做梦,早上醒来,大汗淋漓,咽喉肿痛,牙齿根部的包痛得更加厉害。

走出住处,才知道今天依然没有晴天,秋雨淅淅沥沥、不紧不慢地下着。

来到公司,高总正急匆匆向外走,后面跟着林经理和李经理。

看到张伟,高强点点头,微微一笑,算是招呼。

林经理和李经理也冲张伟点头示意,脸上带着得宠后的自豪和微笑。

三个人风风火火地上了高总的车,一溜烟走了。张伟笑笑进了公司,小人得志便猖狂!

何英正站在柜台前和接待员聊天,看见张伟:"张经理,早。"

张伟毕恭毕敬:"董事长,早。"何英笑笑进了办公室。

张伟打开电脑,登陆工作 QQ,这是每日上班的第一项工作。然后,张伟拉开办公桌抽屉,发现里面多了一大盒巧克力。

张伟知道,这是何英放的。

张伟正好没吃早饭,正感觉体力不支,便毫不客气打开吃起来。

正吃着,何英在 QQ 上说话了:"嘻嘻……好吃吗?"

原来何英通过办公室门缝看到张伟的狼吞虎咽了。

"好吃,饿了什么都好吃,谢谢董事长。"

何英:"干吗和我这么客气? 不喜欢你这样,早饭没有吃是不是?"

张伟:"是,没吃。"

何英:"看你今天气色比昨天好些,快恢复好了吧?"

张伟:"谢谢关心,死不了。"

何英:"昨晚你没回家? 去哪里睡的?"

张伟一愣:"我就在家里睡的,哪里也没去。"

何英:"胡说,我敲了一小时的门也没动静,打你电话也关机。"

张伟一听,原来何英昨晚去自己以前住的那单身公寓了,回答说:"我搬家了,昨晚手机没电了。"

何英很意外:"搬家了? 为什么搬家啊? 那地方不是挺好吗?"

张伟:"咱没钱,太贵了,住不起,就搬了。"

何英很奇怪:"没钱? 你不是刚领了两笔业务提成吗? 加起来 11 万啊,怎么会没有钱呢?"

张伟:"没钱就是没钱,你问那么多干吗?"

何英:"告诉我,钱呢?"

张伟:"那 11 万打水漂,飞了。"

何英:"到底怎么回事? 告诉我。"

张伟不耐烦了:"怎么这么烦人,我有用途,都花了。"

何英见张伟不耐烦,也不好再多问这个问题,又问:"你搬家也不告诉我一声,搬哪里去了?"

张伟:"贫民窟。"

何英:"哪里的贫民窟,在什么地方?"

张伟:"不告诉你。"

何英沉默了一会儿:"昨晚我找不到你,你知道我有多着急?"

张伟:"找我干吗?"

何英:"你身体不好,我担心你,晚上去饭店炖了甲鱼汤给你送去补身子的,你没开门,我放在门口走了。"

张伟心里有些感动:"傻……"

何英:"我知道你这些日子对我有看法,唉,我理解你,可是,我也有难处,有时候我很为难——"

张伟:"好了,不要说这些了,过去的就让它永远过去吧。我只想好好工作,开心工作,有个吃饭的饭碗,不想再搅和乱七八糟的事情了。"

何英一怔:"你这话什么意思?你要和我断绝关系,是不是?我怎么着你了?我哪一点对不住你?你为什么要对我这样?我没有要求你什么,我只想和你保持感情关系,你的个人私生活以后我保证不再有任何干涉,只要求你不要不理我。"

张伟叹了口气:"我很累,我的大脑和身体都很疲惫,我现在不想想这些事情,现在不要拿这些事情来烦我,好吗?"

何英:"你这几天是不是遇到什么事情了?出什么意外了?告诉我,只要我能做到的,我一定帮你。"

张伟心里苦笑一下:"没什么意外,什么事情也没有发生,只要你别惹我发烦就好了。算我求你,董事长。"

何英感觉到张伟心里有极大的心事和烦恼,可是张伟不说,她干着急也没办法。

她从张伟突然搬家,从张伟的11万提成突然消失,从张伟的身体状况突然发生变化,隐隐感觉到张伟最近出了大事情,可是,究竟出了什么事情呢?

何英心里感到极大的不安。

何英从心里叹了口气:"那好,我不烦你,我知道你对我有情绪,就算你不把我当成那种关系的女人,我也希望你能把我当朋友看,有什么困难,有什么问题,希望你能告诉我,只要我能做到的,我一定帮助你。"

张伟:"好的,谢谢董事长,真有困难一定找你。好了,我要开始忙工作了。"

何英:"好吧!唉……"

何英哪里知道张伟此刻的心思一股脑儿放在家里的事情上,正琢磨如何把钱要回来,哪里有心思和她儿女情长。

第四十四章 愤然离去

张伟不准备接受何英的帮助,他不是习惯接受施舍的人,何英确实是有钱,可那是她的,与自己何干?

从这两天何英和高总的语气里看,他们并不想让自己走,这让张伟心里稍微有些宽慰。不过,他也感觉到,高总一方面不想让他走,不和自己硬性对顶到底;另一方面却又力图驯服自己,让自己服服贴贴。

如果高总真的这样想,那可就大错特错了,说明他还不了解张伟。

张伟讲义气知恩图报,却绝对不会屈服于任何一个外来的势力或者人。

此刻,张伟扁桃体的炎症在减轻,心火却越来越旺盛,牙疼得更加厉害了。

张伟别无他法,只有一棵救命稻草——宋主席。

几乎每隔两个小时,张伟都要去门口的 ATM 机查询一次。宋主席那边催多了不好,人家会烦,还是自己多辛苦辛苦查询吧。这年头,欠账的是大爷。

虽然每次都是失望而归,但下次去的时候还是带着希望,哪怕是微薄的。

随着一次次的失望而归,张伟心里的火越来越盛,越来越着急。

忙完办公室的工作,张伟去医院打针。

躺在医院的病床上,看着窗外隐晦的天气,张伟的心情极度低落。

那边爸爸躺在病床上忍受病痛折磨,这边自己也在和病魔作斗争。

那边急等钱做手术,这边有账却收不回来。

张伟感到焦急而又无奈。

这几天,张伟每天都和妈妈保持联系,他让妈妈办了一张银行卡,自己这边钱一到位可以马上把钱打过去。

下午,妈妈告诉张伟,不要为钱的事情太着急,果园已经联系到买主了,明天上午过来成交,因为季节不对,再加上家里急用钱,让对方捡了个大便宜。

"不行。"张伟一听急坏了,果园是爸爸十多年的心血,家里就指望它呢,果园卖了,以后的日子怎么办?

"妈,先等等,我再想想办法。"张伟对妈妈说。

张伟又一次找到宋主席,宋主席一脸同情,可是财务没有钱,爱莫能助。

"那什么时候能有钱呢?"张伟几乎要叫起来。

"我怎么会知道,老板跑了,我又不管财务。"宋主席也有些急了。

张伟知道光对宋主席发火是没有用的,索性直奔财务部。

到了财务部,门关着,怎么砸也没反应,里面没人。

这算是个怎么回事?都跑了?

张伟无力地坐在办公楼前的台阶上,心情沮丧。

宋主席走出来,安慰张伟说:"张经理,我很想帮你,可是现在财务部的人也不在,你放心,你的事我一定会尽力的。"

张伟冲宋主席点点头,离开了风行服装公司。

人被逼到无路可走,什么法子都得用。

张伟思考再三,终于鼓足勇气,决定开口向何英借钱。

团款能要回来,就马上还,要不回来,就从自己的工资和业务提成里逐月扣除。

事情到了这个份上,只有这一条路可走了。

张伟给何英打通了电话:"我,我有点事想请你帮忙。"

"什么事?说吧。"何英好像不在办公室,周围很嘈杂。

"我家里人得病住院,急需钱手术,我想向你借8万块,我会尽快还你。"张伟一口气说完。

电话那端,何英沉默了。

张伟突然感觉很难堪,感觉自己像个乞丐。

可是,有事求人,人在屋檐下。

终于,何英说话了,声音很慢,但口气很坚决:"对不起,我从来没有借钱给别人的习惯,我从来认为交朋友,做好朋友,谈什么都行,就是别提钱。你让我帮你别的可以,这个我帮不了。再说,万儿八千我有,可以直接给你,也不用你借,8万不是个小数目,我自己也做不了主,得问问老高。"

被一个女人把话说到这个份上,张伟感觉无地自容,羞愧难当:"对不起,不给你们添麻烦了。"

张伟匆忙挂断了电话。

张伟并不生何英的气,来南方这段时间,他逐渐熟悉了这里人的习惯,干什么都行,就是别提钱。

而且,钱是人家辛辛苦苦挣来的,凭什么借给自己?借是拔刀相助,不借是公道,没什么好说的。

还有,正像何英所说,她自己也做不了主。

张伟后悔不该向何英提这事。

张伟回到 18 楼的小窝,躺在床上,心里一片急闷愁苦,左右彷徨,六神无主。

小郭下班回来,见张伟愁眉苦展、两眼冒火,很担心他的身体,安慰了张伟半天,拉着张伟去街上打牙祭。

小郭拉张伟到了一个粥铺,找了个屏风隔离开的半封闭角落坐下,对张伟说:"这地方高总以前带我来过几次,粥做得很好,你喝点粥,下下火,别太着急,事情还是要慢慢来。"

张伟感激地对小郭点点头,还是老乡好。自己这几天住院的钱都是小郭付的,他自己工资收入并不多,月头到月尾基本也剩不下。

两人正在吃粥,突然听见外边相邻的屏风间里进来几个人,边吃粥边说话。

分明是高总和林经理和李经理的声音。

看来他们忙完了,也在这里喝粥。

小郭也听出来了,刚要说话,张伟向他"嘘"了一声,示意他别声张。

张伟不想和他们说话。

外面几个人情绪好像都不错,谈笑风生。

他们是用宁州方言说的。

这段时间,张伟对宁州当地的话已经基本能听个大概。

林经理:"高总,老将出马,一个顶俩,今天您一去,这项目立马就谈成了,还是您厉害。"

李经理附和:"是啊,今天跟高总出去,又开眼界,又学知识。"

这两个家伙拍马屁的功夫够可以的。

高强呵呵一笑:"以后我会常带你们出去,多学习,我们公司今后还要大发展,还需要更多的人才,特别是像你们这样的。"

林经理:"谢谢高总提携,我们俩是铁了心跟您干,您到哪儿我们就到哪儿。"

李经理也急忙附和。

高强满意地笑笑:"我是相信你们的,毕竟你们是咱们本地人嘛,亲不亲,一家人,根儿都在当地,做起事情来保险,放心。"

李经理:"那是,高总,我对您,对公司,是绝对的忠心,绝对的忠诚。"

高强:"这个我是相信的,从你们的行动上就看出来了,你们能够将公司的大小情况随时向我如实汇报,本身就很能说明问题,说明了你们对公司的忠诚和关心。另外,你们还要和同事搞好关系,同大家打成一片,不要被大家孤立,否则,大家什么事都瞒着你们俩,你们也就成了睁眼瞎。"

张伟听了高强这话心中不由一惊。

林李二人连连称是。

高强继续说:"特别是你们在和张经理的关系处理上,一定要把握好一个度,不能太远,可以适度接近,他在业务上还是有一定的能力的,特别是新客户开发上,很有作为。"

林经理:"可是,他好像根本不把我们放在眼里,仗着您和董事长宠他,很傲气的。"

高强笑了:"你们是傻子,这都看不出来,他是外地人,懂管理,我必须要用他出力,给他一个经理的名分对他好一点。下一步,公司准备设立两名副总,一个分管业务,一个分管导游,到时候就把他架起来,让他专心做业务就是了。你们是本地人,总归我还是相信你们的。"

李经理:"那他不就成高级业务员了?"

高强:"说了这半天,你才开窍。知人面不知人心,我和董事长这次出去,我才真正看透他,唉!以后我和董事长不在家的时候,你们俩给我看好门,管好人,可别出什么漏洞。"

林经理:"高总,您放心,保证没问题。"

高强:"那就好,对了,以后牵扯到钱的时候,尽量不要让张经理单独拿钱,万一……"

李经理:"明白,高总,明白您的意思。"

高强哈哈一笑:"不错,你们俩都是我的好兄弟,我是一直把你们当自己兄弟来看的……"

张伟和小郭在隔壁听得很专注,小郭心惊肉跳,张伟心如死灰。

张伟和小郭坐那里没动,一直等他们吃好走了之后才离开。

张伟终于明白自己在高强心中的位置。

晚上,躺在陋室里,阴冷的秋风从窗缝里钻进来,带着阴湿的寒意。

张伟使劲喝水,减轻咽喉的疼痛,用力咬牙,抵御牙齿的火力。

看着沉沉的黑夜,听着秋风萧萧的声音,张伟的身体一阵凉似一阵。

张伟耳边一遍遍回响起何英的声音,回味起高总和林李二人交谈的话,心里不由悲凉起来。

又想起被病魔折磨的爸爸,立刻心急如焚,内火蹿升,难道真要把家里的果园卖掉吗?真的没有别的办法了吗?

一阵热一阵冷,一阵火一阵痛,张伟在秋风秋雨的陪伴下挨过了一个不眠夜。

张伟思考了一夜。

第二天一进公司,张伟径直走进高总的办公室。

高总刚到公司,正在喝茶,何英也在旁边。

高总见张伟进来,招呼了一句:"来,有事?"

张伟直挺挺地走到高总办公桌面前,掏出一张纸,放在高总桌子上。

高强看了一眼,一愣:"张经理,你要辞职?"

何英闻听,也愣了,眼睛直盯着张伟:"怎么了?张经理。"

张伟表情沉着，努力克服咽喉肿痛带来的不便，沉稳地说道："感谢老板和董事长的关照，我辞职是因为个人原因。"

高强还没回过神来，从来只有他炒员工鱿鱼，哪有员工炒他鱿鱼的？

何英："张经理是不是有什么为难事，说出来我们可以想办法帮助你。"

何英的意思很明白，让张伟把昨天找自己的事当着高强的面说出来，这样她也好帮腔，让高强同意以公司的名义借钱。

张伟明白何英的意思，微微一笑："没什么为难事，谢谢。"一句话，把何英堵了回去。

高强还想努力挽留："张经理，你干得好好的，干吗要辞职呢？有什么事情大家可以商量嘛。"

张伟既然已经决定辞职，就不想再在这里多待一刻，也不想和他们二人闹僵。

可是，满腹的心事和身体的痛苦让他心烦意乱，不想和他们多纠缠，于是对着高强意味深长地说了一句："高总，有时间我请你去喝粥，谈谈培养高级业务员的事情。"

高强一听，脸腾地红了，表情十分尴尬。

何英莫名其妙："什么喝粥？什么高级业务员？"

张伟彬彬有礼地点点头："希望我们以后仍然还会是朋友，再见，高总，何董。"

说完，张伟昂首挺胸地走出了公司。

何英追出来："站住。"

张伟停下来："干吗？何董事长。"

何英脸色不安："是不是因为昨天的事你生气了？其实，我真的很为难，你不知道，老高对钱看得很死，我手里小钱有，但大钱没有，所以……"

张伟打断何英的话："不要多想，我刚才说了，我辞职是因为个人原因，请你尊重我的个人意愿，人各有志，请勿勉强。"

何英："那，我们以后还会再见面吗？"

张伟仰头看着雨蒙蒙的天空："你老公在办公室里，你该回去了，我还有事，再见。"

说完，张伟头也不回地向前走了。

宁可站着死，绝不坐着生。张伟倔犟地向前走去。

已经是如此的狼狈不堪，为何还要如此的倔犟？张伟心里不停地问自己。

辞职，让张伟感到了解脱，感到了轻松。

同时，也让张伟感到了失落，失业了！

明天的饭碗在哪里？

今天中午，家里唯一的经济来源就要出让给别人了。等爸爸做完手术后，家里又开始一穷二白了。

这片果园凝聚了爸爸十年的心血和汗水，每年能给家里创造六万多的收入。家里盖房子，张伟上学都是靠这果园支撑的。

如今,这一切,都只能成为记忆了。

可恶的风行公司老板,可恶的经济危机……

张伟心里感到巨大的失落和痛苦,还有阵阵悲凉涌上心头。

自己是个拥有 10 万债权的债主,同时也是一个即将吃不上饭的穷光蛋。

张伟给妈妈打了电话,妈妈说买果园的人已经过来了,经纪人正在帮助拟订协议,一会儿就签字,然后去办理转让合同。

妈妈转而安慰张伟,说不要紧,只要你爸爸身体好了,我们可以一切从头再来,只要人在,一切都会好的。

张伟听了妈妈的话,心里无比难受,自己一个堂堂七尺男儿,在家庭出现危机的时候却不能为家里分忧,枉为男人。

再有半小时,不,或许十分钟,家里的那片果园就是别人的了。

以后,自己春天再也闻不到果树吐露花瓣的芬芳,夏天再也不能在果园的树荫下看书、午休,秋天再也不能享受采摘的喜悦和快乐了。

张伟悲从中来,心里无限悲凉,失意、惆怅、落寞。

张伟漫无目的地走着,任细雨打湿自己的头发和眼睛。

经过路边一 ATM 机,张伟下意识地掏出银行卡,插进 ATM 机,输入密码——服务选项——查询——确认——

张伟已经记不得这是自己第几十次查询了,从希望到失望到绝望。

查询好像现在已经成为张伟的一种习惯,一种意识,一种自我安慰。

按下确认键,张伟漫不经心地扫视着屏幕。

这几天,这个数字一直没变,93,这是张伟卡里剩下的所有家当。

这次,张伟依然没抱什么希望。

张伟无精打采地注视着屏幕。

100093! 屏幕上赫然出现了一长串数字。

啊! 张伟不敢相信自己的眼睛,揉了揉眼睛,仔细贴近看。

100093!!! 确实是这个数字。

钱打过来了!!!

张伟心里一阵狂喜,一阵眩晕。

钱真的打过来了!!! 没错,个——十——百——千——万——十万,张伟仔细数了三遍。

哇!! 钱真的到位了。张伟激动不已,感谢宋主席,感谢风行公司。

张伟兴奋不已,精神焕发,摸出手机就给妈妈打电话:"妈,协议签了没有?"

"没,正要摁手印。"

"停,马上停,果园咱不卖了,我有钱了。"张伟快乐地在电话里大叫。

"啊,你哪里来那么多钱?"妈妈大吃一惊。

"我的业务提成。妈,你抓紧到银行去,我一会儿就把钱给你打过去。"

哈哈,天无绝人之路,老子又复活了。

开心的张伟来了力气,快速到银行提款,然后给妈妈的银行卡上打了八万,剩下两万,一万还给王炎,一万自己用。

爸爸的手术有着落了。

做完这件事情,张伟浑身轻松起来,牙疼轻多了。

张伟接着给宋主席打了电话。

刚一接通,不等张伟说话,宋主席就说:"张经理,真抱歉,财务确实是没有钱啊……"

"哈哈,有了。"张伟高兴地对宋主席说,"宋姐,太谢谢你了,钱打过来了,10万。"

"什么?"宋主席在电话那边好像很吃惊,"不可能!"

"真的,呵呵,我都已经提出来了呢。"张伟乐呵呵地。

"怎么会?!"宋主席在电话那边喃喃自语,"财务账目明明已经被封了,钱只能进不能出,财务上明明没有钱了。"

"哈哈,那也可能是天上飞来的。"张伟跟宋主席开起了玩笑,"真的要谢谢你啊,宋姐。"

"哦,别客气,别客气。"宋主席应付地回答着放下了电话,百思不得其解。

突然,她想起昨天接到的一个电话……

第四十五章 不速之客

失业人士张伟兴冲冲地去医院打针。

今天是最后一针。

张伟回到住处,小郭今天跟财务出差,还没回来。

一进门,多日的疲劳一起涌过来,张伟一头栽倒在床上,脑袋往枕头上一扔,立马睡了过去。

张伟睡得一塌糊涂,人事不省。

一觉睡到第二天中午,肚子咕咕叫了才醒过来。

透过唯一的小窗口,看看外面的天放晴了。

阳光一定很明媚,空气一定很清新。

张伟一骨碌爬起来,牙已经不疼了,嘴角的燎泡也开始消退,咽喉肿痛基本感觉不到。

健康很重要,真的很重要。

心情更重要,心情好,身体就好。

身体好,胃口自然就好。

张伟在公共的小客厅里,一口气做了30个俯卧撑。

大学的时候,张伟是系足球队的队长,还是校武术队的队员,身体很结实,不过最近一直没锻炼。

张伟舒舒服服洗了个澡,浑身都感觉放松。

把脏衣服扔到墙角,从里到外换上一身干净衣服,准备下去吃饭。

小郭昨晚回来得很晚,今天一大早就上班去了。张伟准备等下午小郭回来把住院的钱还给小郭。这哥们儿也是打肿脸充胖子,其实手里钱也不多了。不过,这哥们儿很够意思,不愧是老乡。

张伟打算晚上请小郭好好搓一顿。

至于再就业的问题,等等再说吧,先不考虑,把肚子填饱再说。

张伟兴冲冲去开门,突然有人敲门。

这个时候谁来敲门？是不是住这里的人忘记带钥匙。

张伟把门开开，一看，是何英。

何英站在门口，手里提着一个超市里的大塑料袋，装满了各种食品。

张伟有点出乎意料，站在门口愣愣地看着何英，何英怎么知道我的新住处？

转而一想，很简单，她知道小郭和自己相好，肯定是找小郭打听的。

何英站在门口有些发窘："怎么？不让进去？"

既然已经辞职了，来的就是客嘛。张伟清醒过来，连忙后退："请进，请进，就是太简陋了，怕屈就了你。"

何英幽怨地看了张伟一眼，跟随张伟进了小板房，狭小的空间只有一把椅子，连坐的地方都没有，只好坐在床上。

"你怎么搬到这样的地方来住了？这种地方怎么能住人呢？"何英环顾了一眼，皱着眉头说，"这不是你这种人住的地方，我去给你把那房子再租回来，回去住。"

"不用，谢谢，"张伟冷淡地说，"我就是这种人，就是适合住这种地方的人，千千万万个在这个城市底层的打工仔而已。"

何英看着张伟，大为心痛："要不是今天我使劲追问小郭，还不知道你竟然在这种地方住，真让你受苦了。小郭还不知道你辞职的事情，今天大吃一惊。"

何英说着，心疼地伸手轻轻去触摸张伟的脸。

张伟向后一缩，脑袋咯噔碰在木板墙上："我还没来得及告诉小郭。咱老百姓的孩子，什么样的苦都能吃，住这儿有水有电有厕所，还能洗澡能洗衣服，多好啊，有什么苦的？不苦。"

何英把买来的食品放在张伟的电脑桌上："我给你买了营养品，好好补补，看你这段时间瘦的。"

张伟本想推辞，又一想，这样会把气氛搞僵，就说："谢谢，以后不用这么破费了。"

何英抿抿嘴唇："你把刚发的提成都给家里了？你家里真有病人吗？谁病了？"

张伟心里的火腾上来了，那天话说得那么绝，还什么做朋友从不提钱，现在又假惺惺关心起来，站着说话不腰疼，好话谁不会说？

张伟从口袋里摸出昨天提出来剩下的两万块钱往床上一扔："我家里谁都没病，我是缺钱，但还不到那个程度，住不起高级单身公寓，咱就住拼租房，但还不至于山穷水尽。你不是说对我真有感情吗？我就是想看看你对我的感情能真到什么程度？"

张伟突然想故意捉弄何英，让她后悔死，然后自己再快意于她的懊丧。

何英的脸一下子变白了："你？你！我——我——"

何英一下子说不出话来，脸色白一阵红一阵，又窘迫又狼狈。

张伟看到何英的样子，心里的快感如约而至。

一会儿，何英讪讪地又问："你到底为什么辞职？昨天你说的什么喝粥什么高级业务员到底是什么意思?"

张伟冷笑一声:"辞职不辞职是我的自由,我愿意干就干,不愿意干就走,至于那喝粥和高级业务员,你回去问你老公,他自然明白。"

何英:"我昨晚回去问他了,他什么也不说。"

张伟又是一声冷笑:"心知肚明哪,都是聪明人。"

何英:"你今后怎么打算? 是留在这里发展还是到外地? 是继续做旅游还是转行?"

张伟反问:"这与你何干? 你今天找我干吗? 有事?"

何英可怜兮兮地看着张伟:"昨晚我和老高大闹了一场,我知道肯定是他什么地方不好,伤害了你,促使你辞职的。可他什么也不说,埋头一个劲抽烟,最后说让我来请你回去,让你做副总兼营销部总经理。"

张伟哈哈大笑,倏地正色说道:"冰冻三尺非一日之寒,我辞职自然是有我的理由的。做员工的哪个不想好好工作讨老板欢心,哪个不想好好做事情使劲赚钱,可是,即使你老板再有钱,再尊贵,打工仔也是人,也有人格,也有尊严,也同样需要尊重,也同样需要信任。在一个缺乏信任的环境里工作,和一群卑劣的人天天相处,让我痛苦。我要让自己快乐工作,快乐生活,快乐赚钱,总之,活得开心。只要开心,至于做什么职位,无所谓。另外,我这人还有一个特点,不吃回头草,我决定了的事情谁也无法改变我。请你转告高总,感谢他的提携和赏识,就说我张伟在这里给他作揖感谢了,但是本人人微才劣,做不了,让他另请高明吧。"

一席话,说得何英无话可讲,满脸通红。

张伟突然感觉这样不好,对客人怎么能这样呢? 站起来,舒展一下筋骨:"真抱歉,到这里来连口水也没法让你喝。"

何英沉默了一会儿,突然想起什么:"你还没吃饭吧,我买的有牛奶、面包、火腿、八宝粥,都是你喜欢吃的,先吃点。"

说完,不等张伟回答,就低头把吃的拿出来给张伟。

张伟一来不好拒绝,二来确实也饿了,说声"谢谢",毫不客气接过,狼吞虎咽吃起来,边吃边说:"好,真香啊。"

看着张伟的吃相,何英既感动又心疼:"慢慢吃,别噎着。"

趁张伟吃东西的空,何英开始收拾张伟的房间。

其实张伟的新窝没什么好收拾的,就一张床,一张电脑桌,还一把小椅子。

何英把床铺整理好,把换下来的衣服和被套床单枕巾统统放到公共洗衣机里开始洗涤。

张伟打开只有一扇的窗户,也疏通一下房间的空气。

看着何英里里外外忙乎,张伟想阻止她,想了想没出声,任由她去吧。

很快,房间打扫得干干净净,床铺换上了新床单和被套枕巾,衣服也洗好了,晾在客厅的竹竿上。

小小的木板房,竟然被何英收拾得蛮像样子。

看来空间不在大小,关键在于收拾。

张伟站在窗口,贪婪地呼吸着秋日的清爽空气,眺望着深蓝的天空,心情很舒畅。

何英走到张伟身后,突然揽住张伟的腰,把脸轻轻贴到张伟背上。

张伟没有动,任由何英靠着自己。

良久,张伟一声叹息:"别费力气了,我是不会再回中天的,即使我要饭,也不会回去,绝不!"

何英幽幽地说:"其实,我来之前就知道你不会再回去,可我这话还得说,也算是代表老高表示对你的歉意。你不回去,我也不强求你,我只希望你不要不理我。"

张伟回过身,靠着窗台:"当然理你,干吗不理你?"

"真的?"何英轻松起来。

"不但理你,我还理老高。"张伟继续不紧不慢地说,"大家买卖不成情意在,做不成同事,还可以做朋友嘛,你说是不是? 见了面,总要打个招呼,问候一声的。"

"啊?"何英明白了张伟"理"的意思,"我不是那个意思,我是说我们之间的关系。"

"我们之间的关系? 你认为我们之间再继续保持这种关系,正常吗? 合理吗?"张伟咄咄逼人。

"正常,合理"何英接过话,"我喜欢你,我需要你,我会好好对你……"

"住嘴!"张伟打断何英的话,"如果换以前你说这话我会相信你,现在你少给我来这一套,你的所谓喜欢就是心理满足,所谓的需要就是生理要求,所谓的对我好就是在我遇到难处的时候袖手旁观,不要再和我讲那么多,我不是小孩子,我什么都明白,我们充其量以后就是最最普通的朋友,那种见了面互相打个招呼问候吃饭没吃饭的朋友。"

何英脸色又变得煞白,一会儿又通红,嗫嗫地说:"我也有我的难处,你不会了解,也不会理解,可是,你曾经答应过我,两个月。"

"这——"张伟一时语塞。

何英一看有转机,继续说道:"这还不到一个月,男子汉大丈夫,一言九鼎,君子一言,快马一鞭,说话要算数。"

张伟一下子有些为难,思考片刻:"好吧,那就持续到期满。"

张伟想了,自己答应两个月,可没说两个月期间两人一定要发生那种事,那就干脆表面应付,让它名存实亡算了。

何英高兴起来:"那我以后可以经常来看你,你有空也要和我一起吃饭。"

张伟点点头:"可以,但是以后不要买这么多东西,这里没有冰箱,放久了变质,浪费;出去吃饭,谁邀请的谁请客,本人没那么多闲钱。"

"行,行,没问题。"何英连连点头,又说,"要不,咱再搬回去住吧,我去找房东,再租回

267

来,或者去别的地方租也可以。"

张伟摆摆手:"别,我就住这儿,我喜欢住这儿,你的钱,挣得不容易,我能不花还是不花。"

何英讪讪地笑了笑,有些尴尬:"那好,那就住这里,我会经常来看你。"

张伟悠然说道:"下次你来这里说不定会遇到一小姑娘睡我床上,别意外呵。"

何英摇摇牙,狠狠瞪了张伟一眼:"随你,我不管。"

"好,"张伟一拍巴掌,"以后就要这样,即使在两个月之内,对我的私事也不准干涉、不准破坏、不准阻挠。"

何英继续咬牙:"我答应你。"

张伟看何英那样子突然憋不住笑了:"董事长,错了,不能喊你董事长了,叫你何姐吧,我就奇怪了,世上男人千千万,你干吗就非要盯着我不放呢?"

"我就看你好,我就是喜欢你。"

"别,别。"张伟摆摆手,又想起何英不肯帮自己忙的事情,心里感觉好别扭,"别说这话,我不该问这个问题,不说这个了。"

何英用幽怨的眼神看着张伟:"张伟,你知足吧,我何英从来没有在任何一个男人面前这样低三下四过,从来都是男人跟在我后面转悠,我也真是自己犯贱,非得找你。"

张伟挠挠头皮:"你这么说,那我还从没有被一个女人这么纠缠过,从来没有对一个女人这么有耐心过,实话告诉你,我张伟在感情上就是一玩世不恭的人,一拈花惹草的人,跟我好,你铁定后悔死。"

何英一听反倒笑了:"你标榜你玩世不恭,你拈花惹草,不错,刚开始我也有这种感觉,我喜欢你的这种习气,可我最近怎么从你身上看不到这种习气呢? 跑哪里去了?"

"哦,是吗?"张伟有些意外,自己没感觉到啊,"没有了吗?"

"你说呢?"何英对张伟说,"花花公子也变得感情专一起来了,是不是有意中人了?"

"不告诉你,与你何干? 走,我要出去办事情。"张伟穿上外套,嘴巴上还是那么硬,脑海里却突然涌出了伞人和陈瑶。

如果不是刚才何英说出来,张伟才不会意识到这一点。难道自己真的改邪归正了?

正所谓当局者迷,张伟认真想了一下,好像也发现自己的思想特别是个人生活上的观点比以前要端正了一些。

怎么会有这种改变呢? 什么时候改变的? 张伟琢磨不出来。

不过,张伟知道,这全都应该归功于伞人姐姐,归功于她的潜移默化。

呵呵,正所谓近朱者赤,近墨者黑啊,跟着好人学好事,跟着坏人学坏事。

如果放任自己和何英在一起,说不定什么样的糜烂事情都敢做。

"呵呵。"张伟想着不由笑出声来。

"你笑什么?"何英边开车门边问张伟。

"没，没什么。"张伟掩饰地咳了一声，"你先走吧，我就在附近，不坐你车了。"

"我下午没事。"何英紧紧盯着张伟的眼睛。

"可是，我有事。"张伟有些不耐烦。

其实他也没什么事，就是想出来转悠转悠，透透气，然后琢磨下一步怎么走。

家里的事情办妥当，心里一块石头落了地，紧跟着就是自己的工作问题了，要抓紧时间再就业。

人哪，烦恼总是一个接着一个，无穷无尽。

张伟想借透风的时机认真考虑自己的下一步，毕竟，这是关系生存与发展的大事，首先是生存，其次是发展。

何英看张伟有些不耐烦，语气缓和地说："干吗总这么凶对我说话，我知道你不开心，要不，我拉你到象山，到石浦那里，到海边的中国渔村去散散心，然后看看石浦古镇，放松一下心情，调整一下心态。"

张伟一听动了心，中国渔村那是一片山海相连的沙滩，是宁州唯一的一片海滩，石浦古镇的海鲜远近闻名，是打牙祭的好地方。

去看看大海，开阔一下自己的心扉，也不无益处。

"好吧，那就去，远不远？"

何英狡猾地转了下眼珠："不远，很快就到。"

"好，那就开路。"张伟上了车。

于是，何英开车奔象山方向而去。

第四十六章 海边静思

路上,张伟一言不发,看着窗外明媚的阳光,绿色的田野,大口呼吸着清爽的空气。

南国风光就是好,四季如春,一直是绿色的。

"你在房间里放那么多现金干吗?"何英终于打破了沉默。

"不干吗,花。"张伟漫不经心地回答。

其实张伟手里这两万块钱,有一万是要还王炎的,还有三千要给小郭,住院期间的花销。最后剩下的七千才是自己能支配的。

何英其实还想问张伟那11万提成干吗去了,他家人是不是真有病,但看到张伟一副不爱答理的样子,就没有问。

张伟说找她借钱是为了试探自己,何英对这话半信半疑。但是看张伟从口袋一掏就是两万块钱,何英又不能不相信张伟试探自己的话是真的。

一想到自己在张伟的试探下竟然表现得这么拙劣,何英感到很懊丧,自己要是大大方方地答应下来,多好!不但不用真拿出钱来,而且张伟一定会特别感动,一定会对自己特别好,一定会和自己长期保持这种关系,说不定还会看在这事的面子上不辞职,留在公司。

其实,从自己和张伟的关系考虑,何英并不希望张伟留在公司,她担心早晚会东窗事发,如果那样,她就将会失去一切。她知道公司里的那几个眼线不仅仅是监视员工,自己很可能也在监视范围内。虽然老高在幻觉中也说过想让她和张伟的话,但何英知道,那只是一种模糊的意识而已,真的在生活中发生了,老高是绝不会容忍的。

何英不想离开老高,因为老高给了她丰裕的物质生活和舒适的生活环境,何况,两人还有个孩子。

何英同样不想没有张伟,老高所不能给予的东西,在张伟身上统统能够找到。

何英最想要的是鱼和熊掌兼得。

何英最希望的是张伟能在宁州找一份工作,这样两人既能经常联系还安全。

何英打开车内的音乐,放了一首轻柔的钢琴曲,来打破沉默的尴尬。

车子在盘山公路上绕来绕去。

张伟回忆起自己第一次跟何英坐车去桐溪白云山漂流的情景,也是在这种蜿蜒起伏的山路上,何英装作晕车倒在自己怀里。那时自己还属于玩世不恭,喜欢拈花惹草的习性,喜滋滋地接受了美人的投怀送抱。随后的东湖度假村晚餐,自己在半推半就和跃跃欲试的心态下开始了和何英的关系。

转眼一个多月了,一个月当中,发生了多少事情。

一个多月的时间,张伟和伞人姐姐在虚拟空间里无声而有神地交流,谈理想、谈人生、谈爱情、谈工作,不知不觉,伞人的观念逐渐灌输进张伟的脑子。

如果不是今天何英说出来,张伟还真没有感觉自己玩世不恭的习性有什么改变。

毕竟,这种转变是一件好事。

张伟突然很想念伞人姐姐,这么久不联系了,伞人姐姐一定很着急找自己。

张伟想赶快找个地方上网,他要马上就见到伞人姐姐。

张伟感觉何英开得好慢。

"怎么还不到啊,这么慢?"张伟看了一眼何英。

何英笑了:"还慢啊,这山路上我都80迈了,再快就要出危险了,大哥。"

"大约还要多久到啊?"

"再有一小时,两点到,到海边正好是太阳最舒服的时候。"

"什么? 这么远! 不去了。"张伟想返回去找个地方上网。

"已经走了一大半了,还回去干吗?"

"你刚才不是说不远吗? 我还打算今晚赶回来呢。"

"是不远,可是路难走啊,又不是全程高速,跑不起来。"

张伟一听,闷闷不做声了,既来之则安之吧。

到了石浦,何英开车直奔中国渔村。

"我们先到海边玩,回来再游古镇。"何英对张伟说。

张伟第一次来,也就任由何英安排。

来到中国渔村的海边,张伟一看,周围几座山之间,一片小沙滩,浑浊的海水冲击着海岸,倒是沙滩周围的房子盖得很别致,都是饭店。这季节没人来,冷冷清清的。

搞什么,这就是鼎鼎大名的中国渔村啊,这在黄海那片,只能是废弃的垃圾场,北方比这大气干净的海滩多了。

何英笑嘻嘻地告诉张伟:"宁州很可怜,海岸线都是山或者淤泥,就这一片是沙滩,你看着不起眼,宁州人都当宝贝,开发出一个中国渔村来。"

张伟感觉很好笑,又不胜感慨,旅游是需要开发啊,就像一块玉,不雕琢就永远是一块破石头。

张伟不由佩服宁州人的经济头脑,不起眼的一个小沙滩,稍加改造,就成了远近闻名的中国渔村。

张伟独自在海面走了一会儿,看着无垠的大海,呼吸着略带咸味的空气,将心中抑郁很久的闷气呼吸出来。

有什么能比大海更广阔? 那就是人的胸怀。

看着无边无际的大海,听着海浪冲击海岸的涛声,张伟感觉这世间没有什么事情想不开,没有什么困难不能克服,没有什么挫折能把自己击倒。

张伟静静地面对大海,张开双臂,任海风吹拂自己的头发,任海风浸润自己的每一寸肌肤……

我要飞……张伟心里大声喊道。

我一定要站起来,我一定会站起来。张伟对着天空,使劲挥舞自己的臂膀,对自己说道。

何英坐在沙滩上,欣赏着山海一色的美景。

张伟懒得理何英,他想自己安静一会。

何英也很乖,没过来干扰他。

离开城市的喧嚣,张伟的大脑清醒了很多,心境也有条理、安稳了许多。

失业了,要抓紧再就业。

干什么? 去哪里干?

哪里需要人? 哪里需要他这样的人?

经济危机正在酣处,地处中国对外开放前沿,以外向型经济为主的宁州所受冲击很大,几乎每天都有大量的人失业,而能够再就业的人却少之又少。

既然来了,我就不会走,我一定要在这里站住脚跟,一定要在南方打拼出自己的事业。张伟恶狠狠地给自己打气。

张伟决定还是在旅游界打拼,这是自己的强项,也是自己的长处,还是自己喜欢的行业。

我一定要做一个真正的旅游人。

决心已定,张伟走到何英跟前:"时间不早了,去看看古镇吧。"

何英站起来:"好,走。"

两人驱车直奔石浦。

路上,张伟一直看着两边,希望路边能有网吧。

可是,在城市里到处可见的网吧在这里竟然十分稀罕,一个也没看见。

张伟和何英一起在古镇里穿行。

何英兴致勃勃,带着张伟走进那些窄窄的石头小路,穿行在迂回的巷子之间,体会古老的民居、淳朴的民风。

何英显然来过多次,对这里的巷道很熟悉,边走边给张伟解说。

对这种充满风情的南国民居民俗,张伟十分感兴趣,穿街走巷,既新鲜又好奇。

逛完古镇,二人来到一处紧靠海边的渔家乐饭店,点了海鲜,开怀大吃。

张伟这段时间身体备受煎熬,正缺油水,吃得十分痛快。

何英看张伟吃得高兴,自己也很开心。

"你不要老是对我奉拉个脸,横竖我们俩还能好一个多月,就不能对我和气点?"何英边看张伟吃东西边说。

张伟挠挠头皮:"我也不是故意要给你坏脸色,只是不自觉就那样了,好吧,只要你别强求我做我不喜欢的事情,只要你别惹我烦,我一定好好对你。"

何英努努嘴巴:"我是有福不知道享,自己找罪受,你呢,你是身在福中不知福,有福享不了。"

张伟嘿嘿一笑:"何英,我告诉你,这人啊,都是命。不管你如意不如意,幸福不幸福,都是命中注定的,就好像我们俩,也是命中注定的。"

何英紧接一句:"我们俩命中注定会怎么样?"

张伟把筷子一放:"这还用说吗? 命中注定不会有什么结果啊,肯定是无言的结局啦。"

何英泄气了,嘴里嘟囔道:"也不见得,不是还有句话说叫事在人为,向命运抗争吗? 只要去抗争,就能改变命运。"

张伟哈哈大笑:"狗屁,什么事在人为,抗争命运,我告诉你,即使你没结婚,你没有老公,我们俩也走不到一块儿。"

何英:"为什么? 此话怎讲?"

张伟一抹嘴角:"因为我们俩命相克。"

何英睁大眼睛:"什么命相克?"

张伟:"我是火命,你是水命,水火不相容,早晚走不到一块儿。或者说,我们俩性格、做事的原则风格都不相符合,我们不是一路人。"

何英:"那,我们即使不能做夫妻,做情人应该是可以的。"

张伟:"我说的就是包括做情人,什么叫情人,有感情的人,得有感情,我们之间,有吗? 充其量只是短暂的激情而已。"

何英:"可是,我是从心里喜欢你,对你是有感情的。"

张伟一撇嘴,摆摆手:"别和我说这话,一听这话我就头皮发麻,你对我的所谓感情在金钱的考验面前已经被击得粉碎。我呢,只是本能战胜不了理智,一而再、再而三地自我欺骗。因为我本身就不是什么好人,一典型的风流浪子,好色之徒。"

何英不由笑起来:"你对我和对你自己剖析得都很深刻啊,不说这些了,一说起来就是争论,没意思。还是好好享受剩下一个月的契约感情吧。"

张伟点点头:"是的,你的时间不多了,或者说我们的时间不多了,我希望大家不要成为仇人,包括老高,希望我们以后不管在哪里相见,都能够从容面对,心态平和,买卖不成仁义在,做个朋友总还是可以的。当然,和你们这样的贵人做朋友,本身就是我高攀。"

何英哼了一声:"少连讽刺带挖苦,我明白你的意思,我和老高还没有心胸狭窄到那个程度。"

张伟:"那最好,我很快就要去找新的工作,我已经决定了,我不离开这里,我还会在这里打拼。"

何英一听很高兴:"好啊,那我以后还可以见到小张朋友。"

张伟点点头:"我不但会继续在宁州做事情,而且还是要做旅游行业,我也很可能在另一家旅行社做,也就是说,我们还是同行,却成了竞争对手,也就是成了冤家。所以,我刚才说大家心态要平和。"

何英一听,若有所思。

张伟的话让何英对张伟的了解又深入了一层。下午在海滩的时候,她就对自己和张伟发生关系以来的过程进行了详细回顾,对自己为什么不能吸引住张伟进行了反思,并找出了几条原因。她不知道自己分析得对不对,但有一点她十分肯定,那就是对张伟不能百依百顺,这个男人,你越什么都顺着他,他就越不在乎你,不知道珍惜你。或者说,是自己前段时间太宠他,把他惯坏了。

何英对自己的分析很确定,心想一定是这样的,男人都是这样,张伟应该也不例外。

饭后,天已经黑了。

两人回到车上,张伟说:"我们直接回宁州。"

何英没回答,径自发动车辆。

张伟又重复了一遍:"我们回宁州,你没听见?"

何英这才说话:"今晚不走了,在这里住,镇上有4星的宾馆。"

张伟一听睁圆了眼睛:"干吗要在这里住?你又打什么算盘?"

何英淡淡一笑:"打什么算盘?什么算盘都没打,天黑了,这山路,你敢开车?"

"这——"张伟一怔,自己有驾照,但自从到南方来就没有开过车,况且还从没有在这样蜿蜒的山路上开过车。想一想何英说的有道理,安全第一。

正发怔间何英又说:"又不是第一次了,住宾馆还多大事,一个大男人还怕这个?"

张伟又是一怔,何英这话好像在蔑视自己的男人气魄,好,住就住,各睡各的。于是对何英说:"好吧,听你安排。"

何英笑笑,开车到了镇上的一家4星级宾馆。

开房间时,张伟对何英说:"要有电脑的房间。"

何英点点头,对服务员说:"开一个单间,要电脑房。"

进了房间,张伟第一件事就是打开电脑上网。

何英说:"怎么这么着急?有重要事情?"

张伟边登录 QQ 边对何英说:"我上网聊天,不准乱看。"

何英换衣服去卫生间洗澡,对张伟说:"本人对别人的私事没有兴趣,你和谁聊天,与我何干?"

说完,径自去了卫生间。

张伟快速登录 QQ,一看,伞人姐姐不在线。

但是,却有一段留言。

留言时间是前天下午 3 点 24 分,内容如下:"出差早回来了,可是家中有事情,一直没有时间上网,今天第一次上来,很快又要去忙家里的事情。看到你也只有一条留言,看来你最近也是挺忙的,家里一切都平安吧。看你的留言好像很匆忙,话刚说了一半,说什么风行公司的版纳团有麻烦。按照我的预测和估计,你应该是遇到收款的问题了,你之前垫付团款就太草率了,先斩后奏,要是我早知道,是不同意你垫付的。如果真的是因为这个的话,也不要有太大压力,不要着急,慢慢来,相信事情会解决好。记住我说的一句话,天是塌不下来的。说不定你早上一觉醒来,钱就打你卡上去了。"

天是塌不下来的。张伟一遍遍重复着伞人的话,自己还不如一个女人心胸开阔,是啊,有什么想不开的。

伞人姐姐看来很熟悉客户收款的问题,马上就能猜到麻烦出在收款环节。

不过,现在麻烦已经解决了,伞人姐姐也可以放心了。

张伟给伞人回复道:"姐姐,真被你言中了,那公司被金融危机放倒了,外债太多,老板把大部分员工指使出来旅游,自己携资金出走。不过,工会宋主席人很好,一直抓得很紧,一直催财务,昨天把团款打到我卡上了,不过好像他们内部沟通得不大好,宋主席还不知道财务给我打款的事,听说后很吃惊,说不可能。哈哈,我满世界就这一个债主,这钱不是他们的还能是谁?要么就是天上掉下来的。这钱可是救了急了,我爹的股骨头手术就可以开始了。"

张伟没有说自己生病的事情,他不想让伞人过多担心自己。

不过看伞人说的"家里一切都平安吧"这句话,张伟心里一个劲儿嘀咕,伞人姐姐好像会算,能预测到家里有事。

伞人姐姐说她家里有事情,出了什么事,没说。既然她这么忙,一定是出了重要的事情,不然不会牵扯她这么多精力。

想到这里,张伟又加上一句:"姐姐,你家里出什么事情了?要紧吗?你别太着急,需要我做什么尽管说,只要我能做到的,一定去做。另外,你要注意你自己的身体,注意休息。"

第四十七章 各怀心机

张伟不知道还需要说些什么,停顿了片刻。

正在这时,何英洗完澡出来了,穿着睡衣。

何英眼睛往电脑屏幕上看。

张伟急忙把留言发出,关掉QQ,扭头对何英说:"看什么?没见过还是怎么的?"

何英摇摇头笑笑:"这么敏感干吗?这么远,我又看不清楚什么内容,看来是有女朋友了,是不是?"

张伟干脆把电脑关掉,站起来:"嘿嘿,无可奉告。"

何英往床上一躺,打开电视机:"好了,我对你的那些儿女情长没兴趣,洗澡去吧。"

张伟洗完澡,穿上宾馆里的睡衣,也躺到床上,靠着床背看电视。

按照张伟的下意识,自己一过去,何英就会像以前那样,习惯性偎依过来。

可是,何英没有这样,依然躺在那边,眼睛盯着屏幕。

张伟有些奇怪,她怎么没过来纠缠?

张伟没做声,看着电视屏幕。

其实,昨天一晚,张伟的身体还没有真正休息过来,还是比较虚,看着看着,眼睛渐渐乏起来,身体往下一哧溜,躺下睡着了。

何英看了一会儿电视,也关灯睡觉。

二人同睡一张单人大床,一夜竟也相安无事。

只是在半夜的时候,张伟一个翻身,胳膊搭在了何英的胸上,何英迷迷糊糊装作没感觉,任其放在那儿。

张伟一觉睡到天亮,醒来的时候发现何英正缩在自己旁边熟睡,自己胳膊正搭在何英的身上。

张伟整晚睡眠质量非常好,醒来感觉气血充足,精神百倍,看到何英的身体,还有自己手放的位置,张伟不由心神荡漾。

张伟忙把手缩回来,看着何英熟睡的脸庞,粉若桃花,皮肤细腻,呼吸均匀,嘴唇偶尔轻轻嚅动。

睡着的女人是不是都这样,还原人的本性呢?

张伟把心里的骚动强压回去,悄悄起床穿上衣服。

不能恋床,否则自己一定会把持不住。

这一趟没有白出来,张伟感觉自己的身心恢复如初,一个朝气蓬勃、积极向上、活力四射的张伟又回来了。

张伟的动静把何英弄醒了,看张伟已经起床,何英也穿衣。

张伟感觉有点不可想象,自己和何英竟然能同床共枕而又守住阵线。

张伟一直感觉自己是个生活作风随意的人,对女人从来都是抱着无限的热忱和兴趣,只要是喜欢的,从没有拒绝的理由。可是,自己竟然和一个美丽的女人度过了一个平安之夜。

难道,自己真的是变好了,或者说,自己快成为一个好人了? 张伟有些兴奋地想。

回来的路上,张伟情绪不错,话也多起来。

"你回去转告高总,让他对我死心吧,我只要迈出去,就不可能再回来,让他抓紧另请高明。"

何英开着车,微微一笑:"真是个犟死驴,你放心,他是不会亲自来邀请你的,即使他心里再想让你回去,也不会自己亲自当面说出来,他把面子看得比什么都重要。"

张伟笑着点点头:"那最好不过,只希望大家以后别成了仇人就好了。"

何英:"仇人不至于,只要你不帮助别的公司暗算他,正常竞争,肯定是不会成仇人的。"

张伟哈哈一笑:"怎么会,我从不搞那些鬼鬼祟祟的道道,再说,怎么着看你的面子吧。"

何英:"难得你说句人话。"

张伟:"我有两句话,你转告高总。"

何英:"你说。"

张伟:"第一,在我眼里,他首先是兄长,然后才是老板,兄弟不对的地方,请他多包涵,青山常在,绿水长流,大家以后还会再见面。第二,疑人不用,用人不疑,是他曾经和我说过的话,希望他能真正理解运用好这句话,尊重员工,信任员工。"

何英沉默了片刻:"谢谢你,我一定会转告他。唉,其实人的性格都是天生的,江山易改,本性难移。"

张伟:"话是这么说,但是,还有一句话,叫环境改变人,只要自己能意识到,努力去改造自己的主观世界,就没有想不通的事。"

何英点点头:"你说得很对,向张经理学习。"

张伟开心一笑:"何英,我不是张经理,你也不是董事长,我以后就叫你何英。"

何英呵呵笑道:"那我就叫你张伟啦,或者阿伟。"

张伟摆摆手："No, No,就叫我张伟,咱是北方人,不习惯你们这里阿狗阿猫的叫唤。"

何英扑哧又笑出来："什么阿狗阿猫,你讲话可真损。"

张伟突然想起一件事："对了,我的善后事宜,什么工资结算啦,等等,统统委托给小郭兄弟办理。按道理,辞职是要提前一个月打招呼的,我这是属于特殊情况,对不住了。要是高总感觉憋气,就把工资扣除了也行,作为补偿。"

何英一愣,这事儿她还没想到呢,张伟一说倒提醒了他,这样的事老高不是第一次干,就是平时,老高都喜欢琢磨个事扣员工的钱。

"怎么会?这是不可能的,"何英迟疑了一下,又说,"到时候如果方便的话,我给你捎过来。"

"那也行,"张伟点点头,"还有,我老乡小郭,很好的一个兄弟,又勤快又老实,多多照顾,这么年轻,远离父母家乡出来打工,不容易,而且他还是公司刚创建就来的老员工。"

何英开着车,眼睛看着前方："这个我有数,你和小郭关系这么铁,他肯定会和你说一些公司以前的事情吧?"

张伟一激灵,何英这是在套自己的话,看小郭是不是说什么对她不利的话,或者是说关于张小波和他们两口子的什么事。

张伟装作漫不经心地说："这孩子你还不了解啊,天天闷头就知道干活,开车,不爱讲话,和我在一起,一天说不了三句话,就知道傻笑,要不我怎么让你多照顾他呢。"

何英一听放心了,转而又笑道："你才比小郭大几天?就说人家这孩子,我看你也是个大孩子。"

张伟："我是人不老心老,我的人虽然年轻,我的心却老了。"

何英笑笑,专心开车。

这时,张伟的手机接到一条短信,一看,是郑一凡的："张经理,你好,我是龙发旅游郑一凡,本想给你打电话,又考虑你可能不方便说话,所以给你发这条短信。不知你中午时间方便不方便,如果方便的话,我想请你一起吃顿便饭。"

张伟看完,心中一动,郑总、龙发旅游、漂流、于琴、于林……

张伟对郑一凡印象一直很好,因为他对自己一直很温和热情,人家可是大老板,对自己一个小打工仔,能礼贤下士,难得。

张伟每次看到郑总深邃的眼睛就感觉那里面充满了热情和成熟,还有捉摸不透的智慧。

而且,郑总搞的是景区开发,和自己以前做的行业是一样的,张伟对此很感兴趣,只是一直没有机会单独向郑总请教。

还有,于琴,对自己一向充满热情,妩媚的面孔,勾人的眼神,以及紧随其后活泼可爱的小丫头——于林。

总之,他们及他们的事业都给张伟留下了良好的印象。

这个时候郑总请自己吃饭，意味深长。

郑总不打电话，而是发短信，说明他不想让别人知道和自己接触的事。

这个别人，就是高强和何英。

郑一凡是不是知道了自己辞职的事？

张伟斜眼看眼了下何英，低头给郑总回短信："谢谢郑总，我正在回宁州的车上，大约中午11点到宁州，时间方便。"

发完短信，张伟看了何英一眼。

何英正眼看着前方开车，仿佛没看见。

很快，手机信息提示音又响了，张伟一看，郑总回复："那好，我们11点左右在华严街的全雍烧烤城门口会面。"

全雍烧烤城是宁州最豪华的韩式烧烤店，很出名。

张伟一乐，郑总怎么知道自己喜欢吃烧烤，哈哈，太对胃口了。

张伟给郑总回短信："好的，谢谢郑总，到时见。"

发完短信，张伟不由又看了何英一眼。

何英开着车，目不斜视："别煞费苦心了，捣鼓什么事呢，弄条短信像做贼，老看我干吗？"

何英想错了，她以为张伟是和女孩子发短信的，心里不由酸溜溜的。

不过，又一想，张伟给女孩子回短信还老是看自己，怕自己看到，说明张伟心里还是在乎自己的。

这样想来，心里又不由有些高兴。

张伟嘿嘿一笑："不干吗，约了个朋友一起吃午饭，中午就不和你一起了，我到华严街那地方下就可以。"

何英酸溜溜地说："是女朋友吧？"

张伟："不是，是男朋友。"

何英："有必要撒谎吗？说是女朋友还怎么了？我不会干涉你的，本人说话算话，不但不干涉，而且还要祝贺你。"

张伟哭笑不得："呵呵，随你怎么猜吧。"

从何英的话里，张伟突然感觉何英变了。

车到华严街，张伟在全雍烧烤城附近下了车，目送何英离去。

张伟顺着人行道步行走过去。

何英走了一会儿又把车掉头开回来，跟在张伟后面，她想看看张伟到底找了个什么样的女朋友。

何英现在需要做的就是利用这一个月的时间把张伟牢牢套在自己身上，想尽一切办法。

郑一凡早到了，正站在烧烤城门口。

张伟紧走几步,急忙向前打招呼:"对不起,郑总,让您久等了。"

郑总乐呵呵地和张伟握手,两人一起走进饭店。

不远处,何英放下心来,原来果真是个男的,张伟没撒谎,随即又睁大了眼睛,那不是郑一凡吗?

他们俩一起在干吗?

张伟一见郑一凡就感觉很亲切,特别是郑一凡和气的面相和那双深遂的眼睛里闪烁出的真诚。

张伟不知道郑一凡请他吃饭的目的,也不清楚郑一凡对他辞职的事情知道不知道,他想,在郑一凡面前先不提自己辞职的事,先摸清郑一凡的真正意图。

郑一凡和张伟在一个僻静的角落里坐下,服务员过来加木炭,生火。

这是一家自助式烧烤店,吃什么,烤什么,客人自己动手,自行选取。

张伟是这方面的行家,让老郑坐着等,张伟熟练地放料、翻、烤,一会儿,各种香喷喷的肉串和肉片烤好了。

郑总一直观察着张伟的动作,等张伟弄好之后,拿起一串肉,尝了一口,点点头:"嗯,张经理手艺不错,看不出还有这么一手。"

然后举起手里的啤酒杯:"来,张经理,为你身体恢复健康,干杯。"

张伟一愣:"郑总,您怎么知道我身体不舒服的?"

郑总呵呵一笑:"抱歉,我是今天刚听说的,我公司的一名司机和你们公司的驾驶员小郭熟悉,偶然遇见,听小郭说起然后告诉了我,早知道的话一定让于琴或于林去医院看看你。"

张伟很感动,看不看不重要,只要话到,有这个心,就够了。

张伟举起啤酒杯,这是一斤的大杯子,对郑总说:"谢谢郑总关心,一点小毛病,扁桃体发炎,没事了,来,我干掉,你随意。"

张伟知道郑总酒量不大,所以说这话,然后一口气把啤酒干掉。

郑总摇摇头:"你干掉,我当然也要干掉,虽然我酒量不行,但套用你们北方话说,感情深,一口闷,这第一杯酒是一定要喝掉的。"

说完,郑总也把一杯酒喝光了。

张伟招呼郑总吃烧烤,自己拿了两个空杯去倒扎啤。

张伟边接啤酒边琢磨。

既然郑总知道自己生病的事,那他清楚不清楚自己辞职的事? 小郭有没有告诉他的司机? 即使小郭不说,自己辞职的事很快也会在宁州旅游界传开,也会传入他或者于琴的耳朵。

如果郑总知道自己辞职的事,那么为什么只提生病,不提辞职呢?

听郑总一口一个张经理称呼自己,好像对自己辞职的事一无所知。

张伟端着酒杯回到座位,决定静观发展,以不变应万变。

两人吃了一会儿,张伟又喝了两杯啤酒,这次让郑总随意,郑总也不再硬撑。

话开始多起来。

"您漂流那边最近挺忙吧?"张伟问道。

郑总摇摇头:"不忙,天气冷了,主要就是些土石方,用挖机开挖河道,整理山场。"

张伟有些奇怪:"做漂流您干吗要整理山场呢?"

郑总吃完一串羊肉,喝了两口酒,然后对张伟眨巴眨巴眼睛:"张经理你对我开发的项目只知其一,不知其二,其实,漂流只是我开发的项目之一,我在桐溪开发的整体项目是综合旅游休闲度假区,内容很多的,有酒店、高山滑雪、山地卡丁车、观光农业生态旅游等,漂流只是我开发的一个前期项目,整理山场是为了开春栽果树。"

"哦,是这样。"张伟点点头,"您真是大手笔、大气魄,听您说高山滑雪,这里冬天又不冷,又不下雪,怎么滑雪啊?"

郑总:"白云山区冬季有两个月时间气温接近零度,利用雪炮人工造雪,春节前后这段时间营业,两个月就可以。"

张伟感觉很新鲜:"这两个月时间太短啊,投资能收回来?"

郑总神秘地笑笑:"高山滑雪,总投资 300 多万,当年投资,当年就能回本。"

张伟点点头:"和漂流一样,都是属于短平快的项目。"

郑总赞赏地点头:"对,张经理看来对漂流也有所了解了。"

张伟笑笑:"刚开始接触,您的高山滑雪开始了吗?"

郑总:"没,现在重点是把漂流搞起来,把果园建起来,滑雪场明年搞,度假村酒店明年开工,现在主要是完善手续,征地。"

张伟:"您的开发规模很大,投资不少吧?"

郑总:"不大,一期工程投资 2000 万,以后再继续后续追加,总计划是要用 5 年时间开发完。"

张伟:"2000 万,个人投资开发也不小了,不过听您的说法,这是第一期,后期怎么开发?"

郑总:"后期的开发要看和当地政府协调程度如何再进一步决定,只要当地投资环境好,做旅游开发大有前景,特别是当前金融危机的现状下,做旅游开发国家政策扶持,国内需求稳步增长,可以说是不折不扣的朝阳产业。"

张伟对郑总说的话很赞同,感觉郑总是一个有长远发展眼光的人,考虑问题高屋建瓴,目标准确,分析到位。

可是,郑总突然这么热心地告诉自己这么多干什么?炫耀?展示?都不像。

"张经理对景区开发有过研究?"郑总问。

"没有,我能有什么研究,我只是做过几年景区营销。"

"哦,你做过景区营销?在哪里做的?什么内容的景区项目?"郑总突然来了兴趣。

张伟:"在北方的时候,大学一毕业就做景区营销,是一个以观光、游乐项目为主的景区,以地下溶洞为主,附带农业观光旅游和游乐设施。我大学学的是旅游专业,在那景区从业务员一直做到营销部总监,负责整个景区的营销管理、策划、创意和各种营销活动的实施,后来因为不满老板家族企业的管理模式才辞职来到这里。"

不知为什么,张伟突然像推销自己一样滔滔不绝地自我简介起来。

说完这话,张伟不好意思地笑笑,突然感觉自己说得有点多,人家没问的自己也主动说出来,有推销自己之嫌。

郑总没有感觉什么不对,听得很认真。

"那你到这里来之后怎么又做旅行社营销,不做景区营销呢?宁州这里旅游景区可是很多的。"郑总听完张伟的话,接着问。

张伟停顿了一下,然后说:"我,这个,是因为来这里找工作应聘的时候发出去简历,只有中天旅游给我回话了,所以我就直接选择了这里,而且,旅行社营销和景区营销有很多相通的地方,也好沟通。"

郑总点点头,突然笑了:"其实对于旅游,我是新兵,刚开始着手。"

"啊?"张伟有些意外,"听您讲起来很内行啊。"

"我以前一直是做通信行业,以经销电话机、手机为主,今年通信行业不好做,特别是经济危机开始了,更是难做,于是我才接触旅游这个行业,才决定开发旅游项目,这过程中,我请教了很多旅游专家,也查阅了大量旅游资料,参观了一些旅游景区,学习他们的经验和做法,才有肚子里这点货,其实,我也是边做边琢磨,边做边学习。"

郑总的话让张伟大为折服,一个大老板能有这种学习、谦虚的态度,能有这种做事业的精神,一定能成功。

随后,两人边喝边聊,边吃烧烤,气氛非常融洽。

郑总没有再提及张伟工作的事,更别说辞职的事了。

张伟没有说自己辞职的消息,也没有说自己想去郑总那里工作的事,因为张伟摸不透郑总真正的想法,抓不到准确的信息。

第四十八章 揣摩心思

愉快的午餐过后，两人热情握手告别。

此次和郑总相见，没有什么收获，可是又很有收获。虽然郑总没有明确表露出什么意图，但张伟最起码感觉到郑总对自己能力的认可和赞赏。

或许，郑总还不知道自己已经辞职。张伟这样想。

中午的阳光非常温暖，张伟在街上自由地漫步，走到一家移动公司门面，进去买了一张无线上网卡。

以后可以用这个上网和伞人姐姐联系了。

可是，伞人姐姐这几天家中有事，不知道是什么事？不知道事情处理好了没有？不知道伞人姐姐什么时间能有空上网？

张伟很想念伞人姐姐。

张伟顺着华严街走到贺丞路，转过去，到了江边公园。

公园里人不多，三三两两的情侣搂抱在一起聊天。

张伟坐在江边的连椅上，看着浑浊的江水发呆。

真奇怪，这么个山清水秀的宁州，流经市区的江水竟然一直是浑浊的，包含了大量的泥沙。

张伟一直想不透是为什么。

张伟开始考虑自己的明天。

回住处后得抓紧上网找工作，郑总这边还没影儿，虽然自己感觉不错，但人家怎么想的，难说，主动权不在自己手里。况且，也不能在一棵树上吊死，多联系几家单位，机会就会更大一些。

时间不等人，不能老这样无所事事下去。

阳光照在身上暖暖的，很舒服，张伟索性躺在连椅上，眯起眼睛，舒服地晒起太阳来。

突然脑子里涌起一个想法，假如陈瑶的公司需要营销经理，自己到她那里去应聘，多好，可以天天见到美女，还能跟她学很多东西。

可惜,徐君已经捷足先登了,营销经理只有一个位子,满了。

徐君,你可真有福气。

想起徐君可以天天见到美女,可以天天和陈瑶说话,张伟心里无比羡慕,心里想,要是自己能有这等运气,给座金山也不换。

张伟躺在连椅上,跷着二郎腿,闭眼遐思,突然被人在腿上拍了一巴掌:"嗨!不去上班,在这做什么白日梦哪?"

张伟吓了一跳,睁眼一看,是于林,忙坐起来,笑了笑。

于林和一个帅气的小伙子手拉手站在一起,一定是新找的男朋友了。

"我在这里晒太阳,你们来这里玩?"

于林笑嘻嘻地说:"是啊,来这里谈恋爱呢,哈哈。"

旁边的小伙子不好意思地笑着,冲张伟点点头。

张伟被于林泼辣的话逗乐了,中午刚和郑总吃过饭,下午就遇到他小姨子。

于林扯扯小伙子的胳膊:"这是张哥,我和你说过的,营销高手。"

小伙子"哦"了一声,忙伸出手来:"久仰大名,多多指教,张哥。"

于林又对张伟说:"小赵,今年刚大学毕业,在一家公司做营销。"

张伟呵呵一笑,点点头,伸手和小赵握了握:"高手谈不上,大家互相学习。"

于林看看张伟:"张哥病了一场,瘦了不少啊。"

张伟一怔:"你也知道我病了啊。"

于林笑嘻嘻地说:"当然知道,早上听我姐夫和我姐说的,不仅仅知道你病了,还知道你辞职了,嘻嘻。"

张伟心里一咯噔,这么说,郑总知道自己辞职的事情。

既然知道自己辞职,那为什么装作不知道呢?而且仍是一口一个张经理地叫。

张伟琢磨不透郑总的心思。

于林又说:"我姐夫这几天正招聘营销部经理呢,广告打了好几天了,来报名的90多人,姐夫面试过都感觉不如意,你既然辞职了,何不去我们那里试试?"

张伟心里一动,不禁又咯噔一下,郑总既然在招聘营销部经理,为什么不和自己说?难道是自己不合他意?既然不如意,为什么又要请自己吃饭呢?

张伟打个哈哈搪塞了于林几句,和他们告别。

于林告诉张伟的消息让他心里有些乱,摸不清头绪,看看天色已晚,于是坐公交车回住处。

路上,张伟接到妈妈的电话,爸爸的手术很成功,刚做完,在医院休养一段时间就可以出院。

亲人平安的消息让张伟很宽慰。

回到住处,小郭回来了。

284

小郭一见张伟便说:"张哥,昨天老板娘问我,我才知道,你辞职了?"

张伟点点头:"是啊,辞职了,呵呵。"

小郭:"那你要从这里搬走?"

张伟:"你舍得我?"

小郭乐呵呵地说:"舍不得啊,你走了就没人陪我了。"

张伟拍拍小郭肩膀:"兄弟,我怎么会舍得你呢,我还在这里住。"

小郭一听放下心来,很高兴,又问:"那你怎么打算?"

张伟从抽屉里拿出钱,边点边回答:"再找工作。对了,公司那边的善后事宜你替我照应,快发工资了,把我工资替我领回来。"

小郭点点头:"好,到时候我去财务给你领。"

张伟把钱点好递给小郭:"兄弟,谢谢你,那钱要回来了,家里的钱也打过去了。"

小郭接过钱:"谢什么,自己兄弟,想一想可真悬啊。"

张伟:"是啊,都是教训。公司里这两天怎么样? 我辞职没有什么大的波动吧?"

小郭:"高总出差了没见到,董事长也失踪了,直到今天中午才见到,李经理和林经理好像很得意,你们营销部的人都炸了,好几个要辞职的,董事长下午一个个单独谈了话,情况好点了。"

张伟:"我垫付团款和家人生病的消息,在公司里跟任何人都不要说,包括老板和董事长。"

小郭:"嗯,你放心,谁也不说,本来你住的地方我不打算告诉董事长的,可我不知道你辞职的消息,董事长说找你有工作上的急事,我就……"

张伟点点头:"呵呵,这个我理解,走,我们出去吃饭去,我请你吃川菜。"

……

吃完晚饭回来,张伟把自己关在小小的木板房里,打开电脑,安上上网卡,一试,信号很好。

张伟登录 QQ,伞人姐姐的事情不知道忙得怎么样了?

登录一看,伞人姐姐在。

"你的事情处理好了?"

两人几乎同时问起对方。

"我看到你给我的留言了。"

几乎又是同时发言。

"哈哈!"

两人又同时笑起来。

这一笑,彼此都感觉到了一阵轻松,都知道对方的事情处理好了。

张伟:"姐姐,你家里出了什么事情?"

伞人:"我妈妈心脏病犯了,在医院住院,今天上午出院的。你的事情处理得怎么样了?"

张伟:"哦,原来是你妈妈病了,出院了就好。我的事情弄好了啊,昨天不是给你留言了,拿钱给我了,不过也是很玄乎,宋主席明明说财务没有钱,可是他们财务的钱却硬是打到我卡上了,弄得宋主席都很吃惊。"

伞人微微一笑:"这说明你好人有好报,福大命大造化大,冥冥之中有神人相助。我刚才问的不是你钱的事,是你其他的事情怎么样了?"

张伟以为是问爸爸的事情,脱口而出:"好了,钱都打回家了,我妈给我打电话,爸爸今天刚做完手术,很顺利。"

说完这话,张伟突然很奇怪:"姐姐,你怎么知道我爸爸身体不好?"

伞人:"我不知道啊,你不告诉我,我怎么会知道?"

张伟:"那你怎么问我呢?"

伞人:"我问的是你其他的事情怎么样了啊?"

张伟:"你怎么知道我有其他的事?"

伞人:"傻小子这么久不上网,不可能是因为一个钱的事情哦,这点事情还不至于让你这么费心吧,肯定是还有其他事情,原来是你爸爸身体不好。"

张伟:"是啊,股骨头坏死,已经做完手术了,很快就可以出院。"

伞人:"那就好,对了,宋主席听说你的钱收到了,除了吃惊,没有问你别的吧?"

张伟莫名其妙:"没有啊,她问我什么?什么也没有问啊,就是很吃惊,怎么了?"

伞人:"那就好,没怎么,我随便问问的。"

多日不见,两人似乎都有很多话要说,可是又不知该从何说起,一时沉默了一会儿。

张伟这些日子发生了这么多事情,今天见到伞人竟然有一种见到亲人的感觉,特别温暖,特别亲切。

停顿片刻,张伟又说:"姐姐,我辞职了。"

"哦"伞人好像反应很平淡,好像在她意料之中,"早晚的事。"

张伟本以为伞人会很吃惊,没想到反应这么平静,不由有些失望,沉默下来。

一会儿,伞人说话了:"下一步打算怎么办?"

张伟:"再就业啊,还能怎么办?"

伞人:"打算做什么?"

张伟:"还是做旅游吧,别的咱也没什么特长,还是做老本行吧。"

伞人:"有意向了没有?"

张伟心里一动,把今天郑总和自己吃饭的情况以及于林告诉自己的话告诉了伞人,末了说:"我正想就这事征求你的看法呢,参谋参谋,我该怎么办?"

伞人又沉默了,一会儿问道:"如果让你选择,你现在是想做旅行社营销还是旅游景区营销？做哪一种会让你更开心？"

"如果说开心的话，还是做景区营销让我开心，因为毕竟这一行我做的时间很久，很熟悉，也顺手。"张伟回答。

伞人一声叹息："可惜……"

张伟："可惜什么？"

伞人："呵呵，没什么。那好，既然你想做景区营销，既然做景区营销让你开心，那就去做，不要等郑总来找你，反正他现在正在招聘营销经理，你直接和他联系，就说你要应聘。我感觉他应该是想要你的。"

张伟："可是，我怕他看不中我呢，不然为什么中午吃饭的时候，他没说呢？"

伞人笑了："真不自信，这不像你的作风，傻瓜，老板的心思你不了解。做老板的，考虑问题总要全面一些，他如果对你没有意向，又何必请你吃饭？说白了，他是想让你主动说出来，主动要求去他那里工作。"

张伟："你怎么会这样认为？"

伞人："因为他要考虑两个问题，一个是和高强那边的关系，他如果主动拉你，会让中天以为是他把你挖走的，会影响两家的合作关系；另一个，是和你的关系，如果他主动邀请你，那他一开始就失去了主动，在以后你们的关系中会处处感到被动，特别是出现问题的时候，会在心理上更加被动。所以，既然你愿意去做，那么你就要主动，要表现出对这项工作的热爱和责任。"

张伟听了伞人的一席话，恍然大悟："姐姐说得对，你分析得很透彻，你对做老板的心理揣摩得太准了。"

伞人得意地哈哈大笑："本伞人能掐会算，能隔着时空看透人的心思，嘻嘻……"

张伟心悦诚服："姐姐即使不能隔着时空看透人，起码也是个心理专家，我也表扬表扬你。那我明天就去找郑总，直接告诉他我的意思。"

伞人："对，说干就干，当断立断，快刀斩乱麻，咔嚓咔嚓，痛快。"

张伟："好，听你的。"

伞人："嗯，听话是好同志。对了，把钱都给老爸做手术了，身上还有米米吗？"

张伟知道米米就是钱的意思，忙说："有，还有。"

伞人："嘻嘻……没有的话说一声哈，咱还想趁人之危放点高利贷呢。"

张伟："没良心，连我的钱都想赚，哈哈，做梦去吧。"

……

第二天张伟睡了个懒觉，一直到睡足才起床，看看表，10点半了。

嘿嘿，这不用上班就是好，想睡到几点就睡到几点，可惜没人给发工资。

张伟洗漱完毕，打开电脑，上网，进入人才招聘网页，点击宁州，找到旅游类。

既然龙发旅游公司能在报纸上刊登招聘广告，很可能在网上也有。

进入后,果然有龙发旅游的招聘广告,招聘营销策划部经理一名,还有总经理助理一名。

总经理助理,这个也是不错的职位,一定比营销策划部经理位置要高,何不去争取一下这个位置?

张伟突然对总经理助理这个职位产生了浓厚的兴趣。

张伟正要给郑总打电话,突然又踌躇起来,郑总的意图到底如何,自己直接打电话是不是唐突了一些?

考虑片刻,张伟决定不打电话了,还是网上应聘,按照应聘要求,把自己的简历和应聘职位联系电话等内容填好,发了出去。

简历中把中天旅游这一段省略了,应聘职位第一是总经理助理,第二才是营销策划部经理。

反正叫张伟的人多了,那边也不一定知道就是自己,如果初审都过不了关,没有通知,那就不用再给郑总打电话了,打了人家也看不中。

张伟不由为自己的做法暗暗得意,既能试试对方态度还能保全自己和老郑的面子,两全其美。

弄完这些,张伟合上电脑,出去吃饭。

刚到楼下,何英开车过来了。

何英招呼张伟上车。

"怎么会这么巧,刚下楼你就过来了。"张伟坐在车上说。

"知道你睡醒要出去吃早饭,来接张老爷。"何英笑嘻嘻地说。

张伟扭头看了下何英:"看你今天心情不错嘛。"

"我哪天心情都不错,就是你没注意看。"何英边开车边说,"想吃什么?"

"随便。"

"那永和豆浆吧?"

"行。"

在永和豆浆坐定,张伟点好饭,何英却没点。

"我早饭已经吃了,你自己吃吧。"何英说完从包里拿出大信封递给张伟。

"什么?"

"你上个月的工资和奖金,我从财务给你支出来,专门给你送过来的。"

张伟一捏:"怎么这么多?"

"不多,8000,工资加奖金。"

"奖金这么多?"

张伟的底薪是3000,那这个月奖金就是5000,上个月奖金才1300,所以张伟感觉多了。

"有什么奇怪的，公司效益好呗。"何英轻描淡写地说着，然后站起来，"你慢慢吃吧，我有事，要走了。"

张伟点点头，目送何英走出门口。

何英这两天好像变得不那么纠缠人了，对张伟好像兴趣不是很高的样子。

张伟感觉轻松了不少，又感觉有些意外和失落。

习惯了冷落何英，被何英冷落的感觉让张伟有些失落，还有些不甘心。

张伟把钱收好，开始吃饭，心情比较舒畅。

没有人嫌钱多，口袋里的银子越充实越好。

张伟刚吃好，电话响了，一看不熟悉，接听后一个女的声音："您是张伟先生吗？"

"是，我是。"

"我们是宁州龙发旅游，您今天有投到我们公司的应聘简历，如果您时间方便的话，请于下午一点来我公司面试。"

张伟一听，很高兴，这么快就看到自己的简历了，看来初审过关了，可是要去他们公司面试，岂不是要到白云山桐溪那里？

"可是你们公司在哪里？是不是很远？"

"我们公司在宁州有办事处，天一豪景写字楼 A 座 12 楼 1206。"

天一豪景，不就是在天一广场旁边的写字楼吗？和中天旅游隔着广场遥遥相对。

原来郑总的公司在宁州有个办事处。

"哦，我知道那地方，A 座 12 楼 1206，下午一点准时到。"

张伟打完电话，看看时间，还有一会儿，摸摸自己的头发老长了，就去附近的理发店理了个短平头。

理完发张伟照照镜子，精神多了。

第四十九章 又起风波

下午一点整,张伟准时来到龙发旅游公司宁州办事处。

进门一看,已经有 10 多个人坐在外间的会客厅里,门口坐着一个小姑娘负责接待。

张伟说明来意,小姑娘给他简单一登记,让他坐沙发上等,说总经理在里面正面试。

总经理肯定是郑总了。

张伟看着等候面试的其他人,年龄和自己都差不多,有男有女。

看来于林说得不错,来应聘的人很多。

这年头,找份工作真不容易。

张伟没直接去惊动郑总,他不想让自己特殊化,坐下拿了份报纸看起来。

不断有人从里间出来,又有人进去,而且,还不断有人新加入等待的队伍。

就这么两个职位,这么多来应聘的,竞争太残酷了。

张伟一时也感觉没底了。

好不容易轮到张伟,张伟连忙放下报纸,推门进去。

郑一凡正坐在老板桌前抽烟,对摆放了一张椅子,是给应聘者坐的。

看见张伟,郑一凡眼里闪过一丝意外,随即笑起来:"刚才工作人员告诉我下一个面试的叫张伟,心里想有可能是你,但是又想你可以直接和我联系,不用专门报名,没想到还真是你。坐。"

郑一凡指指椅子。

张伟坐下,认真地对郑总说:"郑总,我之所以走报名应聘的程序,就是因为我想把自己放到一个公平竞争的环境里,既是对自己真实水平的检验,也不想让您因为是熟人而感到为难。"

郑总赞赏地点点头:"你能这样想,很好,这几天我已经面试了 100 多人,你是第 112 个。当初我登广告的时候,害怕没有来报名的,结果挤爆了。"

张伟笑笑:"这说明您的公司有吸引力啊。"

郑总:"一方面我通过媒介招聘,另一方面对熟悉的可能人选,我也单独约见了几个,比如我们昨天的见面。"

张伟这才明白，原来郑总并不仅仅是单独约见了他一个，还同时也在考察别的人。

张伟点点头："我想您知道我辞职的事情了，是吗？"

郑总笑起来："是的，否则我昨天怎么会约见你呢？不然，让老高知道，挖他墙角，还不找我拼命啊。"

张伟笑笑，没说话。

郑总："那我们按照程序开始吧，虽然我们见过几面，但是都是很短暂的接触，没有什么深入的交流和了解，这样，你就把你的工作经历和在景区营销方面的一些观点和想法随意说一下，反正我们是老熟人，你就放开说，别有什么顾忌。"

张伟提醒郑总："郑总，我评聘的第一个职位是总经理助理。"

郑总低头看了下："哦，没关系，我知道了，你讲就是。"

于是，张伟把自己参加工作以来的经历和做景区营销的一些做法、创意以及观点、见解滔滔不绝地说了 20 多分钟。

郑总听得非常认真，不时用笔记录一下。

面试的人很多，张伟知道自己不能说太多，后面还有人在等呢。

听张伟讲完，郑总沉思了片刻，然后说："你的口才很好，思路也很清晰，实战经验很丰富，对景区旅游营销的见解和了解比我强。"

张伟连忙谦虚了几句。

郑总："有件事情我想需要提前和你讲清楚，那就是根据我们公司开发项目的实际，工作地点是要在桐溪漂流那地方，不在城市里，这里只是一个办事处，公司总部在东兴桐溪白云山。"

张伟点点头："我去过，知道的。"

郑总："既然在山里，工作条件就会很艰苦，生活条件也会很艰苦，包括食宿、交通、业余生活，都不可能和城里相比，要忍受枯燥、寂寞和无聊。"

最近的一系列事情把张伟折腾得头晕脑涨，他正想找个清静的地方，于是诚恳地对郑总说："这个我早有思想准备，我是农村长大的，对山里的生活完全能够适应，没有问题。"

郑总点点头说："那好，今天是招聘面试的最后一天，我全部面试完后，要结合面试和我单独约谈的情况最后决定人选。我这人做事情有一个原则，那就是熟人归熟人，朋友归朋友，工作归工作。你先回去，到时候会有通知。"

张伟听郑总的话很有道理，做事情就应该这样，于是站起来："那好，郑总，不打扰您了，我先回去。"

郑总站起来和张伟握手。

张伟从天一豪景写字楼出来，心里也摸不清郑总的意图，自己应聘的第一选择是总经理助理，按说应该让自己讲如何做好总经理助理的工作，可是他却让自己讲景区营销，什么意思？

那么多竞争的，而且，郑总还有约见的其他人选，并不仅仅是单独约谈了自己，自己能有几分胜算？

张伟一时心里也没了把握。

昨晚伞人的分析应该是有一定的道理，但是，毕竟伞人和张伟都不是郑总肚子里的蛔虫，他咋想的，恐怕只有他自己知道。

管他呢，等等看吧，不行再找，也不一定非要在这一棵树上吊死。

张伟直接回了住处。

刚到住处，张伟接到妈妈的电话，说爸爸的身体恢复得很好，再有几天就可以出院了，让张伟不用担心。

张伟一听很高兴，嘱咐妈妈自己也要注意身体。

然后妈妈告诉张伟，说王炎上午又来医院看爸爸了，又买了一大堆营养品，和他们俩聊了好一会儿才走。

"都聊什么啊？"张伟问妈妈。

"王炎这妮子对你很好奇啊，不停地问你小时候的事情，呵呵。"妈妈回答说。

"都问了什么？你们给她说了些什么？"张伟心里一乐。

"还能有什么？就是你小时候光屁股下河里摸鱼、掏鸟窝、逃学、打架、尿炕之类的事情呗，王炎听了乐得哈哈的。"妈妈笑嘻嘻地回答。

张伟一听傻眼了："您给她说这干吗啊，回来她还不笑话死我。"

"我看这妮子不错，对你也很关心，好好对人家啊，看看能不能过年的时候带回家，在咱家过年。"

张伟一听乐了："您这哪儿跟哪儿啊，想哪里去了，我和她是普通朋友关系，不是您想的那回事，别操心了。"

妈妈："我看这妮子就很好，别的咱不要，就要她吧。"

"哈哈，您别乱配鸳鸯，人家有主了。"

"哦，"妈妈很失望，"可惜，可惜，你自己的事情得抓紧了，别老让妈操心挂念。"

"行，您放心，回头一定带个漂漂亮亮的儿媳妇回家给您看看。"张伟安慰妈妈。

"对了，王炎说她下午回去，坐飞机。"

"哦。"张伟想起王炎回去已经快十天了，时间过得真快，看来她的事情办妥当了。

和妈妈说完话，张伟给王炎发了个短信："落地，请回答。"

不知道王炎的手机这会儿是开机还是关机，是在机场候机还是在天上正飞，反正只要到了就会开机的。

很快收到王炎的短信回复:"什么落地啊,我还没起飞呢,嘻嘻。"

原来王炎还在老家,还没上飞机,张伟回过去:"什么时间到?"

王炎:"晚上9点的飞机,11点半到。"

"要不要去机场接你?"张伟知道肯定不用自己去接,但必要的客套话还是要讲的。

王言果然回答:"算了,那么晚,不用接我。"

不用自己接,那肯定是洋鬼子去接了。

一想起哈尔森,张伟总隐隐感到不安。

为什么不安,张伟自己也说不清楚,反正心里总是有一种很不踏实的感觉。

晚上小郭下班回来,脸气得铁青。

张伟问是怎么回事。

"他们太欺负人了,真是虎落平阳被犬欺,要不是看董事长今天在,我非废了他们不可。"小郭气得攥起拳头朝墙上"嗵嗵"两拳。

小郭在北方的时候初中是在武校上的,最崇拜李小龙,学没上出来,倒练得一副好身手,一般对付三两个不在话下。但小郭为人很低调,从不显山露水,张伟也是在前几天闲谈时才知道的。

"怎么回事?说说。"张伟拍拍小郭的肩膀。

原来小郭说的他们是林经理和李经理。

下午小郭去财务处领张伟的工资,财务说高总吩咐张伟的工资冻结,听候处理。小郭正在跟财务理论,正好他们两个走进来,听说领张伟的工资,不禁哈哈大笑。一个说:"高总说过,他的工资要扣除,抵偿公司损失。"另一个则嘲讽道:"狗走了,自己不好意思露面,狗腿子出面喽!"

"狗屁!!"张伟一听就火了,这两个狗东西太差劲了。

"我当时气得想揍他们俩的,正好董事长进来,把他们俩叫出去训斥了一顿,不然,我非得狠揍他们一顿。"小郭说。

张伟突然想到,小郭还在公司里继续工作,不能鼓动小郭激化矛盾,否则以后会很难再做下去,就对小郭说:"都是因为我引起的事情,你不要和他们计较,要保持冷静,好好做你的事情,回头我和董事长说一下。"

小郭点点头:"董事长把他们训完之后又和我谈话了,安慰了我一会儿,然后让我不要告诉你,刚才我实在是气坏了,才说的。"

张伟点点头,财务把自己工资给扣除了,老高吩咐的,那上午何英给自己送来的工资和奖金又是怎么回事?

难道何英不是从财务那里拿的钱?

张伟陷入沉思。

半夜时分,张伟的电话突然急速地响起来。

深更半夜,谁打电话,烦人。

张伟迷迷糊糊地拿过电话:"哪位?"

电话里传来王炎惊慌的哭喊声:"哥,快来救我!!!"

寂静的深夜,王炎的声音特别让人心惊。

"王炎,出什么事了? 你在哪里?"张伟心猛地一紧,大声问道。

"我刚回家,他,他喝醉酒了,在打我……"王炎在电话里惊恐地哭着。

该死,哈尔森那洋杂种喝醉酒在打王炎!

王炎娇小的身躯怎么能承受得了哈尔森的拳头。

张伟急忙对王炎说:"你跑出来,我马上过去接你。"

张伟放下电话,急忙穿衣出去。

小郭被张伟的声音惊醒,过来了:"张哥,王炎出事了?"

"是的,"张伟边穿鞋边说,"那杂种在打王炎,我得过去看看。"

"什么人这么牛逼,敢欺负咱老乡,张哥,我和你一起去,车今天我开回来了,我们开车去。"小郭对张伟说。

多一个人就多一个帮手,张伟点点头:"好,走!"

深夜,街上车很少,小郭开得很快,10分钟就到了王炎的小区门口。

王炎正从里面跑出来,跌跌撞撞,后面一个人在追赶。

小郭和张伟急忙下车跑过去接王炎。

王炎嘴角破了,眼角发紫,脸上还有血印。

见到张伟,王炎"哇"一声哭出来:"哥,你可来了,我害怕死了。"

张伟把王炎扶住:"怎么回事?"

王炎抽噎道:"他发现了我的流产病历……"

张伟明白了,担心的事情终于发生了,尽管前期做了那么多细致的工作,最终毁在病历上。

张伟刚要说话,哈尔森摇摇晃晃、满身酒气地过来了,伸手就要抓王炎。

王炎吓得急忙躲到张伟身后。

张伟向前挡住哈尔森,挺胸用力一顶他的身体。

哈尔森个头比张伟高出一头,身体也很结实,但张伟多年踢足球和练武术的身体也很硬朗,生生把哈尔森顶住了。

哈尔森身体一个趔趄,摇摇头,定睛看着张伟,操着一口生硬的汉语:"你是谁? 干吗的?"说完又要伸手抓王炎。

张伟和哈尔森有过一面之缘，张伟记住了哈尔森，但哈尔森不可能会记住一个无名小卒。

张伟把王炎往后一推，交给小郭，回身一把抓住哈尔森的手："哈尔森先生，我是王炎的朋友，你干吗打人？"

张伟心里一发狠，手腕用上了力气，哈尔森不由"哎哟"了一声，看着张伟："浑蛋！你是那个奸夫。"

说完挣脱开张伟的手，一拳冲张伟打来。

张伟急忙一侧身，哈尔森扑了个空，转身又冲过来。

张伟回头对小郭说："把王炎送车上去。"边说边和哈尔森周旋。

"懦夫，不敢和我打吗？"哈尔森对张伟摇动着双拳。

"哈尔森先生，关于王炎的事情，我想你有误会，请听我给你解释。"张伟边说边又灵巧地躲避开哈尔森的一记勾拳。

"狗男女，浑蛋！"哈尔森继续骂道，又对张伟进行攻击。

这下张伟躲闪不及，脸被打中了，扑通倒在地上。

王炎发出一声惊呼，小郭急忙从车上走下来。

哈尔森跳跃着身体，晃动着拳头，对张伟指点着："懦夫，有胆量找女人，却没有胆量打架，典型的中国懦夫！"

张伟本打算继续向哈尔森解释清楚这件事情，毕竟他还是王炎的男朋友，打王炎也是事出有因，任何一个男人遇到这种事情都会怒火万丈的。

被哈尔森这一记重拳打倒，再加上哈尔森挑衅的语言侮辱，张伟的火上来了，腾地站起来，抹去嘴角的血迹，咬牙切齿对哈尔森说道："洋杂种，我让你领教领教中国懦夫的功夫。"

张伟拉开架势，突然猛地一个急转身，随即飞起一脚，用上了射门时的七成力气。

这一脚速度很快，哈尔森根本来不及躲闪，结结实实地踢在他的胸口上。

哈尔森一声怪叫，后退几步，倒在地上，张伟随即顺势而上，又是一脚，踢在哈尔森的小腹上，哈尔森"啊"的一声，抱着肚子在地上打滚。

张伟一脚踩住哈尔森的胸口："这是在中国的土地上，你以为你是老大？杂碎！打女人算什么本事！"

"浑蛋！不要脸！"哈尔森被张伟重创了两下，又加上张伟踩住他的身体，不能动，愤怒地骂个不停。

张伟看他满身酒气，知道和他说不清楚，拍拍手，松开脚，对小郭说："走。"

哈尔森爬起来对车上的王炎喊："你，下来。"

王炎看着哈尔森，想要下车。

张伟对王炎说:"你回去他还要打你。"

王炎脸上又惊恐起来,坐在那里不敢动。

张伟回身对哈尔森说道:"今天她不跟你回去,她跟我走,有事情明天再说。你今天喝醉了,我不想和你多说,有机会我会和你说清楚这件事情。但是……"张伟伸出拳头晃了晃,"如果你再敢打女人,我饶不了你。"

说完,张伟上车,对小郭说:"开车。"

哈尔森愤怒地在后面咆哮:"浑蛋,永远不要再回来,去死吧。"

王炎坐在车上忍不住回头看哈尔森。

张伟对王炎说:"还看什么? 把你打成这样,你还挂念着他?"

王炎脸上的表情一时很复杂。

"跟这样的浑蛋,还有什么好留恋的,不回去就不回去。"小郭也安慰王炎。

王炎愣愣地没有说话,嘴角还在流血。

第五十章 不欢而散

张伟让小郭开车到一个卫生所，处理了一下王炎的伤口，还好就是一点皮外伤，没什么大碍。

"先到我那里住两天，正好明天周末也不用上班，等事情平息了再说。"张伟对王炎说。

王炎点点头，突然很难过："他不让我回去，他不要我了。"

张伟一时无语，不知道该怎么回复王炎。哈尔森最后那句话，既可以理解为一时的气话，也可以理解为是哈尔森的决定。毕竟，这样的事情对任何一个男人来讲都是难以接受的。

到了住处，王炎很意外："哥，你怎么搬这里了？"

王炎完全不知道回家期间张伟遇到的一系列事情，对张伟的新家感到不可思议。

张伟轻松地笑笑："原来那里一个人住太孤单了，搬这里来和小郭做伴，两个人一起热闹。"

王炎看看张伟的小屋："可这也太小了。"

张伟让王炎坐在床上："斯是陋室，唯吾德馨。小怕什么，能睡就可。你在我床上睡一会儿，我去和小郭一起睡，不管什么事，明天再说，有哥在，你放心好了，没什么大不了的事情。"

王炎信任地看着张伟："嗯。"

安排王炎睡下后，张伟和小郭挤在一张床上。

小郭睡得呼呼的，张伟却毫无困意。

最担心的事情终于发生了。

张伟理解哈尔森作为一个男人的心情，但不能容许他的行为。

一个男人，一个真正的男人，无论有多少理由，拳头都不能落在女人身上。

对哈尔森这一点，张伟不能原谅。所以，张伟对哈尔森的出手也就没怎么留情，这样的人一定要给他一个教训。

哈尔森最后那句话,张伟也一直在琢磨。

从一个男人受侮辱的角度来讲,两人的关系结束是很正常的。那么哈尔森这话就不是气话,是心里话。

如果是心里话,那王炎的工作会不会受影响?

如果哈尔森真的和王炎断绝关系,那王炎怎么办?王炎的梦想怎么办?王炎的未来怎么办?

对哈尔森的所作所为,王炎是怎么想的?

张伟辗转反侧,天快亮的时候才迷迷糊糊入睡。

一觉醒来,小郭已经走了,留张字条说今天公司加班要出差。

张伟起床去看王炎。

王炎刚醒,正躺在床上发愣,脸上的伤口已经愈合。

看见张伟进来,王炎坐起来,靠在床头。

张伟坐在床沿,看着王炎:"丫头,感觉好些了吗?"

王炎点点头:"还好,小郭呢?"

"上班去了,今天要加班。"

"你怎么不去?"

"我辞职了。"

"什么!你辞职了?"王炎大吃一惊,"为什么?"

张伟不想谈论这个问题,摆摆手:"不要多问,总之一句话,不开心,所以就不干了。"

王炎看张伟谈起这个情绪不好,也就不再多问,又想起自己的遭遇,不由神情黯淡。

张伟看着王炎失落的眼神,心里突然感觉很难受,拍拍王炎的手:"对不起,都是我不好,要是没有那事,也不会……"

王炎伸手捂住张伟的嘴巴:"哥,你别这么说,不怪你,只怪我自己。"

"说说昨晚到底是怎么回事?"

王炎:"昨晚我下飞机他没来接我,我自己打车回家的,到家的时候快12点了,他正在客厅喝酒,一瓶白兰地喝光了,茶几上放着那病历,还有医疗收据,他最近一直在学汉语,上面的内容他基本都能看懂。我都不知道他是从哪里发现这该死的病历的,还没来得及向他解释,他就冲我……"

王炎说不下去了。

张伟紧盯着王炎的眼睛:"下一步你怎么打算?还想回他那里去吗?"

王炎看着张伟反问一句:"如果我不回去了,你还会接受我吗?"

王炎这话让张伟一时踌躇,从感情上来讲,张伟现在对王炎已经没有了男女之间的那种感觉,和王炎一起,更多的是一种亲情和友情,他从心里把王炎当做自己的妹妹看。然而从做人来讲,王炎出事源头还是自己,要不是自己王炎也不会怀孕,要不是怀孕流产也不会有这些事,如果王炎想找自己作为感情的依靠,想和自己重归于好,自己别无选择,只有接受。即使是一份没有了感情的恋爱和婚姻,但为了良心和责任,只有接受。

"会,我会接受你。"张伟认真地回答。

王炎勉强露出一丝笑意:"别当真,我只是问问你,其实我知道你对我已经没有那种感情了,你说这话只是出于你作为一个男人的责任,只是为了让自己的良心从容一些,轻松一些,不过,我还是很为你这话感动。"

张伟的心思被王炎看穿,尴尬笑了笑。

"其实,我对你也没有爱的感觉,但是充满了亲情,感觉你就是我的哥哥,可以保护我的哥哥。"王炎继续说道。

张伟点点头:"你爱哈尔森吗?"

王炎点点头:"是的,除了出国和金钱,我渐渐也爱上了他这个人,其实他这个人平时很有修养和教养,也很彬彬有礼,像个大男孩,很可爱,也很疼我,可是,昨晚……我真的没想到他会是这样一个人,会这么凶狠地打我,会这么粗鲁地骂我,他太叫我失望,太让我伤心了。"

张伟:"我明白你真实想法了,其实,昨晚的事情在没有明白真相之前,换了任何一个男人都是不能忍受的,他发怒我可以理解,但他打你,我不能容忍,他骂我是中国懦夫,我不能接受,必须要反击他,给他一个教训。"

王炎:"你教训得对,还有,他昨晚最后那句话,说得很绝,或许,我和他就这样结束了吧……"

张伟:"分手也好,不分手也好,都是命中注定的,不必多想。不过,按照你说的,他应该是对你有感情的,只是因为之中的误会才会让他产生仇恨和愤怒。"

王炎:"是的,他对我很珍惜疼爱,平时呵护有加。"

张伟:"那就好,不管他原谅不原谅你,不管他是否还和你保持关系,也不管你还想不想和他好,都必须要让他明白事情的真相,让他知道你和他好了之后没有做任何对不住他的事情。"

王炎看着张伟:"你打算……"

张伟:"这事和我密切相关,你把他电话号码给我,我和他联系,和他把话讲明白,看他什么态度,然后再决定下一步怎么办,你看行不行?"

王炎点点头:"我现在心里很乱,也不想见他,你看着办吧,不过,你不要给他打电话,电话里讲不清,这人是个工作狂,周末一般也在办公室,你直接去公司人事部找他,他准在。"

张伟:"那好,我现在就直接过去。对了,你看看他有没有和你联系?"

昨晚回来王炎就把手机关掉了。

王炎摸出手机开机,看了一会儿说:"他打了十几个电话,还有一条短信,说不守妇道的东方女人,滚远点,永远也不要回来了。"

张伟不由笑起来:"还知道不少汉语嘛,连不守妇道这个词语都知道。"

王炎也忍俊不禁,又满面愁云:"你去吧,和他把事情说明白,姑奶奶即使不嫁老外也不能蒙不白之冤。"

张伟:"好,你再休息一会儿吧,只是这个地方太简陋,委屈你了。"

王炎:"嗯,我看会儿书,对了,到时你们俩别再打起来。"

张伟笑了:"男人之间,没那么小气的,你放心好了。"

半小时之后,张伟出现在哈尔森办公室。

哈尔森一愣,随即认出了张伟,歪着脑袋,冷冷地用汉语说:"你来干什么?"

张伟站在哈尔森豪华的办公室里,微微一笑:"哈尔森先生,对客人不应该这么冷淡吧,不请我坐一坐吗?"

哈尔森哼了一声,指指沙发:"坐吧。"

说完又打电话让外面的工作人员送过来一杯咖啡。

张伟看着哈尔森,衣冠楚楚、彬彬有礼、温文尔雅,很难把他和昨晚那个粗鲁癫狂的醉汉联系在一起。

然后,哈尔森坐在老板桌后面的老板椅上,后背向后一靠,傲慢地说:"中国保镖,或者说功夫高手,还可以说偷情者,有什么话,说吧。你放心,我的汉语水平比你的德语水平高,你尽管说,我能听懂。"

哈尔森一口气给张伟扣上了三顶帽子。

张伟憋不住心里想乐,强忍住,看着哈尔森微微一笑:"哈尔森先生,你的汉语水平确实不错,比我第一次见你的时候强多了,而我,对德语一窍不通。"

张伟尽量放慢说话的语速,以便让哈尔森能听懂。

哈尔森有些奇怪:"你见过我?"

"是的,我可以这样介绍我自己,我是王炎的前任男友,我姓张,也就是你第一见王炎的时候陪在她旁边的那位。"

哈尔森点点头,好像基本明白什么意思,仍然用敌视的目光看着张伟。

张伟继续说:"在你没有出现之前,我们一直保持着很好的关系,但自从你出现后,我们的爱情发生了变化,直至分手。在我们分手之后,你和王炎开始同居,我和王炎就彻底结束了关系。但是在你们开始之前,王炎就已经怀上了我的孩子。因为怀的是我的孩子,所以我有责任把这件事情处理好。正巧在你回国期间发现怀孕,并做了人工流产。所以,你发现人流病历而怀疑王炎对爱情的不忠是错误的,是误解,而你动手打一个女人,更是错误的,不管是喝酒还是没喝酒。"

哈尔森沉默了片刻,对张伟说:"你以为我是三岁小孩子,这么好骗,你说什么我就信什么,可笑至极,看你们俩昨晚站在一起的样子,你们一定是有不可告人的关系,而你今天却编造了这一套谎言来欺骗我,真正的男人要敢于承认自己所做的事情,用你们中国话说叫敢作敢为,撒谎、逃避,都是可耻的事情。"

"哈尔森,你听我说……"

"不用说那么多废话,我不会听你在这里撒谎,我只相信我看到的和我听到的,即使王炎怀孕是在我认识之前的事情,但我离开这一个多月时间里,你们一定还勾搭在一起,我听门卫告诉我了,说王炎好几天没有回来,而那不是去旅游的时间,所以事情很明显,你却不敢承认,你不像一个真正的男人。我承认我打女人是错误的,我会向王炎道歉,但是王炎做出了这等事情,是很可耻的,这不是你们东方女人的美德和传统,我不会原谅她,也不会原谅你。"

哈尔森的汉语水平出乎张伟的意料,他竟然能一口气讲这么多。

张伟站起来:"哈尔森先生,既然你这样认为,我也没有什么好说的,但是,今天我既然来了,就要把话说清楚,我要明确告诉你,第一,王炎没有做对不住你的事情,她对你们的爱情是忠诚的,你爱信不信;第二,我会把你的道歉传达给王炎,至于她接受不接受,那是她的事情;第三,王炎不需要你原谅,我也不需要你原谅,而且,对于你的粗暴行为,王炎也不会原谅你,即使你拿工作来威胁;第四,昨晚我和你动手,有三个原因,一、你动手打一个女人,这不是大丈夫所为;二、你先对我动手,我有理由反击;三、你骂我是中国懦夫,不仅仅是对我个人的侮辱,还侮辱了我的国家,我有必要教训你,让你知道什么叫中国功夫。"

说完这些话,张伟对哈尔森礼貌地点点头:"不打扰你的工作,再见,哈尔森先生。"

张伟回身直接走出办公室。

"等等。"哈尔森追出来。

"干吗?"张伟站住回头。

哈尔森摇摇肩膀:"对你刚才的话,我要想一想,但是,请你转告王炎,我和她之间的事情和工作没有关系,公是公,私是私,希望她周一能照常来上班。"

"知道了,再见。"张伟转身离去。

回到住处,王炎正在看书。

张伟把和哈尔森谈话的情况和王炎说了下,然后说:"这死老外很固执,太自信,一口就咬定我们俩是在他出去的时候在一起,还拿出门卫的话来作证,说你好几天没回去。"

王炎苦笑一下:"爱怎么着就怎么着吧,经历了这一场,我也累了,不想和他去解释什么,有缘则聚,无缘则散,不想活得那么累。明天我抽时间去把我的衣服和电脑拿回来。"

张伟说:"好,这样也行,让那洋鬼子也知道别以为他有钱就了不得,咱还不稀罕。这几天你先住我这里吧,我和小郭一起凑合住,等几天看看情况再说。"

王炎看着张伟:"我要你和我一起住。"

张伟笑了:"傻孩子,我知道你心里没有别的想法,可是这里不是单身公寓,是拼租房,环境不一样了,不能住一起,让小郭知道了也不好啊。"

王炎点点头:"知道了。"

张伟突然想起来,从抽屉里拿出一万块钱,递给王炎:"这是我爸治病你资助的一万块钱,还给你。"

王炎不要,张伟坚持给她,态度很坚决。

王炎见张伟这样,也就收起来,又说:"也好,这钱是哈尔森留给我的,明天回去拿衣服的时候把钱还给他。"

张伟呵呵一笑:"看来你是要打算和那洋鬼子分道扬镳了?"

王炎苦笑一下,没说话。

正在这时,张伟接到郑一凡的电话:"小张,你现在有时间吗?"

郑总不叫自己张经理,叫自己小张,张伟很留意这个称谓的变化,不知道代表了郑总怎样的一种心态。

郑总来电话,让张伟精神振作起来:"郑总,我有时间。"

"那你来一趟,直接到我办公室。"

"好,我20分钟到。"张伟急忙回答。

20分钟后,张伟来到天一写字楼郑总的办公室。

外间很安静,只有一个接待的小姑娘在,见张伟进来,把张伟引导到郑总办公室门口。

看来郑总已经给接待员打过招呼了。

郑总正坐在老板椅上转圈,嘴里吐着烟圈,很悠闲。

张伟发现郑总的烟瘾特别大,一根接一根,基本不停顿。

而且郑总一米八多的个头,还特别消瘦,眼睛深凹,脸庞颧骨很高,但眼睛特别有神。

见张伟进来,郑总点点头,示意张伟坐在他对面。

接待员进来端给张伟一杯茶。

郑总递给张伟一根烟:"来一根。"

张伟笑着推辞:"谢谢,我不抽烟,郑总。"

郑总点头笑笑:"好习惯,你看我,上了瘾,戒不了了。"

"抽烟对身体有害,还是少抽的好。"

郑总点点头:"是啊,我上大学的时候学会的,开始是好奇,后来就上瘾了,呵呵。"

张伟:"郑总,您是学什么专业的? 哪个大学?"

郑总:"浙大自动化专业。"

张伟:"浙大,可是名牌大学啊,您毕业得好些年了吧?"

"那是,我93年毕业,15年了。"

"呵呵,那时我刚上初中。您毕业后就直接做生意?"

郑总喝了一口水,呵呵一笑:"没有,我先是分配到宁州电子局工作,干了两年,辞职下海,自己搞了个计算机公司,后来又做通信产品代理销售,直到现在又开始做旅游。"

张伟:"做通信产品不错啊,怎么想到改行呢?"

第五十一章 东湖邂逅

郑总在椅子里转了转:"这就是一个市场中长期预测的问题,我代理的手机品牌是国产的,几年来销售量一直是全省第一,但是,今年上半年我通过分析和观察,感觉到手机市场会有较大变化,于是在今年 6 月份,我把手机代理放弃了,只保留了电话机,转而开始研究考察学习旅游开发方面的东西。果然,到了 10 月份,金融危机一开始,做手机的都纷纷倒号,以前一起代理品牌机的,好几个赔得倾家荡产,幸亏我撤得早。"

张伟听了很感兴趣:"那您怎么想到做旅游景区开发呢?"

"旅游业现在是国家政策大力扶持的一个朝阳产业,无论从国内游客的增长数据还是从境外入内的人数看,发展的速度都很惊人,特别是我们所处的长三角地区,目前是中国经济最活跃的地带,经济实力最强,已经超过珠三角,市民的消费能力也颇具实力。物质水平的提高,必然带动休闲旅游业的发展,因此,开发以休闲度假游乐为主的旅游景区,很有潜力,也是一个新的经济增长点。这是我从自己作为一个老板的角度来考虑。另外,从社会的角度来考虑,开发山区旅游资源,带动地方物流、观光农业发展,促进农产品销售,拉动山区经济发展,也是我在为社会尽一份责任。以我现在的经济实力,我完全可以在城市里开一个酒吧,或者开一个茶座,舒舒服服,一年也有不少的收入。可是,我还是想尽自己的努力,既为自己创新业,也想拉动一方经济,带富一方百姓。"

郑总侃侃而谈的一席话让张伟非常佩服,想不到郑老板有如此的发展眼光和思想境界,想不到郑老板的口才如此之好。

张伟同时也感到很振奋,前途如此光明,利国利民利己,跟着郑总干一定会有一个光明的前程。

张伟冲动地对郑总说:"郑总,您今天这么一说,我感觉茅塞顿开,真的很想跟您干。"

郑总微笑着看着张伟,手指轻轻敲着桌面:"我今天让你来,就是想和你谈这件事情。"

张伟集中注意力听郑总讲。

"这几天我面试 100 多个人,也单独约见了几个同行,其中就包括你,从对当地的人脉关系熟悉程度来讲,你不占优势,从客户资源的开发力度来讲,你也不占优势,但是,我用人,看的不是这些,人脉关系不熟悉,客户资源没有,都是可以通过后天努力弥补的,我用人,最看重的是一个人的品质和态度。"

张伟认真地听着,不时点头表示赞同。

"虽然我们认识时间不长,见面次数不多,但每一次见面,我都在通过你的一举一动观察你,也通过别人的介绍来了解你,总的来说,你的上进、好学、坚韧给我留下很深刻的印象。年轻人,就应该有这种精神,这种品质。"

张伟听了心里暗暗高兴。

"同时,你来我们公司应聘,也让我明白了你的意愿,知道你是愿意来我们公司工作的,是不是?"

张伟连忙回答:"是的,郑总,我愿意,我很愿意跟随您做事情。"

郑总满意地点头:"那好,小张,如果你愿意来,我同意接纳你加入龙发旅游。"

张伟高兴地搓手:"谢谢郑总,那我什么时候来上班?"

"别着急,我还没说完,"郑总接着说,"这次我们招聘的职位是总经理助理和营销部经理,对外是这两个职位,但是,目前公司才刚刚开始运作,各部室都没有设立,只是一个筹建小组,大家在一起,统统没有明确职务,只是按照各自分工忙乎各自的事情,等时机合适,再组建个相应部室,任命各相应职位。"

"那没关系,只要能开心做事情,什么职务倒也无所谓。对了,郑总,我加入之后,做哪一块儿呢?"张伟一直挂念着自己应聘总经理助理的事。

郑总:"这么说吧,小张,这个总经理助理的职位,你可能还不是很了解它的性质,其实,这个职位是留给女同志来担任的,主要内容是协助总经理进行一些必要的公关,出席一些必要的场所⋯⋯"

"哦,我明白了,"张伟恍然大悟,敢情这位置是留给女同志的,是担负公关任务的,"那我还是做营销吧。"

"嗯,你加入后,就负责营销策划,算是个责任人,具体职务等各部门统一配置的时候再公布,有意见吗? 小张。"

"没有,服从老板安排。"张伟这才明白为什么郑总开始称呼自己为"小张"了。

郑总:"还有,你对报酬这一块,有什么要求没有?"

张伟爽快地说:"报酬服从公司统一安排,个人没有要求。"

"好,痛快,"郑总一拍手,"明天周日,你休息一天,周一上班,先来这里报到,跟我出去跑跑,边跑我边给你介绍,你边熟悉工作,然后再进一步安排。"

"行!"张伟很高兴,"谢谢郑总给我一个再就业的机会。"

郑总微微一笑:"机会给你了,可要好好把握,你的位置非常重要,希望看到你的突出业绩。"

张伟感到压力大了，点点头："我一定会尽全力而为。"

"对了，还有一件小事情，"郑总说，"考虑到你以前的工作单位，考虑到我们和中天的关系，考虑到你刚辞职，为了避免不必要的误会，我想和老高沟通一下，别让他以为你辞职是我在挖他的墙脚。"

张伟想了想说："行，您和高总沟通一下，然后我自己也主动和高总或者何董说一下，让他们明白真相，让他们知道我辞职和您无关，和龙发无关。"

郑总满意地点点头："好，这样最好，那今天就先这样。"

从天一写字楼出来，张伟的心情很轻松。

失业再就业，不难嘛，关键是自己抓住机会。

即将再就业的张伟兴冲冲地走在马路上，突然一辆车停在自己旁边，不停按喇叭。

张伟一看，何英，正坐车里冲自己招手，示意自己上车。

这两天何英没大和自己联系，对自己也没以前那么主动热情，也没什么缠绵的言行，让一直被何英黏糊的张伟反倒有点不适应。

张伟上车，兴致勃勃地和何英打招呼："何董事长好。"

何英："哟，张伟，看你心情不错嘛，身体也恢复得很好。"

何英现在直接叫张伟名字，张伟感到有些别扭，感觉怎么生疏了？

张伟乐呵呵地说："是啊，再就业了，当然高兴。"

张伟琢磨，正好利用这机会把自己和郑总刚才说的那事挑明算了，省得夜长梦多。

"是吗？再就业，是做经理了呢还是做总经理助理了呢？"何英开着车，淡淡地说道，眼睛直视前方。

"咦，你怎么知道的？"张伟很奇怪。

"这段时间老郑没少和你联系吧？你也没少往老郑那里跑吧？"何英继续说道，"我早看到报纸上他们登的招聘广告了，好像是专门为你登的啊。"

张伟一听，何英都知道了，她是怎么知道的呢？

"你挺能啊，我刚再就业，你就知道了。"张伟嘴巴上也不退让。

"我现在明白你为什么要辞职了，原来你和郑一凡一直有勾搭，原来郑一凡一直想挖中天的墙脚。"何英的话里突然多了几分怨气，"我和老高真傻，被人耍了还不知道是怎么耍的。"

张伟一听，这误会大了，他本来打算到前面路口下车的，现在看来有必要和何英多谈谈了。

"这中间有误会，很大的误会，我不是这样的人，郑总也不是那样的人。"张伟急忙解释，可又感觉一下解释不清楚，"这样吧，我们找个地方坐会儿，一起吃晚饭，我请你，我详细和你说说。"

"去哪里？"

"你想去哪里?"

"东湖。"

"好,我们就去东湖度假村。"

于是,何英开车直奔东湖度假村。

路上,何英一句话不说,好像怨气不小。

张伟也没有说话,他想一定要把这件事情解释清楚,自己被误会不要紧,不能连累郑总,不能累及两家的合作。

郑总确实和自己联系过,吃过饭,但是那只是普通朋友之间的交往,没有涉及任何工作和业务。

张伟心里很坦然。

路上,张伟给王炎发了条短信,让她自己弄点饭吃,或者等小郭回来一起出去吃。

来到东湖度假村,张伟和何英直奔二楼大厅,找了个僻静的角落,点好酒菜。

"好了,有什么误会,说吧。"何英端起酒杯,倒了一杯白酒,自个一口喝光了。

"慢慢喝,多吃菜。"张伟笑嘻嘻地说。

"谢谢,难得你这么关心我一次。"何英说话的语气稍微缓和了一些。

张伟也端起酒杯一口喝光,眼睛盯着何英:"我和你认识也有一段时间了,我是什么样的人,想必你也了解。"

何英:"知人面不知人心。"

张伟诚恳地对何英说:"好吧,不管你怎么看我,我把事情的真相告诉你,你说我和郑一凡勾搭,这话不对,我和郑总是一起吃过两次饭,一次是他约了好几个同行一起吃饭喝酒唱歌,邀请我参加;一次是我辞职后他单独邀请我去全雍烧烤城吃烧烤,两次都没谈什么工作和业务的事情。我辞职后总要找新工作的,我在网上看到他们公司招聘的消息,就投了简历,然后按照他们公司招聘的程序面试、复试,今天才定下来被录用。不相信,你可以去网上看我投的资料。"

何英注意听着,和自己遇见的基本吻合。

张伟又说:"去龙发公司,是我自己主动要求去的,郑一凡专门对我进行了面试和谈话,他还主动提出来担心会被你和高总误会,准备主动和高总打个招呼。你刚才说我和郑一凡勾搭起来要你和老高,这话可不是随便说的,我可承受不起,太重了,而且人家郑一凡确实是没有做这等事情,更没有挖墙脚。所以,这里面的大误会,我一定要和你解释清楚。"

何英盯着张伟,将信将疑,半天才说:"天下会有这样巧的事情,你刚辞职,那边就招聘,接着你就被聘任,这事让我相信都难,老高知道了还不知会怎么想。"

说完,何英一仰脖,一杯白酒又下了肚。

张伟见何英这样,一时也不知该如何说。

何英喝得两眼发红,对张伟说:"你倒省事,屁股一拍走人了事,剩下一堆烂摊子,业务员这几天这个要走,那个要跳槽,整个营销部都瘫痪了,你有没有考虑考虑我呢?"

张伟看何英有点醉,也不想多说,沉默不语。

何英又说:"郑一凡、于琴早就想打你的主意,我看出来不是一天两天了,于琴还抬出她妹妹做招牌,以为我是傻瓜啊,老高也明白的。哼,合作伙伴,哪有这样合作的,净想着挖墙脚了。"

张伟急了:"事情的经过我刚才都给你讲了,你怎么就是不相信呢?"

何英端起酒杯,又是一口下肚:"你要我相信你? 你要我怎么相信你? 你守信用吗?"

张伟说:"我怎么不守信用了?"

何英:"你和我击掌,期限两个月,现在已经过去一个月了。这一个月,我不找你,你找过我吗? 即使我找你,你和我好过吗? 即使不和我好,你主动对我有亲热的态度吗? 这就是你承诺给我的感情合同吗?"

"这——"张伟一时语塞,"这哪儿跟哪儿啊,怎么扯到这上面来了?"

"哪儿跟哪儿? 哪儿跟哪儿都有关系,你这方面不讲信用,别的方面也不会守信用。"何英咄咄逼人地看着张伟。

张伟苦笑了一下,本想把误会解释清楚,没承想一波未平一波又起,真是头疼。

"好了,"张伟主动为何英夹了点菜,又剥了一个虾放在何英面前,语气很缓和,"别唠叨了,我明白你的意思了,来,伺候伺候你,吃点菜,别老是喝酒。"

这是张伟第一次主动对何英表示关心,不知怎么,何英竟立马闭了嘴,乖乖吃起菜来。

张伟心里一乐,女人真是好打发,稍微对她好一点,就知足了。

看着何英变得柔顺起来,张伟试探着说:"其实,刚才我给你说的是真话,郑一凡在我辞职前从没有任何邀请我去他们那里工作的意思,而且,这次我被聘用,也是经过严格的面试,反复筛选才被选中的。"

何英脸色又变了:"你烦人不烦人,哪壶不开提哪壶。"

张伟一听,闭上嘴巴,不再提这事了。

看来,何英对这事的误会不小。

何英都这样认为,更不用说高强了。

张伟心里隐隐感到不安。

张伟不提这事,何英又继续安心吃起来。

张伟感到头脑有些发热,晕乎乎的,不知是被何英急晕的还是被糊弄晕的,反正就是迷糊了。

张伟起身去洗手间,用凉水洗了一把脸,然后对着镜子长出一口气。

剪不断,理还乱,何英今天把火发到一起来了。

张伟可不想在这种时候再和前董事长闹出什么桃色绯闻来。

正对着镜子发愣,突然肩膀被人从背后重重拍了一下。

张伟回头一看,徐君。

哈哈,是这家伙。

"哈哈,是你小子啊,怎么跑到这里来了?"张伟冲徐君一拳。

几天不见,老朋友分外亲热。

"嘿嘿,什么叫跑到这里啊,我们是来这里吃饭的。"

"我们?你还有谁啊?"

"陈董,还有几个客户,这里的海鲜出名,专门来这里宴请客户的。"徐君说。

陈董?陈瑶!陈瑶来这里吃饭了!

张伟心一跳:"我怎么没看见呢?"

"我们在单间里,呵呵,你们在哪里吃的?"

"我和一朋友,在大厅吃的。"

张伟心想,今天真可惜,如此之近,却不能见到陈瑶。

"哦,呵呵,最近工作忙不忙?"徐君又问张伟。

"呵呵,我辞职了。"张伟回答。

"哦,是吗?"徐君并没有表现出太大的惊奇,旅游行业跳槽辞职的事情太多了,屡见不鲜,"那你现在?"

"我刚应聘到一家旅游景区开发公司去了,开发的项目在你们东兴境内,桐溪白云山虎跳峡漂流项目。"张伟说。

"啊哈,你到龙发旅游了啊,好啊,欢迎,以后我们打交道的机会就多了,陈董前天还说要我们加强和桐溪漂流景区的沟通和联系呢。"徐君高兴地说。

"哦,"张伟一听来了精神,那以后岂不是有机会再见到陈瑶了,"呵呵,这倒是个好消息。"

"好了,不聊了,以后我们见面的机会多的是,改天我专程来山里看你,我去陪客人了。"徐君和张伟握手告别。

见到徐君,让张伟情绪高涨。

陈瑶,陈董事长,神仙美女,竟然和自己在一个饭店吃饭。

虽然不能相见,但也足以说明这世界很大,却又很小,人生何处不相逢。这是伞人姐姐的话,又一次灵验了。

第五十二章 真情倾诉

张伟笑眯眯地回到座位。

何英已经吃饱了,酒喝得有点多,眼睛红红的。

见张伟回来,何英忍不住发牢骚:"去个卫生间要这么久,又遇见美女了?"

"没有遇见美女,倒是遇见一个帅哥。"张伟笑嘻嘻地边说边吃饭。

吃过饭,张伟喊服务生过来结账,何英说:"算了,我已经结完了。"

"那怎么可以,今天说好我请客的。"张伟说。

何英摆摆手:"别跟我客气了,别忘记我们俩现在的关系,最起码还在期限内,分你我就见外了。"

张伟一愣神,说不出别的来,也就罢了。

二人来到一楼大厅,何英突然感觉头发晕,酒喝得有点多,走路摇摇晃晃的。

张伟一看,说先坐大厅沙发上休息一会儿吧。

何英点点头。

于是张伟搀扶着何英在大厅一个角落的沙发上坐下来。

何英把脑袋靠在张伟肩膀上,闭目休憩。

张伟任她靠着,无聊地看着来来往往的人流。

突然,几个人从二楼楼梯上走下来,走在前面的是徐君,后面是陈瑶,还有两男一女。

陈瑶宴请客人结束了,要和客人回去。

陈瑶今天穿了一身白色的外套,下面是蓝色的裙子,头发绾成一个发髻,很精神。

徐君先下楼梯出了饭店。陈瑶和客人说说笑笑走下来,无意中一扭头,正好看见坐在沙发上的张伟和何英。

张伟和陈瑶四目相对。

两人相距十多米的距离。

见陈瑶看到了自己,张伟心里一阵激动,又很兴奋,想站起来打招呼,可是何英正靠在自己肩膀上闭目养神,自己一起身,何英就要歪倒。

于是张伟对陈瑶笑笑,随即又感到很尴尬,自己和何英紧挨在一起坐着,何英的脑袋还靠在自己肩膀上,不知陈瑶见了会怎么想。

　　陈瑶见到张伟,眼睛一亮,刚要过来打招呼,随即发现了闭目养神的何英。

　　陈瑶的脸色倏地变了,随即收回脚步。

　　随即陈瑶的脸色恢复了常态,眼神在张伟身上停留了片刻,微微点了一下头,之后转身和客人继续谈笑风生,走出了饭店大厅,连头也没有再回。

　　张伟坐在那里异常尴尬,陈瑶一定是看到何英和自己在一起,以为是自己的女朋友,怕打招呼引起女朋友疑心,惹来麻烦,所以才略微一点头即转身离去。

　　可是,陈瑶为什么变了脸色?

　　是因为自己有女朋友?不应该呀,自己有女朋友与她何干?

　　难道,是因为何英?

　　难道陈瑶认识何英?

　　可是,如果陈瑶和何英认识的话,也应该会过来打招呼。

　　难道,是陈瑶和何英有什么瓜葛,才会见面而不招呼?

　　一时,张伟的脑子在飞速地旋转,想把事情想个明白,可是,越想越糊涂。

　　正愣神,何英醒了,坐正身体,拍拍脑袋:"好了,可以了,走吧。"

　　开车离开东湖,何英对张伟说:"想去哪里?"

　　张伟干脆地说:"回家。"

　　"你做梦!"何英回答得更干脆。

　　"怎么?你想干吗?"张伟对何英说。

　　"不干吗,履行合同,还有一个月期限。"

　　张伟乐了:"你还来真的啊,呵呵,那你想怎么办?"

　　张伟这时候不想再出事,只想把何英糊弄好,不想再和何英发生那种关系。

　　"今晚一起住,在外面开房间。"何英的话里没有丝毫商量的余地。

　　"好,可以。"张伟心里决心已定,回答得也很干脆。

　　反正这事男的有主动权,到时候那活儿就是不行,你有什么办法?

　　何英听张伟答应得如此痛快,有些意外,又很高兴,打开车内的音乐,一阵歌声飘来:"你伤害了我,却一笑而过……"

　　何英没有开车回市区,却开进了深山,转来转去,深山幽谷中,一座依山建筑的宾馆呈现在眼前。

　　白云山庄。原来是白云山里的一座休闲度假宾馆。

　　下车之后,才感觉这里的空气非常清新,周围一片宁静,偶尔传来山风呼啸树叶飒飒的声音。

真是个养生的所在。

何英开好房间,和张伟一起上楼。

进了房间,一看,何英开的是豪华商务单间,房间舒适宽敞,还配有专门电脑,可以上网。

何英往床上一躺,靠在床背上,打开电视,看着张伟:"张大人,今天跟我来过夜,没有什么委屈的吧?"

张伟往沙发上一坐,二郎腿一跷:"感谢还来不及,有什么委屈?"

"小样儿!"何英眯眯地笑着,"以前你还估计一个单位对老高不好交代,现在还担心什么?"

张伟苦着脸,装出一副无奈的样子:"现在不担心高总了,可是,现在有新的担心了,这个东西从最近开始,就废了。"

"什么!"何英一下子坐起来,看着张伟的眼睛,半天又躺回去,"你就给我玩吧,你还有什么洋把戏,都使出来。"

张伟心想,既然演了,就一定要把戏演到底。

张伟装作无精打采的样子:"你爱信不信,你以为我愿意当个废男人啊,有哪个男人愿意承认自己这方面不行的?"

何英看张伟的表情很认真,好像还很懊丧,不由相信了:"真的? 怎么会这样?"

张伟垂头丧气地说:"不知道,可能是前几天生病,打针打的,伤了肾吧。"

"哦,亲爱的,别难过,我给你治治看。"

何英从床上下来,蹲在张伟面前……

张伟紧张起来,闭上眼睛,屏住呼吸,立刻强行转移自己的注意力,让自己去想别的事情……

张伟想到李经理和林经理,想起这两个狗东西对自己的暗算,想起自己离开后他们对小郭的所作所为,心里的火气慢慢上来,恨不得把他们俩现在就抓过来揍一顿……

张伟又想起高总,高总对自己当面一套,背后一套,却反而说自己当面一套,背后一套,当面对自己一口一个兄弟,背后却对自己处处设防,处处监视,既想让自己做好业务,又不想让自己有太大的影响和权力,为了一个出境游,全然不顾有可能对王炎造成的不便和损害,只顾自己的利益。这种老板,眼里只盯着钱,只看到钱,为了钱,什么事情都能做出来……

张伟精神很紧张,专心致志地去想,凝聚心思去想,不让自己有丝毫分心,越想越气,越想越火,胸脯剧烈地起伏着。

何英忙乎了一会儿,看张伟精神紧张,直喘粗气,胸脯剧烈起伏,显得很激动,可是下面却没有任何反应。

何英不死心,继续忙乎。

张伟保持着高度的紧张,继续进行自己的分心思维。

由于一直保持精神的高度紧张,张伟脸上的汗都流了下来。

何英相信了,终于放弃了努力,坐回到床上。

张伟重重呼出一口气,终于松懈下来。

何英心里非常失望,非常失落,张伟没有骗自己,小男人的心回来了,可是身体却不行了,自己的命怎么这么苦?

何英看着张伟显得很疲惫,不想让张伟难堪,安慰张伟说:"没关系,前段时间你身体损伤太厉害,慢慢养养,会恢复的。"

张伟哭丧着脸:"但愿吧,就是感觉太对不起你。"

何英感动了,坐起来,抓住张伟的手:"没关系,也并不是非要怎样,只要能和你在一起坐坐,只要你有这个心,我一样很高兴。"

张伟心里一阵窃喜,成功了!随即点点头:"嗯,我明白了,我们聊会儿天吧。"

何英:"好啊,聊什么都行,就是别给我聊你和老郑,我听了就烦,别给我解释那些破烂事,我听了就难受。"

张伟一迟疑,于是说:"那好吧,我们聊别的。对了,那天你给我的那工资和奖金我都放家里没动,改天还给你。"

何英一翻眼皮:"干吗?"

张伟:"高总已经安排财务把我工资和奖金都扣除了,小郭去给我领没有领出来,你给我的这钱是怎么回事?"

何英摇摇头,笑了:"老高是想把你工资给扣除,也通知了财务,可是我不同意,你辛辛苦苦的劳动所得,凭什么扣除?老高干这样的事不是一次了,我很讨厌他这点。"

张伟:"那你的钱是从哪里来的?"

何英:"老高出差了,我是董事长,我也可以安排财务,财务部张经理是我远方表妹,当然听我的,我让她把你的工资和奖金全部交给我,然后嘱咐她不要让公司里任何人知道,所以小郭去领的时候当然没有了。"

张伟一听,原来是这么回事,又问:"你不担心老高回来知道?"

何英不屑地说:"我当然有办法,我让我表妹找了一些别的发票,把这8000块钱顶进去,做账的时候做到公司招待上来。"

张伟一听,不由对何英刮目相看:"没想到你这么精明,有一手啊。"

何英得意地说:"那当然,要不然,咱也到不了今天这个位置……"

说到这里,何英突然感觉话说多了,戛然而止。

张伟听出何英这话里有话,掂量了一下,听她话,好像是自己能做到董事长,得益于她的精明和算计。何英心计看来确实不少，不能小看了她。不过这都不关他的事情，也不去多想，自顾自说："我就奇怪，这个月奖金怎么会这么多？"

何英见张伟没有在意自己刚才的话，放下心来，对张伟说："因为你做了这么大一个业务，公司的利润高，奖金自然就多，别多心了。另外，这工资和奖金都是你应该得到的，是你自己付出的收获，本来就是属于你的，你就心安理得地收着好了。"

张伟点点头，发自内心地感谢何英，这个女人心里总是有自己的，不管自己如何对她，随即又想起饭后大厅的事情，问何英："跟你打听个人，你认识不？"

何英："谁？说吧。"

张伟谨慎地说道："陈瑶。"

"陈瑶？"何英托着腮帮，想了想，摇摇头，"不认识，是男的还是女的？"

张伟："女的。"

何英一听来了精神："怎么？又瞄上哪个良家女子了？"

张伟哈哈大笑："难道我就没有别的事了？一提女的你就往那方面想。"

何英继续盯着张伟："这女的是干吗的？为什么我要认识呢？"

张伟顿了顿："这女的是做旅游的，我琢磨着你做旅游的时间也不短了，以为你知道呢。"

"哦，"何英明白过来，"做旅游的女的多了，哪能我都认识啊？不过，也可能有我不认识，但是她们认识我的。是不是那陈瑶在你面前提起过我？"

张伟摇摇头："没有，我只是随意问一下。"

原来何英不认识陈瑶，那陈瑶也就基本上不可能认识何英了。陈瑶看见自己和何英坐在一起，脸色为什么会突然变色？是因为何英还是因为自己？还是因为何英和自己一起？

张伟皱紧眉头苦思冥想。

何英看张伟这模样，感觉陈瑶好像在张伟心中分量挺重，不由又问："你是在哪里认识陈瑶的？"

"东兴。"

"东兴？"何英注意力一下集中起来，"你们怎么认识的？"

"学习期间认识的，"张伟有些不耐烦，"你怎么这么好奇，问个没完？既然你不认识就算了，老问什么，烦人。"

何英看张伟不耐烦，很焦躁的样子，还以为是因为身体不行才烦躁不安的，也就知趣地闭上嘴巴看电视。

张伟感觉很烦躁，想和何英把关于老郑的误会解释清楚，何英不让说，不听。

想弄明白陈瑶见了自己为什么会变脸色，又想不通，找不出由头。

想摆脱这种不正常的感情纠葛,却遭遇何英的感情约定。

顾念着遭遇意外的王炎,却又被何英拉进了深山老林。

一时理不清头绪,张伟烦躁地使劲挠头。

何英依然以为张伟为那事不开心,温柔地说:"别烦恼,好好休养身体,你还年轻,一切都会恢复的,无论怎样,我一样喜欢你。"

张伟抬头看着何英,听得很认真。

何英继续说:"我不知道自己是从什么时候开始发生这种变化的,我也曾想过不让自己有这种想法,可是,这不是以人的意志为转移的,我无法自已,无法将你从脑子里、心里抹去。"

张伟依然怔怔地看着何英,不知道说什么好,心里感觉很复杂。

何英:"我知道我们的关系不正常,对外人来说,我是一个红杏出墙的不甘寂寞的少妇;对老高来说,我是一个不守妇道的坏女人;对你来说,我是一个勾引你、纠缠你的荡妇。"

"你,不要这么说,"张伟对何英说,"你不要这样作贱自己。"

"不,我要说,我知道我们的关系为社会道德所不允、所唾弃,可是,人的感情真的是很复杂,很难驾驭,我无法控制自己不去想你,不去喜欢你,我很矛盾,我既不想放弃现在优越的物质生活,又不想放弃优秀的男人。不管你怎么样对我,我都不生你气,不恨你,在任何人面前,我都是高傲的,矜持的,从不低头的,可是,对你,我什么都不想保持,我愿意在你面前做一个最下等的女人,只要你别不理我,别伤我的心,别对我冷若冰霜。"

张伟被感动了,原来何英心里还装着这么多想法,原来何英对自己是如此的宽容和厚爱。

张伟坐过去,握住何英的手:"何英,我很感动你刚才的心里话,其实,自从我到公司以来,你一直对我很好,不管从生活还是到工作,我都看在眼里,记在心里,我不会忘记。"

何英大大的眼睛看着张伟。

张伟继续说:"可是,我想你也应该明白,我们之间是有着不可逾越的鸿沟,你有家庭,有孩子,有丈夫,有丰厚的物质生活,我呢,一个单身汉,一个打工仔,一个穷光蛋,我们之间注定是不可能的。正因为考虑到这一点,我才从心里不敢接受你的好,不想接受你的关爱,不愿意承认对你的感觉。"

张伟心里对自己和何英也一直很矛盾,之前一直用本能和理智来抗拒和解释,可是,心里总感觉还有一些没有想透的。随着何英的话的引导,张伟的心里被打通,心里话也吐露出来,张伟自己也变得明晰起来。

何英紧紧握着张伟的手,靠在张伟胸前,轻轻说道:"我终于明白,原来两个人之间没有那个,也一样可以交流,也一样会有喜悦,也一样能互相融合。我也想明白了,我不能太自私,你给予我的已经很多了,等期限一满,我决不会再纠缠你,我会努力说服自己把你当做一个好朋友,一个纯粹意义上的好朋友,一个仅仅限于喝茶、谈心的好朋友,我会真心祝福你找到一个自己爱的女人,我也会安心回归于我的家庭。可是,在期满之前,我想让你把我当成你的女人来对待,当成你的情人来对待,即使你身体暂时不行了,我们可以不发生肉体关系,我只希望你能拿出一点点真心来待我。"

张伟被何英的肺腑之言所打动,又不由为自己刚才的伪装略感不安,把何英搂在怀里,认真地说:"很好,何英,今天我终于明白了你的心,我答应你,最后一个月好好对你,我希望我们不做情人,仍能做朋友,情人注定会短暂,而朋友却可以长久。"

何英温顺地躺在张伟怀里,点点头。

第五十三章 伟大理想

张伟的心情一放松,又加上何英的温软体香,身体不由又要有反应。

张伟从心里还是想尽量避免两人发生关系,每次和何英做完之后的失落和愧疚还有不安,让张伟精神承受了巨大的压力,在短暂的兴奋之后跌入痛苦的深渊。

为什么会失落、愧疚、不安?张伟曾经试图想明白,却一直没有找到答案。

张伟提醒自己不能迷失,淡定,淡定。

张伟把何英放到床上,在何英嘴唇上亲了一口,拍拍她的脸蛋,温存地说:"乖,你休息会儿吧,我去上会儿网。"

这是张伟第一次对何英如此温柔和主动。

何英一时受宠若惊,乖乖地点点头,满足地笑着,躺在床上看电视。

张伟松了一口气,然后起身去卫生间,用冷水洗了把脸。

然后张伟出来,把灯关掉,坐到电脑桌前打开电脑。

电脑桌在床的侧面,从床上看不到电脑屏幕。

张伟看看时间,12点了,这会伞人姐姐不知道在不在。

登录QQ,伞人在线。

张伟很高兴,这么晚了,姐姐还在,是不是在加班呢?真是辛苦。

张伟:"姐姐,晚上好,这么晚你还在啊。"

伞人不说话。

张伟:"姐姐,你怎么不说话呢?怎么还不休息?"

伞人仍旧不说话。

张伟急了:"说话啊,干吗去了?不在?到底在不在啊?"

张伟琢磨,伞人是不是不在电脑旁边,决定等一会。

过了大约10分钟,伞人还是没有动静,就一直挂在那里。

张伟感觉伞人好像故意沉默不说话,又感觉伞人离开一直没回来。

张伟又和伞人说话:"干吗去了?怎么不说话?到底在不在?"

终于伞人发过来一个字："在。"

张伟松了一口气："你可回来了,姐姐,我等你一会儿了。"

伞人冷淡地说："知道,我一直在。"

张伟很奇怪："你一直在? 那你干吗不理我?"

伞人没有回答张伟,却反问："你在忙什么?"

张伟："我没忙什么,对了,今天我去龙发旅游复试了,被郑总聘用了,后天正式去上班。哦,不对,现在已经过 12 点了,应该是明天去上班,呵呵。"

伞人很轻描淡写地："哦,是吗? 祝贺你。"

张伟感觉伞人今晚好像情绪很低落："姐姐,你身体是不是不舒服啊,感觉你精神好像不大好。"

伞人："唉——没什么,你在哪?"

"我——"张伟一时有些心虚,仿佛被伞人看穿了心思："我——我在住处。"

伞人："你在住处?"

张伟被伞人这么一追问,心里有点慌乱："是,是在住处。"

伞人："你慌什么?"

张伟一惊,姐姐能看出自己的慌乱,忙说："我,我没慌啊。"

伞人沉默片刻,又说："晚饭吃了吗?"

张伟感觉好奇怪,这都几点了,姐姐问晚饭的事情,忙回答："吃了啊,早吃了。"

伞人："怎么吃的?"

张伟有些感动,姐姐是挂念自己一个人没人照顾,怕自己吃不好呢,回答道："我和我老乡一起在住处下的面条,吃得很饱,呵呵。"

张伟想,坚决不能让伞人知道自己和何英出来的事情,不然,她还不把自己瞧扁了。

伞人突然不说话了。

张伟："姐姐,你怎么不说话了?"

伞人还是没说话。

张伟继续："姐姐,喂,在不在? 怎么又没声音了?"

半晌,伞人一声叹息："……我累了,要休息,晚安,88。"

说完不等张伟回话,径自下线离去。

张伟一下子愣了,伞人今晚是怎么了? 对自己好像是很大的意见和情绪,自己没怎么着她啊。

这是伞人第一次对自己如此冷漠,张伟感觉心里很难受,堵得慌,伞人姐姐究竟是怎么一回事。

本来一肚子心事的张伟想找伞人聊聊,寻求解决问题的办法,没成想,又增加了新烦恼。

自己到底什么地方惹伞人生气了? 张伟细细地回顾了一下这几天,没有,自己没有什么让她不高兴的事情。

张伟闷闷地关上电脑,躺到床上,把手放到后脑勺后面,瞪着天花板发呆。

何英正在看电视,看张伟突然闷闷不乐,俯身过来:"怎么了?小伙子,怎么不上网了?"

"没劲,不上了。"张伟瓮声瓮气地回答了一句。

何英一乐:"怎么?网上没遇到意中人?还是上网钓鱼没钓到?"

张伟冲何英摆摆手:"去,去,这都什么啊,就知道乱说,一边去。"

何英把脸贴在张伟的胸口:"嘻嘻,什么乱说,都是过来人,我一看你这眼神,就知道你情场不顺,我说的情场,不是指我们之间,是说的你刚才上网。"

张伟一愣,情场不顺?情场!一个虚拟的网络空间能让自己欢乐,也能让自己忧愁,还能让自己烦恼,难道这感情也可以在虚拟空间里传递、积淀?自己不知不觉已经进入情场了?

那么,伞人姐姐今天如此不高兴,好像对自己有很深的成见,是不是也是为情所困呢?

这么说,自己对伞人姐姐的感觉已经在慢慢发生了变化,已经逐渐从友情加深到……

那么,伞人姐姐对自己是怎样的一种情感?是不是也……

张伟的大脑一时翻江倒海,思绪起伏,心潮难平。

难道自己说话不注意,让伞人姐姐感觉到了自己和何英的蛛丝马迹,还是因为自己和王炎的事情?

何英对自己有意思,自己以前和伞人说过,那时她只是哈哈一笑。

王炎的事情,伞人也知道,除了王炎怀孕的事情之外。

自己没有接触过其他女人。

如果伞人姐姐是因为这个不高兴,那不就说明伞人姐姐对自己是有意思吗?

这样一想,张伟又有些兴奋。

转念又一想,伞人姐姐会看上自己这样一个毛头小子吗?会不会是自己自作多情呢?

张伟的脑子忽而这,忽而那,眼珠子滴溜溜乱转。

何英发现了张伟这个特点,那就是张伟脑子一分神想事情的时候,眼珠子就不停地乱转。

何英从她过来人的经验判断,知道张伟一定是有了女朋友了,看张伟那神态,那眼神,看来认识不是一天两天了。

何英心里感到酸溜溜的,却也无可奈何,不由一声长叹,把身体贴到张伟身上,不想那么多了,把握现在吧。

张伟关掉电视,房间里一片漆黑寂静,只有张伟和何英的呼吸声。

黑暗中,张伟的眼睛格外明亮。

环视着无边的黑夜,张伟蓦地一声长叹……

第二天一大早,张伟和何英就起床往回赶,因为何英接到一个客户的电话,9点钟要谈一笔业务。

回去的路上，何英心情很好，是那种发自内心的好，感觉很从容。

张伟心事重重，不过表面上仍谈笑风生，他不想让何英看出来。

张伟犹豫了几次，还是决定把话题再提出来："何英，这个，这个关于我辞职和应聘龙发的事情，我想还是要和你讲清楚。"

何英接过话来："我昨天怎么说的？我说过，不想再听这破烂事，你怎么回事，怎么还提？"

张伟挠挠头皮："这个事情，我想还是大家说清楚，消除误会的好。"

何英抿住嘴唇不说话，眼睛直视前方，只管开车。

张伟有些着急："何英，我给你说，我这人真的没有你想的那么多心眼儿，要和老郑联合起来耍你们。"

"扑哧！"何英忍不住笑起来，"好了，傻瓜，我早就相信你了，昨天不想听就是因为你说话的时间不对，专瞅人家心情不好的时候，不用再给我解释了，我能不相信你吗？呵呵。"

"哦，呵呵，"张伟放下心来，"那就好，我不希望因为我伤了大家的和气，也别影响了两家的合作。"

"我是没问题，但是老高会怎么想，我拿不准，这两天他正在火头上，等情绪好点的时候我和他说说。"何英说。

"郑一凡说他也会和高总单独沟通一下的，双管齐下，应该不会有什么问题。"张伟说。

何英苦笑一下："但愿吧，看老郑如何和老高沟通了，这两个鬼子，一对老奸巨。"

"哈哈，"张伟忍不住笑起来："老奸巨是什么？为什么叫老奸巨？"

"对他们的简称，老奸巨猾啊，他们俩心眼儿一个比一个多，凑一起不叫一对老奸巨吗？"

张伟忍不住又笑起来，不过心里却想，老郑没有那么奸吧？

"对了，"何英又想起张伟问自己的事情，"你昨晚问我那个什么叫陈瑶的，我抽空帮你打听下，她是在哪家旅游公司工作的？"

"别，不用，"张伟急忙说，他担心何英这忙越帮越乱，打听半天，说不定又捣鼓出什么事情来，"她是在东兴工作的，不用你打听，我就是随便问问，没有别的什么意思。"

"哈哈，此地无银三百两，你越说没有什么，就越说明你心里有鬼，嘿嘿，是不是想打人家的主意？说。"

"你又乱猜乱说了，我的事你别乱掺和，否则你别怪我不高兴。"张伟把脸一拉。

"得，看你这样，我不给你掺和，放心了吧。"何英嘴上说着，心里暗暗把陈瑶的名字记了下来。

你不让我掺和，我偏要掺和，回头抽空一定要打听下这个陈瑶是谁，看是个什么样的女人。

东兴一个小城市，几十家旅游公司，想打听一个人，不容易，但也费不了多大力气，因为同行大家彼此都熟悉，找到一个人，就等于找到几十个人。

回到宁州，张伟直接回到住处。

王炎还没起床。

小郭去单位加班了。

见到张伟，王炎懒洋洋地躺在床上："哥，你昨晚几点回来的？"

"我，"张伟犹豫了下，"我昨晚出去办点事情，没回来，这不，刚回来。"

王炎看张伟眼神闪烁不定，嘻嘻一笑，"办点事情？什么事情？是不是那种事？"

张伟忍不住笑起来："就你知道得多，那种事是什么事？"

王炎："交配。"

"哈哈，"张伟大笑，"你小屁孩懂什么？起床，10点了。"

王炎懒散地坐起来穿衣服，边照照床头的镜子："脸上的伤好了，看不大出来了，明天可以去上班。"

张伟："你今天还去不去那边？"

"去，我去把我衣服和电脑拿回来，把这一万块钱还他，把房子的钥匙留给他。"

"你准备和他见面谈？"

"不，我不想和他单独见面，他白天在公司，我们白天去家里，收拾好东西，把钱和钥匙放下，就拜拜，我的东西很少，就一个箱子。"王炎说。

张伟："你是打算就这样和他分手？"

王炎考虑了一下："按目前的情况看，可以这样说，我是想出国，是想嫁老外，但是也不能没有尊严啊，你说是不？"

"嗯，"张伟点点头，"你这话算是说出了一个中国女人的骨气和自尊。"

王炎冲张伟一拳："坏蛋，你什么意思，你是不是说我之前没有骨气和自尊？说。"

"没，没那意思，你看你，怎么这么善于联想，我只是夸奖你刚才的话讲得好啊。"张伟呵呵笑着。

王炎很快收拾完毕，对张伟说："哥，你陪我去，走。"

张伟对王炎自己去也不大放心，说："好，咱们一起去。"

两人打了一辆出租车，很快到了小区门口。

王炎让张伟在车上等她，她很快就回来。

王炎的东西也不多，收拾起来也很快。

果然，不到10分钟，王炎提着自己的皮箱出来了。

把东西装上车，王炎回头又看了一眼，然后回头对司机说："走吧。"

张伟从王炎的声音里听出了几分伤感。

张伟突然想起伞人姐姐的话:人生聚散皆缘……

回到住处,张伟把王炎的行李安放好,对王炎说:"先在这里将就住几天,然后再做打算。"

王炎点点头:"明天我去公司集体宿舍看看,如果有空床位,我就搬那去。"

张伟摇摇头:"事情还没处理好,你还是先住我这里吧,我看着你,也放心。"

王炎嘻嘻一笑:"哥,要不咱再去合租房子?"

张伟一拧王炎耳朵:"你做梦去吧,丫头,我以后要去山里住了,这里顶多保留个小窝,作为落脚点。"

王炎一下子跳起来:"你找到新工作了?"

张伟点点头:"是啊,龙发旅游,在东兴山里搞了个度假村,前期是漂流项目,到时候带你去漂一下。"

"呵呵,好啊,那你什么时候去上班?"

"明天。"

"明天? 这么快,明天就要到山里去住啊?"

"不是,他们在宁州有办事处,我先在这边熟悉几天工作,然后去景区。"

"哦,那就好,我还以为你明天就进山呢。"王炎松了口气。

"怎么? 舍不得哥?"张伟笑嘻嘻地说。

"嗯哪,"王炎挎着张伟的胳膊,"这时候你要走了,就没人管我了。"

"呵呵,"张伟突然感觉王炎很无助,拍拍王炎的肩膀,"哥当然会管你,只要你还在中国,出国了,我可能顾不了你了。"

"嘻嘻,那就好,那我就放心了,就是出国了,我还是会给你汇报我的情况,有事情还是要你帮我拿主意。"

"怎么? 还想出国?"张伟问王炎。

"嗯,"王炎点点头,"我不会放弃我的追求和梦想,我一定要实现出国的愿望,我一定要为自己的理想而打拼,但我绝不会因为出国就丧失自己的国格和人格,也不会丧失做人的尊严和骨气。"

"好,"张伟点点头,"丫头,这话说得好,有理想,有志气,有抱负,我们出来,就是要打拼,人生就是一场奋斗,为了理想、事业和爱情。"

听到爱情,王炎苦笑一下:"我被爱情搞怕了,还是不提这个的好。"

张伟理解地笑笑:"傻孩子,路还长着呢,你还年轻,又这么漂亮,会有很多男孩子喜欢你的,别胡思乱想。"

王炎哈哈大笑:"你才多大,你叫我傻孩子,听你这话,像个老头子在教育小孙女,哈哈,未老先衰。"

张伟一本正经:"是啊,我的身体依然年轻,我的心却老了。"

第五十四章 留言警示

两人聊了一会儿,各自打开电脑上网,王炎坐床上,她的电脑早就有无线上网功能。

张伟想起伞人就心神不定,有些摸不到头绪。

打开电脑,登录QQ,伞人不在,只有一条留言:人的一生,很漫长,也很短暂;人的命运,是巧合,也有注定;人的感情,有理智,也有本能;人的品质,要自尊,也要自爱;人的方向,要明确,更要清醒。——与君共勉。

(我今日出差去远方,要一周以后才能回来,你已经是大人了,自己做的事情自己明白,什么是对,什么是错,应该有数,我的话你细思量。仅以朋友的身份提供给你,不当之处,多原谅。另:手提依然没有修好,故期间无法上网。)

伞人姐姐的留言,像一记响锤,重重敲在张伟心头,巧合、注定、理智、本能、自尊、自爱、明确、清醒,无一不是对自己而言,好像是专为自己开的药剂。

从留言中,伞人姐姐好像对自己的事情有所觉察,可是却一直不点开,只是隐讳地提示自己。

自己很早就和伞人姐姐说过何英勾引自己的事情,那时伞人姐姐并不以为意,难道是她从自己最近的言语中觉察到了什么?感觉到了自己的做贼心虚?

还是那次聊天告诉伞人,王炎在自己床上休息,伞人以为自己和王炎又藕断丝连?

还是自己平时的言行不慎,流露出什么把柄被伞人捕捉住了。

伞人姐姐为什么要给自己留这个言,留言内容说明了什么?

张伟反复看伞人的留言。

"自己做的事情自己明白,什么是对,什么是错,应该有数。"张伟一遍遍默默念叨,伞人姐姐这话好像一根针扎进张伟的心窝,姐姐好像什么都知道。

张伟感觉有些无地自容。

以前自己告诉伞人姐姐何英勾引自己的时候,姐姐好像并不在意,可是,看今天的留言,姐姐好像对自己的私人生活也很关注,对自己的感情也很在意。

张伟心里突然有一种异样的感觉,这感觉无法用语言表述,但分明让自己很兴奋。

姐姐出差了,要一周后才能回来,也就是说一周后才有可能和姐姐在网上聊天。

该死的电脑修理商。

吃过晚饭,张伟打扫卫生,王炎整理皮箱,突然叫起来:"坏了!"

"大惊小怪,又怎么了?"张伟看着王炎。

"我日记本忘记拿了,在书房写字台下面的抽屉里。"王炎说。

"多大事,不就是个日记本吗?你什么时候开始记日记了?以前好像没记得你有这个爱好啊。"

"最近一个月开始记的,为了提高我的德语写作水平,全部是用德语记的,这里面可是有我的全部个人私事,不行,得去拿回来。"

"呵呵,对你来讲,私事重于泰山啊,好,我们去拿,你没钥匙了,进不去门,不过这会儿估计那洋鬼子也下班回家了。"

"嗯,好。"

两人又一次打车重返哈尔森的别墅。

可是,别墅里乌黑一片,哈尔森没有回来。

王炎给人事部的同事打了个电话,对方告诉她,哈尔森今晚去参加一个酒会,要很晚才回来。

"算了,明天再说吧,又飞不了。"张伟对王炎说。

王炎无奈应允,回到车上。

路上,王炎心神不安。

"别想那么多了,活得轻松点吧,一个日记本,就是被他看了又能怎样,再说,人家也不一定看,或者,也不一定能看到。"张伟坐在车上,大大咧咧地说。

"你说得轻松,哼,"王炎撅起嘴巴,"我的私事谁也不想让知道。"

"呵呵,好了,明天再去拿嘛,我晚上再陪你来,回去好好休息,明天好好工作。哈尔森这点倒是挺仗义,公私分明。明天我也要去新的岗位上班了,新的挑战又开始了。"张伟拍着王炎的肩膀说。

"可是,你那房间,我晚上睡不着。"王炎突然暧昧地说。

"怎么了?"

"房间隔音太差了,晚上两边有动静,这边响完那边响,很折磨人哦。"王炎笑嘻嘻地说。

张伟笑了:"笨蛋,我教你个办法,打开电脑,放催眠曲,带上耳麦。"

"嘻嘻,这倒是个好办法,你这几天都是这么操作的?"王炎狡猾地看着张伟。

"我定力好,不用。"张伟得意扬扬地说。

确实,这几天张伟很累,脑袋一沾枕头就睡着,什么都没听见。

回到住处,小郭回来了。

三人在张伟的房间里聊天,说话。

小郭开口就问张伟:"张哥,你到龙发旅游去了,是不是?"

"是啊,"张伟奇怪,小郭怎么知道得这么快,"你听谁说的?我还没去上班呢?"

"高总说的。"小郭回答。

"什么?高总,他这么快就知道了?他听谁说的?"张伟紧紧问道。

"何董事长,今天中午,他们两口子让我拉着出去办事情,路上,何董事长告诉了高总。"小郭说。

"哦,高总怎么说的?"张伟心里有些紧张。

"高总这个人怎么能这样?他听何英一说完,就破口大骂,骂得很难听,他明明知道我和你是老乡,也不避讳,好像不担心我告诉你一样,或者他是故意让我给你传话。"小郭气愤愤地对张伟说。

"哦,"张伟冷静地冲小郭点点头,"继续说,他都说了些什么?"

小郭有些为难:"这,他说得太难听了。"

张伟心里有充分的准备,微微一笑:"说吧,没关系,把他的原话都告诉我。"

王炎也注意听着。

小郭端起杯子喝了两口水:"今天在路上,董事长告诉高总,说你去龙发旅游了,郑总把你聘去的,刚说完这话,高总腾就炸了,破口大骂,说什么怪不得耍两面派,怪不得搅散业务,怪不得消极怠工,原来是早有预谋,说自己养了一只狼,又说自己是东郭先生,瞎了眼,没看出原来是一个吃里扒外的东西。

结果,董事长急了,和高总吵起来,董事长说,这里面有误会,说你是辞职后才知道龙发要招聘,然后去应聘,才进入龙发的,没有什么预谋,也不是吃里扒外。结果高总根本不听,气得暴跳如雷,说根本就不会有这么巧的事情,这一定是个预谋。

后来又说郑总也不是什么好东西,和你相互勾结,狼狈为奸,算计中天,说郑总不讲道义,挖中天的墙角,然后又说两家本来签好的合作协议也要中止,要断绝和龙发旅游的关系,要联合宁州的旅行社,明年联合封杀桐溪漂流,不给他们做客户。"

"哦,"张伟一听,这事闹大了,对小郭说,"你继续说。"

小郭:"结果董事长火了,指责高总小人之心,目光短浅,不会用人,还搬出诸葛亮《出师表》里的一句话说什么近小人,远贤臣,说你辞职是被高总逼走的,是高总相信小人谗言的结果,是高总自私自利的报应。"

王炎一听:"说得好,嘻嘻。"

张伟一听:"这话说得太重了,老高肯定受不了。"

小郭:"是啊,高总气得浑身哆嗦,转而又说何董袒护你,说你们关系不清白,说何董胳膊肘往外拐,不真心对他,当初只是为了他的钱才跟他的,又说何董诡计多端,当初自己上了她的当,等等,反正闹得是相当厉害,我开着车,吓得连气都不敢出。"

张伟听得很仔细,点点头:"这两口子这么一闹,连陈年旧账都结算起来了,后来呢?"

小郭:"后来,车开到广场附近,何董让停车,两口子怒气冲冲地下车,一个向东,一个向西,分头而去,把我自己扔那里,我傻等了一个多小时,没见一个回来,然后我就开车回公司了。"

"哈哈,"王炎听得笑起来,"那你不是很滑稽吗?"

小郭不好意思地挠挠头皮:"呵呵,是感觉有点滑稽。"

张伟也忍不住笑起来,站起身:"休息吧,兄弟姊妹们,好好睡觉,明天即将来临,美好的未来在召唤我们。"

第二天一大早,张伟就赶到新单位上班。

到公司办事处门口,张伟看看时间,8点40分,提前了20分钟。

办事处门开着,静悄悄的,外面没有人,进去才知道,郑总正坐在里面。

郑总真是个勤快的老板,这么早就来公司了。

"郑总,早。"张伟给郑总打招呼。

"来了,"郑总抬头看看张伟,"你先随便坐,我忙点事情。"

"行,您忙。"张伟对郑总说。

然后郑总埋头忙自己的事情。

张伟看外面就两张办公桌,沙发上报纸随意放在那里,就动手打扫起卫生来。

刚打扫完,那天面试时负责接待的小姑娘来了,一个小巧玲珑的女孩。

看张伟已经收拾好卫生,小姑娘冲张伟笑笑:"你好,欢迎你来上班。"

张伟看这小姑娘也就20岁左右的样子,个头小,身架小,脸小,嘴巴小,鼻子小,就是眼睛大,皮肤白,很可爱,典型的南方精致小女孩。

张伟对她点头:"你好,我是新来的,怎么称呼你?"

小姑娘嘻嘻笑笑:"知道你是新来的,我姓吴,叫吴洁,你叫我小洁好了,我在这负责打杂,内勤。"

"哦,小洁,多多关照。"张伟点点头。

"彼此彼此,我也是才刚来一个月,我们这办事处人少,平时就我自己在这里,有时候来客人还热闹点。"吴洁大大的眼睛看着张伟,"你可是公司招聘的管理人员啊,比我强多了。"

张伟微微一笑:"哪里,大家都一样是打工的,不分彼此。"

吴洁接着进了郑总办公室,一会儿出来手里拿了一张表格,递给张伟:"这是工作人员登记表,你填一下吧。"

张伟填完表格,递给吴洁:"小洁,公司招聘的另外的人员也是今天来报到吗?"

张伟挂念着总经理助理的人选,想看看是个什么样的女孩子。

"我也不知道,"吴洁拉开抽屉,拿出一个蛋黄派,看郑总没出来,偷偷吃起来,"老板只告诉我说今天你过来,让我给你登记填资料。"

吴洁正吃着,郑总突然开门出来,吓得吴洁一口把蛋黄派吞到肚子里,连忙低头整理办公桌。

郑总冲张伟点点头:"小张,你过来。"

张伟起身走进郑总办公室,坐在郑总对面。

郑总低头把桌上的几份文件整理好,放进包里,然后对张伟说:"今天你就算是正式来上班了,试用期3个月,试用期满,我们签订用工合同,办理'五金',那表格小洁给你了吧?"

"是,我填好了。"张伟回答,心里琢磨着试用期怎么这么长啊,一般单位都是一个月就可以,不过也无所谓,长点就长点吧,只要能开心工作。

"嗯,"郑总点点头,"今天我到东兴去,你跟我去,去接触接触有关人员。"

景区开发的地方属于东兴管辖,所有的手续和业务管理都要和东兴打交道。

"好,"张伟点点头,"我们什么时间走?"

"这就走,"郑总把公文包收拾好,"你到楼下地下车库门口等我,我直接去开车。"

郑总的车是一辆黑色的奔驰,很气派。

张伟对高档车的型号和档次不了解,但是知道奔驰是高档豪华车的代名词。

郑总开车很稳,即使在高速公路上也保持在100迈左右。

"其实我不喜欢豪华小轿车,我喜欢越野车,"郑总边开车边和张伟聊天,"但是做生意,没办法,要抓面子,见客户,总要弄个名牌车充充门面。"

"呵呵,"张伟笑笑,"做老板的,开豪华车有派头啊。"

郑总:"其实都是打肿脸充胖子,很多皮包公司的老板也开着宝马、奔驰,有这钱,该投资做生意。"

张伟感觉郑总讲得很对:"您这车多少钱?什么时间买的?"

"180,"郑总拍拍方向盘,"和老高那辆同时买的,有半年了,不过老高精打细算过日子,嫌这车耗油太厉害,又卖了,换了辆省油的日本车。"

"这么贵啊,"张伟感慨了一声,听郑总提到老高,想起昨晚小郭告诉自己的事情,"对了,郑总,昨天,我遇到何英董事长,把情况给她讲了。"

"哦,"郑总很注意,"她怎么说的?"

"还好,何董很通情达理,也相信我们两家都是好合作伙伴,对于我到这边来工作的事情也表示理解,没有什么误会。就是高总——"

"老高怎么了?"郑总的精力很集中,竖起耳朵听。

"就是高总可能还有些误会,"张伟顿了顿,谨慎地说,"我没见到高总,何董直接对高总说了,高总好像很不高兴,好像认为——"

"认为什么?说。"

"高总好像认为我们是有预谋的,认为我的离开和您有关系,认为是您挖中天的墙角,认为我是吃里扒外,而且威胁要中止合作协议,要联合宁州旅游社封杀桐溪漂流,不做我们的业务。"张伟一口气说完。

"哦,是这样,"郑总思忖着,自言自语道,"这家伙,总喜欢这么疑神疑鬼,心眼儿就一直那么小,想封杀我,没那么容易。"

"不过,我们还是要注意的好,我想亲自再去找高总谈谈,不能因为我伤了两家的和气。"张伟说。

郑总摇摇头:"你不要去找他,抽时间我单独会会他,做生意,不要怕伤和气,不要瞻前顾后,利益是相互的,他中止合同,他自己的利益也受损失,这家伙的习性我了解,见了钱比亲爹还亲,他这是说大话吓唬人,不要理他。"

看来,郑总对高总的为人和处世风格很了解。

张伟点点头。

"这事就先这样,"郑总停顿了片刻,"今天我们去东兴,先去旅游局,再去水利局,谈两件事情,你刚来不了解,坐旁边听就行,先熟悉情况。"

张伟又点头答应。

然后,郑总不再说话,只管开车。

张伟发现郑总一个特点,讲话要么不说,要么就口若悬河。

虽然郑总有时候很能说,谈笑风生,但张伟总感觉郑总属于内向的性格,特别是那眼神,总有些忧郁在里面。

路上,郑总又告诉张伟:"根据漂流吸引中短线游客的特点,我们的营销重点是宁州和东兴,但是宁州市区已经有 6 个漂流项目了,客源会有影响,但东兴我们是第一家,所以,东兴将会是我们营销工作的重中之重。"

张伟说:"那好啊,我们对外就打白云山第一漂的宣传口号。"

郑总一笑:"你和我想的一样,我也是这么想的,你先熟悉情况,熟悉几天之后我再听你的系统想法。"

张伟:"好,到时候我拿出一个完整的营销方案,您先过目,然后我再根据实际情况讨论和修改。"

郑总满意地点点头:"好。"

第五十五章 前嫌尽释

到了东兴,先去旅游局。

旅游局在繁华闹市区的一处临街院落,一楼是店铺,美容美发和洗浴中心,二楼以上才是办公,看来这局长很会搞创收啊。

张伟跟郑总直接进了局长办公室。

局长姓张,一个矮矮胖胖的中年人,戴眼镜,很和善,友好地对张伟点头示意。

郑总竟然也熟悉东兴方言,和张局长用东兴方言交谈起来。

这地方十里八里下去就是一种方言,东兴方言和宁州的又不一样,张伟使劲听也没听明白什么意思。

然后郑总临走的时候换了普通话,把张伟介绍给张局长:"我们公司的小张,负责营销策划,张局以后多关照。"

张局长也用普通话说:"好,我们是本家嘛,欢迎小张,以后有什么事多联系。"

张伟点头表示感谢。

"见张局长,主要是来汇报工作,加深感情,旅游局是我们在东兴的主管局,一些手续等等还需要找他们,除此之外,他们没有什么作用,都是些政客,只想出政绩,真正的事情做不了几个。"从旅游局出来,郑总淡淡地说。

张伟和郑总在街上简单吃了点便餐——炒年糕。

这里的炒年糕就像到西安吃羊肉泡馍一样,满街到处都是,几块钱一碗。

郑总很喜欢吃炒年糕,张伟也很喜欢。

"到一个新地方,要努力适应新环境,只能是你适应环境,而不可能是环境适应你,就像吃炒年糕,你们北方人可能初来不适应,但这里到处都是,慢慢就要适应吃。"郑总边吃边对张伟说。

张伟感觉郑总说的这话好像不仅仅是指炒年糕,好像还有更深一层的意思。

下午,他们去了水利局。

漂流的上游是个水库,这是漂流的水源,在漂道中间有一个小水电站,利用水库的水发电。

白云山区,这样的小水电很多。

下车前,郑总从包里拿出厚厚的3沓钱,装进一个大信封里。

"今天和他们王局长谈小水电站的事情,我们要控制水源,必须把电站承包过来。"郑总说。

到了王局长办公室,一个精瘦的中年人盛情接待了他们。

郑总和王局长又用东兴话聊起来,谈笑风生。

张伟不喜欢东兴话,说起话来嗓门很高,语气很重,听起来像吵架。

谈话过程中,郑总把装钱的牛皮纸大信封推到王局长面前,王局长看都没看,直接拉开抽屉放了进去。

出来后,郑总好像很高兴,看来谈得不错。

"王局长答应把水电站给我们承包了?"回去的路上,张伟问郑总。

"同意了,下一步就是价格的问题。"郑总事情办得顺利,心情也很好,"我们要力争以最低的价格把水电站拿下来。"

"把握性大吗?"

"差不多,王局长把信封收下了,基本就没问题,我就怕他不收,收了就放心了。其实,公家的钱,只要把他们喂饱,他们松松口,就能给我们省不少。"

张伟很佩服郑总的办事能力和效率:"郑总,你认识不少东兴的官员吧?"

"呵呵,还行,其实都是于琴打开的局面,然后我后跟进的,功劳在于琴。"郑总很实在地说。

看来新东家的老板娘是有一手。

"今天怎么没见于董?"

"她啊,出差了,大约要一星期回来。"郑总回答。

于琴看来还挺忙。

回到东兴,郑总说:"小张,你住哪?我顺路的话就送你。"

张伟忙说:"不用,郑总,我就住在天一广场附近,到广场附近下车就可以。"

"那好,明天我们还是9点碰头,你继续跟我跑。"

郑总把车开到天一广场附近,张伟下车和郑总告别。

今天东兴之行,张伟感觉很有收获,和郑总交流了不少东西,又认识了两位地方父母官。

等以后营销业务开展之后,免不了要去跑东兴的旅行社,到时就可以经常见到陈瑶陈董事长了。

想到这里,张伟不由心里有些兴奋。

回到住处,王炎已经回来了,小郭还没回来。

王炎坐在床上,手里拿着一个本子,脸上表情很是气愤。

"怎么了?"张伟边问边看了下王炎手里的本子,"哟,不会是你那外语日记本吧?"

王炎把本子往后一缩:"是的。"

"缩什么! 我又不懂德语,给我看我都不看。对了,什么时间去把这日记本拿来的?"张伟问王炎。

"别提了,气死我了。"王炎愤怒地说,胸口一起一伏。

"怎么了? 出什么事了?"张伟急忙问。

"今天我去上班,本想告诉哈尔森,下班后去他那里拿日记本,可是,他直接把日记本给我带来了。"

张伟一拍巴掌:"乖乖,这不是好事嘛! 生什么气啊?"

"我还没说完呢?"王炎烦躁地说,"讨厌!"

"好,好,你说,我听。"

"他偷看了我的日记。"王炎气得脸又红了起来。

"偷看了你的日记?"张伟眨眨眼睛,"你又没看见,你凭什么说洋鬼子看你日记?"

"我当然可以肯定,他还我日记之后的话里我就听出来了,都是我日记里记的内容。"

"哦。"张伟注意看着王炎,"都是些什么内容?"

"我和你的事,包括我在你那里休息,包括我们的谈话内容,等等,气死我了,这人太不讲道德了。"

张伟一听,冲王炎点点头:"丫头,继续说,洋鬼子和你说什么话了?"

"找我陪笑脸,道歉,说以前错怪我了,我一听就知道他看我日记了,气得我把他骂了个狗血喷头。"王炎说。

"洋鬼子还说什么了?"

"他就一个劲儿解释,说是无意中看到的,不是故意看的,说他错了,说错怪你了,要找你道歉,还说对不起我,让我回去,说他自己太愚蠢了。"

"哈哈,不错,不错,"张伟乐呵呵地,"日记被人看,是坏事,可反过来讲,这又是好事,以前我给他解释,他怎么也不听,看了日记,一切真相大白,什么都明白了,还原我们的清白,这不是好事吗?"

王炎点点头:"你说的也有道理,可是,我一想起自己的私事被人家乱看,心里就气。"

"别生气了,已经被看了,生气也晚了,谁让你自己落人家那里的,只能怪你自己,他还算是诚实的,承认自己看了日记,要是就不承认,你有什么办法?"

王炎点点头:"哦,也是,这人倒不虚伪,很诚实。"

张伟看王炎气消了:"他让你回去,你打算怎么办?"

"哼,我就那么贱啊,把我打出来,然后他让我回去我就回去? 没那么容易,我现在不想回去,看他的态度再说。"王炎嘴巴硬硬地说。

"嗯,也是,得看看他对自己的错误有没有深刻的认识,不然,以后这样的毛病还会再犯,先等等再说吧。"张伟说,"如果他要是认识不到位,你怎么办?"

"拉倒!"王炎干脆地说。

"丫头,我看你是死鸭子嘴硬,嘴巴上说拉倒,心里恐怕不这么想吧?"张伟笑嘻嘻地对王炎说,"感情的事,剪不断理还乱,一个拉倒,说起来容易,做起来不是那么简单。"

张伟的话说中了王炎的心事,王炎往床上一躺,被子一拉:"不想了,烦死了,睡觉。"

张伟笑笑,对王炎说:"睡吧。"然后抱起手提电脑去了小郭房间。

小郭正巧给张伟发来了短信,他今天和财务去外地出差,晚上不回来了。

张伟习惯性登录QQ,登陆之后才想起伞人姐姐出差了,没带电脑。

果然伞人姐姐不在线。

不知道伞人现在何处? 不知道伞人是不是还对自己有意见? 不知道伞人为什么会对自己有意见?

张伟心里乱糟糟的,既然姐姐不在线,那就看看聊天记录,温故而知新,回忆回忆往事。

张伟点击聊天记录,从刚认识伞人那时候开始,一页一页翻看起来。

张伟仿佛又回到那个北方初秋的晚上,自己游戏般摇色子组合号码加QQ好友……

然后自己背上行囊,踏上南漂之旅;然后遇到王炎,罗曼蒂克的热恋和激情;然后和伞人每晚的倾心夜话,从人生到理想到事业到追求到爱情,还有伞人的谆谆教导、苦口婆心、循循善诱、殷殷关切……

张伟慢慢翻看着,体会伞人的每一句话,感受伞人的每一个欢笑和指点。

仿佛如同一场梦,自己从千里之外的北方来到这里,和一个虚拟空间的女子竟可以有如此深的交流,而自己这段时间的成长也和伞人密不可分,几乎每一个地方每一段时间每一个习惯每一个思考,都不由自主出现伞人的影子。伞人成为自己心中如影相随的密切关联,成为自己心中不可分割的血肉。

没有伞人的日子是如此无聊郁闷,如此难挨,见不到伞人,张伟仿佛感觉掉了魂,心理怅惘茫然,若有所失。

张伟分明感到,一种情愫正在自己心里慢慢滋生。

难道,这就是爱情? 难道,网上也可以有爱情? 难道,虚拟真的可以超越现实?

张伟的心中有万般思绪,感慨万千。

张伟痴痴地翻看着聊天记录。

时间在一分一秒地过去。

"这么晚了,发什么呆,抓紧休息。"伞人突然说话了。

张伟吓了一跳,自己只顾看聊天记录,没有觉察,不知什么时候,伞人姐姐的头像变成彩色的了,伞人姐姐上线了。

"姐姐,你什么时候来的? 我怎么没觉察呢?"张伟很兴奋。

"我来了有一会儿了,我手提还没修好,我在宾馆里的网吧传一个文件,刚传完要走,看你还在上面发呆,就叫你一声。"

原来伞人上来有一会了,原来姐姐在网吧传文件,原来姐姐早看见自己了,可是却不理自己,忙完快走了才打个招呼。

张伟心里突然感觉酸溜溜的,伞人姐姐不愿意和自己说话,一定是自己什么地方惹姐姐不高兴了。

可是,到底是什么地方呢? 张伟心里七上八下。

"姐姐,你在哪里?"

伞人:"厦门,鼓浪屿。"

张伟:"姐姐,我今天上班了。"

伞人:"好,什么情况?"

伞人说话很简单,好像不愿意多动用感情,好像是漠然的语气,但又想听听张伟上班的情况。

张伟把今天上班的情况和伞人详细说了一遍。

伞人:"不错,好自为之,好好干。"

张伟感觉伞人说话的口气淡淡的,全然没有了以往的活泼和开心。

张伟:"姐姐,我在看我们的聊天记录,所以刚才你上线我没觉察。"

伞人:"哦。"

然后又不说话。

张伟不死心:"我从头到尾看的,从我们认识,一直看到现在,真有意思啊。"

伞人:"是吗,那你继续看吧,早休息,好好工作。我要回房间了,再见。"

说完,不等张伟回答,已经下线走了。

张伟心里非常难受,非常郁闷,非常迷茫,非常失落,呆呆地看着电脑屏幕。

伞人姐姐对自己如此冷漠,一定是有事情,一定是自己什么地方不好惹姐姐生气。

张伟心神不定地关上电脑,无精打采地躺到床上。

张伟突然感觉自己不像个磊落的男人,倒像个情种,多愁善感的情种。

随后几天,张伟一直跟随郑总跑东兴政府各部门:建设局、土地局、电业局、规划局……

原来搞一个景区开发项目要跑这么多单位,要走这么多手续。

这些部门的头头于琴基本都打通了,然后郑总主要是做落实工作,当然免不了要送些现金。

"我们送出去的这些都是能收到回报的,"郑总对张伟说,"到时他们大笔一挥,我们送出去10万,得到的回报50万也不止。"

张伟真是开了眼界。

当然,张伟也同时增长了很多知识,一个大营销的思路在他脑海里慢慢勾勒。

"先不要急着做具体方案,等对开发项目全面了解之后也不迟,我们的时间是很充裕的,我之所以这么早招聘营销策划人员,就是想让你从工程一开始建设就参与进去,了解整个工程的过程,感受各个环节的关系,对漂流项目的一些景点设置能有比较完美的创意和策划,同时,这样对于形成一个完整的营销策划方案是很有效的。"郑总这几天一直在给张伟灌输这种想法。

张伟感觉郑总真的是高瞻远瞩,高屋建瓴。

这几天晚上,张伟每晚都登录 QQ,希望能再次见到伞人,可是一直未能如愿。

伞人姐姐为什么不传收文件了呢?会不会是白天传了啊。

张伟失望又遗憾,算着伞人回来的日期。

王炎这几天余气未消,一直没有答理哈尔森,晚上下班回来都是早早就休息。

张伟从王炎的神态和话语里感觉出,王炎对哈尔森仍然很有感情,只是在耍脾气。

从王炎口里,张伟还听出哈尔森虽然工作很忙,但还是经常抽时间来讨王炎的好,给王炎送鲜花、赔礼道歉。

到了周六,上午,张伟起床后从王炎那里要来哈尔森的电话,直接打给哈尔森。

是和是散,事情总要有个解决,不能老这样拖下去了。

王炎知道张伟是要给哈尔森打电话,也就默认了。

电话打通了,张伟自报家门,然后约哈尔森中午一起在名典吃西餐,还有王炎。

哈尔森高兴地答应了。

张伟对王炎说:"中午大家一起见面,把事情谈开,总不能一直这样拖下去吧。"

王炎点点头。

中午,在名典咖啡一个单间里,三人几乎是同时到达。

三人坐下,都没说话,其实,都知道这时候说多余的话没有意义。

王炎看着哈尔森,发现哈尔森眼里的神情认真而严肃。

沉默了一会,哈尔森说话了,他抬起头,眼睛盯着王炎,又看看张伟,对张伟说:"张,对不起,我不了解原来的情况,不知道你们的关系,也不知道你们以前发生的事情,我这一周认真反思自己的言行,反思自己的鲁莽和无知,我没有任何理由为自己辩护,我不该打王炎,我错了,我向王炎道歉。"

哈尔森的直爽有些出乎张伟的意料。

张伟看看王炎,王炎毫无表情。

张伟对哈尔森说:"哈尔森先生,我很欣赏你的坦诚和直率,其实,你应该明白,王炎是一个好姑娘,一个品质优秀、有理想、有抱负的好姑娘,不要以为你是外国人,有钱,物质条件好,王炎就一定会做牛做马任你欺侮,不错,王炎离开我是因为我无法实现她的理想,她的追求,她想出国去打拼,但她绝不会为了单纯的一个出国而丧失自己的人格和尊严,也不会出卖自己的爱情,人,都是平等的,都是需要相互尊重的。"

张伟说完这话,王炎感激地看着张伟。

哈尔森听得很认真,沉默片刻,诚恳地说:"对不起,张,我明白了你的意思,我很为我的行为抱歉和羞愧,我的做法很愚蠢,我很后悔,我爱王炎,我要娶她做我的妻子,我会好好对她,我希望她能原谅我。我不知道怎样才能让她原谅我,如果有必要,我可以做任何事情。"

听到这话,王炎的脸上露出了一丝笑意。

第五十六章 文字游戏

哈尔森看王炎的表情缓和了，握住王炎的手："炎，原谅我，原谅我的愚蠢和无知，我再也不会动你一个手指头，再也不会喝醉酒了。"

王炎嘴唇紧紧抿着，点点头。

张伟知道，王炎原谅哈尔森了。

张伟招呼大家吃西餐："今天我请客。"

三个人之间的气氛活跃起来。

从哈尔森今天的表现来看，这个人确实是王炎所说的有修养和教养，很直爽，对自己的酒后失态直言不讳，态度很诚恳。

哈尔森边吃边说："其实，我很喜欢中国文化，喜欢这个神秘的东方国家，喜欢东方纯美的女子，我爱中国，知道吗？我前几天刚刚起了一个中国名字。"

"哦。"王炎和张伟都不约而同好奇问道，"叫什么？"

"和你一样，姓张，叫张——子——强。"

张伟和王炎又不约而同笑起来，起什么不好，起个张子强，大贼王。

哈尔森看他们两个笑，问道："怎么？这个名字不好吗？"

"好，好，这名字响亮，气派，和我还是本家。"张伟回答。

"那就好，我们公司同事也是这么说的，"哈尔森很高兴，又问张伟，"本家是什么意思？"

"本家，就是同一个姓，或者说，就是自己哥们儿，兄弟。"张伟含含糊糊搪塞哈尔森。

"好，"哈尔森高兴地看看王炎，对张伟说，"那我们就是哥们儿了。"

张伟喜欢和直爽人打交道，于是对哈尔森和王炎说："祝你在中国生活工作愉快，祝你们感情越来越好。"

哈尔森点头微笑，向张伟伸出手："张，你很好，用你们中国话说，不打不相识，交个朋友，做兄弟，好吗？"

张伟伸出手和哈尔森握了握："是的，不打不相识，你很坦诚，我很欣赏你的态度。"

哈尔森笑了,举起杯子:"来,让我们为友谊,干杯。"

"干杯!"

一场纠纷终于得到化解,张伟松了口气,纠缠心里很久的一块石头落了地。

哈尔森和王炎用外语快速交谈了一会,然后王炎对张伟说:"他刚才问我你的情况,我和他简单说了一下,他让我问问你,有没有兴趣到我们公司来做事情。他说他可以办理好这个事情。"

这老外邀请自己到外企去做事情,这倒大大出乎张伟的意料。

一星期以前还剑拔弩张、敌意相向,这会却前嫌尽释、热情相邀。

张伟一时没有说话。

哈尔森看着张伟,诚恳地说:"张,我喜欢你做事的风格,用中国话说叫讲仗义,如果你愿意,我想邀请你来我们公司做营销管理。"

看哈尔森的态度,不像是客套,也没有做作。

张伟心里快速拿定了主意,摇摇头,微微一笑:"谢谢你,哈尔森,可我是学习旅游专业的,我热爱旅游工作,我还是更想在旅游行业工作,况且,我对你们制药行业非常陌生,外语水平也很差,做不了你们的工作。不过,我还是非常感谢你的好意。"

其实,张伟拒绝的更重要的一个理由是他无法忍受每天看着哈尔森和王炎亲热地一起上班下班,一起出来进去,一起甜蜜恩爱,因为,虽然他和王炎已经没有了那种感情,但是,一个男人原始的自尊和自私的念头还是经常会冒出来骚扰自己,看到别人拥有自己曾经的最爱,心里的滋味不好受,经常面对这种刺激更是难以忍受。

但这个理由是无法说出口的。

哈尔森点点头:"张,我明白了,我理解你的选择,做自己喜欢的事情是最开心的。"

张伟点头致谢。

看着哈尔森和王炎亲热的样子,张伟心里突然感到失落,感觉自己该离开了。

于是张伟编了个理由说自己有事要先走。

走之前,张伟对哈尔森说:"王炎的身体还没完全恢复,需要调养,你要多多照顾好她,如果再有那样的事情发生,"张伟晃晃拳头,半真半假地对哈尔森说,"我就揍扁你。"

哈尔森把王炎搂在怀里,听明白了张伟的意思,表情有些尴尬,随即又恢复过来,频频点头:"张,王炎现在是我的女人,你放心,我再也不会干蠢事了,我要好好爱护她,她是我最喜欢的典型东方美女,我会照顾好她的。"

"那就好,你们慢慢吃,我买单了,回头王炎你把行李搬回去,再见。"

张伟和他们告别,提前结账后离开。

王炎的事情终于解决了,虽然中间经历了一场波折。

看哈尔森的样子,张伟感觉洋鬼子其实也不是那么可憎,甚至有点可爱,很直爽,很磊落,不复杂。

而且,排除哈尔森的酒后失态,张伟总体感觉哈尔森个人还是有一定修养和教养,对自己和王炎还是很尊重。

　　看到哈尔森对王炎忏悔的表情和疼爱的举动,张伟心里感到些许的宽慰。

　　张伟真心希望王炎能够实现自己的理想和梦想,在收获事业的同时还能收获一份真挚的爱情。

　　至于哈尔森说的做朋友,做兄弟,张伟心里一阵好笑,做朋友?做兄弟?不做敌人就不错了,自己还没有宽宏大量到和前女友的男人做兄弟的程度。

　　张伟一时感觉自己不够宽容,气度不大,也想接受哈尔森做自己的朋友,但心理上却总也无法接受。

　　看来自己的思想还不够开放,不开放就不开放吧,就这么着。

　　张伟漫无目标地在马路上走着,突然感觉很孤单。

　　有女人的生活有时是烦恼的,可是,没有女人的生活是枯燥的、乏味的。

　　张伟突然感觉自己的生活很枯燥。

　　王炎已经成为一个过去和回忆,只能偶尔在梦里回想。

　　伞人是自己最亲密的女友,可那却是虚拟空间里的,看不见,摸不到。

　　陈瑶是自己梦中的神仙美女,可那更遥远,一个天上,一个地下,遥不可及。

　　至于何英,张伟根本就没有把她列入自己女人的行列。

　　张伟脑子里感觉很空白,还有些麻木。

　　张伟在马路上随意走着,看着来来往往的车辆和急匆匆走过的陌生面孔,心里很孤独。

　　下午,王炎回到哈尔森那里了。

　　经过这一场风波,小两口感情好像融洽多了,从眼神里就可以看出来。

　　张伟把王炎送上车,挥挥手:"再见,回去好好过日子。"

　　哈尔森:"张,晚上我和王炎一起出去吃饭,想请你一起。"

　　王炎也看着张伟:"一起吃顿饭吧。"

　　张伟笑笑摇摇头:"谢谢,我还有事,不用了。"

　　有时候张伟宁愿自己享受孤独,也不愿意让自己被刺激。

　　王炎关切地看着张伟:"哥,你多保重自己,经常联系,电话或者短信。"

　　张伟点点头:"嗯,知道,张子强要是再欺负你,告诉我,我直接去把他打回日耳曼去。"

　　王炎哈哈大笑,哈尔森也笑了。

　　"张,改天我跟你学功夫,中国功夫。"哈尔森说。

　　张伟摆摆手:"回头再说,走吧,走吧。"

　　目送哈尔森和王炎离去,张伟突然想起第一次送王炎走的情景。

那时王炎是自己一个人走的,恋恋不舍而又义无反顾。

此次却是哈尔森来接走的,情意浓浓而又满心欢喜。

一样的分手,不一样的离别。

张伟晃晃悠悠回住处。

刚到楼下,何英开车过来了:"嗨,帅哥。"

看何英的神色,心情不错。

这一周,张伟整天跟郑总跑东兴,一直没见何英。

何英很乖,一直没和张伟联系,可能也是怕郑总在旁边张伟接电话不方便,或者是晚上也没有时间,老高看得紧。

不知怎么,看见何英,张伟的心情竟然好了一些。

"怎么? 今天有空?"张伟对何英说。

"嘻嘻,是啊,好不容易有点空闲时间,好不容易遇到你也有空闲时间,这不来探望探望你。"何英乐呵呵地说,"走,出去兜风去。"

张伟上了车:"今天我心情比较闷,出去散散心。"

"好啊,"何英掉头,又问张伟,"想上哪?"

"随便,"张伟看着西下的夕阳,心里突然有一种伤感:"走到哪儿算哪儿。"

说完这话,张伟突然感觉好熟悉,当初自己和何英第一次吃饭,从东湖度假村出来,何英说的不就是这话吗?

人在孤单的时候总是容易想起过去。

"我带你去个好地方。"何英直接开车上了绕城高速。

车子在高速公路上奔海边的方向而去。

"去海边?"张伟看着何英。

"去海的那边。"何英笑着说。

"海的那边?"张伟心一跳,"那不是舟山群岛吗?"

舟山群岛和宁州隔海相望,距离很近。

"嘻嘻,正是,我们去舟山吃海鲜去,周末打牙祭。"

"可是,"张伟有些疑惑,"开车怎么过去? 把车放在港口? 这个时候还有轮渡吗?"

"土老帽,我们把车开到轮渡上去,连人带车一起过海,轮渡多的是。"

"刺激。"张伟还是第一次开车坐轮渡,"那轮船很牛逼啊,能装这么多车。"

何英看张伟大惊小怪的样子:"哈哈,一看你就不是海边长大的,旱鸭子。"

张伟突然想起,普陀山就在舟山群岛,记得在海南和伞人姐姐聊天的时候,伞人姐姐曾流露出去普陀山出家的想法。

"我们去的是普陀?"张伟问何英。

何英:"不是,我们去定海,那边有海鲜一条街,普陀就远了,在另一个岛上,这个时间没有去普陀的船了。"

"哦，"张伟微微有些失望，"是这样啊。"

"怎么？想去普陀山出家做和尚？"何英打趣道。

"嘿嘿，"张伟出来一透风，心情好多了，挠挠头皮，"六根未净，七情未了，尘缘未断，还是过几年逍遥日子再说吧。"

何英看看张伟："身体这几天恢复得差不多了吧？"

张伟挥挥拳头："恢复好了，very 棒。"

何英吃吃一笑："那什么恢复好了吗？"

张伟立马垂头丧气："给我点面子，别太伤我自尊了，哪壶不开提哪壶。"

何英心里有些失望，急忙说："别泄气，没关系，别着急，会好的。"

张伟心里窃喜。

张伟想起小郭谈起那天何英和高强为自己去龙发旅游吵架的事，考虑了片刻，问何英："高总这几天忙不忙？"

何英："忙，一直在忙乎新开发的项目呢。"

张伟："祝贺你们，规模越做越大了，以后就可以成立中天旅游集团了。"

何英突然愁云满面："唉，别提了，烦死了。"

张伟："怎么了？"

何英："我总感觉老高搞的度假村前景不乐观，那地方风景山水都不错，空气也很好，可是，周围密密匝匝都是各种各样的度假村、疗养院、山庄，几十家，这个时候再进去争这口蛋糕，唉——总感觉心里不踏实。"

张伟一听就感觉高强的市场眼光比郑总差远了，郑总搞的也是度假村，可人家是综合旅游配套开发，吃住玩一条龙，而且，最重要的是，白云山区这是第一家，在市场占领上赶了个先。

聪明人也有失误的时候啊，也可能是太聪明了，物极必反。

听张伟这么一说，张伟感觉高总的开发项目也很悬。

"你没有和高总说说？"张伟问道。

"怎么没说，我第一次去一看就感觉不对路，怎么这么多宾馆、酒店、度假村，很多家门前很冷落，我就告诉老高这里的市场开发前景不好，可老高硬是坚持说这里的市场成熟，客流量大，做生意就是要不怕竞争，硬逼着我签字，我说不过他，看他信心十足的样子，我也就认了。"何英无奈地说。

"哦，"张伟点点头，"高总说的也有道理。"

"是啊，"何英说，"我反过来想想也是有那么点道理，可是，正过来想的时候心里又不安。"

"呵呵，"张伟把脑袋往车座位后背上一放，"那就不想，高总也不是小孩子了，做旅游这么多年,这样做应该有他的道理。"

"嗯,"何英点点头,"也许吧,但愿能行。"

"对了,我去龙发旅游的事高总知道了吗?没什么事吧?"张伟装作没听说过发生什么事的样子突然问何英。

何英脸色一下子阴暗下来:"知道了。"

张伟一看,看来真的如小郭所说,闹得不轻。

"什么情况?说说。"

于是何英把那天的情况说了一遍,基本和小郭说得一样,不过没有说老高指责她的事情。

张伟眉头紧皱:"高总的误会不小啊,郑总说改天要亲自和高总谈谈的。"

何英一撇嘴:"郑一凡,他找老高谈?这只老狐狸,狡猾狡猾的,他和老高估计也谈不出什么道道来。"

何英称呼郑总为老狐狸,张伟心里很不以为然,女人就是心眼小,因为对郑总有情绪,就污蔑人家为老狐狸。

张伟感觉郑总这人挺实在的。

张伟有些不安:"因为我一个人弄得大家都不高兴,还弄得两家公司不和谐,我感觉不太好意思。"

何英叹了口气:"你啊,也是个实在透顶的人,别考虑那么多了,爱死爱活随他去,走一步看一步,有些事情并不是你一个人能左右得了的。"

张伟:"我担心两家合作的事情……"

何英突然正色说道:"你不要背思想包袱,我实话告诉你,两家合作的事不管成与不成,和你都没有关系,你不要掺和。"

张伟有些迷惑:"可是……"

何英:"你只是一个导火索,我一直没有告诉你,两家合作的事情自协议签订一周后就出现了问题,问题出在协议上,老郑玩了文字把戏,这协议……唉,不说了,总之,你不要掺和进去,也不要背思想包袱,明白了吗?"

张伟心里一惊,老郑玩文字把戏,什么意思?高总和何英中套了?原来高总说要中止合同并不是因为自己,矛盾早已存在,只是自己成为一个借口。

听何英的口气,不想让自己牵扯进去。

其实,自己一个小小过河卒子,就是想掺和也进不去。

张伟决定听从何英的意见,不参与这事。

张伟点点头:"好,那这事以后我就装作不知道。"

何英笑了:"这就对了,在外面做事情,要学乖一点。"

张伟呵呵一笑。

何英突然又有些伤感:"在中天,我随时能看着你,看你在我眼前天天晃悠,心里踏实,现在你去新地方了,接触的都是陌生人,也没有什么朋友,也没人能罩着你,你自己要多注意,多保重自己,经常和我保持联系,有什么不开心的事也和我说说,别老闷在心里。"

何英的话让张伟心里一热:"你放心,我是大人,大男人,顶天立地,我会好好工作,好好生活,会好好照顾自己,会生活得很开心。"

何英微微笑笑:"可是,我老感觉你是个小男人,大男孩,这一周没看见你,心老是吊着,放不下来,想给你打电话,一怕你和老郑在一起不方便,还惹老郑疑心;二怕你嫌我烦,不给我好气。"

张伟:"真傻啊,傻女人,你发短信不就得了。"

何英点点头:"我想过发短信,可是又担心你不给我回复,自己白忙乎,再说,发短信,打字太麻烦,我很少发短信,呵呵。"

张伟:"回,我只要有时间就给你回,但是你不能没完没了老是发,那样会影响工作,发短信打字很简单,你熟练就好了。"

何英顺顺地答应着:"嗯,那我常练习,"

张伟感觉何英突然很像个女人,不是那种性感妖娆的女人,而是那种充满母性的女人,这种感觉让张伟心里暖暖的。

孤身在外,萍水相逢,君子之交,人生能有几个知己?

张伟突然对何英有了一种知己的感觉。

不过,这种知己的感觉很浅,只是初步的一点点。

不过,即使是一点点,对何英和张伟之间来说,却是进了一大步。

因为张伟感觉自己和何英之间实现了从单纯的情欲到亲情和友情的转变,这是两人关系本质的改变。

不知道何英是怎么想的。

而和伞人的感觉,是那种知心的知己的感觉,是那种可以无话不说的亲人的感觉,是那种亲情友情高度浓缩的感觉。

伞人姐姐出差一周,明天就回来了。

第五十七章 海岛夜宴

到了港口,买票,上船,车直接开进轮船巨大的腹部。

张伟是第一次看到轮船的肚子如此之大,里面装了几十辆货车和轿车。

停放好车辆,何英拉着张伟去了上面的乘客休息室。

何英和张伟站在甲板上。

天色已晚,暮色降临,海面上游弋着点点灯光,那是远处的过往船只和灯塔的灯光。

张伟欣赏着海面上的夜景,闻着海风中夹带咸味的空气,心旷神怡。

何英看着张伟的神态,知道他此刻的心情很好,心里欣慰地笑了。

"饿不饿?"何英偎依着张伟的身体,"船上有餐厅,饿就先吃点,垫垫肚子,要两个多小时才能到舟山。"

"不饿,"张伟挺挺腰杆,"到舟山再吃,饿饿吃得香。"

"呵呵,"何英环抱着张伟的腰,和张伟一起眺望远方的海平面和灯光,还有远处黑黝黝的小岛,"真好。"

张伟没有再说话,他知道何英的话包含了什么意思,他可以默认何英的言行,也可以稍微迎合一下,但是,绝对不能有太大的主动,那样,何英会更快更深地陷进去。

张伟任何英抱着自己,依靠在自己怀里,用手轻轻搭在何英的肩膀上,仅此而已。

何英很满足。

虽然没有肉体的接触,但张伟最近态度的改变让何英感觉到了一种情欲之外的东西,一样会感到心理的宽慰和温馨,这种感觉让何英很满足。

"普陀山在哪个方向?"张伟问何英,他又想起伞人姐姐说过的话。

何英一指左前方:"喏,那个方向,明天要不要一起去玩玩。"

"不,我不喜欢拜佛,去那儿干吗?"张伟推辞道。

张伟其实很想去佛国看看,不过不想和何英一起,感觉那会是对伞人的一种伤害。

张伟心里有一个渴望,希望有一天能和伞人姐姐一起来普陀山,拜拜大慈大悲的观音菩萨。

张伟心里还有一个心事，随着时间的推移和与伞人交往的加深，愈来愈感觉成为一种负担，这种负担这几日在他的心里老是挥之不去，一想起来就感觉心里沉甸甸的。

那就是自己和何英的关系，以及王炎流产的事情。

张伟本打算让这事成为一个永久的秘密，永远也不让伞人知道，可是，自己心里却感觉无法承受此事带给自己的压抑和郁闷，心里的负担越来越重。

张伟明白自己这几天为什么会有心事重重的感觉了。

张伟期望着明天能和伞人姐姐说说心里话。

船到舟山，何英把车开出巨大的轮船腹部，行驶在舟山宽广的马路上。

已经是夜里 10 点多钟，马路上车辆不多，何英把车开到 100 迈，喜滋滋地对张伟说："一天之内，我们跨越了海洋，行驶在不同的陆地上，感觉真爽。"

"小心，前面有违章监控摄像头，"张伟提醒何英，"开慢点，别被超速拍照罚款。"

何英一听，放慢速度，把车靠路边停下，从车里拿出一个音乐碟片，走到车后面，片刻回到车上，重新发动，仍旧高速奔跑，边大大咧咧、得意扬扬地对张伟说："我拿光盘遮挡住车牌了，让他们拍去吧，哈哈。"

张伟一听哈哈大笑，这何英还挺有道道，也会搞这种恶作剧。

"被交警抓到，可是要重罚的。"张伟警告何英。

"放心，现在没有交警，早就都下班了。"何英笑嘻嘻地说。

沿着海边的公路，很快到了海鲜一条街，路边的海鲜大排档灯火通明，路边停了不少车子，吃客还有不少。

何英放好车，和张伟找了一家路边的海鲜店，在一个靠窗的位置坐下。

两个人都饿了，点好菜，狼吞虎咽吃起来。

舟车劳顿，二人吃得特别香。

在海岛上的夜市吃海鲜，听着海浪的涛声，任海风徐徐吹来，张伟的心情感觉特别好。

"今晚——我们？"吃得差不多了，张伟抹抹嘴唇，问何英。

"肯定要找个地方住下啦，还用说吗？"何英摇摇脑袋，"你还有什么想法？反正又失不了身了。"

张伟无声地笑笑，他不是怕失不了身，而是怕自己控制不住失身。

饭后，何英开车来到临海的一家宾馆，停车，登记。

登记好房间，张伟和何英正要上楼，外面两个人从宾馆门口走进来。

张伟和何英随意一瞥，一下子愣住了。

郑一凡，和一个年轻美貌的陌生女子，两人手拉手。

郑总也正好看见了他们。

双方想回避都来不及了。

双方都很意外。

世界这么大,怎么会正巧遇在一起。

不需要多解释什么,彼此都明白是怎么一回事。

三个人一时都怔住了,只有那女子不明就里,挎着郑总的胳膊撒娇。

张伟大脑一时一片空白,脸上的表情说不清是哭还是笑,说不清是尴尬还是难堪。

何英和郑总的表情也差不多,都好不到哪里去。

大厅的空气一时凝固了。

大家都很尴尬,都不知道说什么好。

还是郑总老江湖,摆脱那女子的手臂,很快表情恢复正常:"这么巧啊,遇见你们,你们来这里吃海鲜的吧,来了几个人?"

郑总的话一下子提醒了何英,何英忙回答:"是啊,真巧,我们公司几个中层一起来玩的,张经理属于老员工,特邀参加,他们都上楼了,我们落在后面,呵呵,你们?"

"我们也是啊,"郑总笑呵呵地回答,"也是员工过来吃海鲜,我们是先到的,他们还在后面没到。"

张伟由衷佩服郑总和何英的反应,既然大家都心照不宣了,那还有什么不好说的,也笑着对郑总点点头。

"那我们先上去了,再见。"何英和郑总打招呼。

"好,好,"郑总笑容可掬,对何英和张伟点点头,"去吧。"

何英转身上楼。

张伟冲郑总点点头,也转身上楼。

张伟感觉郑总最后看自己的眼神有些异样。

一进房间,何英往沙发上一坐,呼出一口气:"真倒霉,怎么在这遇到郑一凡这老狐狸。"

张伟想起刚才大厅的一幕,忍不住哈哈大笑起来。

何英也忍不住跟着笑起来。

半天,笑完后,两人大眼瞪小眼,不做声。

两人今晚的好心情被大厅的偶然遭遇搅散了,兴致全无。

何英坐在沙发里,愁眉苦展,苦思冥想。

张伟躺在床上,靠着床背,慢条斯理地说:"没关系,今天是大家彼此都看到,谁都不想让对方说出去,所以双方都会保密,大家都看到就和大家都没看到一个效果。"

何英没有回答,还在那里思考。

张伟过来拍拍何英的肩膀:"喂,别担心了,郑总是不会说出去的,他也有把柄在我们手里呢。"

何英抬起头看着张伟,还是一副若有所思的表情,一会儿说:"废话,我当然知道他不会说出去,这事是没有什么问题的,他也相信我们不会说出去的。"

"那你苦思冥想什么?"张伟说。

"想你。"

张伟哈哈一笑:"我这不是在你跟前,还用得着想吗?"

何英看着张伟:"傻瓜,我是在想,老郑看见你和我在一起,除了知道我们俩肯定有那关系之外,还知道我们俩一定会经常来往,而你现在的身份是他公司的员工,我是他的合作伙伴、业务客户,这样,他就会在你和我们发生业务的时候要多一些考虑,就会有可能对你产生不信任,或者说怀疑你对龙发旅游,对他老郑的忠诚程度。"

"哦,"张伟听何英这么一说,开始重视起来,"是这么回事,他会不会怀疑我辞职是假,到他公司是去做卧底的?"

何英不由笑起来:"那倒还不至于,真要那样,那你不成了潜伏了,成了余则成了,呵呵。"

张伟:"那就不要紧,多大事,反正我又不做亏心事。"

何英点点头:"慢慢看吧,现在也只能这样了,你自己在龙发公司做事情要谨慎小心,少说话,多做事,工作上的事向老郑勤汇报,别再像以前那样自作主张,还要注意和同事搞好关系,得罪君子别得罪小人。"

张伟点点头:"我知道。"

"另外,还有,"何英边思考边说,"在龙发旅游,牵扯到和中天旅游的业务,你尽量推开,不要接手,让别人去做,这样可以减少一些麻烦。"

张伟认真听着:"你说得对,我明白了。"

何英忽而又笑起来:"不知道此刻老郑会怎么想?"

张伟也笑了:"可能也想我吧,琢磨我是不是潜伏到龙发的商业间谍。"

"哈哈,"何英大笑,"你小题大做,太高抬自己了,这个老郑经多见广,这点事他不会放在心上,说不定早就不想这事,和那小美女开始活动了。"

张伟心里一动:"老郑也喜欢这个哈。"

何英:"忘记你在海南的时候和我说的了,经常跑外的男人几乎个个都有,不知道我们家老高会不会也有。"

张伟:"应该不会吧,力不从心啊。"

何英呵呵一笑,跳到床上,搂住张伟:"唉,命苦,好不容易找到了力能从心的,结果又废了,看来我就是这命了,不说了,睡觉,明早还要赶路回去呢。"

何英温软的身体考验着张伟的意志,刺激着他的神经。

张伟闭上眼睛,慢慢调整心态,让心中的欲火慢慢熄灭,渐渐进入了梦乡。

第二天睡到 10 点,两人才起床往回赶。

出发的时候张伟环视了一下宾馆的停车场,没有看到郑总的大奔,看来他已经走了。

不知道昨晚的意外遭遇会不会影响郑总寻欢的心情。

赶回宁州的时候,已经是下午 3 点了,两人的午饭是在轮船上吃的。

虽然没有发生什么,但何英的心情依然很好。

老高今天坐飞机回来,4 点落地。

把张伟放下,何英直奔机场而去。

张伟的心情也不错,昨晚意外遇到郑总让自己稍稍有点虚惊,不过倒也没什么大碍。

只是,张伟心中一直有一个结,始终没有解开。

那就是自己有事瞒着伞人。

最初这事并没有让张伟感觉是个结,但随着时间的流逝和与伞人熟悉程度的加深,这个事情慢慢凝结在自己心头,成了挥之不去的心事。

伞人姐姐今天应该回来了,一周了,或许现在已经到家了。

张伟回到住处,躺在床上反复思量。

张伟想把心事告诉伞人姐姐,可是又担心后果,担心从此之后失去伞人姐姐。

假如自己把心事告诉了伞人姐姐,她会怎么想?

如果伞人姐姐对自己没有那种意思,那她会鄙视自己,看不起一个吃软饭的男人,会断绝和自己的关系。

如果伞人姐姐对自己有了那种感情,那她不仅仅会鄙视自己,还会愤恨自己,更会断然和自己断绝关系。

还是不要说的好,就让这事成为自己心中永久的秘密吧。

可是,这事在自己心中积淀越久,心中的不安和负担就越重,和伞人姐姐聊天的时候就越发心虚,越发压抑。

而且,伞人姐姐最近对自己的态度明显有些冷淡,是不是她在和自己聊天时感觉到什么蛛丝马迹了呢?

伞人姐姐早就知道何英有意引诱自己,而这一段时间自己和伞人聊天的时候从不提何英,伞人也不问,是不是故意不问的呢?

还有,伞人知道自己已经和王炎分手,而那天王炎躺在自己住处睡觉,她会不会想到别的?

已经和人家分手,却又让人家睡在自己的床上,伞人姐姐会不会认为自己是一个轻浮不羁的人呢?

何去何从,如何取舍?张伟心里充满了矛盾,内心激烈冲突。

不知不觉,夜幕降临,室内的光线暗了下来。

张伟起床,打开电脑,连接网络,迟迟没有登录QQ。

此刻,张伟极度渴望见到伞人姐姐,他有好多话想和伞人说,他想大声告诉伞人:姐姐,我喜欢你,我想你,不是那种一般的喜欢,不是那种一般的想念,而是……

可是,张伟又害怕见到伞人姐姐,他害怕那绝望的一幕出现。

张伟握着鼠标的手不由有些颤抖,食指迟迟没有点击左键。

时间在一分一秒地过去,张伟盯着电脑屏幕发呆。

隔壁传来一阵歌声:"是不是这样的夜晚,你也会这样的想起我……"

张伟的心在轻轻颤抖,一段情,要埋藏多久,才能够大声说出口,是不是这样的夜晚,伞人姐姐也在这样的想起自己?

张伟鼓足勇气,轻轻按下鼠标,登录QQ。

伞人姐姐在线!

伞人姐姐回来了!

那个黑红白三色的小企鹅静静地挂在那里。

张伟心里一阵激动,几天没见,却仿佛经过了许久。

张伟打开伞人的窗口,快速打下几个字"姐姐,你回来了",之后却不知该说什么,不由停了下来。

张伟又看着聊天窗口发呆,呆呆地瞪着窗口内的一片空白。

突然,张伟看见聊天窗口上方显示"正在输入……"那是伞人姐姐在给自己打字。

张伟兴奋起来,姐姐看到自己了,正要和自己说话。

张伟期待地看着窗口。

可是,"正在输入……"的状态持续了几秒,停止不见了,也不见伞人姐姐说话。

伞人姐姐也像自己一样,欲言又止。

刚才自己打"姐姐,你回来了"几个字的时候,姐姐也一定看到了"正在输入……"的状态。

伞人姐姐为什么不说话?

难道,她也像自己这般心情复杂,万言千语,一时不知如何说起?

难道,她也像自己这般,呆呆地盯着窗口发呆?

一时,张伟心潮起伏,心绪难平。

"唉……"终于,伞人姐姐一声微微的叹息,"傻瓜。"

伞人姐姐终于说话了。

张伟激动得手指颤抖,感情的潮水开始奔流:"姐姐……"

两个字说完,张伟竟一时语塞,哽咽住了。

"嗯,"伞人答应了一声。

"姐姐，"张伟又深情地叫了一声。

伞人发过来一个温柔的目光："你想说什么？"

"我想你，十分想你，从心里想你，发自内心想你。"张伟语无伦次一口气说完。

伞人又是一声叹息："小傻瓜，我知道。"

张伟："姐姐，我……我有很多话想和你说。"

伞人静静地看着张伟："我在听。"

见了伞人，张伟感觉自己的大脑全然没有了方寸，一个下午的激烈思想斗争全部抛到了脑后，此刻，他只想把心里全部的心事倾吐给伞人姐姐听，而不去考虑什么后果。

"姐姐，我想坦白告诉你，我来宁州后所犯的错误，这不是工作上的事情，是个人生活上的错误，我心里一直有一个结，这个结越来越大，积郁越久，和你越熟悉，越了解，我的心事就越重。我想了很久，我想从头到尾，全部都告诉你，不管你怎么样看我，我都要说出来。"张伟说完这段话发出去，准备开始诉说自己的心事。

第五十八章 | 拜会码头

"不用告诉我。"伞人轻轻地回答。

"这……"张伟一怔,"姐姐。"

伞人:"你刚才所说的话已经都告诉了我,你不需要再说什么,姐姐虽然能猜到可能是什么事情,但姐姐不想知道具体的细节,那毕竟是你的个人私事。你能说出刚才那番话,姐姐就明白你的心思了,姐姐一直相信你,相信你是一个上进、有为、正义、自尊、自爱的男人,一个敢作敢为的男人,一个敢于直面自己深刻剖析自己的男人。一个人走了弯路不要紧,只要自己能发现,并能及时纠正,及时回头,所谓迷途知返。姐姐了解你,知道你是一个善良的人,知道你有清醒的头脑,知道你有自我改正的决心和勇气,知道你能很好地妥善处理好个人生活中的问题。"

张伟被伞人的话深深所感动,伞人好像是自己的另一个影子,能深深洞察自己的内心:"姐姐,谢谢你。"

伞人继续说:"人生很短暂,可也很漫长,路上,我们可能匆匆而过,也可能结伴前行;路上,我们可能春风得意,也可能风雨交加;在春风洋溢的日子里,把握好自己心中的尺度,走好每一步,在阴霾的日子,睁大自己的眼睛,不要让自己迷失。人,难免会犯错误,难免会走岔路,可是,只要能正确认识自己,正确对待自己,勇于直面自己,深刻剖析自己,并及时加以改正,就不失为一个值得信赖的人,一个可以相知相伴的人。"

张伟继续被感动着,伞人姐姐的话充满了对自己的信任和期待,是在鞭策自己,是在教育自己,是在鼓励自己,而且,伞人姐姐最后那句话,好像还含有某种含义,某种对自己的暗示。

张伟:"姐姐,感谢你对我的信任,我明白你的话了,我知道该怎么做了,我会把握好分寸,我一定不会让姐姐失望。"

伞人欣慰地笑了:"不要问过去是为什么,不要对过去耿耿于怀,往前看,大步向前走,学会感恩,学会感谢你周围每一个帮助你的人,学会滴水之恩,涌泉相报;不要去伤害别人,伤害别人也就是伤害了自己。"

张伟意识到,伞人姐姐这是在教自己如何处理事情,如何完美地善后。

　　张伟:"姐姐,你放心,我一定会谨慎走好今后的每一步,稳妥处理好自己的事情,相信我。"

　　伞人:"我当然相信你,我一直是相信你的,即使你在迷途的时候,我依然相信你,男人之间,信任是金子,男人和女人之间,信任是钻石,纯洁而珍贵。"

　　张伟不由点点头,伞人说得多好啊,信任是钻石。信任来自于什么? 来自于两人知无不言的交流和沟通,来自于对对方真切的了解。

　　张伟:"姐姐,真的很感谢你,感谢你对我的信任,感谢你对我的指点,没有你的日子,我每一天都是那么难挨,真的,姐姐,我经常想起你,有时候特别想你,特别是在深夜里,在万籁俱寂的深夜里,我会常常想起你,刻骨地想你,想起你此刻是否已经进入甜甜的梦乡,想起你是否也像我在想你一样想我。"

　　这是张伟迄今为止向伞人发出的最强烈的试探。

　　伞人沉默了一会,然后回复:"你的心思我明白,让时间去考验,让事实来证明吧,有些事,你知我知,无须表白,尽在无言中。"

　　张伟心中顿时狂喜,伞人姐姐的话虽然含混,但已经很明白无误地告诉自己,她对自己不排斥。

　　张伟一鼓作气,又说:"姐姐,我喜欢你,发自内心地喜欢你。"

　　伞人:"傻小子,姐姐一穷二白,无才无貌,你喜欢姐姐什么?"

　　张伟:"人是因为可爱才美丽,我喜欢姐姐纯美的内心世界,喜欢姐姐宽厚仁慈的性格,喜欢姐姐丰富滋润的情感,喜欢姐姐和我无时不在的默契……还有很多,一时想不起来了,等想起来再告诉你,反正,姐姐的一切我都喜欢。"

　　伞人:"谢谢你,傻小子,姐姐会记住你的这些话。"

　　伞人的话让张伟很开心,姐姐这是暗示对自己的接纳。

　　张伟:"我要努力工作,好好挣钱,一定要做出一番事业,不辜负姐姐对我的期望。"

　　伞人:"嗯,有志气,要做个男子汉,敢闯敢拼敢作敢为,哎——我还一直盼着你做大做强好去你那做总经理哪。"

　　张伟乐了,敢情姐姐一直挂念着这个事情:"姐姐,你放心,这一天一定会来到的。"

　　伞人:"哎——那要等多久啊,别等到花儿都谢了——小女子的青春可是有限的啊——"

　　张伟:"这——姐姐,我会尽快努力,不会到花谢的,你别着急,慢慢来。"

　　"扑哧,"伞人笑起来,"好啊,小傻瓜,那姐姐可就指望你了,到时候姐姐做个黄脸婆总经理。"

　　"不,"张伟说,"姐姐在我心里永远是最美的,到时候姐姐是美女总经理,或者——"

　　伞人:"或者什么?"

张伟："或者是美女董事长。"

伞人："此话怎讲？傻小子。"

张伟："很好讲啊，你做老板娘。"

伞人："那你呢？"

张伟："我做老板啊，哈哈。"

伞人："好啊，傻小子原来不傻，拿姐姐开涮了。"

张伟："什么开涮啊，是真的哦，愿意不愿意？说。"

伞人："傻小子自个想去吧……"

第二天一到公司，郑总办公室坐着一位端庄的女孩，年龄和张伟相仿，中等身材，长相说不上漂亮，但绝对不丑，眼睛大大的，娃娃脸，白皮肤，浑身上下透着干练劲儿。

郑总给张伟介绍："顾晓华，新来的，暂时协助我工作。"又对顾晓华说，"张伟，营销策划这一块儿的。"

哦，暂时协助工作，那就是说，这就是自己欲争未得的总经理助理，张伟冲顾晓华点点头："你好，欢迎你。"

顾晓华大大方方一笑，伸出手来："你好，多多关照。"

张伟对顾晓华印象不错，这姑娘给人感觉很利索，浑身透出泼辣劲儿，而眉宇间又不失女性的温柔和妩媚。

张伟对郑总介绍自己时候的定义很佩服，营销这一块的，多好啊，既介绍了自己的职责范围，又没明确自己的位置，在没有公布职务之前，既不是经理也不是总监，连责任人这称呼都免了。

张伟感觉郑总真是一个细致的人，很注重细节。

对前天晚上舟山海岛的尴尬相遇，郑总脸上什么都看不出来，就好像从没有发生过这么一回事，他压根什么都不知道一样。

"今天我们还是去东兴，小张和小顾跟我一起去，小顾，公司的一些基本情况和概况，你可以多问问小张，这几天小张一直跟我跑，有个初步了解。"郑总边收拾公文包边说。

张伟正愁如果他和郑总两人一起去的话，路上单独两人，想起前天的事情来，不免要尴尬，三个人就好多了，不会有这种尴尬局面存在了。

张伟高兴地点头答应："好，好。"

顾晓华活泼地冲张伟一笑："那就有劳张老兄了。"

三人刚要向外走，于琴风风火火进来了。

张伟到龙发旅游以来，还是第一次见于琴，于是连忙打招呼："于董，您回来了。"

于琴一怔，接着笑逐颜开："小张啊，欢迎你来我们公司，你看，你来了这么久了我才刚见到你，我出去有事情，昨天刚回来。"

接着于琴又看看顾晓华："你是小顾吧？"

顾晓华从刚才张伟的称呼里已经知道了于琴的身份,这会忙说:"老板娘好,我是新来的小顾。"

于琴笑着点点头:"好,好,老郑和我说起过你。"

郑总这会才说话:"我们今天去东兴。"

于琴:"嗯,去哪边?"

郑总:"去拜码头,先找王军,然后他安排。"

于琴点点头:"好,去吧,有什么事给我打电话,今天潘副市长来宁州,我接待好了,你那边不用操心。"

郑总眉毛一扬:"哦,他来了,这可是贵客临门啊,要不我不去东兴了,陪你一起接待潘副市长?"

于琴眼神闪烁了一下:"不用,事情这么多,你抓紧把那边的事情都搞定,我们工地那边已经开工了,别到时出什么叉叉。"

郑总:"好,那我们先走了。"

张伟和顾晓华冲于琴点点头,跟随郑总乘电梯。身后传来于琴的声音:"吴洁,快收拾卫生,准备接待客人。"

"我们这个办事处还起到一个接待处的作用,东兴的父母官大老爷们来宁州,都接到这里歇歇脚,在这里汇报情况,交流感情。"路上,郑总边开车边对张伟和顾晓华说。

张伟点点头,又问:"郑总,我们今天去拜码头,拜码头是什么意思?"

"黑道。"郑总说。

"黑道?!"张伟他们吃了一惊。

郑总微微一笑:"这年头,要搞工程,搞开发,只应付好白道是不行的,还得打点黑道,黑道比白道更重要,弄不好,你这工程就没法顺利进行。"

"还要这么麻烦? 黑道好应付不?"

"黑道好应付,起码比白道好应付,黑道的人讲义气、重情义,只要你把面子给足,再给点好处,就没什么事了,不像那些当官的,贪得无厌,虚伪狡诈。"郑总的口气里充满对黑道的欣赏。

"郑总,您说的有道理,"顾晓华接过来,"我以前在东湖景区干的时候,我老板那时也经常和黑道的打交道,工地的施工基本都被他们承包了,那些人确实挺仗义的。"

张伟一愣神,这小顾原来是从东湖景区过来的。

郑总点点头:"嗯,我对黑道也不熟悉,以前没打过交道,现在是没办法,不接触不行,听说,在东兴,黑道都是有组织的,叫什么社团,还挺规矩的,有地盘有分工,各自有各自的势力范围。今天呢,我们去找王军,王军负责安排我们和那些老大逐个见面,这一周我们的主要任务就是摆平这些老大。"

"王军是干吗的?"张伟忍不住问道。

"刚才你们听到老板娘说的今天去宁州的那个潘副市长了吗?"

"听到了。"

"潘副市长是东兴分管旅游的副市长,王军就是潘副市长的小舅子,在东兴有个礼品公司,这家伙在东兴黑白两道都熟悉,我们直接去他公司,他负责带我们去拜码头。"

"是这样,那王军这人也挺不错的,能给我们帮忙。"

"呵呵,"郑总笑笑,"王军很年轻,和你们差不多大,但是要尊重他,等到了以后,你们称呼他王总。"

张伟和顾晓华点点头,顾晓华坐后面冲张伟做个鬼脸。这年头,只要是做生意的,大小都是个总。

"对了,"郑总继续说,"虽然你们是按照总经理助理和营销部经理这两个名义招进来的,但是在机构没有正式组建之前,你们的工作范围是全面的,公司的所有工作你们都可以涉及,都可以参与考虑,这就是为什么我要带你们熟悉这些工作的原因。另外,根据工作的需要,小顾的助理职务要先明确一下,便于对外的沟通和联系。"

张伟和顾晓华点点头。

张伟对此并不在意,职务不就是个名分嘛,只要能踏踏实实做事情,只要能开心做事情,只要能赚钱,名分无所谓。

不过,张伟又一次感觉到郑总做事情的细致。

来到东兴,很快见到了王军。

这是一家礼品公司,大厅里摆满了各种各样的礼品,琳琅满目。

王军是一个黑黑瘦瘦的青年,年纪比张伟小。

郑总对王军很客气,热情握手,接着把张伟和顾晓华介绍给王军。

王军接过郑总递来的香烟,自己点着,看着张伟,又看看顾晓华,点点头对郑总说:"新招来的?"

"是的,小顾是助理,小张做营销。"

王军肩膀摇晃着,脑袋一点一点的:"哦,不错,小伙很精神,小妹很靓。"

王军吊儿郎当的,从骨子里透出一股傲气。

看看顾晓华,也对王军的眼神里透出厌恶。

不过,表面上二人还是很热情地和王军打招呼:"王总多关照。"

然后郑总就和王军进了里面王军的办公室商议事情。

张伟和顾晓华在外面转悠参观摆设的礼品。

"哟,这真空水杯价格,你看看,480元,这么高啊。"顾晓华小声对张伟说。

张伟一看,确实是高离得谱,再看看其他的衬衣、笔筒、羊毛衫等,价格都不菲。

"看来都是名牌或者是高档产品,针对高端消费的。"张伟笑嘻嘻地对顾晓华说,"我们是消费不起的。"

顾晓华撇撇嘴:"有什么了不起的,我还不稀罕。"

张伟感觉顾晓华很有个性,很活泼可爱,对她说:"你以前在东湖景区干吗?"

"一样,也是做总经理助理。"

"那干吗不干了?"

"那公司纯粹一家族企业,七大姑八大姨都在里面,老板娘老怀疑我和老板有一腿,老找我碴,姑奶奶不干了,走人。"

张伟一听乐了:"家族企业到处都是,不可避免啊,你是学什么专业的? 哪个学校毕业的?"

"南京大学,旅游专业。"

"你哪里人?"

"江苏,南京。"

"怎么跑宁州来了?"

"为了爱情啊,没办法,他是宁州的,只好投奔爱情而来。"

原来顾晓华有男朋友了。

"你男朋友做什么工作?"

"一外贸服装出口企业,做财务,最近企业老板带钱跑了,他们财务科在清理财务,清理完也就下岗待业了。"

"那公司老板没找到?"

"没有,就是找到又怎么样,公司已经资不抵债了,账目上一分钱都没有。"

"哦,是这样。"张伟沉思了一下。

正说着话,郑总和王军出来了。

郑总对张伟和顾晓华说:"走,去饭店。"

王军带路,一行四人来到一家大饭店,单间已经订好。

郑总对张伟他们说:"今天请的是东兴最大的一个社团的老大,叫波哥,还有他手下的几个兄弟,到时候你们该表示的就表示一下,别冷了场。"

张伟和顾晓华点点头。

一会客人到了,五个人,最前面的一个35岁左右的样子,个头不高,披着风衣,留黑胡子,头发向后梳得油亮。

一看这个就是老大。

郑总在王军引领下和他握手:"波哥,你好,早就久闻大名,一直没见到,今天感谢波哥光临。"

波哥很矜持地和郑总握手:"郑老板,客气了,来,坐。"

看这架势,好像是波哥在请客,反客为主了。

大家坐下后,自然分成了两边,一边是波哥的几个兄弟,一边是张伟、顾晓华和王军,波哥和郑总坐中间。

郑总看看顾晓华，指指波哥旁边："小顾，你到波哥旁边坐，给波哥倒酒方便，那位兄弟过来坐这边吧。"

于是顾晓华和波哥的一个手下换了位置，顾晓华坐到波哥的旁边。

波哥很和气地看看顾晓华，又看看张伟，对郑总说："郑总，这两位——？"

"我们公司的员工，小顾，总经理助理，小张，做营销策划的。"

张伟和顾晓华对波哥点头示意。

"嗯，"波哥对他们微微一点头，转脸对郑总说，"郑总是宁州的大老板，能到东兴这小地方来投资，也算是给东兴长脸了。"

"哪里哪里，一点小买卖、小生意，今天是特意来拜拜您的码头，以后还得您多帮衬。"

"那是自然，有我们王总的面子，郑老板，你放心，没问题，有什么需要我做的，打个招呼就行。对了，你们的工地开始挖了吗？"

"还没正式开始，先找了一台挖机在整理，大规模的还没有开始。"

"哦，是这样，"波哥点点头，端起酒杯，"来，喝酒，欢迎郑老板一行，欢迎郑老板来东兴投资。"

郑总忙说："波哥，今天是我请你们，应该是我先敬酒啊，怎么反倒成了你提酒了，真是不好意思。"

波哥微微一笑："郑老板不必客气，大家认识就是兄弟，分什么你我。"

大家一饮而尽。

第五十九章 | 交换合作

酒过三巡,张伟和顾晓华也分别给波哥和他的兄弟们一一敬酒。

顾晓华的酒量也不小,喝了半天,愣是没变样。

波哥看着顾晓华,拍拍她的手:"小妹,酒量不错。"

顾晓华嘻嘻一笑:"波哥,过奖了,来,小妹再敬您一杯。"

波哥乐呵呵地喝下,转头对郑总说:"你的这位助理不错,能说会道,很能干。"

郑总乐呵呵地点点头:"新来的,波哥多关照。"

波哥又说:"郑老板,有个事我想征求下您的意见。"

"您说。"

波哥:"我手下有几个兄弟,手里有几台挖机,最近一直赋闲,没事情做,我这不正想怎么给他们找点活,你看——"

郑总马上明白了波哥的意思,爽快地说:"嘿,波哥,您的事就是我的事,大家一起做兄弟,好说,我那工地春节后就全面开工,到时候那就烦劳您的几个兄弟辛苦辛苦啦。"

波哥一点头:"郑老板不愧是大地方来的,痛快,您这朋友我交定了,来,我敬您。"

然后波哥一指自己的兄弟:"还不谢过郑老板。"

那几个人一齐端着酒杯站起来,同声说:"感谢郑老板赏我们一口饭吃。"

"这……"郑总站起来,"各位兄弟,使不得,大家都是兄弟,别客气,来,一起干。"

大家坐下后,波哥说:"郑老板,您放心,他们做的活保证质量好,价格低,您一定会满意。"

郑总连连点头:"那是,那是。"

"还有,"波哥说,"郑老板,大家都是自己人,他们在您那里干活的时候都得听您的,顺便看着场子,外面有捣乱的您就安排他们,当自己兄弟使唤,有不听话的,您就使劲拿脚踹。"

郑总乐呵呵地:"呵呵,好,好,大家一起做好朋友。"

张伟坐旁边可开了眼界,这波哥谈笑间一笔生意就揽过去了,郑总还得感谢他。

饭后,郑总去结账,却已经被波哥的手下结完了。

"郑老板今天是来我们东兴,是客人,那里有让客人请客的道理。"波哥边说边和郑总一行握手告别。

和顾晓华握手时,波哥握住持续了一会:"小妹,以后有时间来东兴玩,不一定非得和你们郑老板一起来哈。"

顾晓华嘻嘻一笑:"谢谢波哥,有时间一定来麻烦您。"

顾晓华对这场合应付自如,看来也是见过这种场面的。

和王军告别后,三人开车往回走。

郑总喝了点酒,有些兴奋,话也多起来:"今天你们俩表现都不错,特别是小顾,把握得很到位。"

顾晓华呵呵一笑:"郑总,什么叫到位啊?"

郑总:"小顾,你的工作力度你自己把握,我不能说得太明白,我也说不明白,反正主要就是沟通和协调的问题,尽在不言中。"

顾晓华:"我明白,郑总,我会把握住分寸的。"

郑总:"我们今天还是很有收获的,把波哥摆平了,后面的那些社团老大就好弄了。"

张伟点点头:"是啊,今天很顺利,亏了王总帮忙。"

郑总:"呵呵,他这个忙不帮不行啊,应该的。"

顾晓华接过来:"我看王总公司的产品价格都那么高,能卖出去?"

郑总:"他这是典型的官倒公司,有潘副市长在后面撑腰,市里凡是他分管的单位,只要开会开业搞庆典,礼品都是这里出,销路不愁。"

张伟和顾晓华恍然大悟:"原来如此,这等买卖做得。"

回到宁州,天色已晚,张伟直接回了住处。

昨晚和伞人姐姐的聊天很尽兴,张伟感觉心情畅快淋漓,伞人的心情也变得很轻松愉快。

伞人在最后告诉张伟,因为公司的业务最近不多,公司要利用这段时间对员工进行培训,她最近就不用出差了,要参加公司的业务培训活动。

张伟很高兴,伞人姐姐不用出差,那就可以晚上和自己一起聊天了。

张伟问伞人是不是这样,伞人回答说是的。

张伟现在一想起伞人,心里就有一种奇妙的感觉。

这感觉张伟很久之前有过,那是他在大二疯狂暗恋上班里的系花的时候。

可惜系花一直被众男生捧月一般地追逐着,并不知道张伟对她的情愫,直到大学毕业,张伟也没能和系花说上两句话。

现在张伟又有这种感觉,这种奇妙的感觉,美不胜收而又心跳不已。

张伟知道,这是恋爱的感觉,而且,好像还是初恋的感觉。

这种感觉让张伟兴奋不已。

张伟给王炎打了个电话："怎么样?"

王炎明白张伟话里的意思："嘻嘻,很好,认识很深刻,行动很真诚,效果很明显。"

张伟放心了："那就好,珍惜感情,两个人在一起也是缘分,什么时候出国?"

王炎:"护照很快就能办下来,哈尔森的本意是让我先回德国,在总部那边工作,然后他也回去,然后我们结婚。不过,最近事情有变化,德国那边金融危机更厉害,总部可能决定要在中国追加投资,再开设几家分公司,扩大业务种类,哈尔森和我暂时不回德国了,哈尔森可能要有它用。"

"哦,那就是说要去国内别的地方?"

"有可能,但具体去哪里还不知道,到时候再说。"

"那也好,国外的形势更差,还是先在国内多待几天。"

"呵呵,是的,我们也这样想。"

"不管在哪里,都要好好过日子,珍惜现在拥有的。"

"知道了,哥。"

刚给王炎打完电话,何英发短信过来了："方便回短信吗? 有时间的话晚上一起吃饭。"

张伟毫不犹豫地回复短信："有,但今晚我请你吃饭,否则就没有时间。"

何英:"嘻嘻……好的,那就吃你。"

张伟:"想吃什么?"

何英:"肥牛。"

张伟:"好。"

何英:"10 分钟我到你楼下。"

张伟找了一件薄棉袄穿上,天气越来越冷了,没想到这南方的冬天丝毫不比北方的逊色。

这时候,家里该是风雪飘飘了。

张伟自从昨晚向伞人表露心迹起,就决定了,大大方方做人,坦坦白白做事,一定要把和何英的事情处理好。

张伟已经决定了,他要把何英变成第二个王炎。

吃饭,可以;聊天,可以;做朋友,可以。谈感情,可以,亲情加友情,就是不能谈爱情。

30 分钟后,何英和张伟已经在一起涮肥牛了。

何英今天穿了一件鹅黄色的羊绒衫,外面套了咖啡色的皮外套,还是那么漂亮。

"打扮这么漂亮干吗? 相亲啊?"张伟调侃道。

何英一撇嘴："见你嘛,当然要打扮得漂亮点了,没听说女为悦己者容吗?"

"得,"张伟端起啤酒杯喝了一口,"心意我领了,可惜没福分享受。"

何英笑笑，也喝了一口啤酒："其实，我现在感觉啊，两个人一起说说话，聊聊天，也挺好，这是不是就是精神恋爱啊？"

张伟一摇头："这根本就不是恋爱，这是友爱，是老朋友在一起谈天说地的友爱，懂吗？朋友之爱，就是友爱。"

何英嗤之以鼻："少给我来那些花样，我不懂你那些，也不想懂，反正我感觉开心就行。"

张伟点点头："你能这样想，我很高兴，我们之间，完全可以做很好的朋友，大家一起开开心心多好，那些缺乏感情基础的行为，只会催化肉体的堕落和灵魂的腐朽，只会颓废一个人的意志。"

"你所说的缺乏感情基础的事，是不是指？"何英瞪着张伟。

张伟反问："这个你还用问吗？你说呢？"

何英默然，低头吃菜，不再说话。

半响，何英闷闷冒出一句："我不甘心。"

"你说什么？"张伟问道。

"没说什么，"何英抬起头，举起酒杯，"没听见算了，来，喝一杯。"

二人一饮而尽。

"老郑今天没和你提前天晚上的事？"何英问张伟。

"没有，他今天见了我就好像什么事情也没发生，什么都没说。对了，于琴回来了，出去了一星期，昨天回来的。"

"哦，她肯定又去澳门了，每个月她都要定时去一段时间。"

"她去澳门干吗？"张伟有些好奇。

"呵呵，你不懂，别问这么多，"何英神秘地笑笑，"今天工作怎么样？顺利不？"

"还好，今天跟老郑在跑东兴，疏通各方面关系的。"

"疏通关系？老郑在东兴恐怕没这个能耐，没有于琴在前面开道，他在东兴什么都做不了。"何英说。

张伟老老实实回答："是的，老郑说了，很多关系都是于琴前期打通，他抓落实的。"

"这于琴可真是神通广大。"何英自言自语地说着，脸上露出了羡慕的表情。

饭后，何英想开车出去转转，张伟急着回去上网和伞人聊天，不同意出去，要回住处。

何英犟不过张伟，只好把张伟送回住处。

回到住处，小郭吃过饭正在房间打游戏，张伟和他打个招呼回到房间，打开电脑登录 QQ。

"晚上好，张董事长。"

刚登录 QQ，伞人的问候扑面而来。

张伟一愣："张董事长？你和谁说话呢？是不是点错了？"

伞人："没有啊,是和张董事长说话啊,俺不是总经理吗? 嘻嘻……"

张伟忍不住笑了,看来伞人今天心情不错。

张伟："我不是说了,让你做董事长,做老板娘,我做老板的吗?"

伞人："你又拿我开涮了。"

张伟："谁让你先拿我开涮呢。"

二人嘻嘻哈哈开了一阵玩笑。

然后张伟说:"姐姐,今天我去东兴了,和郑总去的。"

伞人："哦,今天来拜见哪路神仙?"

张伟："拜码头,拜会东兴道上的人物,一个叫波哥的。"

伞人："哟,郑总能认识东兴道上最大的老大,不简单。"

看来伞人也知道这个波哥。

张伟："是通过一个叫王军的人介绍过去的,你认识王军不?"

伞人："不认识,咱和道上的人没来往。"

张伟："不是道上的,这王军是东兴市政府潘副市长的小舅子。"

伞人："哦,潘吾能的小舅子,原来是这样,郑总和潘吾能挂上了。"

张伟这才知道潘副市长叫潘吾能。

张伟："不仅仅是这样,今天潘副市长还去宁州了,老板娘亲自在那接待的。"

伞人："哦,看来你们这龙发旅游开发的项目有来头,郑总和上面走得很近,走的是上层路线啊。"

张伟："其实都是老板娘做开路先锋,老板在后面跟进的。"

伞人："哦,是这样,怪不得你要让我做老板娘,你做老板,原来你是要我做开路前锋啊,你在后面吃现成的。哈!"

张伟哈哈大笑:"姐姐,到时只要你愿意做老板娘,兄弟我甘愿开路,再累再苦也愿意,让姐姐舒坦享受,绝对不让姐姐操心受累。"

张伟这话再一次向伞人表明自己的心迹,虽然是嬉笑间说出的,但张伟相信伞人姐姐一定可以悟出自己的心思,张伟知道伞人姐姐看问题的敏锐和敏感。

伞人："傻小子,好兄弟,你的心姐姐明白了,虽然只是个假设,但为姐的心里还是很感动滴……"

伞人姐姐的话再明白不过地告诉自己,她对自己的半真半假的话是从内心里接受的,虽然大家都在拿玩笑做掩饰,但心里都很明了,都很清楚彼此心里的感受。

张伟心里甜滋滋的,和伞人姐姐聊天,感觉真幸福。

张伟又问伞人:"姐姐,你最近还是那么忙?"

伞人："不忙,这几天广告业务少,老板开恩,我这周不出差,基本都是待在公司。"

张伟很高兴:"那我不是每天晚上都可以和你聊天了?"

伞人发过来一个内容为"批准"二字的公章表情:"是滴!!　基本是滴。"

张伟:"太好了⋯⋯"

伞人:"但是,还是有前提的,我说的是基本,没说一定,说不定到时候你晚上有事情或者我晚上有应酬,这都是不可预测的事情。"

张伟:"那是,不过我这段时间晚上基本是空闲的,咱光棍一个,闲着呢。"

伞人:"呵呵,快乐的王老五,对了,你快进山了吧?"

张伟:"郑总还没说,大概元旦前后就进山吧。"

伞人:"那也就是最近的事情了,进山可是很艰苦的,气候、食宿、交通,等等。"

张伟坚定地说:"既然我决定了,就不怕苦,再苦我也要撑住。"

伞人:"像个男人,既然选择了远方,便要风雨兼程⋯⋯"

转眼一周又过去了。

这一周,张伟和顾晓华一直跟随郑总在东兴拜码头,拜见那些大大小小的社团头目。

因为先和波哥接上了头,又有王军的从中斡旋,很顺利,那些大大小小的社团领导都多多少少给了面子。

当然,礼物是不可少的,郑总车屁股的一箱软中华和十几个高档手机很快都没了。

总的来说,礼物送了不少,但协调工作也进行得很顺利。

张伟和顾晓华跟随郑总也见了不少世面,开了眼界。

张伟感觉郑总其实是一个很能吃苦的人,一天从出发到回来,一直不休息,来回还要开车,他和顾晓华困了会在车上打盹,而郑总却没有时间合眼。

张伟感觉郑总的精力很旺盛,也很勤奋。

虽然是给自己干,但这种敬业精神还是让张伟很敬佩。

顾晓华这几天表现很活跃,总能把酒场上的气氛调和得很恰当,很融洽。

看得出,郑总对顾晓华的表现很满意,有时候眼神会一直停留在顾晓华身上。

郑总一直没有和张伟单独谈那天在舟山意外相遇的事情,虽然彼此大家都心照不宣,但张伟总感觉郑总不提这事有些不大正常,但郑总不提,他是不能提的。

也许是因为两人一直没有合适单独一起的机会吧,张伟给自己解释。

老板娘于琴一直在宁州忙于接待,最近有好几波东兴市里的相关领导到宁州办事处走访或者考察,说白了,就是来白吃白拿白玩,反正羊毛出在羊身上,在他们身上花费的,到时候加倍捞回来。

不过,也有一样东西是捞不回来的。

今天是周五,张伟和顾晓华还有郑总从东兴刚到宁州。

已经是下午5点了。

"这一周大家辛苦了,休息两天,周一我们再会。"到达天一广场,郑总乐呵呵地对张伟他们说。

"我们不辛苦,倒是郑总辛苦,一天一个来回跑,亲自开车,还要忙那么多事情。"张伟真心实意地说。

　　"是啊,郑总,我看你精力太旺盛了,简直是个铁人,赶快回去休息吧。"顾晓华笑嘻嘻地说。

　　"你们先回去吧,我得去办事处看看,潘副市长今天带老婆孩子来玩,不知道于琴接待得怎么样了?"郑总说。

　　"那好,郑总再见。"张伟和顾晓华下车和郑总告别。

　　"小张,"顾晓华对张伟说,"我男朋友明天过生日,我想买个剃须刀给他做生日礼物,你帮我去天一超市看看,参谋一下。"

　　"好。"

　　张伟感觉这顾晓华很可爱,豪爽、利索,还有女孩子的娇柔和妩媚,和这样女孩子一起逛超市,也是一种享受。

　　"其实,潘副市长他们一家上午就来了,郑总打电话的时候我听见了,"顾晓华告诉张伟,"于董买了2万块钱的购物卡给潘副市长的老婆,让她带孩子自由购物呢。"

　　"大方,有钱人就是大方。"张伟点点头。

第六十章 冤家路窄

陪顾晓华买完剃须刀,二人边说笑边乘电梯往下走,结果走出来一看,是地下停车场。下面灯光昏暗,静悄悄的。

"干脆,我们从停车场出口走出去吧,反正也很近了。"张伟说。

"好,"顾晓华答应着,轻声说,"这下面真安静啊。"

走到一辆黑色的本田雅阁车旁边时,顾晓华一拉张伟的手:"你看,这车在晃。"

张伟一看,可不是嘛,车子在轻微有节奏地摇晃。

"里面有人,"顾晓华在张伟耳边悄悄说,"你猜在干吗?"

张伟看看车号,东兴的车号,前面都是0,后面是12,这么小的车号,应该是东兴市政府的车。

张伟曾听郑总说过,东兴市领导的座车号码都有讲究,党委口的单号,政府口的双号,然后按官职从大到小排,带4的之外。

看着车号,这车的主人官职不小。

"我猜没干什么好事,"张伟模模糊糊感觉车里好像有人影在摇动。

"嘻嘻,"顾晓华来了好奇心,悄悄顺着车身弯腰走了过去,"我去看看。"

"你一个女孩子家看这个干吗?"张伟忙去拉顾晓华,可她已经去了。

张伟摇摇头。

张伟远远地看着顾晓华的窥视,心里琢磨,该不会是这姑娘有窥视的爱好?

顾晓华悄悄把脑袋贴在车窗上看了一会儿,急忙向张伟跑过来,拉了张伟就往外跑,脸色大变。

张伟被顾晓华连拉带拽跑出来,气喘吁吁,一屁股坐在外面的台阶上:"见鬼了,你跑这么急?"

顾晓华脸色通红:"我看见一男一女在车里做那事。"

张伟哈哈一笑:"废话,我告诉你的,你还要去看。"

顾晓华:"这倒无所谓,那女的脸我看清楚了,是,是……"

张伟瞪着顾晓华："是谁？"

"于董，老板娘！"

"啊！真的？那男的肯定是潘副市长了，她不是陪他们购物的吗？"

顾晓华冲张伟一拳："笨蛋，肯定是那傻瓜老婆拿着卡带孩子去购物，然后，潘副市长和老板娘……"

然后顾晓华暧昧地笑起来。

张伟："你看清了？"

顾晓华："看清了，老板娘闭着眼睛正轻轻叫呢，我正好看见她的脸贴在车窗上。"

张伟："你这家伙，是不是有窥视的爱好？"

顾晓华哈哈大笑："去你的，我就是好奇，没想到看到了老板娘，怎么办？要不要告诉郑老大？"

"你找死啊，"张伟对顾晓华说，"今天这事就当什么也没有发生，我们什么也没有看见，明白我的意思不？"

顾晓华明白过来："嗯，明白了，我什么也没看见，什么也没有告诉你。"

张伟站起来拍拍屁股："好了，回家。"

分手后，张伟直接回家。

路上，张伟想起小郭以前说过的关于于琴的话。

嘿嘿，原来老板娘真的和潘副市长有一腿啊，郑总这绿帽子戴得不明不白，也够窝囊的。

那王军要是知道他姐夫和郑总的老婆有染，会怎么想？

张伟不由又想起何英，想起高强，有钱的男人喜欢在外面花，殊不知自己的老婆也时不时给自己弄顶绿帽子戴戴。

这几天何英很乖，一天一般就给自己发一次短信，问候一下，然后基本不骚扰。

张伟很满意，有何英这样的女人做朋友其实倒也不错。

今天是周末，张伟打算晚上和伞人好好聊会儿天。

这一周，他们基本每天晚上都聊天，但伞人不允许聊时间长了，到9点半就催促张伟去洗漱，10点准时睡觉。

"不会休息的人就不会工作，好好休息是为了更好地工作。"伞人这样对张伟说。

张伟从伞人的话里感觉到温馨的暖意和关怀，也就总是顺从地听话，按时作息。

现在和伞人一起聊天，张伟总沉浸在一种莫名的幸福和快乐之中，两人在一起谈天说地，谈古论今，谈人生，谈未来，谈工作，谈生活。

张伟分明感觉到，和自己聊天，伞人也很开心，性格也变得活泼多了。

张伟好几次想把何英和王炎的事情讲给伞人听，他总感觉不说出来，老是个心事。他不想给伞人心里留下任何阴影。可每次张伟刚提起来，伞人总是把话题扯开，好像不愿意听。

几次下来，张伟明白了，伞人姐姐一是不愿意提起这事，因为她说过，她不会干涉他的个人私生活；二是对自己高度信任，相信自己能处理地很好。

于是，张伟决定不再谈这个事情，他决心要把事情处理得完美而不留遗憾，同时，要尽量避免伤害何英。

吃饭时间还早，张伟躺在床上开始构思公司大营销的方案的整体框架，正琢磨着，电话响了，一看，是徐君，这家伙怎么又冒出来了。

"徐总徐大人，你好。"

"张经理，干吗呢？"徐君的大嗓门传过来。

"别，别叫我张经理，我现在在新单位还没职务，叫出去不好。"

"呵呵，那还不是早晚的事？那现在就叫你张老师吧，哈哈。"

"你就叫我张伟得了，别弄那些洋动静，你找我啥事？"

"是这样，我们公司这一周一直在搞内部培训，明天下午分组经验交流，陈董安排我们邀请同行来传经送宝，各部门自行邀请，计调、导游、地接部门都邀请到了，我这个部门琢磨了半天，决定邀请你，和陈董汇报后她也同意了，现在就看你给不给这个面子了。"

张伟一听："我哪里有什么经验啊，你别拿我开涮了，我去学习还差不多。"

徐君："这一点你就别客气了，过分的谦虚就是骄傲，痛快点，明天有时间没有？"

张伟一听也就不再推辞，因为他也想借这个机会去学习学习："行，明天我去，但是先说好，讲不好别扔臭鸡蛋啊。"

徐君很高兴："感谢捧场，明天下午两点整我在公司等你。"

去陈瑶公司讲课，张伟心里有些不踏实，心里有些发虚，不知道该侧重于哪方面来讲。

另外，自己已经是龙发旅游的人了，外出给同行讲课，对外也代表了龙发旅游，似乎应该给郑总汇报一下，做事情一定要讲程序。

张伟拨通了郑总的电话，把事情给郑总说了一下，郑总立马同意："好啊，这是好事情，下一步我们要和东兴的旅行社尽可能多地建立联系，这正好是个突破口，去吧。"

张伟刚要挂电话，郑总又说："等等，你晚上有事情没有？"

"没有。"

"那好，马上来公司楼下的酒店218房间，我晚上请潘副市长一家吃饭，他酒量大，我照应不了，你来替我挡一阵。"

"哦，行，我马上去。"

赶到酒店房间，大家都已经就座，空了一个座位是给张伟的。

酒桌中间坐着一个矮个子中年人，西装革履，平头，40岁左右的样子，很精神，看来这位就是潘副市长了。

潘副市长旁边坐着一个黑黑瘦瘦的中年女人，珠光宝气，穿着入时，浓妆艳抹，显得粗俗不堪,应该是潘夫人。女人旁边坐一个十多岁的男孩子,看来是潘公子。

郑总和于琴坐在另一边,于林也在。

看张伟进来,郑总给大家介绍了一下,果然他们是潘副市长一家。

潘副市长冲张伟微微颔首:"小伙子,很精神嘛。"

"谢谢潘市长夸奖。"张伟连忙回答。

接着他们几个人嘻嘻哈哈谈笑起来。

潘副市长的老婆嘟嘟囔囔:"我还没逛够呢,你们就老是催我。"

潘副市长微笑着:"我和小于在超市外面闲逛等了你3个小时了,你还要逛多久?不懂事的婆娘。"

于琴呵呵一笑:"没关系啊嫂子,下次你自己来,我专门陪你逛个够。"

潘夫人一听,喜笑颜开起来。

潘副市长意味深长地看了于琴一眼:"小于,不欢迎我来啊?"

郑总连忙接过来:"哪里,哪里,小于是和嫂子说笑呢,当然更欢迎潘市长来了,您来,是给我们最大的支持和鼓励。"

张伟突然感到悲哀和好笑。

他们谈笑风生,于林没事,看着张伟笑嘻嘻地:"小帅哥,这回咱成同一战壕战友了。"

张伟呵呵一笑,悄悄模仿潘副市长刚才的口气:"小于,不欢迎我来啊?"

"哈哈,"于琴捂着嘴巴笑起来,"你胆子不小啊,敢——"

张伟脸上一副一本正经的表情:"我没说什么啊。"

于林偷偷乐了一会儿。

很快酒菜上齐,大家开始吃喝。

潘副市长果然喜欢喝两盅,还是白酒。

张伟接连不停地敬酒,潘副市长喝得很尽兴。

郑总也很高兴。

"把领导陪好,让他们吃好喝好玩好,就是最大的成功。"饭后把潘副市长一行送到宾馆后,郑总满意地对张伟说。

张伟点头答应着,心里对郑总满怀同情,不过想想郑总在外面也有女人,也算是个补偿了。

回到住处的时候已经是10点了,小郭已经休息,张伟急忙打开电脑,伞人还在等着自己呢。

"姐姐,今晚我被郑总叫去陪客人了,你们东兴的潘副市长来了,老婆孩子一起来的,刚回来。"张伟一上来就说。

"哦,东兴的副市长跑到宁州去检查工作去了。"

"这潘市长看起来倒是气宇轩昂的,可他老婆怎么那么土啊,又黑又瘦,黄脸婆,整个一暴发户的架势。"

"呵呵,不能这么说啊,当年潘吾能从一个乡镇小宣传干事发迹,可是离不开他老婆。"

"此话怎讲?"

"潘吾能的老丈人当时是乡里的党委书记,看中潘吾能,招了夫婿,之后潘吾能才借助老丈人的金钱和关系,开始了不断的提拔和跳跃。可以说,如果没有他这个糟糠之妻,他潘吾能现在可能还在山旮旯里混呢。"

"哦,"张伟点点头,"原来是这样,这也可以说是个政治婚姻了,可惜,老公成了龙,老婆却戴了绿帽子。"

伞人:"小家伙,你又发现什么事情了?"

张伟:"也是巧,我和同事下午去超市,下错电梯到了停车场,看到一黑色雅阁车,东兴的牌子,12号车,车晃悠晃悠的,同事悄悄过去一看,潘吾能和老板娘在里面正忙乎呢。"

伞人:"12号车,是潘吾能的车,呵呵,原来他和你们老板娘暗度春风啊,不过这也没什么奇怪的,我们这潘吾能市长,做东兴旅游的带头人,别的能耐没有,开发女人倒是很有成果,有不少年轻漂亮的女导游都上了他的案板。"

张伟:"唉,做个旅游人,本身接触的人就杂,如果不加强自身修养,是很难保持住立场的。"

伞人:"是的,旅游行业,本来女孩子就多,风气也比较开放,如果不自重,失足很容易。"

张伟:"对了,今天我接到东兴假日旅游营销部徐总的电话,他们公司搞内部培训,明天下午分组交流,各部门都分别邀请同行来交流学习,他的营销部邀请我去给讲讲。"

伞人:"好啊,很好,一个很好的学习和交流的机会。"

张伟有些发愁:"可是,我感觉自己没有什么可讲的,做旅行社业务几个月了,到现在基本一事无成,也就凭关系弄了点业务,感觉自己又没知识又没能力,去交流什么啊?"

伞人:"你不能这样想,什么叫能力? 你要知道,你在中天坐的位置是营销部经理,不是做的业务员,真正体现你能力的是你营销部的业绩,而不是你个人的业绩,老板需要的是一个管理者,而不是一个只能自己做,而不会带动大家做的人。如果你的团队业绩上不去,你个人业绩再好,也不会说你是一个成功的管理者,也不会有人认可你的管理能力。你以前也说过,你去中天以后,中天营销部的业绩蒸蒸日上,营销队伍稳定发展,内部管理井井有条,考核管理严格细致,这就是你的能力,这就是一个合格的营销部经理需要具备的能力。所以,我认为,你在中天的工作是出色的,出色并不是因为你的个人业绩,而是因为你的团队的业绩。"

张伟听了感觉有些头绪了:"嗯,我明白了,我琢磨一下明天去该交流哪些方面的东西。"

伞人:"呵呵,找到路子了吧,这叫讨论出真知,不过,你还要注意一个问题。"

张伟:"什么问题?"

伞人:"注意你交流的对象,如果是营销管理人员,你就要交流管理方面的东西,如果是业务员,那你就要针对业务员的工作性质和内容来交流。"

张伟豁然开朗:"嘻嘻,很好,我知道该怎么做了。"

伞人:"嘻嘻……是不是明天就要见到美女董事长了,很兴奋啊?"

张伟:"这——也不是。"

伞人:"什么不是啊,我看是,交流是假,看美女是真吧?"

张伟急了:"姐姐,真的是交流啊,我对人家美女董事长又没有什么想法,你要是不相信,我就给徐君回话,明天不去了。"

张伟这话是真心话,他总感觉陈瑶和自己一个天上、一个地下,可望而不可即,他们属于两个不同的类群,对美女可以欣赏,但也仅此而已,别的奢望是没有的。同时,如果伞人不高兴自己见到陈瑶,那张伟就会毫不犹豫地把这活动推掉,他不想做任何让伞人不高兴的事情。

伞人:"哟,干吗呀,摔盘子给姐姐看?姐姐逗你的,时间不早了,早休息吧,明天你还要赶路去东兴呢。"

张伟恋恋不舍地和伞人姐姐告别,关上电脑。

张伟躺在床上,把明天需要讲的事情在脑子里事先梳理了一遍。

明天去交流的过程,也是自己学习的一个过程,张伟感觉机会难得。

而且,明天还能见到陈瑶董事长。

虽然自己对她没有任何非分之想,但见到美女总是一件让人愉快的事情。

张伟在美丽的憧憬中幸福地进入了梦乡。

第六十一章 假日之行

第二天中午1点半,张伟到达东兴市假日旅行社。

徐君正在门口等他,连忙把他领进去,热情地说:"他们也都来了,在陈董办公室,走,先去陈董办公室。"

张伟打量了一下假日旅行社的门面,很气派,蓝色的水晶字,临街玻璃墙,里面的背景也是蓝色为基本色调,"假日旅游"4个金色的大字熠熠发光,室内的办公桌隔断也都是蓝白相间的颜色,感觉很清爽。

到了陈瑶办公室,里面已经有4个人了,清一色的女同志。

陈瑶和他们一起正坐在沙发上喝茶聊天。

陈瑶见到张伟,笑吟吟地站起来,伸手握住张伟的手:"欢迎张经理,贵客光临啊。"

张伟想纠正一下自己的职务称呼,又感觉不合时宜,就没说,和陈瑶握握手,然后向其它3位女士致意。

陈瑶给张伟介绍,原来和自己一样,是邀请来交流的同行,分别是做地接、计调和导游业务的,一个是东兴本地的,另外两个是从省城来的。

然后陈瑶给她们介绍张伟:"龙发旅游营销部张经理。"

陈瑶今天穿了一身天蓝色白边的套裙,头发没有绾成发髻,而是扎了两个辫子,显得格外精神和年轻。

张伟打量了一下陈瑶的办公室,面积不大,很简单,一个老板桌,几张沙发,然后就是几盆文竹,曲曲折折攀爬在墙脚。

对面墙上挂着一幅字,苍劲有力:学会感恩。4个字,简单明了,也算是表明了主人的心志。

陈瑶向张伟微微一笑:"全是娘子军,一个党代表啊,张经理。"

其他3位女士也笑起来。

张伟傻乎乎地也跟着笑,他现在见了陈瑶感觉没有紧张的心情了,反而感觉很放松,很温馨。

然后陈瑶说:"感谢姐妹兄弟们今天捧场,我们培训一周了,今天下午主要是分组讨论交流,请你们各位老师来,就是想给我们的职员多增加点知识,多传授点技巧,把你们的宝贵经验给我们留下来。我们一会儿就开始,4组,分4个办公室,场所都布置好了,一会儿各相关部室的总监来陪大家一起过去。"

　　一会儿,徐君过来邀请张伟过去,张伟对陈瑶点点头:"陈董,我过去了。"

　　陈瑶点点头:"好的,一会儿我过去旁听。"

　　徐君和张伟走进营销部办公室,里面有十多个年轻人。

　　徐君给大家介绍:"龙发旅游营销部张经理,大家欢迎。"

　　掌声噼里啪啦一阵。

　　张伟坐定,冲大家点点头:"各位同行,大家好。"

　　然后徐君简单做了一个开场白,介绍了一下张伟在中天的业绩,示意张伟可以开始讲了。

　　张伟心里已经打好了腹稿,可是为了表示对对方的尊重,也显示自己的重视,还是装模作样打开一个笔记本,手里拿了一支笔,好像是写好了发言提纲的样子。

　　张伟刚要开始讲,陈瑶进来了,冲张伟笑笑,坐在会议室的角落。

　　张伟开始发言。

　　"各位同行,大家好,我想先纠正一下刚才徐总的介绍,我曾经是宁州中天旅游的营销部经理,现在呢,是龙发旅游的营销人员,因为龙发旅游刚组建,部室结构还不健全,我只是在做营销这一块,并没有明确职务,所以,不能称呼为张经理,大家都是年轻人,叫我小张好了。"

　　"那怎么行,"徐君接过话来,"那就叫张老师吧。"

　　张伟笑笑:"老师不敢当,今天来有两个目的,一个是和大家交流学习,学习大家的丰富营销经验;另一个是龙发旅游开发的漂流项目明年开业,先来和大家混个脸熟,以后还要通力合作。"

　　张伟瞥了一眼陈瑶,她正用温和的目光注视着自己。

　　张伟咳了一声,继续说:"因为我之前一直是在做旅游景区营销,做旅行社营销时间不长,可能还没有各位时间长,说到做旅行社营销,那是万万不敢在各位面前班门弄斧,今天,我更愿意和各位交流一个问题,那就是各位经常在业务中感到迷惘的一个事情,特别是当经济利益和道德相冲突的时候,说白了,就是一个做人和做事的问题。"

　　张伟又扫了陈瑶一眼,看见陈瑶微微点了一下头。

　　看来陈瑶对自己的选题还是赞同的。

　　"在我交流的时候,欢迎大家随时打断向我提出疑问,有争议的问题,大家可以一起探讨。"张伟继续说道。

　　然后张伟通过自己的经历,举一反三,从如何做人说起,引申到做业务所需要具有的敬业、责任和职业道德。

中间不时有人提出问题,张伟给予耐心细致的回答或者和大家一起讨论。

会场的气氛很活跃,大家时不时给张伟报以掌声。

陈瑶没有参与讨论,但是一直在认真听,并在笔记本上认真记录着。

最后张伟说道:"总之,做我们旅游营销这一行,具备良好的职业道德修养,是做好本职工作的重要前提,是做一个真正的旅游人的关键因素。只有一个人品修养良好的人,才能真正把客户当朋友、当亲人,才能对客户负责,对公司负责,对社会负责,才能真正拥有长久的客户,才能真正得到社会的认可、同事的尊重、领导的肯定。

"先做人,再做事,这句话我愿意在这里和大家一起共勉,作为我们共同的座右铭。只要我们不断加强自己的职业道德修养,不断提升自己的职业素养,我们的业务水平就会越来越高,我们的客户群就会越来越多,我们的人缘就会越来越好,我们的集体实力就会越来越壮大,相应的,我们的口袋里的银子也就会越来越多,大家的日子就会越来越好。相信我们旅游有陈董的卓越领导,营销部有徐总的得力管理,假日旅游的明天一定会越来越好,各位的明天也会更加辉煌。"

张伟这段话讲得顺畅流利,中间用了一些排比,语气铿锵,会议室鸦雀无声,大家听得入了迷。

讲完后,会议室出现了短暂的宁静。

"啪啪——"陈瑶带头鼓掌,大家才清醒过来,纷纷鼓掌。

张伟喝了一口水,点头向大家表示谢意。

张伟今天自我感觉良好,感觉发挥得也很好,心里乐滋滋的。

会后,陈瑶安排晚餐,邀请4位客人一起吃饭,海鲜酒楼。

假日旅游4个相关部室的总监陪同。

张伟还打算今天赶回宁州,刚要和徐君说,被徐君一把搂着肩膀晃了晃:"哥们儿,讲得好,确实有水平,向你学习。对了,你今天的住宿公司已经安排好了,明天陈董和我要去宁州办事,你和我们一起回去就可以了。"

张伟一听,既然安排好了,那就客随主便。

随后,徐君又把一个信封塞到张伟口袋里:"张经理,这是陈董安排的给你的茶水费,其他老师都有"

"这——"张伟感觉有些见外,忙推辞,"徐总,这样太见外了,我不要。"

徐君一把按住张伟的手:"张经理,这是公司统一安排的,1000块钱,小小意思,不成敬意,别让我为难哈。"

张伟听徐君这么说,也就不再坚持,和徐君一起去了酒楼房间。

陈瑶已经到了,坐在主陪的位置,见张伟进来,指指自己右边:"张经理,4个客人,就你一位男士,今天就优待男士了,你坐这边。"

大家赞同。

于是张伟坐在陈瑶旁边，大家分别坐定。

陈瑶又对张伟说："张经理，虽然你的职务还没有公布，可是为了大家在外面称呼起来方便，还是称呼你张经理吧，反正你早晚也是张经理，呵呵。"

徐君："是啊，早晚的事，就这么叫吧。"

张伟呵呵一笑，点头默认。

菜很丰盛，都是海鲜。

陈瑶照例喝的白酒。

大家倒满酒，陈瑶举起小杯子："各位，感谢对假日旅游的厚爱和器重，感谢今天下午各位辛勤的付出，希望我们是永远的朋友，为我们的友谊，干杯。"

陈瑶一饮而尽。

张伟也干了一杯白酒。

然后大家自由敬酒。

陈瑶看着张伟，举起杯子："张经理，下午第一次听你的发言，耳目一新，受益匪浅，思路清晰，主题明确，角度新颖，敬你一杯酒，表示两层意思，第一，感谢你来传经送宝，第二，希望以后我们会有愉快的合作。"

张伟不敢看陈瑶的眼睛，举起酒杯，看着陈瑶粉红的嘴唇一张一合，里面露出洁白的牙齿，听陈瑶说完，说："本人是班门弄斧，盛情难却，哪里有什么经验可以传授，主要还是来学习的，同时，也是为以后的合作先打个铺垫，今后景区和旅行社的合作会更加密切，还仰仗陈董多支持帮助我的工作。"

陈瑶和张伟碰杯："一定一定，张经理别客气。"

两人一饮而尽。

张伟看陈瑶喝酒这么痛快，忍不住问道："陈董，你酒量有多大？"

陈瑶拿过一只螃蟹放在张伟面前，然后说："我的酒量并不大，白酒顶多3两，不过我喝酒不喜欢一点一点抿，我喜欢一口闷，喝到一定量，然后就不喝了。不知道的一开始还都吓一跳，以为我酒量大，呵呵。"

张伟也笑了："我一开始就以为你酒量挺大。"

陈瑶看着张伟，眼神突然有些迷离："你比上次好像瘦多了。"

张伟大胆看了一眼陈瑶的眼睛，正好看到那迷离的眼神，不由心中一跳，忙转移开视线："呵呵，是啊，大病了一场，正好减肥了。"

"什么？"陈瑶眼神一跳，"大病了一场？"

陈瑶关注的眼神和急切的语气让张伟怦然心跳，不自然地点点头："是啊，不过也不是什么大病，主要是急性扁桃体发炎和身体内上火，牙疼。"

陈瑶注视着张伟："现在都好了吗？"

张伟一握拳头，胳膊一收缩："看，早就好了。"

陈瑶微微一笑,端起酒杯:"张经理,为了健康,干一杯,不过,这一杯是为健康干的,就随意喝,别干了。"

张伟心头一热,陈瑶是照顾自己,怕自己喝多了伤身体。

张伟和陈瑶坐在一起,感觉陈瑶对自己很照顾,也很关心,特别是陈瑶看自己的眼神,很友爱,很温馨,张伟感觉那眼神里充满了温柔。

陈瑶对自己一个普通的同行尚且如此,那对自己的员工就更不用说了。

一个叱咤风云的商界才女,竟会有如此温柔的一面,让张伟心里感动不已。怪不得陈董公司的员工都拥戴她,因为他们的老板娘是人性化管理的典范。

张伟心中好羡慕徐君。

然后,陈瑶和大家分别敬酒,张伟也依次和大家喝酒。

一圈下来,陈瑶的脸红扑扑的,大大的眼睛水汪汪的,嘴唇也更加娇红。

"张经理,明天我和徐君去宁州,明天早上9点整我们来你住的宾馆接你。"陈瑶对张伟说。

"行,那正好搭你顺风车。"张伟回答。

酒过三巡,开始吃饭,上的是海鲜面。

陈瑶把自己那份海鲜面推到张伟面前:"张经理,我吃菜就饱了,不饿,我这碗你吃了吧,大男人,一小碗吃不饱的。"

张伟把两碗海鲜面都吃进肚里。

饭后,陈瑶安排徐君把张伟送到宾馆,然后伸出手:"张经理,明天见。"

张伟握住陈瑶的手,感觉有些发烫,依然很柔软,很滑嫩。

"谢谢你丰盛的晚餐,再见,陈董。"张伟看着陈瑶。

陈瑶看着张伟,笑了笑。

路上,徐君不无妒忌地对张伟说:"张经理,我们陈董可真是看重你,对你很照顾啊,连饭都给你吃了,招待了这么多客人,我还从没有看见陈董对哪一个客人这么照顾过。"

张伟笑笑:"你这家伙,陈董是看我一碗吃不饱,她又不饿,才给我吃的,你妒忌什么啊?我还羡慕你呢,天天跟这么好的领导打交道,幸福死了。"

徐君嘿嘿笑了几声:"那是,那是,幸福的日子千年万年长。"

张伟又问徐君:"陈董成家没有?有没有孩子?"

徐君:"这个事情以前我也不清楚,最近才听说陈董好像是成过家,但现在是单身,怀过孕,但流产了。"

"哦,"张伟沉思了一下,"陈董没有再找?"

"没有,陈董好像遭受过很深的感情创伤,对感情的事情不愿意再提起。"

张伟点点头,想起伞人说过的话,肉体的创伤可以愈合,感情的伤害却难以恢复。

把张伟送到宾馆,徐君就回去了,临走前又给张伟说:"早休息,明天9点来接你,别睡过了。"

进了房间,张伟一看,好,有电脑。

刚才在路上张伟还后悔今天来的时候没带手提电脑,晚上上不了网,不过现在这已经不是问题了。

张伟先痛痛快快洗了个澡,然后穿上睡衣坐到电脑桌前打开电脑,登录 QQ。

"张董事长,晚上好。"

张伟刚一登陆,伞人的问候扑面而来。

张伟不由笑了,伞人姐姐又称呼自己张董事长了:"姐姐,我在东兴啊,下午在假日旅游交流学习的,刚吃过饭回来。"

伞人:"好谦虚啊,不是来传授经验的吗,怎么成交流学习了?"

张伟:"呵呵,还是谦虚点好,他们公司能人多的是,咱还是保持低姿态,有回旋余地,我下午发言的时候就一直强调是来学习交流的。"

伞人:"狡猾的家伙,晚上吃得好不好?"

张伟:"好,很好,非常好,海鲜的干活,吃得又饱又好。"

伞人:"恐怕不只是美酒美食,还有美女相伴吧?"

张伟:"呵呵,今天美女不少,邀请来交流的 4 个人,3 个女的,就我一个男的。对了,讲完他们公司还给了 1000 块钱,说是茶水费。"

伞人:"哦,你的报酬不低啊,一下午讲课费 1000 元。"

张伟:"是啊,感觉受之有愧,就摆弄了一会儿嘴皮子,却拿人家这么多钱,惭愧,惭愧。"

伞人:"也不能这么说,这嘴皮子也不是谁都能摆弄出来的,嘴皮子是思想的反映,脑子里没有积淀,没有知识,不善于思考,不善于梳理,是讲不出来,也讲不好的。今天你讲的效果如何?"

张伟:"今天我交流的对象是普通业务员,我就选了加强职业道德修养这个角度来阐述做人和做事之间的必然联系,讲得也不是很深刻,就是结合自己平时的想法来讲的,自我感觉还是可以的,嘻嘻。"

伞人:"呵呵,看来你是自我感觉良好啊,你的听众感觉如何?"

张伟:"应该是不错吧,掌声很热烈,哈。"

伞人:"看来你很得意啊,兄弟,那美女董事长没和你近乎近乎?"

张伟淡淡地说:"什么啊,你想哪里了,什么近乎近乎,大家都是同行,普普通通的朋友。"

张伟突然不愿意在伞人面前提起陈瑶,任何让伞人姐姐不开心的事情,张伟都不想去做。

可是,伞人姐姐好像还很愿意谈论这个事情:"呵呵,小子,你不喜欢这神仙美女了?"

张伟:"喜欢,可是就是那种纯粹普通朋友性质的喜欢,没有任何其他的念想,就像是两条铁轨，一直向前延伸，但却不会交叉。这种喜欢，和对你的那种喜欢，不是一个性质。"

伞人："哟，怎么？喜欢还有不一样的？"

张伟："当然，对你的喜欢是那种发自内心的，刻骨铭心的爱恋；对她，是那种朋友式的欣赏和仰慕，是那种只可远观不可近瞧的距离美。二者性质有着根本的差别。"

伞人："兄弟，你越来越会说话了，越来越会讨女人欢心了，这小嘴儿就像抹了蜜，嘻嘻……"

张伟乐了："姐姐，我这都说的是心里话，虽然我们是在网络上，但我依然能强烈感觉到对你的爱恋，依然能感觉到心里是真的用了情。"

伞人沉默了一会："兄弟，你说我们这是不是网恋？"

张伟心一跳："我感觉应该是。"

伞人："你相信网恋吗？"

张伟："以前不相信，现在相信。"

伞人："怎么说？"

张伟："因为它发生在我自己身上了，我正在亲身经历着，不能不信。"

伞人："你是在说我们？"

张伟："废话，你说呢？"

张伟试图通过简单明了的语言直接和伞人姐姐挑明二人关系的实质，他喜欢短平快，不喜欢拖拉黏糊。

伞人又沉默了一会："我不知道。"

张伟步步紧逼："你知道，你很明确地知道，或许很早你就有感觉，或许你早就知道，只是你自己一直在逃避，你自己不愿意承认。"

伞人继续沉默，良久才说："网上一个你，网上一个我，这是刚认识的时候你加我的那句话。这句话我一直很清楚地记得。"

张伟："是的。"

伞人一声叹息："兄弟，网事结缘，往事皆缘，世上纵有万般情，纵有万般恨，爱恨情仇，都是命中注定，缘分天注定，凡事别勉强，走一步看一步吧。"

张伟："可是——"

伞人："别逼我！"

然后伞人就不再说话，仿佛陷入沉思。

张伟也不再说话，静静地看着屏幕上的小企鹅，仿佛在注视着伞人的眼睛。

张伟感觉此刻伞人姐姐一定在沉思，在回忆过去，在回忆认识自己以来的点点滴滴。

过去的那些日子，两个人在网络上交流的那些日子，总是那样让人怀念，那样让人留恋。

虽然是在无声的世界，可是总能感觉到那些笑容，那些关切，那些鼓励，那些默契……

良久，伞人仿佛刚刚醒来，轻轻对张伟说："休息吧，明天你还要回去。"

第六十二章 爱的誓言

第二天,张伟8点就起床,吃过早饭,8点50分站在宾馆门口等陈瑶和徐君。

人家来接自己,还是早出来会儿等人家好。

想起昨晚和伞人的对话,张伟感觉伞人的心仿佛是一块坚冰,正在被自己慢慢融化;又好像是一块磐石,虽然在融化,却深深把自己包裹在厚厚的保护层里面。

但是,张伟却分明感觉到,自己和伞人的心在慢慢贴近,在慢慢靠拢,有时,甚至能听见彼此心跳的声音……

你不是一块拒绝融化的冰,只是你没有遇到足够的火热和真情。张伟痴痴地想着。

"嗯——"一辆蓝色的宝马停在张伟面前。

张伟一看,陈瑶开的车,车里只有她自己。

陈瑶正招呼自己。

张伟上车,坐在前排副驾驶位置。

陈瑶今天穿得很休闲,上衣白色的休闲棉衣,里面浅蓝色的羊绒衫,下身牛仔裤,旅游鞋,两个小辫子搭在肩膀上,朝气蓬勃,精神十足。

"早上好,张董——张经理。"陈瑶笑嘻嘻地和张伟打招呼。

张伟看到陈瑶眼睛直盯自己,有些心跳:"早上好,陈董,怎么就你自己? 徐君呢?"

陈瑶并没有急着回答张伟的问题,却递给张伟一瓶饮料:"早饭吃了吗?"

"谢谢,"张伟接过饮料,"吃了。"

"有驾照没有?"

"有。"

"那好,"陈瑶把车靠路边停下,"你来开车,我吃早饭。"

张伟这才发现陈瑶车里还有封口的豆浆和米团。

张伟以前开的车最好也就是帕萨特,宝马没开过,但自动挡的车经常开,听陈瑶这么一说,也就不客气,下车和陈瑶交换位置。

"我好几个月没摸车了,有些手生啊。"张伟边开车边说。

"没关系,慢慢走。"陈瑶边喝豆浆边对张伟说,"我今天去宁州事情不急,就是去梁祝公园和他们签个协议,内容早谈好了,去了就签,很简单。本来徐君要一起去,和那边接头认识认识的,可是今天一大早,徐君家里有事情,就不去了。"

"哦,是这样,"张伟说,"梁祝公园你和他们搞什么协议?"

"地接啊,外地来的客人,有喜欢去的就把他们带过去,一个传世千年的爱情故事的发源地,很惹人眼球的,和他们签协议,门票价格给我们返利1成。"

"惭愧,来这么久了,宁州的梁祝公园我还没去过,这个感人的爱情故事倒是知晓。"张伟说。

"那何不跟随洒家一起去参观参观,有咱的面子,门票免费。"陈瑶狡黠地看着张伟。

"好,好。"张伟高兴地回应着,和陈瑶这样独处,感觉心跳不已,身体有些发热,像是在做梦。

张伟久未开车,所以开得不是很快。

宝马平稳地行驶在宁东高速公路上。

"你车开得不错嘛,很平稳,很有安全感。"陈瑶又对张伟说。

"呵呵,怎么说驾龄也4年了,虽然没有自己的车,但各种类型的车倒也开过不少。"张伟呵呵一笑,"今天你怎么没让司机开车呢?"

"周末,司机休息,平时一般没有重大场合和要紧事情,都是我自己开车,除非我忙不过来,才让司机开车,司机也不是专职驾驶,还兼着公司的采购,平日发团用的包、帽、水都是司机负责采购。"陈瑶吃好了,擦擦手,"辛苦你了,张经理,前面有服务区,去下洗手间。"

从服务区刚要开车出来,张伟突然接到王炎的电话。

陈瑶微微一笑,示意张伟坐副驾驶,她来开车。

于是,张伟边坐到副驾驶位置边接王炎的电话。

王炎的声音在电话里脆灵灵的,声音很大:"哥,在哪呢?"

"东兴回宁州的路上。"

"你去东兴干吗?"

"去一家旅行社交流学习的。"张伟边说边看了陈瑶一眼。

陈瑶脸上笑吟吟的,估计王炎的声音她能听见。

"哦,"王炎接着又说,"今天周末,中午我们一起吃顿饭吧? 一周没见你了,哈尔森今天去深圳出差了,我自己在家闷死了,早知道你去东兴,我跟你去玩啊。"

"这——"张伟犹豫了一下,中午自己肯定是要和陈瑶一起吃饭了,王炎加进来,陈瑶会不会不高兴。

陈瑶已经听见王炎电话里的声音了,看张伟犹豫的样子,明白张伟想什么,点头冲张伟一笑："欢迎你朋友一起吃饭。"

"好，"张伟感激地看了一眼陈瑶，"我们中午一起吃饭，我和东兴假日旅游的陈董一起，等快到宁州的时候我联系你，中午我们一起吃饭。"

"陈董？男的还是女的啊？要是男的我就不参加了。"

"呵呵。"张伟笑了，又看了陈瑶一眼，陈瑶也忍不住笑起来。

"女的，美女，一个美女姐姐，你放心好了。"

"哈，好，我喜欢美女姐姐。"王炎电话里声音很高兴，"那我等你电话。"

放下电话，张伟不好意思地对陈瑶说："我一小老乡，叫王炎，在外企工作的，和我一起来宁州的，中午非要和我一起吃饭。"

"没关系，好啊，听声音是个美女吧？"陈瑶边开车边乐呵呵地说。

"小姑娘很可爱，也很漂亮，找了个男朋友是老外。"

"哦，"陈瑶点点头，看了看张伟的脸色，"冒昧问你个问题，张经理，你有女朋友了吗？"

"有了。"张伟不假思索地回答。

"哦，"陈瑶好像有些意外，随即说，"那一定也是位美女喽？"

"这——"张伟挠挠头皮，有些脸红，一时语塞。

"怎么？还不好意思说？"陈瑶又问。

"这——我——我也不知道？"张伟结结巴巴地说，"我不知道她什么样子啊。"

"哈哈……"陈瑶憋不住大笑起来，声音里充满了快乐和开心，"真是个傻——难道张经理是父母之命、媒妁之言，像古人那样订的亲？有女朋友却不知长的什么样？"

"嘿嘿……"张伟傻乎乎地笑着，"不是订的亲，是我自己认识的女朋友，可是……可是，我真的不知道她什么样子。"

陈瑶开心地笑了一会，然后对张伟说："张经理，我发现你不但有才，而且还很幽默，大智若愚啊，哈哈……"

陈瑶又忍不住笑起来。

张伟被陈瑶的笑深深打动，笑声里充满了欢乐的释放和轻松的跳跃，很开怀，很纵情。

张伟不由对陈瑶说："陈董，你的笑真好，极具感染力，很开怀，是那种发自内心的笑。"

陈瑶一怔："真的吗？我自己没有感觉，我的笑真的这样吗？呵呵，好久没这么开怀大笑过了，好久没这么从心里释放过了，谢谢你，谢谢你的幽默。"

看到陈瑶开心的样子，张伟突然感觉很感动，原来快乐就是这么简单。

能给别人带来欢乐，能让别人快乐，自己一定也是快乐的。

张伟突然感觉陈瑶开心起来像个孩子，很活泼，浑身充满活力。

陈瑶轻轻打开车内的音乐,一阵歌声飘洒出来:"从来不敢仔细看你,只怕就此迷失自己……"

陈瑶随着音乐轻轻哼起来。

张伟感觉心里很从容,很温馨,真希望这路一直走下去。

车到宁州,张伟给王炎打电话,让她在家门口等。

"我们中午一起吃饭,下午去梁祝公园,"陈瑶对张伟说,"中午我请你和你的那位小老乡王炎一起吃饭。"

"到宁州了,还是我请,"张伟说,"怎么着也得尽尽地主之谊,怎么能让你破费。"

陈瑶想了一下:"好吧,那就从了你,你请。"

车到王炎家门口,王炎蹦蹦跳跳跑过来,上了车。

张伟对王炎说:"这是东兴假日旅游的陈董。"又对陈瑶说:"我小老乡,也是我的小妹妹,王炎。"

"陈董好,"王炎瞪大眼睛看着陈瑶,"姐姐好漂亮哦。"

陈瑶和善地看着王炎,呵呵笑着:"小妹你好,小妹好可爱好讨人喜欢哦。"

王炎嘻嘻一笑:"见了姐姐,才知道什么叫美女,才知道原来还有比何姐姐更漂亮的美女。"

"何姐姐?"陈瑶眼神一怔,随即又笑着问,"哪个何姐姐啊?"

王炎摇头晃脑:"陈姐,你不认识,是我的一个业务上的朋友,也是做旅游的,和你同行。"

陈瑶眼睛一暗,接着点点头:"哦,呵呵,是啊,做旅游的太多了,很多都互相不认识的。"

张伟接过来:"你们想吃什么?"

"我想吃鲁菜,"王炎嗷嗷叫着,"我好久没吃北方菜了。"

张伟冲王炎头皮来了一下子:"你忙什么,还没听听陈董的意见呢?"

陈瑶呵呵一笑:"鲁菜啊,小妹喜欢吃鲁菜,我也想吃啊,今天陪你们两个北方佬吃北方菜。"

于是,大家一起去了一家鲁菜馆。

"哈哈,还是北方菜好吃。"王炎饿了,边吃边赞不绝口。

陈瑶看着王炎狼吞虎咽的样子,不禁乐了:"小妹,怎么? 跟着老外吃西餐,吃不饱?"

王炎一怔,看看张伟,随即明白张伟已经把自己给陈瑶介绍过了,嘻嘻一笑:"姐姐英明,我这人没有享福的命,吃西餐只能是填肚子,没有口味,真想解馋,还是北方菜啊。"

张伟边吃对陈瑶说:"我这小妹人小本事可不小啊,我做的那个千人海南团,就是她给我弄的。"

陈瑶点点头："王炎,你这么年轻,外语又好,条件得天独厚,将来一定可以有一番成就。"

王炎点头："我一定会努力的,哎,不要求做多大,只要能像陈姐这样,有个自己的公司,做个美女董事长,吾愿足矣。"

"哈哈,"陈瑶笑得浑身颤抖,"你这志向可不大啊,像姐姐这样的小老板,有什么好的,吃苦受累,辛辛苦苦一年赚不了几个钱。"

王炎摇摇头："姐姐,我的愿望是到国外有一家自己的公司啊,不是在国内。"

"哦,"陈瑶明白了,转头对张伟说,"张经理,你小妹这个志向可是值得鼓励的,有志气。"

张伟乐呵呵地："小孩子不知天高地厚,说话狂妄,让陈董笑话了。"

王炎站起来冲张伟一拳："呸!你才是小孩子。"

"哈哈……"张伟和陈瑶都笑起来。

"对了,"王炎说道,"我们集团在东兴最新收购了一家制药厂,哈尔森有可能去那家公司负责,到时候我也去。"

"好啊,欢迎,"陈瑶高兴地说,"到时候我们可就在一个城市里了,没事就来找我玩。"

张伟："还有我啊,虽然我在乡下山里,可也是在东兴啊。"

"当然包括张经理,呵呵,"陈瑶说,"我代表东兴人民欢迎你们。"

"到时候我没事就去找陈姐玩。"王炎说。

王炎见到陈瑶就很有好感,对陈瑶有在一种说不出的喜欢,说话间自然也就流露出来。

"好的,到时候我带你去山里看你的傻大个哥哥。"陈瑶看着张伟笑嘻嘻地说。

王炎看着陈瑶注视张伟的眼神,心中突然一动。

饭后,王炎一听说陈瑶和张伟要去梁祝文化公园,急忙举手："我没去过,我要去。"

于是,三人一起去了梁祝文化公园。

去到之后,陈瑶让张伟和王炎在会客室稍等,她直接去公园负责人办公室签协议。

"哥,这陈姐可真漂亮。"王炎挎着张伟的胳膊,摇晃着。

"嗯,是很漂亮。"张伟应付着。

"你——没有什么想法?"王炎大大的眼睛看着张伟。

"去,"张伟甩开王炎的胳膊,"你胡说什么,又乱点鸳鸯谱。"

"什么啊?"王炎又抓起张伟的胳膊,"哪里是乱点鸳鸯谱啦,我看陈姐对你态度很好的,看你的眼神很那个。"

张伟一戳王炎额头："小屁孩,我和人家一个天上,一个地下,不是一路人,不进一家门。你少乱说,别乱搭配,别最后弄得大家连朋友都做不成。"

王炎一吐舌头，不说了。

一会儿，陈瑶回来了，满脸轻松："OVER 了，走，我们逛逛去。"

公园方面对陈瑶也很重视，专门找了一个女导游带他们游览。

"碧草青青花盛开，彩蝶双飞久徘徊，千古传颂深深爱，梁山伯与祝英台……"张伟边随同导游游览，脑海里边一遍遍徘徊着这几句千古绝唱。

宁州是梁祝故事的发源地，以梁祝爱情故事为主题的梁祝文化公园，是全国第一座大型的爱情主题公园。

张伟想来有些惭愧，自己来宁州这么久，竟然没有过来看一看。

跟随导游游览，听了导游的解说，张伟才知道，梁祝文化公园为晋代梁祝墓、庙等古遗址所在地。据众多史料记载，梁山伯为东晋人，与祝英台三载同窗，曾为官于宁州鄞县县令，后因治理姚江而积劳病逝，遗命安葬于此。1997 年，梁山伯古墓遗址和出土文物在梁祝公园被发掘。

"若要情人同到老，梁山伯庙到一到。"听着导游的解说，按梁祝故事的主线，他们游览了"草桥结拜"、"三载同窗"、"十八相送"、"楼台会"、"化蝶团圆"等景点。

整个采用江南古建筑亭、台、楼、阁、榭的布局，依托山水，山外有山、园外有园、移步换景，身处其中，恍然置身于那场引得无数男女潸然泪下的千古爱情悲剧中。

河畔，垂柳依依，绿荫如毯，蝶恋园内，花香蝶舞，象征着这对至情至爱恋人的精魂；音乐广场中矗立着高大洁白的梁祝化蝶雕塑，飘飘欲仙……

置身于此情此景，张伟不由痴了，要是伞人姐姐此刻和自己在一起，见证这刻骨铭心的爱情，多好！

陈瑶和王炎也深深被这凄美的爱情故事和景致所打动，久久不语。

回到车上，王炎冒出一句："唉——千金易得，知己难求。"

王炎的话说出了大家共同的心声。

"陈董，你今天还回东兴吗？"张伟看看时间，不知不觉在里面游览了 4 小时，已经是下午 5 点多了。

"回啊，我把你们送回去，接着就回东兴。"陈瑶说。

"不要啊，"王炎说道，流露出对陈瑶的恋恋不舍，"陈姐，你明天再回去吧，晚上我做东，请陈姐去东湖吃饭，饭后，姐姐住我那里，正好我自己也闷得慌。"

"是啊，"不知怎么的，张伟也有些不舍，"要是没有什么重要的事情，就明天回去吧，反正也不差这一晚。"

盛情难却，陈瑶点点头："那好，不过，老麻烦你们多不好意思。"

"陈姐别见外啊，你是我哥的朋友，就是我的朋友，大家一家人。"王炎一听陈瑶答应了，高兴地摇头晃脑，"走，我们去东湖度假村吃饭去。"

又到东湖,还是老地方。

张伟不由很感慨,当初第一次见到神仙美女就是在这里,现在又回到这里,不是和何英,却是和神仙美女坐在一起吃饭了。

何英这两天一直没有和自己联系,看来事情比较多。

王炎和陈瑶坐一面,张伟坐她们对面。

王炎去点酒菜。

张伟指指斜对面,对陈瑶说:"陈董,我第一次见你时,你就坐那地方,自己一个人。"

陈瑶扭头看看,呵呵一笑:"哦,是吗? 你记性真好?"

张伟点点头:"第一次见你时,我直接被雷倒了。"

陈瑶:"怎么?"

张伟:"因为你太美了,直接把我击倒了。"

陈瑶嘻嘻一笑"不会吧,张经理,夸张了,俺自己还是有那么一点自知之明的哦。"

张伟认真地说:"不是夸张,是真的。"

陈瑶拱手作揖:"谢谢张经理夸奖,多谢。"

张伟突然感觉陈瑶温柔可爱的后面还有一些男孩子的爽气和利落。

菜上来后,三人边吃边聊。

"陈董,你今天和梁祝公园签的协议,就只是把外地的客人地接过来,这样只靠挣点门票钱,没什么多大赚头吧。"张伟把心里一直在琢磨的事向陈瑶提出来。

陈瑶赞赏地看看张伟:"张经理很善于动脑子,只做地接客人,确实是不挣什么钱的,但是,有时候做业务,即使不挣钱也要做,一个是体现为游客服务的精神,把游客当亲人;另一个是照顾景区的利益,体现互助互帮的精神。"

张伟点点头,这和陈瑶做事的性格比较符合,伞人姐姐以前也经常给自己灌输这种思想。

"还有,"陈瑶说,"今天我们在游览的时候,我脑子里初步琢磨了一个方案,打梁祝公园的爱情牌,策划大型相亲派对旅游,定期举行,既为青年男女牵线搭桥,又能有比较好的经济效益。"

"好,"张伟一拍大腿,"陈董,你这个想法好,社会效益和经济效益双丰收,一举两得。"

王炎听了也很兴奋,插进话来:"哥,到时候你也报名参加,我陪你来相亲。"

张伟瞪了王炎一眼:"这哪跟哪啊,你乱掺和什么。"

陈瑶笑吟吟地对王炎说:"王炎,你哥已经有女朋友了,就不参加这个活动了。"

王炎一愣,转脸迷惑地看着张伟:"什么时候找的? 哥,我怎么不知道啊?"

陈瑶呵呵笑起来。

张伟也忍不住哈哈大笑。

饭后,陈瑶去王炎那里住,张伟直接回住处。

陈瑶先开车送张伟到住处楼下。

"明天我一早就直接回去了,"陈瑶对张伟说,"张经理,感谢你今天的盛情款待,后会有期。"

张伟心中一动,又是一句"后会有期",不过他们以后会经常打交道,真的是后会有期了。

"别客气,陈董,"张伟又对王炎说,"好好安排陈董休息。"

"知道了,"王炎说,"晚上我和陈姐好好聊天啦呱。"

王炎对陈瑶有着说不出的热乎劲儿,一见如故。

"是啊,我们啦呱,"陈瑶笑着对张伟说,"啦啦你的光辉事迹。"

"什么——?"张伟刚要说话,宝马一溜烟走了:"晚安。"

张伟摇摇头,晚上王炎还不知道会和陈瑶聊自己什么事。

第六十三章 不眠之夜

今天和陈瑶一起度过了一个白天,张伟感觉很有收获。

陈瑶确实是一个优秀的女人,全方位的。

王炎和陈瑶两个人倒挺对路子,一见如故,打得火热。

王炎下一步要随哈尔森到东兴新单位,看来出国的事情要暂时拖一拖了。不过,等等也好,整个欧洲都在经济危机的风暴之下,目前,日子最好过的当属中国了。

张伟刚要上楼,突然收到何英的手机短信:"我在 A8 自己一个人在喝酒,你能过来陪我说会儿话吗?"

两天没动静,一来消息跑到酒吧去了。

A8 是城隍庙附近的一个大型音乐酒吧,张伟听说过,但从没有去过。

张伟想拒绝,刚要回复,又感觉于心不忍,何英这么晚自己一人跑到酒吧里,一定是遇到不愉快的事情,想让自己去说会话,即使从朋友的角度出发,自己也应该去。

于是张伟给何英回复:"在哪个房间? 我一会儿过去。"

"大厅,26 号。"

"好的,我一会儿过去。"

张伟要先回家把旅行包放下。

小郭正在房间里打游戏,见了张伟:"今天下午好热闹,老板和董事长在公司里干起来了,吵得不可开交,老板吵完气哼哼地飞到广州去了。"

"哦,"张伟明白何英果然是心情不好,喝闷酒的,问小郭,"为什么事情?"

"不知道为什么,好像高总说什么董事长有心计,对他没感情,只爱他的钱,董事长则责骂高总寂寞难耐,引自己上钩,弄得自己里外不是人,等等,估计又是那些陈年老账,感情账,幸亏公司员工大部分都出去了,就我和两个内勤在,听见他们吵架,我和两个内勤都主动跑到公司门口去了,怕成为他们吵架的出气筒、牺牲品。"小郭津津有味地向张伟描述着。

张伟点点头:"呵呵,你这家伙,很有眼头啊。"

小郭呵呵一笑,又说:"张哥,我不想在中天做了。"

张伟一听,有些意外:"怎么了?兄弟。"

小郭:"不开心呗,老板和董事长对我倒是不错,可是下面那些人,以林经理和李经理为首的,天天没事找我碴,不是这不好就是那不好,还动不动找老板打我小报告,说我用公车办私事,说我倒卖油票,说我修车的时候乱开发票,弄得老板都对我疑神疑鬼的。"

张伟明白,原因还是在自己身上,因为小郭和自己是老乡,他们找不到自己,就拿小郭出气。

张伟知道这样的事老高和何英也无可奈何的,总不能天天看着吧。

张伟突然为小郭受自己的牵连感到内疚:"兄弟,你是被我牵连了,你不干了,找到新地方了?"

"没,打算辞职再找。"

张伟考虑了一下:"这样,兄弟,先别辞职,边干边找新单位,等找到合适的地方,再辞职也不迟啊,我也帮你物色着,有合适的地方就通知你。"

小郭点点头:"行,张哥,那我听你的。"

张伟拍拍小郭的肩膀:"那这事就这样,你玩吧,我出去有点事情。"

张伟出门直接打车去了 A8 酒吧。

何英今晚心情不好,跑酒吧里喝酒,很容易喝醉。

一进酒吧大厅,震天的 DJ 音乐迎面扑来,疯狂的节奏,闪烁摇曳的灯光,浑浊的空气,昏暗的光线,痴迷的摇摆人群,暴露至极的领舞小姐,让张伟仿佛置身于一个激情放纵、激烈宣泄的空间。

在服务生的引领下,张伟找到了何英。

何英正坐在一个圆桌前,手里拿着一个小瓶的啤酒瓶,边摇晃身体边对嘴喝,桌上还放着 5 个空酒瓶。

张伟皱了下眉头,在何英面前坐下。

音乐震耳欲聋,说话也听不清。

何英看见张伟,招手叫来服务员,塞给他一百块钱,服务员很快又上了几瓶啤酒,全部打开。

何英头发披散,眼神迷离,脸上似笑非笑,随着音乐摇头晃脑,举起手里的酒瓶,示意张伟喝酒。

张伟举起酒瓶,和何英碰了一下,对嘴一口气吹光,然后放下酒瓶,看着何英。

何英放肆地笑起来,笑声湮灭在音乐中。

何英点着一支烟,对着张伟喷出一口烟雾。

浑浊的空气里烟雾腾腾,张伟倒没有感觉这口烟多么呛人。

何英猛吸两口,眼泪流出来。

张伟拿起桌上的纸巾递给她。

何英擦干又笑,很放肆地笑,眼泪又哗哗地流出来。

然后,何英又开始对瓶喝啤酒。

张伟默不做声,面无表情,看着何英,任由她在那又哭又笑,摇摇摆摆。

张伟知道,何英此刻需要的是宣泄。

一个人心里抑郁久了,就需要有个理由或者地方来发泄一下情绪。

张伟知道,何英此刻不仅仅是因为和老高下午的那一场吵架,她心里还有很多郁闷,其中也包括和自己。

何英和自己相好这段时间,自己没有少给她脸色看,她战战兢兢、小心翼翼地付出之后,并没有从自己这里收获任何东西。

而老高,一旦撕破脸皮,两人的经济地位关系就马上发生了转化,何英就从一个董事长变成了一个被施舍者,一夜之间,可以从天上到地下,何英要想维持目前丰裕舒适的生活,就必须忍受老高的指责,维系和老高的婚姻关系。

所以,张伟知道何英的心里很苦,知道何英需要心理的宣泄。

所以,张伟平静地看着何英,看着何英不停地喝啤酒,自己也陪着。

当桌上的啤酒都喝光的时候,张伟起身架起何英,穿过疯狂摇摆的男男女女,走出 A8。

当身后的音乐渐渐消失,午夜的天空充满了凉爽的空气。

张伟把何英扶到车上,自己开车,行驶在宁州午夜空旷的马路上。

何英向后靠在车座后背上,无力而疲惫,失神的眼睛看着前方闪烁的灯光和无边的黑暗。

张伟开着车,默不做声。

张伟把车开上了高速公路。

"到哪里?"何英醉醺醺地问了一句。

"走到哪儿算哪儿。"

何英不再说话。

张伟只管开车,也不说话。

喝了啤酒,尿来得快,一会儿何英说:"我要方便。"

张伟也有此意,正好前方一个服务区,张伟把车开了进去。

方便完,张伟打量了一下服务区,才发现这正是他第一次和何英在车里发生关系的服务区。

鬼使神差,冥冥之中,又来到了老地方。

服务区很安静,几辆大货车停在院子里,驾驶员在车上酣睡,其他工作人员也都趴在桌子上睡觉。

回到车上，张伟摸到一瓶水，递给何英。

何英咕嘟咕嘟喝了半瓶，然后停下来，看着外面："这地方，好眼熟。"

"是的，还能想起什么时候来过吗？"

何英摇摇头："想不起来了。"

"几个月之前，我们第一次做爱的地方。"

"哦！"何英点点头，痴痴地说，"是啊，是这地方，时间一晃几个月过去了，过得好快啊，仿佛就在昨天……"

何英的神情迷迷糊糊，像是在说梦话。

张伟把何英的身子扭过来，捧起何英的脸，把何英披散的头发慢慢地向后聚拢。

张伟做得很慢，很有耐心。

何英不做声，默默听任张伟动作。

"绳套呢？"

何英从包里摸出发绳套。

张伟把何英的头发整理得整洁而条理，然后套上松紧绳套。

然后，张伟长出一口气，拍拍何英的脸："记住，任何时候都要做一个整洁的女人。"

何英静静地看着张伟，大大的眼睛此刻变得明亮而有神。

车外一片寂静，除了高速公路上车辆疾驶而过的轰鸣。

车内非常静谧，静得只能听见男人和女人呼吸的声音。

张伟看着这个曾经和自己几度云雨的女人，眼神很复杂，有怜悯、感激、愧疚、无奈、友爱……

何英看着张伟英俊的面孔，这是一个曾经带给自己极度欢乐和激情的男人，此刻，他近在咫尺，可是，他又离自己很远。

何英的眼睛里逐渐充满了痛苦、悲哀、绝望、失望、落寞……

两人默默地注视着。

蓦地，何英扑到张伟怀里，身体无声剧烈颤抖起来。

张伟感觉到有湿湿热热的液体流到自己手背上。

张伟知道何英在极力压抑自己心里的情结，极力控制自己的情绪。

张伟抽出手，拍拍何英的背："想哭，就哭出来吧。"

"呜——"何英忍不住哭出声音。

张伟没有劝阻，也没有安慰，轻轻拍着何英的背。

何英哭得越来越厉害，从开始压抑的抽搐发展到了失声痛哭。

张伟明白，何英的痛哭里，包含了很多，既有他知道的，也有他不知道的，但多多少少和自己都有关联。

何英的哭让张伟感到一种无以名状的痛，发自内心的痛。

不管这个女人怀着什么样的动机,不管这个女人做了什么事情,她对自己确确实实是有情有义,真心实意的。

不管自己怎样难为她,不管自己怎样讥讽她,她仍然锲而不舍,默默承受,总是对自己笑脸相迎。

何英没有什么对不住自己的。

可是,难道自己对不住何英？自己又在什么地方对不住何英呢？自己应该怎样才能对得住何英？

张伟的心里充满了矛盾。

良久,何英终于停止了哭泣和抽搐,抬起头,拢了拢头发,两眼红肿。

"今天让你见笑了。"何英透过车窗看着外面黑黝黝的夜空,长出了一口气。

张伟拉过何英的手:"别这样说,何英,我知道你心里很压抑,很苦,这些压抑和苦都是因为我而滋生的,或者说因为我而加深的,我很抱歉,也很惭愧,我理解你的哭泣,我放纵你尽情痛哭,因为我想让你把心里的郁闷和苦楚都释放出来,别老憋闷在心里。"

何英感激地看着张伟:"谢谢你的理解,你不必抱歉,也不必惭愧,我不想让你因为我而背负压力,因为我而生活得不开心,工作得不快乐,我想让你轻轻松松去工作和生活。我的苦恼和郁闷,都是我自找的,都是命中注定的,我今天的一切都是命中注定的,也是我咎由自取。"

张伟握着何英的手:"别这样说,你有幸福的家庭,你有自己的公司,你有安逸的生活,不能做情人,我们一样可以做很好的朋友,真心真意的朋友。"

何英又轻轻地靠在张伟怀里:"抱紧我。"

张伟感到何英的身体很冷,不由张开胳膊,把何英搂在怀里。

何英把耳朵贴在张伟的胸口,轻轻说道:"我分明听见你的心在说话,在告诉我,你是一个多么优秀的男人,一个多么坚韧不拔、坚强有力的男人,一个多么善良富有爱心责任心的男人,可惜,我们注定只能是擦肩而过,注定是短暂停留,注定是片刻的欢乐。"

张伟轻抚着何英的头发,下巴抵在何英的头发上,没有说话。

"我有幸福的家庭、自己的公司、安逸的生活,这一切,外人听起来是多么的让人羡慕,让人心动,可是,对于我来说,这一切让我在收获的同时,也失去了更多。"

张伟心中一凛,何英除了因为自己而产生的苦恼之外,心中似乎还有难以解开的情结。

何英把身体往张伟怀里贴紧了一点,仿佛是要获取温暖。

张伟打开车内的暖风,很快,车里暖和起来。

何英沉默了一会,继续说:"为了得到这些,为了得到今天的这一切,我付出了惨重的代价,失去了最要好的朋友,丧失了自己的人格,辱没了女人的尊严,我其实不是一个好女人,我是一个不择手段追逐物欲情欲、贪图享受的坏女人,我只能让自己生活在阴暗的角落,只能让自己的心灵在肮脏的沼泽里陷落,我已经没有了明天,我也不敢去面对明天。"

张伟分析着何英的话,何英指的应该是自己和张小波、高强之间的事情。

从何英的话里,张伟感觉他们三人之间有着非同一般的经历和变故。

何英和张小波、高强之间有着怎样的爱恨情仇?

从何英的话里,张伟听出了自责、懊丧、忏悔、耻辱……

张伟抬起何英的脸,用纸巾轻轻为何英把眼泪擦干:"何英,不要这样作贱自己,以前发生了什么,我不知道;你以前是怎么一个女人,我不了解;可是,从我认识你以来,根据我对你的感觉,根据你刚才的自责,我认为你是一个不错的女人,一个从良心到道德都有底线、有标尺的女人,你有自己的理想和梦想,有自己的追求,有自己的爱与恨,有自己的情感世界,这都没有错,都是一个正常的女人应该具有的。不管你以前做了些什么,不管你以前做错了什么,在我眼里,你仍不失为一个不错的女人。"

何英水汪汪的眼睛看着张伟:"你真的这样认为?"

张伟点点头:"是的,这是我心里的真实想法,人生一世,仿佛过往烟云,过去的和正在过去的事情每天都在发生,你还年轻,路还很长,往前看,不必让自己沉浸在对往事回忆的痛苦和自责中,吸取教训,面对现实,面对今天,面向明天,你的生活仍然是多彩的,你的未来仍然是绚丽的。"

何英感动地看着张伟:"你真好,你说的真好,谢谢你,我知道我们之间做情人已经不可能,也慢慢放弃了幻想,我一直在努力说服自己,把你当做好朋友,可是——"

"可是,心不由己,是不是?"

"是的,你说的对,心不由己,虽然一再提醒自己,可是,心里却仍不能自已,仍不能把握自己,一想起你,一见你,就乱了方寸。"

张伟微微一笑:"这是心魔,人最大的困难就是战胜自己,只要你战胜了自己心中的魔鬼,你就会重新获得轻松和快乐。"

何英也微笑了一下:"我会努力去做,我一直在努力去做,相信我,我逐渐会适应的。"

张伟点点头:"我当然相信你,我更相信,我们会成为无话不说的朋友,成为互帮互助的知己。"

何英轻轻敲打着张伟的胸口:"你真会说,你太会说了,你这嘴皮子,不知道以前迷倒过多少女孩子,不知道以后还要迷倒多少女人。"

张伟哈哈一笑:"拜托各位女同胞,千万别被我迷倒,只有一个何英就已经把我放倒了,让我多活两天吧。"

"呵呵,"何英笑起来,"又耍嘴皮子。"

张伟看何英情绪好起来,心里也轻松了,轻轻推开何英:"该回去了。"

何英点点头,一看时间:"呀,1点了,这么晚了。"

张伟边开车边说："是啊,你以为还早啊,坏了,我们在这里无法回头,只有开到前面的出口才能掉头了。"

何英："是啊,那就往前开吧,前方出口是哪里?"

张伟开了一会,看了看前方的指示牌："前方出口,东兴,呵呵,我们跑到东兴了。"

张伟突然感觉很滑稽,陈瑶此刻正在宁州,自己却又回到东兴了。

"东兴?"何英也看见了路牌,"你可真能开,跑到这里来了。"

何英哼哼两声,沉默了片刻,突然说："对了,上次你说的那个什么东兴一个做旅游的,叫陈瑶的……"

张伟眼一瞪："干吗? 你又琢磨什么事?"

何英撇撇嘴："我能琢磨什么事,前两天我偶然在老高面前提了一下,发现老高的表情一震。"

"哦,"张伟来了兴趣,"你们家老高认识她?"

"不知道,我接着问老高认识不认识她,老高闪烁其词地说不认识,但是,我从老高那表情看,应该是认识陈瑶,可能是怕我吃醋,不敢承认。不过,做旅游行业的一般是按地域抱团,各地市之间很少发生横向联系,老高能认识东兴做旅游的,倒也难得。"

张伟突然想起那天在东湖度假村陈瑶看见何英时候的表情,好像是认识何英,可是何英却不知道陈瑶。有趣的是,高强却很有可能认识陈瑶。

这究竟是怎么一回事? 又是怎样一种关系? 张伟脑子有些模糊。

张伟点点头："我知道了,以后你少管闲事,我和人家只是认识,又没有什么关系。"

何英回答："知道了,总之,以后你的事我不管不问不说,你的人我不碰不摸不占不用,是不是?"

张伟乐了："你这话有点极端。"

何英叹了口气："你真是难伺候,这也不行,那也不可,得,我还是顺其自然吧。"

车到东兴,出了收费站出口,又重新上了高速,往宁州开去。转了大半夜,最后的目标还是回到原处。